대 지
LA TERRE

그 리 고
ET LES

휴 식 의
RÊVERIES

몽 상
DU REPOS

La Terre et les rêveries du repos
by Gaston Bachelard

Copyright © Edition José Corti, 1948
Korean translation copyright © MUNAKDONGNE Publishing Corp., 2002

This Korean edition is published by arrangement with Edition José Corti, Paris
through Sibylle Books Literary Agency, Seoul.
All Right Reserved.

이 책의 한국어판 저작권은 시빌 에이전시를 통해
저작권자와 독점 계약한 (주)문학동네에 있습니다.
저작권법에 의해 한국 내에서 보호를 받는 저작물이므로
무단 전재 및 무단 복제를 금합니다.

이 도서의 국립중앙도서관 출판예정도서목록(CIP)은
서지정보유통지원시스템 홈페이지(http://seoji.nl.go.kr)와
국가자료공동목록시스템(http://www.nl.go.kr/kolisnet)에서 이용하실 수 있습니다.
(CIP제어번호: CIP2005002137)

대 지
LA TERRE

GASTON BACHELARD
가 스 통 바 슐 라 르

그 리 고
ET LES

휴 식 의
RÊVERIES

essai sur les images de l'intimité
내 밀 성 의 이 미 지 시 론

몽 상
DU REPOS

정영란 옮김

문학동네

대 지
LA   TERRE

그   리   고
ET   LES

휴 식 의
RÊVERIES

몽   상
DU   REPOS

머리말 ● 7

제1부

1장 ● ● 물질적 내밀성에 대한 몽상들 ● 17

2장 ● ● 분란된 내면 ● 74

3장 ● ● 물질적 특질에 대한 상상력, 리듬 분석과 조성 작용 ● 95

제2부

4장 ● ● 태어난 집과 꿈속의 집 ● 113

5장 ● ● 요나 콤플렉스 ● 148

6장 ● ● 동굴 ● 202

7장 ● ● 미궁 ● 233

제3부

8장 ● ● 뱀 ● 289

9장 ● ● 뿌리 ● 319

10장 ● ● 포도주 그리고 연금술사의 포도나무 ● 356

역자 후기 ● 369

일러두기

1. 이 책은 프랑스 José Corti에서 출간된 가스통 바슐라르의 *La terre et les rêveries du repos*의 1992년 개정판을 완역한 것이다.

2. 아라비아 숫자로 표시된 주(註)는 역주, 별표(*)로 표시된 주는 바슐라르에 의한 원주이다. 원주의 내용을 역자가 부연 설명할 때는 그 부분이 시작하는 곳에 ▶표를 붙였으며, 주 내용에 또 주가 붙는 경우에는 원문자(①, ②)를 사용했다.

3. 인명, 중요한 용어나 어구는 원어를 병기했다.

머리말

> 흙[1]은 자신에게 맡겨진 사물들을 감추고
> 또한 드러내는 데 아주 적절한 원소이다.
> ─르 코스모폴리트[2]

1

우리는 최근에 출간한 『대지 그리고 의지(意志)의 몽상 *La Terre et les Rêveries de la Volonté*』에서 흙이라는 원소에 대한 물질적 상상력 연구

---

1) 제목에서는 대지로, 여기서는 흙으로 옮긴 프랑스어 la terre는 대지·땅·육지·토양 등을 의미할 뿐만 아니라 고대 과학철학에서의 4원소론 중 고체 원소인 흙을 가리키기도 한다. 앞으로 여러 번 등장하게 될 이 핵심 단어가 동굴·미궁·뿌리 등 이른바 내밀성(內密性, intimité)의 이미지들과 관련될 때에는 대지로, 또 개별 원소를 가리킬 때에는 흙으로 번역하기로 하며, 양자적 의미를 동시에 가진다고 판단될 경우에는 흙-대지, 혹은 대지-흙으로 표기하기로 한다.

2) Le Cosmopolite, 17세기 이후의 것들로 추정되는 연금술에 관한 저작의 작가들이 사용한 가명. 스코틀랜드인 알렉산더 세톤 Alexander Sethon(?~1604), 그리고 세톤의 원고들을

를 시작한 바 있다.[3] 우리는 거기서 특히, 흙의 속성이 있는 질료들로 된 물질적 이미지들을 그릴 때 우리 마음속에서 일어나는 역동적인 인상들을, 더 정확히 말한다면, 역동적인 부추김[4]에 대해 살펴보았다. 사실, 흙의 속성을 지니는 물질들은, 우리가 호기심과 용기에서 나온 손을 내밀어 그것들을 대할 때 우리들의 마음속에 그것들을 대상으로 작업하고 싶다는 의지를 불러일으키는 듯하다. 우리는 그래서 어떤 **적극적 행동주의적 상상력**에 대해 말할 수 있으리라 믿게 되었고, 그 결과 꿈을 꾸는 의지, 또 꿈꾸는 가운데 자신의 활동에 어떤 전도(前途)를 부여하는 의지(意志)에 대한 여러 예들을 들 수 있었다.

사물들의 **물질성**으로부터 비롯하는 이들 모든 상상적 호소들이 체계화될 수 있다면, 어떤 일을 기획할 때의 심리 상태를 보는 데 있어 지나치게 형상 중심적인 면이 바로 잡힐 수 있으리라고 우리는 생각한다. 우선 감독자의 생각과 실제 노동자의 생각이 구별될 수 있을 것이다. 또한 그때 노동하는 인간homo faber이란 단순 조립공만이 아니라, 주형(鑄型) 제작자, 용광공(鎔鑛工), 대장장이 또한 의미한다는 점이 이해될 수 있을 것이다. 이 노동하는 인간은, 정확한 형태에 꼭 맞는 어떤 물질을, 형태를 실질적으로 지지할 수 있는 물질을 원한다. 그는 상상력을 통해 이 물질적 지지(支持)를 체험한다. 그는 형태를 지속시킬 수 있는 유일한 것으로서의 이 물질적 견고함을 사랑한다. 인간은 그때 어떤 대항 활동, 물질의 저항을 예감하고 예측하는 활동을 행하기 위해 잘 각성하고 있는 자와 같다. 그런 점에서 **콩트르**contre (프랑스어에서 무엇 무엇에 대항하여라는 뜻을 가진 전치사—옮긴이) 의 한 심리학이 성립하는데, 그

자신의 원고들과 함께 출간한 것으로 추정되는 폴란드인 미카엘 센디보지우스 Michaël Sendivogius(혹은 Sendivog, 1566~1646) 등이 이 가명을 사용했을 것으로 추정된다.

3) 이 책『대지 그리고 휴식의 몽상』(1948) 바로 전에 출간된『대지 그리고 의지의 몽상』(1947)〔민희식 옮김,『대지와 의지의 몽상』(『불의 정신분석』『초의 불꽃』과 함께 번역 수록), 세계사상전집 10권, 삼성출판사, 1977〕참조.

4) 상상적 호소.

것은, 즉각적이고 정태적이며 무감각한 콩트르의 인상들로부터, 보다 내밀한 **콩트르**로, 즉 여러 가지 적극적 방어수단들로 보호된 **콩트르**로, 저항하기를 결코 끝내지 않는 어떤 **콩트르**로 이행하는 심리학이다. 그래서 우리는 앞선 책에서 **콩트르**의 심리학을 연구하면서 심부(深部)의 이미지들에 대한 검토를 시작한 바 있다.

그러나 심부의 이미지들이 이러한 적대적 특징만을 가지는 것은 아니다. 그것들은 기꺼이 수용적 특성들을, 초대자로서의 면들을 또한 가진다. 견인력과 매혹 그리고 유혹으로 이루어진 한 역학적 총체가, 저항에 관한 대지적 이미지들의 막강한 힘에 의해 다소 부동화되었을 때가 그러하다고 할 수 있다. 그래서, 전치사 **콩트르**의 지향성하에 씌어진 흙-대지의 상상력에 대한 우리의 첫 연구는, 당dans(프랑스어에서 무엇무엇의 내부에서라는 뜻을 가진 전치사―옮긴이)의 지향성하에 있는 이미지들에 대한 또다른 연구에 의해 보완되어야만 한다.

그러니 전편의 자연스러운 속편이 될 이 책은 방금 말한 바로 이 이미지들의 연구에 바쳐질 것이다.

2

게다가, 이 두 권의 책을 쓰면서, 우리는 이 두 관점을 절대적으로 분리하려고 들지 않았다. 이미지는 개념이 아니다. 이미지는 자신의 의미작용 내에 고립되지 않는다. 정확히 말한다면, 이미지는 의미작용을 넘어서는 경향이 있다. 상상력은 그때 복합 기능적이다. 우리가 방금 구분한 두 양상만을 다루기 위해서라도, 지금 그것들을 통합할 필요가 있다. 기실, 대지에 관한 아주 여러 가지의 물질적 이미지들 속에서, 활동 상태에 있는 어떤 이율배반적 종합을 우리는 감지할 수 있는데, 그것은 변증법적으로 **콩트르**와 **당**을 연합하고, 외향화 과정과 내향화 과정 사이에 있는 부인할 수 없는 연대성을 보여준다. 우리는 『대지 그리고 의지의 몽상』 첫 장에서부터, 상상력이 얼마나 열광적으로 물질을 파헤쳐보고자 갈망하는지를 보여준 바 있다. 인간의 모든 위대한 힘들은, 그것들이 외면적으로 전개되는 경우조차도, 내밀성intimité 속에서 상상된 힘들인 것이다.

그래서, 앞선 책을 쓰면서, 물질의 내밀성 범주에 속하는 이미지들을 만났을 때, 그에 관해 언급하기 위해 굳이 이 두번째의 책을 쓰기까지 기다리지 않았던 만큼, 이 책에서도 물질의 적대성에 대한 상상력에 속하는 것이 있으면 그것에 대해 언급하기를 잊지 않을 것이다.

내향성과 외향성은 인간 주체로부터 출발하여 정의되어야 한다면서 혹자들이 우리의 생각에 반대한다면, 우리는 상상력이란 사물들 속에 옮겨진 인간 주체 외의 그 어떤 다른 것도 아니라고 대답할 것이다. 이미지들은 그러니 인간 주체의 자취를 지닌다. 그리고 이 특징은 너무도 명백해서 궁극적으로 이미지들을 통해서 인간 기질들에 대한 가장 확실한 진단을 얻을 수 있게 되는 것이다.

3

그러나 개개의 문제들에 대한 세부 논의는 우리가 만날 이미지의 구체적인 경우들을 통해 살펴보기로 하고, 우리는 이 짧은 머리말에서 우리 논지의 일반적 양상들에 대해서만 관심을 촉구하고자 한다. 그런 만큼 우선 상상과 명상 속에 수용되는 모든 물질은 즉시 내밀성의 이미지라는 점을 얼른 제시하기로 하자. 사람들은 이 내밀성이 멀리 있다고 믿는다. 철학자들은 그것이 우리에게 영원히 숨겨져 있어서, 하나의 베일이 벗겨지자마자 곧 다른 베일이 질료의 신비 위로 드리워진다고 설명한다. 그러나 상상력은 이 그럴듯한 해명 앞에서 멈추지 않는다. 한 질료로부터 상상력은 즉시 어떤 가치를 형성한다. 물질적 이미지들은 그래서 일반 감각들을 즉각 초월한다. 형태와 색의 이미지들은 변형된 감각들일 수 있다. (그러나) 물질적 이미지들은 보다 깊은 친밀성 속에서 우리를 사로잡는데, 그 때문에 그것들은 무의식의 가장 깊은 지반들 속에 뿌리를 내린다. 물질적 이미지는 관심을 질료화한다.

이러한 질료화 작용은 눈앞에 있는 현실과는 아주 멀리 떨어진 감각들 가운데서 종종 생성된 다양한 많은 이미지들을 응축한 결과, 지각할 수 있는 온 세계가 상상된 물질의 내부에 힘의 상태로 있는 것처럼 보인다. 그때 대우주Cosmos와 소우주Microcosme라는, 우주와 인간이라는 그 낡은 이원론은, 외부 세계를 아우르는 온갖 몽상들의 모든 변증적 관계를 설명하기 위해 더이상 충분하지 않다. 어떤 초월적 대우주 그리고 어떤 초월적 소우주 개념이 관건이 되는 것이다. 이 세상 저 너머를 그리고 더 없이 잘 정의된 인간 현실의 그 아래 안쪽을 꿈꾸는 법이다.

그때, 물질이, 그 미소심연들을 향해,[5] 그 낟알의 내부를 향해, 그 배아(胚芽)들의 근원 원리에까지 우리를 이끌고 간다는 사실에 놀랄 필요가 있을까? 연금술사 제라르 도른이 "중심을 향해서는 한계가 없다. 그것이 가진 미덕들과 비밀들의 심연은 무한하다"[*]라고 기록할 수 있었던 까닭이 이제 이해된다.[6] 물질의 중심이 가치 영역 속에 들어가게 되는 것은 바로 물질의 중심이 관심의 중심이 되기 때문이다.

물론, 질료의 무한소 속으로의 이러한 잠행(潛行)에 있어, 우리의 상

---

5) 파스칼식으로 이야기하자면 무한소를 향해.

[*] C. G. 융, 『파라셀시카(Paracelsica)』, 92쪽. ▶1941년 융은, '연금술 의학의 아버지'로 간주되는 파라셀수스Paracelsus(스위스 태생, 1493~1541)의 400주기를 맞아 그의 의술과 철학에 대한 두 번의 강연을 하고, 이듬해 이 책을 출판했다.

6) 제라르 도른Gerhard Dorn(프랑스식 표기 Gérard Dorn, 정식 이름 Gerardus Dorneus)은 파라셀수스 당대의 연금술사로서 그의 이론과 치료법을 설명하고 있는데, 이 설명 중에 드러나는 도른 자신의 철학적 사색 또한 연금술 자체에 대한 정신분석학적 가치 평가와 더불어 관심의 대상이 되었다. 융이 제라르 도른을 인용한 것은 이런 연유에서이다.

상력은 근거가 더없이 빈약한 인상들에 의지하게 된다. 합리적이며 양식 있는 사람들이 물질적 이미지들을 허황된 것으로 간주하는 것은 바로 이 점에서다. 우리는 그러나 이런 허황된 것들의 전망(展望)을 추적할 것이다. 우리는 사물들의 내면, 껍질 속에 들어앉은 씨앗에 대한 그야말로 소박하고 사실적인 첫 이미지들이 어떻게 우리로 하여금 질료들의 내밀성에 대해 꿈꾸도록 인도하는지 보게 될 것이다.

바로 이러한 내밀성에 대해 꿈꾸면서, 존재의 휴식에 대해, 뿌리내린 어떤 휴식에 대해, 그저 불활성 사물들[7]을 지배하는 전적으로 외적인 부동성(不動性)으로 머무는 것이 아니라 어떤 강도를 가지는 그런 휴식에 대해 꿈꾸게 된다. 어떤 이들이 휴식을 통해서, 질료를 통해서 인간 존재를 정의한다는 것은 바로 이 내밀하며 강한 휴식의 유혹 아래서이다. 이는, 우리의 전(前) 저작 속에서, 인간 존재를 솟구침과 역동성으로 정의하기 위해 노력했던 것과 반립적이다.

한 입문서로서의 이 책에서 휴식의 형이상학을 논할 수는 없으므로 우리는 가장 확실한 휴식의 정신심리적 경향들을 분변해보는 일만 시도하였다. 인간적 양상 속에서 휴식을 고려할 때 그 휴식은 필연적으로 내선적(內旋的) 정신심리태psychisme에 의해 지배된다. 그러기에 자성적 내관(自省的 內觀)은 항상 추상적인 것으로 머물지는 않는다. 그것은 자신을 향한 감김(enroulement)의 행태를, 자기 자신을 위한 객체가 되는, 자신과 접촉하는 어떤 물체의 행태를 취한다. 그런 만큼 이러한 내선화 심상(心象)을 제시하는 일이 우리에게 가능했던 것이다.

우리는 휴식과 은신처와 뿌리내리기의 이미지들을 검토할 것이다. 수많은 변양태들에도 불구하고, 그리고 양상과 형태들의 대단히 중요한 차이점들에도 불구하고, 이 모든 이미지들이, 동형구조를 가진 것은 아니라 하더라도, 적어도 등방성(等方性)을 보임을 우리는 확인하게 될

---

7) 프랑스어로 les choses inertes는 일반적으로 '무기물'을 의미한다. 그러나 여기서는 문맥상 '무기물'의 어원적 의미를 살려주는 번역이 더 적합해 보인다.

것이다. 즉 이 모든 이미지들은 한결같이 휴식의 원천들을 향하는 하나의 같은 운동성을 우리에게 권고하고 있다. 예컨대 집·배[腹]·동굴 등에는 모성으로의 복귀라고 하는 중요한 공통된 특징이 있다. 이러한 전망에서는, 무의식이 지시하고, 무의식이 길을 인도한다. 그래서 몽상적 가치들은 점점 더 안정되고, 점점 더 규칙적이 된다. 그것들은 모두 밤의 세계가 지닌 힘과 지하 세계가 가진 힘[8]의 어떤 절대성을 지향한다. 야스퍼스Jaspers가 말한 대로 "지하 세계의 힘은 상대적인 것으로 취급받기를 용납하지 않으며, 궁극적으로 자신만을 자랑한다."*

수많은 인간들에게 휴식의 이상인 지하 세계의 삶[9]에 대한 탐사로 우리를 인도했던 것이 바로 절대적 무의식이 지닌 이 가치들이다.

---

8) 대지의 심연을 향한 내밀성의 방향.

* 야스퍼스, 「낮의 규범 그리고 밤을 향한 열정(La Norme du Jour et la Passion pour la Nuit)」, 코르뱅Corbin에 의한 불역, 『헤르메스 I(Hermès I)』, 1938년 1월호, 53쪽.

9) 바슐라르가 이하 여러 장에서 구체적으로 살펴보게 될 대지 관련 내밀성의 이미지들.

제1부

1장 •• 물질적 내밀성에 대한 몽상들
　　　Les Rêveries de l' intimité matérielle

2장 •• 분란된 내면
　　　L' intimité querellée

3장 •• 물질적 특질에 대한 상상력, 리듬 분석과 조성 작용
　　　L' imagination de la qualité. Rythmanalyse et tonalisation

----

1장
물질적 내밀성에 대한 몽상들

사물들의 내면에서 일어나는 것이 무엇인지를 알고자 하면서도
당신은 그것들의 겉모양을 주시하는 데 만족한다.
당신은 골수를 맛보고자 하면서도 껍데기에 매달려 있다.
―프란츠 본 바더,[1] 수시니,[2] 『가설(Thèse)』 제1권, 69쪽에서 재인용

제 집을 만드는 거미줄을 전부 자기 배[腹]로부터
자아내는 거미처럼 나는 되고 싶다. 한편 벌은 가증스럽게
내겐 여겨지는데, 그 꿀은 도둑질의 소산이 아니겠는가.
―파피니,[3] 『끝장나버린 어떤 인간(Un Homme fini)』, 불역서, 261쪽

1

『성숙의 비밀들(Les Secrets de la Maturité)』이라는 책에서 한스 카
로사[4]는 "인간은 다른 피조물의 내부를 들여다보려는 의지를 가지고

---

1) Franz von Baader(1765~1841) : 뮌헨 태생의 신학자이자 철학자. 자연 현상을 신비철학
적 관점에서 연구했다. 그의 세계관은 야콥 뵈메Jacob Boehme의 철학을 상기시킨다. 셸링,
노발리스 등에게 영향을 주었다.
2) Clemente Susini(1757~1814) : 이탈리아인. 19세기 초 해부학적 진실과 예술적 완벽성
이 동시에 표현된 밀납 인체 해부 모형을 만들었다.
3) Giovanni Papini(1881~1956) : 피렌체 태생의 작가. 다눈치오의 '데카당티즘décaden-
tisme'에 대해 마리네티의 '미래주의futurisme'를 옹호했다. 무신론자, 국수주의자를 거쳐
가톨릭에 귀의, 종교적 문제에 전념했다. 『끝장나버린 어떤 인간』은 서정적이면서 지적인

있는, 지상 유일의 피조물로 생각된다" (불역서, 104쪽)라고 쓰고 있다. 사물들의 내부를 들여다보려는 의지는 시력을 투시적으로, 침투적으로 만든다. 그 의지는 보는 일을 일종의 유린 활동으로 만든다. 그 의지는 갈라진 곳, 틈새, 금간 곳을 간파해내는데, 그것을 통해 숨겨진 사물들의 비밀을 유린할 수 있다. 사물들의 내면을 들여다보려는, 보이지 않는 것을 보려는, 보이지 않아야만 하는 것을 들여다보려는 이러한 의지를 근거로 하여, 기묘하게 팽팽한 몽상들이, 미간을 긴장되게 하는 몽상들이 형성된다. 그때 관여하는 것은 놀라운 광경들을 기다리기만 하는 수동적 호기심이 아니라, 공격적인 호기심, 어원적 의미에 있어서 수사관적(搜査官的) 호기심[5]이다. 또한 그것이야말로 바로, 안에 무엇이 있는지 보려고 장난감을 부숴버리는 어린아이의 호기심이 아니겠는가. 말이 나온 김에, 이러한 무단침입의 호기심이 인간에게 진정 자연스러운 것이라면, 우리가 어린아이에게 깊이 있는 장난감을, 깊은 호기심을 진정으로 보상하는 어떤 장난감을 줄 줄 모른다는 사실에 어찌 놀라지 않을 수 있겠는가? 우리는 인형 속에 소리나는 장치를 넣어두었으면서도 해부하려는 의지에서 어린아이가 인형 옷을 찢고 마는 데 놀란다. 우리는 여기서 부수고 깨뜨리려는 욕구만 파악할 뿐이고, 활동중에 있는 정신 심리적 힘들이, 외면적 양상들을 떠나 다른 것을 보고자, 저 너머를 보고자, 그 안쪽을 보고자, 간단히 말해, 시각적 수동성에서 벗어나고자 강력히 바라고 있음을 잊어버린다. 프랑수아즈 돌토[6]가 나로 하여금 주

자서전이다.

4) Hans Carossa (1878~1956) : 독일의 시인이자 소설가, 의사. 『닥터 뷔르게의 종말』 『의사 기온』 『젊은 의사의 하루』 등과 같은 자서전적 작품들을 썼다. 나치와 맞서는 자신의 입장과 독일의 운명에 대한 정직하고 용기 있는 분석이 돋보이고, 미묘한 서정 속에 인간적 영혼의 가치들을 옹호하였다.

5) curiosité inspectrice : 프랑스어로 수사관(남자 inspecteur, 여자 inspectrice)은 수사한다는 동사 inspecter에서 온 것으로, 이 동사는 어원적으로 안을in 들여다본다는 뜻을 가지고 있다.

6) Françoise Dolto(1908~1988) : 언어 형성과 활동에 일차적 중요성을 두면서 아동들의 심리 분석과 교육에서 독창적인 이론과 응용 모델을 개척한 프랑스 여성 정신분석학자.

목하도록 해준 대로, 셀룰로이드로 된 장난감, 표면뿐인 장난감, 가벼운 장난감은 틀림없이 어린아이에게서 정신심리적으로 유용한 수많은 꿈들을 박탈한다. 그러기에 어린이들을 잘 알고 있는 이 정신분석학자는 흥밋거리들을 갈구하고, 실체감에 갈급한 어린이들을 위해서, 견고하고 무게가 있는 장난감들만을 추천하였다. 내부 구조를 갖춘 장난감은 탐색적인 눈에, 대상물의 **심층차원들**을 필요로 하는 그러한 시선의 의지에 의당한 출구를 제공할 것이다. 그런데, 가르친다고 되는 것도 아닌 것을 상상력은 어떻게 해서라도 수행해낸다. 안일한 시각에 그저 제공되는 파노라마 너머로, 응시 의지는 숨겨진 것에 대한 조망 관점 물질의 내부적 어둠에 대한 어떤 조망 관점을 허락하는 창의적 상상력과 연합한다.

만상의 내면을 들여다보려는 바로 이 의지가 질료와 결부된 물질적 이미지들에 그토록 많은 가치들을 부여한다.

물질적 이미지들이라는 차원에서 질료의 문제를 제기하면서, 그토록 많고 그토록 변화무쌍하며 종종 애매하기까지 한 이 이미지들이, 숨겨진 것에 대한 조망 관점[7]이라는 다양한 유형들 아래에 비교적 용이하게 분류될 수 있다는 사실에 우리는 깊은 인상을 받았다. 이 다양한 유형들은 게다가 호기심 어린 어떤 심정적 미묘함을 밝힐 수 있도록 해준다. 그러기에 아마도, 객관적 이미지들의 분류 작업은 주관적 내밀성 연구에, 심층차원들에 대한 심리학적 연구에 흥미로운 주제들을 제공할 수 있으리라. 예컨대 외향형 범주는, 외향형 인간이 가진 관심이 가닿는 심층 차원들에 따라 자체적으로 세분될 필요가 있을 것이다.[8] 한편 사물들 속에 있는 심층차원들에 대해 꿈꾸는 존재는 갖가지 다른 심층차

---

7) perspectives du caché : 특별한 전문용어가 아니라 바슐라르의 조어.

8) 이 부분은 융의 비교적 초기 학설인 심리학적 유형론에서 언급된 외향형과 내향형에 대한 개요적 지식을 바탕으로 집필된 듯이 보인다(이부영, 『분석심리학─C. G. Jung의 인간 심성론』, 일조각, 1998, 126～170쪽 참조).

원들을 자체적으로 그 자신 속에서 결정하기에 이른다. 이미지론은 그야말로 마치 거울의 반사상처럼 상상주체의 심리학이라고 부를 수 있는 바에 의해 이원화된다.

우리는 다음과 같이 서로 다른 네 개의 조망 관점들을 간단히 제시하고자 한다.[9]

첫째, 폐기된 조망 관점.

둘째, 변증법적 조망 관점.

셋째, 경이를 향한 조망 관점.

넷째, 무한한 질료적 강도에 입각한 조망 관점.

2

1. 이미지들의 활동들을 주재하는 모든 원소들을 논하기 위해, 폐기된 조망 관점이라는 이름하에, 사물들의 내면으로 향하는 모든 호기심을 야만적으로 중단시키는, 아주 철학적이고 아주 독단적인 거절에 대해 우선 말해두기로 하자. 이 거절의 철학자들에게 있어, 사물들 속에 있는 심층차원이란 허상이다. 마야[10]의 베일, 이시스[11]의 베일이 온 우

---

9) 이하 2~6절에서 그 상세한 내용을 다루고 있다.

10) Maïa : 제우스와의 사랑으로 헤르메스를 낳은 요정. 로마 신화에서 5월mai의 명칭이 그러하듯 그녀는 '자연이 봄에 깨어남'을 상징한다. 역자로서는 그러나 문맥과 관련하여 볼 때 이 Maïa는 동음인 산스크리트 Mâyâ의 오류가 아닌가 생각된다(Mâyâ는 힌두 철학의 근본 개념 중 하나로서 근원적인 실체를 숨기고 있을 뿐만 아니라 그것에 대한 근본적인 '알 수 없음'을 설정하고 있는, 무엇이라고 정의할 수 없는 보호의 베일을 뜻한다). 그것이 인쇄상의 오식이 아니라면 바슐라르가 착각한 것으로 보인다.

11) Isis : 이집트 신화 가운데 가장 유명한 여신. 그녀는 죽은 자들을 그녀의 날개 아래에 보호하고 부활시킬 수 있었다. 모든 비교(秘敎) 결사체들은 그녀를 삶과, 죽음과 부활의 비밀을 간직하고 있는 선각자로 추앙한다.

주를 다시 덮어버리며, 그 우주 또한 하나의 베일이다. 인간의 사고와 인간의 꿈은 인간의 시각이 그러하듯 사물들의 피상적 이미지들밖에는, 대상 사물들의 외적 형태들밖에는 받아들이지 못한다. 인간은 바위를 팔 수 있으나, 암반 외에는 발견하지 못할 것이다. 바위에서 암반으로, 그는 문법적 성(性)전환을 즐길 수는 있는데,[12] 이 의미심장한 전환[13]도 그 철학자를 당황하게 하지는 않는다. 그에게, 상상적 심층차원이란 허상이며, 호기심은 망상이다. 어린아이의 꿈들, 교육이 영글게 하지 못하는 그 꿈들에 대한 그 얼마나 심한 경멸과 함께, 그런 철학자는, 자기네들 말마따나, '현상차원'에 인간이 머무르도록 강요하는가! 어떤 형태로든 '물자체(物自体)'에 대해 생각하는 것을 금하면서 (그러나 사람들은 그것에 대하여 끊임없이 생각할 것이다), 그 철학자들은 '모든 것은 외양일 뿐이다'라는 경구(警句)까지 그 금기에 곧잘 덧붙인다. 보려 드는 것은 불필요하며, 상상한다는 것은 더더욱 불필요하다는 것이다.

세상은 이토록 아름답고, 이토록 심오하게 아름답고, 그것의 심층차원들과 그것의 물질들 속에서 이렇게 아름다운데, 이런 시각적 회의주의가 어떻게 많은 주창자들을 가질 수 있겠는가? 자연이 심연에 대한 감각, 방향을 가지고 있음을 어찌 외면할 수 있겠는가? 그리고 그 많은 유기적 존재들은, 은닉(隱匿)과 과시(誇示)라는 리듬 속에서 유기성이 유지되도록 하기 위해, 드러내고 감추는 이 모호한 교태(嬌態)의 변증법에서 어떻게 벗어날 수 있겠는가? 감추기는 생명체의 우선적 기능 중 하나다. 그것은 아끼면서 예비품들을 미리 확보해두는 일과 관련된 필연성이다. 그리고 내면세계에는 정말 명백한 어둠의 기능들이 있기 때문에, 내밀성의 꿈들을 제대로 분류하기 위해서는, 대낮으로 드러내는 방향에 부여하는 중요성을 밤 속으로 감추는 방향에도 똑같이 부여해

---

12) 바위(le rocher)에서 암반(la roche)으로의 프랑스어 명사의 성 전환.

13) 같은 돌이지만 가시적 바위(남성명사)에서 심층적 암반(여성명사)으로의 전이는 심층차원의 의미를 추적하는 바슐라르에게는 그야말로 '의미심장' 하다.

야만 하리라!

　이 책은 물질에 대한 과학이 철학자들의 금기사항들 앞에서 멈춰 서지 않는다는 것을 보여주기 위해 집필된 것이 아니다. 물질에 대한 과학은, 반응하는 동질의 질료들 아래서, 분자들을—분자 속에서는 원자를, 원자 속에서는 핵을—연구하면서, **심층차원에서의 화학**을 말없이 연구한다. 철학자는 이러한 심층적 전망을 추적하려 들지 않는다. 그는 이 모든 '관념적 존재들'(게다가 다분히 순종적으로 이미지들을 수용하는)은 인간적 척도를 지닌 현상들을 통해서만 실험적으로 이해될 수 있다고 반박하면서, 자신의 절대적 현상 자체주의를 지킬 수 있다고 믿는다. 소위 철학적 사고의 진보는 원(原)—실체noumène[14] 개념을 폄하해버렸고, 철학자는, 물질 구성에 대한 20세기의 위대한 체계이론을 대표할 놀라운 원-실체적 화학의 성립을 외면한다.

　물질의 과학에 대한 현대 철학의 이러한 공감대 부재는 철학적 방법론의 부정주의의 또다른 흔적일 뿐이다. 한 방법을 택하면서, 철학자는 다른 방법들을 거부한다. 한 유형의 경험에 몰입하면서, 철학자는 다른 유형들의 경험에 대해서는 무반응적 성향을 보인다. 때로는 아주 명석한 사람들도 이와 같이 스스로의 명석성 속에 감금되어, 보다 깊은 어둠에 잠겨 있는 정신심리적 영역들 속에서 형성되는 다양한 잠재적 빛들을 부인한다. 그래서 우리를 사로잡고 있는 문제와 관련하여, 몽상적 가치들에 대해 무관심한 어떤 실체 인식 이론이, 인식에 이를 어떤 관심을 스스로 차단해버린다는 것을 잘 느끼게 된다. 그러나 이 문제의 논의는 다른 책으로 넘기기로 하자.

　여기에서는 우선 사물들의 내밀성에 대한 온전한 인식은 즉시 한 편의 시(詩)임을 납득해두기로 하자. 프랑시스 퐁주[15]가 명백히 지적한

---

　14) noumène : 칸트가 '물자체(物自体)chose en soi'를 지칭하는 개념. 감각적 경험 expérience sensible을 통해서 알게 되는 현상phénomène 저편에 있는 관념적 실체réalité intelligible를 상정.

대로, 사물들의 내면에 대해 몽상적으로 연구하면서, 우리는 어휘들이 가진 몽상적 뿌리를 향해 가는 것이다 : "내면세계로 향하는 지하도 문의 개방을, 사물들의 밀도, 깊이 속으로의 여행을, 명분 있는 어떤 침입을, 하나의 혁명을, 혹은 쟁기나 삽이 행하는 것과 비교될 만한 어떤 뒤집기를 시도할 것을 나는 저마다에게 제안하거니와, 그때, 갑자기 그리고 처음으로, 여태 묻혀 있던 수많은 입자들이, 금속의 수많은 박편들과 뿌리들과 유충들 그리고 성충들이 백일하에 드러나리라. 어휘들의 의미론적 깊이라는 무한한 원천들이 복원해주는, 오, 사물들의 깊이가 가진 무한한 원천들이여!"

이와 같이, 어휘들과 사물들은 다같이 심층차원을 가지는 것으로 보인다. 우리는 동시에 사물들의 원칙과 언어(동사)의 원칙을 향해 간다. 숨겨진 채 멀어지려는 존재들도, 시인이 그들을 그들의 참된 이름으로 부를 때, 달아나는 것을 잊는다. 리하르트 오이링거Richard Euringer의 다음 시행들 속에는 그 얼마나 많은 꿈들이 있는가.

　　그때 나는 납덩이처럼 사물들의 중핵에 떨어져,
　　황금의 잔을 들어 그것들에게 이름들을 쏟아부으며, 그것들의 액을 풀어주리라
　　그것들이 얼어붙듯 달아나는 것을 잊어버리고 있는 한.
　　―『독일 시 선집 (Anthologie de la Poésie allemande)』, 제2권, 스톡 출판사, 216쪽

여기서는 그저 사물들의 내면을 향해 뻗어내려간 호기심의 몽상적 형태들을 다시 체험해보기로 하자. 시인은 그것을 다음과 같이 말한다.

---

15) Francis Ponge(1899~1988) : 프랑스 시인. 조약돌이나 새장 같은 단순한 사물들의 새로운 정의-묘사로서의 산문적 시로 유명. 『사물들의 기정방침 (Le Parti Pris des Choses)』 (1942), 『비누(Le Savon)』(1967).

우리 다 함께 미래의 최근 새싹을 열어보세.
— 엘뤼아르 그로, 『오늘날의 시인들(Poètes Contemporains)』에서
재인용, 44쪽

3

2. 이제 우리는 철학자들의 추상적 반대에 더이상 괘념하지 않고, 시인들과 몽상가들을 따라 몇몇 대상물들의 내면으로 들어가보자.

외면세계의 경계를 일단 넘어서면, 이 내부세계의 공간은 얼마나 넓고, 그 내밀한 분위기는 얼마나 편안한가! 가령, 앙리 미쇼Henri Michaux의 「마법(Magie)」이 주는 조언들 중의 하나가 바로 그러하다 : "나는 식탁 위에 사과를 하나 놓는다. 그리고는 그 사과 속으로 들어간다. 그 얼마나 고즈넉한지!" 워낙 순식간에 일어나는 이 일을 두고 혹자들은 그것이 유치하다거나 그렇지 않다면 단순히 언어의 유희라고 선언할 수도 있으리라.* 그러나 그같이 판단한다면, 그것은 가장 정상적이고, 가장 통상적인 상상 기능들 중의 하나인, 작아지기라는 상상적 기능에 참여하기를 거부하는 것이다. 모든 몽상가는, 그것을 원하기만 한다면, 작아져서 사과 속에 들어갈 수 있을 것이다. 우리는 상상력의 한 원리로서 다음과 같이 말할 수 있다 : 꿈꾸어진 사물들은 절대로 본래의 크기를 고수하지 않으며, 그 어떤 크기로도 고정되지 않는다. 진정으로 장악력이 있는 몽상들, 우리에게 대상을 내주는 몽상들은, 릴리풋[16]

---

* 플로베르는 보다 완만히 이루어지긴 하지만 여전히 동일한 사실에 대해 말하고 있다 : '조약돌 하나, 짐승 한 마리, 어떤 그림 한 폭을 열심히 들여다본 나머지, 내가 그 안으로 들어가고 있음을 느낄 정도였다.'

16) Lilliput : 조나단 스위프트의 『걸리버 여행기』에 나오는 소인국.

과 같은 소인국의 몽상들이다. 그것들은 우리에게 사물의 내밀성이 가진 모든 보물들을 내주는 몽상이다. 바로 여기서 참으로 변증법적인 하나의 조망 관점이, 전도된 조망 관점이 제안될 수 있는데, 작은 대상물의 내면세계는 크다고 역설적으로 표현할 수 있다. "아주 작은 것, 그것이야말로 거대하지 않은가!"라는 막스 자콥Max Jacob의 말처럼(『주사위 통 Le Cornet à Dés』, 스톡 출판사, 25쪽). 이러한 사실을 확인하기 위해서는, 상상력을 통해 거기에 들어가보는 것으로 족할 것이다. 드주아유 Desoille[17]의 한 환자는, 어떤 보석의 특유한 빛을 응시하며 이렇게 말한다 : "내 두 눈은 길을 잃는다. 그 보석은 거대하면서도 그토록 작다. 하나의 점이다"(『심리요법 중 깨어 있는 상태에서 꾸는 꿈 Le Rêve éveillé en Psychothérapie』, 17쪽).

작음의 세계 속에서 꿈꾸고 생각하려 하자마자, 모든 것은 커진다. 무한소 현상들은 우주적 차원으로 전환한다. 전기(電氣)에 대한 혹스비[18]의 연구들 가운데 약한 광선들과 윙윙거리는 소리들, 그리고 방전 현상들과 딱딱 부딪치는 소리들에 대한 묘사를 읽어보라.

1708년에 이미, 월 박사Dr. Wall는 다이아몬드를 연마하면서 "이 빛과 딱딱 부딪는 소리는 어떤 면에서 천둥과 번개를 재현하고 있는 것으로 보인다"라고 태연히 기록하고 있다. 우리는 여기서 상상적 유추력을 제법 잘 보여주는 한 미시적 기상학(氣象學)의 개진을 보게 된다. 무한히 작은 것 속에 있는 힘들은 언제나 자연적 대이변처럼 꿈꾸어진다.

큰 것과 작은 것의 관계들을 뒤집는 이러한 변증법은 유희적 차원에

---

17) 1930년대에 정신과 의사 Robert Desoille(1896~1966)는 심리치료를 목적으로 환자의 상상에 의한 꿈의 재현에 주목하면서, 환자로 하여금 이완된 상태에서 상승과 하강의 암시들에 의해 능동적으로 상상하도록 했다. 그때 이루어지는 상상적 형상은 심리적 형상의 한 은유로 나타난다. 그는 이 방법을 '깨어 있는 상태에서 꾸는 유도된 꿈rêve éveillé dirigé'이라는 이름으로 이론화했다. 보두앵과 바슐라르가 이 이론을 주목했다(『공기와 꿈』, 203~230쪽 참조).

18) Francis Hauksbee(1666~1713) : 영국의 물리학자. 희박한 가스 속에서의 방전 현상을 처음으로 연구함. 그는 또한 소리의 진동이 공기를 통해 전달된다는 것을 증명했다.

서 일어날 수 있다. 스위프트는 소인국 릴리풋과 거인국 브로브딩나그로 향하는 상반되는 두 여행을 통해, 풍자적 색조가 섞인 농담투의 공상들이 가져다주는 여운들만을 주로 추구했다. 그는, 작은 모자에서 커다란 토끼를 나오게 하는 요술쟁이가 가진 이상의 경지, 혹은 신사 양반을 놀래주기 위해 로트레아몽Lautréamont이 그랬던 것처럼, 메스 상자에서 재봉틀을 나오게 하는 경지를 넘어서지는 못했다.[19] 하지만 이런 문학적 유희들도, 몽상 체험으로서의 성실함을 가지고 그것들에 열중해보면 훨씬 더 많은 가치를 갖게 되는 법이다! 우리들은 그때 온갖 대상 오브제들을 다 방문할 수 있을 것이다. 우리는 작은 완두콩만한 크기의 사륜마차를 타고 가는 빵 부스러기 요정la Fée aux Miettes[20]을 옛스런 격식들을 온전히 존중하며 뒤따라갈 수도 있을 것이고, 혹은 별다른 격식 없이, 단 한 줄의 환영사(歡迎辭)와 함께 사과 속으로 들어갈 수 있을 것이다. 그럴 때 내밀성의 한 세계가 우리에게 전개될 것이다. 우리는 모든 사물들의 이면을, 작은 사물들의 내면적 광대함을 보게 될 것이다.

　　몽상가는, 어떤 역설적인 방식을 통해서, 자기 자신 속으로 들어갈 수도 있을 것이다.[21] 무엇이든지 작게 보이게 하는 환각제 페요틀의 약효

---

19) 이 구절은 로트레아몽의 『말도로르의 노래 (Les Chants de Maldoror)』 중 여섯번째 노래에 나오는 '그리고 특히 해부대 위에서 재봉틀과 우산을 우연히 만날 때처럼 et surtout, comme la rencontre fortuite sur une table de dissection d'une machine coudre et d'un parapluie!'이라는 부분을 지시하고 있다. 즉, 원래 시에서의 '해부대'가 바슐라르의 인용에서는 '메스(수술칼) 상자'로 전용되어 있다. 바슐라르는 자신의 기억에 자유롭게 의존하는 이런 유형의 인용들을 자주 등장시키고 있다.

20) 1832년 샤를 노디에Charles Nodier(1780~1844)가 쓴 한 동화의 제목이자 주인공의 별명. 조그마하고 다소 묘하게 생기기는 했으나 현명하고 마음씨 좋고 깔끔한 이 노파는 보통 먹다 남은 음식들(miettes는 빵 부스러기)을 식사로 삼기 때문에 그렇게 불린다. 이야기의 전개는 비현실적인데, 연인의 성실성에 보답하기 위해 그녀는 마침내 아주 예쁜 처녀로 변하기까지 한다. 이는 그녀의 정체가 사람 형상을 한 신성한 발키스Balkis(코란 이후 아랍의 작가들이 사바의 여왕에게 부여한 이름)였기 때문이다.

21) 다른 사물들의 내부에 들어가는 대신.

에 취해, 루이에[22]의 한 환자는 "나는 내 입 안에 있으며, 내 빰을 통해 내 방을 들여다봅니다"라고 말한다. 이러한 환각들은 환각제 때문에 감히 표현된 것이다. 그러나 정상적인 꿈들 속에서도 그러한 것들은 드물지 않다. 우리가 우리 자신들의 내부로 들어가, 우리의 신체기관들을 방문하는 밤들이 있지 않은가.

섬세한 내밀성들에 대한 이러한 몽상적 정신세계는 우리가 보기에 철학자들의 전통적 직관과는 아주 다르다. 그들은 그들이 내부를 통해서 주시하는 존재를 산다고 늘 자부하는데, 내부를 통한 삶에의 이러한 우직한 집착은 결과적으로 즉시 침입당한 존재와의 일체성을 향해 나간다. 이러한 직관에 자신을 내맡기는 철학자의 모습을 보자 : 그는 눈을 반쯤 감고 정신을 집중한다. 그는 그 새로운 영역[23]에서 즐기거나 뛰어노는 것에 대해 생각하지 않는다. 그러기에 이들 객관적일 수 있을 내면적 삶에 대한 고백은 결코 멀리 가지 않는다. 반대로, 몽환적 잠재력들은 그 얼마나 더 다양한가! 그것들은 호두알의 주름들 새를 속속들이 파고들어가, 격벽에 붙은 것 그 살의 지방질뿐만 아니라, 껍질의 이면에 붙은 거친 내피가 지니는 온갖 마조히즘까지도 다 맛보지 않는가! 모든 달콤한 존재들이 그러하듯, 호두는 자기 자신에게는 아픔을 준다. 카프카 같은 작가가 그 이미지들에 절대적 공감을 느끼며 괴로워했던 것은 바로 그 고통 때문이 아니겠는가? : "나는 요 며칠 동안의 밤에 대해 생각하는데, 그 매일밤이 지나 잠에서 빠져나올 때마다 호두껍질 속에 갇혔다가 깨어나는 기분이었다"(「내밀 일기 *Journal intime*」, 『퐁텐 *Fontaine*』 1945년 5월호, 192쪽). 그러나 내면적으로 상처입은, 자신의 내면성 속에 갇힌 존재의 이러한 고통은 특수한 경우다. 안으로 응축된

---

22) Alexandre Rouhier : 『눈을 황홀하게 만드는 식물 페요틀(Peyotl : La plante qui fait les yeux emerveillés)』(1927)의 저자. 페요틀은 멕시코 선인장. 그것의 알칼로이드성 수액은 시각적인 환각 상태를 초래한다. 환각제 메스칼린의 재료다.

23) 자신의 내부를 가리킴.

존재에 대한 찬탄은 모든 것을 치유할 수 있다. 슈피텔러[24]의 『프로메테우스와 에피메테우스(le Prométhée et Epiméthée)』라는 작품 속에서 (보두앵 역), 여신은 호두나무 궁륭 아래서 질문한다 : "말해다오, 그대는 그대의 지붕 아래 어떤 보석을 감추고 있는가를, 어느 경이로운 호두알을 낳았는지를?" 재화와 마찬가지로, 당연히, 재난 또한 감추어진다. 요술쟁이들은 그들이 어린아이들한테 주는 호두알들 속에 흔히 악마를 감춰넣곤 한다.

셰익스피어의 작품 속에서도 동일한 내밀성의 이미지가 발견된다. 로젠크란츠는 햄릿에게 다음과 같이 말한다(제2막 2장) : "왕자님께서 덴마크를 형무소로 생각한다면 바로 그건 야심 때문이지요. 왕자님의 마음에는 너무도 좁은 곳이지요." 그러자 햄릿은 대답하기를 "천만에! 호두껍질에 갇혀 있게 되어도 악몽만 꾸지 않는다면 나는 무한공간의 왕으로 생각할 수 있을 터요." 이미지에 중요한 현실성을 부여하는 데 동의한다면, 이미지들을 단순한 표현들로 한정시키지 않는다면, 그 호두의 내면이 어떤 원초적 행복으로서의 가치를 가지고 있다고 문득 느끼게 된다. 행복에 대한, 잘 간직된 내밀성에 대한 원초적 꿈들을 거기서다시 찾을 수 있다면, 그곳에서 행복하게 살 수 있으리라. 물론 행복은 확장적이며, 확장을 필요로 한다. 그러나 또한 그것은 응축과 내밀성을 필요로 한다. 그러기에 그것을 상실했을 때, 삶이 '악몽' 같을 때, 잃어버린 행복의 내밀성에 향수를 느끼게 마련이다. 대상의 내밀한 이미지에 결부된 일차적 몽상들은 행복의 몽상들이다. 자연스러운 몽상 속에서 찾아본 모든 대상물의 내밀성은 **행복의 배아(胚芽)**다.

그것은 대단히 큰 행복인데, 왜냐하면 숨겨진 행복이기 때문이다. 모든 내면세계는 수줍음에 의해 보호받는다. 피에르 게갱[25]이 섬세하게

---

24) Carl Spitteler(1845~1924) : 독일어를 사용한 스위스의 시인이자 소설가. 처녀작 『프로메테우스와 에피메테우스』(1881)와 시집 『올림피아의 봄』(1900~1905)으로 현대적 서사시의 가능성을 제시했다. 1919년 노벨문학상 수상.

표현한 어떤 심리적 미묘함이 바로 그렇다(『돔노네의 무지개 Arc-en-
Ciel sur la Domnonée』, 40쪽). 한 여인이 장롱 앞에서 수줍음을 탄다 :
"에르베가 장롱을 활짝 열었을 때, 거기에는 그녀의 셔츠들과 속치마들,
그리고 온갖 속옷들이 무슨 은밀하게 해부된 신체 조직들처럼 쌓여 있
었는데, 그녀는 사람들에게 벌거벗은 모습을 들키기라도 한 듯, 그렇게
진지하게 당황해 허둥대다가는 딱딱한 망토 자락의 매무새를 고치곤
했다."

    그러나 좋은 쪽으로든 나쁜 쪽으로든, 소박한 사물들의 내부는 언제
나 잘 정돈되어 있는 내부이다. 에밀 클레르몽 Emile Clermont의 소설
에서, 로르의 할아버지가 손녀를 즐겁게 해주려고 자신의 주머니칼로
꽃의 싹들을 열어 보여줄 때, 그것은 잘 정돈된 또다른 **장롱**의 내부처럼
나타나면서 아이의 눈을 황홀하게 한다.* 어린아이다운 이 이미지는 식
물학자들이 누리는 변함없는 행복들 중의 하나를 새삼 표현한다. 조프
루아 Geoffroy[26]는 그의 『의약재(Matière Médicale)』(1권 93쪽)에서 다
음과 같이 쓰고 있다 : "잎과 꽃과 열매들을 갖춘 식물의 순(筍)들이 얼
마나 공교롭게 어린 싹들 속에 잘 정돈되어 있는가를 우리는 알고 있
을 뿐만 아니라 그것을 볼 때마다 기쁨을 느끼게 된다." 내부를 응시하
는 즐거움이 그 내부를 놀랍게 확장하였다는 점을 강조할 필요가 있겠
는가. 어린 싹 속에서 잎과 꽃과 열매를 보는 것은 바로 상상력의 눈을
가지고 보는 것이다.** 상상력은 그때 무한정 보려는 열렬한 소망이다.
바니에르 신부 Père Vanière[27]와 같이 이성적인 저자조차도 다음과 같

---

25) Pierre Guéguen : 『브르타뉴 세상의 끝, 그 사람들과 의상들(Bretagne au bout du
monde, types et coutumes)』(파리, 프랑스의 지평들, 1930)의 저자.

* 에밀 클레르몽, 『로르(Laure)』, 28쪽.

26) Claude Josephe Geoffroy(1685~1752) : 화학자이자 식물학자.

** 시인은 식물학을 무시하고, 그리하여 아름다운 시 한 행을 쓸 수 있다 : "들장미 꽃은 제
어린 싹들이 벌어지고 있음을 느낀다네"(뮈세, 「오월의 밤」).

27) Père Vanière(1664~1739) : 랑그도크어(프랑스 남부 방언)로 17세기의 전원 노동에

이 기록하고 있다(『전원의 특성 *Praedium Rusticum*』, 베를랑 역, 1756년, 제2권 168쪽) : "만일 어떤 사람이 포도씨를 으깨어, 그로부터 가냘픈 섬유질을 분리해낼 만큼 솜씨가 있다면, 그 얇고 미묘한 피막 아래서 그는 미구에 우거질 가지들과 포도알들을 찬탄하며 보게 될 것이다." 단단하고 마른 씨 속에서 미래의 포도 수확을 읽어낸다는 것은 얼마나 놀랍도록 위대한 꿈인가! 이러한 꿈의 연장선에서 학자는 배아(胚芽)들에 관한 막연한 입자설(入子說)[28]을 무리 없이 받아들이게 될 것이다.*

몽상가에게 있어서는 존재들이 작으면 작을수록 기능들은 더욱 활동적인 것처럼 보인다. 조그만 공간에 거주하면서, 그 존재들은 빠른 템포로 살아간다. 몽상을 작은 공간으로 몰입시키면 그 몽상은 더 역동적이된다. 좀더 나아간다면, 몽상력을 지지하는 일종의 하이젠베르크 Heisenberg 원리[29]가 제안될 수 있을 것이다. 요정들은 그러므로 범상치 않은 몽상적 활동력이다. 그리고 그것들은, 우리를 미세한 상상적 행

대한 시를 썼음. 프랑스의 베르길리우스로 간주되기도 했다.

28) 입자설 : 생물 발생에 관한 극단적 전성설(前成說). 동물 개체의 난소 속에는 바로 다음 세대의 개체만이 아니라 그 이후 모든 세대의 개체가 차례로 입자 형태로 포함되어 있다는 생각이다. 영어로 encasement.

* 피에르 막심 술은, 우리가 교정쇄들을 수정하고 있을 당시에야 비로소 볼 수 있었던 그의 글 가운데서, 이러한 몽상들과 입자설에 대해 연구하고 있다(『심리학 저널』 2호, 1947년).

29) 작고 닫혀진 세계 내면성에 대한 상상적 역동성을 강조하기 위해 바슐라르는, 뉴턴 이래의 전통 물리학에 대응하여 현대 물리학의 양자역학을 출범시킨 하이젠베르크Werner Karl Heisenberg(1901~1976)의 「불확정성 원리」(1927)를 환기한다. 전자(電子) 위치를 파악하기 위해 짧은 파장의 빛으로 관찰하게 되는데, 빛의 파장이 짧아질수록 전자의 유동성이 커져서 그 전자의 운동량에 대해서는 그만큼 부정확한 값을 얻게 된다는 그의 논지는 바슐라르가 방금 말한 두 문장도 이미 하이젠베르크를 배경으로 하고 있음을 알려준다. 사람의 관찰 혹은 측정 행위가 측정 대상에 영향을 미친다는 그의 논지는 객관주의와 실재론적 전통이 강한 물리학에서 주관주의와 관념론적 측면이 개입될 수 있는 여지를 남기고 있다. 하이젠베르크와 더불어 작업한 볼프강 파울리는 양자역학이 지니는 비결정론적 성격과 연금술적 상징들이 표출되는 집단 무의식을 융의 정신분석학과 연결시킴으로써 물리적 개별 현상은 우주 전체 과정과, 부분은 전체와 상호 연결되어 있다고 보았다. 하이젠베르크의 자서전 『부분과 전체』(1969), 임경순의 하이젠베르크 설명(인터넷 : http//scrc.postech.ac.kr) 참조.

위들의 차원으로 인도하며, 또한 지적이고 참을성 있는 의지력의 중심으로 인도한다. 이러한 이유로 소인국에 대한 몽상들은 강한 이온성을 띠며, 그토록 다사로운 것이다. 그러한 몽상들은 영혼을 파괴하고 나오는 탈출의 몽상들에 역행한다.

그리하여 세심한 상상력은 어디로든지 스며들기를 원하는데, 그것은 단순히 우리 자신의 껍질 안으로 다시 들어가라는 권유일 뿐만 아니라, 진정한 은둔의 삶, 몸과 마음을 모아들인 내성적인 삶, 휴식의 그 모든 가치들을 체험할 수 있도록, 온 껍질 안으로 스며들라는 권유다. 장 파울의 조언이 바로 그러하다* : "그대 삶의 공간을, 침실 바닥과 구석들을 하나하나 방문하고 몸을 옴츠려 그대 달팽이 껍질의 가장 깊은 마지막 구부러진 구석에 자리잡으라." 우리를 거주하게 하는 대상물들이 표지판을 내건다면 '모두가 껍질[30]이다'라고 적을 것이다. 그리고 꿈꾸는 존재는 그것에 다음과 같이 화응할 것이다 : "내게도 모든 것은 껍질이다. 나는 연약한 물질로서 견고한 형태들 속에서 보호받고자 왔으며, 온 대상물의 내부에서 보호받고 있다는 자각을 누리고 싶다."

장 파울과 마찬가지로 트리스탕 차라Tristan Tzara 또한 이와 같은 아주 미세한 공간의 부름을 듣는다 : "(바닥에 깐) 직물의 실이 틀어막고 있는 구멍 속에서 나를 부르는 자, 입 벌린 대지가 '그건 바로 날세' 하고 대답하네. 완강한 인내로 견고해진 마룻바닥, 그 마루 판자의 턱뼈."[31] 상식적인 사람들, 고지식한 사람들은 이 같은 이미지들이 무상적이라며 그냥 무턱대고 비난해왔다. 마룻바닥 판자의 가느다란 이빨들사이, 그 미세한 거처에서 벌어져 나타나는 것이 바로 온 대지임을 이

---

* 장 파울 리히터Jean Paul Richter, 『픽스라인의 삶(La Vie de Fixlein)』, 불역서, 230쪽.

30) 내적 거주를 가능하게 하는 조가비·달팽이·호두 등의 단단한 껍질.

31) "나는 뇌의 서랍들을 그리고 사회 체계를 파괴한다"—『앙티테트(L'Antitête)』(1933)는 반합리·반지식·반전통·반사회를 포괄적으로 상징한다. 차라는 일련의 산문시들로 이루어진 이 시집에서, 긴 문장들과 수많은 구두점들의 사용을 통해 어휘들의 무한한 조합들이 가능하게 하면서, 비상식적인 이미지들이 독자의 상상력을 자극하도록 한다. 이는 필경 초

해하기 위해서는 축소지향적 상상력이 조금만 있다면 족할 것이다. 그러니 축적 비율 적용을 받아들이면서, 차라와 더불어 "나는 밀리미터이지"*라고 말해두자. 같은 책 속에서, 우리는 그가 "어린 시절의 꿈속에서 자란 나는, 햇빛을 받아 단단해진 나뭇결 사이에 끼어 있는 빵 부스러기와 먼지 알갱이를 아주 가까이서 보고 있다네"**라고 말하는 것을 읽을 수 있다(『빵의 경화 La Pétrification du Pain』, 67쪽). 환각제 메스칼린처럼, 상상력은 대상물들의 크기를 바꿔놓는 것이다.***

현미경을 이용한 최초 발견들을 업적으로 상세하게 기재해놓은 과학 서적들을 뒤적거리기만 하더라도, 릴리풋식 아름다움이 넘쳐 흐르는 수많은 예들을 찾을 수 있을 것이다. 현미경이 출현했을 때, 정말로 그것은 미세한 세계의 요지경(瑤池鏡)이었다. 그러나 문학적 자료들에 충실하고자 하는 우리 입장을 고수하면서, 현실 이미지들이 심리적 삶 속에 분명하게 그 모습을 드러내는 한 대목만 보기로 하자(『픽스라인의 삶』, 24쪽) : "잘 조작된 현미경 하나를 가진다는 것, 그리하여 당신의 부르고뉴산 포도주 한 방울이 실은 홍해와 같은 하나의 바다임을, 나비들의 날개에서 떨어지는 가루가 공작의 깃털임을, 곰팡이가 그 어떤 꽃밭임을, 그리고 모래 한줌이 한 더미의 귀금속들임을 깨닫게 되는 것,

---

현실주의의 원칙이라고 할 브르통의 무의식에 의한 자동 기술(記述)의 효과 아래 있다고 일반화될 수 있으나, 독창적인 그의 '파괴'에 대한 실질적 체험은 그러한 일반화조차 거부할 정도다.

* 트리스탕 차라, 「제 뿔나팔 속의 난쟁이(Le Nain dans son Cornet)」, 『앙티테트 (L'Antitête)』, 44쪽.

** 트리스탕 차라, 같은 책, 44쪽. 「포스트롤보다 더 작은 포스트롤」이라는 장을 쓰면서 알프레드 자리는 릴리풋식 환각들에 대한 절대 공식을 찾아낸다 : "어느 날 포스트롤 박사는…… 현재의 자기 자신보다 더 작아지고 싶었다. 그리고 그 원소들 중의 하나를 찾으러 가기로 결정했다…… 미물의 계열에 속하는 배추벌레의 전형적 크기로 작아져, 그는 배추잎 하나를 따라 길을 떠났는데, 그 신비의 원액을 찾을 때까지 그는 동료 배추벌레들이나 상대적으로 커져버린 다른 모든 것의 외양들을 염두에 두지 않았다."

*** 프랑시스 퐁주 또한 굴 껍데기 속에서 '앙코르와트 대사원'을 본다(『사물들의 기정방침 Le Parti Pris des Choses』, 54쪽).

현미경으로 이렇게 즐기는 일은 최고로 호사스런 물놀이보다 더 오래
도록 기껍다…… 그러나 나로서는 이러한 은유들을 다른 은유들을 통
해 설명할 필요가 있다.『픽스라인의 삶』의 원고를 뤼백 출판사에 보냈
던 나의 의도는 단지 온 세상에 알리고 싶은 것이 있어서였는데……
그것은 큰 감각적 기쁨들보다 작은 감각적 기쁨들에 더 큰 가치를 주
어야만 한다는 점이다."

4

표면상으로 작으나 내면적으로는 거대한 것의 이러한 기하학적 모순
에 이어, 다른 수많은 모순들이 내밀성의 몽상 속에 나타난다. 어떤 유
형의 몽상에 있어서는, 내면세계가 자동적으로 외부세계와 반대되는 것
으로까지 생각된다. 아니! 이 어두운 빛깔의 마로니에 열매가 이다지도
흰 속살을 가지고 있다니! 이 거친 갈색 모직 옷[32]이 그와 같은 상아빛
을 감추고 있다니! 서로 모순되는, 서로 모순되기 위해 모여드는 질료
들을 이같이 쉽게 발견한다는 것은 얼마나 즐거운 일인가! 자기가 꾸
는 꿈들을 표현해줄 문장(紋章)을 찾던 밀로슈[33]라는 한 시인은,

　가문(家紋) 속의 까마귀를 위한 흰 담비 둥지

를 발견한다.
　이 반명제적인 몽상들, 우리는 그것들이, 눈부시게 흰 백조가 내면적

---

32) 마로니에 열매 껍질.

33) Oscar Vladislas de Lubicz-Milosz(1877~1939) : 리투아니아 출생의 프랑스 시인이자
작가. 상징주의에 기반하여, 신비적 계시를 통한 어떤 절대와 신성을 추구했다. 작품으로
『르뮈엘의 고백 (Confession de Lemuel)』(1922), 『비결 (Arcanes)』(1927) 등이 있다.

으로는 온전히 검은색이라는 중세의 '세간(世間)의 진실'에 입각하여 활성화되고 있음을 감지한다. 랑글루아Langlois는 우리에게 말하기를 이 '진실'은 천 년 내내 유지되었다고 했다.* 색깔에 있어 백조의 속이 까마귀의 속과 별다르지 않다는 것을 입증하려면 최소한의 검사를 실제로 해보기만 하면 되었을 것이다. 그럼에도 불구하고, 백조의 속이 유난히 검다는 주장이 그토록 자주 반복된 것은 그것이 변증법적 상상력의 법칙을 충족시키고 있기 때문이다. 이미지들은 첫째가는 정신심리적 힘으로서, 추상적인 개념들보다 강력할 뿐 아니라, 또한 실제 경험들보다도 더 강하다.

장 콕토Jean Cocteau는, 『평가(平歌, Plain-Chant)』에서, 이 변증법적 상상력에 의거해 다음과 같이 쓰고 있다.

내가 사용하는 잉크는 어느 백조의 푸른 피라네.

독자의 변증법적 상상력을 너무나 신뢰하는 한 시인은 때로 이미지의 첫 부분만을 제시한다. 그래서 트리스탕 차라는 '물로 자신의 백색을 헹구는 백조'를 묘사하고 나서, 곧이어 단지 "검은 희다"라고 첨언한다(『어림잡아 본 인간 L' Homme approximatif』 제6권). 이 짧은 문장을 단순 긍정문으로 읽는 것, 그래서 백조가 희다는 것을 배우는 것, 그건 바로 꿈 없는 독서다. 반대로, 어떤 부정화 독서, 시인의 모든 자유로운 모색들을 향유하기에 충분히 자유로운 독서는, 우리를 상상적 심층차원으로 이끈다. '검은 희다'라면, 그건 바로 그 존재[34]가 가지고 있던 모든 백색을 밖에 내놓았다는 것이다. 여기서 작용한 부정화는 어둠을 환기한다.[35]

---

* 랑글루아, 『세상의 이미지 III (L' image du Monde III)』, 179쪽.

34) 여기서는 백조.

35) 백조의 내적 어둠, 흑색에 대한 상상의 촉발.

연금술 또한 내부와 외부라는 이 단순한 변증법적 조망 관점에 곧잘 빠져든다. 사람들이 장갑을 뒤집듯이, 연금술은 흔히 질료들을 '뒤집기'를 원한다. 한 연금술사는, 그대가 안에 있는 것을 밖에 내놓을 수 있고 또한 밖에 있는 것을 안에 들여놓을 수 있다면, 그대는 대가(大家)일세, 라고 말한다.

연금술사는 질료의 내부를 씻어낼 것도 곧잘 추천한다. 이 심층차원의 세척은 때로 평범한 물과는 아주 다른 여러 가지 '물'을 요청할 것이다. 그런 세척은 표면 세탁과는 아무런 공통점도 지니지 않을 것이다. 그러니 질료의 이 내면적 청결함은 흐르는 물 아래 이루어지는 단순한 쇄광(碎鑛)을 통해서가 아니다. 분쇄(分碎)는 이러한 시각에서 볼 때 정화에 도움이 되지 않는다. 한 만능 용해제만이 질료 정화 효과를 얻을 수 있다. 질료들의 뒤집기와 내적 정화라고 하는 두 가지 주제들은 흔히 하나로 합쳐진다. 질료들을 깨끗이 하기 위해 그것을 뒤집는 것이다.

이와 같이 외부의 반대되는 것으로 질료들의 내부를 지시하는 주제들은 넘쳐나듯 많고 또 서로를 보완한다. 이런 변증법은 "입에 쓴 것이 몸에 좋다"느니, "호두 껍질은 쓰나, 속의 알은 달다"라는 옛 격언에 학술적인 어감을 부여한다. 플로리앙Florian[36]은 그런 속담에서 우화를 지어내기도 하였다.

외적 특성과 내적 특성의 이와 같은 도치들이 구식 몽상들일 것이라고 생각해서는 안 될 것이다. 연금술사들과 마찬가지로 시인들 또한 이 심층차원적인 도치들에 매료되었으며, 이들 '뒤집기들'이 정선되어 이루어질 때, 그것들은 우리를 황홀하게 하는 문학적 이미지들을 생산한다. 그리하여 프랑시스 잠Francis Jammes은 피레네 산중 여울의 바위들에 의해 찢어진 물살들 앞에서 '물의 이면(裏面)'을 본다고 믿는다 :

---

36) Florian(1755~1794) : 『우화들』『전원』의 작가. 이탈리아풍 희곡들을 썼다.

"이 하얗게 부서지는 물살들을 어찌 물의 이면이라고 부르지 않을 것인가, 바람이 잎들을 걷어올려 뒤집기 전의 보리수처럼, 쉬고 있을 때는 청록색인 그 물의[37]"(『누벨 르뷔 프랑세즈 *Nouvelle Revue Française*』, 1938년 4월호, 640쪽). 질료적으로 뒤집어진 이러한 물은, 질료에 대한 애정을 가지고 물을 사랑하는 몽상가에게 씁쓸한 환희를 준다. 물거품의 늘어진 술 장식 아래로 찢어진 긴 드레스를 보아야 하는 아픔을 겪으면서도 결코 본 적이 없는 어떤 물질에 대해 그는 끝없이 꿈꾸게 되기에 말이다. 물의 반사라는 질료가 그에게 변증법적으로 계시된다. 물은 그때, 사람들이 에메랄드는 '물의 어떤 특성'을 가지고 있다고 말할 때의 바로 그 표현 속에 있는 '물의 어떤 특성'을 가진다고 여겨진다.[38] 피레네 산중 급류를 체험한 텐느Taine 또한, 『피레네 여행 (Le Voyage aux Pyrénées)』이라는 글에서, 한 내밀한 심층차원에 대해 꿈꾼다. 그는 강이 '움푹 파고듦'을 본다. 그는 '그것의 납빛 배〔腹〕'를 본다. 휴가중인 이 역사가는 하지만 그로부터 바람이 잎들을 걷어올려 뒤집는 보리수의 이미지를 보지는 못한다.

　내부적인 것과 외부적인 것에 대한 이 변증법적 조망 관점은, 때로 벗겨졌다 다시 씌어진 어떤 가면(假面)의 가역적(可逆的) 변증법이다.

　　근엄한 제 은도금 아래 구리로 된 본체가 웃도록 내버려두고 있는
　　샹들리에에……

말라르메의 이 시행[39]을, 나는 내 몽상의 시간, 그 기분에 따라 두 가

---

37) 문맥을 이해하기 위하여는 보리수 잎의 뒷면이 초록색 겉면에 비해 상대적으로 흰색임을 알 필요가 있다.

38) 에메랄드는 녹색 반사광을 가진다. 물(eau)은 보석들과 관련하여 '투명도'라는 뜻으로 관용화되어 쓰인다.

39) 스테판 말라르메Stéphane Mallarmé, 「음침한 세련 (Galanterie Macabre)」, 『전집』, 15쪽.

지 방식으로 읽을 수 있겠는데, 처음에는 구리로 된 본체가 은도금의 허식을 비웃는 소리를 들으며 풍자조로 읽을 것이며, 다음에는, 훨씬 완화된 조로, 은도금이 벗겨진 큰 촛대를 더이상 비웃지 않고, 점점 사라져가는 근엄함[40]과 강건한 기쁨[41]이라는 서로 연계된 금속적 힘을 보다 더 잘 리듬 분석하면서 읽을 것이다.*

바로 이 변증법적 인상이라는 방향에서, 우리는 오디베르티[42]의 한 이미지를, 질료와 속성의 모순 속에 있는 한 이미지를 상세히 검토하고자 한다. 오디베르티는 14행의 한 시에서 '우유의 은밀한 거무레함'에 대해 말하고 있다. 그런데 묘한 것은, 그 시의 아름다운 음향성이 단순한 언어적 차원의 기쁨만이 아니라는 데 있다. 물질은 상상하기 좋아하는 사람에게 오묘한 기쁨을 준다. 물질적 상상력이 백색층 아래에 어떤 어두운 빛의 반죽 상태를 필요로 함을 알기 위해서는, 그 진득진득한 백색[43]에 대해, 그 질감 있는 백색에 대해 조금만 꿈꿀 수 있다면 족할 것이다. 그것 없이 우유는, 그렇게 두터운, 그 두터움을 확신하는 불투명한 백색을 갖지 못할 것이다. 그렇다면 이 자양 가득한 액체는 **흙**의 속성을 지니는 그 온전한 가치들을 갖지 못할 것이다. 백색의 아래에서 백색의 이면을 보는 바로 이 욕망으로부터 상상력은 그 액체 표면에서 번득이는 어떤 푸른 반사광들을 더 강렬하게 만들고, '우유의 은밀한

---

40) 은도금.

41) 내구적인 본체의 구리.

* 마찬가지로, 두 가지 색채들을 활성화시키면서, 앙드레 프레노André Frénaud의 시행을 변증법적으로 읽노라면 포도주를 마시는 두 가지 방식을 발견할 수 있을 것이다 : "암청색 막포도주들의 붉은빛"(「줄일 수 없는 태양Soleil irréductible」, 7월 14일). 상상적 질료는 어디에 있는가? 명확히 드러나는 붉은빛 속에, 그렇지 않으면 어두운 내면성들 속에?

42) Jacques Audiberti(1899~1965) : 프랑스의 시인, 소설가, 극작가. 말라르메와 초현실주의자들의 영향 아래 현란한 언어구사로 선과 악, 영혼과 육체라는 자신의 관심사를 비현실적 분위기속에 풀어낸다. 그의 극작품의 혼란스럽고 엉뚱하고 유혹적인 음악성은 위고의 낭만극을 환기한다.

43) 우유의 백색.

거무레함'*을 향한 그의 길을 찾아 나서도록 인도된다.

피에르 게갱의 한 묘한 언급은 백색 사물들이 가지는 은밀한 거무레함에 대한 그토록 많은 은유들의 정점에 자리잡을 수 있을 것이다. 내적 운동성으로 온전히 희어진, 물거품으로 온통 동요된 어떤 물에 대해, 로스메르스홀름[44]의 흰 머리카락들처럼, 우울증 환자를 죽음으로 이끄는 어떤 물에 대해 말하고자 하면서, 피에르 게갱은 "응고된 우유는 잉크 맛일 것이다"라고 썼다(『브르타뉴 지방 La Bretagne』, 67쪽). 내면의 그 검은 얼룩, 위선적으로 달콤하고 흰 어떤 질료의 내면적 원죄를 어떻게 더 잘 말할 수 있겠는가! 어떻게 하여 인간 상상력의 숙명적 지향성은 이 현대 작가로 하여금 야콥 뵈메[45] 같은 작가의 작품 속에 그렇게 빈번히 등장하는 가혹한 신랄성 개념을 재발견하도록 인도하고 있는 것일까? 달 아래 우윳빛 물은 죽음의 내밀한 거무레함을 띠고, 꽃향기를 풍기는 물은 잉크의 어떤 뒷맛, 어떤 자결용 물약의 신랄한 맛을 띤다. 이와 같이 게갱이 말하는 브르타뉴의 물은, 엘레미르 부르주 Elémir Bourges의 『범선 (La Nef)』 속에서 '강철의 자식'으로 등장하는 고르고노스의 '검은 우유'와 같다.

일단 현상액이 발견되면, 반농담조(半濃淡調)의 여러 대목들도 어떤 각별한 심층차원을 드러낸다. 우유의 은밀한 거무레함이라는 현상액과 함께, 예컨대 염소 젖을 마시고자 소녀들과 함께 언덕을 돌아다녔던 밤 여행에 대해 릴케가 얘기하는 다음 페이지를 읽어보자(「내면일기 단장들 Fragments d'un Journal intime」, 『문예 Lettres』, 스톡 출판사, 14쪽) : "그 금발머리 소녀는 돌로 된 공기 하나를 가져와 우리들 앞에 있는 탁

---

* 장 폴 사르트르, 『존재와 무 (L'être et le Néant)』, 691쪽 참조.

44) Rosmersholm : 헨릭 입센 Henric Ibsen의 희곡명이자 그 작품의 주인공.

45) Jacob Boehme(1575~1624) : 독일의 신비학자. 완전의 개념으로부터 그 타락의 연쇄적 정도들을 묘사하는 신플라톤주의 형이상학과 반대로 뵈메의 신비학은 불완전한 것들로부터 출발하여 완전한 존재의 기원을 보여주려고 시도한다. 『떠오르는 새벽』『신적 본질의 세 가지 원칙들』『인간의 삼중의 삶』 등.

자에 놓는다. 우유는 검었다. 모두가 놀라기는 했지만 아무도 그 놀라운 사실을 감히 표현하지는 않는다. 그저 속으로만 '나는 이런 시간에 염소 젖을 짜본 적이 한 번도 없었는데, 뭐랄까, 밤이라서, 말하자면 그 젖은 황혼이 되면서부터 거무스레해져, 새벽 두시쯤이면 분명히 잉크처럼 되기 때문일 거야…… 하고 생각한다. 우리 모두는 이 밤 염소의 검은 젖을 맛보았다……" 이 얼마나 섬세한 필치로 한밤에 맛보는 젖의 물질적 이미지를 준비하고 있는가!

게다가 우리 각자의 신비들을 간직하고 있는 내밀한 밤은 사물들의 밤과 일치의 경지에 접어드는 듯 보인다. 우리는 나중에 연구하게 될 조에 부스케[46]의 글들 가운데 이와 같은 상응에 대한 표현들을 볼 수 있다. "별들간의 어둠이 하늘의 창공 속에 있듯 우리 저마다의 마음속에는 광물성의 밤이 있다."

우유의 은밀한 거무레함은 브리스 파랭Brice Parrain의 주목을 끈다.* 그러나 그는 거기서 환상의 단순한 변덕만을 볼 따름이다. "모든 그럴 듯함에 반대하면서, 우유의 은밀한 거무레함을 말할 수 있는, 거짓말한다는 사실을 알면서 거짓말할 수 있는, 온전한 자유를 나는 가지고 있다. 언어 활동은 내 모든 변덕스런 욕망의 요청에 응하는 듯 보이는데, 왜냐하면 내가 원하는 곳으로 언어를 이끌어가는 것은 바로 나 자신이기 때문이다"라고 그는 말한다. 이러한 해석은 시적 상상력에 우를 범한다. 그에 의하면 시인이란, 감각들로 하여금 거짓을 말하도록 원하며, 온갖 변덕과 모순들을 이미지 한가운데 저장하는 환각주의자에 지나지 않는 것처럼 여겨진다. 그러나 심층차원에 대한 조망 관점을 가리키는

---

46) Joë Bousquet(1897∼1950) : 프랑스 작가. 어둠과 침묵에 사로잡힌 시인이자 사상가. 명상과 고독으로부터 주어지는 물리적 세계와 초자연적 세계의 한계에서 그의 사고는 어떤 순수한 투명성의 언어 활동 속에 표현된다. 그는 자신의 일기에서 떨어져나온 단장들의 모음으로 이루어진 작품을 남겼다. 『침묵의 번역』『달의 인도자』『밤의 인식』『서간집』.
* 브리스 파랭, 『자연에 관한 탐구들 그리고 언어의 기능들(Recherches sur la Nature et les Fonctions du langage)』, 71쪽.

데는 우유의 은밀한 거무레함을 은밀하게 만드는 형용사 하나만으로 족하다. 모든 함축 의미들은 결코 거짓말이 아니며, 물질적 몽상은 서로 모순되는 가운데 두 가지 진실을 우리에게 전해준다는 사실을 이해할 필요가 있다. 만일 나와 너 사이의 논쟁이 문제라면, 우리는 거기서 상호 반박의 욕구를 볼 수 있을 것이다. 그가 흑을 말하기 위해 나는 백을 말하는 것으로 족하다. 그러나 몽상은 언쟁하지 않으며, 시는 논쟁하지 않는다. 시인이 우리에게 우유의 비밀을 이야기할 때, 그는 자신에게도, 다른 사람에게도 거짓말하지 않는다. 반대로 그는 범상치 않은 한 전체성을 발견한다. 장 폴 사르트르가 말한 대로, 언젠가 사물들의 핵심을 발견하기를 원한다면 그것을 발명할 필요가 있다.* 오디베르티가 우유의 '은밀한 거무레함'을 말할 때, 그는 우리에게 우유에 대해 가르쳐준다. 그러나 쥘 르나르Jules Renard에게 우유는 절망적으로 흰색인데, 왜냐하면 '우유는 그저 보이는 대로일 뿐'이기 때문이다.

바로 여기서 가능역을 온통 장악하기 위해 모순들을 나열하기만 하는 합리성의 변증법들과, 사실을 포착하기를 원하면서 드러나는 것보다는 숨겨진 것에서 더 많은 실체를 발견하는 상상력의 변증법들 사이의 차이점을 포착할 수 있게 된다. 나열의 변증에서 중첩의 변증으로는 추론 동향이 역(逆)이다. 전자들 속에서, 종합은 반립적 두 외관들을 화해시키기 위해서 제시된다. 종합은 최후의 과정이다. 반대로, (형태와 물질을 아우르는) 총화적(總和的) 상상적 통각(統覺)에 있어서는 종합이 우선한다. 온 물질을 아우르는 이미지는 심저와 명백한 표면성 사이의 변증법 속에서 (나중에) 분리된다. 심층을 지닌 물질적 이미지와 즉각적으로 교섭할 수 있는 시인은 그토록 미묘한 백색을 지지하기 위해서는 어떤 불투명 질료가 필요함을 잘 알고 있다. 바로 그러하기에 브리스 파랭은 오디베르티의 그 이미지를 아낙사고라스[47]의 다음 텍스트에 연

---

* 장 폴 사르트르, 「속박된 인간 (L'Homme ligoté)」, 『전언들 II (Messages II)』, 1944.

관시킨다 : "물로 구성된 눈(雪)은 우리가 눈(目)으로 보고 있음에도 불구하고 검다." 그것의 물질이 전혀 검지 않을 경우, 눈의 백색이 백색 결정체가 되기 위해 어두운 존재의 밑바닥으로부터 출발하지 않는다면, 눈이 희다는 것이 무슨 가치를 지니겠는가? 흰색을 향한 의지는 이미 다 만들어져서 그 상태만 유지하면 되는 어떤 색의 자질이 아니다. 물질적 상상력은 항상 조물주적 기운(氣運)을 가지고 어두운 물질로부터 모든 백색의 물질을 창조하고자 하며, 또한 거무레함의 모든 이력들을 극복하고자 한다. 명료성을 추구하는 사고의 관점에서 보면 근거 없거나 잘못된 것으로 보이는 이런 류의 많은 표현들이 있다. 그러나 물질적 내밀성에 관한 몽상은 의미화 사고 법칙들을 따르지 않는다. 언어 활동에 대한 브리스 파랭의 무척이나 흥미로운 논지는, 신화들과 이미지들이 거할 수 있는 어떤 두터운 기층을 입증적 로고스에 부여할 때 배가된 힘을 가질 수 있을 것이다. 이미지들 또한 그것들 나름대로 입증한다. 그것들의 변증법이 객관적이라는 가장 좋은 증거로 우리는 방금 '사실 같지 않은 이미지'가 아주 다양한 작가들의 시적 확신 속에서 어김없이 나타나고 있음을 본 바 있다. 시인들은 '전도된 세계'에 대한 헤겔식의 법칙을 아주 단순하게 재발견했던 셈이다. 우리는 그것을, 일차적 세계의 법칙에서 "흰 것은 전도된 세계의 법칙 속에서는 검은 것이 되며", 그래서 변증법의 1단계 운동에서 흑색은 '백색의 즉자(卽自)'라고 표현할 수 있다(헤겔, 『정신의 현상학 La Phénoménologie de l' Esprit』 제1권, 이폴리트Hyppolite 역, 132쪽 참조). 그러나 이 절의 논의를 끝맺기 위해서 역시 시인들에게로 되돌아가보자.

질료들에 관해 꿈꾸는 한 시인에 의해 명상된 색은 전적으로 그 질료적인 견고한 근원으로, 빛에 도달하는 모든 것에 대한 질료적인 부정

---

47) 아낙사고라스 : 이오니아 학파의 철학자. 페리클레스, 소크라테스, 아르케라오스 등을 아테네에서 가르쳤다. 생리학자로서 해부학을 실시했던 것으로 추정된다. 그의 우주론 속에는 구조적 이해력과 물질적이며 기계적인 사고가 있다.

(否定)으로 흑색을 발견한다. 우리는 기유빅Guillevic의 기묘한 시 한 편을 심층적으로 끝도 없이 꿈꾸게 된다.

> 푸른색 깊은 곳에 노란색이 있네,
> 그리고 그 노란색 깊은 곳에 흑색이 있네,
>
> 일어서는
> 그리고 우리를 쳐다보는 그 흑색을,
>
> 주먹으로
> 한 사내를 쳐 쓰러뜨리듯 쓰러뜨릴 수 없다네.
> ─「집행명령(Exécutoire)」, 『카이에 뒤 쉬드(Cahier du Sud)』, 280호

미셸 레리스Michel Leiris 또한 말하기를, 흑색은 "공허와 허무의 것이기는커녕, 외려 모든 사물의 심부에 있기에 결과적으로 짙은 질료성을 부각시키는 능동적 색조"라고 했다(『오로라Aurora』, 45쪽). 그리고 까마귀가 검은 것은, 미셸 레리스에게 있어 '시체 식사'의 결과인데, 까마귀는 "엉겨붙은 피 혹은 타버린 숲처럼" 검다. 흑색은 모든 짙은 색에 자양을 공급하며, 모든 색들의 내면적 거처다. 집요한 몽상가들은 그렇게 흑색을 꿈꾼다.

흑색을 꿈꾸는 위대한 몽상가들은 벨라이Biely[48]처럼 (『유혹자Le Tentateur』, 래 출판사의 시선집) '거무레함 속에 있는 흑색'을, 누그러진 거무스름함 아래 작용하고 있는 신랄한 흑색, 자신의 심연의 색을 생산하는 질료의 그 흑색을 발견하고자 하기까지 한다. 이와 같이 이 현대 시인은, 흑색 자체보다도 더 검은 흑색을 찾아다녔던 연금술사들

---

48) Boris Nikolaievitch Bougaiev(1880~1934) : 일명 André Biely(Belyi). 러시아 작가.

의 흑색에 대한 예스런 몽상을 재발견한다 : "흑색은 흑색보다 더 검은 흑색이다nigrum nigrius nigro."

　모든 감각들을 전도시키면서, D.H. 로렌스는 같은 객관적 전도들 속에서 자기가 받은 인상의 심층차원을 발견한다(『인간과 인형L' Homme et la Poupée』, 불역서, 169쪽) : 태양에서 "빛나는 것은 태양이 두른 먼지 의상일 뿐이다. 어둠 속을 여행하면서 우리를 향해 오는 진정한 광선들은 바로, 원래 태양의 그 운동성 어둠이다. 태양은 어둡다. 그의 광선들도 어둡다. 그리고 빛은 그것들의 이면일 뿐이다. 황색 광선들은 태양이 우리에게 보내는 것의 이면일 뿐이다……"

　그 예를 이어 논지는 확대된다. 로렌스는 계속 말하기를, "우리는 그러니 세계의 이면 속에 살고 있다. 진정한 불의 세계는 어두우며, 꿈틀거리며, 피보다 더 검은색이다. 우리가 살고 있는 빛의 세계는 그것의 다른 쪽이다……

　잘 들어두자, 사랑에서도 사정은 마찬가지다. 우리가 체험하는 저 창백한 사랑 또한 진정한 사랑의 이면이며, 퇴색한 무덤이다. 진정한 사랑은 야성적이며 비극적이다. 그것은 어둠 속에서 둘이 함께 만드는 어떤 꿈틀거림이다……" 한 이미지의 심화는 우리 존재의 심층차원을 참여시키도록 우리를 인도한다. 그것은 원초적 꿈, 바로 그 방향으로 활동하는 은유들이 가진 새로운 힘이다.

5

　3. 우리가 연구하고자 하는 내밀성에 대한 세번째 조망 관점은 경이로운 어떤 내부세계를, 더없이 아름다운 꽃들보다 더 경이롭게 조성되어 있고 채색된 어떤 내부세계를 우리에게 계시하는 전망이다. 맥석이 들어올려지자마자, 정동(晶洞)이 열리자마자, 결정체들로 가득한 한 세

계가 우리에게 드러난다. 잘 연마된 수정 단면이 꽃들과 매듭 장식들과 온갖 형상들을 계시하니 꿈꾸는 것을 멈출 수가 없다. 이 내부 조각은, 3차원으로 된 이 내밀한 그림들은, 이 형상들 그리고 이 초상화들은 잠자고 있는 미녀들처럼 거기에 있다. 이 심층차원의 범미주의(汎美主義)는 아주 다양한 설명들을 불러일으킨 바 있으며, 이는 또한 그만큼 많은 꿈의 방식들이 있다는 말이다. 그중 몇몇을 살펴보기로 하자.

꽃과 나무들, 빛들을 보았던 외부세계에서 온 관객을 따라가보자. 그는 이제 어둡고 닫힌 세계로 들어가면서 피어나는 꽃의 형상들과 나무의 형상들, 그리고 발광(發光) 현상들을 보게 된다. 이 모든 불확실한 형태들은 그를 꿈꾸게 만든다. 완성되어 드러나기를 희망하는 이 불확실한 형태들 속에는 꿈의 전조가 머무르고 있다. 우리의 책『물과 꿈 (L'Eau et les Rêves)』에서 우리는 몽상가가 고요한 물 위에 비친 풍경의 반영으로부터 얻게 되는 미학적 암시들을 강조한 적이 있다.[49] 이 자연적 수채화는, 색과 형태들을 자기도 한번 재현하기를 바라는 몽상가에게 변함없는 격려가 되어왔다고 우리는 생각했다. 호수의 물 속에 비친 풍경은 예술 창조에 선행하는 몽상을 야기한다. 사람들은 먼저 꿈꾼 바 있는 사실을 보다 더 진정으로 모방한다. 17세기에 당대의 학술서적들보다 더 많은 독자를 가졌던, 연금술서 중 하나를 썼던 한 옛 작가가 몽환의 미학적 충동들에 관한 우리의 이러한 가정을 정당화할 수 있도록 도와줄 수 있을 것이다 : "만일 이 천부적 재능과 지혜들이 (우선) 대자연의 내부에 있지 않았다면, 예술은 결코 스스로 그 형태와 형상들을 발명할 수 없었을 것이다. 또한 대자연이 그렇게 하지 않았더라면, (예술력만으로는) 나무 한 그루, 꽃 한 송이도 결코 그릴 수 없었을 것이다. 이렇게 우리는, 대리석과 벽옥(碧玉) 속에서[50] 인간·천사들·짐승들·건축물·포도나무, 그리고 온갖 종류의 꽃들로 덮여 빛나는 초

---

49) 해당서, 제1장.

50) 이 절의 앞부분 정황에서 발견하게 되는 대리석과 벽옥.

원을 보면서 찬탄하고 또한 황홀한 환희에 젖는다."*

돌과 광물의 내면성에서 발견된 이 조각품, 이 천연의 조상(彫像)들, 내밀한 이 천연의 회화들은 외부세계의 풍경과 인물들을 '그것들의 통념적 가치 이상으로' 재현한다. 이 내밀한 작품들은 질료들의 내밀성에 대해 꿈꾸는 몽상가를 경탄하게 한다. 파브르에게 이 결정체 형성의 천분(天分)은 가장 솜씨 있는 조금사(彫金師)의 것이며, 가장 섬세한 세밀화가의 것이다 : "그리하여 우리는, 인위적 색들은 대자연이 천연 화폭에 사용하는 색들만큼 그렇게 완벽하지도 생생하지도 찬란하지도 않다는 사실과, 대리석과 벽옥들 속에 있는 이들 자연적 그림들이야말로 예술이 우리에게 내어놓는 것들보다 더 진귀하고 더 완벽함을 보게 된다."

이성적 정신의 소유자인 우리 인간들에게, 선화(線畵)는 걸출한 인간적 기호다. 동굴의 벽에 그려진 들소의 프로필을 보는 순간, 우리는 즉시 어떤 인간이 거기를 다녀갔음을 인지한다. 그러나 어떤 몽상가가 자연 자체가 예술가이며, 자연 스스로가 그림을 그리고 묘사할 수 있다고 믿는다면, 그것은 살덩이 속에 형상을 만들 수도 있고 돌 속에도 조각할 수 있지 않겠는가? 파브르의 재기(才氣) 속에서 물질의 내면적 잠재력들에 대한 몽상은 이런 경지에까지 미친다(305쪽) : "소레주 근방에 있는 랑그도크 지방의 흙 동굴들이나 혈거(穴居)들 속에서, 특히 속어로 트랑 델 칼레유라고 불리는 한 혈거에서, 나는 더없이 완벽한 조각과 이미지군의 흔적들을 보았다. 호기심이 유난한 사람들은 그것들을 직접 보러 갈 수도 있거니와, 관람객들의 시선을 황홀하게 하는 수천 가지 형상이 한 바위 속에 새겨져 있거나 고정되어 있는 것을 보게 될 것이다. 그것들을 새기고 조각하기 위해 그 어떤 조각가도 그 안에 들어가지 않았다…… 이 사실이야말로, 온갖 종류의 물질들 속에서 다양

---

* 피에르 장 파브르Pierre-Jean Fabre, 『화학적 비밀들에 대한 개요(Abrégé des Secrets chymiques)』, 파리, 1636.

하게 활동할 수 있도록, 창조주가 대자연에게 경이로운 천부적 재능과 지혜들을 부여했다고 믿도록 우리를 이끈다." 파브르는 이어서, 그 그림이 지하에 사는 무슨 악마들 소행이라는 등의 얘기를 해서는 안 될 거라고 말한다. 대장장이 지신(地神) 따위를 믿는 시대는 지났다. 결코 아니다! 자명한 사실로 돌아가서 미적 활동을 질료들 그 자체에, 물질의 내밀한 잠재력들에 귀속시켜야 한다(305쪽) : "그것들은 불과 공기로 된 섬세하고 신묘한 질료들인데, 세계의 보편 기(氣) 속에 거하며, 물질이 원하는 온갖 종류의 모습들과 형태들 가운데 그 기를 부여할 수 있는 미덕과 능력을 지니고 있다. (때로) 그것들은 소[牛]라든가 상상할 수 있는 다른 동물 형상처럼, 형상이 통상적으로 귀속될 종(種)과 유(類)를 벗어나, 대리석이나 돌 그리고 나무 같은 것들 속에 자리잡는다. 이때의 형상들은 대자연 속에 있는 그야말로 건축공학적인 기의 자연적 미덕에 좌우된다."

그러고 나서 파브르는 예를 드는데(307쪽)—우리는 그것을 연금술서들을 읽으면서 아주 자주 발견했다—그것은, 굽은 다리가 달린 것처럼 보여서 로마 군기(軍旗)의 독수리상(像)을 재현해내는 고사리 뿌리에 관한 것이다. 그때 몽상 중에서 가장 맹렬한 몽상이 고사리와 독수리와 로마 제국을 결합한다. 고사리로부터 독수리에 이르는 상호 연관성은 신비한 것으로 남지만, 우리의 작가에게 그 관련성은 보다 내면적인 관계들 중의 하나로, "고사리는 독수리들에게 활력을 주는 어떤 중대한 비방으로 사용되고 있음이 틀림없다."[51] 로마 제국에 관해 말할 것 같으면, 모든 것이 명백하다 : "고사리는 이 세상 도처에서 자란다…… 로마 제국의 문장(紋章)도 온 세상 어느 곳에서나 자연스러운 것이다." 문장(紋章)을 구상하는 몽상은 별것 아닌 꼬투리에서 적절한 상징들을 찾아낸다.

---

51) 형태적 이유에서가 아니라 독수리에 의해 식용된 고사리라는 내밀성의 이유가 지적되고 있다.

우리가 이같이 황당한 텍스트들이나 이같이 극단적인 이미지들을 받아들일 수 있는 것은, 연금술사들의 이야기에 전혀 영향받지 않았고 고대의 마법서들을 읽지도 않았던 작가들에게서조차, 완화된 형태 하에 은밀히 작용하는 그것들을 발견했기 때문이다. 17세기의 한 저술가의 작품 속에서[52] 고사리 뿌리에 대한 대목을 읽은 다음에, 유사한 이미지의 매혹을 카로사와 같은 절도 있는 작가에게서 다시 느끼게 되는 것은 충격적이지 않은가. 『의사 기온 (Le Docteur Gion)』(불역서, 23쪽)에서 우리는 젊은 처녀 조각가 신시아가 토마토를 자르는 모습을 본다 : "그녀는 이같은 과일이야말로 광휘(光輝)에 대해 잘 알고 있다고 선언하면서, 과육의 불그레한 수정이 둘러싸고 있던 하얀 속심지 단면을 보여주면서, 그 속심지가 상아빛 어린 천사와 제비 날개처럼 끝이 뾰족한 날개를 단 무릎을 꿇고 있는 한 어린 천사와 닮았다는 것을 증명하고자 애썼다."

스트린드베리Strindberg의 『지옥(Inferno)』에 나오는 다음 대목도 같은 방향으로 읽을 수 있다(65쪽) : "나흘 전부터 호두 한 알을 발아시킨 다음, 나는 배 씨만한 하트 모양의 배아(胚芽)를 떼어냈는데, 그것은 사람의 두개골을 상기시키는 모양의 두 떡잎 사이에 자리잡고 있었다. 현미경 관찰 받침대 위에서, 기도하듯 들어올려 합장한 대리석같이 하얀 두 작은 손들을 보았을 때의 내 감정을 판단해보라. 그건 환영일까, 환각일까? 아, 그건 아니다! 나를 두렵게 했던 그 놀라운 실체. 움직임 없이, 나를 향해 기도하듯 뻗어 있는, 여인이나 아이의 손에 붙어 있는 듯한 짧은 엄지까지 분명한 그 다섯손가락들을 나는 셀 수 있다!" 다른 많은 텍스트 중에서도 특히 이 텍스트는 스트린드베리의 무한소를 향한 꿈이 지닌 힘을, 무의미한 것에 부여하고 있는 넘쳐나는 의미들을, 사물들의 미세함 속에 갇혀 있는 신비에 대한 그의 강박관념을 우리에

---

52) 앞의 파브르의 경우.

게 보여준다. 좀 광범위하게 말하자면 과일 하나를, 씨 하나를, 과일의 인(仁) 하나를 쪼개는 일은 우주에 대한 몽상을 예비하는 것이다. 존재의 모든 배아는 꿈의 배아이다.

더욱 위대한 시인들은, 목탄화를 그릴 때처럼 이미지를 다소간 흐릿하게 만들면서 우리를 심층적 꿈들로 인도한다. 『라이너 마리아 릴케에 대한 추억들(Les Souvenirs sur Rainer Maria Rilke)』이라는 탁시스 후작부인[53]의 책 속에는 내부와 표면의 변증법들이, 혐오와 매혹들이 교차하는 변증법들이 작용하고 있는 릴케의 어떤 꿈에 대한 이야기가 있다(베츠사 출간, 183쪽) : 한밤중 꿈속에서 시인은 "검고, 축축하고, 불쾌한 흙덩이를 손에 쥐게 되는데, 그는 깊은 불쾌감과 구역질나는 반감을 느낀다. 하지만 이 진흙덩이를 다루어야 할, 말하자면 자신의 손으로 형태를 주어야 할 필요가 있다는 것을 알고, 심한 혐오감을 느끼면서 점토를 다루듯 일을 시작한다. 그는 칼을 가지고 이 흙덩어리의 얇은 조각을 들어내야만 한다. 그것을 잘라내면서 그는 그것의 내부가 외부보다 더 끔찍하지 않을까 하고 자문한다. 그러다가 몹시 주저하면서 그가 방금 벗겨낸 안쪽 부분을 들여다보는데, 거기에 있는 것은 그 모습과 색이 사랑스럽기 그지없는, 날개들을 펼치고 있는 한 마리 나비의 표면, 어떤 살아 있는 보석 세공품의 경이로운 표면이다." 이야기는 다소 투박하지만 몽상적 가치들은 제대로 자리잡혀 있다. 느린 독서[54]를 추종하는 이라면 누구나 무리 없이 가치들을 전환시키면서, '검은 흙' 속에 싸여 있는 이 빛의 화석이 지닌 잠재력을 발견할 것이다.

---

53) 릴케는 1912년 아드리아 해 연안의 두이노에 있는 한 성에서 그의 『애가』의 첫 부분을 썼는데, 탁시스 후작 부인은 그 성의 여주인이었던 마리 폰 투른 운트 탁시스 Marie von Thurn und Taxis 후작 부인을 가리킨다.
54) 바슐라르가 끊임없이 권고하는 독서.

4. 어떤 구조의 세밀한 부분들까지도 복층화하고 그 가치들을 고양시키는 이러한 내밀성의 몽상들과 나란히, 우리가 예고했던 네 가지 유형들의 마지막인, 물질적 내밀함에 대한 몽상의 또다른 유형이 존재하는데, 그것은 놀랍게 채색된 형상들보다는 질료적 강도의 내밀성에 가치를 부여한다. 풍부하고 무한한 몽상들은 그때 시작된다. 이와 같이 발견된 내밀성은 수많은 보석들로 가득 찬 상자라기보다는 신비롭고 간단없이 이어지는 어떤 동력(動力)인데, 무한 과정인 양 질료의 무한소 속으로 하강한다. 물질성에 관한 주제들과 더불어 우리의 연구를 전개하기 위해, 우리는 망설임 없이 채색과 염색의 변증법적 관계들로부터 출발할 것이다. 채색이 표면상의 매혹이라면, 염색은 심층차원상의 진실임을 우리는 직감하게 된다.[55]

연금술에 있어서 염색 개념은 수도 없는 은유들을 태어나게 하는데, 그 이유는 바로 공통되고 명백한 실험들이 염색에 대응하기 때문이다. 그때 특별히 가치 부여되는 것이 물들이는 미덕이다. 분말들의 변환력, 질료들의 염색력에 대해 끝없는 몽상이 펼쳐진다. 로저 베이컨Roger Bacon은, 화금석이 자신의 염색력으로 납 무게의 십만 배의—네덜란드인 이삭에 의하면 백만 배씩이나—황금으로 변형될 수 있으리라 말했다. 또한 레몽 륄Raymond Lulle은 우리가 만일 진짜 수은을 소유하고 있다면 바다를 염색할 수 있으리라 쓰고 있다.

그러나 색을 탄 액체들의 이미지는 너무 연약하고 수동적인데, 물은 우리에게 염색에 관한 역동적 이미지들을 주기에는 지나치게 수용적인 질료다. 우리가 앞서 말한 바 있지만, 연금술사가 개입하는 물질적 드라

---

55) 물질 속으로 깊이 스며드는, 그래서 질료적 강도를 확보하는 염색 과정에 대한 꿈속으로 바슐라르는 우리를 초대한다.

마는 흑(黑), 백(白) 그리고 적(赤)의 3부작이다. 흑(黑)의 질료적인 기괴함에서 출발하여, 백화(白化)한 질료의 중간 정화 과정을 거쳐, 어떻게 적(赤)의 지고의 가치들에 도달할 것인가? 세속적인 불은 문외한들을 속일 수 있는 덧없는 적색을 보이고 있다. 내면적인 불순함들을 태우는 동시에 자신이 지닌 미덕들을 질료에 정착시키는 보다 내밀한 어떤 불, 어떤 염색이 필요하다. 이 염색은 흑색을 침식하고, 희어지면서 진정되며, 마침내는 황금의 내면적인 적색과 함께 승리를 구가한다. 변형한다는 것은 물들이는 것이다.

이러한 변형력을 압축해서 표현하기 위해, 화금석이 사프란[56]의 색깔을 지닌다느니 또는 루비의 색깔을 지닌다느니 하는 각각의 견해 대립을 넘어, 한 연금술사는 그것이 온갖 색들을 다 가진다고, "그것은 희고, 붉고, 노랗고, 하늘의 푸른색이며, 초록이다"라고 기록하고 있다. 그것은 모든 색들을, 다시 말하면 모든 동력들을 지닌 것이다.

진정한 질료의 뿌리가 되기까지, 형태도 삶도 없는 물질을 밀어내고 자리잡는 것으로까지 물들이기가 일단 가치 부여되면,[57] 스며드는 미덕과 삼투력에 관련된 이미지들을 보다 더 잘 따라갈 수 있다. 배어들게 하기에 대한 꿈은 가장 야심적인 의지의 몽상들 가운데 하나로 손꼽힐 수 있다. 그것이 가지는 유일한 시간적 보어는 바로 영원이다. 몽상가는, 은근히 진행되는 동력의 의지 속에서, 영원히 배어드는 어떤 힘에 동일시된다. 자국은 지워질 수 있다. 정말 잘된 물들이기는 지워지지 않는다. 내부가 심층차원의 무한 속에서 시간적 무한대로 정복된 것이다.[58] 물질적 상상력의 집요함이 바로 그러하기를 바라는 것이다.

우리가 이 내면적 물들이기의 몽상들을, 즉 물들이는 힘을 갖춘 색채를, 그것들의 온갖 몽환적 동력 속에서 제대로 드러낼 수 있다면, 괴테

56) 홍화, 이꽃. 꽃술은 노란색 염료로 널리 사용된다.
57) 염색 자체가 질료화한다.
58) "물질의 무한 심연까지 침투한 정말 잘된 염색은 영원히 지속될 것이다"라는 뜻.

나 쇼펜하우어의 색채설이 정말 그렇듯, 심리학적 주장과 뉴턴의 색채 이론이 그렇듯 객관적 실험들에 근거한 자연과학적 주장의 경합관계를 아마도 더 잘 이해할 수 있을 것이다. 또한 그때, 수리물리학의 이론들에 반하여—그렇게 헛되이!—괴테와 쇼펜하우어가 투쟁하면서 보여주었던 그 맹렬함에 대해 덜 놀라게 될 것이다. 그들은 심층적인 물질적 이미지들에 대해 내적 확신을 가지고 있었다. 괴테가 뉴턴의 이론에 대하여 비난한 것은 요컨대 채색 작용의 피상적 양상만을 검토한다는 것이었다. 색채는 괴테에게 있어서 단순한 빛의 장난이 아니라 존재의 심층차원들 속에 있는 하나의 **활동**, 본질적 감각 가치들을 일깨우는 활동이다. 괴테는 "색채들은 빛의 활동들이다. 활동들이며 수난(受難)들이다"라고 했다. 그들의 심층차원 행위에 참여하지 않고 어떻게 그것들을, 색채를 이해할 것인가 하고 쇼펜하우어와 같은 형이상학자는 생각한다. 그런데 물들이는 것이 아니라면 색의 행위란 어떤 것인가?[59]

온 힘을 다하는 첫 순간에 포착된 이 물들이는 행위는 곧 손의 의지로, 마지막 한 올까지 천을 눌러 짜는 손의 의지로 나타난다. 염색공의 손은 물질의 근본 바닥, 섬세함의 절대에 이르고자 하는 반죽공의 손이다. 물들이기는 또한 물질의 **중심**에 이를 것이다. 18세기의 한 작가의 글을 인용하자면, "물들이기는 어떤 본질적인 점(點)과 같아서, 거기로부터, 마치 중심에서부터인 것처럼 빛들이 나오며, 그 빛들은 생성 작용 속에서 증폭된다"(『철학적 서한 *La Lettre philosophique*』, 뒤발에 의한 불역서, 1773년, 8쪽). 손에 힘이 없더라도 손은 인내심이 있다. 꼼꼼히 세탁을 할 때 주부는 그러한 인상을 받는다. D. H. 로렌스 소설의 흥미로운 한 대목은 우리에게 청결함을 속속들이 스며들게 하려는 것에 비유해 백색의 의지를 보여주는데, 그 의지는 물질의 바닥 아주 가까이에까지 이른 나머지 급기야 마치 물질이 폭발하여 백색의 최절정 상태가 더이상

---

59) 바슐라르가 보기에 색의 행위는 바로 물들이기, 염색이라는 뜻.

유지될 수 없는 듯 보인다. 과도한 물질적 생명력에 대한 위대한 꿈이 이 영국 대문호의 작품 속에서 매우 자주 발견된다*: "앙리에트는 자기 속옷을, 그것을 희게 하는 기쁨을 위해 손수 세탁하곤 했다. 그것이 점점 희어지는 것을 본다는 데 대해서만 생각하고 있는 만큼 그녀는 다른 아무것도 좋아하지 않았다. 스펜서의 어린 딸은 일광욕을 하거나 멱을 감다가 빨래 널어놓은 풀밭을 오 분마다 들락거리며, 그때마다 매번 빨래가 정말 희다고 생각했다. 급기야는 세탁물이 색들이 터져버릴 것 같은 백색의 상태에 도달하여, 아내가 밖으로 나와보고 수건과 셔츠 대신 풀밭 위에서 무지개의 조각과 덤불들을 발견할 것이라고 남편이 선언할 지경이었다. 그녀는 정황을 충분히 있음직한 일로 받아들이면서, '그럼, 나는 정말 놀랄 거야!'라고 말하면서도, 심각하게 '아니다, 정말 그건 불가능한 일이야'라고 덧붙였다."

어떻게 이보다 더 잘 절대의 이미지들에, 불가능한 이미지들에 꿈을 인도할 수 있을까! 바로 거기에, 질료적 백색을 갈구하는 욕망 속에서 물질적 상상력에 의해 다루어진, 어떤 면에서는 청결함을 원자적 특성으로 제시해주는, 빨래하는 여인의 꿈이 있다. 그토록 멀리까지 나아가기 위해서는, 일을 잘 시작하고 꿈꿀 수 있다면, 로렌스가 그렇게 할 줄 알았던 것처럼 일하면서 꿈꾸기만 한다면 때로 충분하리라.

물질과 염료 간에 오래 전부터 성립된 상호 충실성은 아주 흥미로운 관행들[60] 속에서도 보이고 있다. B. 카르노는 로마의 화가들이 흑색을 내기 위해 검게 태운 포도주 지게미를 사용했다고 환기한다.(『산업에 있어서의 물감 La Peinture en l'Industrie』, 11쪽): "그들은 흑색 염료의 아름다움은 포도주의 질에 달려 있다고 주장하곤 했다." 이와 같이 물질적 상상력은 가치 전이를 쉬이 믿는다. 좋은 포도주는 좋은 흑색을

---

* D. H. 로렌스, 『캥거루 (Kangourou)』, 불역서, 170쪽.

60) 염료를 얻는 작업들.

내는 진한 지게미를 주는 법이다.*

1783년, 베르톨롱 신부는 『식물들의 전기(電氣, L'Eléctricité des Végétaux)』라는 책에서 이렇게도 말하고 있다(280쪽) : "무루 백작은 『토리노의 잡록(雜錄)』 제5권에서 많은 실험들을 통해 꽃들이 특정한 착색 원칙을 지니고 있다는 사실을 입증하려 애썼는데, 재[61] 속에도 여전히 존재하는 그 원칙은, 그 재가 들어가는 유리 제작에 꽃 색깔을 전입해준다."

스위프트 또한 익살스러운 투로 심층적 염색 작용에 대해 생각한다. 『라푸타 여행기(Le Voyage à Laputa)』에서 그는 한 발명가로 하여금 다음과 같은 투로 말하게 한다 : 거미같이 실을 자아내는 동시에 천을 짤 줄 아는 노예가 우리에게 있는데, 누에고치의 실을 자아내는 것이 어찌 어리석은 일이 아니겠는가? 남는 일은 염색하는 일밖에 없을 것이다. 한데 이 점에 있어서도, 거미는 그 세번째 직책을 대비하고 있지 않은가? 거미에게 '다양하고 반짝이는 색들의' 파리들을 먹이로 주면 족할 것이다. 그러니 거미 먹잇감인 파리들이 각각의 색과 일체를 이루게 하면서 "거미줄이 충분히 질겨지도록 필요한 고무, 기름, 아교질을 먹이로 주는 것이 왜 안 되겠는가"(불역서, 제5장, 155쪽).**

사람들은 아마도 이러한 정신적 기지의 유희는 몽상의 진지함과는 거리가 멀다며 반박할 것이다. 그러나 꿈이 익살을 떠는 것은 상궤가 아니지만, 자기가 꾼 꿈을 농담식으로 말할 줄 아는 명석한 사람들이

---

* 시인의 잉크를 이 좋은 검은색에 근접시켜보자. 다눈치오는 지워지지 않는 잉크, 즉 '꿀, 고무, 사향, 그리고 암말의 음수 속에 용해된 연기의 검은색으로 만들어진' 잉크를 가지고 그의 서약서를 쓸 것을 꿈꾼다(『1266년에 기적이 일어난 귀먹은 벙어리의 말 Le Dit du Sourd et Muet qui fut miraculé en 1266』, 로마, 1936, 11쪽). 질료들을 사랑하는 자는 이와 같은 잉크병 앞에서 오래도록 꿈꾸리라.

61) 꽃을 태운 재.

** 이미지들을 '증식' 시키는 또다른 방식이 있는데, 그건 여행담이다. 『고대인들의 철학 입문(L'Introduction à la Philosophie des Anciens)』(1689)에 인용된 한 여행가는 브라질에서 거미들을 보았는데, "그것들은 개똥지빠귀의 크기를 가진 새들을 붙잡을 만큼 튼튼한 거미줄을 친다."

있는 법이다. 스위프트가 바로 그중 하나다. 그가 보여주는 물질적 환상이 소화 흡수에 관계되는 주제 위에 생겨났다는 것은 아닌 게 아니라 정말이다. 정신분석의 초보자라 할지라도 알아보는 데 어려움 없을, 스위프트의 소화 작용과 관계된 정신 심리 현상은—그가 쓴 여행기 가운데는 그것을 보여주는 흔적이 많은데—단순화된 관점으로, 그러나 항상 질료적 속성들로 깊이 삼투된 표시를 지닌 물질적 상상력을 우리에게 보여준다.*

  예를 하나 추가하고자 하는데, 그것은 질료적 삼투 작용 속에서 꿈꾸어진 물들이기라는 특이한 물질적 이미지가 어떻게 해서 내적 삶에 파문을 던질 수 있는가를, 정신적 판단들을 떠안을 수 있는가를 명확히 보여줄 것임을 믿어 의심치 않는다. 사실 상상력은 이미지들을 애지중지하는 만큼이나 증오하는 데 있어서도 아주 적극적이다. 물들이기를 어떤 불순함으로, 온갖 거짓말과 더불어 상상력을 가진 물질적 거짓말로 거부하는 한 상상력을 보기로 하자. 다소 길기는 하나 우리는 윌리엄 제임스William James에게서 그 예를 빌려오고자 하는데, 저자는 일화적인 특성에도 불구하고 그 대목을 『종교적 경험 (L'Expérience religieuse)』(불역서, 249쪽)이라는 저서 속에 온전히 싣고 있다. 그 대목은 사물들의 내면적 물질에 대한 상상력을 통해 형성된 매력이나 혐오가 영적 삶의 가장 고고한 지대에서도 어떤 역할을 할 수 있음을 우리에게 보여줄 것이다 : "이 초기 퀘이커 교도들이야말로 정말 청교도들이었다…… 그들 중의 한 사람인 존 울만John Woolman의 일기를 읽어보자.

  "나는 많은 사람들을 괴롭히는 억압의 으뜸 원인에 대해 종종 성찰해보았다…… 모든 일을 행함에 있어 보편적 정의에 부합하는 방식으로 모든 사물을 대하고 있는가? 하고 나는 가끔 자문하곤 했다.

---

* 색채들뿐 아니라 모든 특질들이 상상력에 의해 심층적으로 조성됨은 물론이다. 좋은 역청액을 얻기 위해, 버클리Berkeley는 '영양 상태가 좋은 늙은 소나무 장작들'을 사용할 것을 권한다(『버마자귀나무 *La Siris*』, 불역서, 12쪽).

이 모든 일에 대해 자주 성찰하면서, 나는 옷감을 상하게 만드는 염료로 물들인 모자와 옷을 착용하는 데 점점 더 극심한 불안을 느끼게 되었다…… 나는 이러한 관습들이 진정한 지혜에 근거하지 않는다는 확신이 들었다. 그러나 특별히 사랑했던 것들을 멀리해야 한다는 두려움이 나를 제지하고 거북스럽게 했다. 그래서 나는 계속해서 전처럼 옷을 입었고…… 급기야 병이 들고 말았다…… 자신을 한층 정화시켜야 한다는 필요성을 느끼며, 나는 이 고난의 목표[62]에 도달하기 전에는 건강을 회복하고 싶지 않았다…… 나는 자연색 털로 된 펠트 모자 하나를 갖고 싶다고 생각했다. 그러나 별난 짓을 한다는 두려움이 여전히 나를 괴롭혔다. 그것은 1762년 봄 우리의 총회 때 일어난 격렬한 고뇌의 원인이었다.

신께 바른 길을 가르쳐주십사 간절히 기도했다. 마음속으로 신 앞에 충심으로 꿇어앉은 나는 그가 나에게 강하게 요청한다고 느끼는 바에 나를 복종시킬 수 있다는 의지력을 얻었다. 귀가하자마자, 나는 자연색의 펠트 모자를 구해 썼다.

내가 모임에 참석할 때마다, 이 별난 차림새는 나를 시련에 빠뜨리곤 했다. 정확히 바로 그 무렵 유행을 쫓아가기 좋아했던 몇몇 멋쟁이들이 내 것과 같은 흰색 모자들을 쓰기 시작했다. 무슨 동기에서 그런 모자를 쓰는지 알지 못하는 몇몇 친구들은 나를 피했다. 이는 한동안 나의 목회 활동에 방해가 되었다. 많은 친구들이 내가 그런 모자를 쓰고 유별난 척하는 것을 저어했다. 친근한 투로 그 점에 대해 내게 말해주는 친구들에 대해서는, 나는 통상 간략하게 내가 이 모자를 쓰는 것은 내 의지에 달린 일이 아니라고 말해주곤 했다."

나중에 영국을 도보로 여행하며, 그는 비슷한 인상을 받았다. 그는 말하기를 "여행중에 나는 대형 염색소들 옆을 지나쳤다. 그리고 아주 여

---

62) 청교도로서의 영적 자기정화.

러 번 염색 물질이 스며든 땅 위를 걸었다. 나는 사람들이 집들과 옷들과 육체와 정신의 청결함에 이를 수 있기를 열렬히 바랐다. 옷감 염색은 한편으론 눈을 즐겁게 하는 것을 목표로 하고 다른 한편으론 더러움을 감추는 것을 목표로 한다. 고약한 악취들을 내뿜는 진흙 속을 하는 수 없이 걸으며, 나는 종종 염색으로 더러움을 감추는 일이 무슨 값어치가 있는지 모든 이가 제대로 성찰하는 데 이를 수 있도록 간절히 기도했다."

"옷을 순수하고 깨끗하게 유지하기 위해 세탁하는 것, 그것은 청결이다. 그러나 더러움을 감추는 것은 청결의 반대다. 이같은 습관에 따르면서, 사람들은 마음에 들지 않는 모든 것을 시야에서 벗어나게 하려는 경향을 강화하게 된다. 완전한 청결은 거룩한 백성에게 걸맞다. 그러나 더러움을 감추기 위해 옷을 염색한다는 것은 온전한 신앙에 반하는 일이다. 어떤 염색술들은 옷감의 유용성도 떨어뜨린다. 염색 재료에, 염색하는 일에 들인 모든 돈, 이렇게 옷감을 상하게 하면서 사람들이 낭비하는 모든 돈이 가장 완벽한 청결함을 유지하는 데 사용되었더라면 그 청결함은 누리에 편만할 텐데!(『존 울만의 일기 *The Journal of John Woolman*』, 런던, 1903년, 12장과 13장 158쪽 이하 및 241, 242쪽)*

여기서 우리는 대부분의 사람들을 무심한 상태로 내버려두는 아주 특이한 이미지들에 대해 어떤 이들이 가치를 부여하고 있음을 알게 된다. 이 점은 우리에게 진지하게 받아들여진 모든 물질적 이미지는 즉시 하나의 가치임을 잘 입증한다. 이 사실을 부각하고자 우리는 가치들의 마지막 변증법, 곧 정화하기 위해 더럽힌다는 말로 묘사할 수 있을 마지막 변증법을 환기하면서 이 장을 맺으려 한다. 그것은 질료들의 내적 투쟁

---

* 울만의 불안에 성적 요인이 개입하지 않았나 생각된다. 무의식에서 염색 행위는 남성적 행위임을 상기하자(헤르베르트 실베레, 『신비적인 것들과 그것들의 상징성의 문제 *Probleme der Mystik und ihrer symbolik*』, 76쪽 참조).

의 징표가 되어줄 것이며, 물질의 진정한 선악이원론으로 우리를 인도할 것이다.

7

공기에 대한 연구서에서(2부 결론),[63] 우리는 이미 능동적인 청결성에 대한 몽상, 음흉하고 깊은 불결성에 대립하여 얻어진 청결성의 몽상을 우연히 만난 바 있다. 모든 가치는, 다른 것들과 마찬가지로 청결성의 가치 또한, 일종의 반(反)가치를 딛고 쟁취될 필요가 있는데, 그러지 않고서는 가치 부여 작용이 생생하게 체험되지 못한다. 그때 우리가 지적했던 대로, 능동적인 청결성의 몽상 상태 속에서 흥미로운 한 변증법이 개진됨은 물론, 그것은 곧이어 더 잘 청소하기 위해 우선 더럽힌다는 것이다. 청소한다는 의지는 자기에 걸맞은 어떤 적을 원한다. 그리고 잘 역동화된 물질적 상상력을 위해, 단순히 우중충해진 질료보다 아주 더러워진 질료가 주로 세척 행위의 대상이 된다. 더러움은 정화 성분을 간직한 매염제이다. 주부는 희미한 얼룩보다 뚜렷한 얼룩을 제거하는 걸 더 좋아한다. 청결을 위한 투쟁의 상상력은 도발을 필요로 하는 듯하다. 이러한 상상력은 짓궂은 분노 속에서 격앙되어야만 한다. 수도꼭지의 구리재를 닦기 위해 사람들은 얼마나 심술 어린 미소를 지으며 광약을 덮어씌우는가. 그들은 더럽고 기름때가 낀 헌 행주 위에 연마용 규조토를 진득하게 묻혀 거기에 덮어씌운다. 일하는 자의 마음속엔 쓰라림과 적대감이 쌓인다. 왜 이다지도 천한 일들인가? 그러나 마른 행주를 사용하는 순간이 오면, 그때 즐거운 심술이, 활기차고 수다스러운 심술이 고개를 든다 : "수도꼭지, 넌 거울이 될 거야, 냄비, 넌 태양이 될

---

63) 『공기와 꿈』, 이학사, 464~466쪽.

거야!" 마침내 구리 표면이 착한 소년처럼 활짝 반짝이고 웃을 때, 평화가 찾아온다. 주부는 자신이 거둔 번쩍거리는 승리들을 응시한다.

이와 같은 변증법 속에서 고취되지 않는 한, 일에 대한 취향, 가사 노동에 대한 애정은 불가능하다.

상상력은 이런 투쟁에 다양한 무기를 구사한다. 상상력은 연마용 규조토와 밀랍을 같은 방식으로 다루지 않는다. 삼투 작용에 대한 꿈들은 밀랍으로 가구의 목재에 아름다움을 부여하는 손의 너그러운 인내심을 지지한다. 밀랍은 나무의 내밀성 속에, 부드럽게, 스며들어야만 한다. 『이아생트의 정원(Le Jardin d'Hyacinthe)』*에서 가사에 전념하고 있는 늙은 하녀 시도니를 보라 : "부드러운 밀랍은 손의 압력과 모직걸레의 유용한 열기를 받으며 닦여진 이 물질 속에 스며들었다. 큰 쟁반은 천천히 은근한 빛깔을 띠어갔다. 자성을 일으키는 마찰에 끌려나온 그 광선은, 백 년이나 된 백목질로부터, 바로 죽은 나무의 가슴으로부터 올라와, 쟁반 위에서 빛의 상태로 조금 조금씩 퍼져나가는 듯 보였다. 미덕으로 가득 찬 늙은 손가락들과 너그러운 손바닥이 투박한 목재로부터 그리고 죽어 있는 섬유질들로부터 삶의 잠재해 있는 힘들을 끌어냈다." 이러한 대목은 우리가 전 저작에서 자주 언급한 지적들을 상기시킨다. 즉 일하는 사람은 '사물들의 표면에' 머무르지 않는다. 그는 내밀성에 대해, 철학자만큼이나 '심오'하게, 내면적 특성들에 대해 꿈꾼다. 그는 천천히, 목질이 흡수할 수 있는 최대의 밀랍을, 그러나 지나치지 않게 목재 위에 붓는다.

야콥 뵈메의 경우가 그러했던 것처럼, 단순한 심성들을 가진 사람들, 육체적으로, 손으로 일하면서 생각하는 사람들은, 악(惡)이라는 매염제를 선(善)의 삼투에 거의 필요 불가결한 조건으로 삼는 물질적 이미지의

---

* 앙리 보스코Henri Bosco, 『이아생트의 정원』, 192쪽. ▶ 이아생트는 영어로 히아신스로 동칭되는 꽃이름을 지닌 소녀 주인공. 역자의 졸고, 「보스코 세계 속의 식물과 동물 그리고 인물들—Hyacinthe의 비밀을 중심으로」, 『프루스트와 현대 프랑스 소설』, 민음사(1998) 참조.

실질적 특성을 알고 있었다고 추정할 수 있다. 그 구두 수선공 철학자의 책을 읽는다면, 이 이미지들이 단순한 은유이기 이전에, 그야말로 이미지들의 대결임을 포착할 수 있을 것이다. 송진, 즉 피치와 밀랍의 그 이원론은 수렴화와 유연화라는 서로 반대되는 형용사들 사이에서, 항상 다시 태어나는 치열한 투쟁 속에서 아주 실감난다. 많은 텍스트들을 통해서, 우리는 뵈메의 물질적 몽상의 출발점이 신랄하고 검으며, 긴장되고 긴장하게 만드는, 우울한 어떤 물질임을 확신한다. 이 고약한 물질을 통해 원소들은 잉태되기 시작한다(『세 가지 원칙들 *Les Trois Principes*』, 제1권, 2쪽) : "수렴성과 신랄함 사이에서 불은 잉태된다. 매서운 불길은 신랄성이거나 자극 자체이기까지 하다. 그리고 수렴 기제는 서로서로의 근원, 아버지다. 그러면서도 그것은 그 양자들로부터 잉태된다. 왜냐하면, 정신이란 스스로를 일으키는, 그리고 그의 고유한 상승 속에서 자신을 찾고, 스며들며, 잉태되는 의지 혹은 생각과 같기 때문이다."

게다가 뵈메와 같은 식의 생각에 충실하려면 이완 시간 앞에 수축 시간을 기계적으로 두지 말아야 할 필요가 있다. 만일 그렇게 한다면 클로드 드 생 마르탱Claude de Saint-Martin이 말한 바와 같이 창조적 언어 활동을 너무도 순진하게 받아들이는 것이 될 것이다. 수축과 이완은 물질적으로 연관되어 있다. 유연성이 질료에 있는 것은 바로 수렴성을 통해서이며, 선은 신랄한 악을 넘어 스며드는 것이다. 청결의 물질은 끈적끈적하고 자극적인 물질의 수렴적 수축을 통하여야 충실하고도 활성적으로 안착하게 된다. 부단히 치열한 어떤 투쟁을 거쳐야 하는 법. 선이 그러하듯 청결은 각성된 상태로 신선하게 남기 위해 위험 속에 처해 있어야 한다. 바로 거기에 질(質)에 관한 상상력의 특수한 경우가 있다. 우리는 물질적 특질의 조성을 다룬 장에서 이 점에 대해 다시 언급할 것이다. 우리는 여기서 그저 외견상 가장 온화한 특질을 보여주고 있다 해도, 상상력이 그 안에 끝없는 진동을, 질료의 가장 세세한 내밀성을 관통하는 진동을 불러일으킬 수 있음을 제시해두고 싶을 따름이다.

더구나 우리는 집요한 내밀성, 자신의 특수성들을 유지하는 동시에 고양하는 내밀성에 대한 예들을 제시할 수 있다. 예컨대 한 광물질은 자신의 고유한 색에 가치 부여하는 일을 목표로 한다고 말할 수 있을 것이다. 물질적 상상력의 아주 특징적인 **능동적 범미주의** 속에서 그런 광물을 상상해볼 수 있다.

연금술사가 행복한 질료라고, 작업자의 소망을 충족시키는 것이라고, 그의 노력에 결실을 부여하는 것이라고 어떤 질료를 일컫게 되는 것은 언제나 어떤 **아름다운 색깔**을 통해서다. 연금술적 현상은 새로이 등장하는 어떤 질료의 생산에만 있는 것이 아니다. 그것은 온갖 화려함[64]과 함께 나타나는 하나의 경이로움이다. 파라셀수스는 수은을 '아름다운 붉은 색깔을 띠며 명확하게 드러날 때까지', 혹은 다른 연금술 대가들이 말한 대로 **아름다운 붉은 긴 옷**을 두른 모습으로 그것이 도출될 때까지 하소(煆燒)시킨다. 색깔이 아름답지 못하다면 조작이 아직 완료되지 못했음을 말하는 것이리라. 두말할 필요 없이 현대의 화학자들도 유사한 표현을 사용하는데, 어떤 물체는 아름다운 초록색이고, 어떤 물체는 아름다운 노란색이라고 흔히들 말한다. 그러나 그것은 가치의 표현이 아니라 사실의 표현일 뿐이다. 과학적 사고는 이런 점에서 미적 색감각을 전혀 갖고 있지 못하다. 연금술의 시대에는 그러하지 않았다. 당시에는 미(美)가 결과를 특권화했는데, 미는 순수하고 심오한 질료성의 표지였다. 그래서 동시대 과학 지식에 정통한 한 과학사가가 고서들을 다시 읽을 때, 종종 그는 아름답고 순수하다고 천명된 당시의 색에 관한

---

64) 특히 색조화를 염두에 둔 표현.

언급에서, 오로지 관찰된 질료를 표시하기 위한 방법만을 볼 따름이다. 그가 연금술이 가지고 있는 내적 가치 판단이라는 기능, 모든 상상적 가치들이 집결되는 바로 그런 가치 판단의 진정한 기능 속에서 연금술적 판단을 제대로 파악하는 일은 극히 드물다. 가치들의 이런 집결에 대해 제대로 말하기 위해서는 실험의 학설뿐만 아니라 몽상의 학설 또한 공식화해야 한다.

그리하여 한 연금술적 질료가 아름다운 초록색을 띤다고 한다면, 그것은 가치 판단의 입장에서 볼 때는 잘 착수된 가치 부여 작용의 표징이다. 대부분의 경우에, 초록색은 단연 아름다운 색깔이다. 질료에 따라 부여된 가치들의 한 심오한 가치의 표시들인 색의 단계는 그 분야의 대가[65]들에 따라 약간씩 다르다. 완벽의 단계는 흔히 흑색, 적색, 백색의 순서로 이어진다. 그러나 흑색, 백색, 적색의 단계도 있다. 그리고 물질적 승화란 색의 실질적 정복이다. 여기에 예컨대, 적색의 지배 효과가 있다. 매는 항상 외치는 산들의 정상에 있다 :

나는 흑의 백, 담황색의 적색이라네.

물론, 단색에 대한 (분명한) 가치 부여 작용은 흐릿하고, 더럽고, 섞인 색들의 악마적인 추함을 고발한다. 16세기에, 작센 지방의 선거후는 남색을 "악마적이고 자극적인 색"*이라 하여 금지했다.

여하튼 물질적인 색의 미는 심오하고 밀도 있는 어떤 풍요함으로 표출된다. 그것은 광물적 집요력의 표지이다. 그리고 상상 활동 영역에서 아주 흔히 있는 역전을 통해, 그것은 아름다우면 아름다울수록 더욱더 견고한 것으로 꿈꾸어진다.

---

65) 결국 연금술의 대가들.

* 회퍼Hoefer, 『화학의 역사(Histoire de la Chimie)』, 제2권, 101쪽 참조.

『화학의 진화 역사』에서, 피에르츠 다비트는 그의 어떤 선구자들보다도 화학과 연금술의 이원성을 잘 드러냈는데, 그는 분말화약 발명의 기원에 있는 질료적 색들의 가치 부여 작용을 정확하게 지적한다. 흑색 석탄은 "기본 물질로서 유황(적색 남자) 그리고 소금(흰색 여자)과 혼합되었다." 주목할 만한 우주적 가치로서의 폭발현상은 '젊은 왕의'*탄생을 말하는 명백한 기호로 간주되었다. 우리는 여기서 색들의 어떤 인과작용을 간과할 수 없는데, 분말화약은 흑색, 적색 그리고 백색이 가진 잠재력들의 한 종합을 이루어낸다. 질료적 잠재력들에 대한 이러한 몽상들은 바로 지금 우리에게 멀고 몽롱하게 보일 수도 있다. 발명적 창의력이 있는 몽상 이론, 진짜 실험에 부쳐볼 수 있는 허황한 몽상 이론을 누가 제시한다면 우리가 잘 받아들일 수 있겠는가. 그러나 처음의 인내를 유지하기 위해 정말 많은 관심이 필요한 만큼, 첫 연구 단계를 활성화하기 위해 마법적 잠재력에 대한 거대한 희망이 필요한 만큼, 객관인식들이, 귀납력 있는 그 어떤 체계에도 연관되지 않았던 시대에 이루어진 최초 발견들의 바탕에 깔린 그 어떤 빌미도 발명적 가치에서 제외시켜서는 안 된다.

우리는 그래서 항상 같은 문제 앞에 직면하는 바, 객관적 관찰에 결부된 무의식적 가치들이 개입된 주제들을 연구하려면, 그 즉시 표현들에 온전한 정신심리적 의미를 부여할 필요가 있다고 믿어 의심치 않는다. 색들은 여기서 어떤 유명론에 속하지 않는다. 색들은 행동주의적 상상력을 위한 질료적 힘들이다.

같은 방식으로, 우주적 잠재력들과 비교하는 차원에서는, 이 비교들을 융합[66]에 이르기까지 고양시킬 필요가 있다. 그러지 않고서는 심리 관련 자료들은 퇴색해버릴 것이다. 예컨대, 한 연금술사가 눈처럼 흰 침

---

* H. E. Fierz-David, 『화학의 진화 역사 (Die Entwicklungsgeschichte der Chemie)』, 바젤, 1945, 91쪽.
66) 융합 participation의 융적 개념 참조. 이부영, 앞의 역서 참조.

전물에 대해 말할 때, 그는 이미 찬탄하고 숭앙한다. 찬탄은 인식의 최초 형태이자 열렬한 형태인데, 그것은 그의 대상을 자랑스러워하고 가치 부여하는 인식이다. 한 가치는, 참여의 첫 단계에서는, 평가되는 게 아니라 찬탄된다. 그리고 질료를 자연의 한 존재에, 백설에, 백합에, 백조에 비교하는 일은 심오한 어떤 내밀성에 대한, 역동적인 미덕으로의 융합이다. 달리 말하면, 모든 백색의 질료를 순수한 질료들에 비교하면서 가치 부여시키는 모든 몽상가는 그 백색을 그의 행위 속에서, 그의 자연적 행위들 속에서 포착한다고 믿는다.[67]

표현의 심오한 사실성을 존중하지 않는다면, 심리 조사의 요소를 이뤄줄 물질적이고 역동적인 상상력의 특권을 놓치고 말 것이다. 연금술상의 물들이기는 질료의 바닥 끝까지 도달하며, 그것들은 질료의 기본 바탕이다. 연금술적 변환들이 이루어지는 내내 채색하고 물들이려는 어떤 의지가 개입한다. 연금술적 실험의 궁극 목적론은 색을 한 목표로서 지시한다. 예컨대 최고의 목표, 백색의 돌은 돌보다 더 백색이 됨으로써 끝나며, 그것은 아주 구체적인 백색이다. 그것의 가치 부여 과정을 밟아가면서 사람들은[68] 이 돌이 더이상 돌이 아니고 백색을 구현하기에 충분히 순수하기를 원한다.

물질적으로 아름다운 색들의 심부에 있는 이런 작용을 이해하고 나면 미는 곧바로 끝없이 중복법들을 즐긴다는 것을 알게 된다. 그리하여 나는 뤽 드콘Luc Decaunes의 시행들이 가지는 범미적 비약을 다시 체험한다.

> 나는 마(麻)로 된 팔을 가진 아름다운 눈(雪)을 만났다네,
> 보리의 사지를 가진 아름다운 눈을,
> 눈처럼 아름다운 눈을.

---

67) 문단 첫머리의 참여를 설명한 대목.
68) 연금술사들.

—「나안(裸眼)으로(A L'Œil nu)」,『차가운 손(Les Mains froides)』, 53쪽

마지막 행과 함께, 백색은 자신의 품으로 돌아가며, 질료적 미의 원(圓), 미의 내밀성의 원은 스스로 닫힌다. 중복법 없이는 미도 없다. 바로 이 점으로부터 다른 은유들의 전이성이 드러난다. 즉, 다른 은유들도 순백에 관한 몽상이라는 경이로운 일치성 속에서 최초의 질료에 인도되기 때문에 제대로 줄을 섰던 셈이다. 이 모든 것은 문학적 분석에 몽상적 가치 분석을 더할 때에만 나타난다. 바로 거기에 고전적인 문학비평이 수용하지 못하는 상상력의 진실이 있다. 고전적 문학비평가는 색의 유명론에 집착한 채, 형용사들을 그들의 자유로움에 내맡겨둔 채 중단없이 사물들과 그것들의 표현을 분리시키려 한다. 상상력이 질을 육화하지만 고전적 비평가는 이를 따라가기를 원치 않는다. 요컨대 그런 문학비평가는 개념들을 개념들에 의거해 설명하면서 정당하다 하고, 꿈들을 개념들에 의거해 설명하면서 유용하다 한다. 그는 그러나 꿈을 꿈으로써 설명해야 한다는 필수적인 사실을 잊고 있다.

한 물질의 내밀성에 대한 꿈은 인상들의 중복을 결코 두려워하지 않는다. 그 꿈은 질료 속에 더없이 풍부하게 가치 부여된 질(質)을 뿌리내리게 한다. 그것이 바로 질료에 닿는 꿈들에 특유의 성실성을 부여하는 것이다. 그럴 때 황금이 정신심리적으로 불변이라고 말할 수 있을 것이다. 물질에 대해 꿈꾸는 자는, 말하자면 물질에 대한 인상이 뿌리내리듯 곧바로 깊이 파고드는 현상에서 도움을 받는다. 물질성은 그때 인상들의 이상적 특성과 접합하게 되며, 몽상은 내외적인 일종의 의무에 의해 객관화된다.[69] 한 영혼 속에 절멸하지 않는 추억들을 남겨둘 수 있는 매혹적인 일종의 물질론이 그때 태어나는 것이다.

---

69) 말하자면 주관적 몽상은 객관적 인상에 의해 필연코 어느 정도 객관성을 확보하게 된다는 뜻.

깊은 대(對)질료 정화 작용에 관한 신화를 숙고한다면, 아마도 사물들의 내밀성 속에서 꿈꾸어진 무한한 깊이를 가늠할 좋은 잣대를 가질 수 있을 것이다. 우리는 그것의 변증법적 특성을 잘 드러내기 위해 질료 내면을 세척하고자 하는 연금술사의 욕망에 대해 간단히 설명해두었다. 그러나 이같은 이미지는 무한한 은유들과, 연금술사란 사실을 배가하고 앞지르는 데 그치는 것이 아니라, 어떤 점에서는 현실적인 이미지들을 효과적으로 몰아내기를 원하는 사람임을 증명하는 은유들을 부른다. 헤르베르트 실베레Herbert Silberer는 그 점을 제대로 짚어냈다(앞의 책, 78쪽). 그는 표현 변경을 지시한다. 물로 세척하는 것과 관련하여,—자연수로 그냥 씻는 일이 아님을 그는 즉각 부연한다—비누로 씻는 것이라면? 그것은 보통 비누가 아니다. 수은이라면? 그것은 금속의 수은이 아니다. 세 번씩이나 의미는 변경되었고, 세 번씩이나 사실은 잠정적인 하나의 의미 작용에 지나지 않는다. 상상력은 현실에서 동사 세척하다의 진정한 능동적 주체를 찾지 않는다. 상상력은 제한되지 않는, 끝이 없는, 질료의 순수한 바닥에까지 내려가는 어떤 활동을 원한다. 그럴 때 청결에 관한 어떤 신비학이, 정화 작용의 한 신비학이 활동함을 느낄 수 있다. 그때, 자기 표현에 이르지 못하는 은유는 순수에 대한 욕망이라는 정신심리적 현실을 드러낸다. 그때 무한한 심층적 내밀성에 대한 조망 관점이 다시 열린다.

바로 여기에 연금술사들이 은유들을 증가시켜야 하는 필연성의 한 좋은 예가 있다. 그들에게, 사실이란 눈속임이다. 냄새와 빛을 가진 유황은 진짜 유황이 아니며, 진짜 불의 뿌리가 아니다. 불도 진짜 불이 아니다. 그것은 단지 불꽃이 일고, 소리를 내고, 연기를 내며, 재를 만드는 불이다. 통상적 불은 진짜 불, 원칙으로서의 불, 빛으로서의 불, 순수한 불, 질료적인 불, 근본으로서의 불의 아스라한 이미지다. 질료에 대한 꿈이 질료의 현상들에 저항하며 이루어진다는 것을, 내밀성의 꿈이란 어떤 비밀의 생성임을 느낄 수 있다. 연금술의 비밀스런 특징은 신중이라는 사회적 행동 준칙에 부합하지 않는다. 그것은 사물들의 본질에 관련된다. 그것은 연금술적인 물질의 본질에 관련된다. 그것은 낯익은 비밀이 아니다. 그것은 추구되고 예감으로 느끼는 본질적인 비밀이다. 이러한 비밀은 질료의 내입적(內入的) 상자들 속에 갇혀 거기에 집중되어 있되, 그것을 덮고 있는 모든 덮개들은 기만적이다. 이 비밀을 향해 사람들은 접근한다. 계속적으로 태어나는 환영[70]에도 불구하고 내밀성의 꿈은 어떤 귀결에 닿으리라는 특별한 믿음과 더불어 이어진다. 연금술사는 질료를 너무도 사랑하기 때문에 질료의 온갖 거짓말에도 불구하고 질료가 거짓말한다는 것을 믿을 수가 없다. 내밀성을 향한 탐구는 어떤 불행한 경험[71]도 멈추게 할 수 없는 하나의 변증법적 과정인 것이다.

9

　연금술에 대한 융의 오랜 연구를 죽 검토해보면, 질료들의 심연에 대한 꿈을 보다 완벽하게 가늠할 수 있다. 융이 보여주었던 대로, 연금술사는 실제로 오랫동안 연구된 질료들 위로 감각적 지각들을 앞지르는 그의 고유한 무의식을 投射(投射)한다. 연금술사가 (내적) 수은에 대해 말할 때, 그는 '외면적으로' (외적) 수은에 대해 생각하는 동시에 물질 속에 숨겨진 채 갇혀 있는 어떤 정신의 존재와 대면하고 있음을 확신한다(융, 『심리학과 연금술 Psychologie und Alchimie』, 399쪽). 그러나 또한 이 정신이라는 용어 밑에, 데카르트식의 물리학이 그 정신을 잘 구현하겠지만, 정의되지 않는 어떤 꿈이, 정의(定義)들 속에 갇히지 않는 어떤 사고가, 명확한 의미들 속에 갇히지 않기 위해 의미와 어휘들을 다양하게 증가시키는 그런 사고(思考)가 시작된다. 융은 무의식이 의식

---

70) 다음다음 행의 이른바 질료들의 거짓말.
71) 혹은 실패한 경험.

아래에 위치한 것으로 생각하는 것을 경계하라고 권유하지만, 우리로서는 연금술사의 무의식이 물질적 이미지들 속에 어떤 **심층차원으로서** 투사된다고 말할 수 있다고 여겨진다. 그래서, 보다 간단하게, 우리는 연금술사가 그의 **심층차원을 투사한다**고 말할 수 있을 것이다. 이어질 장들의 곳곳에서 우리는 이같은 투사를 보게 될 것이다. 그러니 그때 그 논의로 다시 돌아가자. 그렇지만 우리는 기회 있을 때마다 우리가 심층차원 이미지들의 동형성이라고 부르게 될 한 법칙에 대해 언급해두는 것이 유용하리라고 믿는다.[72] 심연을 꿈꾸면서, 우리는 우리 자신의 심연을 꿈꾼다. 질료들의 은밀한 미덕에 대해 꿈꾸면서, 우리는 우리의 은밀한 존재에 대해 꿈꾼다. 그러나 우리들 존재의 가장 위대한 비밀들은 우리들 자신에게도 숨겨져 있으니, 그것들은 우리 심연의 비밀 속에 잠겨 있다고 말할 수 있을 것이다.

10

내밀성에 관한 물질적 이미지들을 완벽하게 연구하자면 속내 열기가 가진 모든 가치들을 충분히 고찰해야 하리라. 우리가 그것에 착수하려면, 우리는 열과 불의 참된 변증법에 대해 말하게 해주는 특성들을 보다 더 부각하면서 불에 관해 쓴 우리의 책[73] 전체를 다시 손보아야 할 필요가 있을 것이다. 열과 불이 고유한 이미지들을 부여받을 때, 이 이미지들은 내향적 상상력과 외향적 상상력을 드러내는 데 유용할 것 같다. 불은 외면화하고, 폭발하고, 스스로를 드러낸다. 열은 내면화하고, 집중되고, 스스로를 숨긴다. 셸링Shelling의 꿈꾸는 형이상학에 따르면,

---

72) 그렇기에 여기서도 잠시 언급한다는 뜻.

73) 『불의 정신분석 (La psychanalyse du feu)』.

삼차원이라는 이름을 부여받을 가치가 있는 것은 불이라기보다는 더 정확하게 말해 바로 열이다(『전집 *Œuvres Complètes*』, 제2권, 82쪽) : "불은, 그 육체성의 순수함이 질료 혹은 제 삼차원을 뚫고 지나갈 때, 이차원적인 그 무엇도 아니다."

꿈꾸어진 내면은 결코 타지 않으면서 뜨겁다. 꿈꾸어진 열은 언제나 부드럽고 꾸준하고 한결같다. 열 덕분에, 모든 것은 깊다. 열은 어떤 심층차원의 표징, 어떤 심층차원에 대한 감각이다.

따스한 열에 대한 공감은 온갖 내밀한 가치들을 축적한다. 17세기 위(胃)의 소화에 관한 두 개의 큰 이론(빻기 혹은 익히기)을 뒤흔들었던 논전에서, "가장 강한 연금 용액도 결코 쪼갤 수 없었던" 뼛조각을 위장의 은근한 열이 어찌 두 시간 만에 녹일 수 있을까 하는 항변 앞에서, 몇몇 의사들은 이 열이 영혼 자체에서 그 추가적인 힘을 빌려왔다고 대답한 바 있다.

11

위대한 시인에게 있어 때로 내밀성과 확장의 변증법은 너무나 은근한 형태를 취하는 나머지, 기본 변증법인 대소(大小)간의 변증법이 잊혀지기도 한다. 그때[74] 상상력은 더이상 묘사하는 게 아니라, 묘사된 형태들을 초월하며, 내밀성의 가치들을 넘쳐흐르도록 전개시킨다. 요컨대, 내밀한 온갖 풍요함은 그것이 응축되어 들어 있던 내적 공간을 무한히 확장한다. 꿈은 거기서, 더없이 역설적인 즐거움과 결코 지울 수 없는 행복함 속에서 응축되고 또 확장된다. 장미의 가슴속에서 미묘한 내면성의 실체를 추구하는 릴케를 따라가보자(「장미의 내면 *Intérieur de la*

---

74) 크고 작다는 형태적 변증법이 잘 드러나지 않기에.

Rose」, 『초지배적 시 *Ausgewählte Gedichte*』, 인셀 출판사, 14쪽).

> 어떤 하늘이 거기 비추이는가
> 이들 피어난 장미들의
> 내면의 호수에는

온 하늘이 한 송이 장미의 공간 속에 자리잡는다. 온 세상이 그 향기 속에서 생명력을 발휘한다. 그 내밀한 미는 온 우주의 미를 응축할 밀도를 지닌다. 이어 두번째 흐름 속에서, 시는 그 미의 확장을 말한다. 이들 장미들은 :

> 스스로 자리잡을 수 있게 되자마자
> 여러 송이가 되어, 부풀어올라, 내면 공간으로 넘쳐나네.
> 낮 시간들은 끝나가고
> 광대한, 언제나 더 광대한, 충만함이 가득하여
> 온 여름은 하나의 침소가 된다네,
> 꿈속에 있는 하나의 침소가

온 여름은 꽃 한 송이 속에 있다. 장미는 내면 공간으로 넘쳐난다. 대상물들의 차원에서,[75] 시인은 우리로 하여금 내향성과 외향성이라면서 정신분석가들이 그토록 심각하고 투박하게 지적한 두 흐름을 체험하게 한다. 이 흐름들은 시의 숨결과 너무나 잘 어울려서 그 흐름의 추이를 따라가면 시의 핵심을 파악하게 된다. 시인은 내밀성과 이미지들을 한꺼번에 추구하고 있다. 그는 외적 세계에 있는 한 존재의 내밀성을 표현하기를 원한다.

---

75) 위의 시에서는 특히 장미라는 객체를 통해.

그는 즉각적인 이미지들과 결별하고, 추상 작용의 낯선 순수성을 만나는데, 그가 묘사를 통해서는 꿈꾸게 하지 못한다는 것을 잘 알기 때문이다. 그는 우리를 몽상으로 초대하는 가장 단순한 모티프[76] 앞에 우리를 데려다놓는다. 시인을 따라가면서 우리는 급기야 꿈의 침소에 들어가는 것이다.

12

지금까지 연금술사들의 명상들, 로마 화가들과 같은 이들의 선입견, 그리고 청교도 목사의 고정관념이나 괴팍한 취향, 혹은 스위프트식의 우스개 농담들, 혹은 뵈메의 길고 모호한 이미지들, 또는 단순히 일하는 주부의 덧없는 생각들을 차례차례 살펴보면서, 다양한 외관에도 불구하고 사물들의 물질적 내밀성은 아주 특징적인 몽상을 불러일으킨다는 것을 증명했다. 철학자들이야 전적으로 금기시하지만, 그럼에도 불구하고, 꿈꾸는 인간은 사물들의 한가운데로, 사물들의 물질 자체 속으로 들어가고 싶어한다. 사물들 속에서 인간은 자신을 재발견한다고 너무 서둘러 운위되기도 한다. 상상력은 실제적인 것의 새로운 측면, 물질이 다양하게 계시하는 것[77]에 대해 한층 호기심을 보인다. 새롭고 심층적인 이미지들을 만나는 경우들로서 늘 새롭게 제시되는 열린 물질론을 상상력은 좋아한다. 상상력은 자기 방식대로 객관적이다. 우리는 몽상가의 내밀성을 다루지 않고, 사물들 속에 있는 꿈의 내밀성에 대해 이 장 전체를 바침으로써, 그것에 대한 증거를 제시하고자 했다.

---

76) 앞의 시에서 장미.
77) 실제나 물질 자체보다는.

13

물론, 만일 우리가 가장 깊은 무의식 차원들의 연구를 과제로 삼는다면, 그리고 주체적 내면성의 전적으로 개인적인 원천들을 찾는다면, 아주 다른 조망 관점에서 추진해야 할 것이다. 특히 모태회귀라는 주제의 특성을 밝힐 수 있는 것은 바로 이러한 방법이다. 이러한 조망 관점은, 우리가 그것을 연구할 필요가 없을 정도로, 정신분석학에 의해 충분히 심도 있게 탐색된 바 있다.

우리로서는 이미지 결정이라는 우리의 명확한 주제에 관계되는 언급 하나만 덧붙여두기로 한다.

방금 말한 모태회귀는 가장 강한 정신심리적 퇴축 경향들 중 하나로, 이미지들의 억압을 수반하는 것처럼 보인다. 그 이미지들을 명확히 드러낼 때, 이 퇴축 회귀에의 유혹에 제동이 걸린다. 이러한 방향에서, 잠이든 존재에 대한 이미지들, 눈을 완전히 혹은 반쯤 감은 존재의 이미지들, 보겠다는 의지를 여전히 가지지 않는 존재의 이미지들, 따뜻한 열 그리고 편안함으로 온갖 감각적 가치들을 형성하는, 정녕 맹목적인 무의식의 이미지들까지도 새삼 음미할 수 있다.

위대한 시인들은 더없이 불명확한 형태들을 가진 이 원초적 내밀성으로 우리를 돌려보낼 줄 안다. 그들의 시구 속에 있는 것보다 더 많은 이미지들을 그들의 시행들 속에 새삼 투입하지 말고 그들을 따라가볼 필요가 있다. 그렇게 하지 않는다면 무의식의 심리학에 과오를 저지르는 일이 될 것이다. 예컨대 클레망 브렌타노Clémens Brentano의 사회적 환경이 정확하고 섬세하게 연구되었던 한 책에서, 르네 기냐르René Guignard는 명확한 의식의 관점에서 한 편의 시를 제대로 평가할 수 있다고 말한다* : "어린이가 엄마에게 품속에 있었던 때를 상기시켜주는 연(聯)들은 별로 좋아 보이지 않는다. 두 존재의 내밀한 결합을 이보다 더 적절하게 제시할 수는 없을 것이나, 어린아이에게 다음과 같이

1장 물질적 내밀성에 대한 몽상들 71

말하는 것은 우리에게 충격적으로 보인다" :

> 그리고 당신에 대한, 그럼, 너무도 큰 그리움이 있었지
> 그리고 그 누구에게 탄식해야 할지를 알지 못했네,
> 거기서 그대의 품속에서 나는 고요히 울었네
> 그리고 그대에게 말할 수 없었다네

비평가[78]는 계속해서 말한다 : "우리는 그것이 감동적인가 우스꽝스러운가 하고 자문하게 된다. 어쨌든 브렌타노는 이 작품을 아주 좋아했으며, 시기는 잘 모르겠지만 종교적이기까지 한 자신의 성격을 강조하기 위해 그 시를 손보기까지 했다."

무의식이라는 관점에서 (이 시를) 판단하는 것이 부적절하다는 것은 여기서 명백하다. 이 대학 강단 비평가는 어머니의 품속에 있는 한 어린 아이라는 시각적 이미지를 스스로에게 부여한다. 이 이미지는 충격적이다. 그 이미지를 그려보는 독자는 시인의 상상력의 연장선상에 있지 않다. (그와 달리) 만일 혼돈된 열의 세계, 무의식이 거하는 무한한 열기의 세계 속에 있는 시인의 꿈을 이 비평가가 따라갔다면, 그리하여 만약 그가 양육의 첫 시기를 다시 살 수 있었다면, 그는 브렌타노의 텍스트 속에 어떤 제3의 차원이, '감동과 우스꽝스러움'의 교착을 벗어나는 어떤 차원이 열린다는 것을 이해할 수 있었을 것이다.

시인이 '이 작품을 아주 좋아했'고, 그것에 어떤 종교적 색조를 주려고까지 모색했던 것은, 텍스트가 그로서는 하나의 가치를, 확장적 비평이 무의식 속에서만 찾아낼 수 있는 가치를 가졌기 때문이며, 명백한 부분은 르네 기냐르가 보는 대로, 상당히 빈약하다. 이처럼 심화된 비

---

* 르네 기냐르, 『클레망 브렌타노의 삶과 작품(La Vie et l'Œuvre de Clémens Brentano)』, 1933, 163쪽.

78) 르네 기냐르.

평은 어려움 없이 모성적 힘이 지닌 내밀성의 영향력을 드러내줄 것이다. 이 내밀성의 흔적들은 확연하다. 그것들이 어디에 이르는지 보는 것으로 족하다. 왜냐하면 브렌타노는 그의 약혼녀에게 '한 어린아이가 그의 어머니에게 말하듯' 하기 때문인데, 비평가는 거기서 '무엇보다도 어루만져지고 애지중지되고 있음을 느끼기 원하는 그 시인의 유약함의 아주 특징적인 한 상징'을 본다. 고작 애지중지되기나 바란다고! 생생하고 멀쩡한 살에 들이대는 메스질![79] 클레망 브렌타노가 사랑에서 기대했던 것은 더욱 깊은 잠이었거늘!

결국, 그 다양한 시들로부터 출발하여 얼마나 많은 연장선들을 따라갔어야 했을까![80] '죽음'의 모성적인 내밀성을 연구하기 위해서 문단 하나를 더하는 것으로는 충분치 않다 : "어머니가 너무 가난하여 그의 아이에게 먹을 것을 주지 못한다면, 그녀는 그를 부드럽게 '죽음의 문턱에' 내려놓도록, 그리고 눈을 뜨면서 그 아이가 어머니를 하늘에서 볼 수 있도록 어머니는 그 아이와 함께 죽을 것이니!" 그 하늘은 틀림없이, 명부(冥府)의 하늘처럼 창백할 것이며, 그 죽음은 어머니 품처럼 부드러울 것이며, 보다 고요한 삶, 태어나기 이전의 삶을 향한 통교(通交)이리라. 그러나 이러한 상상력의 방향에서는, 이미지들이 흐려지고 지워진다.[81] 질료들 속에서 꿈꿔져, 수많은 이미지들을 불러냈던 내밀성은, 이번에는 전적인 강도를 띤다. 그 내밀성은 우리에게 그의 으뜸 가치들을, 무의식 속에 그토록 멀리 뿌리내리고 있기에 낯익은 이미지들을 초월하고 가장 태곳적 원형들에 도달하게 되는 그러한 가치들을 우리에게 안겨주는 것이다.

---

79) 잘못된 비평의 폐해에 대한 비유.

80) 이 장을 마치는 결론 부분의 시작.

81) 실제로 앞의 인용문을 보아도 형태적 대상물 묘사가 없음은 물론이고 다양한 이미지를 불러내는 질료에 대한 몽상도 쉬 읽히지 않는다. 앞의 인용문이 브렌타노의 것인지는 바슐라르가 굳이 밝히지 않고 있다.

2장
분란된 내면

내적 존재는 온갖 운동성을 다 가진다.
―앙리 미쇼

1

하루하루 글을 쓰고 읽는 한 단순한 철학자[1]에게, 책이란 결정적인 하나의 삶이다. 삶을 더 잘 성찰하기 위해 삶을 되살아보고 싶어하는 것처럼―그것이야말로 더 잘 살기 위한 유일한 철학적 방법일 터이다―책이 끝나고 나면 새롭게 다시 쓸 필요성이 남기를 그는 원한다. 완성된 책은 새 책에 그 얼마나 큰 기여를 할 것인지! 책을 쓰면서 나는 책을 어떻게 읽어야 했던가를 비로소 배웠다는 아쉬움 어린 인상을 가지게 된다. 그토록 많이 읽었지만, 나는 전부 다시 읽고 싶어진다. 내

---

1) 바슐라르 자신.

가 주목하지 못했던 이미지들, 진부한 옷자락을 내가 미처 걷어치우지 못했던 문학적 이미지들이 얼마나 많았던가. 예컨대, 내가 애석해하는 것들 중의 하나는 동사 우글거리다fourmiller의 문학적 이미지들을 제때 연구하지 못했다는 것이다. 한 근본적 이미지가, 유동성의 한 원칙으로서 우리들 내부에서 반응하는 한 이미지가 우글거림 현상에 결부된다는 것을 나는 너무 늦게야 깨달았다. 외관상 이 이미지는 빈약하다. 이 이미지는 거의 대부분의 경우 단 하나의 어휘에 지나지 않으며, 말 그대로 부정적이기까지 한 어휘이다. 이 어휘는 사람들이 보는 바를 묘사할 줄 모른다는 고백이며, 무질서한 운동에는 관심이 가지 않는다는 증거이기도 하다.

그렇다고는 하지만 이 어휘의 명백함 속에 그 얼마나 미묘한 확신이 있는가! 이 단어는 또 얼마나 다양하게 적용되는지! 구더기가 끓는 치즈로부터 거대한 밤하늘에서 웅성대는 별들에 이르기까지, 모든 것은 동요하고, 모든 것은 우글거린다. 그 이미지는 혐오이며 찬탄이다. 그 이미지는 이와 같이 반대되는 가치들로 쉬이 둘러싸인다. 그러니 그것은 오랜 풍상을 겪은 이미지이기도 하다.

그런데도 어떻게 한없이 많은 운동성으로 이루어진 이 경이로운 이미지를 간과해버리고 말았던지, 미칠 듯이 역동화된 한 내면성의 무정부적인 온갖 기쁨들을! 이제 여기서는 최소한 이중의 역설을 통해 이 이미지를 강조해두기로 하자.

우선, 정태적인 어떤 무질서가 동요된 전체인 양 상상되는 점을 강조하자. 별들은 셀 수 없이 많아 아름다운 여름 밤하늘에 우글거리는 듯 보인다. 많음은 동요이다. 문학에는 움직이지 않는 혼돈은 하나도 없다. 기껏해야 위스망스Huysmans에게서 고정된 혼돈을, 얼어붙은 혼돈을 찾아낼 수 있을 뿐이다.[2] 그리고 18세기나 그 전 시대의 책들 속에서 사람들이 혼돈chaos을 cahots(동요)라고 오철한 것을 보게 되는 것은 우연이 아니다.

그러나 여기 상대적인 역설이 있다. 사방으로 흔들리는 물체들의 총체를 쳐다보는 것으로, 혹은 상상하는 것만으로도 현실을 훨씬 넘어서는 수(數)를 그 물체들에 부여하게 된다는 것이다. 동요는 많음이다.

2

그럼 이 두 역설 위로 몇 가지 개념과 이미지들이 운용되는 것을 실제로 살펴보자. 그럼으로써 단순하고 덧없는 이미지들이 얼마나 쉽게 '으뜸' 개념들이 되는지를 알게 될 것이다.

예컨대, 발효는 하나의 우글거리는 운동성으로 자주 묘사되며, 발효가 불활성과 생명체 사이의 분명한 매개 상태로 지적되고 있는 것도 바로 그 점에서이다. 장(腸)내 움직임이라는 사실로 볼 때, 발효 현상은 생명이다. 덩컨Duncan에게 있어,* 이미지는 소박하기 짝이 없다 : "엉성하게 감싸고 있던 부분들로부터 빠져나오는 유효 성분들은, 열려 있는 문을 통해 스스로 기어나오는 개미들과 같다." 이와 같이 우글거리는 운동성의 이미지는 설명 방법의 반열에 오른다. 발효 현상의 '유효' 성분들은 상상된 질료로서 그야말로 개미 무리를 만들어내고 있는 것이다.

플로베르Flaubert 또한 작은 것에 동요를 가하는 상상력의 법칙을 따른다. 그는 그의 책 『성 앙투안의 유혹(La Tentation de Saint Antoine)』(초판)에서 피그미족들로 하여금 다음과 같이 말하게 한다 : "키 작은 우리들은 낙타의 혹 위에 있는 벌레처럼 땅 위에 우글거린다." 실제로

---

2) 이하 7장 5절에서도 인용하고 있는 위스망스의 작품 『정박지에서(En rade)』에서 예를 볼 수 있다.

* 덩컨, 앞의 책, 제1권, 206쪽. ▶이 책에서의 덩컨에 대한 내용은 여기가 첫 부분이다. 5장 2절 끝부분에 덩컨의 『자연화학』이 언급되어 있는데, 출전이 같은지는 분명하지 않다.

키가 1미터 80센티미터를 넘는 한 작가의 펜 아래서 피그미족들이 무엇을 할 수 있겠는가?[3] 바로 앞 책에서 우리는 어떻게 해서 여행자들이 높은 산에서 인간들을 꼬물거리는 개미들에 비유하기를 좋아했는지를 지적한 바 있다. 이 미소한 이미지들은 너무 많아서 어떤 의미를 가지지 않을 수 없다.

모든 근본적인 이미지들처럼, 개미 무리의 이미지는 가치 부여될 수도, 가치 폄하될 수도 있다. 그것은 활동의 이미지 혹은 분요(紛擾)의 이미지를 줄 수 있다. 후자의 경우, 사람들은 '헛된 동요'를 말할 것이다. 한 정신노동자의 불면 속으로 지나가는 '생각들'도 그러하다. 그러니 흐트러진 개미 무리는 일관성 없는 단어들로 표현되는, 당황하여 어쩔 줄 모르는 영혼의 이미지, '존재의 혼란스러운 방심'*의 이미지가 아닐 수 있겠는가…… 개미 무리의 이미지는 그때 행동주의 분석용 테스트가 될 수 있다. 영혼 상태에 따라, 그것은 분란이거나 결합이다. 이미지에 의한 이런 분석에 있어서는 책에서 얻은 지식은 당연히 물리쳐야 할 것이다. 개미에 관한 박물지가 문제되지 않는 것이다.

이 빈약한 이미지들에 대한 논고를 끝내기 위해, 애써 정신분석할 필요가 있는 것이 아니라, 그저 웃음으로 넘길 한 대목이 여기 있다. 이 대목은 심각한 분위기를 담고 있는 작품으로부터, 더없는 진지함을 결코 포기하지 않는 한 작품에서 따온 것이다. 여러 날 전부터 어느 암컷에게도 접근하지 않는 한 짐승의 정액을 현미경으로 들여다보면, "이들 수없이 많은 세포들 혹은 루벤호크[4]의 작은 극미 동물들을 발견하게 되는데, 그러나 그것들은 온전히 휴식 상태에 있으며 생명체로서의 그 어떤 징후도 보이지 않는다"라고 헴스테르후이스는 말한다.** 반대로

---

3) 꼬물거리는 일 외에.

* 루드비히 빈스방거Ludwig Binswanger, 『초지배력, 이야기 그리고 작문(Ausgewähltre, Vorträge und Aufsätze)』, 베른, 1947, 109쪽.

현미경 검사를 하기 전에 수컷 앞에 암컷이 지나가게만 해보라, 그러면 "당신들은 이 모든 극미 동물들이 살아 있을 뿐만 아니라, 게다가 농도가 짙은 그 정액 속에서, 놀라울 만큼 빠르게 헤엄쳐 다니고 있음을 발견하게 될 것이다." 이와 같이 이 진지한 철학자는 성적 욕망의 온갖 동요를 정자에 부여한다. 그 미시적 존재는 열정에 의해 '동요된' 정신이 겪는 심리적 사건들을 지체 없이 기록·내장한다는 것이다.

분주한 움직임으로 가득한 이런 내밀성은 내적 가치들에 대한 하나의 패러디로 보이기는 하나, 그것은 또한 내적 동요상에 대한 소박한 상상력을 잘 드러내고 있다고 우리는 믿는다. 더하여, 동요에서 분란으로 넘어가면서, 힘과 적대성의 강력한 의지가 깊게 관여하는 보다 역동적인 이미지들을 우리는 이제 보고자 한다.

3

질료들의 내면적 동요는, 아주 흔히 두 가지 혹은 그 이상의 물질 원칙들의 내밀한 전투로 나타난다. 고정된 질료의 이미지 속에서 휴식을 누리던 물질적 상상력은, 동요된 질료 속에서 일종의 투쟁을 벌인다. 그것은 전투를 질료화한다.

제목에서도 질료들의 전투를 환기하는 화학 저서들이 18세기까지도 많이 출간되었다. 식초를 백토에 붓는 동시에 발생하는 거품의 부글거림은 어린 학생들에게 즉시 흥미의 대상이 된다. 18세기적으로 본다면 화학이 가르쳐주는 이런 첫 사물 공부는 질료들의 전투다. 몽상가로서의 화학자는 마치 닭싸움을 관전하듯 산과 백토의 전투에 입회하는 격이

---

4) Antoine Van Leeuwenhoek(1632~1723) : 네덜란드의 자연과학자. 손수 제작한 현미경으로 원생 동물과 여기서 '극미 동물' 이라 칭한 정자를 관찰했다.
** Hemsterhuis, 『작품전집(Œuvres)』, 제1권 183쪽.

다. 전투 행위가 느슨해지면, 필요하다면, 그는 투사들을 유리 막대로 때린다. 그리고 연금술 저서들 속에서는 잘 '물어뜯지' 못하는 '부식성'[5] 질료에 대한 비난이 드물지 않다.

어떤 질료에 주어지는 탐욕스런 늑대 운운하는 연금술적 명칭들은―다른 많은 예들이 인용될 수 있을 터인데―심층차원에 있어서 이미지들의 **동물화(動物化)**를 입증하기에 충분하다. 이 동물화는 말할 나위도 없이 형태나 색들과는 아무런 관계도 없다. 그 어떤 것도 외면적으로 사자나 늑대나 뱀이나 혹은 개의 은유를 정당화하지 못한다. 이 모든 동물들은 폭력성과 잔인성, 공격성 심리의 은유들로 나타나는데, 예컨대 이들 은유는 공격의 신속성에서 일치한다.*

연금술에서는 금속의 **동물성**이라고 할 만한 그 무엇이 작용한다. 이 동물성은 무력한 상징화가 아니다. 주관적으로 그것은 질료들의 투쟁들에 대한 연금술사의 기이한 가담을 표시한다. 연금술의 전 과정에서 금속의 동물성이 연금술적 조련사를 부르고 있다는 인상을 받게 된다. 객관적으로 그것은[6] 다양한 질료들 사이의 적대적 힘들을 잴 수 있는 척도―아마도 지극히 상상적일―이다. 친화력이라는 어휘는 선(先)과학적 정신의 소유자에게 오랫동안, 그리고 지금도 여전히, 설명의 용어인데, 그의 반명제인 적대성이라는 개념을 보완해왔다.

그러나 **적대성**에 기초한 어떤 화학은 **친화력**에 기초한 어떤 화학과 나란히 존재했다. 이 적대성의 화학은 금속의 공격력들을, 독액들과 독제의 모든 악의를 표현한 바 있다. 그것은 강하고 풍부한 나름의 이미지들을 지니고 있었다. 이 이미지들은 퇴색해 쇠약해졌으나, 추상화된 단어를 통해 다시금 느껴볼 수 있다. 사실 그것은 종종 화학적 이미지, 동

---

5) 앞의 '물어뜯다'와 마찬가지로 같은 프랑스어 동사 mordiller에서 나온 형용사 mordicant(e).

* 이미지들은 떠나고, 어휘들은 남는다. 우리는 황산이 철은 '공격하고' 금은 공격하지 않는다는 것만 말해두고자 한다.

6) 금속의 동물성.

물화된 표현들에 생명력을 부여하는 물질적 이미지다. 그리하여 '갉아 드는' 슬픔은, 녹이 철을 '갉아먹지 않았다면', 그 녹이 낫의 철 위에 지칠 줄 모르고 그의 작은 생쥐 이빨들을 들이대지 않았다면, 결코 그 렇게 불리지 못했을 것이다.*

우리가 설치류인 토끼에 대해 생각할 때, 갉아드는 슬픔이란, 감히 말 한다면, 횡설수설이다.[7] 가슴을 갉아먹는 슬픔의 표현에 대한 몽환적 뿌리들을 발견하기 위해서는 물질적 이미지라는 매개체가 필요 불가결 하다.[8] 녹은 어떤 고통이나 영혼을 갉아먹는 유혹에 관한—아마도 대단 히 부적절하면서도!—매우 외향적인 이미지다.

질료들의 심부에서 찾은 이미지들을 통해 우리의 내면적 분란을 확 실히 그려 보여줄 온전한 하나의 감정적 화학체계를 도출해내는 일은 시간이 걸리는 문제일 것이다. 그러나 지금 말한 외향성은 헛되지 않을 것이다. 이는 우리가 우리의 고통을 '바깥에' 드러내놓는 일을, 마치 고

---

* 17세기의 어느 작가는 "파인애플이 철을 먹는다"라고 말했다. 파인애플 속에 칼을 꽂아 두면, 그것은 "하루가 지나면 그 과일에 의해 먹혀(부식되어 : mangé) 사라져버릴 것이다." 이같은 텍스트에서는 '먹는다(부식하다 : manger)'라는 어휘에 온전한 의미를 부여해야 하 는데, 왜냐하면 그것을 계속해서 읽을 때, 이와 같이 먹혀진 철 성분이 가지[枝] 속에서 다 시 발견된다는 것을 알 수 있게 되기 때문이다. 그 작가는 또한 목수(木髓) 대신에 철로 된 가지를 가진 이국의 나무들에 대해 말한다. 이 경우, '먹는다'라는 어휘는 그의 고유한 의 미와 비유적 의미 사이에서 망설이게 됨을 우리는 보게 된다. 어휘들의 어떤 유희로부터 19 세기에 피에르 르루는 한 사고체계를 끌어낸다. 그는 esse가 '존재한다'라는 의미와 '먹는 다'라는 의미를 동시에 가지고 있다는 사실에 대해 용이한 설명을 전개하면서 다음과 같이 첨언한다 : "먹는다는 것, 그것은 부인한다는 뜻이며, 탐식한다는 뜻이고, 잔인하다는 뜻인 동시에 살해한다는 뜻이다. 그래서 존재한다는 것은, 바로 잔인하다는 뜻이고 살해한다는 뜻이다…… 산은 먹는다. 그리고 알칼리 또한 그러하다. 식물은 먹는다. 동물도 먹는다. 인 간도 먹는다. 모든 것이 먹는다"(『사마레의 모래톱 La Grève de Samarez』, 2권, 23쪽). 우리는 요나 콤플렉스에 바친 장에서 보다 더 많은 꿈과 함께 이 라틴어 어휘 esse를 다시 다룰 것 이다.
7) 원래 프랑스어 표현으로는 "수탉 이야기하다가 당나귀 이야기하는 격이다"라는 말인데, 본문의 뜻은 결국 귀여운 토끼의 이미지에서는 슬픔의 부식력을 연상할 수 없다는 뜻.
8) 설치류인 토끼의 이미지로 사유하기보다는.

통이 이미지들이기라도 한 것처럼 기능하게 하는 일을 도울 것이다. 야콥 뵈메의 작품은 종종 이와 유사한 외향화 과정들로 그 구석구석까지 생기를 띠고 있다. 신기료 장수로서의 철학자는 사물들과 원소들 속으로 정신세계에 대한 자신의 분석을 투사한다. 그리하여 그는 (구두용) 왁스와 피치(역청) 사이에서 유연화(온유)와 수렴화(신랄) 사이의 투쟁들을 재발견한다.

그러나 외향성은 잠깐일 뿐이다. 인간 열정의 모든 이미지들을 질료들의 심부에서 재발견하기 때문에 외향성이 그곳을 향해 간다고 감히 주장한다면 기만적이다. 그런다면 그의 이미지들을 사는 인간에게 알칼리와 산의 '투쟁'이야 보여줄 수 있지만, 그는 거기에서 멈추지 않는다. 그의 물질적 상상력은 그것으로부터 서서히 물과 불의 투쟁을, 그리고 여성과 남성의 투쟁까지도 도출한다. 빅토르 에밀 미슐레Victor-Emile Michelet는 이렇게 말한다 : "소금을 만들기 위해 염기를 죽이고 그 또한 스스로 죽는, 염기에 대한 산의 사랑."

히포크라테스에게 건강한 사람이란 물과 불이 균형 잡힌 하나의 복합체다. 조금만 몸 상태가 안 좋아도 적대적인 이 두 원소들의 투쟁은 인간의 육체 속에서 다시 시작된다. 은근한 분란이 아주 작은 구실만 있어도 발현되는 것이다. 이런 관점을 뒤집으면 건강 상태에 대한 정신분석을 준비할 수도 있을 것이다. 근본 투쟁, 그것은 아니무스와 아니마의 양립성, 우리들 저마다의 속에 반립적 원칙들의 투쟁을 자리잡게 하는 양립성 속에서 포착될 것이다. 상상력이 이미지들로써 바로 이 반대되는 원칙들을 포괄한다. 화가 난 모든 영혼은 열이 나는 육체 속에 그 불화를 가져다놓는다. 그때 그 영혼은 상상적 질료들 속에서 자신[9]의 동요에 관한 온갖 물질적 이미지들을 읽어낼 준비가 되어 있다.

더군다나 그와 같이 멀리까지 꿈꾸러 가기를 원치 않을 독자들에게

---

9) 영혼.

는 내면적 투쟁들을 활성화시키는 일군의 역동적 이미지들을 충분히
보기 위해서 '강한' 산들과 '약한' 산에 대해서 명상해보는 것으로 충분
할 것이다. 기실, 역동적 이미지들의 간략화 명제를 따라 말하자면 모든
투쟁은 이원적이다. 그러나 상호적으로, 상상력에 있어 모든 이원성은
투쟁이다. 상상 작용에 있어 모든 질료는 그것이 원소적이기를 멈추자
마자 필연적으로 분리된다. 이 분열은 평온하지 않다. 세련된 다듬기를
시작하는 상상력은 단순하고 통합된 삶을 가진 하나의 질료에 만족하
지 않는다. 질료들의 내부에서 상상된 아주 작은 무질서만 상상하게 되
어도, 몽상가는 어떤 큰 동요, 어떤 고약한 투쟁을 보았다고 느낀다.

　분란이 일어난 내밀성에 관련된 물질적 이미지들은 연금술적인 직관
들 속에서와 마찬가지로 활력론적 직관들 속에서 그 지지대를 찾게 된
다. 그것들은 '위(胃)의 활기'의 즉각적 공감을 획득한다. 정신분석학자
에르네스트 프랑켈Ernest Fraenkel은 '위의 활기'라는 이름으로 소화
절차를 연구한 대목들을 우리에게 기꺼이 건네주었다. 그는 위의 활기
가 본질적으로 사디즘에 속함을 드러내면서 다음과 같이 첨언하고 있
다 : "위의 사디즘은 부식하는 산의 효과에 그의 희생물을 노출시키는
화학자의 사디즘이다."

　혼란을 질료 한가운데 새기는 염세적 상상력이 어떻게 작용하는가
를 이해했을 때, 프레데릭 쉴레겔Frédéric Schlegel이 19세기에 메뚜기
를 혼란해진 공기의 직접적 조성으로 설명한 대목을 다른 관점으로 읽
을 수 있게 된다. 메뚜기는 그때 가시화된 악의 질료이다.* '이같은 메
뚜기 무리들에 대해 뭐라고 말할까…… 그것은 전염성을 가지고 있고
용해되어 떨어지는 어떤 원소들에 의해 오염된 공기의 병적 조성과 다
른 것일까? 나는 공기와 기압이 생명력을, 게다가 아주 미묘한 생명력
을 부여받고 있다는 사실은 인정받을 수 있다고 추정한다. 나는 바로

---

*　프레데릭 쉴레겔, 『삶의 철학 (La Philosophie de la Vie)』, 제1권, 296쪽.

이 공기가, 봄의 향기로운 미풍이 사막의 뜨거운 바람에 반하여, 그리고 온갖 종류의 전염성 악취에 반하여 투쟁하는, 상반된 힘들의 혼돈 복합체라는 데 더이상 이의가 제기되지 않으리라 생각한다." 그러니 상상력이 활동하도록 그냥 내버려두도록 하자. 그러면 악취는 메뚜기를 낳을 지경으로까지 진해질 수 있다는 것을 우리는 이해하게 될 것이다. 초록인 동시에 물기 없이 건조한 존재 방식을, 물질적으로 모순된 성질들의 종합인* 이런 존재 방식을 갖는 이 벌레는 몹시 해로운 유체(流體)가 가진 고약한 동력에 의해 공기 자체 속에서 생산된, 흙의 속성을 가지는 물질이다.

물론 쉴레겔의 주제를 지지하기 위해 아주 작은 **객관적** 논의나, 아주 작은 **사실적** 이미지를 찾아내기란 쉽지 않을 것이다. 그러나 **주관적** 근거들은 없지 않다. 물질적 상상력과 역동적 상상력이 마음껏 넘쳐흐르도록 내버려두면 족하리라. 달리 말해, 모범적인 질료들을 혼란시키고 동요시키기 위해 나타나는 유해 유체(流體)가 동물화되는 것을 느끼기 위해서는, 사고와 말의 문지방에서, 상상력에 으뜸 역할을 돌려주면 족할 것이다. 상상력이 인간과 사물들의 물질적 교환들에 가치 부여하는 그의 생동적 역할을 되찾을 때, 상상력이 정말 우리들의 유기적 삶에 대한 상상된 설명일 때, 그때 위생 문제는 자연스럽게, 나쁜 영향을 위해서도 좋은 방향을 위해서도, 질료적인 이미지들을 발견한다. 젊고 강한 호흡은 즐거운 상상력이 순수하다고 선언하는 공기를 크게 들이마시며, 삶의 철학자는 '생명력을 지닌 어떤 공기'에 대해 말한다. 반대로 억눌린 폐는, 악취** 에 대한 악마주의를 발전시켰던 시인들에 의해 아주 흔히 사용된 숙어에 의하면, '텁텁한' 공기를 발견한다. 공기 속에서

---

* 물질적 상상력의 지배 아래서 초록은 수성(水性)이다. 동물 조각들로 사탄에 의해 만들어진 메뚜기를 참조할 것(위고, 「힘은 선이다」, 『제세기의 전설 La Légende des Siècles』).
** 뒤 바르타스Du Bartas의 경우, 사탄은 "이 반항아, 가장 텁텁한 대기의 왕"이다(『주(週) La Semaine』, 19쪽).

이미 선과 악의 두 질료는 투쟁중이다.

그때, 공기 속에서도 선과 악, 평화와 전쟁, 수확의 환희와 기근의 재앙, 향기와 독기를 생산하는 상반된 두 힘이 활동한다고 상상하는 쉴레겔의 직관이 이해된다. 우주 모든 물질을 생기 있고 활력 있게 하는 생에 대한 감수성이 그러하기를 원한다. 그리하여 솔제Solger가 원했던 것처럼* 느끼기는 생각하기에 재통합된다.

그런데 우리는 언표된 상상력의 원소들을 하나씩 기회 있을 때마다 찾아 쌓아올리고자 하는 희망 속에서, 질료적 가치들과 말(파롤) 사이에 있는 모든 관계들에 대해서도 우리 논거 전개중에 필요 적절하다면 환기해두고 넘어가는 것을 규칙으로 삼고 있기 때문에, 여기서는 질료적 가치들에 대한 온전히 언어적인 가치폄하에 대해 몇 가지를 지적해두기로 하자.

반호흡적인 어휘들, 우리를 숨막히게 하는 어휘들, 우리로 하여금 찡그리게 하는 어휘들이 있다. 그것들은 우리의 얼굴 위에 우리가 가진 거부의 의지를 새겨쓴다. 철학자가 너무 서둘러 단어로 사고(思考)를 표현하는 대신 입 속에 그 단어들을 다시 넣어본다면, 그는 발음된 한 단어가—혹은 단순히 그것의 발음을 상상해본 단어가—온 존재의 현실화라는 걸 발견할 것이다. 우리의 전 존재는 한마디 말에 의해 긴장되며, 특히 거부의 어휘들은 굉장한 진솔성을 유발하기에, 예의를 내세워보았자 그것을 제어할 수 없다.

예컨대, 사람들이 악취라는 어휘를 얼마나 성실하게 발음하는지 보라. 그것은 혐오에 대한 일종의 무음 의태어가 아닌가? 한입 가득 머금었던 더러운 공기가 내뱉어지고 나면 입은 다음 순간 완강하게 닫

---

* 모리스 부셰Maurice Boucher, 『논문(Thèse)』, 파리, 89쪽.
** 어떤 위대한 작가가 경멸의 물질론 속에서 어떤 역할을 하는 곰팡이moisi라는 어휘를 발음하거나 그저 그 단어를 글로 적을 때, 그를 카메라 앞에 데려갔다면 흥미로웠으리라 : "곰팡이의 고리타분한 냄새가 나를 옥죈다."

힌다. 의지는 침묵하고자 하는 동시에 호흡하기를 거절한다.**

마찬가지로, 18세기의 모든 화학은 탄산가스moffettes라는 어휘로 구역질나게 하는 분사 가스들, 탄광의 배기가스들을 가리킨다. 그 어휘는 해체되는 질료들을 가리키면서, 악취와 같은 방향으로 작용하는 보다 함축적인, 한 상상력을 시사한다. 탄산가스들은 공교로운 불만이다.

말(파롤)의 이러한 심리적 사실주의는 어떤 점에서 흡입한 나쁜 공기에 무게를 부여한다. 공기 유체는 그때 흙의 속성을 가지는 질료들의 온갖 악덕들을 통합하는 다가(多價)적인 어떤 악으로 채워져서, 악취는 늪이 발산한 온갖 부패의 향내를 띠고, 탄산가스에는 탄광의 유황 냄새가 고스란히 담기게 된다. 하늘의 공기는 이들 비열상을 설명할 수 없다. 이 비열상에는 그것의 심부에서부터 혼란된 한 질료가 필요하며, 특히 그 불화를 질료화할 수 있는 질료가 필요하다. 18세기는, 병적 열을 내는 물질들, 악취 나는 물질들, 너무나 심층적으로 동요된 나머지 우주와 인간뿐만 아니라 거시적 세계와 미시적 세계를 동시에 혼돈시키는 데까지 이르는 물질들을 두려워했다. 베르톨롱 신부의 견해로는, 탄광에서 나오는 독소를 지닌('탄산가스 성분의') 증기들은 생명 현상들에뿐만 아니라 전기 현상들에도 해를 끼친다. 유독가스들은 질료들의 중심에 들어와 거기에 죽음의 씨앗, 해체의 원칙 자체를 가져다놓는다는 것이다.

쇠약의 개념과 같이 보잘것없는 개념, 오늘날 합리적인 지성들에게 완전히 외향화된 이 개념마저, 내향성이라는 조망 관점에서 살펴볼 수 있다. 그러기에 진정한 파괴 물질의 작용이 상상 가능한 예들을 인용할 수 있다. 다시 말하지만 존재는 내면으로부터 파먹혀든다. 그러나 상상력은 이 내면의 소멸 작용을 활성 질료로, 미약(媚藥)으로, 독약으로 지시한다.

---

10) 파괴 작용을 내면적 조망 관점에서 보게 하는 단초.

요컨대, 상상력이 파괴 활동을 질료화한다.[10] 그것은 어떤 와해에, 외적 쇠약에 만족할 수 없다. 1682년 덩컨이 쓴 것을 보자. 아주 강하던 육체들도 쇠약해지고 만다는 생각에 대해, 이 의사는 오히려 단순히 시간만을 원망하지 않기를 바란다. 그는 태양 활동을, 혹은 "모든 육체의 모공을 통해 재빨리 들어와 무심히 신체 부위들을 뒤흔들어놓는 미묘한 물질의 맹렬함"을 상상한다. 그리고 그는, 독단적 주장에서 비평적 태도로 옮겨가면서 한 이미지를 다른 이미지로 바꿔가는 사람들이 흔히 그러하듯 다음과 같이 덧붙인다. "시인들만이 더없이 강인하던 육체들을 조금씩 조금씩 쇠약하게 하는 이 보편 소멸의 시간성을 제대로 고발할 줄 안다."[11]

4

불행한 질료의 예로, 연금술사들이 죽음의 물질적 이미지, 더 정확히 말해 어떤 물질화된 용해 작용을 그려냈던 수많은 책의 대목들을 환기할 수 있을 것이다. 파라셀수스의 세 가지 물질적 원칙, 유황과 수은과 염이, 우리가 이전 책에서 말했던 대로,* 통상 통합과 삶의 원칙이기는 하지만, 그것도 심각한 내적 변질을 겪을 수 있고, 그 결과 원소들의 내부까지도 용해시키는 죽음의 원칙으로 변모할 수 있다.

이 죽음의 물질론은 죽음의 원인들에 대한 우리의 명확한 개념과는 사뭇 다르다. 또한 '죽음'의 의인화와도 차이를 보인다. 틀림없이 '연금술사'는, 중세의 모든 사색가들이 그러하듯, '죽음'의 상징적인 재현물들 앞에서 전율했다. 그는 죽음의 무도 속에서 '죽음'이 산 자들과 뒤

---

11) 위에서 사람들이 단순히 시간만을 육체 쇠약의 원인으로 원망하지 않기를 바란다는 덩컨의 단호한 독단적 생각은 지금 이 인용문에서 완화된 어조의 비평 논조로 바뀌어 있다.
* 『대지 그리고 의지의 몽상』 제9장 참조.

섞이는 것을 보았다. 그러나 다소간 베일에 싸인 이 해골들을 모사한 중세 판화는 인간이 실제적인 살의 해체에 대해 성찰하는 보다 비밀스럽고 보다 질료적인 몽상을 다 그려내지 못한다. 그때 그는 해골의 이미지들만을 두려워하는 게 아니다. 그는 시체의 벌레들을 두려워하고, 재가 되는 것을 두려워하고, 먼지가 되는 것을 두려워한다. 실험실에서 물과 불과 절구에 의한 너무도 많은 용해 방식들을 알고 있는 그는 자신이 형체 없는 하나의 질료가 되어버리리라 상상하지 않을 도리가 없다. 이와 같은 지적 두려움들 몇 가지를 그려보기로 하자. 연금술의 시대에서와 마찬가지로, 거시적 우주의 실체들과 소우주로서의 인간적 실체들이 보다 밀접하게 통합되면 될수록, 두려움을 생생하게 느낄 수 있을 것이다.

우리의 살 속에서 영혼의 불을 육체의 근원적 습성(濕性)에 연결하는 근원적 염은 해체될 수 있다. 그때 죽음은 존재의 질료 자체 속에 들어온다. 병은 이미 부분적인 어떤 죽음, 병원성(病原性) 질료이다. 피에르 장 파브르Pierre-Jean Fabre가 말한 대로,* 병고로 시달리는 우리의 육체 속에서 죽음은 '실질적이고 물질적인 질료'를 확보하고 있다.

질료들을 들쑤시고 가장 견고하던 질료들의 불화를 조성하는 분리 작용들을 파브르는 자세하게 논한다. 생명성 유황에 반자연적 유황들이 대립한다.

"Arsénics, Réalgars, Orpins et Sandaraques"[12) —이것 자체로 얼마나 아름다운 12음절 시행인가! —들이 바로 그것이다.

마찬가지로 모든 "뜨거운 화성(火成)의 독들은, 그것이 천상의 속성을 지니건, 공기의 속성을 지니건, 물의 속성을 지니건, 흙의 속성을 지닌건 간에", 열의 물질이다.

---

* 피에르 장 파브르, 『화학비밀 개요(Abrégé des Secrets chymiques)』, 파리, 1636년, 91쪽.
12) 비소, 계관석, 웅황 그리고 산다라크 수지.

또 마찬가지로 '죽음의 수은'은 우리의 삶이 시작되자마자 해체 행위를 시작한다. 그것은 "생명의 염에 대항하는 주적으로, 모든 사물들의 견고함을 부패시키고, 파괴하고, 약화시키고, 액화함으로써 그 염을 공공연히 공격한다." 이 차가운 수은에 의해 침몰하면서, 존재는 내면적으로 익사한다. 랭보는 "수분이 많은 채소들을 먹을 때 우리는 열[13]을 함께 먹는다"라고 말한다.

이와 같이 '자연'에 대해 투쟁하는 일종의 '반자연'이 명백해지는데, 이는 내밀한 투쟁이다. 이 투쟁은 가장 견고한 질료들 안에서 전개되어 간다.

반자연의 이 내밀한 본성을 이해하기 위해서는 내밀성에 대한 연금술사들의 온갖 꿈들을 살펴볼 필요가 있다. 우선 광물질이 광물적 생명력을 가진다는 것과, 파라셀수스 이래 이 광물적 생명력은 인간 생명에 대한 그것의 작용을 통해 연구되어왔다는 것을 기억할 필요가 있다. 인간 육체가 실험의 한 도구, 한 증류기, 한 연소용 화로, 대형 증류기가 되었던 것이다.

가장 흥미롭고 가장 강하게 가치 부여된 실험들이 이루어지는 것이 바로 인간이라는 용기(容器) 속에서이다. 연금술사는 막대 황금보다는 마실 수 있는 황금을 원한다. 그는 황금의 실체라기보다 황금의 은유들에 대해 연구한다. 그가 아주 자연스럽게 가장 큰 가치들을 부여하는 것은 바로 가장 중대한 은유들, 회춘의 은유들에 대해서이다.[14]

그런데 이러한 가치들은 얼마나 연약한 것일까? 의약으로서 최고의 가치를 증언하는 한 화학적 질료는 어떤 반대급부가 가능하다는 것을 증명해 보일 것인가? 그 의약이 잘못 작용한다면, 모든 책임은 그 약이 져야 한다. 쇠약한 인간의 육체를 탓할 수 없는 법이다. 물약의 수은 속

---

13) 화성(火成)의 독.

14) 금이라는 광물의 생명력이 인간 생명과의 관계 아래서 연구되어온 명백한 예증.

* 알프레드 자리Alfred Jarry, 『사색들 (Spéculations)』, 샤르팡티에 출판사, 1911, 230쪽. "경

으로 독의 수은이 스며든 것이다.* '인열약(引熱藥)'이 자신의 사명을 배반하자마자, 마실 수 있는 황금이 쇠약해진 심장에 용기를 더 주지 못하게 되자마자, 이 생명의 유황분은 죽음의 유황분으로 변질되는 것이다.

이와 같이 인간의 육체적 내면성은 광물적 가치 결정과 연대되어 있다. 질료들의 반자연이 인간을 통해 표출된다 할지라도 놀라서는 안 될 것이다. 자연이 반자연으로 결정되는 것은 바로 인간 속에서 인간을 통해서이다. 수많은 연금술사들에게 죽음의 물질적 원칙은 원죄의 순간에 생명 원칙들과 함께 뒤섞였던 것이다. 원죄는 사과 속에 벌레를 넣었고, 세상의 모든 과실들은 그들의 실제와 은유에 있어서 그 때문에 상해버렸다.

피폐의 물질이 만물 속으로 스며들었던 것이다. 그 이후로 살은 자신의 존재 속에서마저 하나의 과오가 되었다.

살은 이미 어떤 물질적 지옥이며, 분열되고 혼란스러우며, 분란으로 끊임없이 동요된 질료이다. 이 지옥의 육체는 '지옥'에 제 자리를 가진다. 피에르 장 파브르는 말하기를(앞의 책, 94쪽) '지옥'에는 '온갖 질병들'이 형벌로서라기보다는 형벌을 받은 물질로서 집결해 있다고 했다. 거기에선 '상상하기 힘든 비참의 혼합과 혼돈'이 지배한다. 질료의 지옥은 자세히 말하면 반자연적인 유황의, 이상한 습기의, 부식성 염의 혼합이다. 광물적 수성(獸性)의 모든 힘들은 이러한 지옥의 질료 속에서 투쟁한다. 악의 이러한 질료화 작용과 함께, 우리는 물질적 은유의 기이한 동력들이 활동중에 있음을 보게 된다. 추상적이자 구체적인 이미지들

험에 의해 바쳐진 진실들을 정확하게 기록하는 언어 활동은, 그러나 시간의 흐름 속에서 진실들은 변형되고 그 정도도 심해서, 편안한 오류들을 만들어내고, 사람들이 '독poison' 그리고 '물약potion'이라고 말하는 이 모순어의 양극을 '이중어들' 속에다 서로 마주하게 둔다. 이 평범하고도 가공할 어휘는 많은 소박한 사람에 의해 만들어졌으며 그들이 매일 감히 근접할 수 없었던 마약들을 가리킨다……"

이 정말로 문제가 되고, 이 이미지들은 아주 흔히 광활성 속에 표현되는 것을 밀도 있는 것으로 바꾸어놓는다. 그것들은 악들의 **중심**을 목표로 하고, 고통들을 **응축**시킨다. 그림으로 그려진 지옥, 온갖 판화로 표현된 지옥, 괴물들이 우글거리는 지옥이 보통 사람의 상상력을 감동시킬 수 있게 등장한다. '연금술사'는 자신의 사색과 작품들 속에서 괴물성의 질료를 분리해냈다고 생각한다. 그러나 진정한 연금술사는 위대한 영혼의 소유자이다. 그는 괴물성의 정수를 뽑는 일 따위는 마법사들의 몫으로 돌린다. 사실 마법사는 단지 동식물계에 대해서만 연구한다. 마법사는 변성된 광물 속에 등재되어 있는 악의 그 거대한 내면성을 알지 못한다.

5

그러나, 내밀한 불화에 관한 온갖 이미지들을, 존재의 분리로부터 태어나는 힘들의 온갖 역동성을, 존재가 있는 그대로의 것이기를 더이상 원하지 않게끔 하는 반항적 원초성에 대한 꿈들을 자세히 연구하고자 한다면 끝도 없을 것이다. 간단하고 신속히 언급해가는 가운데, 우리는 그저 물질의 어떤 염세적 경향이라는 조망 관점의 깊이를 지적할 수 있기만을 바랄 따름이다. 우리는 적대성의 꿈이 매우 내밀한 역동성을 지닌 나머지, 역설적인 방식으로 단순한 것의 분리, 원소의 분리를 초래하게 된다는 점을 보여주고자 했다. 모든 질료 안에서, 물질화된 분노의 상상력은 반-질료적 이미지를 환기한다. 그때 질료는 존재의 내부에서마저 반-질료에 대항하며 자신을 견지해야 하는 것처럼 보인다. 연금술사는 온갖 꿈들을 질료화하고, 희망만큼이나 실패들을 실현하면서, 진정한 반-원소들을 만들어냈다. 이러한 변증법은 물질의 성질에 대한 아리스토텔레스식 대립에 더이상 만족하지 않는다. 그것은 질료들에 관계된 힘들의 변증법을 원한다. 달리 말하면, 최초의 꿈들을 계승해나가면서, 변증법적 상상력은 더이상 물과 불의 대립항들에 만족하지 않는다. 변증법적 상상력은 가장 심오한 불화를, 질료와 그의 성질들 사이에 있는 불화를 원한다. 우리는 연금술서들을 읽으면서 차가운 불, 마른 물, 검은 태양이라는 물질적 이미지들과 아주 빈번히 마주치게 된다. 시인들의 물질적인 몽상들 속에서도 그런 물질적 이미지들은 정도의 차이만 있을 뿐이지, 명시적이고 또 구체적인 방식으로 여전히 형성되고 있다. 그것들은 무엇보다 외양에 반대하고, 내면적이고 근본적인 불화를 통해 이 모순을 영속적으로 확고히 하는 의지를 드러낸다. 이같은 몽상들을 따르는 존재는 무엇보다 합리적인 지각의 모든 도전들에 응수하도록 준비된 **독창성의 행로**를 따르며, 그 다음에는 바로 이 독창성에 사로잡힌다. 그의 독창성은 부정(否定)의 과정일 뿐이다.

이런 근본적 대립의 이미지들에 자족하는 상상력은 그 자체 속에 가학대증과 피학대증의 양면성을 뿌리내리게 하고 있다. 이 양면성은 정신분석학자들에게는 물론 잘 알려져 있다. 그러나 그들은 거의 그것의 정의적(情意的)인 측면, 그것에 대한 사회적 반응에 대해서만 연구한다. 상상력은 더 멀리 간다. 그것은 철학을 만들고, 만물의 질료가 치열한 투쟁 현장, 적대성이 발효하는 장소로 변하는 이원론적 물질주의를 결정짓는다. 상상력은 **투쟁의 존재론**에 접근하고, 거기서 존재는 반-자아로서 인식되며, 처형자와 희생자, 곧 그의 가학대증을 즐길 시간이 없는 처형자와, 그의 피학대증 속에 자족하게끔 방기되지 못한 희생자를 통합한다. 휴식은 영원히 부인된다. 물질 자체에는 그 권리가 없다. 내밀한 동요는 그만큼 분명한 것이다. 이런 이미지들을 따르는 존재는 그때 도취를 필연적으로 수반하는 어떤 역동적 상태를 알게 된다. 그것은 순수한 동요이다. 그것은 **순수한 개미둑이다.**[15]

---

15) 위의 2절 참조.

6

  내면적 동요를 일으키는 중요 인자 중 하나는 어둠을 상상하는 것만
으로도 작동하게 된다. 상상력을 통해 우리가 사물들의 내면에 가두어
진 밤의 공간에 들어갈 때, 만일 우리가 진정으로 그들의 은밀한 컴컴
함을 체험하게 된다면, 우리는 불행의 핵심들을 발견할 수 있다. 앞 장
에서 우리는 우유의 은밀한 검은빛의 이미지의 그 겉면만을 살펴보았
다. 그러나 그것은 심오한 혼란을 드러내는 표징이 될 수 있으며, 지금
우리는 간략하게나마 그런 이미지들의 적대성을 지적할 필요가 있다.
우리는 만일 모든 검은 이미지들이, 질료상으로 검은 그 이미지들이 통
합되고 분류될 수 있다면, 로르샤흐 테스트Rorschach Test에 쓰이는 그
림 도구들을 배로 풍부하게 할 수 있는 좋은 문학적 도구를 만들어낼
수 있으리라 믿어 의심치 않는다. 우리는 개인적으로 너무 늦게 존재
분석에 대한 루드비히 빈스방거Ludwig Binswanger와 롤랑 쿤Roland
Kuhn의 훌륭한 연구 실적들과 로르샤흐 테스트를 알게 되었다. 우리는
다른 책을 집필할 때에나 그에 대한 지식을 원용할 수 있을 것이다. 이
장의 끝에서는 우리들 연구의 방향을 지시해줄 수 있는 몇몇 특징들에
대해서만 언급하도록 하자.
  열 상자나 되는 로르샤흐 테스트 도구 가운데는 때로 '흑색 충격
Dunkelschock'을 주는, 즉 깊은 정동(情動)을 불러일으키는 한 무더기
의 내면적 검은 무늬들이 있다. 내면적으로 복합적인 검은 얼룩 하나만
으로도, 그 심층차원들 속에서 꿈꾸어지자마자, 우리를 이처럼 암흑 상
황 속에 자리잡도록 하기에 충분하다. 물질에 대한 상상력을 바탕으로
한 심리학을 통해 형태의 심리학을 초월하기를 거부하는 심리학자들만
이 이같은 잠재력에 놀라워할 것이다. 꿈들을 좇는 존재는, 특히 꿈들을

설명하는 존재는 형태라는 외곽에 머무를 수 없다. 내면성의 아주 작은 부름에도 그는 그의 꿈의 물질 속으로, 그의 환상들의 물질적 원소 속으로 관통해 들어간다. 그는 검은 무늬 속에서 배태(胚胎)들의 잠재력이나 유충들의 무질서한 동요를 읽는다. 모든 어둠은 유동적이고, 그래서 모든 어둠은 물질적이다. 밤의 물질에 대한 꿈들은 이와 같이 진행된다. 그리고 질료들의 내면에 대한 참된 몽상가에게는, 그늘의 한자락 귀퉁이라도 광대한 밤의 온갖 두려움들을 환기할 수 있다.

책을 통해 고독한 연구를 계속하면서, 우리는 매일 새로운 '사례들'을, 어떤 통째의 정신 심리체로서 그들을 찾아오는 '주체들'을 제공받는 정신분석의들의 일상을 자주 부러워하곤 했다. 우리들에게 '사례들'이란, 책의 어느 한 페이지의 구석에서, 현실 묘사를 벗어나 예기치 못한 한 문장에서 고립적으로 발견되는 아주 사소한 이미지들에 지나지 않는다. 우리의 방법은 성공을 거두는 일이 드물기는 하지만, 한 이점(利點)을, 즉 표현이라고 하는 유일한 문제 앞에 우리를 위치시키는 이점을 지니고 있다. 우리는 그래서 자신을 표현하는 주체의, 더 잘 말한다면 자신의 표현을 상상하는 주체의, 자신의 책임감을 자신의 표현의 시적 특성에까지 가닿게 하는 그런 주체의 심리학을 개진해볼 수 있는 단서를 갖고 있는 것이다. 만일 우리의 노력이 계속될 수 있다면, 표현 세계를 한 자율적인 세계로 검토할 수 있는 가능성을 가지게 될 것이다. 이 표현의 세계는 존재 분석에 의해 착안된 세 가지 세계, 움벨트·미트벨트·아이겐벨트, 곧 주변 세계, 인간 상호간 세계, 개인적 세계에 대한 해방의 한 방법으로 때로 제시된다는 것을 보게 될 것이다. 적어도 표현의 이 세 가지 세계는, 즉 시성(詩性)의 세 종류는 여기서 그들의 차이점을 발견할 수 있게 될 것이다. 예컨대, 우주적 시성을 작용토록 하면서, 우리는 어떻게 해서 그것이 실제 세계에서의 해방인지를, 우리를 둘러싸고 있는, 우리를 껴안고 있는, 우리를 억압하고 있는 주변 세계에서의 해방인지를 알 수 있을 것이다. 우리가 이미지들을 우주적 차원에까지 고양되도록 할 수 있었던 경우마다, 우리는 이런 이미지들이 행복하다는 의식, 조물주적 의식을 우리에게 주었다는 것을 느낄 수 있었다. 루드비히 빈스방거의 연구 업적들과 모레노Moreno의 연구 업적들을 서로 비교해 살펴본다면, 아마도 우리는 다음과 같은 도식을 공식화할 수 있으리라. 아이겐벨트, 즉 개인적 환상들의 세계에는 심리극이 연대될 것이다. 미트벨트, 즉 인간 상호간 세계에는 사회극을 연합할 수 있을 것이다. 현실이라고 말해지는 세계, 물질적 상상력의 원칙들과 함께 지각되는 확실한 세계, 즉 움벨트는 그때 연구될 필요가 있을 것이다. 그때 우주극의 역역(力域)이라 부를 수 있을 특수한 정신심리적 역역을 확립하게 될 것이다. 꿈꾸는 존재는 세계를 연구할 것이고, 방안에도 온갖 이국 정취를 불러일으킬 것이고, 물질의 전투들 속에서 영웅의 임무를 수행할 것이며, 내면적인 검은빛들의 투쟁 속에 개입하는 동시에, 염색의 경쟁에 참여할 것이다. 그는 끝내 섬세한 이미지들을 통해 그 모든 '흑색 충격'을 이겨낼 것이다.

그러나 분란중인 내면성의 이 전투들에 대해 말하기 위해서는 새로 책을 한 권 더 써야 할 것이다. 우리는 다음 장에서, 두 개의 형용사 사이의 투쟁을 검토하는 것으로 만족해야 할 것이다. 그래도 이 단순한 변증법이 상상하는 존재에게 뛰어난 조성 작용-tonalisation을 허여한다는 사실을 확인할 수 있을 것이다.

3장
물질적 특질에 대한 상상력,
리듬 분석과 조성 작용

쓴다는 행위를 통해 우리는 과도하게
직접적으로 자신을 드러낸다.
—앙리 미쇼, 『행위의 자유(Liberté d'Action)』, 41쪽

1

상상력에 관계된 모든 심리학적 서술은, 이미지들이 정도의 차이는 있지만 감각을 충실하게 재현한다는 가정으로부터 출발한다. 하지만 어떤 감각이 한 질료 속에서 느껴 알 수 있는 어떤 물질적 특질, 맛, 냄새, 소리, 색채, 광택, 어떤 둥근 특성을 파악했을 때, 그런 일차적 습득 사실을 상상력이 어떻게 뛰어넘는지는 거의 밝혀내지 못하고 있다.[1] 상상력은 그러므로 물질적 특질들이라는 영역에서는 설명하는 데 국한되어야 한다는 것이다. 누구나 쉬 받아들인 이 가정으로 인해, 물질적 특질

---

[1] 이 첫 문단은 대부분의 상상력의 심리학이 지닌 한계를 언급하고 있다.

인지에 사람들은 우월적이고 지속적인 역할을 부여하기에 이른다. 실상, 다양한 질료들의 물질적 특질들에 의해 제시된 모든 문제는 항상 인지 차원에서 심리학자들과 형이상학자들에 의해 해명되어오고 있다. 실존적 주제들이 불거질 때마저도, 물질적 특질은 인지된 것, 실험이 끝난 것, 체험된 것으로서의 존재를 지킨다. 물질적 특질은 한 질료에 대해 우리가 인지하고 있는 것이다.[2] 이런 인지 내용에 온갖 내면성의 미덕들을, 모든 순간적 신선함을 첨가한다는 것은 헛된 일이며, 물질적 특질이란 그저, 그것의 존재를 계시하면서 그것을 인지할 수 있게 하기를 그 사람들은 바란다. 우리[3]는 한순간의 경험에 대해 마치 그것이 파괴할 수 없는 인지에 대한 것인 양 자부심을 갖는다. 우리는 그것으로 가장 확실한 재인지[4]의 바탕을 만든다. 이처럼 맛과 맛에 대한 기억이 우리가 대하는 음식을 재인지하도록 해준다. 그리하여 우리는 프루스트처럼 이와 같이 물질에 깊이 접목된 더없이 단순한 추억들의 감미로운 성실성에 경탄하게 되는 것이다.

그런데 지금 올해의 햇과일들을 맛보는 기쁨 속에서 우리의 감각에 넘치는 경의를 표한다면, 세계가 가지고 있는 재화 중의 하나를 예찬하기 위해 그 온 세계를 상상할 수만 있다면, 우리는 말하는 기쁨을 위해 느끼는 기쁨을 떠난다는 인상을 주게 된다. 물질적 특질들에 대한 상상력은 그 즉시 현실의 변경에 자리잡게 된다. 우리는 즐거움 속에서 노래를 만든다. 그때 시적 도취는 디오니소스적인 도취의 패러디일 뿐이다.

하지만 그토록 일리 있고, 그토록 고전적인 그네들의 반론[5]은 사랑하는 질료들에 바치는 우리의 열정적 애착[6]의 의미와 기능을 간과하는

---

2) 바슐라르가 아니라 바슐라르가 논박중인 여느 형이상학자들, 심리학자들의 의견이다.

3) 보통의 사람들.

4) 앞에서 인지(認知)로 번역한 connaissance와 언어 유희를 겸한 짝을 이루는 reconnaissance의 번역어.

5) 이 절 첫 문단 참조.

6) 바로 위 작은 문단에 나오는 과일 음미의 경우가 그 예.

것처럼 보인다. 우리 견해를 잘라 말하자면 아주 능동적이고 수위권을 가진 상상력은 물질적 특질들의 주제와 관련하여 자신의 환상의 실존성을, 자신의 이미지들의 현실성을, 자신이 낳은 변양태들의 쇄신성까지도 옹호해야만 한다. 즉 우리는 우리가 내세운 전반적 가설에 부합되게 물질적 특질의 상상적 가치에 대한 문제를 제시할 필요가 있다. 달리 말한다면, 우리로서는 물질적 특질이란 그 열정적 가치가 그 특질에 대한 인지를 지체 없이 대치한 아주 중대한 가치 부여 작용들의 경우다.

　우리가 한 질료를 사랑하는 방식, 우리가 그의 특질을 예찬하는 방식은 우리 전 존재의 반응을 드러낸다. 상상된 물질적 특질은 그 특질을 부여하는 주체로서의 우리 자신을 드러낸다. 그리고 상상력 영역이 모든 것을 포괄한다는 사실을, 그것이 지각된 물질적 특질들의 장을 넉넉히 초월한다는 사실을 증명하는 것은, 바로 주체의 반응이 변증법적으로 최대로 대립되는, 일출과 응축이라는 양상들 아래에서 나타난다는 사실이다. 수천 가지의 영접의 몸짓을 보이는 인간, 혹은 감각적 기쁨 속에 몰입한 인간으로서.[7]

　이와 같이, 물질적 특질의 이미지들에 대한 **주관적 가치** 문제에 접근해가면서, 우리는 그들의 **의미 작용**이 더이상 일차적 문제가 아니라는 것을 확신할 필요가 있다. 물질적 특질의 가치는 우리들의 내면에 수직적으로 존재한다. 반대로 물질적 특질의 의미 작용은 객관적 감각들의 문맥 속에서 수평적으로 존재한다.

　이제 상상된 물질적 특질들의 심리적 문제에 조심스럽게 국한하면서, 우리는 상상력의 코페르니쿠스적 혁명을 다음과 같이 공식화할 수 있다. 즉, 대상물의 전체 속에서 질료의 심오한 기호로서의 물질적 특질을 찾는 대신, 자신이 상상하는 것 속에 깊이 참여하고 있는 주체의 **전적 일치** 속에서 그 특질을 찾아야 하는 것이다.

---

7) 전자는 외향 일출의 인간, 후자는 내향 응축의 인간.

보들레르의 상응론은 모든 감각들에 상응하는 물질적 특질들을 합하라고 가르쳐준 바 있다. 그러나 그것들은 의미 작용 차원에서,[8] 상징들의 권역에서 전개된다. 상상된 물질적 특질들에 대한 정리(正理)[9]는 가장 깊이 감춰진 유기적 의식들을 추가하면서 보들레르식 종합을 완수해야 할 뿐만 아니라, 증식적이며, 만용과도 같고, 부정확함에 도취한 어떤 관능주의까지도 촉진시켜야 한다. 이 유기적 의식들, 그리고 이 감각적 착란이 없다면, 상응이란 주체를 관조(觀照)의 태도, 즉 그로부터 일체화(一體化)라는 가치를 박탈하는 그런 태도 속에 내버려두게 되는 회고적 관념이 될 위험이 있다.

상상한다는 행복이 느낀다는 행복을 연장할 때, 물질적 특질은 바로 가치들의 축적이다. 상상력의 세계에서는 다가성(多價性) 없이는 가치도 없다. 이상적 이미지는 우리의 모든 감각들을 통해 우리를 유혹해야 하고 가장 명백하게 관여된 감각 너머로 우리를 불러내야 한다. 바로 거기에 증식적 생명력, 은유적 생명력으로 우리를 초대하는 상응들의 비밀이 있다. 감각된 느낌들이란 고립된 이미지들을 낳는 우발적 원인들에 지나지 않는다. 밀물처럼 밀려오는 이미지들의 실제 원인, 그것은 정녕 상상된 원인이다. 앞선 저술들 속에서 우리가 환기했던 기능들의 이원성을 들추어 말한다면, 현실적인 것의 기능이 중단의 기능이고, 억압의 기능이며, 이미지들에게 단순한 기호로서의 가치를 주는 방식으로 그것들을 축소시키는 기능인 반면, 비현실적인 것의 기능은 진실로 정신심리 상태를 역동화하는 기능이라고 선뜻 말할 수 있다. 따라서 감각된 느낌의 즉자적 소여(所與)들 외에, 상상력의 즉자적 기여들을 고려해야 함을 알 수 있다.

말로 표현된 관능성, 예찬된 관능성, 문학적 관능성[10] 속에서야말로

---

8) 바슐라르가 말하고자 하는 '가치' 차원에서가 아니라.

9) 바슐라르가 지금 주장하는 바.

비현실의 매혹을 가장 잘 느낄 수 있지 않겠는가?

자신을 표현하는 의식(意識)에 있어서 으뜸 재산, 그것은 이미지이며, 이 이미지는 바로 그 표현 속에 위대한 가치가 있다.

자신을 표현하는 한 의식! 그 밖에 중요한 것이 또 있겠는가?

2

가치들 간의 변증관계는 물질적 특질들에 대한 상상력을 활성화한다. 어떤 물질적 특질을 상상한다는 것은 감각 가치, 현실 가치를 넘어서거나 반박하는 어떤 가치를 부여한다는 것이다. 감각을 예민하게 하고 (일차적 색과 향기만을 파악하는) 감각적 조야함을 해소함으로써 섬세한 뉘앙스와 미묘한 향의 정수를 말할 수 있는 상상력을 드러내게 된다. 우리는 같은 것의 한가운데에서 다른 것을 찾는다.

만일 문학적 상상력의 관점으로부터 출발하여 물질적 특질들에 관한 상상력의 문제를 제시할 수 있다면, 이 철학은 아마 보다 명확해질 수 있을 것이다. 한 감각이 다른 감각에 의해 촉발되는 예들은 쉽게 만날 수 있다. 때로 한 실사(實辭)는 반대되는 두 개의 형용사에 의해 민감해진다. 사실 상상력의 세계에서 하나의 형용사만을 갖춘 명사는 도대체 어디에 쓰일 수 있겠는가? 형용사는 그때 즉시 명사 속에 흡수되지 않겠는가? 어떻게 그 형용사가 이러한 흡수에 저항할 수 있겠는가? 그 하나의 형용사는 명사를 무겁게 하는 일 외에 무슨 다른 일을 하겠는가? 카네이션 한 송이가 붉다고 말하는 것은 단지 붉은 카네이션을 지시할 뿐이다. 풍부한 언어라면 이를 단 하나의 어휘로 지칭할 수 있으리라. 그러므로 붉은 카네이션 한 송이 앞에서 그 붉은 향기의 외침[11]을 표현

---

10) 결국 언표된 상상력의 집결체로서의 문학작품.

11) '붉다' 라는 시각적 감각을 넘어, 후각과 청각까지 촉발된 예.

하기 위해서는 '카네이션'이라는 어휘와 '붉은'이라는 어휘의 연결 이상의 것이 필요할 것이다. 그 누가 우리에게 이러한 격렬성을 말해줄 수 있을 것인가? 이 대담한 꽃 앞에서 우리 상상력의 사디즘과 마조히즘이 작용하도록 해줄 이 누구인가? ─ 시각으로도 모른 체할 수 없는 붉은 카네이션의 향기, 그야말로 직접 반응을 일으키는 냄새이니, 덮어 외면할 수 없다면 사랑할 도리밖에 없는 그 꽃의 향기를.

문학하는 인간은 거리가 먼 반명제적 어휘들이 품질형용사로서의 특권으로 한 명사에 걸린 채 서로를 반박하게끔, 그것들을 근접시키고자 얼마나 여러 번 애써왔던가! 예컨대, 온갖 인물들을 더없이 극명한 심리적 양가성으로 활성화하고 있는 한 책에서, 온갖 사소한 일뿐 아니라 곧 살펴보려는 대로 어휘들 자체가 심리적 양가성을 진동하게 하는 책에서, 마르셀 아를랑Marcel Arland은 한 젊은 여인이 "늙은 시골 여인네들의 취향 속에서 능란한 목소리로 반쯤은 소박한, 반쯤은 외설스런 연가 한 곡을"(『에티엔 *Etienne*』, 52쪽) 노래하는 것을 듣는다. 작가가 여기서 나란히 도입하고 있는 **반쯤은 소박한, 반쯤은 외설스런**이란 두 형용사를 그것들의 반쪽 의미 속에서 각각을 평형 속에 유지시키기 위해서는 실제적인 심리적 재치가 필요하다. 그렇게 섬세하고 그런 운동성을 가진 뉘앙스를 간파하기에, 정신분석학은 지나치게 독단적일 위험성이 있다. 정신분석학은 서둘러 그것이 어떤 꾸며진 소박함일 뿐이라고 선언하게 될 것이다. 반쯤 외설스럽다는 그 사소한 말에 근거하여 정신분석학은 모든 함축 의미를 당연히 드러내보여야겠다고 나서는 것이다. 작가는 그러한 것을 원하지 않았다. 그는 순수함이 간직돼 있고, 신선한 소박함이 여전히 활기 있는 뿌리를 가진다고 말한 것이다. 그런 작가를 잘 따라가면서 그가 운용한 이미지들 사이의 평형을 실감해볼 필요가 있으며, 젊은 여인이 **능란한 목소리**로 부르는 옛 노래를 들어볼 필요가 있다. 그때 모호한 존재가 모호한 존재로, 이중적 표현을 가진 존재로 표명되는, 한 상황 속에 있는 반립적 두 유혹들을 온전히 살펴볼 수 있는 리듬 분석을 체험하는 기회를 갖게 될 것이다.

그러나 우리는 이중적 표현의 예들을 쉽게 줄 만한 심적 특질들을 검토하는 데까지 연구를 확장할 수 없다. 우리가 하려는 작업은 하나의 동일한 질료에, 하나의 감각에 결부된 두 반립적 특질들에 관한 물질적 조성 상상력을 검토하면서 효율적으로 물질적 특질 검토에 집중하고자 한다.

예컨대 『식도락(La Gourmandise)』에서 으젠 쉬Eugène Sue는 우리에게 "메추라기 고기 기름에 튀겨 가재 소스를 끼얹은 뿔닭 계란들"을 먹는 한 수도회 신부를 보여준다. 이 행복한 식도락가는 "단맛이 없는 동시에[12] (융단같이) 부드러운 포도주"를 마신다(1864년판, 232쪽). 의심할 나위 없이 이런 포도주는 감각적인 톡 쏘는 그 첫 맛의 경우 단맛이 느껴지지 않아 거칠고 그것을 천천히 음미할 때는 (융단같이) 부드러운 것으로 느껴진다. 그러나 이 미식가는 그 포도주에 대해 "이 포도주! 참으로 잘 녹아 어우러졌도다fondu!"[13]라고 말하기를 고집한다. 이 예에서 은유들이 가진 현실화하는 특성도 보기 바라는데, 이를테면 손가락 아래에서라면, 거친 사물들과 부드러운 사물들은 가차없이 서로를 반박할 것이고,[14] 융단이라 하더라도 거칠다면 통상 융단의 판매 가치들과 어긋나게 될 것이다. 어쨌든 촉각상의 빈약한 의미로부터 미각상의 풍요함으로 전환되어, 이제 형용사들은 보다 더 미묘한 터치로 작용하는 것이다. '글로 표현된' 포도주는 놀랍도록 섬세하다.[15] 정말이지 감각적 영역에서 멀어질수록 더 새로운 표현력을 얻는 다른 그 예들을

---

12) 여기서 사용된 형용사 sec의 실제 촉각적 뜻은 '까칠하게 거친'으로서 뒤의 '(융단같이) 부드러운'에 대치된다.

13) 포도주 감정상의 용어로 포도주 균형에 대한 평가. 이하 문단을 보면 촉각에서는 대립적인 특질이 미각, 특히 포도주 감정상에는 둘 다 가치가 있다는 뜻이다. 심지어 위 예문 후반에서 미식가는 두 가치가 '녹아 어우러져' 새로운 가치를 창조했다고까지 말함으로써 양자의 역할을 새롭게 가치 부여하고 있다.

14) 이를테면 거친 양탄자와 부드러운 양탄자의 상반된 결처럼.

15) 실제 마실 때는 미각이 둔한 사람이라면 미처 다 파악하지도 못하겠지만.

우리는 제시할 수 있을 것이다. 감각의 일차적 상태에서는 용납될 수 없을 모순들이 다른 감각상 의미로의 전환 속에서는 생생한 가치를 지니게 된다. 이와 같이 『옥(玉) 지팡이』에서 앙리 드 레니에는 '끈적끈적하면서 매끈한' (89쪽) 해조(海藻)들에 대해 말한다. 시각 없이 촉각만으로는 이들 두 형용사들을 연상하지 못하리라. 시각은 여기서 어떤 형이상학적 촉각이다.

피에르 로티Pierre Loti처럼 뛰어난 시각적 감각이 있는 위대한 작가는 빛과 어둠의 큰 모순으로부터 출발하여 그 표현을 줄이면서[16] 이 모순을 훨씬 더 잘 느껴지게 할 줄 안다. 예컨대, 그는 우리에게 "견고하고 거대한 어둠과 충돌하는 직사광선들을" 보여준 다음, 즉시 이 충격을 "열렬한 회색들과 붉은 갈색들의 색계(色階)"속에 번지도록 한다. 회색에 날카로운 열렬함을 주고, 책읽기의 단조로움 속에 빠진 독자를 일깨우는 것, 바로 거기에 글쓰기 예술의 완벽한 경지가 있다. 로티의 열렬한 회색들은 내가 독서를 통해 만난 진정으로 공격적인 단 하나의 회색이다(「술레마 Suleima」, 『권태의 꽃들 Fleurs d' Ennui』, 318쪽).

여기 어떤 음(音)이 상상적 해석들에 의해 변증법적으로 다뤄진 또 다른 예가 있다. 기 드 모파상Guy de Maupassant은 버드나무 아래로 보이지 않고 흘러가는 강물의 소리에 귀를 기울이면서, "분노에 찬 부드러운 어떤 거친 소리"를 듣는다(『작은 로크강 La Petite Roque』, 4쪽). 물은 노호한다. 그것은 비난일까, 혹은 그저 어떤 소리에 지나지 않을까? 그리고 그 속삭임의 부드러움은 정말 선의일까? 그것은 전원의 목소리일까? 작가에 의해 묘사된 드라마가 일어나는 것은 강을 따라 뻗어 있는 우묵한 길 속에서이다.

세상의 모든 존재들은, 잘 짜여진 이야기 속에 있는 풍경의 갖은 목소리들은, 상상하는 인간에게, 옛 로마의 장복관(腸卜官)에 의해 관찰되

---

16) 빛과 어둠이라는 강한 대립이 아니라 보다 미세하게 빛과 어둠을 다룸으로써.

었던 희생제물들의 간처럼 친근한 부분과 적대적인 부분을 가진다. 평화로운 강은 그날 범죄에 대한 불안들을 말한다. 그러기에 느리게 읽는 독자는 문장들의 바로 그 상세함 속에서 꿈꿀 수 있다. 거기, 노호하는 부드러움과 애정 어린 분노 사이에서 그는 일원적 언급이라면 가로막아 버릴 인상들에 대한 리듬 분석을 할 수 있다. 참된 심리학자는 조잡한 이율배반의 감정을 전환시킬 상반된 정서 통합을 인간의 가슴속에서 발견할 것이다. 정열에 사로잡힌 존재가 사랑과 증오 속에서 동시에 활성화된다고 말하는 것은 충분치 않으며, 이러한 양가성을 보다 내포적인 심리적 현상들 속에서 재인식할 필요가 있다. 폴 가덴Paul Gadenne은 『흑풍(Le Vent Noir)』에서 엄밀한 양가성을 여럿 구사하고 있다. 그래서 그 한 장(章)에서 주요 인물 중의 하나는 "나는 나의 내면에서 격렬함만큼이나 온유함을 느꼈다"라고 말할 수 있는 것이다. 온갖 종합 중에도 희귀한 종합이 아닌가. 그러나 폴 가덴의 그 책은 그것의 온전한 현실을 보여주고 있는 터이다.

그러므로 문학에 있어서는 보다 정확하게 한 대상을 지적하는 데 국한되는 형용사와 주체의 내면성을 참여시키는 형용사를 구분해야만 한다. 주체가 자신의 이미지들에게 스스로를 온전히 바칠 경우, 그 주체는 정복관의 의지를 가지고 현실에 접근하는 것이다. 주체는 경고의 말 혹은 조언을 찾으러 대상 속으로, 물질 속으로, 원소 속으로 들어간다. 그러나 이 목소리들이 분명할 수는 없다. 그것들은 신탁 특유의 모호함을 간직한다. 바로 그래서 이 작은 신탁적 대상물들은 우리에게 말하기 위해 형용사들의 작은 모순을 필요로 한다. 여러 가지 면에서, 에드가 앨런 포Edgar Allan Poe의 영감 아래 있는 한 이야기 속에서, 앙리 드 레니에Henri de Régnier*는 "투명하고도 컴컴한 수정 두들기는 소리와도

---

* 앙리 드 레니에, 『옥 지팡이, 장롱 속에서 찾은 필사본La Canne de Jaspe, Manuscrit trouvé dans une armoire』, 252쪽.

같았던" 소리를 회상해낸다. 투명하고도 컴컴하다니! 강렬하면서도 부드러운 어떤 우울을 그려 보이는 놀라운 조성(調性)이 아닌가! 게다가 심오함까지 더해 있다. 시인은 자신의 몽상을 계속하면서, 밤의 투명성과 어둠을 현실화하면서, "실삼나무 숲속에 있는 한 샘"을 환기한다. 개인적으로 내가 결코 본 적 없는 것으로 그것을 보게 되면 나는 전율할 것이다. 그렇다, 나는 안다. 그날 왜 내가 그 책을 더이상 읽지 못하였는지를……

3

그러나 반복하거니와, 이미지들의 에너지와 생명력은 대상물[17]로부터 오지 않는다. 상상력은 무엇보다 조성된 주체다. 이 주체의 조성은 두 가지 다른 역학 관계를 형성하는 것처럼 보인다. 그것은 일종의 전 존재적 긴장 속에서, 아니면 반대로 아주 이완된, 전적으로 열린 자유, 섬세하게 리듬 분석된 이미지들의 유희를 곧 즐길 준비가 된 그런 자유 속에서 조성작용이 이루어진다는 사실에 따른 것이다. 비약과 전율은, 그들 약동 속에서 체험할 때 역학적으로 다른 두 종류이다.

우선 감수성의 극단에까지 인간 존재를 인도하면서 긴장이 인간을 예민하게 하는 예들을 보기로 하자. 감각적 상응들은 그때, 상이한 감각의 정신심리적 바닥에서가 아니라 정상에서 나타난다. 아주 어두운 밤에 연인을 애타게 기다려본 사람이라면 그것을 이해할 것이다. 그때 긴장된 귀는 보려고 애쓸 것이다. 스스로 경험해보라, 그러면 이완된 귀와 긴장된 귀의 변증법을, 이완된 귀가 자신에게 소중한 것을 부드럽게 즐기고 있는 반면, 소리의 너머를 찾는 또다른 긴장이 있음을 당신은 알

---

17) 이를테면 바로 위에서 강한 힘이 환기된 숲속 샘.

게 될 것이다. 토마스 하디Thomas Hardy*는 이러한 감각적 초월 현상들을 경험하고 그것을 명확하게 글로 남기고 있다. "귀가 듣는 기능 못지 않게 보는 기능을 수행하는 정도에까지 그의 주의력은 팽팽해졌다. 이런 순간에 생겨나는 이러한 감각적 능력들의 확장을 인정하지 않을 수 없다. 귀머거리인 키토 의사의 말에 따른다면, 오랜 훈련을 거쳐 귀를 통해서처럼 자신의 육체를 통해 들을 수 있었을 만큼 공기 진동에 그의 육체를 민감하게 만든 상태는 아마도 바로 이러한 종류의 감응 세계 속에 있는 자신을 말한 것이다." 물론 이러한 주장들의 사실성에 대해 논쟁할 필요는 없다. 우리의 연구 목적을 위해서는 그것들을 상상하는 것으로 충분하다. 토마스 하디와 같은 훌륭한 작가가 유효한 한 이미지로 그것들을 사용하면 족하다. 훔볼트도 아랍인들에게서 차용해온 좋은 묘사의 원칙을 환기한다 : "가장 좋은 묘사는 귀로 눈을 삼는 묘사이다."**

마찬가지로 두려워하는 인간은 떨고 있는 제 온몸의 끔찍한 목소리를 듣는다. 포의 청각 환상들에 대해 의학적으로 운위한다는 것은 얼마나 불충분한가! 의학적 설명들은 왕왕 환각을 단일화해버리고 그 변증법적 특성을, 그 초월적인 활동을 오해한다. 긴장된 귀로 본 시각적 이미지들은 상상력을 침묵 저 너머로 데려간다. 이미지들은, 감각 느낌들을 해석하면서 미광(微光)과 실제의 속삭임들 둘레에 형성되지 않는다. 긴장된 상상력의 행위 바로 그 속에서 이미지들을 체험할 필요가 있다. 작가에 의해 주어진 감각적 증거물들은 표현 수단들로, 독자에게 원초적인 이미지들을 전달하는 수단들로 간주돼야만 한다. 『어셔 가의 몰락』을 청각적인 상상력의 순수성 속에서 읽어낼 수 있는 한 방식이 있는데, 보여지는 모든 것에, 들리는 것, 저 위대한 몽상가[18]가 들었던 것과

---

* 토마스 하디, 『귀향(Le Retour au Pays natal)』, 불역서, 제2부 156쪽.
** A. Humboldt, 『대우주Ⅱ (Cosmos Ⅱ)』, 불역서, 82쪽.
18) 작가 에드가 앨런 포.

의 근본적인 부합을 복원하는 방법이다. 그가 암색들과 흐릿하고 부유하는 발광체들 사이의 투쟁을 들었다고 말하는 것은 과장이 아니다. 이 울어져가는 풍경에 관한 뭇 이야기 중에서 가장 훌륭한 이 작품을 그 모든 상상적 메아리들과 함께 읽으며, 밤에야 움직이는 온갖 어둠의 물질들이 스쳐 지날 때 전율한 적 있는, 더 없이 예민한 인간 심금이 울리는 것을 우리는 다시금 느끼게 된다.

그때, 상상력이 우리들 내부에 감수성들 가운데 가장 주의 깊은 것을 자리잡게 할 때, 우리는 물질적인 특질들이 상태들이라기보다는 변전들임을 알게 된다. 상상력을 통해 체험된 품질형용사들은—하긴 그것들이 어떻게 달리 체험될 것인가—명사들보다는 동사들에 더욱 가깝다. 형용사 붉은은 붉음보다는 붉어지다에 더 가깝다. 상상된 붉은색은 상상된 인상들로 어우러진 꿈의 무게에 의해 짙어지거나 연해질 것이다. 상상된 색은 죄 불안정하고 덧없으며, 포착할 수 없는 하나의 뉘앙스가 된다. 그 색은 자신을 고정시키고자 하는 몽상가를 안타깝게 괴롭힌다.[19]

이 탄탈로스적 상황은 상상된 모든 물질적 특질에 관계된다. 상상력의 가장 위대한 감응자들이었던 릴케, 포, 매리 웹, 버지니아 울프와 같은 작가들은 지나치게trop와 충분치 못하게pas assez를 인접시킬 줄 안다. 독자가 그저 책만 읽고서도 묘사된 상상적 인상들에 제대로 참여할 수 있기 위해서는 작가로서는 마땅히 그래야 한다. 블레이크Blake도 "과잉을 먼저 체험한 자만이 충분이 무엇인지 안다"고 말한다(『천국과 지옥의 결혼 Mariage du Ciel et de l' Enfer』). 지드Gide는 이 대목을 번역한 뒤 다음과 같은 주를 달고 있다 : "글자 그대로이다. 충분한 것보다 더 이상의 것을 먼저 겪어보아야 그대는 충분한 것을 알 수 있다." 현대문학에는 과잉으로 이루어지는 이미지들의 예가 아주 많다. 자크 프레

---

19) 원문에서 쓰인 동사 tantaliser는 신화의 탄탈로스가 받은, 영원한 갈증이라는 안타까움의 형벌에서 유래한 동사.

베르Jacques Prévert는 『안개 긴 부두(Le Quai des Brumes)』에서, "나는 사물들의 뒤에 있는 사물들을 그린다. 즉, 헤엄치고 있는 사람을 볼 때 나는 물에 빠진 사람을 그린다"라고 쓰고 있다.

이 상상된 물에 빠진 사람은 물뿐만 아니라 위험한 물, 살인자로서의 물과 투쟁하면서 헤엄치고 있는 사람에 관한 조성을 결정한다. 가장 위대한 투쟁은 실제의 힘들에 대항해서 이루어지는 것이 아니라, 상상된 힘들에 대항하여 이루어지는 투쟁이다. 인간은 상징들이 엮는 드라마이다.

진정한 시인들은 우리를 '전율하게' 한다는 상투적 표현에 담긴 상식도 그 점을 짚어낸다. 그러나 전율한다는 이 어휘가 하나의 의미를 지니고 있다면, 지나치게가 충분하지 않게를 상기시켜야 하고 또한 그 충분하지 않게가 즉시 그 지나치게에 의해 메워져야 할 필요가 있다. 그때에만 한 물질적 특질의 강도는 상상력에 의해 쇄신된 감각 느낌 속에서 드러나게 된다. 상상적 삶이 주는 모든 기여와 더불어 물질적 특질들을 새롭게 체험할 때에만 그것들을 진정 체험할 수 있다.

D.H. 로렌스는 한 편지에서(릴에 의해 인용된 앞의 책, 212쪽) 이렇게 쓰고 있다 : "갑자기, 음조와 뉘앙스와 반영들로 가득 찬 이 세상에서, 나는 하나의 색을 포착한다. 그것은 나의 망막 위에서 전율하며, 나는 내 붓을 거기 적셔, 자 여기 색이 있다고 스스로에게 외친다." 이와 같은 방법을 가지고는 '현실'을 그리지 못한다고 사람들은 흔히 생각한다. 실은 단도직입적으로 이미지들의 세계에 들어가거나, 혹 더 잘 말한다면 동사 '상상하다'의 제대로 조성된 주체가 되는 국면이다.

자기 감수성으로 인하여, '충분하지 않게'와 '지나치게' 사이에서, 하나의 이미지는 결코 결정적이지 못하며, 그것은 어떤 진동적 지속 속에, 곧 어떤 리듬 속에 산다. 빛을 내는 모든 가치는 가치들의 리듬이다.[*] 이

---

[*] 이 리듬과 물리학자들이 말하는 진동을 혼돈해서는 안 된다고 말해둘 필요가 있을까?

리듬들은 느릿하며, 기쁨을 음미하며, 그것들을 느긋하게 향유하고자 하는 자에게만 느껴진다.

바로 여기에서 정녕 문학적 상상력은 이미지들의 온갖 운과 만나 합류한다 하겠다. 상상 세계의 환희, 선을 향한 만큼 악을 향하기도 하는 상상 세계의 환희로 상상 주체를 이끌면서 말이다.

상상적 원소들에 대해 연구해오는 동안, 이브 베케르Yves Becker의 표현에 의한다면, 극한 어휘들인 심층 어휘들의 울림을 우리는 곧잘 접할 수 있었다.

물, 달, 새, 극한 어휘들
—「아담(Adam)」, 『지적 삶(La Vie Intellectuelle)』, 1945년 11월호

이 어휘들 위로, 언어 나무 전체가 흔들린다. 어원학이 때로 거기에 항변할 수도 있겠지만, 위 어휘들은 상상적 뿌리들임을 상상력은 잘 알고 있다. 그것들은 우리 안에 상상적 참여를 야기한다. 우리는 실제 모습과는 거의 무관한 호의적 편견을 그들에게 부여한다.[20]

요컨대, 상상 세계의 사실주의는 주체와 객체를 함께 섞는다. 물질적 특질의 강도가 전 주체의 조성으로서 포착되는 것이 바로 그때다.

그러나 섬세의 정신이 거둔 승리로서의 문학적 이미지는 또한 한층 더 가벼운 리듬들을, 우리가 언어 나무라 말한 그 내적 나무의 잎새들의 떨림과도 같은, 가볍기만 한 리듬들을 유발할 수 있다. 우리는 그때 해석된 이미지, 은유의 중첩 덕분에 힘을 얻는 이미지, 그 은유들 속에서 의미와 생명력을 가지는 이미지의 바로 그 매혹에 가닿는다.

에드몽 잘루Edmond Jaloux 가 우리로 하여금 오래된 포도주 속에서,

---

20) 이를테면 수백, 수천 가지 다른 새들의 실제 모습과 거의 무관하게, '새'라는 이른바 극한 어휘, 혹은 심층 어휘는 그 단어 하나로서 상상 주체인 우리 안에 위대한 상상적 참여를 야기한다는 뜻. 그런 점에서 이 어휘는 상상적 뿌리의 하나이다.

'침전물과 거품을 걷어낸' 포도주 속에서, '겹겹의 방향(芳香)'을 느끼게 하는 아름다운 이미지가 바로 그런 것이다. 작가의 의도를 따라가면서, 우리는 포도주의 수직성을 온전히 재인식하게 될 것이다. 점점 미묘해지는 이들 '겹겹의 방향들'은 '뒷맛'을 남길 포도주와 대립적이지 않은가? 가장 실낱 같은, 가장 아련한 이미지들을 불러들여 만들어진 어떤 질료적 고도(高度)를 우리에게 증언해주는 것이 바로 이 겹겹의 방향이다.

이 이미지들은 물론 문학적이다. 그것들은 표현되는 것을 필요로 하며 간단한 표현에, 단 하나의 표현에 만족할 수 없다. 만약 이 문학적 은유들을 말하게 내버려둔다면, 그것들은 언어란 언어는 모두 동원할 것이다. 여기서 에드몽 잘루는 디오니소스적 지향성을 아폴론적 지향성으로 너무나 매력적으로 전환한다. 도취의 열락들을 하나도 잃어버리지 않고 그는 그 넘쳐흐르는 기쁨들에 (표현의) 돌파구를 마련해준다. 그때 포도주를 음미하는 사람은 그것을 표현하기를 배운다. 그런만큼, 으젠 쉬가 명상에 젖은 한 술꾼에 대해 다음과 같이 쓸 수 있었음을 이해하게 된다(『식도락 *La Gourmandise*』, 231쪽) : "이렇게 말할 수 있을까, 그래, 그는 한순간 포도주의 향기를 음미하는 자신의 목소리에 귀를 기울였다." 여기서 이미지들의 무한한 놀이가 시작된다. 독자는 작가의 이미지들을 계승하도록 부름받은 것처럼 여겨진다. 그는 스스로가 열린 상상력의 상태에 있음을 느끼며, 그는 작가로부터 상상하는 데 대한 전적인 허락을 받는다. 최대로 열린 이미지는 바로 다음과 같은 것이다* : "그 포도주는(1818년산, 토스카나 지방의 사향 포도주aleatico의 일종) 라신의 문체마냥 군맛이 없다. 그리고 바로 그 라신처럼, 겹겹의 방향(芳香)들로 이루어져 있으니 그야말로 진정한 고전적 포도주로다."

우리는 다른 책에서,[21] 에드가 앨런 포가 흑단같이 캄캄한 어느 날

---

* 에드몽 잘루, 『잃어버린 사랑 (Les Amours Perdus)』, 215쪽.

21) 『공기와 꿈』, 앞의 역서, 446~447쪽.

밤 기나긴 고통을 겪으면서 자기가 겪는 불행이 어둠과 결합되어 있음을 말하기 위해 테르툴리아누스의 문체를 환기했던 어느 이미지에 대해서 이미 언급한 바 있다. 좀 잘 찾아보기만 한다면, 위대한 문학가들이 이처럼 감각적인 물질적 특질을 표현하는 수많은 은유들을 구사하고 있음을 발견할 수 있을 것이다. 그것은 사물들 속에 잘 숨겨진 물질적인 특질들이 잘 표현되는 것을 넘어 멋지게 찬양받기 위해서, 전 언어적 기량, 곧 하나의 문체를 요청하고 있기 때문이다. 한 대상물을 시적으로 안다는 것은 문체 전체를 연루시키는 일이기도 하다.

게다가, 여러 면에 있어서 문학적 이미지는 논쟁을 야기하는 이미지다. 쓴다는 행위는 몇몇 사람들을 기쁘게 하면서 많은 사람들을 불쾌하게 하는 것이다. 문학적 이미지는 반대되는 비판들을 받는다. 사람들은 한편으로는 진부하다고 그것을 비난하고 다른 한편으로는 지나치게 기교를 부렸다며 비난한다. 그것은 좋은 취향과 나쁜 취향의 불화 속에 던져진다. 논쟁 속에서든 혹은 자신의 원기 왕성한 활동 속에서든 워낙 강한 변증으로서의 문학적 이미지는 그 온갖 열정을 체험하는 상상 주체를 변증의 관계 속에 끌어들인다.

제2부

4장 ●● 태어난 집과 꿈속의 집
       La maison natale et la maison onirique

5장 ●● 요나 콤플렉스
       Le complexe de Jonas

6장 ●● 동굴
       La grotte

7장 ●● 미궁
       Le labyrinthe

4장
태어난 집과 꿈속의 집

그대의 집과 혼인하라, 아니 혼인하지 말라.

—르네 샤르, 「히프노스[1]의 단장들(Feuilles d' Hypnos)」『퐁텐(Fontaine)』,

1945년 10월호. 635쪽

이엉으로 덮이고, 밀짚 옷을 입은 채, 집은 밤을 닮는다.

—루이 르누, 『베다의 찬가와 기도들(Hymnes et prières du Veda)』, 135쪽

1

추억의 집에서 살게 된 때, 실제의 세계는 단번에 사라진다. 길가에 면한 집이 무슨 가치가 있으랴? 태어난 집, 절대적 내밀성의 집, 내밀성의 의미를 깨달았던 바로 그 집을 환기할 때, 이러한 집, 그것은 멀리 있고, 그것은 상실되었고, 우리는 더이상 거기 살지 않으니, 애석하게도 우리는 확신하거니와 더이상 영원히 거기에 살지는 못하리라!

이제 그것은 추억 이상의 것이니, 그것은 꿈의 집이요, 우리 몽상의

---

1) Hypnos : 그리스 신화에 나오는 잠의 신.

집이다.

> 집들도 튼실하게 우리들 둘레에 섰지만, 거짓되었으니,
> ―그 어느 집도
> 우리를 알지는 못했다. 무엇이 실제로 그들 안에 있었던가?
> ―릴케, 『오르페우스에게 바치는 소네트들(Les Sonnets à Orphée)』
> VIII, 안젤로 역[2]

 그렇다, 우리가 잠자는 바로 그 집, 우리가 꾸준히 꿈꾸게 될 집, 그
보다 더 진실한 것이 무엇인가. 나는 파리에서는 꿈을 꾸지 않는다. 이
기하학적인 입방체 속에서, 이 시멘트로 된 벌집에서, 밤의 물질에 그토
록 적대적인 쇠덧창이 달린 침실에서는. 꿈이 내게 몰려오는 날 나는
저기 샹파뉴 지방의 한 집으로, 행복의 신비가 응축된 그런 집으로 가
는 것이다.
 과거의 그 모든 것들 중에서, 가장 잘 환기되는 것은 아마도 집이다.
피에르 세게르Pierre Seghers*가 말한 대로, 태어난 집은 "목소리 속에
남는다." 이제는 침묵한 다른 모든 목소리들과 더불어.

> 침묵과 벽들이 나에게 되돌려보내는 한 이름,
> 내가 홀로 찾아가는 집,
> 나의 목소리 속에 남아 있는 한 낯선,
> 그리고 바람이 살고 있는
> 집을 나는 부른다네.

 이처럼 꿈에 사로잡혔을 때, 우리는 한 이미지에 거주하고 있다는 인

---

2) 제1부가 아니라 제2부의 8번 소네트이다.
* 피에르 세게르, 『공공 영역 (Le Domaine public)』, 70쪽.

상을 받는다. 『말테의 수기』에서, 릴케는 바로 다음과 같이 적고 있다 (불역서, 230쪽) : "우리는 마치 한 이미지 속에 있는 듯했다."

그리고 이 추억의 작은 섬을 부동의 상태로 내버려둔 채, 시간은 정말이지 양 기슭으로 흘러내린다 : "갑자기 나는 시간이 침실 바깥에 있다는 기분이 들었다." 이처럼 깊이 닻을 내린 몽상 상태는 몽상가의 표류를 외려 막아 잡아준다. 수없이 방랑을 일삼았던 릴케는, 낯선 객실과 성들, 탑들, 극지의 통나무집에서의 생활을 체험했던 그는, 『수기』의 또 다른 페이지에서 꿈과 추억의 전염성을 표현한 바 있는데, 덕분에 그는 '하나의 이미지 속에' 살아왔던 것이다[3] : "나는 이 이상한 거주지를 그 후에는 다시 보지 못했다…… 어린아이의 것처럼 펼쳐지는 내 추억 속에서 내가 다시 찾는 그 거주지는 무슨 건물이 아니다. 그것은 온전히 용해되어 나의 내면에 배치되어 있다. 이쪽에 방 하나 저쪽에 방 하나, 그리고 다시 이쪽에 그 두 방들을 이어주지 않는, 그러나 내 마음속에 한 부분으로 간직되어 있는 작은 복도. 이와 같이 모든 것들이 나의 내면에서 계속해서 확장되었다. 침실들, 아주 엄숙할 정도로 천천히 흘러내리는 계단들, 또다른 계단들, 어둡고 좁아 정맥 속의 피처럼 걸어올라야 했던, 나선형으로 올라간 좁은 계단 곬들"(33쪽).

'정맥 속의 피처럼'! 우리가 역동적인 상상력에 관련된 복도와 미궁의 역학을 주의 깊게 연구할 때,[4] 우리는 이 언급을 기억할 필요가 있을 것이다. 이 표현은 여기서 몽상과 추억들의 내향삼투(內向滲透)를 증언한다. 이미지는 우리 내면에, 우리들 내면 자체에 '용해되어' 있으며, 우리들 내면에 '배치되어 있어', 제각각 다른 몽상들을 환기한다. 몽상들이 그 어느 곳으로도 인도되지 않는 복도들을 따라가는가, 아니면 유령들을 '가두고 있는' 침실들로 이르는 복도를 따라가는가, 아니면 아래쪽으로 어떤 친근한 것을 만나러 가면서도 엄숙하고 의연한 태도를

---

3) 여러 곳에서 살았다기 보다는.
4) 이 책의 12장.

갖추게 하는 계단들을 따라가는가에 따라서 말이다. 이 온 세계는 추상적 주제들과 잔존하는 이미지들의 경계에서 활성화되는데, 바로 이 지대에서 은유들은 생명의 피를 받고 추억의 림프 속으로 사라진다.

그때 몽상가는 더없이 먼 동일화 작용에 준비된 듯이 여겨진다. 그는 자신 속에 갇혀 살며, 닫힘, 어두운 방구석이 된다. 릴케의 시행들은 이와 같은 신비들을 말하고 있다.

'문득 램프를 켠 하나의 침실이 나와 대면한다. 내 안에서 그것을 촉지할 수 있을 정도로…… 나는 이미 그 방의 한 구석이다, 하지만 덧문들이 나를 느끼고 다시 닫혔다. 나는 기다렸다. 그때 한 어린아이가 울었다. 이런 거소를 두루 거친 덕분에 나는 어머니들의 힘이 어떤 것인지를 알고 있었고, 또 한편으로 모든 울음이란 아무런 도움도 기대할 수 없는 곳에서 터져나오는 것이라는 사실도 알고 있었다.'
—『나 없는 나의 삶(Ma Vie sans moi)』, 아르망 로뱅 Armand Robin에
의한 불역서.

보다시피 모든 사물들에게 꿈들의 적확한 무게를 줄 수 있을 때, 몽상적으로 거주한다는 사실은 추억에 의해 거주하는 것 이상이다. 몽환의 집은 출생의 집보다 훨씬 심오한 주제다. 그것은 훨씬 더 멀리서 비롯하는 어떤 욕구에 상응한다. 출생의 집이 우리들의 내면에 그같은 토대들을 세워줄 수 있는 이유도 그것이 보호한다는 단순한 배려보다, 원초적으로 간직된 열기보다, 보호된 원초적 불빛보다 더 심오한, 더욱 내면적인 무의식적 영감에 답하기 때문이다. 추억의 집, 출생의 집은 몽환의 집이라는 지하 예배실 위에 지어진 것이다. 지하 예배실 속에 꿈들의 뿌리가, 애착이, 심오함이, 그 잠김이 있다. 우리는 거기에 '빠져든다.' 그것은 어떤 무한을 갖는다. 그래서 우리는 욕망에 대해서처럼, 때로 책 속에서 때로 발견하는 이미지에 대해서처럼 우리는 그 집에 대해 꿈꾼

다. 있었던 것에 대해 꿈꾸는 대신, 우리는 있어야 했을 것에 대해서, 내밀한 우리의 몽상을 영원히 안정시켜줄 수 있었을 것에 대해서 꿈꾼다. 카프카는 이와 같이 "계곡의 가장 깊은 곳, …… 길가의, …… 포도밭 바로 앞에 있는 작은 집"에 대해 꿈꾸었다. 그 집은 "분명 기어서밖에는 들어갈 수 없을 작은 문과 측면으로 난 두 개의 창을 가지고 있을 것이다. 건축 교본에 나온 듯 모든 것은 균형이 잡혀 있다. 그러나 그 문은 무거운 나무로 만들어져 있다……"*

'건축 교본에 나온 듯'! 해석된 꿈을 담고 있는 책이라는 그 훌륭한 영역! 그런데 그 문의 목재는 왜 그렇게 무거운 거였을까? 문은 어떤 감추어진 통로를 닫아걸고 있는가?

어느 대저택을 신비스럽게 보이도록 하기 위해서, 앙리 드 레니에는 다음과 같이 말하고 있다 : "오직 낮은 문 하나만이 내부와 통해 있다"(『옥 지팡이 La Canne de Jaspe』, 50쪽). 그리고 작가는 신이 나서 입장 의식을 묘사한다 : 현관에서부터 "방문객은 저마다 불 켜진 램프를 받았다. 그 누구의 안내도 없이 방문객은 공주의 처소를 찾아갔다. 계단과 복도들이 교차하여 복잡한 길을 거쳐서……"(52쪽). 그러면서 전체 이야기가 계속되는데, 우리가 뒷장에서 연구하게 될 미로에 대한 전형적인 이미지가 천착되고 있다…… 게다가 앞부분을 좀더 읽어본다면, 우리는 공주의 거실이 전환된 하나의 동굴임을 충분히 쉽게 짐작할 수 있다. 그것은 "유리의 칸막이들을 통해 빛이 번져 들어오는 원형 건물이다"(59쪽). 다음 페이지에서 우리는 '이 계시적인 엘레우시스[5]사람'으로서의 공주를, '그녀의 고독과 신비의 동굴에서' 만나게 된다. 우리는 여기서 몽상의 집, 동굴, 미로들 간의 혼교(混交)를 지적해둠으로써 휴식의 이미지들 상호간의 동형성에 관한 우리 논거를 예고하고자 한

---

* 막스 브로드Max Brod가 인용한 카프카의 편지, 『프란츠 카프카(Franz Kafka)』, 71쪽.
5) 엘레우시스 : 아테네에서 북서쪽으로 오십 리쯤 떨어진 고대 그리스의 도시로 엘레우시스 제전이라 불리는 신비 의식이 거행되곤 했다.

다. 우리는 이 모든 이미지들의 기원에 단 하나의 몽상적 뿌리가 있다는 것을 여기서 보게 되는 것이다.

우리들 중 그 누군들 들판을 걸어가며 '초록빛 덧문들이 있는 그 집'에 들어가 살고픈 갑작스런 욕망에 사로잡혀본 적이 없었겠는가?

왜 루소의 책들이 그토록 인기가 있으며, 심리적으로 그토록 진실한가? 우리의 몽상은 은신할 집을, 계곡 속에 있는 소박하고 외딴 조용한 집을 바란다. 이러한 거주 몽상은 현실이 그것에 제안하는 모든 것을 받아들이면서도, 즉시 그 실제의 작은 집을 오래된 꿈과 조응시킨다. 우리가 몽상의 집이라고 부르는 것이 바로 이 근원적인 꿈이다. 헨리 데이비드 소로 Henry David Thoreau는 그러한 것을 아주 자주 체험했다. 그는 『월든 (Walden)』(불역서, 75쪽)에서 다음과 같이 썼다 : "우리 인생의 어떤 시점에, 우리는 모든 장소를 '집을 지을 수 있는 입지'로 보는 습관이 있다. 바로 이와 같이 나는 수만 가지의 빛 속에 있는 들을 각 방향에서 살펴보았다…… 상상력 속에서 나는 계속해서 모든 농장들을 샀다…… 내가 어디에 앉든지 나는 그곳에서 살게 될 가능성이 있었고, 따라서 경치는 나를 중심으로 전개되었다. 집이란 세데스, 즉 앉은 자리 이외에 무엇이겠는가? 그 앉은 자리가 시골에 있으면 더욱 좋은 것이다. 나는 쉽게 개발될 것으로 보이지 않는 집터 여러 곳을 찾아냈다. 어떤 사람들은 그 집터들이 마을에서 너무 떨어져 있다고 생각할지 모르나 내가 보기에는 마을이 그곳으로부터 너무 떨어져 있었다. 아, 여기라면 한번 살아볼 만하군, 하고 나는 말했다. 그리고는 거기서 한 시간 동안이기는 하지만 여름과 겨울 생활을 경험해보았다. 또 그곳에서 몇 년의 세월을 보내기도 하고, 겨울과 싸우다가 다시 봄을 맞아들이는 자신의 모습을 상상해보기도 했다. 장차 그곳에 살게 될 사람들은 집을 어디에다 짓든 간에 자기들보다 먼저 그곳을 집터로 생각한 사람이 있었다는 것을 믿어도 좋을 것이다. 오후 한나절이면 이 땅을 과수원, 나무숲, 목장 등으로 나누어놓고, 어떤 멋진 떡갈나무와 소나무를 문 앞에 남겨놓을 것이며, 어느 쪽에서 보아야 고목들이 가장 돋보일 것인가를 결정하는 데 충분했다. 그러고 나서 나는 이 땅을 경작하지 않고 그대로 묵혀두었다. 왜냐하면 사람은 그대로 내버려둘 수 있는 것이 많으면 많을수록 그만큼 더 부유하기 때문이다." 우리가 인용한 대목은 소로에 있어 그토록 현저한 떠돌이와 토박이의 변증관계를 되일으키는 온전한 증거의 글이다. 이 변증법은 거주자의 내밀성의 몽상에 어떤 동적 특성을 부여하면서도 그 심오함을 파괴하지 않는다. 오히려 그 반대다. 그의 책 여러 부분에서, 소로는 근원적인 꿈들의 전원성을 이해하고 있었다. 초가집은 공중누각들보다 훨씬 더 깊은 인간적 의미를 지닌다. 누각은 허황하나, 초가집은 뿌리를 내리고 있다.*

상상적 집의 실재성을 증거하는 하나는 바로 유년기의 집에 대한 추억을 통해 우리 독자를 흥미롭게 할 수 있다고 믿는 작가의 확신이다. 그때에는 몽상들의 공통된 기반에 가닿는 한 표현으로 족한 법이다. 그런 맥락에서, 한 가정집에 대한 묘사의 첫 줄부터 우리는 즉시 조르주 뒤아멜Georges Duhamel을 정말 수월하게 좇아가게 된다 : "가벼운 상의(相議)를 거친 후, 나는 구석진 침실을 얻었다…… 옛 이집트의 석실분묘처럼 좁고, 답답하고, 어두운 파리식 복도들 중 하나인 긴 복도 끝에 있는 방이다. 나는 구석진 침실들을, 그보다는 더 멀리 은신할 수 없다는 기분이 들게 하는 그런 방을 좋아한다."** '구석진 침실'의 창으로부터 보이는 광경도 심연에 대한 인상들을 계속 준다 하더라도 놀랄 일이 아니다 : "내 창으로부터 내가 볼 수 있었던 것은 바로 아주 넓은 구덩이, 수직벽으로 에워싸인 부정형의 커다란 우물이었다. 내가 보기에 그것은 어떤 때는 라 아슈의 협로⁶⁾ 같았고, 어떤 때는 파디락 심연⁷⁾의

---

* 반 고흐는 동생에게 보내는 한 편지에서 다음과 같이 쓴다 : "가장 보잘것없는 작은 집에서, 더없이 추한 작은 구석에서, 나는 멋진 그림과 소묘들을 보게 된다."
** 조르주 뒤아멜, 『내 환영들의 전기 (Biographie de mes Fantômes)』, 7쪽과 8쪽.
6) 뒤에 나오는 '달'의 산악학과 관련됨.

자연 우물 같아 보였으며, 거창한 꿈이 찾아드는 어느 저녁 나절에는 콜로라도의 대포나 달의 분화구들 중 하나같이 보이기도 했다." 원초적 이미지의 통합력을 이보다 어떻게 더 잘 그려낼 것인가? 실제로는 그저 일련의 파리식 내정(內庭)을 말하고 있지만 『살랑보(Salammbo)』의 몇몇 부분들과 '달'의 산악학에 대한 몇몇 부분들을 생동감 있게 하는 데는 그것으로 족하다. 꿈이 그토록 멀리 뻗어가는 이유는, 그 뿌리가 튼튼하기 때문이다. 작가는 우리 고유한 심연 속에 내려가는 일을 돕는다. 복도가 주는 공포감을 일단 넘어서면, 우리들도 모두 '구석진 침실에서' 꿈꾸는 것을 좋아하지 않았던가.

우리가 출생한 집의 어스름한 구석을, 보다 비밀스런 방을 선호하는 것은 몽상의 집이 우리들 내부에 살고 있기 때문이다. 이제는 멀어진 유년 시절부터 우리가 출생한 집이 우리의 관심사인 이유는 그 집이 한층 아득한 보호를 증언해주기 때문이다. 그렇지 않고서야 대다수 몽상가들에게 있어 그토록 생생한 오두막의 의미는, 19세기 문학 속에서 그토록 활발했던 초가집의 의미는 어디로부터 올 것인가? 물론 다른 사람들의 빈곤을 만족으로 누려서는 안 되지만, 가난한 집만이 지니는 어떤 활력에 대해서 간과할 수는 없다. 『브르타뉴 사람의 집(Le Foyer Breton)』에서 에밀 수베스트르Emile Souvestre는 나막신 장수의 오두막에서, 그리고 아주 누추한 나무꾼의 오두막에서 보낸 밤을 이야기한다 : "이 빈곤이 그들의 삶에 어떤 영향도 끼치지 않는다는 것을, 그리고 그들의 집에는 그들을 비참으로부터 지키는 그 어떤 것이 있다는 것을 느낄 수 있었다." 그것은 그 가난한 보금자리가 그때 원초적인 보금자리로, 보호 기능을 즉각 수행하는 거처로 워낙 분명하게 나타나기 때문이다.*

---

7) Gouffre de Padirac : 프랑스 구르동 도(道)에 있는 심연. 깊이 75미터. 도르도뉴 강으로 흘러드는 6킬로미터에 이르는 지하 강과 연결되어 있다.

* 로티, 『권태의 꽃들(Fleurs d'Ennui)』, 파스칼라 이바노비치Pasquala Ivanovich, 236쪽 : "그들의 초가집은 그것에 닿아 있는 바위와 마찬가지로 오래되고 이끼가 끼어 있는 것처럼

이처럼 아득한 몽상 속 원방(遠方)을 찾아다니노라면, 우주적인 인상을 받게 된다. 집은 하나의 도피처이고, 하나의 은거지이며, 하나의 중심이다. 상징들은 조화를 이루며 조정된다. 우리는 그때 대도시들의 집은 그저 사회적인 상징일 뿐이라는 것을 깨닫게 된다. 대도시의 집은 수많은 방들 덕분에 역할을 수행할 뿐이다. 그런 집은 우리에게 문이나 층을 착각하게 할 뿐이다. 정신분석학자는 말하기를, 꿈은 이 경우 우리를 남의 부인 방으로, 심지어 어느 알지 못하는 여인의 거처로 인도한다고 한다. 고전적 정신분석은 오래 전부터 복도를 따라 늘어서 있는 방들의 의미를, 항상 반쯤 열린 채 누구든지 환영하는, 자신을 내맡기는 문들의 의미를 파악한 바 있다. 이 모든 것은 옹졸한 꿈이다. 이 모든 것은 온전한 집, 우주적 잠재력들을 가지고 있는 그런 집이 주는 심오한 몽상 세계에 근접하지 못한다.

2

몽상적으로 완전한 집은 내밀성의 몽상들을 온갖 다양한 상태로 체험할 수 있는 유일한 집이다. 우리는 거기 홀로, 혹은 둘이, 혹은 가족을 이뤄 살기도 하지만 무엇보다도 홀로 산다. 그리고 우리들 밤의 꿈속에는, 언제나 홀로 사는 집이 있다. 은둔적 삶의 온갖 매혹들이 집결하는, 집이라는 원형이 가진 어떤 힘이 우리를 독거로 초대한다. 모든 몽상가는 자신의 조그만 칩거지로 되돌아가고자 하니, 그는 참으로 작은 방에서 독거하는 그런 삶의 부름을 받은 것이다.

보인다. 떡갈나무가지에 의해 초록색이 된 빛이 그리로 내려온다. 그 안은 낮고 어두우며, 이삼백 년의 연기로 검게 그을려 있다. 내가 미처 알지 못할 어떤 옛날의 매력이 거기에, 가난과 야성의 모습들과 섞여 있다."

그것은 하나의 오두막일 뿐이었다.
그러나 거기서 나는 홀로 잠들었다.
(……)
나는 거기에서 쪼그리고 있었다.
(……)
내 숨소리를 들으면서
나는 어떤 오한 같은 것을 느꼈다.
내가 나 자신의 참된 취향을
알게 된 것이 바로 그곳이다.
내가 홀로 있었던 것이 바로 그곳이며,
나는 그에 대해 그 어떤 것도 드러내어 말하지 않았다.
          ─쥘 로맹 『시가(詩歌)와 기도들(Odes et Prières)』, 19쪽

그러나 작은 방이 다가 아니다. 집은 한 종합적인 원형, 진화를 거쳐 온 원형이다. 집의 지하실에는 동굴이 있고, 집의 다락방에는 둥지가 있으며, 집은 뿌리와 잎새를 가진다. 그래서 「발키리 (La Walkyrie)」[8]의 집은 진정 우람한 꿈이다. 그 집은 그것을 가로지르는 물푸레나무 덕분에 큰 매력을 지닌다. 우람한 나무는 집의 기둥이다 : "물푸레나무 둥치는 집의 중심점이다"라고 바그너의 어느 번역자는 말한다(제1막). 지붕과 벽들은 그 가지들에 의지하고, 그 가지들이 지나가게 내버려둔다. 잎이 우거진 나뭇가지는 지붕 위에 있는 또하나의 지붕이다. 이러한 거처가 어떻게 나무 한 그루처럼, 숲의 배가된 신비로움처럼, 식물적인 삶의 계절들을 받아들이고 수액이 집의 중심 축선 속에서 전율하는 것을 느끼며 살지 않을 수 있을 것인가? 그러므로 행복의 시간을 알리는 종이 울릴 때, 나무 걸쇠가 달린 문은 지그프리트를 검을 향해 이끌며, 봄

---

8) 「라인 강의 황금」「지그프리트」「제신들의 황혼」과 더불어, 바그너의 악극 『니벨룽겐의 반지』를 이룬다.

이라는 저 유일한 숙명에 의해 열리게 되리라……

　뿌리 같은 지하실과 더불어, 지붕 위에 있는 새 둥지와 함께, 몽상적으로 완전한 집은 인간 심리의 수직적 도식 중 하나를 이룬다. 꿈들의 상징학을 연구하는 아니아 테야르Ania Teillard는 지붕이 몽상가의 머리와 같이 의식적인 기능들을 재현하는 한편, 지하실은 무의식을 재현한다고 말한다(『꿈의 상징학 Traumsymbolik』, 71쪽). 우리는 다락방에 대한 지적 합리화나, 명백한 보호막인 지붕의 합리적 특성에 대한 증거를 흔히 볼 수 있다. 그러나 지하실이 무의식상의 상징들이 대응, 위치하는 곳임은 너무나 명백하기에, 집이 땅으로부터 솟아오르면 오를수록 분명하고 밝은 삶이 증가한다는 것 또한 자명해진다.

　게다가, 우리들 내부에서 오르내리는 생명력이라는 단순한 관점에 자리잡을 때, 우리는 '위층에 산다'는 말이 바로 구석에 박혀 산다는 것임을 이해하게 된다. 다락방이 없는 집은 승화가 어려운 집이다. 한편 지하실이 없는 집은 원형이 없는 처소다.

　그리고 계단들은 사라지지 않는 추억 그 자체다. 유년의 집에서 살기 위해 돌아오듯 피에르 로티는 다음과 같이 쓰고 있다(『권태의 꽃들』, 슐레마, 313쪽) : "계단에는, 이미 어둠이 내려앉았다. 어린아이였던 나는 계단에서 저녁마다 무서움에 떨었다. 죽음이 내 다리를 붙들려고 나를 따라 올라오는 것 같았고, 그러면 난 미칠 듯한 불안과 함께 내달리곤 했다. 나는 그 두려움을 생생히 기억한다. 그것은 너무도 강력해서, 내가 더는 아무것도 두려워하지 않게 된 나이가 되었을 때까지도 오래도록 남아 있었다." 유년 시절의 무서움을 그토록 충실하게 추억하면서 우리는 정말 '아무것도 두려워하지' 않는 것일까?

　한 처소를 몽상적으로 파고들기 위해서는, 한 침실에 어떤 장중한 분위기를 주기 위해서는, 심층의 꿈으로 무의식을 초대하기 위해서는, 종종 그저 몇단 안 되는 계단만으로 충분하다. 에드가 앨런 포의 이야기에 나오는 집에는, "올라가거나 내려가는 서너 단의 계단들이 분명 있게 마련이었다." 왜 작가는 「윌리엄 윌슨(William Wilson)」(『신편 희한한 이야기들 *Nouvelles Histoires extraordinaires*』, 보들레르 역, 28쪽)과 같은 감동적인 이야기 속에다 이 언급을 넣기를 원했던가. 바로 거기에 명료한 사고력의 소유자에게는 너무나 무관심한 것일 뿐인 어떤 지형학이 있지 않은가! 그러나 무의식은 이러한 세부 사항을 잊지 않는다. 심층차원의 꿈들은 이 같은 추억에 의해 잠재적 상태에 위탁된다. 윌리엄 윌슨에 다름아닌, 나지막한 목소리를 가진 괴물은 끊임없이 심연의 느낌을 자아내는 그런 집에서 양육되거나 살아야만 한다. 이것이 바로 에드가 앨런 포가 다른 많은 작품에서처럼, 이 이야기 속에서 이 삼단 계단을 가지고 심연에 대한 일종의 미분 상태를 그려낸 까닭이다. 알렉상드르 뒤마Alexandre Dumas는 유년 시절을 보냈던 포세 성(城)의 지형에 대한 추억들을 이야기하면서 다음과 같이 썼다(『나의 기억들 I *Mes Mémoires I*』, 199쪽) : "1805년 이후 나는 이 성을 다시 보지 못했다(A. 뒤마는 1802년에 태어났다). 그렇더라도 나는 한 단 계단으로 그 부엌까지 내려가곤 했다는 것을 말할 수 있다." 그리고 부엌의 식탁과, 벽난로와 아버지의 사냥총을 묘사한 몇 줄 아래 뒤마는 다음과 같이 덧붙인다 : "끝으로, 벽난로 너머, 세 단 계단을 통해 올라가곤 했던 식당이 있었다." 한 단, 세 단, 그것이면 바로 이 왕국들을 정의하기에 충분하리라. 부엌으로 향하는 그 한 단 계단으로는 내려간다. 식당을 향하는 세 단 계단으로는 올라간다.

그런데 너무도 섬세한 이들 언급들은 다락방과 지하실의 상호적인 역동적 생명력, 참으로 몽상적인 집의 중심 축을 결정하는 그 생명력에 감응할 때, 보다 잘 느껴질 수 있을 것이다. "열두 살 때 갇힌 다락방에서 나는 세상을 알았고, 인간희극에 삽화를 넣었다.[9] 한편 어느 지하의

---

9) 랭보의 초기시, 「일곱 살의 시인들」 참고. '일기장에 삽화를 넣으며' 소설을 썼다는 말을 기억할 것.

술창고에서는 역사를 배웠다.*" 그러니 어떻게 해서 꿈들이 집의 양극성으로 분화되는지를 보기로 하자.

3

두려움이 우선 아주 다르다. 어린아이는 집의 중간 부분에 살며, 어머니 곁에 있다. 아이는 지하실과 다락방에 같은 심정으로 갈 것인가? 양쪽 세상은 그리도 다른데. 한쪽에는 어둠이, 다른 쪽에는 빛이 있다. 한쪽에는 낮게 깔리는 소리가 있고, 다른 쪽에는 명료한 소리가 있다. 높은 곳에 깃들이는 환영과 낮은 곳에 찾아드는 환영은 목소리도 그림자도 다르다. 두 거처에 깃들인 불안의 색조도 다르다. 그리고 양쪽에서 다 용감할 수 있는 아이를 찾기란 지극히 어려운 일이다.

지하실과 다락방은 상상된 불행들, 흔히 무의식에 한평생 남을 타격을 입히는 그런 불행들을 탐지하게 해준다.

그러나 좋으신 부모님의 자상한 손길이 구석구석 닿은 덕분에 귀신일랑 달아나버린 집에서 누리는 평온한 나날의 이미지들만을 보기로 하자.

옛날처럼 손에 작은 촛대를 들고 지하실로 내려가보자. 뚜껑문은 마룻바닥에 난 검은 구멍이다. 밤과 신선함이 집 아래에 거하고 있다. 벽으로 둘러싸인 일종의 밤 속으로의 이러한 하강을 꿈속에서 그 얼마나 반복하게 될 것인가! 거미가 친 회색빛 장막 아래의 벽들 또한 검은빛이다. 아! 왜 그것들은 끈끈한가? 왜 드레스 위의 얼룩은 지워지지 않는가? 여자는 혼자 지하실에 내려가서는 안 된다. 신선한 포도주를 찾으러 가는 건 남성의 몫이다. "왜냐하면 남성들만이 포도주 저장고에 내

---

* 랭보, 『일뤼미나시옹(Illuminations)』, 238쪽. ▶ 시편 「삶」. 한편 시집 제목은 고대 수사본 책의 채색삽화(enluminure)와 환각(hallucination)을 동시에 상기시킨다.

려가곤 했으니까"라고 모파상도 말하고 있다(『오리올 산 III *Mont-Oriol III*』). 계단은 그 얼마나 가파르고 낡았으며, 계단 돌은 또 얼마나 미끄러운가! 돌계단들은 여러 세대가 지나도록 씻어지지 않았다. 바로 그 위, 집은 그토록 청결하고, 그토록 밝고, 그토록 통풍이 잘 되는데!

그리고 또한 여기엔 흙이, 검고 습기 찬 흙이, 집 아래의 흙이, 집의 **흙**이 있다. 포도주가 든 둥근 나무통을 괴어놓기 위한 돌 몇 개도. 그 돌 아래엔 그 더러운 존재, 많은 기생동물처럼 납작 엎드린 채로 끈끈하게 있을 수단을 강구하는 쥐며느리가 있지 않은가! 둥근 나무통에서 포도주 1리터를 받아 채우는 극히 짧은 시간 동안 얼마나 많은 꿈들이, 얼마나 많은 생각들이 떠오르는가!

땅으로부터 밀고 나오는, 검은 흙에 뿌리를 내리고 사는 집에서 체험했던 몽상의 이러한 필연성을 이해했을 때, 피에르 게갱이 '새 집 바닥 다지기'를 묘사한(『브르타뉴 *Bretagne*』, 44쪽) 흥미로운 다음 페이지들을 무한한 꿈과 더불어 읽게 된다 : "새 집이 완성되면, 나막신을 신은 채 바닥의 흙을 다져 견고하고 평탄한 바닥을 이루도록 해야 했다. 모래와 석탄 찌꺼기를 섞고, 떡갈나무 톱밥과 겨우살이 나무의 수액으로 만들어진 신기한 굳힘 재료를 원래 흙에 더하였으며, 마을의 젊은이들을 불러서는 이 반죽을 밟아 다지게 했다." 이어 이 페이지 전체는 평탄하고 단단하게 바닥을 다진다는 핑계로 불길한 땅 기운을 밟아 누르는* 데 몰두하고 있는 춤꾼들의 한결같은 의지에 대해 말하고 있다. 그들은 지금, 다져진 땅 위에 지어진 이 오두막 속에 대대로 이어지게 될, 남아 있는 어떤 두려움과 맞서 투쟁하고 있는 것이 아닌가? 카프카도 온 겨울을 흙바닥 위에 지어진 처소에 거주한 적이 있었다. 그것은 침실 하나와 부엌 하나 그리고 다락방 하나가 전부인 작은 집이었다. 그것은

---

* 1939년 10월 『아시아 신문』의 한 기사(「베다의 집」) 속에서, 루이 르누Louis Renou는 베다의 집을 짓기 전에 치러진 '땅 진정시키기'라는 의식에 대해 언급하고 있다.

프라하, 알시미스텐가세에 있었다. 그는 다음과 같이 쓰고 있다(막스 브로드, 『프란츠 카프카』에서 재인용, 184쪽) : "자신의 집을 가진다는 것은, 세상에 대해 문을 닫을 수 있다는 것. 자기 침실의 문도 아파트의 문도 아닌, 한마디로 자신의 집의 문을 닫을 수 있다는 것은 아주 특별한 느낌이다. 자신의 거처를 벗어나자마자 고요한 거리를 덮고 있는 눈을 곧바로 밟게 된다는 것 또한 아주 특별한 느낌을 준다……"

　다락방에서는 긴 고독의 시간들, 토라짐에서 명상에 이르기까지 아주 다양한 시간들이 체험된다. 절대적인 토라짐, 증인 없는 토라짐이 이루어지는 곳이 바로 다락방이다. 다락방에 숨은 어린아이는 "우리 응석받이, 어디 있니?" 하며 찾는 어머니들의 불안감을 즐긴다.
　너무 많이 읽혔다기에 책들을 그저 습관적으로 잡는 사람들은 멀리한 채, 다락방은 끝없이 이어지는 책읽기의 공간이 되기도 한다. 다락방에서는 할아버지의 옷으로, 리본과 숄을 두른 변장놀이가 펼쳐진다.*
온갖 것으로 가득 찬 다락방은 얼마나 몽상하기 좋은 박물관인가! 거기, 온갖 낡은 것들은 어린이의 영혼에 평생토록 남을 영향을 끼친다. 몽상 한 가닥이 가족의 과거와 조상들의 젊은 시절을 되살려낸다. 한 시인은 사행시로 다락방의 어둠을 불러일으킨다.

　　다락방 구석 여기저기서
　　나는 발견했다
　　흔들려 움직이는
　　생생한 어둠들을

　　　　　　　　　　　—피에르 르베르디 Pierre Reverdy,
　　　　　　　　　「시간의 대부분(Pluparl du Temps)」, 88쪽

---

* 릴케, 『말테의 수기』, 불역서, 147쪽 참조.

다락방은 또한 건조된 삶, 말라가면서 보존되는 삶의 영역이다.* 그곳
에는 손 안에 잡히면 소리를 낼 정도로 바짝 말라 시들어가는 보리수
나뭇가지가 있다. 또한 포도주 담는 나무 통에 끼는 쇠바퀴에 걸어둔
포도송이는 그 포도알들이 밝게 빛나는 경이로운 샹들리에가 아닌
가…… 온갖 과일들과 함께, 다락방은 가을의 세계, 그 어느 달보다 더
정지되어버린 10월의 세계다……

좁은 사닥다리로, 혹은 벽들 사이에 다소 바짝 붙은 난간 없는 층계
로 온 가족사의 압축 공간인 다락방에 올라갈 기회가 있다면, 몽상가로
서의 그 영혼에 평생 남을 아름다운 그림이 새겨지리라 확신할 수 있
다. 다락방을 통해 집은 기묘한 고도를 확보하며, 그것은 새 둥지의 대
기적 삶에 참여한다. 다락방을 통해 집은 바람 속에 있다(지오노, 『나의
기쁨 머물게 하소서 *Que ma Joie demeure*』, 31쪽). 다락방, 그것은 진실
로 랑드[10]의 초가에 사는 다눈치오가 꾸는 꿈과 같은 '가벼운 집'이
다 : "가볍고, 낭랑한 소리가 울리는, 순식간에 지어지는, 가지 위의 집"
(『죽음의 명상 *Contemplation de la Mort*』, 불역서, 62쪽).

게다가, 다락방은 변화하는 하나의 우주다. 저녁의 다락방은 커다란
공포감을 조성한다. 알랭 푸르니에Alain-Fournier의 누이는 그 두려움
을 이렇게 언급한다(『알랭 푸르니에의 이미지들 *Images d' Alain-
Fournier*』, 21쪽) : "그러나 이 모든 것, 그것은 대낮의 다락이다. 밤의 고
미다락을 앙리는 어떻게 견딜 수 있을까? 밤의 죽어버린 빛 아래 수많
은 존재들이 부스럭거리고 수천의 속삭이는 유혹들에 열린 저 위 저곳,
형태도 경계선도 없는 그 다른 우주 속에 그는 어찌 홀로 있을 수 있을
까?" 알랭 푸르니에는 『대장 몬느(Le Grand Meaulnes)』에서 반쯤 열린

---

* 사른의 다락방에서 매리 웹Mary Webb과 살고자 하는 사람은 '현명하게 다스려지는 생
활'이 주는 이러한 인상들을 알게 될 것이다.
10) 모래와 늪이 많은 프랑스의 남서부 아키텐 지방. 18세기에서 19세기에 걸친 줄기찬 식
목 정책에 의해 프랑스에서 가장 풍부한 숲지대를 형성했다.

문을 통해 그 다락방을 다시 본다(7장 : "그리고 밤 내내 우리는 우리가 잠자고 있는 방으로까지 파고드는 세 개의 다락방의 침묵을 우리 가까이에서 느꼈다").

이처럼 고도(高度) 내부 배치가 없는 집은 결코 진정한 몽상의 집이 될 수 없다. 온전히 땅 속에 있는 지하실과, 일상적 생활을 위한 일층, 잠자는 이층, 그리고 지붕 곁의 다락방을 가진 집은 깊은 두려움과 땅에 붙어 이루어지는 일상의 평범함, 그리고 그 승화를 상징하기 위해 필요한 모든 것을 갖추고 있다. 물론 완전한 몽상적 지형학은 더 상세한 연구들을 필요로 할 것이며, 또한 때로 아주 특별한 은신처들을 포괄해야 할 것이다. 그럴 때 벽장이나, 층계 밑, 오래된 장작 곳간 같은 장소들이 갇힌 삶의 심리학에 적잖은 암시를 부여할 수 있다. 이러한 삶은 감금처와 은신처라는 대립적인 두 방향에서 연구돼야만 한다. 그러나 우리가 여기서 특징을 살펴보고 있는 집의 내밀한 생명력에 대한 전적인 애착 속에서, 우리는 어린아이가 감금처에서 키워가는 격분과 두려움들은 논외로 한다. 우리는 다만 능동적인 꿈들, 살아가는 동안 무수한 이미지를 불러일으키며 거듭 나타나게 될 꿈들에 대해서만 말하고자 한다. 그때, 우리는 칩거하는 아이들 모두가 상상적인 삶을 원한다는 사실을 하나의 일반 법칙으로서 제시할 수 있다. 그때 그 몽상가가 보다 더 작은 곳에 파묻혀 있을수록 꿈은 더 커지는 듯하다. 야네트 들레탕 타르디프Yanette Delétang-Tardif는 그것을 다음과 같이 말한다(『에드몽 잘루Edmond Jaloux』, 34쪽) : "가장 깊숙이 틀어박힌 존재야말로 파장 발생기라 할 수 있다." 로티는 자신의 고독 속에 웅크리고 있는 몽상가와 무한을 향해 뻗어가는 몽상의 파장들 간의 이러한 변증법을 경이롭게 그려내고 있다 : "내가 아주 어렸을 적, 나에게 브라질을 재현해주곤 했던 은밀하고 협소한 장소들이 여기에 있었는데, 나는 거기서 원시림의 인상과 두려움을 생생히 느끼곤 했다"(『권태의 꽃들』, 슐레마, 355쪽). 어린아이에게 고독의 장소, 틀어박힐 구석을 허락한다면 그에게 심오한 삶을 부여하는 것이 된다. 러스킨 같은 이는 양친의 넓은 식당에서 자기만의 '구석'*에 틀어박힌 채 온전히 몇 시간을 보내곤 했다. 젊은 날에 대한 회상들 속에서 그는 그것에 대해 오랫동안 이야기하고 있다. 폐쇄적 삶과 외향적 삶은 사실 정신심리적인 상호 필요 조건들이다. 그러나 추상적인 공식들이 되기 전에, 그것은 주변 환경과 배경을 가진 심리적 현실이어야 한다. 이 두 삶에는 집과 전원이 필요하다.

이제 정말 흙 위에, 울타리 안에, 자신의 우주 속에 지어진 시골 집과, 그리고 칸막이로 분리된 채 그저 몇 칸이 주거에 할애되는, 다만 도시의 포장도로 위에 지어진 건축물 사이의 몽상적 풍요함의 다른 점을 느끼겠는가? 포도주를 담는 나무 통들이 아니라 포도주 상자들이 쌓여 있는 타일 바른 공간을 지하실이라 하겠는가?[11]

이와 같이 상상 세계에 대한 철학자도 '대지로의 복귀'라는 문제와 대면하게 된다.

그[12]가 이 사회적 문제[13]를 꿈꾸는 정신 심리론의 수준에서밖에 다루지 못한다는 점을 고려하면서, 그의 무능함을 용서하기 바란다. 단지 시인들만이라도 그들의 꿈으로써 지하실과 다락방을 가진 '몽상의 집들'을 우리에게 지어주도록 그가 시인들을 독려할 수 있기만 해도, 그는 만족할 것이다. 시인들은, 현실의 삶이 언제나 잘 뿌리내리게 하지 못하는 내밀성의 상징들과 함께 조화를 이루게 하면서, 우리가 우리의 추억들에 집을 마련해주는 일, 그 추억들을 집의 무의식 속에 거주하게

---

* 위스망스Huysmans, 『거꾸로(A Rebours)』 15쪽 참조. 데 제생트는 그의 거실에 '일련의 벽감(壁龕)들'을 만들어놓는다.

11) 진정한 포도주 저장고는 포도주를 담는 나무 통을 지하에 갖고 있겠지만 도시에서는 이미 병입한 포도주 병들을 담은 상자를 타일 바른 공간에 거치할 수밖에 없는 경우가 대부분인데, 이런 공간을 진정한 포도주 저장고라 볼 수 있겠는가 하는 뜻.

12) 결국 바슐라르 자신.

13) 원한다 해서 누구나 전원의 진정한 집을 가지지 못하게 된, 도시화가 진행된 사회적 거주 현상 문제.

하는 일을 도와줄 수 있을 것이다.

4

보호처 안에 있다는 의식을, 그의 모든 특성들과 그의 모든 배경들과 함께 드러내 보여주기 위해서는 긴 글이 필요할 것이다. 명확한 인상[14]은 수없이 많다. 추위와 더위, 폭풍과 비에 응하는 집은 우리에게 자명한 보호처이며, 그리고 우리는 저마다의 회상 속에 그같이 단순한 주제를 활성화할 수 있는 그 주제의 수천 가지 이본들을 가지고 있다. 이 모든 인상들을 연결시키고 이 보호의 모든 가치들을 분류하면, 집이 말하자면 하나의 역(逆)우주, 혹은 반(反)우주라는 것을 이해할 수 있을 것이다. 그러나 내밀성에 대한 꿈이 가장 활발하게 움직이는 것을 느끼게 되는 것은 아마도 가장 섬약한 보호 기능들 가운데에서다.[15] 예컨대 석양 무렵부터 등불이 켜지고 밤에 대항하여 우리를 보호하는 집만 생각해 보아도 우리는 즉각 무의식적인 가치들과 의식적인 가치들의 경계에 있다는 느낌을 받게 되고, 집에 관한 몽상의 경혈에 닿았음을 깨닫게 된다.

예컨대 보호처 속에서 번져나오는 불빛의 가치를 예증하는 글이 여기 있다 : "밤은 이제 유리창 덕분에 집과 멀찍이 떨어져 있었는데, 이 유리창들은, 외부 세계의 정확한 광경을 보여주는 대신, 그것을 이상하게 흔들리게 하고 있어서 질서와 부동성, 견고한 땅은 집의 내부에 자리잡고 있는 듯 보였고, 반면 바깥에는 유체화된 사물들을 감싼 채 떨리며 사라져가는 어떤 반영이 있을 뿐이었다." 그리고 버지니아 울프는 불 밝혀진 방을 어둠의 바다 속에 있는 빛의 작은 섬으로, 기억 속에서

---

14) 문맥상 '집'에서 받는 인상.
15) 튼튼한 집의 기둥이나 지붕보다는 집의 창가에 켜지는 여린 등불이 그러하다는 뜻.

여러 해의 망각 속에 고립된 어떤 추억과 같은 섬으로 느끼고 있다.[16] 등불 아래 모인 존재들은 땅의 우묵한 자리에서, 섬 위에서, 함께 한 인간 집단을 이룬다는 것을 의식한다. 그들은 '외부의 유동성에 대항하여' 동맹을 맺고 있다. 짙은 암흑에 대항하여 집이 가지고 있는 빛의 힘에 그들 모두 참여한다는 것을 어떻게 이보다 더 잘 말할 수 있겠는가?

> 그리고 벽들은 등불 어른대는 마노(瑪瑙)로 되어 있다네……
> —생 존 페르스, 「바람 4(Vents, 4)」

매리 웹은 자기가 쓴 소설 『어둠의 무게 (Le Poids des Ombres)』에서, 밤의 들판 한가운데 있는 불 밝혀진 거처가 주는 안전성에 대한 인상을 아주 단순하게, 즉 순수한 몽상 상태 속에서 잘 그려보인 바 있다. 불 밝혀진 집, 그것은 꿈꾸어진 정적의 등대다. 그것은 길 잃은 어린아이에 관한 이야기의 중심 원소다. "여기 서서히 나타나는 작은 불빛이 있다—저편에서, 엄지동자의 이야기 속에서처럼, 아주 멀리, 아주 멀리서"(로티, 「몬테네그로 여행 Voyage au Monténégro」, 『권태의 꽃들』, 272쪽). 여기서 작가는 동화의 이미지들을 가지고 현실을 묘사하고 있다는 점을 첨언해두기로 하자. 이 시점에서, 세부 묘사는 아무것도 명확하게 하지 않는다. 세부 묘사들은 심연에 대한 감정을 배가할 필요가 있어 여기 등장한 것이다. 이와 같이 어느 겨울 저녁에 함께 모인 가족들 앞에서 높은 목소리로 『해방된 예루살렘(La Jérusalem délivrée)』[17]을 읽

---

16) 특히 『등대로 (To the Lighthouse)』.

17) 동명 작품으로 단연 유명한 것은 타소Torguato Tasso(1544~1595)가 발표한 20편으로 된 서사시로서, 이는 이탈리아 최고의 무훈시편이다. 한편 라마르틴의 시집(특히 『시와 종교의 시적 조화 Harmonies poétiques et religieuses』) 목차를 확인했으나 같은 제목의 작품은 보이지 않았다.

는 아버지를 우리들 중 누가 한 번이라도 본 적이 있는가? 그렇다고 하지만, 우리들 중에 또한 그 누가 무한한 몽상 없이 라마르틴의 그 페이지들을 읽을 수 있는가? 몽상적 분위기가 가진 알 수 없는 진리를 통해 그 대목은 우리에게 몽상적으로 다가온다. 철학자의 무게를 가지고 말하자면, 그 장면은 몽상적 선험을 파고들어 근원적 꿈들을 환기한다. 그러나 이러한 문제는, 언젠가 우리가 물질적 상상력의 관점에서 낮과 밤의 상상적 변증법을 다시 살펴볼 때에야 철저히 다룰 수 있을 것이다. 잠정적으로 우리는, 집이 저물어가는 저녁의 의식(意識)이 될 때, 제어된 밤의 의식이 될 때,[18] 집에 대한 몽상들이 최대로 응축된다는 것을 지적하는 것으로 만족해야 할 것이다. 이런 의식은, 역설적이지만 쉽게 설명될 수 있는 방식으로 우리들 마음속에 보다 깊이, 보다 내밀히 감추어져 있는 것을 선동한다. 저녁이 되자마자 우리들 마음속에서는 밤의 삶이 시작된다. 등불은 우리를 사로잡을 꿈들을 대기시키지만, 그러나 이미 꿈들은 우리의 선명한 사고 속에 자리잡는다. 집은 그때 두 세계의 경계선에 있다. 우리가 보호에 관한 모든 꿈들을 한데 모아 살펴보게 될 때 그것을 더 잘 이해하게 될 것이다. 그때 매리 웹의 다음과 같은 생각에 완전한 의미를 주게 될 것이다[*] : "집을 가지고 있지 않은 사람들에게 밤은 정녕 야생 짐승이다." 그것은 폭풍 속에서 외쳐 우는 짐승일 뿐만 아니라 우주적 위협처럼 도처에 있는 거대한 짐승이다. 진정으로 뇌우에 대항하는 집의 투쟁을 체험하게 될 때 스트린드베리와 함께 다음과 같이 말하기에 이른다(『지옥』, 210쪽) : "집 전체가 한 척의 배처럼 꼿꼿이 일어선다." 현대적인 삶은 이런 이미지가 가진 강도를 누그러뜨린다. 현대인의 생활은 물론 집을 평온함의 장소로 받아들이기는 하나, 그것은 여러 양상을 가질 수 있는 추상적 평온함을 말할 뿐이

---

18) 아래 문장에서도 설명하고 있듯이, 예를 들어 등불을 켜서 밤을 제어하려 하지만 등불이 환기하는 내밀성의 꿈, 그 밤의 삶이 벌써 촉발되는 그런 저녁 어스름을 맞은 집.

* 매리 웹, 『기민한 갑주(Vigilante Armoire)』, 불역서, 106쪽.

다. 현대적 삶은 중요한 한 양상, 우주적인 양상은 정작 잊고 있다. 우리들의 밤은 비인간적인 밤에 대항하여 인간적일 필요가 있다. 우리들의 밤은 보호될 필요가 있다. 집은 우리를 보호한다. 집의 역사를 쓰지 않고는 인간 무의식의 역사를 쓸 수 없다.

사실, 황량한 들판에 불 밝혀진 집은 수세기에 걸친 문학적 주제로 온갖 문학에 거듭 등장하곤 한다. 불 밝혀진 집은 숲속의 별과 같은 것이다. 그것은 길 잃은 여행자를 인도한다. 점성술사들은 태양이 한 해의 운행중 하늘의 열두 집에 기거한다고 즐겨 말해왔고, 시인들은 등불의 빛을 내밀한 어떤 별의 빛줄기로서 끝없이 노래한다. 이 은유들은 아주 빈약하지만, 그것들이 교환될 수 있다는 사실은 그것들이 자연스러운 것임을 확신시켜줄 것이다.

창문과 같이 아주 특별한 주제들은 집이 가지는 **중심적** 특성을 납득할 때만이 그 모든 의미를 가진다. 우리는 숨은 채, 집 안에 있으며, 밖을 쳐다본다. 들판의 집에 있는 창은 열린 하나의 안구(眼球), 평원을 향해, 먼 하늘을 향해, 심오하게 철학적인 어떤 의미에서, 외부의 세계를 향해 던져진 시선이다. 집은 창 뒤에서,—창에 기대어서가 아니라—작은 창의 뒤에서, 다락방의 천창(天窓) 뒤에서 꿈꾸는 인간에게, 그가 있는 방의 내밀성이 크면 클수록 더욱더 내부와는 다른 외부에 대한 감각을 부여한다. 내밀성과 우주 사이의 변증법은 창이라는 틀을 통해 세상을 보는, 창 뒤에 몸을 감춘 존재가 느낄 인상들에 의해 명확해지는 듯 여겨진다. D. H. 로렌스는 한 친구에게 다음과 같이 쓰고 있다(『서간 선집』 제1권, 불역서, 173쪽) : "기둥, 외부와 내부 사이의 구멍인 반원형 창, 이 고가(古家), 시간의 밀물 속에 막 삼켜질 듯, 이 반원형 창을 통해 새벽중에 새벽이 태어나는 것을 쳐다보는 영혼과 완벽하게 교감하는 이 돌[19]의 개입⋯⋯"

어떤 틀을 통해 이뤄지는[20] 이들 몽상, 응시적 관조가 숨겨진 응시자

---

19) 창틀을 이루는 석재.

의 시각 자체가 되게 중심을 잡은 이들 몽상에 아무리 가치를 부여해도 과함이 없을 것이다. 그때 보이는 광경이 장려함을 확보하는 이유는 몽상가가 거대함과 내밀성의 어떤 변증법을, 존재가 확장성과 안전감을 교대로 발견하는 어떤 실제적인 리듬 분석을 체험하는 데 있는 듯하다.

무한한 꿈들에 있어서 강한 **중심** 잡기의 예로서, 우리는 베르나르댕 드 생 피에르 Bernardin de Saint-Pierre가 꿈꾸는 속이 빈 나무의 바다에 있는 거대한 나무* 하나의 이미지를 보기로 하자. 이는 은신과 휴식의 몽상들의 중요한 주제이기도 하다. "자연계는 흔히 여러 가지의 무한들을 한꺼번에 제시한다. 예컨대 **둥치**에 공동(空洞)이 패고 이끼로 덮인 커다란 나무는 고도상의 무한 감정과 더불어 시간상의 무한 감정을 준다. 그것은 우리가 살지 않았던 수세기의 기념비와 같다. 우리가 나무의 컴컴한 잔가지 너머로 광대무변함을 바라볼 때처럼 수평적 무한 확대가 그 나무를 통해 열릴 때, 우리의 존경심은 증가한다. 거기다 깊은 계곡들과 초원의 높이와 대조를 이루는 그 큰 둥치의 높낮은 둥근 지붕들을 추가하자, 그리고 하늘의 창공과 대립하면서 연출하는 그 존경받을 만한 어스름들도. 그리고 바위와 같이 흔들리지 않는 둥치의 두터움을 통해, 그리고 바람에 흔들리고 있는 엄숙한 그 꼭대기를 통해—그 엄숙한 속삭임은 우리의 고통 속으로 바로 들어오는 듯하다—그 나무가 보호하고 있는 듯한 모습으로 진정시켜주는 우리의 비참에 대한 감정을 더하기로 하자. 한 나무는 온전한 조화를 이루며, 우리에게 뭐라 말할 수 없는 종교적 경외심을 불러일으킨다. 그러기에 플린(Pline)도 나무들은 신들의 최초의 사원들이었다고 했다."

우리는 텍스트 속의 한 문장을 강조했는데, 왜냐하면 그 문장은 보호받는 몽상과 확장하는 몽상의 기원에 있는 것처럼 보이기 때문이다. 이

20) 앞 이미지의 창틀이라는 구체적 이미지와 관련됨.
* 베르나르댕 드 생 피에르, 『자연 연구 (Etude de la Nature)』 제3권, 1791년판, 60쪽.

끼로 덮이고 공동(空洞)이 팬 이 나무 둥치는 하나의 은신처, 몽상의 집이다. 속이 빈 나무를 보는 몽상가는 생각을 통해 이미 그 균열 속으로 미끄러져 들어간다. 더 명확하게 말한다면, 그는 원초적인 이미지 덕분에 내밀함과 안전, 모성적 보호를 느끼게 된다. 그는 그때 나무의 중심에, 한 처소의 중심에 있는데, 그가 또 한편으로 세상의 거대함을 보고 의식하게 되는 것도 바로 이 내밀성의 중심으로부터 출발해서다.[*] 장려한 풍모가 있어도 외면적으로 볼 때는, 어떤 나무도 '무한 고도의' 이미지를 주지 않을 것이다. 이 무한을 느끼기 위해서는, 무엇보다 공동이 팬 둥치 속에 들어간 존재의 수축을 상상해야 할 필요가 있다. 바로 거기에 베르나르댕 드 생 피에르가 통상 전개하고 있는 것들보다 훨씬 본질적인 어떤 대조가 있는 것이다. 우리는 몽상적 거처로서 좁은 공동들이 가지는 다양한 상상적 가치들을 여러 번 강조한 바 있다. 나무 한가운데 들어앉아 꾸는 몽상은 무한하다. 왜냐하면 나는 아주 잘 보호받고 있고, 나의 보호자는 전능하기 때문이다. 그는 뇌우와 죽음에 감연히 맞선다. 작가가 꿈꾸는 것은 바로 이러한 일종의 전적 보호에 대해서다. 나무는 여기서 그저 태양에 대항하는 그늘의 저장실이 아니며, 비에 대항하는 단순한 둥근 지붕은 더군다나 아니다. 실용적인 가치들이나 추구한다면 시인의 진정한 꿈들을 맞지 못할 것이다. 베르나르댕 드 생 피에르의 나무는, 버지니아 울프의 떡갈나무가 그러하듯, 우주적 나무

---

[*] 귀스타브 칸Gustave Kahn은 『황금과 침묵의 이야기(Conte de l'Or et du Silence)』의 한 대목에서 속이 빈 나무로 이미지들의 중심을 설정한다(252쪽) : "인간은, 탄식하는 듯한 늘 어진 목소리로 말하고, 자신을 발산하며, 대답한다. 그는 거대한 나무 앞에 도달하는데, 나무의 홈들로부터 날렵한 덩굴들이 내려온다. 수직으로 일어선 그것들의 꽃들은 그를 쳐다보고 있는 듯하다. 그를 향해, 그러나 그의 머리 한참 위로 뱀들이 머리를 내민다고 말할 형국이다. 그에게는 나무의 한가운데 있는 넓은 틈새로부터 한 형태가 떨어져나와 그를 쳐다보고 있는 것처럼 생각된다. 그는 그곳을 향해 달려간다. 깊고 검은 공동 외에는 더이상 아무것도 없다……" 두려움을 주는 처소란 바로 이러한 것이다. 통합력을 가진 이 처소에 그토록 수많은 이미지들이 축적되는 만큼 우리 책의 모든 장들에 걸쳐 우리는 그것들을 연구해야만 할 것이다. 우리는 이미지들의 이러한 통합을 다시 다룰 기회를 가지게 될 것이다.

다. 그 나무는 우주에의 참여를 이끈다. 그것은 우리를 자라나게 하는 이미지다. 꿈꾸는 존재는 자신의 진정한 거처를 찾은 것이다. 속이 빈 나무 안에서, 공동이 팬 둥치의 한가운데서, 닻을 내린 광대무변한 꿈을 우리는 따라가보았다. 이러한 몽상의 처소는 우주적 처소이다.

우리는 방금 몽상가가 요충지의 고독 속에 자신의 거점을 가지는 **중심집중** 몽상들을 묘사했다. 한편, 보다 외향적인 몽상들은 따뜻이 영접하는, 열려 있는 집의 이미지들을 우리에게 제공해줄 것이다. 우리는 그것의 예를 아타르바 베다Atharva-véda의 몇몇 찬가들 속에서 보게 될 것이다.* 베다 속에 묘사된 집은 네 개의 방위점에 네 개의 문들을 가지는데, 그 찬가는 다음과 같이 노래하고 있다.

> 동문으로, 오두막집의 위대함을 경배하고!
> 남으로 ……를 경배하고!
> 서쪽으로 ……를 경배하고!
> 북쪽으로 ……를 경배하고!
> 천저(天底)로 ……를 경배하고!
> 천정점으로 ……를 경배하고!
> 모든 쪽으로 오두막집의 위대함을 경배하고!

오두막집은 한 우주의 중심이다. 우리는 집의 주인이 되면서 그 우주를 소유한다 : "하늘과 땅 사이 광대무변의 이름으로, 나는 그대의 이름으로, 여기 있는 집을 인수한다. 잴 수 없는 무한을 측량하게 하는 이 공간을 나는 나를 위해 끝내 비지 않을 보물 창고로 삼는다. 그것을 가지고 나는 오두막집을 인수한다……"

---

* 빅토르 앙리의 번역, 1814년.

이 중심에 재화들이 차곡차곡 쌓인다. 하나의 가치를 보호한다는 것은 모든 가치를 동시에 보호하는 것이다. 오두막집에 대한 찬가는 또한 이렇게 말한다.

소마의 저장고, 아그니의 처소, 부인들의 거실과 좌석, 신들이 앉는 자리, 그대는 이 모든 것이니, 오 여신이여, 오 오두막집이여.

5

이와 같이 **몽상**의 집은, 추억과 꿈속에서 보호하는 힘으로 변하는 이미지다. 몽상의 집은 기억이 제 이미지들을 되찾아내는 단순한 어떤 공간이 아니다. 더이상 존재하지 않는 집이건만, 우리는 여전히 즐겨 거기 사는데, 왜냐하면 우리는 거기서 잘 이해하지 못하면서도 위안의 역학을 종종 재체험하기 때문이다. 집은 우리를 보호해주었으니, 그 집은 우리에게 아직도 위안이 되어준다. 거주한다는 행위는 무의식적인 가치들, 무의식이 잊어버리지 않는 무의식적 가치들로 뒤덮인다. 무의식은 휘문이될 수 있으며, 그것은 뿌리뽑히지 않는다. 소유 본능의 조악한 만족감과 명백한 인상들 너머 더 심오한 꿈들이, 뿌리내리기를 원하는 꿈들이 있다. 융은, 땅 위에 영원토록 유배되어 있는 무국적의 이 영혼들 중 하나를 안정시키고자 정신분석학적 목표 아래, 들의 한 조각, 숲의 한 뼘, 더 낮게는 정원 깊숙이 자리잡은 한 작은 집을, 뿌리를 내리고자 하는 의지, 머무르고자 하는 의지에 이미지들을 부여하기 위한 방법으로 취득할 것을 조언한 바 있다.* 이 조언은 무의식의 심저 층위를, 더 명확

---

* 릴케의 다음 시행 속에는 방랑자의 그 얼마나 힘든 고통이 나타나는가 : "자신의 집을 갖지 않은 사람은, 더이상 집을 짓지 않으리라."

하게 말한다면 몽상의 집의 원형을 천착하도록 한다.

독자의 주의를 요청하는 것은 특히 이러한 측면이다. 그러나, 물론 다른 상상적 심역(心域)들도 집의 이미지처럼 중요한 이미지의 완전한 연구를 위해서 검토돼야만 할 것이다. 예컨대, 우리가 만약 이미지들의 사회적 특성을 검토하고자 한다면, 우리는 앙리 보르도 Henry Bordeaux 의 『집(La Maison)』과 같은 소설을 주의 깊게 연구해야 할 것이다. 이러한 검토는 이미지들의 또다른 층위, 초자아의 층위를 밝혀줄 것이다. 집은 여기서 가족의 재산이다. 집은 가정을 유지한다는 임무를 띠고 있다. 그리고 이러한 관점에서 앙리 보르도의 소설은, 집이 위험한 지경에 빠지도록 내버려두는 아버지와 집에 굳건함과 빛을 부여하는 아들 사이에 벌어지는 세대간의 투쟁 속에서 가족을 연구해볼 때 더욱 흥미롭다. 이러한 방향에서는, 사고하려는 의지와, 미리 예측하는 의지에 양보하며, 꿈꾸려는 의지를 차츰 떠나게 된다. 그럼으로써 점점 더 의식화된 이미지들의 영역에 접근하게 되는 것이다. 하지만 우리는 보다 은연한 가치들에 대한 연구를 더욱 명백한 과제로 삼고 있다. 그런 까닭으로 우리는 가족 소유의 집 문제에 관한 문학은 다루지 않으려 한다.

6

귀향 이미지에서 무의식적인 가치를 향한 동일한 지향을 다시 만날 수 있다. 고향으로의 회귀라는 보완 개념을 덧붙일 때, 여행 개념 자체는 또다른 의미를 띠게 된다. 쿠르베는 어떤 여행자가 보이는 불안정성에 대해 놀라곤 했다 : "그는 동방으로 간다, 동방으로! 그는 고향땅이 없단 말인가?"

귀향, 곧 고향집으로 돌아감은, 그것을 역동화하는 모든 몽상 체계와 더불어 고전적 정신분석에 의해 모성으로의 복귀라는 특성을 부여받았다. 합법적이기는 하지만, 이러한 설명은 너무 집단적이고, 너무 빨리 전체적 해석에 매달리며, 무의식의 심리를 자세하게 해명해줄 너무도 많은 뉘앙스들을 지워버린다. 어머니 품에 대한 모든 이미지들을 잘 포착하고 그 이미지들을 대체하는 세부적 면모들을 검토하는 것은 흥미로울 것이다. 그러노라면 집에 고유한 상징들이 있다는 것을 알게 될 것이다. 아울러 지하실과 다락방과 부엌과 복도들과 장작 창고로 세분되는 온전한 상징학을 전개할 수 있다면, 서로 다른 상징들의 자율성에 대해 알아차리게 될 것이며, 집이 능동적으로 그의 가치들을 축조해 올리고, 무의식적인 가치들을 집결한다는 사실을 알게 될 것이다. 무의식도 자신의 선택에 의한 건축물을 가지고 있는 것이다.

이미지에 관한 정신분석학은 그러므로 표현의 가치뿐만 아니라 표현의 매력까지 연구해야 한다. 몽상은 점착력인 동시에 변주력이다. 아주 단순하지만 몽상은 참신한 이미지들을 발견하는 시인들에게 작용하는데, 그것도 곱으로 작용한다. 위대한 시인들은 무의식적인 뉘앙스들도 착각하지 않는다. 밀로슈의 시집 최근판에 붙인 훌륭한 서문에서, 에드몽 잘루는 모성으로의 복귀와 집으로의 복귀를 놀랍게도 분명하게 구별하고 있는 시 한 편을 언급하고 있다.

나는 나의 어머니라고 말한다. 그러면서 내가 생각하는 것은 바로 당신, 오 집이여!
내 어린 시절 아련한 아름다운 여름날들의 집이여.
—「우울(Mélancolie)」

어머니와 집은 여기서 같은 시행 속에 있는 두 개의 원형이다. 두 이미지들의 상호 대체작용을 양방향으로 체험하기 위해서는 시인에 의해 암시된 꿈들의 방향을 취하면 충분하다.* 사실 두 원형들 중에 더 위대

---

* 물 없는 어머니의 집이 있는가? 모성적 물이 없는? 고향집이라는 주제에 관해, 귀스타브

한 것인, 모든 원형들 중에서 가장 위대한 것인 어머니라는 원형이 모든 다른 원형의 생명력을 지워버리기는 너무도 쉬울 것이다. 우리를 기원으로 다시 인도하는 궤적에는, 우선 우리를 우리의 유년 시절로, 이미지들을 원했던, 현실을 이중화하기 위한 상징들을 원했던, 꿈꾸는 우리의 유년 시절로 데려가는 길이 있다. 그리하여 어머니라는 현실은 곧바로 온갖 내밀성의 이미지들에 의해 증대되고 있는 것이다. 집을 노래한 이 시는 내밀성을 다시 활성화시키고 휴식의 철학, 그 넉넉한 안정감을 되찾는 작업을 재개한다.

7

잘 닫혀 있어 잘 보호된 집의 내밀성은 아주 자연스럽게 가장 위대한 내밀성들, 특히 무엇보다 어머니 젖가슴이라는 내밀성, 이어서 어머니의 품이라는 내밀성을 불러온다. 상상력의 순서상, 작은 가치들이 큰 가치들을 불러들인다. 모든 이미지는 정신심리적 확대사(擴大辭)다. 사랑받고 애지중지된 이미지는 확장된 삶의 보증물이다. 여기 이미지를 통한 정신심리적 확장의 한 예가 있다. 장 피이오자 박사Dr. Jean Filliozat 는 『마법과 의학(Magie et Médecine)』이라는 그의 책 속에서 이렇게 쓰고 있다(126쪽) : "도교주의자들은 장수를 누리기 위해서는 도래할 온 생명의 씨앗인 배아의 물리적 여건 속에 다시 처하면 유리할 거라고 생각했다. 힌두교도들도 그리 인정해왔고 여전히 기꺼이 동의하고 있다. 유명한 국수주의자인 브라만교 학승 말라비야가 따름으로써 인도에 큰 반향을 일으켰던 회춘요법이 1938년에 시술된 것은 바로 이 '어머니의 품과 같은 어둑하고 꼭 싸안긴' 한 장소에서다. 요컨대 세상과 멀

칸은 다음과 같이 썼다(『황금과 침묵의 이야기』, 59쪽) : "어머니의 집, 내 삶의 원천들의 원래의 수반(水盤)……"

어지게 되는 은둔이라는 것들은 너무도 **추상적**이다. 그것들은 이 개인적인 고독의 침실을, '어머니 품처럼 꼭 싸안긴' 어둑한 장소를, 평화로운 집 한 귀퉁이 구석을, 깊은 지하실 또 그 아래 있는, 생명력이 싹트는 가치들을 회복하는 그 비밀스런 작은 지하실을 항상 맛보지는 못한다.

트리스탕 차라(『앙티테트』, 112쪽)는 분방한 이미지들의 자유로운 행보에도 불구하고, 이와 같은 침잠으로의 행로를 밟는다. 그는 알고 있다. "공허와 무심을 쫓는 사냥꾼들―쇠로 지어진 동굴들 외 다른 곳에서의 삶을 거부하며 움직임 없는 삶의 달콤함을 경영하는 전능한 안주인, 빛을 싫어하는 자신의 특성 속에 사는 저마다의 사람, 그리고 서늘한 피 속에, 대지에 숨어든 저마다의 사람―그들의 낙원을."이 칩거 속에서, 우리는 낙원과 감옥의 결합을 본다. 차라는 거듭 말한다(앞의 책, 113쪽) : "그것은 기나긴 유년 시절이 만든 하나의 감옥, 너무도 아름다운 여름날들의 형벌이었다."

우리가 만일 시동(始動) 이미지들에 최초의 상상적 가치들을 그려 보여주는, 틀림없이 아주 소박할 이미지들에 더 많이 주목할 수만 있다면, 대저택의 어두운 모든 구석을 더 잘 회상할 수 있을 것이다. 그곳은 우리가 지닌 '빛을 싫어하는' 성격이 휴식, 즉 탄생 이전의 휴식에 대한 추억을 발견하곤 하던 거점이다. 우리가 문제 없는 삶의 원초적 안정감을 재발견하기 위해서는, 집에 대한 몽상이 큰 집 속에 있는 작은 집을 필요로 한다는 것을 여기서 거듭 보게 된다. 작은 모퉁이 구석에서 우리는 그늘과 휴식과 평화와 새로운 젊음을 되찾는다. 많은 다른 예들에서도 볼 수 있겠지만, 모든 휴식의 장소들은 모성적이다.

8

돌 층계참을 도는 가파른 계단들이 펼치는 좁고 어두운 층계를 따라, 꿈을 꾸면서, 고독한 걸음으로, 심층차원이라는 큰 표징을 지니고 있는 집 안으로 내려갈 때, 우리는 금방 과거 속으로 내려가고 있는 중임을 느낀다. 우리에게 우리의 과거에 대한 취향을 불러일으키지 않는 과거란 전혀 존재하지 않으며, 보다 멀고, 보다 불확실한 과거로 곧 변모하지 않는 과거도 없으니, 이 먼 과거란 날짜도 없는 과거이며, 우리 개인사의 날짜도 더이상 기억하지 못하는 과거이다.

그때, 모든 것은 상징한다. 심연 세계로, 한 발짝마다 그의 깊음을 암시하는 어떤 처소로 꿈꾸면서 내려가는 일, 그것은 또한 우리 자신의 안으로 내려가는 일이다. 우리가 이미지들에, 이러한 하강, 이러한 '이중의 하강' 중에 우리에게 어김없이 다가오는 저 느릿한 이미지들에 조금만 관심을 가진다면, 우리는 그것들의 유기적인 특징들을 어김없이 간파하게 될 것이다. 그것들을 잘 그려내는 작가들은 드물다. 이 유기적인 특징들이 붓끝에 와닿는다 해도 문학적 의식이 그것들을 거부할 것이고, 통제된 의식이 그것들을 억압할 것이다.[*] 하지만 심층차원들의 동족성은 이 이미지들을 강하게 요청한다. 내면 탐색으로 침잠하는 사람은 자기 자신의 요나이니, 우리가 다음 장에서 요나 콤플렉스에 관해 충분히 많고 다양한 이미지들을 모아 살펴본다면, 그것을 더 잘 이해할 수 있을 것이다. 이미지들을 많이 살펴봄으로써 우리는 그것들의 공통된 뿌리를, 따라서 그것들의 통일성을 더 잘 알게 될 것이다. 휴식에 가치를 부여하는 가운데 표현되는 다양한 이미지들을 서로 분리하는 것이 불가능하다는 것도 우리는 그때 이해할 것이다.

그러나 어떤 철학자도 고래-요나의 변증법적 종합을 구현해내는 책임을 수용하지 않으니, 태어나는 상태의 이미지, 아직 종합적인 가치를 온전히 가지고 있을 때의 이미지들을 포착하는 일을 법칙으로 생각하고 있는 한 작가를 찾아가보자. 『오로라』의 서론격인 멋진 페이지를 다

---

[*] '문학적 의식'은 작가에게 있어 '문학 비평'의 내면적 실현이다. 사람들은 통상 누구를 위해, 누구에 대항하여 글을 쓴다. 그들 자신들을 위하여 자유롭게 글을 쓰는 사람들은 얼마나 행복한가!

시 읽어보자*:"옛 판화들과 무구(武具)로 장식된, 슬픈 분위기의 대기실로 내려가보아야겠다는 생각이 들었던 것은 자정 무렵이었다……" "낡고 퇴색한 속옷 냄새를 풍기며, 시큼하고 우울한, 짐승의 분비액처럼 공기 속에 흩어진 산(酸)"이 갉아먹은 사물들의 죽음과 마모를 경험하는 작가의 저 모든 이미지들을 각별히 천천히 재체험해보라. 그때 그 어떤 것도 더이상 추상적이지 않다. 시간 그 자체가 하나의 냉각이며, 차가운 물질의 흐름이다:"시간은 내 머리 위로 지나가며 외풍이 그러했을 것과 마찬가지로 배반스럽게도 나를 차갑게 식혔다." 그리고 이 냉각과 이 마모 이후에, 몽상가는 자신의 집과 자신의 육체를, 자신의 지하실과 자신의 신체 조직을 연결할 준비가 되어 있다. "나는 아무것도 기다리지 않았으며, 어떤 하찮은 일도 희망하지 않았다. 기껏해야 나는, 층과 방을 바꾸어 다니면서, 내 신체 조직의 배치 속에, 따라서 내 사고의 배치에 어떤 가상의 변화를 부여할 수 있으리라 생각했다." 그리고는 예사롭지 않은 하강 이야기가 나오는데 거기서는 이미지들이 물건들의 유령과 신체 조직들의 유령이라는 두 유령들을 같은 걸음걸이로 걸어다니게 하고 있으며, "옷으로 채워진 게 아니라 푸줏간의 고기로 채워진 가방"의 무게처럼 '내장들의 무게'가 느껴진다.

그때, 어떤 꿈들이 "피가 철철 흐르는 고깃덩어리로 이루어진 누각"(「야만인 *Barbare*」)²¹⁾으로 랭보를 이끌었던 것과 같은 처소에 레리스가 들어간 것임을 어찌 보지 않을 수 있겠는가?

미셸 레리스는 계속해서 말한다:"한 걸음 한 걸음, 나는 층계의 계단들을 내려갔다…… 나는 노쇠한 늙은이였고, 내가 상기했던 모든 사건들은 가구 칸막이들 속을 헤집는 드릴처럼 아래위로 내 근육들의 가장 깊은 곳을 파헤쳤다……"(13쪽) 하강이 깊어지면서 모든 것은 동물화

---

* 미셸 레리스, 『오로라』, 9쪽과 그 이하.
21) 『일루미나시옹』.

144 대지 그리고 휴식의 몽상

된다 : "계단들은 나의 발밑에서 신음 소리를 냈다. 아주 붉은 피가 흐르고, 그 내장이 부드러운 양탄자 조직과 같은, 상처 입은 짐승들을 내가 밟고 있다는 생각이 들었다." 집의 도관들 속으로 한 마리 짐승처럼, 그리고 동물화된 피처럼 몽상가 자신이 지금 내려간다 : "네 발로 가는 것과 다른 방식으로는 내려갈 수가 없는 이유는 쫓기는 온갖 짐승떼를 내몰던 붉은 강이 내 혈관들 속에 조상 대대로 순환하고 있기 때문이다." 그는 자신이 '한 마리 다족류, 벌레, 거미'가 된 듯 꿈꾼다. 동물 지향성 무의식을 가진 이 위대하기 이를 데 없는 몽상가는 무척추 동물의 삶을 재발견한다.

레리스의 몇몇 페이지들은 게다가 강력한 축을 형성하고 있는데, 그 대목들은 몽상의 집, 곧 집─육체, 우리가 먹고사는 장소로서의 집, 우리가 고통을 겪는 집, 인간적 불평들을 토해내는 집의 심연 지향적 선을 간직하고 있다(16쪽) : "기이한 웅성거림이 항상 나의 마음속에서 솟구치고 있었다. 대장간 풀무질처럼 집들을 부풀게 했고, 토악질하는 슬픔의 분화구로 문들과 창들을 열어젖히던 그 거대한 고통은, 가정용 램프들의 병든 빛에 의해 더러운 누런 색으로 채색된 수프를 끝도 없이 물밀듯 토해냈다. 그 물결에는 다툼 소리와, 땀으로 끈적이는 손으로 열려진 술병들 소리, '음식 씹는' 소리가 뒤섞여 있었다. 소고기 안심들과 잘 익지 않은 채소들이 긴 강을 이루며 흘렀다." 이 모든 식료들은 어디로 흐르는가, 복도들로? 식도(食道)로? 이 모든 이미지들이 이중의 의미를 가지지 않는다면, 그것들이 어떻게 하나의 의미를 가질 것인가? 그것들은 집과 인간 육체가 한 덩어리가 되는 그 지점에 산다. 이 이미지들은 집─육체라는 몽상 상태에 상응한다.

그러니 그것들을 잘 초월하고 이어 그것들을 다시 이중으로 살기 위해서는, 그것들이 다락방에 칩거하던 은둔자*의 이미지임을, 어느 날

---

* "내가 층계의 이 미로에서 모험을 감행하지 못한 것이 이십 년. 나는 이십 년 동안 오래된 다락방의 벽토가 떨어진 칸막이들 사이에 꼭 갇혀 살았다"(『오로라』, 11쪽).

인간적인 무서움들과, 인간 심리의 밑바닥에 있는 무서움들을 극복하고서, 그의 지하실과, 인간의 지하실과, 인간 심리의 밑바닥에 있는 지하실들을 탐사하려 든 적 있는 몽상가의 이미지들임을 잊지 말아야 한다.

명백한 이미지는 그때 수직 기준 축에 지나지 않으니 층계는 인간 심연으로의 하강 축일 뿐이다. 우리는 이미 우리의 두 책 『공기와 꿈』, 그리고 『대지 그리고 의지의 몽상』(12장) 속에서 이 수직적 축들의 작용에 대해 연구한 바 있다. 요컨대, 수직적 상상력 상의 이런 축은 수적으로 워낙 적기에 다른 이미지들이 바로 이러한 축 주위에 모인다고 하겠다. "그대는 층계를 내려가는 한 사내일 뿐……"이라고 미셸 레리스는 말한다. 그리고 그는 덧붙이기를(23쪽) "이 층계, 그것은 그대의 다락방을 포함하는, 장소의 여러 다양한 부분들에 접근하는 것을 허락하는 나선형으로 뻗은 계단들을 가진 수직 통로가 아니다. 그것은 그대의 내장 자체다. 그것은 그대가 자랑스러워하는 그대의 입과 그대가 두려워하는 그대의 항문과 통하는 그대의 소화기관이다. 그것은 그대의 온 육체를 가로질러 구불구불하고 끈적거리는 참호를 판다*……"

복합성을 띤 이미지, 믿을 수 없을 만큼 놀라운 통합력을 가진 이미지에 관한 이보다 더 나은 예가 어디 있겠는가? 물론 이 통합력의 작용을 잘 느끼기 위해서는, 그리고 그것들의 분석을 준비하기 위해서는, 복합 이미지들을 한꺼번에 통합적으로 체험하기에 충분히 역량 있는 상상력은 없다는 점을 인정하는 가운데, 몽상의 집으로부터 출발할 필요가 있다. 즉 우리가 살기를 꿈꾸었던 아주 오래되고 아주 단순한 처소를 무의식 속에 환기할 필요가 있다. 실제의 집, 우리의 유년 시절의 집마저 몽상적으로는 결함이 있는 집이 될 수 있다. 그것은 또한 초자아의 사고력에 의해 지배되는 집일 수 있다. 특히 수많은 도시의 집들이, 수

---

* 한 철학자는 '상상적으로 덜 이미지화된' 이미지들을 가지고 같은 사실을 말할 것이다. 텐느의 『여행 수첩 (Carnets de Voyage)』(241쪽)에서 다음 대목을 읽을 수 있다 : "집은 머리와 몸통을 가진 완전한 한 존재다." 텐느는 그 해부학을 더이상 멀리 밀고 나가지는 않는다.

많은 중산 가옥들이 분석이라는 용어의 정신분석학적 의미에서 이미 '분석'되어 있다. 미셸 레리스처럼 말한다면, 그것들은 '식료품'의 강들이 운행하는 하인용 계단[22]들을 가진다. 이 '식도'와는 아주 다른 승강기는 그 긴 복도들을 피해, 방문객들을 가능한 한 신속하게 거실로 인도한다. 바로 거기에서 사람들은 부엌 냄새와 격리되어 '담화를 나눈다'. 바로 거기서 휴식은 안락을 즐긴다.

그러나 이 정돈 잘 된 집들, 이 밝은 방들은 우리를 꿈꾸게 이끄는 진정한 집일 수 있을까?

---

22) 프랑스 대도시, 특히 파리의 아파트들의 동 구조를 이해할 필요가 있다. 방문객과 집주인은 건물 내부의 중앙 전면에 있는 승강기로 층별로 위치한 아파트로 곧장 오르내리고, 그와는 별도로 주인집 아파트의 부엌 뒷문으로 오르내릴 수 있는 하인용 계단이 가파르게 나 있어, 식료품 배달과 하인 출입은 이 계단을 통해 이루어진다. 지붕 밑 꼭대기 층에 있는 하인방도 이 뒷계단을 통해 올라간다.

5장
요나 콤플렉스

> 살진 사람들은 여윈 사람들이 사용하는 것과 같은
> 어휘나 문장을 사용할 권리가 없다.
> ─기 드 모파상, 「익사자에게서 발견된 편지(Lettre trouvée sur un Noyé)」,
> 『방물장(Le Colporteur)』, 169쪽

> ……외용, 내용. 인체의 '내부'와 '외부'에 대한 환상은,
> 수천 년 전부터 더이상 뒤집을 수 있는 위(胃)를 가진 히드라가 아닌 인간이
> 브르타뉴 전통 의상들처럼 안팎에 자유롭게 감을 댈 수 있는
> 융통성을 상실했기 때문에 존재할 따름이다……
> ─알프레드 자리, 『사색들(Spéculations)』, 1911, 232쪽

1

이야기하는 상상력은 온갖 것을 다 생각해야만 한다. 그것은 유쾌하고도 진지해야 하며, 합리적이고도 몽상적이어야만 한다. 상상력은 감상적 흥미와 비판 정신을 둘 다 일깨워야만 한다. 경신(輕信)의 한계에 가닿는 이야기가 가장 잘된 이야기이다. 그러나 경신(輕信)의 한계선을 파악하기 위해 갖은 방법을 다해 믿게 만드는 의지[1]를 연구하는 일은 극히 드물다. 특히, 우리가 **몽상적 증거들**이라고 명명하는 것이 소홀히 다

---

1) 속인다 싶게 과장하기도 하면서, 아닌 것을 믿게 만드는 의지.

루어지며, 현실적으로 가능하지는 않지만 몽상적으로 가능한 것도 과소평가되고 있다. 요컨대, 현실주의자들은 밤의 경험을 잊은 채 모든 것을 낮의 경험에 비추어 본다. 그들에게 밤의 삶은 언제나 각성 상태의 삶의 잔재(殘滓)이며 여파(餘波)다. 우리는 이미지들을 꿈과 사고(思考)라는 이중의 조망 관점 속에 다시 위치시켜볼 것을 제안한다.

또 때로는 몽상에 의해 서서히 조성된 믿음을 이야기꾼의 서툰 미소가 파괴하기도 한다. 요즘 농담조 희롱을 받아 느닷없이 부서져버린 옛날 이야기도 있다. 지로두Giraudoux는 이러한 신화화된 신화와, 중학생들이 흔히 재미 삼아 하는 이런 고의적 시대 조작을 유행시켰다.[2] 믿음직함의 결손을 암시하는 이야기꾼의 미소 때문에 야기되는 이미지들의 붕괴를 보여주기 위해, 사람들이 그것에 대한 농담을 워낙 많이 한 나머지, 꿈꾸게 하는 힘을 잃은 한 이미지를 우리는 연구해보고자 한다. 이 이미지는 고래의 뱃속에 있는 요나의 이미지다. 우리는 거기서 명백한 이미지들과 혼합되어 있는 몽상 요소들을 찾아내보고자 한다.

이 순진한 이미지는 소박한 흥미를 불러일으킨다. 우리는 기꺼이 그것을 이야기하기를 좋아하는 이미지라고, 이야기를 자동 생산하는 이미지라고 부르고자 한다. 그 이미지는 어떤 이전과 어떤 이후를 상상하기를 요구한다. 요나는 어떻게 고래의 뱃속에 들어갔고, 어떻게 거기로부터 나올 것인가? 열두 살 정도의 아이들에게 불어작문 문제로 이 이미지를 제시하라. 아이들의 불어작문이 흥미롭게 이뤄질 것임을 확신해도 좋다. 이 주제는 불어작문 시험에 사용될 수 있을 것이다. 그것은 농담의 힘을 가늠해볼 척도를 제공하기도 한다. 조금만 찾아보노라면 한결 심오한 이미지들의 보고를 때로 발견할 수 있는 법이다.

보잘것없는 농담의 한 예를 우선 보도록 하자. 허먼 멜빌Herman Melville이 요나의 모험을 나름대로 끌어댄 부분들을 다시 읽어보면 그

---

2) 그의 희곡, 『트로이 전쟁은 일어나지 않으리(La guerre le Troie n'aura pas lieu)』(1935) 참조.

에 족할 것이다.* 그는 요나를 고래의 입 속에 자리잡도록 한다. 이어서, 거주에 대해 꿈꾸는 데에는 움푹 팬이라는 어휘면 족한 것처럼, 내밀성의 몽상들의 항구적인 법칙에 의해 멜빌은 요나가 고래의 **움푹 팬 이빨** 속에 자리잡았다고 말하는 것이 잘된 일이라 생각한다.** 멜빌이 이 꿈을 따라가자마자 그는 금방 고래는 이빨이 없다는 사실을 '생각하게 된다'. 다행스럽게도 여러 가지 다른 아름다운 대목들이 많은 이 책 속에서 요나의 이야기에 바쳐진 장(章)의 익살이 성립하는 것은 바로 움푹 팬 이빨에 대한 이러한 꿈과 초등학교 교과서에서 배운 사고 사이의 이러한 투쟁으로부터이다. 게다가 몽상적 가치들과 사실주의적 가치들을 그토록 여러 대목에서 잘 연결한 그 작품 속에서 그 장 전체는 눈에 거슬린다. 꿈들과 농담할 수 없다고, 달리 말하면 희화성은 의식적 삶의 속성이라고 납득해야 할 지경이다. 뉴질랜드의 한 전설 속에서, 마오리 족의 영웅은 히네-테-포라고 하는 조상의 몸 속으로 들어간다. 그리고 그것을 목격하고 있는 새들에게 다음과 같이 말한다 : "나의 작은 친구들이여, 내가 노파의 목구멍으로 들어갈 때, 조롱해서는 안 될 것이야. 대신 내가 거기서 다시 나올 때, 그대들이 환희의 노래로 나를 맞이해 주기를 바라네."***

그러므로 이미지들의 자연스런 생명력에 대한 주제를 제대로 천착하기 위해서는 믿게 만들기와 웃기기를 따로 떼어놓는 것이 적합할 것이다. 게다가 우스개와 믿음직함을 이처럼 분리하는 일은 항상 쉬운 일만은 아니다. 아이들은 종종 우스개 재주에 있어 달인들이다. 다섯 살부터 여덟 살까지의 학생들이 있는 학급에서, 앙드레 베이André Bay는 다음과 같은 경험을 했다. 그는 그 어린 학생들 하나하나에게 친구들을 즐겁게

---

* 허먼 멜빌, 『모비 딕(Moby Dick)』, 불역서, 357쪽.
** 가르강튀아에 의해 샐러드와 함께 삼켜진 순례자들 중 한 사람은 지팡이로 이 거인의 '움푹 팬 이빨'을 친다(라블레, 『가르강튀아』, 38장).
*** 레이아Leïa, 『요정 이야기의 상징주의(Le Symbolisme des contes de fées)』, 96쪽.

하기 위해 자유롭게 이야기 하나씩을 지어오도록 요구했다. 그는 그것을 모아서 책을 만들어 최근 출간했다(앙드레 베이, 『아이들이 지어낸 이야기 Histoires racontées par des Enfants』). 요나 콤플렉스는 이 모음의 거의 모든 페이지에 나타난다. 여기 몇몇 보기들이 있다. 네 마리의 개구리가 길 잃은 네 아이들을 삼킨 채로 그들의 어머니에게 다시 데려간다. 어떤 개구리는 돼지 한 마리를 삼키는데, 이는 황소만큼 커지기를 원했던 한 개구리에 대한 라 퐁텐La Fontaine의 우화를, 삼키는 배〔腹〕에 관한 내면주의적 이미지들을 통해 새롭게 표현한 것이다. 늑대가 돼지 한 마리를 삼킨다. 새끼 양은 생쥐 한 마리를 삼키는데, "안으로 일단 들어가자, 생쥐는 새끼 양의 창자를 지나 꼬리 끝까지 교묘히 헤치고 나간다." 새끼 양이 생쥐의 이빨질에 아팠기 때문에, 그놈은 뱀에게 자신을 고쳐달라고 요청한다. 뱀은 새끼 양의 꼬리를 삼킨다. 그러자 새끼 양은 "자신의 꼬리에 대한 복수로 뱀을 먹어치운다." 이런 식으로 먹고 먹히는 자의 이야기는 정말 끝도 없이 계속된다. 끝이 없는 만큼 이야기는 소화에 의한 명백한 '무화(無化)'로 끝난다. 어린 이야기꾼은 결국 다음과 같이 결론짓는다 : "새끼 양은 구슬처럼 작아졌다…… 그놈은 녹아버렸다." 한편 "돼지는, 아주 배가 고팠던 어느 날, 거북이 한 마리를 통째로 삼킨다. 거북이는 돼지 뱃속에서 모든 살점을 해체했다. 그놈은 그것으로 자신의 집을 지었다." 내밀성의 두 이미지들은 여기서 그 가치들을 교환한다. 이야기는 정말 흥미롭게 발전해간다. 돼지는 심하게 아팠기 때문에, "거북이를 꺼내기 위해 자기 뱃속에 커다란 구멍을 낸다. 그 다음에 그는 훨씬 기분이 좋아졌다. 그는 집도 꺼냈다."

그러나 달콤한 휴식의 이미지들을 이야기꾼은 놓치지 않는다. '뱃속에 지은 집'이 아주 편안하기 때문에, 아이는 아무 일도 없다는 듯 다음과 같이 덧붙인다 : "돼지는 자신의 뱃속으로 다시 들어갔으며 아주 편해서 이렇게 말했다 : '아! 편안하고 따뜻하구나!'" 우리가 지금 본 것들과 같이 이야기하기를 좋아하는 이미지들을 자동적 요나(Auto-

Jonas)로, 진정으로 '자신의 집에', '자신의 고유한 존재의 중심에', '자기 자신의 뱃속에' 살고자 하는 꿈이라고 지적하는 것이 정당하다고 우리는 믿는다. 한편 앙드레 베이의 책의 모든 페이지들은 동화(同化)에 관한 이미지들에 대한 연구에 도움을 줄 수 있을 것이다. 고래는 이 세상에서 제일 큰 배를 가졌으므로, 고래의 그 동화력에 의거하여, 어린 이야기꾼이 지어낸 마지막 이야기로 이 절을 끝내기로 하자. 앙드레 베이가 모은 이야기들은 특별히 부과한 주제에 따른 것이 아니라 어린 학생들에 의해 자유롭게 지어진 이야기들임을 상기하자. 우리는 그래서 자연스러운 불어작문이란 이야기를 지어내려는 욕구의 흔적이라는 개념을 여기서 재발견하는 것이다. 바로 여기 마지막 이야기가 있다. '양과 목동들'을 먹어버렸던 사자 한 마리, 늑대 한 마리, 호랑이 한 마리가 비행기를 타고 도망가버린다. 사자와 늑대는 바다에 빠진다. 한 낚시꾼이 그물로 그놈들을 잡는다. 그러나 고래가 갑자기 들이닥쳐 "늑대와 사자와 낚시꾼과 배를 삼킨다." 거대한 입질, 왜소한 운명. 아무 일도 일어나지 않았다는 듯 삶은 계속된다. "낚시꾼은 고래의 뱃속에서 연신 파이프 담배를 피워댔다. 그는 담배 연기 때문에 단지 작은 구멍 하나만을 냈을 뿐이다." 우리가 동굴의 내면성에 대한 이미지들을 연구할 때,[3] 우리는 이런 주거 조성에 관한 몽상들을 재발견할 것이다.

2

    고래의 뱃속에 있는 이런 요나의 이미지의 자취를 현실 속에서 발견할 수 있을까?
    다행히도 강 근처에서 태어난 아이라면 누구나, 낚시꾼의 아들이면

---

3) 이 책 6장 참조.

누구나 곤들매기의 뱃속에서 피라미나 잉어를 다시 발견하면서 감탄한 적이 있다. 강가에서, 곤들매기가 먹잇감을 삼키는 것을 보면서, 아이는 분명 삼켜진 존재를 명백히 특징짓는 슬픈 최후를 꿈꾼다. 물 속에서 그토록 날씬한 모샘치의 형태는 자신을 다른 물고기의 뱃속에 쏙 들어가도록 운명짓는다. 이와 같이 식도락적 면모를 가진 대상물은 참 많다! 그것들을 지켜보노라면 많은 병적 유혹들을 이해할 수 있다.

제롬 보쉬Jérôme Bosch 같은 삼킴에 대한 몽상가는 이 이미지를 가지고 끝없는 유희를 펼친다. 그대들 서로서로를 삼키시오, 라는 우주적인 잠언을 그려내기 위해서 보쉬에 대한 책에서 모리스 고사르Maurice Gossart는 다음과 같이 썼다 : "작은 청어를 덥석 무는 어떤 물고기를 어마어마하게 큰 주둥이가 삼킨다. 두 낚시꾼은 한 작은 배의 뱃전에 앉아 있다. 나이가 든 낚시꾼이 아이에게, 그 신기로운 장면을 보여주면서 다음과 같이 말한다. '보아라, 아들아, 나는 오래 전부터 알고 있었단다. 커다란 물고기들이 작은 물고기들을 먹는다는 걸.'" 스피노자 Spinoza 또한 이러한 교훈담의 명백함을 경멸하지 않는다. 잡는다고 믿으면서 잡힌다는 그 우화는 다음과 같은 아주 간단한 이미지로 요약된다 : "영원한 포식자들은 영원히 포식되는 자들이다." 바로 이것이, 조르주 바르바랭 Georges Barbarin에 의한다면, '잉어의 금언'*이다.

학자들 또한 때로는 신중하고, 때로는 극단적인 경이를 엮어낸다. 루이 레머리Louis Lémery는, 그의 『양식론(糧食論, Traité des Aliments)』(367쪽)에서 '잔인한 곤들매기의' 뱃속에서 온갖 물고기들이 발견된다고 말한다. "거기에서 고양이들이 발견되었다고 하는 저자들마저 있다." 도댕 Daudin은 다음과 같이 썼다(『파충류에 관한 일반적이고 특수한 자연사 Histoire naturelle générale et particulière des Reptiles』제1권, 프랑스 혁명력 10년, 63쪽): "나소의 장 모리스 공(公)은…… 이들 괴기한 파충류

---

* 조르주 바르바랭, 『물에 대한 책 (Le Livre de l'Eau)』, 26쪽.

들 중 하나가 완전히 삼켜버린 임신한 네덜란드 여인을 본 적이 있다." 여인이 임신중이라는 사실은 '배가된' 관심을 일으킨다. 그래서 희한한 이야기들이 엮어진다. 우리도 곧 다른 요나의 요나들을, 삼켜진 삼키는 자들에 대한 다른 예들을 제시할 것이다. 파충류들에 관한 문학적 동물지(誌)는 이러한 관점에서 썩 풍요롭다.

이런 맥락에서, 알렉상드르 뒤마는 다음과 같은 추억을 글로 남김직하다고 생각한다(『나의 기억들 *Mes Mémoires*』 제1권, 200쪽). 세 살 때, 그는 정원사가 뱀을 둘로 자르는 것을 보았다. 그 안에서 삼켜진 개구리가 나왔는데, 개구리는 그 즉시 튀어올라 달아나버린다. "그 이후로 다시 볼 수 없었던 이 현상은 나에게 각별한 충격을 주었으며, 그것은 내 정신에 그토록 확연히 남았기에, 내가 이 글을 쓰는 순간에도 눈을 감으면 뱀의 움직이는 두 토막들과 아직 움직이지 않는 개구리가, 그리고 삽에 기댄 채 경악한 내 앞에서 미소짓고 있는 피에르가 다시 보인다."* 작은 이미지들이 큰 이미지들을 결정한다. 이 풀려난 개구리가 없다면 선량한 정원사의 미소짓는 얼굴을 작가가 기억하겠는가?

루이 페르고Louis Pergaud는 뱀의 뱃속에 삼켜진 개구리의 죽음에 대해 여러 페이지에 걸쳐 집중된 관심을 보이고 있다.**:"끈적거리고 미적지근한 점액이 그것을 둘러쌌다. 느리면서도 저항하기 힘든 어떤 움직임이 가차없이 그것을 심연으로 이끌었다." 페르고는 이와 같이 그 누구보다 처음으로 사르트르식 현기증의 예를, 무심하게 죽음으로 인도하는 현기증, 끈끈함과 점착성 속에서의 합체를 통해 거의 물질화된 죽음으로 인도하는 어떤 느릿한 현기증의 예를 발견한다(162쪽):"이와 같이 죽음이 그것을 미끄러져 덮쳤다. 차라리 아직 그것은 죽음이 아니라 수동적인, 거의 부정적인 삶, 정오의 태양처럼 평정 속에 있는 게 아니

---

* 뒤마는 『처녀들, 로레트 그리고 화류계 여인들(Filles, Lorettes et Courtisanes)』에 이어 출판한 뱀에 대한 글에서 두 페이지에 걸쳐 이 일화를 길게 묘사한다. 1875년판, 164쪽.
**루이 페르고, 『여우에서 까치까지 (De Goupil à Margot)』, 161쪽.

라 말하자면 불안 속에 결정화(結晶化)된, 정지된 어떤 삶이었는데, 왜냐하면 미묘한 그 어떤 것이, 아마도 의식(意識)의 한 점처럼 고통을 주면서 그 안에서 여전히 진동하고 있었기 때문이다."

물질적 상상력으로 그토록 풍요한 이 텍스트 속에 슬쩍 삽입된 형용사를 지나는 길에 강조할 필요가 있는데, 그것은 바로 미적지근한이라는 형용사이다. 그것은 그것을 둘러싼 이미지들과 같은 물질적 차원에 있지 않다. 이 형용사는 인간의 심적 역역(力域)에 화응한다. 집필된 속도보다 더 느리게, 작가가 그것들을 꿈꾸던 단계에서처럼 우리가 느리게 텍스트를 읽는 연습을 한다면, 이 미적지근함에 대해 꿈꾸면서 작가가 미묘한 심리적 양가성에 참여하고 있다는 걸 느낄 수 있을 것이다. 그는 희생물과 함께 고통을 겪는가, 아니면 포식자와 더불어 즐기는가? 어떤 입 속에 이 미적지근한 침이 있는가? 책들이 차가운 생명력의 세계[4]라고 규정하는 이 세상 속에서 이 느닷없는 열기는 어디로부터 오는가? 책들은 단지 우리가 아는 것과 우리가 보는 것만으로 이루어지지 않는다. 책들은 보다 깊은 뿌리를 필요로 한다.

페르고 이야기의 다음 부분은 더구나 개구리가 해방되기를 바란다. 말똥가리 한 마리가 포식자를 먹으러, 곧, 단 한 번 만에 부리로 쪼아 뱀을 두 조각 내기 위해 나타나고, 그 결과 첫 희생물은 '그의 겁탈자의 끈적이는 쿠션 위에' 미끄러진다. 화자가 우리에게 그 전에 메뚜기를 삼키는 개구리를 애써 보여주고자 했다는 것을 우리가 기억한다면, 우리는 여기서 메뚜기에서 개구리로, 개구리에서 뱀으로, 뱀에서 말똥가리로 어떤 입방체를 가진 요나가, 어떤 세제곱된 요나(요나^3)가 기능하고 있는 것을 보게 된다. 대수(代數)는 이 아름다운 행로에서 멈추지 않을 것이다. 빅토르 위고Victor Hugo가 말하기를* "지렁이를 먹는 제비를, 그 제비를 먹는 독수리를, 그 독수리를 먹는 악어를, 그 악어를 먹

---

4) 냉혈 동물로서의 파충류의 세계.

* 빅토르 위고, 『바다의 일꾼들(Les Travailleurs de la Mer)』, 제2권, 넬손판, 198쪽.

는 상어를 재현하는 중국 비단 한 필이 있다"라고 했다. 그것이 바로 네제곱된 요나(요나[4])가 아닌가.

뢴로Lönnrot의 『칼레발라(Kalevala)』에는 포식된 포식자에 대한 긴 이야기가 묘사되어 있다. 최후 포식자를 해부해보니 정중심(正中心)의 가장 깊이 싸인 위 속에서 그 어떤 것보다도 더 귀한 보물이 발견됨에 따라 그 이야기는 더욱 흥미로워진다. 그리하여 태양의 아들은 천계에서 누군가가 훔쳐갔던 불티를 거기서 되찾는다. 바로 여기 그 광경이 있다. 태양의 아들은 가장 거대한 포식자인 곤들매기의 배를 연다(633쪽).

> 회색빛 곤들매기의 뱃속에서
> 그는 창백한 연어를 발견했고,
> 창백한 연어의 뱃속에는
> 매끈한 송어가 있었다

송어의 뱃속에서 그는 푸른 공을 발견하고, 그 푸른 공 속에서 붉은 공 하나를 발견한다. 그는 붉은 공을 깨뜨린다.

> 붉은 공의 한가운데
> 아름다운 불티가 있었다
> 그것은 하늘에서 빠져나와,
> 구름들을 가로질러,
> 하늘의 여덟 개의 궁륭을 거쳐,
> 대기권의 아홉 개 아치를 지났던 것이다

이어지는 긴 이야기에서는 불에 그을린 수염과 화상 입은 손을 가진 대장장이가 이 방랑하는 불티를 찾아다니는 것을 읽을 수 있다. 그는 그것을 "마르고 오래된 오리나무의 둥치 속에, 썩은 그루터기 깊은 곳에" 가두고는, 이어서 그 그루터기를 구리 냄비 속에 넣는데, 그는 그것을 자작나무 껍질 속에 숨긴다. 그런데 여기서 보는 것 같은 공교로운 신입자설(新入子說)은 요나 콤플렉스 속에서 작용하고 있는 자연적 입자설(入子說)을 더 잘 이해하게 할 따름이다. 게다가 물질적 상상력 원칙에 입각한 방법들을 따르면서 『칼레발라』의 노래 제48편을 읽는다면, 여기서 작용하고 있는 모든 이미지들이 물질적 원소들로 이뤄진 그 꿈에 다시 연결된다는 것을 쉬이 인식하게 될 것이다.

앞의 이야기에서 불이 물고기들 뱃속에 감춰져 있다는 것은 사소한 일이 아니다. 우리는 형태들에 의해 조성된 이미지를 완성해야 하며 곤들매기 자신이 강의 뱃속에, 물의 품안에 있다는 것을 이해할 필요가 있다. 물과 불의 변증법, 여성적인 것과 남성적인 것의 심오한 심정적 양가성을 재발견하는 이 변증법은 순진하게 상황적으로 등장한 모든 이미지들에 앞서는 진정한 몽상적 선행사가 될 수 있다. 불티가 "황금 아궁이의 장작 받침쇠 안쪽으로" 돌아오도록 그 불티를 설득해야만 할 때, 늙은 대장장이는 그것에게 다음과 같이 말한다.

신이 창조한 불티야,
조물주가 준 불아,
이유 없이 넌 물밑에 뛰어들었더구나

'이유 없이', 그러나 꿈이 없이 그런 것은 아니다. 물과 불 사이에, 투쟁과 욕망들이 그들의 이미지들을 대립적으로 증식시키고, 상상력을 끝없이 역동화한다.[5]

"누군가가 뱃속에 가지고 있는 것을 알아보려는" 욕망에 의해 보다 가시적으로 형태를 갖춘, 보다 단순한 이미지들에 대한 우리의 검토를 계

---

5) 물과 불 사이의 끝없는 투쟁의 상상력을 계속 연구하는 대신.

속해보기로 하자.

3

    요나 콤플렉스가 어떤 식으로든 이야기의 줄거리를 형성하는 동화들이 있다. 그림Grimm의 엄지손가락만한 『매르헨 (Märchen)』이 그러하다. 이 극단적 난쟁이는 건초더미 속에서 잠자다가 한아름의 건초 사료와 함께 암소의 먹이로 주어진다. 그는 암소의 입 속에서 깨어난다. 이빨들을 피하기에 충분히 영리한 그는, 용감한 영웅 특유의 재치 덕분에 위(胃)에, 햇빛도 닿지 않고 창도 없는 이상한 처소에 도달한다. 동화를 태양의 관점에서 풀이할 수 있다고 믿는 신화학자들은 이를 특기할 것이다. 이 기발한 엄지동자는 할 수 있는 한 큰 소리로 외친다 : "건초를 그만 주세요!" 이 복화술(複話術)[6]은 하녀를 두렵게 하기에 족한 나머지, 그 하녀는 "맙소사, 암소가 말을 했어요."라고 주인에게 말한다. 암소가 악마에게 씌었다는 것이다. 사람들은 암소를 죽이고 그 위장을 거름더미 위에 던진다. 굶주린 늑대 한 마리가 나타나 그 위를, 엄지동자가 빠져나오기 전에 삼킨다. 늑대는 배가 차지 않았다. 작은 요나는 늑대에게 자기 부모의 부엌으로 가자고 조언한다. 앙상하게 마른 늑대는 '개수대 구멍'을 통해 살그머니 들어가기는 하지만, 부엌의 음식물들을 게걸스럽게 다 먹어치워, 들어갔던 통로로 도로 빠져나올 수가 없다. 늑대는 덫에 걸린 것이다. 그도 어떤 뱃속에 들어앉아 있는 것처럼 작은 집에 갇힌 것이다. 엄지동자는 온 힘을 다해 외친다. 아버지와 어머니가 잠에서 깨어 늑대를 죽이러 온다. 어머니는 단칼에 짐승의 배를 갈라 영리하기 그지없는 아이가 바깥 빛을 보게 해준다. 새 옷을 지어 입히

---

    6) 암소 배 안에서 지르는 소리이기에.

는 일 외에는 달리 해야 할 일이 없는데, 옛날 옷들이 이 온갖 모험 중에서 다 해졌기 때문이다. 보다시피, 동화는 모든 것을 다 세심하게 배려하고자 한다.

다른 뱀을 삼킨 뱀의 이야기 또한 많다.* 알렉상드르 뒤마(『처녀들, 로레트 그리고 화류계 여성들』, 173쪽)는 여기에 또하나의 이본(異本)을 덧붙인다. 삼켜진 뱀의 꼬리는 포식자 뱀의 입 속에 아직 남아 있어서 파리 식물원의 두 경비원들은 각자 손에 꼬리 하나씩을 잡게 된다. "그리고 작은 뱀은 칼날이 칼집에서 빠져나오듯 큰 뱀으로부터 나온다." 화해한 뱀 두 마리는 즉시 커다란 토끼 한 마리씩을 삼킨다. 이 모든 이야기들 속에서, 삼켜져 맞는 죽음은 쉽게 지워버릴 수 있는 단순한 사고에 불과하다.

게다가 이 같은 설화들 속에서는 농담하려는 욕망이 역력히 느껴진다. 농담의 기능들에 중요한 자리를 부여할 필요가 있다. 의식적인 정신 심리 속에 머물 때, 그것들은 '이야기하는 사람'의 솜씨와 '이야기를 듣는 사람'의 믿기 쉬움을 가늠하게 하는 척도가 된다. 그러나 우리가 '사물 핵심'에 이른다면, 농담이 할아버지의 무의식과 손자의 무의식 속에서 다같이 기능한다는 것을 이해하게 될 것이다. 농담들이란 모든 인간의 무의식 속에 똬리를 튼 두려움을 차단하려는 '엄호물들'이다. 요나 콤플렉스를 들이대면 정신분석학적 농담 기재를 쉬 탐지할 수 있다. 많은 정신분석학적 요법들 속에서 이러한 해학의 작용을 발견할 수 있을 것이다. 정신분석학자들은 그들의 우울한 직업에도 불구하고 종종 그들 나름의 쾌활함을 가지고 있다.

밀로즈Milosz의 한 동화 속에서(『옛 리투아니아의 동화와 우화시들 *Contes et Fabliaux de la vieille Lithuanie*』, 96쪽), 우리는 삼켜진 포식자

---

* 더 재미있는 것은 차라의 뱀이다. "뱀은 자신의 꼬리를 삼킨다. 그리고 장갑처럼 뒤집어진다"(『앙티테트』, 182쪽). 이 유희는 계속되어 뱀 겉쪽을 다시 밖으로 내놓고, 거기서 우로보로스의 또 다른 형태가 나온다. 이 자동적 요나는 익살스럽게 영원의 상징이 된다.

의 이미지에 깃들인 거의 지하적인 무의식적 작용을 좇을 수 있다. 정신분석학자는 이 동화 속에서 항문성 고착의 표식들을 밝히려 수고할 필요가 없다. 그러나, 텍스트의 첫 페이지들에서 보이지 않았던 저 오래된 요나 이미지가 이어지는 페이지(97쪽)에서 나타나기 시작하는 것을 볼 때, 밀로즈의 동화는 꿈꾸었던 것과는 역순으로 씌어진 듯하다. 정신분석은 아마도 암시적 이미지와 외현적 이미지라고 불릴 수 있는 것들을 충분히 구별하지 않는 듯하다. 근본적으로 무의식적인 콤플렉스의 탐구에 온전히 몰두한 정신분석은 외현적 이미지들, 더 깊은 콤플렉스들의 순진한 가리개인 양 그야말로 묘사된 이미지들에 충분한 주의를 항상 기울이지는 않는다. 우리에게는 고래 뱃속에 있는 요나 이미지는 소위 정신심리적 소화불량에 관한 질문지로 쓰일 수 있을 것으로 보인다. 그 명백함으로, 그 단순함으로, 그 짐짓 순진무구한 외양으로, 이 이미지는, 소화(消化) 심리학이라는 미답의 거대한 영역에 유용할, 물론 너무도 간단하지만 유용한 분석의 한 수단이다.

이처럼 소박한 이미지들과 마주할 때, 어떤 합리화 작용의 소박함을 더 잘 판단할 수 있으며, 결과적으로 여기서, 이미지 영역에서와 마찬가지로 관념 영역에서도 단순화된 어떤 정신심리를 분석하기에 때로 충분한 이 간소화된 심리학을 평가하기 위한 원소들을 가지게 된다. 예컨대, 랑글루아가 『보물론(Le Livre des Trésors)』을 요약하면서 환기하는 중세의 다음과 같은 견해를 전통적 이미지의 합리화로 돌릴 수 있다. 당시에는 일반적으로 고래들이 "위험시에 새끼들에게 도피처를 주기 위해 그 새끼들을 삼키고 그 다음에 그것을 다시 토해낸다"고 모두 믿었다는 것이다. 우리들 생각으로는, 거기서 모성으로의 복귀라는 이름으로 특징지어진 환상의 한 적용을 보는 정신분석학자는 정당화될 수 없을 듯하다. 기실 외적 이미지, 외현적 이미지, 전통적 이미지의 작용은 여기서 너무 자명하다. 우리로서는 비유적 상상력의 자극치를 측량해볼 필요가 있으며, 모든 활동을 깊은 콤플렉스의 소산으로 고려해서는 안 된다. 결국 우리가 여기서 분석하고 있는 보잘것없는 확신은 매우 이질적이다. 요나 이미지에 꼭 들어맞는 예를 제시하기란 어렵다. 이미지의 빈약함은 이러한 이유에서 우리로 하여금, 단순 나열되어 있는, 결코 잘 융합되지 못한 원소들의 작용을 감지하게 하기에 아주 유리하다.

4

세간의 일반적인 몽상들에 있어, 배[腹]는 수용적 공동(空洞)으로 나타난다. 입을 벌리고 잠을 자는 것은, 헤매고 있는 모든 짐승들에게 도피처를 제공하는 것이다. 콜랭 드 플랑시의 『지옥 사전』을 뒤적이다보면, 우리는 속에서 토해낸다고 생각했던 모든 동물들이 다 들어 있는 전설적인 위를 가진 동물상을 쉽게 발견하게 될 것이다. 예컨대, (공트랑에 대한 항목, 모레Morey에 대한 항목 참조) 잠자는 어떤 자의 입으로 족제비 한 마리가 나왔다 들어갔다 한다. 이는 이주성(移住性) 존재인가? 주술이라는 항목에서는 주술에 걸린 한 소녀에 대해 말하고 있는데, 그녀는 "작은 도마뱀들을 토해냈고 그것들은 마룻바닥에 난 구멍을 통해 달아나버렸다"라고 되어 있다. 이쯤 되면 한 소녀가 악마를 삼켜버렸다는 등 사람들이 종종 구강을 통한 '마귀들림'에 대해서 말한 점에 그리 놀라지 않을 것이다(불경한 말에 대한 항목).

카르당Cardan은 나름대로 뱀 한 마리를 삼키고 잠들었던 사람이 가죽 태운 연기를 마셔서 구원되었다고 이야기한다(199쪽). 연기에 그을린 뱀이 환자의 입으로부터 나온다. 라스파이Raspail는 즐겨 1673년에 나온 글을 인용한다(1권, 308쪽) : "한 대공(大公)의 어릿광대는 껍질을 깨지 않은 날계란을 즐겨 삼키곤 했는데 뱃속이 아팠다. 사람들은 그에게 담뱃잎 다린 물을 먹였는데, 그러자 그는 깃털이 없고 죽었으나 다

자란 닭 한 마리를 토해냈다."

개울물을 마시는 사람은 개구리들을 삼킬 위험이 있다. 이 주제에 대한 이야기들은 많다. '증폭'이 한번 시작되면, 상상력을 멈추게 할 것은 아무것도 없다. 프랑수아 블라데François Bladé에 의해 채집된 가스코뉴 지방의 한 동화 속에서는, 당나귀 한 마리가 강물 위에 잠든 달을 마신다. 시인들은 본능적으로 같은 이미지를 사용한다.

> 말들은 물 위에 보이던
> 달을 마셔버렸네,

라고 러시아 시인 세르주 에세닌Serge Essenine은 읊었다.

가르강튀아의 민담은 입을 벌린 채 잠든 거인의 이러한 동화들을 자주 그려내고 있다*: "소나기의 기습을 받은 한 목동이 양떼와 함께 피신했다. 그리하여 가르강튀아의 입이었던 거대한 동굴을 탐색하면서, 그는 양치기 지팡이를 가지고 그 입천장을 찔렀다. 거인은 무엇인가가 간질인다고 느끼고 잠에서 깨어나, 목동과 그의 양들을 삼켜버렸다." 잠든 광부의 입에서 작은 생쥐가 나오는 것은 동화 속에 흔히 등장한다(뒤를러, 앞의 책, 70쪽 참조). 땅의 내장 속에서 일하는 광부는 땅 밑 세상의 존재들을 거리낌없이 삼킨다.

가르강튀아 민담은 모든 것을 삼키라는 심리학을 지지하는 수많은 예화를 보여준다.

폴 세비요Paul Sébillot의 책 속에서,** 가르강튀아가 여러 다른 동물들을, 군대, 나무꾼, 짐수레들, 자신의 아이들과 부인, 수도승들, 풍차, 자

---

* 아르놀트 반 게넵Arnold Van Gennep, 『부르고뉴의 민요(Le Folklore de la Bourgogne)』 (책 여러 군데).
** 폴 세비요, 『민간 전승들 속에서의 가르강튀아(Gargantua dans les Traditions populaires)』 (책 여러 군데).

신의 유모들, 삽들, 돌들, 강 등을 삼키는 것을 보게 될 것이다. 그가 선박들을 삼키는 것도 보게 될 터인데, 그것은 어느 정도의 꿈을 가지고 독자에게 이미지들의 재미있는 전환을 허락할 것이다. 즉, 고래의 뱃속에 있는 요나는 배 바닥에 들어앉은 여행자일 뿐이었다고 사람들은 말해오지 않았던가? 하지만 여기서 배를 삼키는 것은 바로 인간이다. 어쨌든 꿈꾸는 사람에게, 그건 그리 힘든 일이 아니다.

가르강튀아가 약이 아니라 의사를, 젖이 아니라 유모를 삼킬 때 같은 전환이 이루어진다. 좀 심하게 젖을 빨면서 그의 유모를 삼키는 어린아이에 관한 이 마지막 이미지 속에서 우리는 요나 콤플렉스가 삼킴의 심리 현상이라는 증거를 충분히 갖게 된다. 여러 가지 측면에서, 요나 콤플렉스는 이유(離乳) 콤플렉스의 특수한 한 경우로 고려될 수 있을 것이다.

프로베니우스Frobenius는 요나 이미지에 속하는 수많은 아프리카 신화들을 부각시킨 바 있다. 이들 몇몇 신화들 가운데서, 배(腹)는 주인공이 잘 구워져 완성된 형태를 갖게 되는 화덕으로 간주된다. 헤르베르트 실베레는 이러한 사실을 한편으로는 태양이 주인공인 신화들과, 다른 한편으로는 연금술적 해부와 비교하는 것을 잊지 않았다.* 우리는 거기서 이미지들의 다가적 결정론의 한 예를 본다. 달리 말한다면, 위대한 이미지들은 다원적으로 결정되며, 그리고 대단히 생산적인 가치 부여 작용에 의해 더없이 강력한 다원적 결정들에 부합한다. 아타노르[7] 속에서 완전해지는 연금술상의 물질, 대지(大地)의 뱃속에서 재생을 준비

---

* 헤르베르트 실베레, 『신화와 그것의 상징학의 문제 (Probleme der Mystik und ihrer Symbolik)』, 92쪽 참조.

7) 연금술에서 온도를 일정하게 유지하기 위해 탑 모양의 장치를 달아 연료가 자동적으로 보급되도록 만든 침지로(沈漬爐)의 일종.

하는 태양, 고래의 뱃속에서 휴식하고 먹고사는 요나, 이 셋 모두가 바로, 형태상으로는 아무런 공통점도 갖지 않으나 상호적 은유 관계 속에서 무의식의 동일 경향을 표현하는 이미지들이다.

5

대단한 경탄을 불러일으켰던 복화술은 그 자체만으로도 긴 연구 거리를 제공할 수 있을 것이다. 그것은 재미난 냉소주의로 속임수를 쓰는 의지가 발현되는 경우다. 호기심을 불러일으키는 한 예를 보자. 수도원장 벵슬로는, 그의 책 『새들의 이름(Les Noms des Oiseaux)』에서 한 부분을 토르콜(104쪽)이라는 이름[8]의 설명에 바치고 있는데, 그는 그것에 간질환자의 발작이라는 뜻을 부여함과 동시에 게으름이란 뜻을 덧씌우고 있다. 그는 말하기를 "딱다구리는 자신이 숨어든 속이 빈 나무 구멍 깊은 곳에서 좋아라 복화술을 연기한다. 그리고 그 새는 컴컴한 은거지에서 나와서, 그가 자신의 소리를 듣고 있었던 자들에게 주었던 효과를 확신하고는, 정말 어릿광대 같은 자세와 우스꽝스런 몸짓을 통해 공연을 계속한다." 칼을 삼키는 자로부터 복화술에 이르기까지, 배가 불룩 나온 이미지에 부여된 다양한 관심을 잘 전달하는 익살스런 배의 희화성은 두루 많이 있다.

또한 복화술은 종종 악마의 목소리로 간주된다. 소극(笑劇)은 흔하다고 할 만큼 종종 소동으로 변한다(콜랭 드 플랑시Collin de Plancy, 앞의 책, 주술 항목 참조). 『요정들(Les Fées)』이라는 페로Perrault의 동화 속에서는, 못된 소녀가 한마디씩 할 때마다 입에서 두꺼비들이 뱉어져나온다. 배(腹)는 이와 같이 고약한 마음의 온갖 목소리들을 가지고 있다.*

---

8) 긴 목을 빼는(tordre＋col) 새라는 뜻에서 나옴. 개미잡이(딱다구리의 일종).

* 황금의 가슴을 가진 마음씨 고운 소녀는 말할 때마다 황금 부스러기를 내뱉고, 반면 마

이 모든 이미지들은 서로 멀고 다른 것처럼 보일 수 있다. 그러나 그 것들을 그 근저에서 파악한다면, 그것들은 모두 다른 존재가 속에 들어와 앉은 한 존재를 그린 이미지들임을 새삼 깨닫지 않을 수 없다. 이 이미지들은 그러므로 공동(空洞)의 현상학 속에서 자리를 찾아야만 한다.

6

C. G. 융은, 자신의 책 『해석의 심리학(Die Psychologie der Ueber-tragung)』(135쪽)에서, 요나의 이미지에 대한 진정한 **연금술적** 해석을, 우리 관점에서 볼 때, 그야말로 귀중한 해석을 제시하고 있다. 즉, 전통적 이미지가 형태 영역에서 표현하던 것을 그것은 물질의 내밀성에 대한 참여를 통해 **물질적으로** 표현하고 있기에 말이다. 연금술적 언어로 말하자면, 문제되는 것은 회춘해야 할 어떤 인물이 아니라 쇄신해야 할 물질적인 원칙이다. 연금술 용기의 배(腹) 안으로, 정화하고 고양시켜야 할 물질이 원초적인 물, 철학자들의 수은에 위탁된다. 형태적 이미지들이 존속한다면, 그것은 은유들이다. 예컨대, 쇄신을 위한 결합은 자궁의 물 속에서(130쪽) 이루어질 것이다.

이토록 인간적으로 내밀한 언급과 더불어, 연금술사의 온 무의식이 관여된다는 사실에 놀라서는 안 된다. 이 연금술적 요나를 읽으면서, 우리는 심층차원적 꿈을 꾸도록, 심연을 향한 방향을 따라 모든 이미지들을 추적하도록 초대된다. 이러한 침잠의 도식이 바로 여기 있는데, 그것을 따르자면 형태적 이미지들의 상실과 물질적 이미지들의 확보를 틀림없이 경험하게 될 것이다.

음씨가 나쁜 언니는 두꺼비들을 내뱉는 그림의 동화 『숲속의 세 동자(Die drei Männlein im walde)』참조.

배,

젖가슴,

자궁,

물,

수은,

동화 작용의 원리 — 근원적 습도의 원리

이 하향 계단은 우리가 우리 무의식 속으로 내려가는 것을 도와줄 것이다. 그것은 고전적 정신분석에 의해 등가적이라고 지나치게 서둘러 주어진 상징들의 순서를 바로잡게 한다.[*]

의식적 삶의 윤곽을 점진적으로 상실함에 따라 이미지들은 열을, 무의식의 부드러운 열을 획득하는 듯하다. 보다 정확히 말한다면, 모든 액체, 모든 동화 용액에 질료성을 부여하는 수은을, 융은 물이자 흙으로서의 심오한 반죽인 무의식에 대한 지하적 이미지라고 지적하고 있다. 그러나 무의식적인 가장 위대한 '심층차원'을 가진 것은 바로 물이다. 위액(胃液)처럼, 동화하는 것은 바로 그것이다.

우리는 계속해서 재치 있는 율리시즈의 트로이 목마와 요나의 고래를 근접시키는 기회를 갖게 되기는 하겠지만, 그것들의 무의식적 심역(心域)을 구별할 필요가 있다. 고래는 바다에 있으며, 그것은 물 속에 끼워넣어져 있는 동시에 물의 제일 권력이다. 그 존재는,—그것의 긍정적이며 부정적인 실존성은,—과수증(過水症)과 수종(水腫)의 변증법을 기반으로 작용한다. 묘사된 이미지들의 명백함이 곧 누그러지자마자

---

[*] 헤르베르트 실베레, 앞의 책, 165쪽 참조 : "대지, 동굴, 바다, 물고기들의 배 등은 모두 어머니 그리고 자궁 관련 상징에 속한다." 물론 연금술의 판화들 속에서, 종종 난쟁이는 증류기의 중심에 떠 있거나 서 있는 모습으로 나타난다. 그러나 원칙을 가지려면 그 그림을 지울 줄 알아야 한다. '깊음 속에서' 꿈꿔야만 한다.

곧, 좀더 자세히 말하면, 연금술사들의 물질적 해석을 음미하게 되자마자 이 변증법이 작용함을 감지할 수 있다. 그것을 융은 다음과 같이 말한다(앞의 책, 165쪽) : "그렇다, 연금술적 어머니는 스스로 그것들 속에, 반쪽 수중 아래에 있다." 원소들의 차원에서 꿈꾸는 사람에게 있어, 모든 회임은 하나의 수중처럼 진행된다. 그것은 수분의 과잉이다.

순진한 이미지들일랑 지워버리고[9] 질료들의 내밀성에 가닿는 자신의 추상적인 생각들을 밝혀 보이려는 연금술사들의 사고의 노력을 따르고자 한다면, 원과 사각의 관계성을 고려해볼 필요가 있다. 그때 심오한 꿈들로부터 아주 멀리 있는 거라고 생각하지만, 사실 상상적 원형(原型)들에 아주 가까이 있다.

기실, 원에 상징으로서의 가치들을 부여하면서 원을 그리는 자는 알게 모르게 어떤 배(腹)에 대해 꿈꾼다. 사각형에 상징으로서의 가치들을 부여하며 사각형을 그리는 자는 한 도피처를 건설한다. 무의식적 관심들이 순수하게 기하학적인 목적을 위하여 그리 쉽게 포기되지 않는 법이다.

원형 영역에서 보다 위로 거슬러올라갈 필요가 있다면, 원을 여성적 요나의 표현, 그리고 사각형을 남성적 요나의 표현이라고 말할 수 있을 것이다. 그러면 아니무스와 아니마는 그것들의 무의식적 잠재력에 부합하는 꿈으로 차 있는 형상을 발견할 수 있을 것이다. 게다가 융이 관련지은 아니무스와 아니마의 근본적 이원성이 존중될 것이다. 우리는 그때 다음과 같은 도식들에 상응하는 두 근원적 요나, 즉 아니무스 속에 있는 아니마 혹은 아니마 속에 있는 아니무스를 얻을 수 있을 것이다. 여하튼, 아니마와 아니무스의 관계는 나누기의 변증법이 아니라 감싸기의 변증법이다. 가장 원초적 형태들 속에서 본 무의식이 자웅동체인 것은 바로 이러한 방향에서다.

---

9) 이미지의 형태적 순진성을 떠나서.

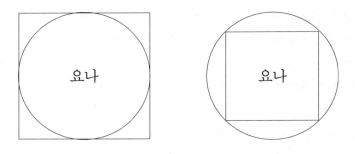

　1687년의 한 연금술서에서 빌려와 융의 책 『심리학과 연금술』에 다시 인용된 그림은 속에 원이 그려진 사각형을 보여주고 있다(183쪽). 사각형의 내부에는 남자 하나와 여자 하나를 나타내는 두 개의 작은 형상들이 있다. 그 제목은 다음과 같다 : '원의 구적법(求積法)'.[10] 그런데 이런 그림은 예외적인 것이 아니며, 연금술사 저작자들이 준 설명에 의거해 그것에 대한 분석을 계속할 때, 그 확신이 깃들인 특징을 이해하게 된다. 기하학적 직관의 도움으로 사실주의적 직관들을 밝히기를 원하곤 하는 법이다. 여기 원의 구적법은 사각형에 둘러싸인 원이나 원으로 둘러싸인 사각형처럼 사각과 원을 한 그림에 통합하듯이 바로 남성과 여성을 하나의 전체 속에 통합하는 것이다. 명백한 표현으로서의 가치들과 무의식적 확신 가치들의 이러한 혼합은 이런 몽상들의 복합적 특성을 꽤 분명하게 지적한다.*

　우리는 그러므로 우리가 제시한 도식들이 외관상으로만 추상일 뿐이라고 믿는다. 그것들은 우리를, 제시 필요성, 표현 필요성, 그림들과 표현들을 통해 내밀 현실을 확인하고픈 필요성의 뿌리에까지 데려다놓는다. 감싸는 일, 바로 그것이야말로 인간의 커다란 꿈이 아닌가. 잘 봉인된, 최초의 원초적 휴식을 되찾는 일이야말로 고요히 꿈꾸자마자 다시

---

10) la quadiature du cercle : 구어로는 '불가능한 일'.

* 뢰플레 들라쇼Lœffler-Delachaux, 『원, 상징 (Le Cercle, Un Symbole)』, 책 여러 곳 참조.

태어나는 욕망이 아닌가. 은신처의 이미지들은 너무 흔히 마치 상상력이 현실적 어려움들을 방지해주어야 한다는 듯이, 마치 인간 존재란 중단 없이 위협을 받는 존재인 듯이 연구되어왔다. 그런데 사실, 요나 콤플렉스를 분석해보면 은신처는 편안함의 한 가치로 등장하는 것을 금방 볼 수 있다. 요나 콤플렉스는 부드럽고 따뜻하며 결코 습격받은 적 없는 편안함의 원초적 기호인 안전지대의 온갖 형상들을 곧바로 표시한다. 그것은 내밀성의 한 진정한 절대경, 행복한 무의식의 절대경이다.

그때, 이 가치를 지키는 데는 하나의 상징이면 족하다. 무의식은 가장 정통한 기하학자와 마찬가지로 원의 닫힘에 대해 확신할 것이다. 내밀성의 몽상들이 자신의 길을 가게 내버려둔다면, 항구적인 내선 방식을 통해 감싸안으려는 온갖 힘들을 재발견할 것이며, 꿈꾸는 손은 원초적 원을 그릴 것이다. 그러기에 무의식 자체가 존재의 상징으로서 파르메니데스의 원구를 알고 있는 듯 여겨진다. 이 원구는 기하학적 입방체로서의 이성적인 미를 지니고 있지 않다. 그러나 그것은 배[腹]가 가지는 더할 나위 없는 안정감을 지니고 있다.

7

정신분석학자들은 자기들이 심리 설명의 새 유형들을 제시한다는 사실에 근거하여, 보통 심리학자의 다양한 질문들에 한마디로 대답하려는 경향이 있다. 정도의 차이는 있지만 요나 이미지들에 부여된 진지한 관심이 어디로부터 비롯하느냐고 물어본다면 그들은 그것이 동일화identification 과정의 한 특수한 예라고 대답한다. 무의식은 사실 놀라운 동화assimilation 역량을 지닌다. 무의식은 중단 없이 다시 태어나는, 모든 사건들을 동화하는 어떤 욕망에 의해 활성화되며, 이 동화는 워낙 완벽해서 무의식은 기억이 그러하듯 더이상 습득에서 분리될 수가 없고 과거를 해명하지 못한다. 과거는 그 속에 등재되나 무의식은 자신 속에 새겨질 그것을 읽지는 못한다. 이는 무의식적 가치의 표현 문제를 더욱더 중요하게 부각시킨다. 그러기에 요나 이미지들을 동화의 일반 법칙에 결부시켰을 때, 어떻게 이 이미지들이 증식하고, 서로 달라지며, 왜 그것들이 아주 다양한 표현들을 추구하는지를 설명하는 일이 남는다. 그러므로 정신분석은 궁극적으로 표현을 동화 과정의 참된 변증법 으로 고려하면서 이 표현 문제를 생각해야만 할 것이다. 한 이미지 위 로 투사되는 환상의 문제를 연구하기 위해서는, 요나 이미지가 직접적 으로 객관적 특징을 지니기 때문에 요나 콤플렉스를 활용하는 것이 아 주 유리하다. 요컨대 어머니로의 복귀가 이 이미지에 묘사되어 있다고 말 할 수 있다. 스테켈Stekel*은 열세 살에 다음과 같은 환상을 키웠던 어 느 환자의 경우를 인용한다. 그 환자는 한 여자 거인의 괴이하게 큰 육 체의 내면을 알고 싶었다. 그는 그 거인 여성의 육체 속에 접시저울을 둔 것처럼 상상하면서 온갖 도취경에 젖는다. 그녀의 배는 높이가 십 미터에 이른다. 스테켈은 거기서 열세 살짜리 몽상가 나름으로 태아를 어머니에 연결하며 고려하는 비율들이 투사된 것을 본다. 정신분석학자 들이 어머니로의 복귀라는 이름 아래 지적하는 모호한 충동들이 가시적 으로 순진하게 재현된 것이다. 보려는 욕구는 여기서 확연하며, 그 욕구 는 볼 수 없었던 태어나기 전의 시간으로 몽상가를 다시 인도해감에 따라 더욱 특징적이 된다. 이 경우를 깊이 살펴볼 때, 이미지 욕구의 근 원에까지 이르게 된다. 물론 이 욕구는 여기서 아주 조잡하게, 아주 소 박하게 만족하고 만다. 그 몽상가는 무의식적 원소들과 의식적 원소들 을 뉘앙스도 없이 나란히 연결한다. 그러나 요나 이미지를, 어머니로의 복귀라는 환상의 정신분석학적 검토에 유용한 하나의 도식이게끔 만드 는 것은 바로 이 뉘앙스의 부재다.

* 실베레에 의한 인용, 앞의 책, 198쪽.

신화의 한 원소도 정신분석이 곧잘 망각하곤 한다. 요나가 밝은 곳으로 나왔다는 사실이 곧잘 망각되곤 하는 것이다. 태양에 관한 신화를 동원한 설명과는 독립적으로, 이 '나옴'에는 주목할 필요가 있는 한 부류의 이미지들이 있다. 배(腹)로부터 나옴은 자동적으로 의식적인 삶으로의 진입, 어떤 새로운 의식(意識)을 원하는 삶으로의 진입이기도 하다. 실제적 출생이라는 주제들, 비결을 전수받고서 입문자가 태어난다는 주제들, 질료적 쇄신이라는 연금술적 주제들과, 고래 배로부터 나오는 요나 이미지는 쉽게 관련지을 수 있을 것이다(실베레, 「재생 *Wiedergeburt*」, 앞의 책, 194쪽 이하 참조).

앙리 플루르누아Henri Flournoy 박사는, 문장(紋章)에 그려진 형상들을 조심스럽게 검토하면서, 다음과 같이 주목한 바 있다[*] : "문장들에서 불꽃을 토하거나 어린아이를 삼키고 있는 뱀(의 형상)을 가끔 볼 수 있다. 나는 문장학자들이 방금 말한 이 형상을 해석하는 데 있어서 한 가지 실수를 저지르지 않았나 상상한다. 그들 생각과 달리 동물은 작은 인간 피조물들을 삼키지 않으며, 오히려 토해낸다. 내게는 이런 설명이 가장 간단해 보인다…… 불을 내뱉는 뱀이 발기중인 음경을 의미하는 덕택으로 창조력 개념을 아주 잘 제시한다는 것이 사실이라면, 이러한 생각은 어린아이를 토해내는 뱀의 이미지를 통해서 더 잘 상징될 수 있을 것으로 사료된다."

여기에 더하여, 일종의 건방진 창조 행위를, 글자 그대로 어린아이들을 뱉어내는 수컷에 의한 어떤 창조 행위를 언급해둘 수 있을 것이다.

---

[*] 『국제정신분석학잡지(Internationalen Zeitschrift Für Psychoanalyse)』, 1920.

번식을 위한 토하기에 관한 문학 이미지들은 꽤 쉽게 수집할 수 있다. 그것의 간단한 예 하나를 보기로 하자. "과실들은, 악어 새끼들을 태어나게 하기 위해 벌어졌는데, 새끼 악어들의 입에서 남녀의 머리들이 빠져나왔다. 이 머리들은 서로 쫓아다니다가 입술을 통해 둘씩 둘씩 서로 합쳐지곤 했다."* 바로 이러한 것이 기발한 대수학자가 있다면 태연자약하게 분류상의 편의를 위해 요나⁻²라고 쓰게 될, 요나²의 역(逆)이다.

'지각 있는' 독자라면 초현실주의 전성기에 속할 이런 이미지의 무상성을 얼른 비난했을 것이다. 그러나 그것을 악어 입에서 나오는 여자는 인어의 탄생이라는 옛날식 상상 세계와 비교할 때, 리브몽 드새뉴의 붓끝에서 나온 위 이미지의 몽상적 가치를 더 잘 느끼게 될 것이다.

C. G. 융의 책(『심리학과 연금술』) 610쪽에 복사본이 실린 18세기의 한 세밀화 속에서는, 비슈누¹¹⁾가 물고기 입에서 나오는 모습으로 그려져 있다. 마찬가지로 아주 흔히, 인어들을 나타내는 옛날 판화들은, 어떤 막에서 빠져나오듯, 물고기 껍질로부터 나오는 여자에 대해 생각하게 한다. 몽상에 조금이라도 귀기울이노라면, 그 몽상은 마치 인어가 하나의 탄생이기라도 한 듯, 생명이 대양에서 비롯함을 압축해서 보여주기라도 한 듯, 이미지가 환기하는 바를 따라 쉽게 전개된다. 이와 같은 이미지 앞에서 무의식이 드러나도록 내버려둘 때 물 속 인어가 두 형태¹²⁾의 단순한 병치가 아니라는 것을, 그것의 기원이 물질하는 여인의 자재로이 움직이는 근육보다 훨씬 더 깊다는 것을 금방 깨달을 수 있다. 인어 이미지는 물로 가득한 자궁의 무의식적 지대에 닿는다.

---

* 조르주 리브몽 드새뉴 Georges Ribemont-Dessaignes, 『닫힌 눈을 가진 타조 (L' Autruche aux yeux clos)』, 1925.
11) 힌두교의 유지의 신(神). 창조의 신 브라마, 파괴의 신 시바와 함께 삼신일체(三神─體)를 이룬다
12) 사람과 물고기라는 두 형태.

인체 속에 동물들이 머문다는 사실을 지지하기 위해 바쳐진 합리화의 모든 노력들을 우리가 다시 그려 보일 필요는 물론 없다. 그저 예만 몇 개 들어두는 것으로 충분할 것이다.

인간의 건강에 끼치는 동물들의 영향력에 많은 중요성을 부여하는 라스파이유는 사람 몸 속에 슬그머니 들어오는 뱀의 이야기들을 모아놓고 있다.* "뱀들은 유류(乳類)를 찾는다. 그리고 그들은 얼떨떨하게 하는 포도주를 좋아한다. 뱀들이 암소 젖을 짜내는 것을 본 적도 있다. 그것들이 포도주통 바닥에 빠져 있는 것을 본 적도 있다! 그것들은 아무 고통도 주지 않고서, 어떤 장기(臟器) 속에 슬며시 들어갈 수 있다. 그것들이 우유 가게나 포도주통 속으로 들어가듯, 우유를 마시러 어린 아이의 뱃속엔들 왜 들어가지 않을 것이며, 포도주를 마시러 술꾼의 뱃속엔들 왜 들어가지 않겠는가?" 그리고 또 이런 이야기도 들고 있다 : "한 겨울날에 똬리를 틀고 앉아 몸을 녹이러 머물 곳을 찾다가 잠든 시골 여인네의 치마 밑으로 들어가는 뱀 한 마리를 상상해보시라. 그런데 동면의 필요성이 그 뱀으로 하여금 여성의 질(膣)을 통해 자궁강까지 슬며시 들어가 완전한 마비 상태로 거기서 똬리를 틀고 앉아 있도록 데려가지 않을까?"

어느 정도 객관적인 논지를 담은 토론 주제를 펼쳐 보이는 이 책 외에도 라스파이에게서 우리를 꿈의 세계로 인도할 아주 희한한 표현 하나를 발견할 수 있다.

플린의 보고서에 따르면, 한 하녀가 뱀을 출산할 수 있었다고 했는데,

---

* 라스파이, 『건강과 병에 대한 자연사(Histoire naturelle de la Santé et de la Maladie)』, 제1권, 1843, 295쪽.

라스파이는 그러한 일에 대해 놀랄 만한 것이 하나도 없다고 말한다. 왜냐하면 "**꿈꿀 때의 경련을 틈타*** 이 작은 뱀은 잠든 하녀의 질 속에 들어갔지만 그 안에서 괴로워하며 요동치다 나오면서, 낙태의 온갖 고통을 겪게 했다고 상상할 수 있기 때문이다." 그렇다면 작은 뱀이 실제로 은신처를 찾는다는 그토록 예외적인 경우에 **꿈꿀 때의 경련**이 그토록 수월하게 대답해야만 할까? 오직 잠의 세계를 다스릴 신만이 현실 세계와 꿈의 세계를 관련지으면서 유인(誘因)들을 관장할 수 있을 것이다. 꿈꿀 때의 경련을 통해 일화를 시작하게 한다면, 왜 그 일화를 전부 악몽 탓으로 전가하지 못하겠는가?

10

고래 뱃속에 있는 요나의 이미지는 그것이 거둔 큰 성공을 볼 때, 사람들이 재미있어하는 전통보다 훨씬 깊은 뿌리들을 가진 것으로 보인다. 보다 더 내면적이며 보다 덜 객관적인 몽상들이 거기에 상응하고 있는 듯하다.

이 몽상들은 기실 정신분석학자들이 잘 알고 있는 성적 복부와 소화적 복부의 혼돈으로부터 온다. 이 두 가지 무의식 영역들을 좀더 분명하게 구별해보자.

요나의 이미지를 소화 관련 형태로 볼 때 그 이미지는 씹느라고 시간을 낭비하지 않고 곧장 삼켜버리는 게걸스러운 식성에 부합한다. 원초적인 무의식적 쾌감으로 부추겨진 식충이는 빨기 시절로 되돌아가는 게 아닐까. 어떤 관상가는 굴을—서구인이 산 채로 삼키는 희귀한 먹거리에 드는 생굴을—씹지 않고 삼키는 사람들의 얼굴에서 그 자취를

---

* 강조는 필자(바슐라르).

재발견할 수 있을 것이다. 요컨대 우리는 구강과 관련된 무의식의 두 단계들을 해명할 수 있을 것으로 생각된다. 그 첫번째는 삼키는 나이에 부합하고, 그 두번째는 깨물어 먹는 나이에 부합한다. 요나의 고래와 『프티 푸세(Petit Poucet)』[13]에 나오는 식인귀(食人鬼)는 이 두 단계의 이미지들에 부응한다 말할 수 있을 것이다. 먹히는 희생물에게 첫 이미지는 두번째 이미지와 비교한다면 거의 두려움을 주지 않는다. 우리가 스스로를 삼키는 자와 동일시한다면, 한 이미지에서 다른 이미지 사이에 공격성의 새로운 질서가 개입한다. 삼키는 의지는 무는 의지에 비해 볼 때 아주 미약하다. 의지에 대해, 심리학자는 역동적으로 아주 다른 이미지들 속에 있는 다른 계수들을 통합해야만 한다. 요리 자체의 준비만큼 정신심리적 채비를 할 필요성이 제기되는 모든 식도락은 그로 인해 쇄신될 것이다. 그리하여 식사가 영양가 계산에 의해서뿐만 아니라 무의식적 존재의 총체에 기여한 정확한 만족도들에 의해 평가되어야만 한다는 것을 쉽게 이해하게 될 것이다. 좋은 식사는 의식적 가치들과 무의식적 가치들을 집결하는 것이어야만 한다. 좋은 식사란 모름지기 깨물려는 의지에 바칠 질료적 희생물 외에도, 눈을 감은 채 우리가 온갖 것을 삼켰던 즐거운 시절[14]에 경의를 표할 수 있는 것도 포함해야 한다.

깨물고 삼키는 두 행위에 각각 상응하는 무의식적 차원들의 다른 점을 신화학자들이 암암리에 인정했다는 사실은 대단히 놀라운 일이다. 샤를 플루아는 다음과 같이 쓰고 있다 : "그 영웅을 삼키면서, 베다의 암소는 그것을 사라지게 하거나 보이지 않게 만든다. 우리는 틀림없이 한 신화적 사실에 면해 있는데, 왜냐하면 그 영웅은 삼켜진 것이지 뜯어 먹힌 게 아니기 때문이다. 그는 그 다음에 대단원을 위해 다시 나타난

---

13) 샤를 페로(1628~1703)가 쓴 동화의 제목인 동시에 주인공. 태어날 때부터 엄지손가락만큼 작아 그런 이름을 가지게 된다. 『엄지동자』 정도로 번역할 수 있다.
14) 특히 반쯤 눈을 감은 채 젖을 빨아 삼키던 유년기처럼.

다." 삼켜진 것이지 뜯어먹히지 않은 것, 바로 거기에 낮과 밤의 모든 신화들과 관련하여 우리가 강조할 수 있는 식별법이 있다.[15) 합리적 설명은 필경 몽상의 가치들을 고려하지 않은 채 너무 서둘러 이해하려 들 것이다. 동화 내용이 새날의 광명 속에 우리에게 영웅을 되돌려주어야 하기 때문에, 그를 조각내지 않는 것이 타당하다고 그런 설명은 말할 것이다. 그러나 왜 신화는 기적 창출을 게을리해서 타격을 초래하는지는 잘 해명되지 않는다. 사실, 뜯어먹기는 보다 의식적인 의지를 촉구한다. 삼키기는 보다 원시적인 기능이다. 바로 거기에 삼키기가 신화적인 기능인 이유가 있다.*16)

　삼켜진 자는 진정한 불행을 겪지 않으며, 반드시 비참한 사건의 노리개도 아니다. 그는 하나의 가치를 지닌다. C. G. 융은 그것을 강조한다 (『자신의 영혼을 찾아 나선 인간 L'Homme à la Découverte de son Ame』, 불역서, 344쪽) : "한 인간이 용에게 삼켜졌을 때, 거기에는 부정적인 사건만이 있는 게 아니다. 삼켜진 인물이 진정한 영웅이라면, 그는 괴수의 위 속에까지 이른다. 신화는 영웅이 자신의 무기를 가지고 고래의 위 속에 쪽배를 탄 채 도달한다고 말한다. 거기서 그는 자신의 쪽배의 잔해들을 가지고 위장 막을 찢고자 애쓴다. 그는 깊은 어둠 속에 잠기고, 열기는 머리카락을 태울 정도에 이른다. 그는 괴수의 안에서 불을 지피며 생명과 직결되는 기관인 심장이나 간에 도달하려 애쓴 끝에 검을 가지고 그것을 자른다. 이 모험들이 계속되는 동안, 고래는 서양에서 동양으로 이르는 바다를 헤엄쳤는데, 거기서 고래는 뭍에 올라 어느 해변에서 죽는다. 그 사실을 느낀 영웅은 고래의 허리를 베어 열고는 빠져나오게 된다. 바로 태양이 떠오르는 순간 출생하는 신생아처럼 말이다. 그러나 아직도 다 끝난 것이 아니다. 그가 고래를 떠난 것은 혼자가 아

---

15) 그냥 삼켜진 것은 낮의 신화에, 뜯어먹힌 것은 밤의 신화에 속한다는 뜻.
* 브레알Bréal, 『헤라클레스와 코커스(Hercules et Cacus)』, 1863년판, 157쪽.
16) 『공기와 꿈』, 앞의 책, 351쪽 참조.

니었는데, 고래 속에서 이미 돌아가신 부모와 조상들의 정령들, 그리고 또한 온 가족의 재산이었던 가축떼를 발견했기 때문이다. 영웅은 그들을 모두 바깥 광명의 세계로 다시 데리고 나온다. 모두에게 있어 이는 당연한 이치의 완전한 복원이요 쇄신이다. 고래나 용의 신화가 가진 내용은 바로 이러하다."

신화적 가치들과 무의식적 기능들을 보존하기 위해서는 사건은 간결해야 한다. 상황이 너무 많은 설화들은 신화적 가치를 상실하고 만다. 인간적으로 너무 능란한 주인공을 만드는 작가는 주인공의 우주적인 잠재 역량들을 희석시킨다. 아이들에게 얘기로 들려주는 신화들이 종종 이러한 결점을 가진다. 예컨대, 어떻게 해서 내새니얼 호손Nathaniel Hawthorne이 용과 대항하는 카드뮈스의 투쟁을 이야기하는지를 살펴보기로 하자.* 용의 주둥이는 "피로 젖은 커다란 동굴처럼 되어 있는데, 그 속 깊은 곳에는 단번에 삼켜진 마지막 희생자의 다리들이 보였다……" 괴수의 주둥이와 동굴의 이러한 비교는 우리가 동굴 이미지들을 연구함으로써 심층차원의 모든 이미지들의 상상적 동형성을 재인식하게 될 때 더 잘 이해할 수 있을 문제들을 제기한다. 그러나 어쨌든 여기에서 미국의 작가가 쓴 설화를 마저 따라가보기로 하자. 여기 영웅이 있다. 이 피에 젖은 주둥이-동굴 앞에서, "자신의 칼을 뽑아 그 추악한 심연 속으로 돌진한 것은 카드뮈스에게 한순간의 일이었다. 이 담대한 계책은 용을 이겨냈다. 실제로 카드뮈스는 용의 목구멍 아주 깊이 들어간 나머지 늘어선 끔찍한 이빨들은 카드뮈스를 물 수 없었으며 아주 작은 해도 입힐 수가 없었다." 바로 이것이 삼중으로 늘어선 이빨들 뒤편, 그 안쪽에서 공격을 당하는 괴물의 이야기이다. 카드뮈스는 "내장들을 잘게 끊어 파헤친다." 숨을 거두는 길밖에 다른 도리가 없는 괴물의 배로부터 그는 승리자가 되어 나온다. 이 동화의 프랑스어판의 삽화

---

* 내새니얼 호손,『진기한 일들에 대한 책(Le Livre des Merveilles)』2부, 불역서, 1867, 123쪽.

로 쓰인 베르탈Bertall의 판화는 이러한 관점에서 아주 재미있다.

순진무구한 용기를 표현하는 그 삽화는 모든 어린아이들을 기쁘게 한다. 그 그림은 소박하게 요나 콤플렉스의 행복한 결말을 보여주고 있는데, 가치들의 이원성이 아주 단순히 작용하도록 하면서, 삼키는 자와 삼켜지는 자 사이에 분할되는 힘의 최대치가 있는 곳을 불확실하게 처리하고 있다. 내새니얼 호손의 책은 너무 많이 설명된 신화들의 많은 다른 예들을 제공해줄 것이다. 분명한 몽상의 수많은 싹들이, 흔히 이미지들을 가지고 아이들에게 교훈을 주려는 목표를 가지는 전개 때문에 억눌려 있곤 하는 것이다.

그런데 소화와 관련된 요나의 이미지에는 우리가 간단히나마 언급하지 않을 수 없는 성적 구성요소가 흔히 따라다닌다. 그 이미지는 그래서 출생 신화들과 명백히 관계될 수 있다. 중국의 한 신(神)인 포(Fo)의 어머니는 "그를 임신하고는 흰 코끼리를 삼켰던 거라고 생각했다"라고 콜랭 드 플랑시는 말한다! 의학 연감은 정말 개인적 신화인 일화들에 흥미를 보인다. 한 젊은 처녀가 "그녀의 질 속에 계란을 넣었는데, 그것은 그 장소에서 부화의 모든 단계를 끝냈고, 그래서 그녀는 살아 있는 닭을 분만한 것 같다"라고 전하는 것은 또다시 라스파이이다. 신을 낳기 위해 코끼리 한 마리를 삼키는 전설의 여인, 달걀을 그토록 은밀하게 안으로 안으로 품는 처녀, 이 두 사실 사이에 놓인 수많은 환상의 증거물들을 모을 수 있을 것이다. 싹에 관한 입자설(入子說)은 아마도 일종의 현학적인 요나 콤플렉스일 것이다. 이 이론은 묘사 가능한 어떤 근거도 없으나, 반면 그것에 관련된 전설들을 발견하는 일은 어렵지 않다. 이와 같이 『자연 화학(Chimie naturelle)』(덩컨, 앞의 책 2부, 1687, 164쪽)이라는 제목으로 여성병들에 대해 다룬 한 저자는 다음과 같이 쓰고 있다 : "독일 신문은 임신한 채로 태어났던 한 어린 소녀에 대해 말하고 있는데, 자연주의자들에 의하면, 이는 어미 쥐의 배로부터 임신한 채 나오는 생쥐들과 같은 일이다." 이와 같은 텍스트들을 잘 살펴볼 때, 자리를 잘 잡은 요나 콤플렉스는 항상 어떤 성적 구성요소를 가진다고 확신할 수 있을 것이다.

마침, 샤를 보두앵Charles Baudouin은 요나 콤플렉스를 신생 신화에 근접시킨다. 그는 이렇게 말한다 : "영웅은 어머니의 품에 돌아가는 것으로 만족하지 않는다. 요나가 고래의 뱃속으로부터, 혹은 노아가 방주로부터 나오듯이 그는 다시금 거기서 벗어난다." 보두앵은 빅토르 위고에게서 이런 점을 주목하고 있다.* 그는 화자가 꼬마 영웅 가브로슈를 바스티유 광장에 있었던 돌 코끼리의 뱃속에서 잠자는 것으로 묘사한 『레 미제라블(Les Misérables)』의 그 이상한 대목을 인용한다. 이 도피처에서 가브로슈는 "성서에 나오는 고래 뱃속에서 요나가 겪었을 것을" 체험한다고 빅토르 위고는 말한다. 『레 미제라블』의 그 페이지를 다시 읽어보라. 하지만 아무것도 의식적으로는 이런 접근을 준비해주지 않는다. 이성적으로는 알지 못하는 이치들을 그로부터 발견할 필요가 있다. 우리는 빅토르 위고에 있어 고려해야 할 무의식적인 역력(力域)이 막대하다는 점을 곧 보게 될 것이다.

11

의식적인 삶에 있어서는 그 누구도 믿지 않지만 무의식적인 삶에 대해서는 일종의 확신을 표현하는 한 이미지[17]를 살펴보면서 우리는, 더없이 환상주의적인 비유들도 거의 자연스러운 원천들을 가진다는 것을 증명하고자 했다. 우리가 특기함에 따라 그 이미지가 확대 조명을 충분히 받은 만큼 지금 우리로서는 이미지가 여기서 전통적인 자신의 이름

---

* 샤를 보두앵, 『빅토르 위고의 정신분석(La Psychanalyse de Victor Hugo)』, 168~169쪽.
17) 요나 이미지.

이나 분명한 특성조차 가지지 않을 때라도 '숨겨진 요나들'을 추정하는 것이 어렵지 않을 것이다.

다소 지나치게 펼쳐진 이미지들, 그래서 자신들의 신비스러운 매력들을 잃은 이미지들을 진단에서 제외할 필요가 있는데, 그 결과로 문학적 정신분석은 심리학적 정신분석과 마찬가지로, 명백한 이미지가 항상 감춰진 이미지의 활력을 가리키는 기호가 되는 것은 아니라는 역설과 마주친다. 그리고 기능상, 형태의 이미지들 아래를 상상해야 하는 물질적 상상력이 심층차원의 무의식적 역력을 발견하도록 소환되는 것이 바로 여기에서다. 문예기법으로서의 면모를 가지는 듯 보이는, 장황하게 펼쳐진 이미지들 중 단 하나만 예로 들어보자. 졸라Zola는 『제르미날(Germinal)』의 도입부(1권, 파리판, 35쪽)에서 다음과 같이 썼다 : "수갱(竪坑)은 한 입에 이삼십 명의 사람들을 삼켰다. 그들이 넘어가는 것도 느끼지 못할 듯한 너무도 쉬운 한 번의 목젖 운동으로 말이다." 그 이미지는 탄광이 사회적으로 뜯어 삼키는 괴물 모습을 가진다는 주장과 함께 36, 42, 49, 82, 83쪽에 연장된다. 그리고 이 모든 이미지들은 궁극의 은유를 향해 치닫는 것처럼 보인다. 그래서 그것들은 자신들의 직접적 미덕을 상실한다.

그러니 외관상으로는 덜 단단하지만 한층 더 계시적일 수 있는 이미지들을 보기로 하자.

예컨대, 우리는 폴 클로델Paul Claudel과 같은 작가가 이미지의 내밀성의 법칙을 통해, '은밀한 요나'의 충동을 받아 지붕에서 배로 어떻게 이행하는지를 이해할 수 있다.* "지붕 만들기는, 잠자고 먹음으로써 원기를 회복하기 위해 인간이 재통합하는, 무덤[18]의 동공과 어머니의 복부[19]의 동공에 유사한 이 공동(空洞)[20]의 봉합이 완전해야 할 필요성을

---

* 폴 클로델, 『시 예술론(Art Poétique)』, 204쪽.

18) 잠자는 곳으로서의 무덤.

19) 영양을 공급받는, 먹는 곳으로서의 자궁.

느끼는 인간의 순전한 발명이다. 지금 이 공동은 살아 있는 어떤 것으로 채워진 양 가득 차 부풀어 있다." 우리는 지나는 길에 이 이미지의 거대한 종합적 특성을 강조하고자 한다. 콤플렉스들의 다가적(多價的) 특징들을 여기서 어떻게 재인식하지 않을 수 있을까? 여러 방향으로 이 이미지에 접근할 수 있다. 잘 잔다는 것일까, 잘 소화한다는 것일까? 그러나 문제가 되는 것은 그저 **지붕 만들기**였다! 이미지들의 한 선만을 따라가보자. 잘 자기 위해서는, 잘 가려져, 잘 보호되어 잠들기 위해서는, 따뜻이 잠들기 위해서는, 어머니 품보다 더 좋은 안식처는 없다. 가장 사소한 피신처가 이상적인 피신처에 대한 꿈을 부른다. 집으로 돌아가는 것, 요람으로 돌아가는 것은 가장 큰 몽상을 향한 행로이다.

편히 잠들기 위해서는 큰 집보다 작은 집이 낫고,* 어머니의 배(腹)였던 저 **완벽한 공동**이 더 나은 법이다. 클로델의 글 몇 행은 몽상가가 온전히 장악하고 있는 공동을 향한 회귀가 가지는 다가성을 만족스럽게 보여준다.

그리고 죽음에 깃들인 모성, 그 몽상성을 이해하도록 하기 위해서도 이보다 더 선명한 예를 제시할 수 있을까? 어머니의 배[21]와 석관[22]은 여기서 똑같은 이미지의 두 시제가 아니겠는가? 죽음과 잠, 그것은 깨어나야 하고 쇄신되어 다시 솟아나야 하는 한 존재의 동일한 번데기 과정이다. 죽는 것, 자는 것은 그 자신 속에 갇히는 것이다. 노엘 뷔로 Noël Bureau의 2행시가 몽상의 대로를 열 수 있음도 바로 그런 연유에서이다.

그가 죽기를 원했던 것은

---

20) 지붕을 얹어 완성하는 집.
* parva domus, magna quies.
21) 과거 시제.
22) 미래 시제.

바로 웅크리기 위해서였다네.

—『혹독한 일들(Rigueurs)』, 24쪽

어머니에 대한 집착과 죽음의 강박관념이라는 이중 기호로 특징지어지는 에드가 앨런 포와 같은 한 천재가 이를테면 죽음의 입자설을 확대 적용했다는 사실에 이제 더는 놀라지 않는다. 미라에 대한 동화에서는, 이미 붕대로 싸인 존재를 담기 위해 세 개의 관이 필요하다.

12

표현은 한층 단순하지만 여전히 의미심장한 이미지들이 있다.
예컨대 기유빅의 한 시행은 그러한 이미지의 본질을 보여준다.

……언덕 위에는
양배추들이 그 어떤 배(腹)들보다도 더 배가 부른 모습으로 있었다네.

—『물과 뭍(Terraqué)』, 43쪽

이 시행을 포함하고 있는 시편은 게다가 탄생이란 제목을 가지고 있다. 기유빅에 의해 환기된 이 지극히 단순한 이미지를 꿈꾸게 내버려둔다면, 우리는 아주 자연스럽게 양배추에서 태어난 아이들에 대한 전설을 재발견할 것이다. 그것은 정말로 하나의 전설-이미지, 그 자체로 전설을 이야기하는 이미지다. 그리고 여기서, 종종 그런 것처럼, 대상물들에 대한 이 심오한 몽상가인 기유빅은 명백한 이미지들의 몽상적 바탕을 발견한다. 우리 언어가 형태 형용사들에 의해 침범당해 있는 만큼 배부른 대상들을 보면서 대상물을 제대로 발견하기 위해서, 배(腹)를 다시 상상적으로 경험하기 위해서 때로 새삼 명상해볼 필요가 있다.

배[腹]의 이미지가 주어지자마자, 그것을 부여받게 되는 존재들은 동물성을 띠는 것처럼 보인다. 「아메르쾨르 씨(Monsieur d'Amercœur)」라는 이야기(앙리 드 레니에, 『옥 지팡이』)의 24, 25쪽을 다시 읽는다면, 선박들의 '불룩 나온 배 같은 선체들'이 선수(船首) 형상으로는 '돼지 콧등'을 불러들인다는 것을 보게 될 것이다. 선체들은 "토실토실하게 살진 불룩한 배를 가지고는…… 선수(船首)의 콧등으로부터 더러운 물줄기들을 흘리고 있다."

기 드 모파상의 작품에는 배[腹]가 많이 나오며, 그 배들이 행복한 배인 경우는 드물다. 그중에서 단 한 편의 소설 『피에르와 장(Pierre et Jean)』 속에 있는 몇 경우(106쪽)만 언급하기로 하자 : "……그리고 이 모든 고약한 냄새들은 집의 배[腹]로부터 나오는 것처럼 보였다"(100쪽) ; "밀물의 완연한 악취가 바구니(물고기 바구니*)로 가득 찬 배로부터 올라온다." 그리고 탁상시계가 어느 은근한 '요나'에 의해 활성화되는데, 그의 복화술에 의해서만 그 존재가 감지될 뿐이다(132쪽) : "탁상시계, ……그 음색은 깊고 무거운 소리로 울리는데, 마치 시계방의 이 작은 기계가 성당의 종을 삼켜버린 것 같았다."** 만약 비평가들이 우리가 무의식적 경향들을 지나치게 체계화한다고 반대한다면, 우리는 그들에게 명백한 이미지들과 함께, 묘사된 이미지들과 함께, 의식적인 이미지들과 함께, 이 마지막 이미지를 설명해보라고 요구할 것이다. 대성당의 종을 삼키는 벽난로 위의 한 탁상시계에 대한 이 꿈은 어디로부터 오는 것일까? 무의식이라는 조망 관점들을 따르는 우리로서는 모든 것

---

* 바구니의 (불룩한—옮긴이) 배[腹]라는, 의심할 여지 없이 아주 연약한 이미지로부터, 멜라네시아권에서의 '육체 개념'에 대해 모리스 렌하르트Maurice Leenhardt가 지적한 바를 결부시키는 것은 아주 흥미로울 것이다. 배[腹]와 바구니는 강력한 이미지들에 의해 연결되어 있다(렌하르트, 『도 카모 Do Kamo』, 25쪽 이하).

** 형태적인 차원에 머무르면서, 에른스트 레노Ernest Reynaud는 『보들레르』라는 책에서 루이 필립Louis-Philippe식의 문체에 대해 다음과 같이 썼다 : "배[腹]는 모든 것을 정복해 삼켰다, 하물며 괘종시계들까지도."

이 투명하다. 보다 깊은 콤플렉스가 이미지화한 형태로서 요나 콤플렉스가, 정신분석이 무의식을 탐험하면서* 이루어낼 수 있을 발견들을 선견지명처럼 간직한 이 놀라운 소설 속에서 한 역할을 수행하고 있는 것이다.

때로, 배[腹]의 이미지는 기능들을 몇 배로 배가한다. 일찍이 미노토로스는 소화하고, 타오르고, 또한 잉태하는 배를 가지고 있었다. 『오리올 산』의 복부 또한 능동적이다. 『오리올 산』의 처음에 나오는 작은 산, '로'에 대한 긴 이야기를 상기해보자. 정신분석학적인 관심 없이 책을 읽던 젊은 시절에는 이 이야기가 정말 김빠진 것처럼 보였다. 그러나 정신분석이라는 관점과 더불어 모든 것은 변한다. 오리올 영감은 돌에 구멍을 파기 위해 일 주일 내내 일한다. 그토록 오랜 노동 끝에, 이 구멍은 '거대한 바위의 빈 배'가 된다. 사람들은 이 배를 화약으로 채운다. 이 사건에 관심을 가진 그 온화한 크리스티안은 오랫동안 '폭발에 대한 생각'을 즐길 것이다. 그 폭발을 극화하기 위해 이야기는 열 페이지나 계속된다. 결과는? 하나의 샘.

천둥 소리와 함께 폭발하는 이 배는 응축되어 있던 자신의 온갖 물질들을 쏟아내며 타오르고, 억센 물줄기를 내뿜는다. 생명을 가졌던 바위로서 자신의 모든 잠재력들에 대한 의식을 갖게 되는, 바위들의 배가 아닌가. 자기 딸들 앞에 이처럼 솟아나는 오리올 영감의 물이 이롭고, 몸에 좋은 광물성이라는 사실에, 그것이 건강과 부를 가져온다는 사실에 놀랄 이유가 있는가. 이렇듯 콤플렉스의 관점에서 접근해야 할 페이지는 50쪽에 달한다. 그런 다음에야 소설은 비로소 인간 드라마를 엮어

---

* 예컨대, 소설의 첫머리에, 나중에 남자 애인으로 밝혀질 인물이 산파를 찾아 달려간다. 모파상은 이 인물이 서두르느라 모자를 착각한다고 지적한다. 그는 (상대방) 남편의 모자를 쓴다. 따라서 40쪽부터, 이 소설은 정신분석학자에게는 명백하다. 바로 이것이 19세기의 독자에게, 그리고 정신분석의 방법들에 의해 어느 정도 입문이 된 20세기 독자에게 있어 동일 미지 계수를 갖지 않는 한 텍스트의 예이다.

가는 것이다.

상상력에 대한 일반론의 관점에서 볼 때, 의식적인 가치들에 집착하고 사실적 상세함에 신경을 많이 쓰는 모파상 같은 한 근대 작가가 해묵은 주제에 대해 미처 알지 못한 채 몰두하고 있는 것을 보게 된다는 것은 흥미로운 일이다. 우리는 여기서 결과적으로 바위로부터 솟아나오는 물이라는 주제를 재발견한 것이다. 이러한 점들을 고려하면서 『성경적 민간전승론(Essais de Folklore biblique)』에서 생티브가 이 주제에 바친 부분들을 다시 읽기 바란다. 그러면 거기서 그 주제의 엄청난 중요성을 볼 수 있을 것이다.

실제 사실들만을, 잘 연결된 사실들만을 이어가려는 이야기에서 우리는 무의식적인 충동만을 공리화한다고 반박당할 것이다. 그러나 우리는 모파상 이야기의 흥미진진함이 어디에 있는지를 질문하면서 즉시 논전의 관점을 옮겨놓는다. 게다가, 묘사라는 긴 작업에 착수했던 그 순간부터 작가는 폭파된 바위로부터 몸에 좋은 샘물이 나올 것이라는 사실을 알고 있었다. 그는 자신의 무의식 속에 있는 살아 있는 이 원형에 부여했던 관심에 의해 이미 지지받았던 셈이다. 처음 읽을 때 그 이야기가 우리에게 정말 차갑고 생기 없는 듯 보인다면, 그것은 작가가 우리의 기대를 이끌어가지 않았기 때문이다. 우리는 작가의 무의식과의 완전한 동시성 속에서 소설을 읽지는 않는다. 완전한 독서, 모든 가치들을, 사실주의적인 가치들과 마찬가지로 무의식적인 가치들을 거듭 상상하는 그러한 독서에 필요 불가결한 몽상적 준비에서 이처럼 박탈당한 채로 있는 독자의 꿈에 대해 작가는 미리 꿈꾼다.

'어떤 요나'를 불러내기 위해서는 사소한 것으로 족하다. 무더운 어느 날 아주 어두운 하늘 아래, 중국 고관의 정크를 타고 나가면서, 피에르 로티(『유배에 대하여 Propos d' Exil』, 232쪽)는 "우리들 위에 물고기 등처럼 완만한 선을 그리며 길게 뻗어 있고 등뼈와 같은 그 골조를 가지고, 우리에게 어떤 짐승의 뱃속에 갇혀 있는 듯한 기분을 느끼게 하는, 아주 낮게 휘어진 지붕"에 대해 말하고 있다. "어떤 짐승의 뱃속에 갇혀 있는 듯한 기분"을 준다고 한 객관적 특징들을 하나하나 검토해 보아도, 복강 내 거주 이미지를 시작할 수 있는 그 어떤 것도 발견하지 못할 것이다. 이미지 형성에 있어서 사실적인 것이 이토록 전적으로 무기력하다는 사실은 이미지의 원천이란 다른 곳에 있다는 사실을 이해하게 하지 않는가? 이 원천은 화자의 무의식 속에 감추어져 있다. 가벼운 요나 콤플렉스는 아주 작은 구실만 있어도 전설적 이미지를 불러일으킨다. 그것은 현실에 들어맞는 이미지는 아니지만, 작가는 잡다한 인상 종합을 돕게 될, 독자 안에서 졸고 있는 어떤 이미지를 만나게 되리라는 무의식적인 신뢰를 가지고 있는 듯하다. 우리는 중국 고관의 정크를 타고 나가본 적도 없고, 짐승의 뱃속에 머무르지도 않았지만, 무의식적인 참여를 통해 몽상하는 여행자의 이미지들에 연대되는 것이다.

다른 한편 요나가 매번 이미지의 어떤 특징을 통해서 시작되는 것은 아니다. 요나는 돌연한 공포보다 더 큰 공포를 은유적으로 드러낸 것으로, 이는 심오한 무의식적 원형들에 결부된 두려움과 같다. 이와 같이 호세 에우스타시오 리베라José Eustasio Rivera의 설화, 『고무나무 숲의 지옥 속에 떨어져(Perdus dans l'Enfer des Forêts de Caoutchouc)』(『비푸르』지(誌) 8호) 속에서, "우리는 길을 잃었다"라는 표현을 읽게 된다. 이렇게 간단하고 평범한 두 어휘는, 그것들이 숲에서 말해질 때, 패주할 때의 "재주껏 도망가라"는 말과 비교조차 할 수 없는 큰 두려움이 터져 나오게 한다. 그 말을 듣는 사람의 정신 속에는, 굶주림과 절망이 사람을 잡아 삼키는 벌어진 심연의 아가리 턱 앞에 자신을 데려다놓는 듯한 숲의 영상이 스쳐 지나간다. 여기서 어떤 형태적인 특징도 정당화될 수 없다는 데 놀랄 일이다. 기실 숲은 입도 아래턱들도 갖고 있지 않다. 그럼에도 불구하고 그 이미지가 어쩌나 강한지 식인 심연을 더이상 잊을 수 없을 지경이 된다. 요나라는 원형은 워낙 근본적이기에 이처럼 아주 다양한 이미지들과 결부된다.

13

배〔腹〕의 이미지와 같이 가치 부여가 큰 이미지는 반대 가치들의 변증법적 작용에 아주 민감하다. 그래서 같은 작가에게서 놀림받는 배, 모략을 당하는 배가 동시에 등장하는 것이다.

"가마솥이라고 부르는 것을 가지고 우리 조상들은 얼마나 굉장한 환상을 만들어냈던가…… 이 가마솥으로부터, 그들은 비늘이 낀 괴기스러운 배를, 거대한 갑각류라도 만들 수 있었으리라……"(빅토르 위고, 『프랑스와 벨기에 *France et Belgique*』, 121쪽). 위고는 『정신의 사계풍(四季風, Quatre Vents de l'Esprit)』에서 또다시 말한다.

> 마시오, 잡수시오, 배를 불룩하게 하시오

그러나 다른 텍스트들 속에서 가치의 이면이 나타난다 : "배는 인간에게 굉장한 무거움이다. 그것은 매순간 영혼과 육체의 균형을 깨뜨린다. 그것은 역사를 채운다. 배는 거의 모든 죄악들에 대해 책임이 있다. 배는 악덕의 가죽부대이다"(빅토르 위고, 『윌리엄 셰익스피어 *William Shakespeare*』, 79쪽).

두 은유들의 이러한 반립을 제시하는 것으로 우리에게는 족하다. 힘들이지 않고 많은 예를 떠올릴 수 있을 것이다. 그러나 그보다는 무의식 속에 더욱 강력하게 관여된 이미지들 속에 있는 가치들의 작용을 따라가보는 것이 훨씬 더 시사적일 것이다. 상상력의 원초적 힘은 배〔腹〕를 행복하고 따뜻하고 고요한 부위로 지시한다. 그런 만큼 태생적으로 행복한 이 이미지가 장 폴 사르트르Jean-Paul Sartre의 『구토(La Nausée)』와 같이 고통으로 점철된 책 속에서 어떻게 해체되어갈 것인가를 알아보는 것은 지극히 흥미롭다. 이 책은, 의식된 인상의 지리멸렬함 속에 잠긴 주인공 로캉탱을 보여주고 있을 때라도, 무의식적인 잠재력들에 놀랍게도 성실하다는 표증을 지니고 있다. 그리하여 한 구역질하는 자를 위해서일지라도, 즉 아무것도 삼키기를 원하지 않는 존재에게도, '어떤 반(反)요나로 인하여' 고통받는 존재를 위해서라도 도처에 배[腹]가 있다. 그것이 바로 카페의 소형 장의자이다(『구토』, 130쪽) : "피에 젖은 대기 쪽으로 향한, 부풀어오른 이 거대한 배[腹](왜냐하면 그 의자는 붉은 털로 덮여 있기에)—발은 전부 죽었고 부풀어오른 이 거대한 배, 이 카페에서, 이 잿빛 하늘에서, 떠오르는 배, 그것은 소형 장의자가 아니다. 그것은 차라리, 예컨대, 물에 떠올라, 그리고 배를 공중으로 향한 채, 한 거대한 강, 범람하는 강에서, 물결 치는 대로 떠다니는 죽은 당나귀 한 마리가 될 수 있으리라. 그리고 난 그 당나귀의 배 위에 앉아 내 발을 맑은 물에 적시리라. 사물들은 그들의 이름들로부터 해방된다. 그것들은 거기, 기괴한 모습으로, 고집불통의 모습으로, 거인처럼 있으며, 또한 그것들을 소형 장의자라고 부른다면, 그리고 그것들에 대해서 무엇이라고 말을 한다면 어리석게 보이리라. 나는 이름을 붙일 수 없는 것들, 절대적인 '사물들'의 한가운데 있다."

이 이름 붙일 수 없는 것들은, 무의식에 포섭되자마자, 끝없이 한 이름을 찾는다. 소형 장의자였던 것을 어느 한순간 배라고 명명했다면, 그것은 무의식으로부터 일시적 감정의 복받침들을 배출시키기 위해서는 족했다. 폴 기욤Paul Guillaume은 사람들이 인간 육체나 동물 육체의 해부학에서 얻어진 명사들로 가장 평범한 대상물들에 괴상하게 이름을 붙인다는 사실에 주의를 환기한 바 있다. 사람들은 테이블의 다리에 대해, 프라이팬의 꼬리[23]에 대해, 소의 눈[24]에 대해 말하듯, 국의 눈알들[25]

---

23) 위의 번역은 직역이다. 프라이팬의 손잡이를 뜻한다.
24) 소의 눈이 합성명사 l'œil-de-boeuf가 되면 '둥근 창'이라는 뜻을 가진 건축 용어가 된다.

에 대해 말한다. 그러나 이 이미지들은 거의 작동하지 않는다. 그러나 무의식적인 관심들이 닿게 되는 이미지들에 있어서는 상황이 다르다. 죽은 배(腹)라는, 물을 따라 흘러 내려가는 죽은 당나귀의 배라는, 아주 드물지만, 추한 죽음을 무겁게 상징하는 그런 양상 아래에서일지라도, 그 배는 살아 있는 이미지의 기능을 한다. 그것은 중심 이미지로서의 미덕을 가진다. 그것은 거대한 잿빛 강의 중심이고, 비로 씻긴 하늘의 중심이며, 물에 잠긴 존재의 부표다. 그것은 우주를 무거운 듯 간신히 소화한다. 배는 무질서한 몽상 활동에 일관성을 주는 완전한 이미지다.

여기쯤이면 어쩌면 이미지에 대한 어떤 몽상들이 가지는 심리적 통합 작용을 이해할 수 있으리라. 만일 사르트르의 작품에 있는 몽상의 연속성을 보지 못한다면, 쥘 르나르Jules Renard 같은 작가의 시학 속에서 풍부하게 쏟아져나오는 즉흥적이고 농담적인 이미지들과 사르트르의 작품을 근접시키는 것으로 족하리라. 그러면 외면적인 형태들을 기반으로 하여 벌어지고 있는 작용은 정말이지 별로 표지가 되지 못한다는 점을 알게 될 것이다. 여기 좋은 예가 있는데, 왜냐하면 그것이 가장 단순한 것 중 하나이기 때문이다. 외적인 것만을 고려한다면, 배는 하나의 공이며, 모든 공은 하나의 배이다. 그렇게 말하는 것은 재미있다. 모든 것은 내밀성에의 밀착도에 따라 바뀐다. 통념적으로 가장 우스꽝스러운 것들, 가령 뚱뚱함·불룩함·둔함 등이 사라진다. 무표정한 표면 밑에 신비가 숙성한다. 란자 델 바스토 Lanza del Vasto는 힌두의 어떤 신에 대해 말하면서, 다음과 같이 쓴다(『원천을 향한 순례 Pèlerinage aux Sources』, 32쪽) : "코끼리들처럼, 그는 대지의 질료로서의 장중함과 지하 권능들의 어둠을 소유하고 있다. 그의 배는 크다. 그것은 지존(至尊)의 구(球)이며, 그것은 이 세상의 온갖 감춰진 보물들이 익어가고 있는 하나의 과실이다."

---

25) 위의 번역은 직역이다. 국에 떠 있는 기름기를 뜻한다.

14

요나 콤플렉스가 중첩된 이미지들로 능동적으로 작용하고 있다는 의미에서, 우리는 그 콤플렉스가 이미지의 어떤 **심층차원**을 결정할 수 있다는 것을 밝히고자 한다. 『바다의 일꾼들』[26]의 한 페이지는 이러한 관점에서 특히 계시적인데, 왜냐하면 첫 이미지들이 그 심오한 '요나'를 완벽하게 감추고 있기 때문이다.

'바다의 한 건축물 내부'라는 장에서,—그것은 파도에 의해 팬 동굴을 뜻하는데—이 동굴은 즉시 하나의 '거대한 지하실'이다. 이 지하실은 "천장이 돌로 되어 있고, 바닥이 물로 되어 있다. 동굴의 네 개의 칸막이들 사이에 촘촘하게 밀려든 조수의 결들은 떨리는 커다란 포석(鋪石)들 같아 보였다."

이 지하실에 사는 것을 통해, 그것을 채우고 있는 '젖은 빛'을 통해, 요정의 한 세상이 온전히 환기된다. 에메랄드가 차가운 '용해'를 통해 거기 살고, 남옥(藍玉)이 거기서 '진귀로운 미묘함'을 성숙시키고 있다. 환각에 사로잡힌 지이야의 눈에 실제 이미지는 이미 환상적 현실이다.

이미지들의 꿈이 시작되는 것은 바로 그때다. 지이야는 하나의 두개골 속에, 인간의 두개골 속에 있다 : "지이야 위에는 거대한 두개골 아랫부분 같아 보이는 어떤 것이 있었다. 이 두개골은 바짝 마른 듯 보였다. 궁륭 위 바위에 난 침식 자국들의 그 흘러내리는 듯한 입맥들은 나무의 섬유조직과, 두개골에 있는 레이스 같은 가는 줄처럼 보였다." 순간순간 현실의 모습을 덧입는 이미지는 여러 번 재등장한다. 다음 페이지에서는 이런 대목도 있다 : "이 지하실은 죽은 자의 거대하고 장려한 머

26) 빅토르 위고의 작품.

리통 내부의 형상을 가지고 있었다. 궁륭은 두개골이었고 아치는 입이었다. 안와(眼窩)는 텅 비어 있었다. 밀물과 썰물을 삼키고 다시 토해내는 거대한 이 입은 바깥이 정오가 되면 크게 벌려져 빛을 마시고 쓴맛은 토해내곤 했다." 그리고 그 장의 끝에는 다음과 같이 묘사되어 있다 : "궁륭은, 거의 두개골 분맥(分脈) 모양의 장식들과 신경 다발이 사방으로 뻗어 가늘게 기어가는 듯한 모습을 한 채 녹옥수의 그윽한 그림자를 드리우고 있었다."

그러니 동굴과 지하실과 두개골 이미지들의 종합은 강음 〔k〕의 삼중 주로 끝나는 듯이 보인다.[27] 그러나 샤를 보두앵이 보여준 것처럼 이마와 두개골의 신화가 위고에게 강력한 것이 사실이라 하더라도, 그것은 개별적이며, 아주 특별한, 샤를 보두앵이 잘 지적한 대로 예외 상황들에 적응하는 이미지로서의 가치를 넘어서지 않는다. 이런 이미지는 독자의 상상력의 공감을 멈추게 할 위험이 있다. 그러나 좀더 읽으면서 무의식 속으로 더욱 깊이 내려가보자, 그러면 우리는 이 동굴이, 이 지하실이, 이 두개골이 바로 하나의 배〔腹〕라는 사실을 알게 될 것이다. 여기 그 횡경막이 있다 : "바다의 박동이 이 지하실 안으로 느껴졌다. 바깥의 진동은 부풀어올랐고, 이어서 규칙적인 숨쉬기와 더불어 안쪽 물수면을 내려가게 했다. 침묵 속에 오르내리는 이 거대한 녹색 횡경막 속에 신비한 영혼이 거하는 듯 보였다."

명징한 해부학은 이 배–머리에 대해 달리 말할 수 있을 것이나, 무의식적 이미지들의 진리가 거기 표출되고, 몽상의 종합적인, 혹은 혼돈스런 잠재력들이 거기 나타나고 있는 것을 주목해야 한다. 이 지이야, 이 몽상가, 해저 동굴을 탐험한다고 생각하고, 바다의 지하실들로 내려갔다고 믿었으며, 두개골 속을 드나들었던 이 골수 공상가, 그는 실상 바

---

27) 동굴, 지하실, 두개골은 프랑스어로 각각 caverne, cave, crâne로서 모두 강격음 〔k〕로 시작된다.

다의 뱃속에 있었다! 천천히 읽어가는 독자, 자신의 책읽기를 주요 이미지의 문학적 반복에 주목함으로써 활성화할 줄 아는 독자는 여기서 작가에 의해 자신이 오도되지 않았다는 것을 이해하게 될 것이다. 궁극적 요나에 관한 몽상이 되밀려오면서 너무도 예외적인 두개골 속의 요나를 수용하도록 하고 있는 것이다.

지금, 바위의 배(腹) 깊은 곳에 끔찍한 문어가 웅크리고 있다면, 문어는 돌로 된 이 배의 정상적인 창자이며, 그 문어는 떠도는 시체들을, 해저 생명계에 떠다니는 주검들을 동화시켜야만 하는 존재다. 빅토르 위고는 "포식자는 송장 매장꾼이다"라고 말한 주네브 출신 보네Bonnet de Genève[28]의 죽음의 소화 작용 목적론에 동의한다. 대양 깊은 곳에서조차 "죽음은 매장을 요구한다." 우리는 '무덤들'이며, 배(腹)는 석관들이다. 빅토르 위고의 그 장(章)은 해저 동굴 속에서 받은 모든 인상들이 수렴하여 다음과 같은 말로 끝을 맺는다 : "그것은 흡족스러운, 절대 죽음의 알 수 없는 궁전이었다."

실컷 채워졌기 때문에 흡족하다는 것이다. 결과적으로 동굴-배의 일차적 종합은 또하나의 저 너머를 향하는 새로운 한뼘을 펼친다. 지이야는 절대 죽음의 동굴 속에, 절대 죽음의 뱃속에 있다. 사자(死者)의 머리통, 바위로 된 두개골은 매개적인 형태였을 뿐이다. 이 형태는 먼 것끼리의 비교에 잘 적용되지 않는 형태적 상상력의 모든 결함을 다 가지고 있었다. 그것은 잠수의 꿈을 중단시켰다. 그러나 내밀성의 첫 꿈들을 받아들였을 때, 맞이함의 기능 속에서 죽음을 체험하게 될 때, 그 형태는 젖가슴처럼 나타난다. 우리는 종국 지경에 처한 '이 요나'에서 죽음의 모성이라는 주제를 확인하게 되는 것이다.

---

28) 샤를 보네Charles Bonnet(1720~1793) : 스위스 주네브 출신의 철학자, 자연주의자. 자연적 단성생식을 발견했다.

인간 심연에 대해, 인간이 자신의 내면에서, 사물들 속에서 혹은 우주 속에서 느끼는 그 심연에 대해 말하는 위대한 이미지들은 동형적 이미지들이다. 그런 까닭에 그것들은 그토록 자연스럽게 서로의 은유들이다. 이 상응은 **동형**이라는 단어에 의해 아주 잘못 지시되어 보일 수 있는데, 왜냐하면 **동형적** 이미지들이 자신들의 형태를 잃어버리는 순간에야 비로소 그 상응이 이루어지기 때문이다.

그러나 이 형태 상실은 여전히 형태와 관련되며 그 상실이 형태를 설명한다. 기실, 몽상의 집 속에서 찾으려는 도피처에 대한 꿈과 모체 속으로의 복귀에 대한 꿈 사이에는, 보호에 대한 욕망이라는 동일한 욕망이 남는다. 우리는 클로델의 공식을 가교처럼 다시 발견한다[29] : 지붕은 배〔腹〕이다.* 리브몽 드새뉴는 보다 명시적으로 『여기 인간이 (Ecce Homo)』[30]에서 다음과 같이 말하고 있다.

> 그리고 방은 그들 둘레에 있다네 어떤 배처럼
> 한 괴물의 배처럼,
> 그리고 그 짐승은 그들을 벌써 소화시키고 있네,
> 영원한 심연의 바닥에서

그런데 상실한 형태들의 이 동형성은, 우리가 선택한 연구 영역으로 우리를 잘 따라오면서 형태들 아래에서 상상된 물질들을 체계적으로 살

---

29) 위의 11절 참조.

* 클로델은 또한 다음과 같이 말하고 있다(『황금 머리 *Tête d' Or*』, 14쪽) : "그리고 나는 집의 배로부터 나왔다." 이어서 "그리고 거역할 수 없는 배에게 하듯이 그녀는 명한다" (20쪽).

30) '믿음 없는 요나'로 자처한, 다다와 초현실주의적 작풍의 시인이 발표한 시집(1945). 시집 제목으로 쓰인 라틴어는 '면류관을 쓴 예수상'으로 옮길 수도 있다.

퍼보기를 원한다면, 제 온전한 의미를 찾을 수 있다.* 그때 일종의 **물질화된 휴식**, 부드럽고 부동적인 열기의 역설적 역학을 발견하게 될 것이다. 그때 어떤 심층차원의 질료가 드러날 수 있을 것이다. 그때 심층차원은 우리를 동화한다. 심층차원은 역동성에 관한 책 말미의, 무게의 심리학에 할애한 장에서[31] 우리가 그것의 성격을 규정한 바 있는, 한없이 빠져드는 심연적 심층차원과는 아주 다르다.

이 질료적인 동형성의 예 하나를 보기로 하자. 이 예에서 심층차원의 질료는 다름아닌 동굴들 속에, 복부 속에, 지하실들 속에 갇혀진 밤이다. 조에 부스케Joë Bousquet는 『미궁(Labyrinthe)』(22호, 19쪽)이라는 저널에 발표한 한 훌륭한 기사 속에서 물질적으로 활성적이며, 부식성 염기처럼 파고드는 밤에 대해 말한다. 그 밤은 또한 '염기의 밤'이고, 대지에 의해 분비된 지하의 밤이며, 생체의 내부에서 작용하는 동혈성(洞穴性)의 밤이다. 그런 맥락에서 조에 부스케는 "숨쉬는 모든 것이 내면적으로 얽매인 살아 있고 탐식적인 밤"을 환기한다. 이런 첫 언급이 있자마자, 우리는 지각 속에 형성된 이미지들의 일상 영역을 넘어섰다는 느낌을 받게 된다. 밤의 이러한 초월, 이러한 밤—현상의 저 너머를 요청할 대상은 물질적 상상력이다. 그때 우리는 조에 부스케가 말하는 대로 어둠 너머의 밤을 보기 위해 밤의 검은 장막을 들어올린다 : "다른 이들은 그저 두려움을 느끼면서 그것을 떠올릴 뿐 그것을 표현하는 어떠한 어휘도 갖고 있지 않다. 그 밤은 해체되지 않으며 공간으로부터 떠오르는 모든 것 위로 마치 움켜쥔 주먹처럼 닫힌다. 그것은 살덩이보다 먼저 있던 밤이며 인간들에게 꽃같이 벙근 이 눈(眼)을 부여한다. 그 광물적이고 매혹적인 색은 식물이나 머릿단, 바다처럼, 같은 어둠 속에 뿌리를 두고 있다."

---

* 오두막에 대한 베다 찬가 속에서 그 오두막을 배(腹)에 비유한 구절을 인용한 것이다.
31) 『대지 그리고 의지의 몽상』, 제12장.

살덩이보다 먼저, 그렇기는 하나 살덩이 속에, 더 자세히 말한다면 죽음이 부활이며, 눈(眼)이 놀란 채 새로이 꽃처럼 벙그는 저 관능적인 명부(冥府) 속에서……

범용한 시로서는 연결을 거부할 이미지들이, 이미지들 깊은 곳에서는 일종의 몽상적 통교를 통해 서로의 속으로 녹아들어간다는 것을 우리는 여러 번 강조한 바 있다. 여기서 머릿단들은 해저 동굴들의 밤을 알게 되고, 바다는 식물의 지하 꿈을 알게 된다. 심연의 밤은—더이상 천체의 어둡고 거대한 통합을 향해서가 아니라—온갖 뿌리들을 지니고 소화하는 대지인 어둠의 물질을 향해 이 모든 이미지들을 부른다. 소화 중이거나 매장하거나, 우리는 같은 초월의 행로 위에 있다. 우리는 그럴 때 말하자면 시인이 원하는 것보다 틀림없이 더 물질적으로 장 발Jean Wahl을 따라가볼 수 있을 것이다.

> 그토록 편안했던 그 낮은 바닥으로
> 살덩이 빚어진 원초적 점토에
> (……)
> 나는 깊이 빠져 들어간다네,
> 무지가 오히려 서광(曙光)인 그 미지의 나라로.
>
> —장 발,『시편들(Poèmes)』, 33쪽

조에 부스케의 페이지들은 밤의 이 육신적인 감옥을 아주 다양하게 표현하는데, 그에 비춰보면 요나는 너무도 소박하게 얘기된 이야기일 뿐이다. 시인에 대해 말하면서, 조에 부스케는 다음과 같이 쓰고 있다 : "우리의 육체와 마찬가지로 그의 육체는 다시 태어날 모든 것을 삼키는 능동적인 밤을 둘러싼다. 그러나 시인도 자기 자신이 유황 성분이 녹아드는 이 밤에 삼켜지게 내버려둔다."

이 모든 이미지들 속에 오랫동안 머무르기 원하고 또한 그것들을 서로의 내부에 천천히 흘러들도록 내버려두고자 하는 사람은, 복합된 이미지들의 범상치 않은 기쁨, 상상하는 삶의 여러 역력에 동시에 호응하는 이미지들의 범상치 않은 환희들을 알게 될 것이다. 좀더 자세히 말한다면 이미지들의 차원을 바꾸고, 현실이라는 유일 차원에 결코 만족함 없이 유기적인 것으로부터 정신적인 것으로 가는 축을 따라 양 방향으로 오르내리는 것은 현대 문학의 아주 두드러진 새로운 문학 정신의 고유한 속성이다. 그리하여 문학적 이미지는 이미지이자 사상으로 동시 작용하는 특권을 가지게 된다. 문학 이미지는 내밀한 것과 객관적인 것을 연루시킨다. 그러니 문학 이미지는 표현 문제의 바로 중심에 있다는 사실에 놀라지 말기를.

이러한 상황이니만큼 조에 부스케가 "그의 육체의 내면적 어둠이, 시인이 보고 있는 것 속에서 (시인을) 홀린다"고 말할 수 있다는 것을, 또한 보다 간결하게 시인이 '사물들 속에서 홀린다'고 말할 수 있음을 이해하게 된다. 조에 부스케는 이와 같이, 잘 성찰하여 고른 동사를 통해, 홀림에 새로운 의미를 부여하지만, 이 성찰된 동사 홀리다는 화살표가 외부를 향하도록 유지한다. 그리하여 동사는 내향성과 외향성이라는 이중 궤적을 간직한다. 그러므로 '속에 홀려들다'라고 하는 것은 상상력의 근본적인 두 흐름들을 관리하는 희귀한 공식들 중 하나다. 이미지들의 가장 외면적인 것들, 낮과 밤은 이리하여 내밀한 이미지들이 된다. 그리고 이 중요한 이미지들이 그들의 확신력을 발견하게 되는 것이 바로 이 내밀성 속에서다. 외면상으로는, 그것들은 정신들 간의 명백한 상응 수단으로 머무를 것이다.[32] 그러나 내밀성을 통한 상응은 훨씬 더 크게 가치 부여된다. 몽상의 집이나 상상된 동굴처럼, 요나는 모든 영혼에 작용력을 행사하는 데 있어 실제적 경험들을 필요로 하지 않는 상상적 원형들이다. 밤은 우리를 홀리고, 동굴과 지하실의 어둠은 어떤

---

32) 이를테면 낮은 명료한 정신에, 반대로 밤은 불명료한 정신에 상응한다는 식으로.

가슴처럼 우리를 품어안는다. 실상 한쪽만을 통해서일지라도, 인간들의 무의식 속으로 멀리 뻗어 있는 뿌리들을 가지는 이 복합적인, 그야말로 복합적인 이미지들에 닿게 되자마자, 그 울림은 아주 조그만 진동일지라도 사방으로 번진다. 우리가 이미 지적한 대로, 그리고 다른 기회가 있으면 또 반복하겠지만, 어머니의 이미지는 더없이 다양하고 가장 예기치 못한 형태 아래서도 깨어난다. 조에 부스케는 하늘의 밤과 육체의 밤의 유사 상태를 보여준 같은 기사 속에서, 자신의 고유한 이미지들을 보완하거나 완화시키는 관리의 문제를 독자에게 내맡기면서, 요나의 이미지에 이미지화되지 않은 깊음을 부여한다. 그러면서 그는 독자에게 외부적인 밤과 내밀한 밤의 동등성을 전달했다고 확신하고 있다. "(시인 속에) 거하는 살아 있는 밤은 그가 수태되었던 모성의 밤을 내면화시키는 것일 뿐. 태어날 육체는 자궁 내에 머무르던 시기에 생명이 아니라 어둠을 마시고 있었던 것이다." 그리고 지나가는 길에 말한다면 이것은 우유의 은밀한 거무레함의 이미지가 지니는 몽상적 성실성을 뒷받침하는 추가적 증거이기도 하다.

16

  여러 번 반복해서 말하지만, 몽상이 심화될 때, 우리는 마치 배(腹)가 석관이기라도 한 것처럼 요나 이미지가 무의식적 구성요소들을 갖는 것을 보았다. 이런 관련성이 서로 유난히 다른 분명한 이미지들 아래, 외관상 완전히 이성을 따른 이미지들 아래 발견될 수 있음을 보게 된다는 것은 대단히 충격적이다. 예컨대, 트로이의 목마 책략은 가장 명백하게 설명된 것에 속하지 않는가. 그러나 의혹들은 생겨난다. 그것들이 피에르 막심 슐Pierre-Maxime Schuhl의 책 속에(『플라톤의 허구 *La Fabrication platonicienne*』, 75쪽 이하) 제시되어 있음을 볼 수 있다. 트로이의 목마는 (성경의 고래처럼) 그리스인들의 선박들을 묘사하기 위한 명칭이 아니겠는가, 그리고 이 선박들은 포세이돈의 '말들'이 아니었던가? 미노타우로스와 관련한 온갖 우화들에 충격을 받은 역사가들은, 이 모든 짐승—수용장치들은 기념묘*가 아닌가 하고 자문한다. 샤를 피카르[33]는 헤로도토스에 의거하여, 어떻게 해서 미케리노스의 딸이 금박 입힌 목재로 된 암소 한 마리(하토르의 상징)[34]의 내부에서 염해졌는가를 이야기한다. "그 암소는 사이스 궁전에 켜진 등불과 향료 연기 속에서 그 시대에도 숭배되고 있었다고 한다. 크레타인들[35]은 저승에서까지도 영향력을 미치는 수호력을 부연받았던 여러 형태의 신성한 소에 대한 숭배를 계속했고, 그것을 미케네인들에게 전파했다. 이미 그리스인들은 그것을 이해하지 못했다." 그리고 이 부분을 인용하는 쉴은 트로이 목마의 전설에 유사한 해석을 내릴 수 있지 않을까 자문한다. 쉴은 "이는 군사적 책략이라기보다는 차라리 마법과 종교의 문맥에 속한다"라는 나이트W. J. V. Knight의 견해를 인용하면서, "일리온의 벽들을 보호하고 있던 주술력을 푸는 한 수단"인 것 같다고 지적한다. 우리의 목표를 위해서, 우리로서는 트로이 목마라는 의식(意識)의 모든 목적성들을 갖출 만큼 너무나도 분명한 이미지가, 새로운 심리적 설명들 속에서, 무의식 속에 잠겨 있는 이미지들에 의해 초월될 수 있는 것으로 족하다. 한편으로는 오랫동안 설명되어온 시각적 이미지, 다른 한편

---

* 샤를 피카르, 「미데아의 기념묘, 그리고 메넬라의 거상(巨像)들」(『문헌학지 Revue de Philologie』, 1933, 341~354쪽 참조).

33) Charles Picard(1883~1965) : 프랑스의 고고학자. 그리스 고고학에 대한 중요한 저서들을 남겼다.

34) Symbole hathorique 〈Hathor : 이집트의 환희와 사랑의 여신. 그리스인들에 의해 아프로디테에 동일시된다.

35) Les Minoens : 크레타인들. 미노스는 공평무사함과 현명함으로 알려진 크레타의 왕인데, 죽어서 지옥의 판정관이 된다. 당대의 크레타인들을 미노스의 사람들이라고 부르는 것은 그 때문이다.

으로는, 정의적(情意的)인 잠재력으로 풍요하고 신비스러운 내면성의 이미지를 재통합하는 정신심리적 이중어의 존재가 명확해진다.

만일 우리가 염에 관한 온갖 신화들을 다뤄볼 수 있다면, 우리는 외면적 이미지들과 내밀성의 이미지들을 연결하는 이같은 이중어들이 증식하는 것을 보게 될 것이다. 그럴 때 우리는 석관은 하나의 배이고, 배는 하나의 석관이라는 삶과 죽음의 등가성에 도달할 수 있을 것이다. 배로부터 나온다는 것은 태어나는 것이요, 석관으로부터 나온다는 것은 다시 태어나는 것이다. 예수가 무덤에 머무르듯 고래의 뱃속에서 사흘을 머무는 요나는 그러므로 부활의 이미지다.

17

모성적 절대 죽음이라는 주제와 합류하게 되면서 많은 다른 이미지들이 죽음의 요나라는 기호 아래 연구될 수 있을 것이다. 이 관점에서, 번데기라는 주제는 단독 연구될 가치가 있을 것이다.

번데기는 포장된 형태가 갖게 마련인 매력을 당연히 가지고 있다. 번데기는 일종의 동물성 과일이다.* 그러나 번데기가 애벌레와 나비의 중간 존재임을 알 때 전적으로 새로운 가치들의 한 영역이 성립된다. 그때 관념이 꿈을 불러일으킨다.

로자노프Rozanov는 『우리 시대의 묵시록(Apocalypse de notre Temps)』(불역서, 217쪽)에서 번데기 신화에 기여한 바 있다. 그에게 "애벌레, 번데기 그리고 나비는 형태적 설명이 아니라 우주 발생적 설명

---

* 『퐁텐』지에 실린 블레이크에 대한 한 논문(60호, 236쪽)에서, 우리는 스윈번의 한 아름다운 논문 번역 인용을 보게 된다 : "모성의 상징인 그것 위에, 육신을 입은 다음 세대로 태어날 인간 과일을 가두고 또 해방하는, 살로 된 감싸는 듯한 나뭇잎처럼, 번데기가 몸을 구부리며 달라붙는다."

대상이다. 형태적으로 그것들은 설명될 수 없으며, 거의 **표현 불가능하다.** 그러나 우주발생적인 관점에서는 그것들이 완전하게 이해될 수 있다. 살아 있는 것은 모두, 절대적으로, 이처럼 삶과 무덤 그리고 부활에 참여한다."

과학적인 설명과 신화적인 설명의 차이를 이보다 더 선명하게 말할 수는 없을 것이다. 어떤 학자가 모든 것을 다 묘사했다면, 매일매일 (번데기의) 변신 양상들을 다 추적했다면, 모든 것은 다 표현된 것이리라 생각할 것이다. 그러나 상징들은 달리 집중된 조명을 원한다. 신화는 대상물들이 세상에 의해 설명되기를 원한다. 한 존재의 궤적은 '삶과 무덤과 부활'을 통해 설명되어야만 한다. 로자노프가 말한 대로 "벌레의 실존 단계는 우주적 **生命**의 양상들을 형상화한다." 애벌레는 말한다 : "우리는 기고, 먹지만, 생기가 없어 움직이지 않는다." "번데기, 그것은 바로 무덤이자 죽음이며, 무덤이자 식물적 삶이며, 무덤이자 약속이다. 나비, 그것은 천상의 정기 속으로 날아오르는 영혼이며, 그것은 날고, 태양과 신의 음료밖에는 알지 못하며, 오직 꽃들의 거대한 화관 속에 파고들어 자양을 구한다." 로자노프는 '진흙과 오물'을 먹고 사는 애벌레의 '흙 먹기'를 꽃 위에서 태양의 꽃가루들을 모으는 태양적 존재, 나비의 행복에 대립시킨다.

로자노프는 같은 책(279~280쪽)에서 번데기와 미라 관련 이미지의 상호성을 오랫동안 연구한다. 미라는 참으로 인간 번데기이다. "이집트인들은 각자 번데기 상태가 되기 전에, 여느 애벌레들이 자아내는 것과 마찬가지로 길쭉하고 날씬한 고치를 준비했다." "마로니에 열매로 물들인 거친 딱딱한 껍질을 미이라 관에서 보게 되는데, 그것은 항상 단일한 연한 갈색을 띠고 있는 관이다. 그것은 석고로 된 것처럼 보인다. 그런 만큼, 그것의 물질성은 고치의 겉껍질을 상기시킨다. 왜냐하면 애벌레 몸체는 일종의 석회물을 내놓기 때문이다. 일반적으로, 이집트 식장례 의식은 애벌레의 번데기화 단계들을 따른다. 바로 거기에 한 곤충으로서의 무당벌레가 내세로의 이행의 상징이 되는 까닭이 있으며, 이 것이 가장 중요한 점이다." "이집트인들이 발견한 가장 중요한 점은, 어느 죽음 너머의 벌레가 살 미래의 삶이었다는 것이다." 이 벌레의 삶에서 지금 우리는 대지적 속성의 삶밖에는 살지 못한다. 대기적·공기적 삶은 꽃 위의 나비의 이미지를 통해서 짐작할 뿐이다. 그런데 인간을 위한 꽃들, 인간이 천상의 황금 자양을 찾게 될 그 꽃들은 어디에 있는가? 어딘가에 이러한 꽃들이 존재한다면, 로자노프는 "그것은 바로 무덤 저 너머이다"라고 말한다.*

이와 같이 이들 이미지들 속에서 무덤은 하나의 번데기이며, 그것은 바로 살(肉)이라는 흙을 먹어드는 하나의 석관이다. 미라는, 번데기의 붕대 속에 싸인 애벌레처럼, 프랑시스 퐁주Francis Ponge가 말하듯,** "진정한 폭파를 통해 깨어지고 거기로부터 균형잡힌 양 날개가 솟아오를 것이다." 번데기와 석관에 관련된 이미지들의 조그만 조각들이 이와 같이 상호 관련될 수 있다는 것은 극히 흥미롭다. 그리 될 수 있는 이유는 이 모든 이미지들이 갇힌 존재, 보호된 존재, 숨겨진 존재, 자신의 신비의 심연으로 돌아간 존재로서의 동일한 흥미의 핵을 가지고 있기 때문이다. 이 존재는 되빠져나올 것이며, 다시 태어날 것이다. 바로 거기에 이런 부활을 강력히 요구하는 이미지의 한 운명이 있다.

---

* 스트린드베리, 『지옥』, 47쪽 참조 : "고치 속에서 이뤄져가는 애벌레의 변신은 죽은 자들이 부활하는 것과 맞먹는 참된 기적이다."
** 사르트르에 의한 인용, 사르트르에 의한 이 이미지의 설명을 볼 것, 『인간과 사물들 (L' Homme et les Choses)』, 51쪽.

6장
동굴

몬테시노스 동굴에서 나오면서 돈키호테는 말한다 :
"그곳은 지옥이기는커녕 경이의 나라요.
자, 다들 앉아서 잘 들어보시오, 그리고 믿으시오."
—세르반테스, 『라 만차의 돈 키호테(Don Quichote de la Manche)』
제2부 20장

1

이 장에서는 아마 우리가 고찰하는 바의 피상적 성격이 다른 장에서 보다 더욱 두드러지게 드러날 것 같다. 그것은 우리의 조사를 스스로 한정지은 결과다. 기실 우리는 신화에 고유한 영역을 파고들려고는 하지 않는다. 만약 우리가 그런 야심을 품었다면 이 책의 각 장은 다른 방식으로 전개되면서 매우 폭넓게 개진되어야 할 터이다. 예컨대 동굴과 굴이 가진 생명력,[1] 그 모든 힘을 정확하게 가늠하기 위해서는 지하 신

---

1) 인간의 상상 세계 속에서 동굴과 굴이 커다란 중요성을 가진 존재, 고유의 신비한 생명력을 가진 존재로 자리잡고 있음을 말한다.

령에 대한 온갖 예배 의식과 지하 경당에서의 온갖 전례(典禮)를 연구해야 하리라. 그러나 그것은 우리가 할 일이 전혀 아니다. 더구나 포르피르[2]의 『님프 동굴(L'Antre des Nymphes)』이 번역된 데 이어 나온 『원시 상징과 마술 및 종교 예식에 있어서의 동굴에 관한 시론(l'Essai sur les Grottes dans les Cultes magico-religieux et dans la Symbolique primitive)』이라는 생티브 P. Saintyves의 책 속에서 그런 주제에 관한 시론적 고찰을 볼 수 있다. 비밀 의식(儀式)과 은밀한 예배, 입문 예식은 동굴을 일종의 자연 신전으로 삼는다.

데메테르,[3] 디오니소스,[4] 미트라,[5] 키벨레,[6] 아티스[7]의 동굴은 생티브가 잘 지적한 바 있는 일종의 장소의 일치[8]를 그 모든 의식에 부여하고 있다. 지하 비밀 종교는 지워버릴 수 없는 특징을 지닌다. 그러나 거듭 말하거니와 우리가 이 책에서 살펴보고자 하는 것은 이런 방향의

---

2) Porphyre : 시리아 출신의 신플라톤학파 철학자. 『피타고라스의 생애』 『플로티누스의 생애』 등의 저서를 남겼다.

3) 그리스 신화에서 경작지를 지배하는 여신. 로마 신화의 케레스. 크로노스와 레아의 딸로 밀의 풍요로운 수확을 보장해준다. 이 여신에게 드리는 예배는 영원한 삶에 대한 소망과 결부되어 있다.

4) 포도와 포도주, 황홀경을 주관하는 그리스의 신. 로마 신화에서는 바쿠스이다.

5) 소떼를 다스리는 고대 이란의 신으로 인도 미트라(마투라) 출신. '계약'을 뜻하는 이름을 가진 이 신은 종말론적 구원자로 고대 그리스 세계와 로마 세계에서 경배의 대상이 되었으며, 황소가 그를 위한 희생 제물로 이용되었다. 그래서 흔히 미트라는 챙 없는 모자를 쓴 채 황소를 죽이고 있는 모습으로 조각에 나타나곤 한다.

6) 프리기아(Phrygia)에서 그리스와 로마로 들어온 아나톨리의 여신. 자연의 재생력을 상징하며, 위대한 어머니, 위대한 여신, 신들의 어머니라는 이름으로 숭배를 받는다. 그리스인들은 올림푸스 신들의 어머니인 레아와 동일시한다. 기원전 204년에 로마에 공식적으로 전래된 그녀에 대한 숭배는 여신의 신격화된 연인인 아티스 숭배와 연관되어 있고, 동양적 성격을 띠고 있으면서 디오니소스적 예배 의식을 동반한다.

7) 프리기아가 기원인 비옥함과 풍요의 신. 젊은 목동이었던 그는 키벨레의 사랑을 받았으나 그녀에게 했던 순결 서원을 어겼거나, 혹은 이 여신의 접근을 거부함으로써 여신의 분노를 사고, 광기에 휩싸여서 자신의 몸을 상해한다. 혹자들은 아티스와 셈족의 신인 아도니스를 동일시한다.

8) 이른바 공간적 단일성.

심화 연구가 아니다. 우리는 단지 꿈을 따르면서[9] 표현된 꿈, 한결 더 정확하게 말하자면 문학적 표현을 요청하는 꿈을 뒤쫓아보고자 할 따름이다. 요컨대 우리의 조촐한 주제, 그것은 오직 문학에서의 동굴이다.

한데 주제를 이처럼 제한하는 일은 우리가 미리 강조해두려는 결과를 낳는다. 문학 이미지들에 애착을 가짐으로써 우리는 일종의 약화된 신화[10]를 떼내어 다룰 수 있을 것 같다. 그것은 기득 지식[11]과는 아무 관련이 없는 영역이다. 작가가 분명 학창 시절에 배운 것을 의식하고 있는 경우에도 문득 느닷없이 개입된 뉘앙스[12]가 전설의 활동, 말 그대로 전설적인 상상력에 작가가 개별적으로 반응하고 있음을 노정한다. 표현이 단지 새롭기만 해도 그런 일이 가능한 것이다. 표현의 쇄신, 언어의 돌연한 빛만으로도 말이다. 언어가 현실을 능가할 때 전설의 새로운 가능역(可能域)이 열리는 법. 그때 목격되는 것, 그것은 활동하는 신화다. 물론 때로는 소박하고 때로는 공교하고 언제나 매우 짧게 마련인 이 신화가 전설의 핵심에 가닿는 일은 드물다. 그래도 그것은 작가에 의해 새롭게 시도된 전설의 단편을 제공함으로써 상상력이 기도(企圖)하는 바를 연구하는 데 도움을 준다. 그때 확신과 표현 간의 새로운 관계가 생겨난다. 문학을 통하여 표현은 어떤 자율성을 지향하는 듯 보이며, 잘 만들어진 문학 이미지 주위로는 분명 가볍고 덧없는 것이긴 해도 어떤 확신이 형성되기까지 하는 듯 보인다. 더없이 공교한 펜 끝에서 그리하여 진실한 이미지가 생겨나는 것이다.

---

9) 작가들에 의해 표현된 꿈들을 검토하겠다는 뜻.

10) 지하 비밀 종교 관련 거대 주제, 신화 중에서 오직 문학적 꿈속에서의 굴이라는 주제만을 다루겠다는 겸손을 달리 말한 것.

11) 신화에 대한 학교 교육.

12) 잘 알고 있는 신화를 차용하였으되 그것을 작가 자신의 언어로 새롭게 작품 속에서 구사하였을 때 생기는 뉘앙스의 차이.

우리는 따라서 '문학적' 동굴들을 연구하여 그것들의 모든 상상적 측면들을 드러내 보이고자 한다.

그런데 이미지들을 분류할 때 우리는 여러 가지 구별을 거듭해야 할 것이다. 고찰할 이미지들을 일단 잘 고립시켜내고 나면 중간적 이미지들을 되찾는 것이 허용된다. 예를 들어, 동굴의 이미지와 지하 미궁의 이미지들 간의 구별을 우선 성립시킬 수 있다. 이 두 유형의 이미지들이 매우 자주 뒤섞이긴 해도 말이다. 양자의 차이점을 강조해 말하자면, 동굴의 이미지들은 휴식의 상상력에 관계되어 있는 한편 미궁의 이미지들은 힘겨운 운동, 불안 어린 운동의 상상력에 관련되어 있다고 말할 수 있을 것이다.

아닌 게 아니라 동굴은 사람들이 끊임없이 꿈꾸는 은신처이다. 동굴은 고요한 휴식, 보호된 휴식의 꿈에 즉각적 의미를 부여한다. 신비와 두려움 어린 어떤 입구, 그 문지방을 일단 넘고 나면 동굴에 들어선 몽상가는 그 안에서 살 수도 있을 거라고 느끼게 된다. 그 안에 몇 분만 머물러도 벌써 상상력이 그 터로 이사하는 것이다. 상상력은 그래서 두 개의 커다란 바위 사이에서는 화덕 자리를 보고, 은밀한 구석에서는 고사리 덩굴 침대를, 푸른 하늘로 향하는 창을 장식하면서 감추고 있는 늘어뜨려진 덩굴식물과 꽃들의 화환을 보게 되는 것이다. 이 자연 휘장 기능은 문학에서의 동굴, 그 수많은 표현 속에 꼬박꼬박 거듭 등장한다. 플로리안[13]의 목가에 나타난 동굴(『에스텔 Estelle』)은 '야생 포도덩굴'로 덮여 있다. 나뭇잎들로 덮여 이처럼 신비롭게 보이는, 전원에 묻힌 집의 창은 기이한 반전으로 인해 때로 동굴의 창처럼 보이기도 한다!

---

13) Jean-Pierre Claris de Florian(1755~1794) : 『우화(Fables)』(1792)로 유명.

조르주 상드George Sand의 『한 여행자의 편지 (Lettres d'un Voyageur)』에서 이러한 반전의 예를 볼 수 있을 것이다.

이런 휘장 기능은 우리가 고미다락방의 천창에 관해 말한 작은 창문의 기능과 합류한다 : 남의 눈에 띄지 않고 보기, 우리 유서 깊은 샹파뉴 지방에서 쓰는 표현처럼 벙긋 열다beuiller, faire le beuillot라는 기능 말이다. 샤를 보두앵(『빅토르 위고』, 158쪽)은 빅토르 위고에 있어서 fenêtre – naître(창 – 태어나다)라는 두 단어가 짝을 이루는 운율이 빈번함을 지적한다. 그리고 보두앵은 호기심의 욕구는 출산의 비밀을 알아내려는 욕구임을 증명한 장(章)에서 이 두 단어의 근접성을 특기해놓고 있다.

바로 나뭇잎 휘장이 때로는 동굴을 만들어내는 듯하다. 앙리 드 레니에[14]는 「아메르쾨르 씨」에서 사교계 여인이 와서 쉬는 작은 동굴에 대해 그저 다음과 같이만 묘사하고 있다 : "아래로 되휘늘어진 담쟁이 덩굴이 거기 빛을 휘장처럼 가리고 있고, 투명하면서도 초록색 어린 빛이 그곳에 감돌았다"(『옥 지팡이』, 71쪽).

동굴 입구에 관한 그 모든 상징들을 파악하기 위해서는 오랜 연구가 필요할 것이다. 문의 분명한 기능성을 동굴 입구에 부여하려고 서둘러서는 안 된다. 마송 우르셀Masson Oursel이 잘 해주었듯이(『유럽과 아시아 지방의 문에 관한 상징 Le Symbolisme eurasiatique de la Porte』, 1933년 8월 1일자 NRF), 동굴은 문 없는 거처이다. 저녁이 오면 바위를 굴려 동굴을 닫음으로써 그 안에서 편안히 잠들 거라는 식으로는 너무 성급하게 상상하지 말자. 피신처와 두려움 간의 변증적 관계는 열림[15]을 필요로 한다. 보호를 받고자 하는 것이지 갇혀버리는 것을 원하지는

---

14) Henri de Régnier(1864~1936) : 고답파와 상징주의의 미학에 영향을 받은 레니에의 시 작품에는 수줍음과 우울이 깃들여 있다. 한편 소설가로서 그는 우아하고 예스런 문체로 귀족적이고 자유로웠던 과거에 대한 향수를 표현했으며, 베르사유와 베니스의 사라진 왕정사에 대한 애정을 글로 표현했다.

않는 법이다. 인간 존재는 바깥과 안쪽의 가치를 함께 알고 있다.[16] 문은 원형이자 개념이다 : 문은 무의식적 안도감과 의식된 안도감을 합해준다. 문은 문지방의 수문장을 물질화한다. 그러나 이 모든 심오한 상징은 지금 오직 작가들의 꿈만이 가닿는 무의식 속에 묻혀 있다. 보호처로서 가지는 분명한 가치가 너무 생생하게 작용하여 모호한 가치를 발견하기 어렵다. 기실, 보호받고 있다는 느낌을 받는 즉시 거의 어김없이 거주하는 행위가 전개된다.

조르주 상드는 모든 고귀한 영혼이 그러하듯이 가난의 매력에 이끌렸던 작가이다. 그녀는 자기가 쓴 소설들 속에서 시골집에 들듯 동굴에 든다. 콘수엘로[17]의 감옥도 그래서 재빨리 '거주할 만'해진다. 부드러운 영혼을 지닌 동굴 속의 고독한 몽상가는 은밀한 사랑을 꿈꾸고 조슬랭의 시[18]를 읊조린다.

게다가 감춰진 사랑에 대한 꿈의 가치는 자연의 신비로운 처소로 우리를 데려가니, 그때 동굴은 그런 사랑을 위한 은밀한 방이다. 열정적 사랑은 몽상의 측면에서 볼 때 도회적일 수 없다. 그것은 우주적 처소를 꿈꿔야 하는 법이다. 『솔루스 아드 솔람 (Solus ad Solam)』[19]에서 다눈치오는 흥미로운 도치를 구사하며 다음과 같이 쓰고 있다(불역서 45쪽) : "나는 우리들 방에, 네가 잠수함이라 하던, 우리 서로 사랑을 나누던, 우리 기쁨 나누던, 초록 방에 들어갔지, 소금기 맺힌 동굴에 정말 들어가듯 말이야……"

바위가 약간 우묵하게 들어가기만 해도 벌써 이런 인상과 몽상을 낳

---

15) 열린 부분, 통로, 도피구.

16) 그러기에 동굴 안에 피신하고 있어도 동굴 바깥과의 소통 통로를 확보하고자 한다.

17) Consuelo : 동명의 작품 속에 나오는 여주인공. 아름다운 목소리를 가진 보헤미안으로, 광기로 뛰쳐나간 연인을 동굴 속에서 찾아낸다.

18) 낭만주의 시인 라마르틴이 1836년 발표한, 동명의 주인공을 등장시킨 시.

19) Solus ad Solam : 다눈치오의 1908년 내면일기로 1939년에 간행되었다. '고독한 자가 고독한 여인에게'라는 뜻이다.

는다. 드 세낭쿠르는 예민한 한 남자에 대해 "물 위로 비어져나온 바위 하나, 황막한 모래벌에 그림자를 드리우고 있는 나뭇가지 하나도 그에게 금방 보호처와 평화 그리고 고독의 감정을 준다"라고 쓰고 있다.*
마찬가지로 소로는 "집에서 노는 아이가" "말을 타고 노는 듯이" 굴고 있음을 보여준다 : "튀어나온 바위 하나, 보잘것없는 동굴 언저리라도 너무나 흥미롭게 대하던 어린 시절을 기억하지 못할 자 누구인가?" (『월든』). 자연 속의 사소한 은신처는 이처럼 휴식의 이미지들을 낳는 즉각적 몽상을 발생시키는 원인이 됨을 느낄 수 있다. 그리고 그림자는 곧바로 지하 은신처에 관한 이미지를 불러일으킨다. 예를 들어, 버지니아 울프의 한 소설 속에서 두 어린이가 개암나무 밑에 웅크리고 있는데, 그런 그들의 상상력에는 곧바로 한 지하 세계가 입을 벌린다(『파도 Les Vagues』, 불역서, 28쪽). 모든 은신처는 동굴이기를 원한다. 그 아이들은 말한다 : "지하 세상에 자리를 잡자구.[20] 비밀 영토를 장악하자구. 휘늘어진 개암 열매들이 한쪽으로는 그곳을 윤나고 붉게 천체처럼 비춰주고 다른 한쪽은 컴컴하지 않니…… 여긴 우리들만의 세상이라구."**
마찬가지로 제임스 스티븐스 James Stephens의 『황금 단지(Le Pot d'Or)』[21]에서 어린이들이 노는 모습을 보자 : "산사나무 아래 땅은 그들 조그만 집의 아궁이였다." 이들 예에 의거할 때 한 미미한 이미지가 근본적 이미지들을 촉발시킬 수 있음도 아울러 보게 된다. 보호처는 우리에게 세상의 장악을 암시한다. 그것[22]이 아무리 덧없는 것이라 해도 그

---

* 드 세낭쿠르, 『프리미티브 (Primitive)』, 59쪽.

20) 개암나무 아래가 실제의 지하 세계는 아니지만 아이들에게는 지하 세계로 상상된다.

** 곧바로 거주하고자 하는 이런 의지는 미지의 방에 들어서는 모파상에 의해 매우 기이하게 표현되고 있다(「달빛(Clair de Lune)」, 『우리들의 편지 Nos lettres』, 287쪽) : "내가 거기 혼자 남게 되었을 때 나는 벽·가구·집의 모든 형태를 살펴보았다. 거기에 내 정신을 안착시키기 위하여."

21) 아일랜드의 시인이자 소설가인 제임스 스티븐스(1882~1950)의 독창성이 잘 드러난 작품.

것은 안전에 대한 온갖 꿈을 낳는다.

러스킨Ruskin은 꿈에는 언제나 역량이 부족하고 일별에는 단호하다 : "자연은 인간의 필요에 종속된다고 생각한 그리스인은 바위들을 보는 데서 특정한 기쁨을 느끼는데, 바위들이 동굴을 형성할 때만 그러하다. 다른 형태로는, 특히 바위들이 비어 있거나 끝이 삐죽삐죽 돋아 있으면 그는 끔찍함을 느낀다. 그러나 바위들이 미끈하고 배허리처럼 '조각되어 있으면', 그래서 자기가 몸을 숨길 수 있는 동굴을 형성하고 있으면, 그 바위들의 존재는 참을 만한 것이다"(『현대 화가들 *Les Peintres modernes*』, 불역서, 47쪽).

인공 동굴은 자연 은둔지 상상력에 바쳐진 헌정이다. 드 세낭쿠르De Sénancour는 산 허리에 이런 동굴 하나를 팠다. 로카티 성(城)에서 벨지오조소[23] 공주는 비밀 서재를 하나 두고 있는데, 그 열쇠는 시계줄 안에 감춰져 있다. 오귀스탱 티에리에게 보내는 편지에서 그녀는 다음과 같이 쓰고 있다(86쪽) : "나는 마녀의 동굴에 있습니다. 그 동굴은 알신느[24]가 내게 가르쳐주었던 것처럼 정말 눈에 띄지 않습니다." 이처럼 동굴에서는 남의 눈에 띄지 않은 채 바깥을 볼 수 있다. 검은 구멍이 우주를 향한 안공(眼孔)인 것처럼 역설적으로 말이다. 모리스 드 게랭 Maurice de Guérin은 브르타뉴의 한 친구에게 다음과 같이 쓰고 있다 (드카오르Decahors, 논문 303쪽 재인용) : "(……) 그대 허리춤 내포(內浦)에…… 바위 한복판에 시원하고도 어두운 동굴을 파면서 내가 느낄

---

22) 보호처, 곧, 위의 예에서 볼 때 산사나무 아래 공간과 같은 오죽잖은 은신처.

23) Belgiojoso : 크리스티나 트리불지오 후작부인(1808～1871). 이탈리아의 여류 문인이자 혁명파. Risorgrimento①를 지지했다는 이유로 그녀는 파리에서 망명 생활을 할 수밖에 없었다. 파리에 있었던 그녀의 살롱은 이탈리아의 이익을 옹호하는 지지자들의 만남의 장소가 되었으며, 1848년과 1849년에 오스트리아에 대한 조국 이탈리아의 항쟁에 참여했다.

① Risorgrimento : '부흥' '부활'을 의미하는 이탈리아어. 18세기부터 시작된 이탈리아 문화의 부흥을 지칭하기 위해, 후에는 국가 통일을 이루고자 했던 문예ㆍ정치 운동을 지칭하기 위해 사용됐으며, 1815년부터 1870년까지를 가리킨다.

24) 중세 이탈리아 시인 아리오스토의 작중 인물로 꿈을 꾸게 하는 능력을 지니고 있다.

극진한 매혹감, 해신(海神)인 양 멀리 바다를 관조하며 그 동굴에 내 생명력 불어넣을 때 전해오는 그 극진한 매혹감."

한편 그들의 거처에 가능한 한 최대로 우주적 성격을 부여하면서 동굴과 집 사이의 진정한 지속성을 찾으려 하는 건축가들의 꿈들도 잘 지적해두어야 할 것이다. 앙드레 브르통[25]은 우체부 슈발Cheval이 쌓아올린 건축물[26]에서 집을 단지 동굴에뿐만 아니라 자연적 석화(石化)에 결부시키는 모든 '중심 지향적 요소들'[27]을 잘 짚어낸 바 있다.[*]

『한 어린이의 이야기(Roman d'un Enfant)』[28]의 페이지들은 동굴 이미지들의 잊을 수 없는 힘을 우리에게 이야기해준다. 병중에 있던 어린 시절의 로티를 위해 그의 형은 집안 정원 "한구석, 아주 매력적인 한 귀퉁이에, 해묵은 자두나무 아래 앙증맞은 작은 호수를 만들어주었다. 형은 그것을 파게 해서 저수조처럼 회벽도 바르고…… 그런 다음 들에서 침식되어 닳은 돌이며 이끼판들을 날라오게 해서 그 주위에 낭만적 물가, 암벽과 동굴을 만들어주었다……" 이렇듯 한 우주를 품에 안은 회복기 아이에게 그것은 얼마나 놀라운 매혹이었으랴! : "그것은 내 상

<hr />

25) André Breton (1896~1966) : 프랑스의 초현실주의 시인. 프로이트와 로트레아몽의 작품에서 많은 영향을 받았으며, 아폴리네르, 폴 엘뤼아르와 교류했다. 다다이스트 차라가 파리에 도착하면서 다다이즘에 합류했다가 곧 인연을 끊고, 1924년에 초현실주의 선언문을 발표한다. 우선 브르통은 사랑 안에서 인간의 변화를 보았다. 여성을 노래하는 시인인 그는 거의 종교적인 열정을 품고 여인을 찬양했으며, 고의적으로 궁정 연애와 에로티즘, 사디즘을 섞어놓았다(「자유로운 결합 Union libre」, 1931). 그는 초현실주의를 급진적 단절이 아니라, 상징주의와 낭만주의의 소산으로 정의하고 있다.
26) 프랑스의 한 시골 우체부 슈발(1836~1924)이 아내를 기리기 위해 1879년부터 33년 동안 일생을 두고 진귀한 돌을 주워 상상력을 다해 쌓은 성. 이상(理想)의 성이라 불리며, 드롬Drôme 도(道)의 오트리브Hauterives에 위치하고 있다. 1969년 앙드레 말로에 의해 프랑스 역사 유적으로 분류되었다. 이집트, 로마, 아즈텍, 샴 등의 건축을 연상케 하는 기이한 성으로 초현실주의 시인과 화가들을 매료시켰다.
27) 자연 동굴 내의 석순 등을 연상시키는 위 '이상의 성'의 모습과 관련된 지적.
[*] 앙드레 브르통, 『여명 (Point du Jour)』, 234쪽.
28) 피에르 로티의 작품(1890).

상력으로 품을 수 있는 더없이 그윽한 것까지도 훌쩍 넘어서는 일이었다. 형이 내게 그것이 내 것이라고 말했을 때…… 나는 결코 바닥나지 않을 듯 보이는 내면의 환희를 느꼈다. 오, 그 모든 것을 소유하다니, 그 얼마나 큰, 생각지도 못했던 행복인가! 그것을 나날이 즐길 수 있다니, 곧 닥쳐올 저 아름다운 더운 여름날들 내내!……"(78쪽)

매일?……그렇다, 그의 평생을 두고 말이다, 이미지가 가진 자연적 가치 덕분에 말이다. 이러한 소유는 결코 소유자로서의 소유가 아니다, 이것은 자연의 주인으로서의 소유다. 그때 아이는 우주적 장난감을, 자연 속의 거처를, 휴식을 위한 우묵 동굴의 원형을 선물받은 것이다. 동굴은 근본적 이미지로서의 반열에서 결코 벗어나지 않을 것이다. 로티는 말한다(80쪽) : "그것은 세상의 모퉁이로, 다른 많은 것을 사랑해보았지만 그곳에 나는 더없는 애착을 느꼈다 ; 다른 그 어떤 곳에서 느끼지 못한 평화를 거기서는 느낄 수 있었고, 쇄신감을 누렸으며, 신선한 청춘과 신생으로 거듭나는 듯했다. 그곳은 내게는 거룩한 메카였다, 그 조그만 구석자리는 말이다. 너무도 그러한 나머지 누가 나의 그곳을 헤집어놓는다면 내 생애에서 무언가 불균형이 초래되고 내 발이 땅에 닿지 않는 듯 당황한 나머지 그것이 내 끝장의 서곡인 양 보이기까지 할 정도였다." 종종 그의 그 머나먼 여로에서 로티는 그늘에 잠겨, 그 깊고 신선한 동굴을 떠올리곤 했음이 분명하다. 그는 자신의 눈으로 여행중에 실제로 보는 장관을 저 지울 수 없는 추억의 영상에 연결시키곤 했을 터이다. '조그맣게 조성한' 동굴, 기억 깊은 곳에 자리한 그 자그마하고 아득한 영상이 "나를 종종 사로잡았다. 원정[29] 중 기진하고 우울했던 시간에……" 추억들의 저 기이한 농축화 현상에 의해 로티는 동굴을 자신이 태어난 집과 연결한다, 그 안에 들어앉아 꿈꾸던 동굴이 살던 집의 진정한 원형을 이루는 것인 양. "세상을 떠돌아다니며 살던

---

29) 피에르 로티(1850~1923)는 해군 장교로 동양 원정에 자주 나서곤 했다.

그 슬픈 오랜 세월 동안, 과부가 되신 내 어머니와 클레르 숙모만이 남아 두 분 다 비슷한 검은 드레스 차림으로, 마치 무덤처럼 고적하고 고요하고 다정한 집을 거니시던 그 세월 동안, 불 지피지 않은 벽난로와 내 친숙하던 유년의 물건들이 필경 버려진 채 낡아가리란 생각에 두고 두고 가슴이 죄어오던 그 세월 동안, 나는 세월의 손길이, 겨울비가 저 동굴의 튼튼하지 못한 둥근 천장을 파괴해버리지나 않을까 무엇보다 걱정되었다. 이상한 말로 들릴지 모르지만, 거기, 이끼 낀 오래된 작은 바위들이 만일 무너져내렸다면 바로 내 삶에 도저히 손쓸 수 없는 균열이 생겨버린 것으로 느꼈을 것이다." 꿈에서, 우리가 피난처로 찾아드는 바로 그곳에서, 우리는 휴식에 관한 저 모든 상징들을 수용하는 하나의 거처를 발견한다. 우리가 몽상의 힘을 간직하고자 한다면, 우리의 꿈은 원초적 이미지들에 충실해야만 한다. 피에르 로티의 글은 우리에게 근본 이미지에 충실한 한 예를 보여준다. 공중누각이라고 비유하는 틀이 잡히지 않은 사라지기 쉬운 꿈 대신에, 동굴은 응집된 꿈이다. 공중누각과 동굴은 거주 의지(意志)에 있어서 가장 분명한 대립성을 보여준다. 다른 곳에 있다와 여기에 있다, 이 둘은 그야말로 기하학적 관점에 의해서만 표현되는 건 아니다. 거기에는 의지가 필요하다. 거주 의지는 지하 거처에서 응축되는 듯하다. 동굴은 원시인의 생각으로는 마나[30]가 응축되는 곳이라고 신화학자들은 종종 말해왔다(생티브, 『동굴에 관한 시론—포르피르의 「님프 동굴」에 이어』, 파리, 1918).

오늘날까지도 생명력을 가지는 상상력 관련 자료들에만 의거하려는 우리 연구의 기본 정신에 충실하자면, 우리는 현대적 상상력이 되찾을 수 있는 면모들만을 고려해야 한다.[31] 내밀한 힘이 응축되는 것을 느끼기 위해서는 동굴 속에 머물거나, 거기에 자주 가보거나 아니면 생각으로나마 그곳에 다시 가보는 것으로 충분하다. 이 힘은 곧 활성화된다.

---

30) 원시 종교에 있어서 비인격적 초자연력.

동굴 내부가 어떻게 다듬어져 있는지에만 관심을 갖고 묘사한 '문학적' 동굴들을 한번 떠올려보라. 로빈슨 크루소나, 쥘 베른의 『신비의 섬 (L'Ile mystérieuse)』에 나오는 난파객들의 근면한 고독을 떠올려보라. 공감을 갖고 읽는 독자는 목가적 편안함이 커져감을 함께 나누게 된다. 한편 동굴 내 살림살이, 가구의 목가성은 그 자연 처소 안에 깃들인 진정한 '마나'로 생기를 부여받고 있는 듯 보인다.

능동적 거주 방식과 수동적 거주 방식을 변증법적 역학 속에 넣어볼 때, 지하에 거처를 가꾸는 이 능동적 상상력을 더 잘 느낄 수 있으리라. 모리스 드 게랭의 기이한 표현을 보자(『초록 공책 Le Cahier vert』, 디방 출판사, 223쪽): "체념이란 떡갈나무 고목 뿌리 아래나 어떤 바위 우묵진 틈에 패 있는 두더지굴로, 오랫동안 추적당하며 달아나던 사냥감을 은닉해준다. 쫓기던 그것은 좁고 어두운 굴 입구로 얼른 들어서서는 깊은 구석에 쪼그리고 몸을 완전히 웅크린 채 심장은 두 배나 빨리 뛰는 가운데, 멀리서 들려오는 사냥꾼들의 외침과 사냥개들의 짖는 소리를 듣는다. 내 굴 안에 있는 내 모습이 바로 이렇다." 이건 바로 우수(憂愁)에 차 있는 자, 억압받고 있는 자, 체념한 자의 굴이 아닌가. 우리는 이에 관한 주제를 미궁에 관한 다음 장에서 다시 보게 될 것이다. 이미지들은 고립되지 않으며, 상상력은 반복되기를 주저하지 않는 법이니까. 동굴, 굴은 이리하여 사람들이 그저 체념해 살아가기를 받아들이는 장소처럼 보인다. 그러나 그것은 변증법의 제2항인, 일하는 굴이라는 주제를 잊어버리는 일이 아닌가!

포르피르가 묘사 내용에 주를 붙이기도 한 이타크[32]의 굴 안에서 호메로스의 다음 두 시구가 무엇을 의미하는지 사람들은 궁금하게 생각해왔다.

---

31) 원시 종교를 막 언급한 현학 혹은 일탈을 바슐라르 스스로 경계하는 말.
32) Ithaque : 이오니아 제도의 한 섬. 『오디세이아』에 율리시즈의 고향으로 등장하며, 호메로스도 거기 머물렀으리라 추정된다.

돌로 된 아주 길다란 베틀도 있으니,

님프들은 경이롭게 보이는 진홍빛 물든 천을 짜도다

필경 이 시구의 상징적 가치는 다양하리라. 그런데 우리가 직조공인
양 꿈에 좀 잠기어본다면 그 다양성은 더욱더 확대되리라. 즉 『사일러
스 마아너(Silas Marner)』[33]의 동굴-방직 작업장을 우리 안에 되살려본
다면, 어둠 속에서 직조된 진홍빛 천을 진실로 체험한다면, 돌 베틀이자
지하 베틀 위에 걸린 빛의 실을 진실로 따라간다면 말이다. 물론 목가
성이 기술과 대치되는 시대가 도래할 것이다. 다름아니라 사람들은 밝
은 작업실을 원하게 된다. 그러나 조그만 창을 가진 작업실은 능동적
굴의 이미지다. 상상력이 한 세계를 이룬다는 것을 이해하고자 한다면
이미지들에 그것들이 가진 모든 속성들을 빠짐없이 부여해야 한다. 동
굴은 휴식과 사랑의 은닉처이기도 하지만 또한 최초 산업의 요람이기
도 하다. 우리는 동굴을 고독한 작업의 산실로 자연스레 받아들인다. 우
리가 홀로 있을 때면 조그만 창을 가진 작업실에서 한층 더 능동적으로
일하리라는 것을 우리는 알게 된다. 정말 홀로 있기 위해서는 빛이 너
무 많아서는 안 되는 법. 지하 활동은 상상적 마나*의 덕을 입는다. 우리
주위로 약간의 어둠을 간직해야만 하는 법이다. 우리 자신의 일을 하기
위한 힘을 가지기 위해서는 어둠 속에 들어갈 줄 알아야 한다.

2-1[34]

---

33) 영국 여성작가 조지 엘리어트G. Eliot가 1861년 발표한 소설. 동명 주인공은 침거하며
오직 직조를 하여 돈을 저축하는 고독한 생활을 계속한다.

* Mana : 물건, 사람에 내재한다는 초자연력.

동굴 입구에서 깊이 있는 목소리에 관한 상상력, 지하에서 울려나는 음성에 대한 상상력이 활동한다. 모든 동굴은 말을 한다.

　　나는 온갖 동굴의 소리를 비교했으니,

라고 시인은 말한다.*

　　바라보는 깊은 눈길로서는 굴들은 외침이니.

　　　　　　　　　　　　　　　　　　　—빅토르 위고,
　　　　「어둠의 입이 말하는 것(Ce que dit la Bouche d'Ombre)」

　　땅 속에서 울려오는 음성, 멀고도 짓눌린 듯한 목소리를 꿈꾸는 자에게 있어 귀는 초월을, 만질 수 있고 볼 수 있는 것 너머에 있는 온전한 한 세계를 계시한다. D.H. 로렌스는 "귀는 눈으로 볼 수 있는 것보다 더 깊게 들을 수 있다"라고 쓰지 않았던가(『정신분석과 무의식 *Psychoanalysis and the Inconscious*』). 귀는 그런 즈음 밤의 감각, 특히 지하의 밤, 닫힌 밤, 심연의 밤, 죽음의 밤, 이런 밤을 탐사하는 가장 예민한 감각이다. 어두컴컴한 동굴에 혼자 있게 되자마자 진정한 침묵의 소리를 듣게 된다.

　　선택된 진실한 침묵, 종국의 밤,
　　어둠에 의해 돌에 전달된 침묵.
　　　　—장 타르디유, 『보이지 않는 증인(Le Témoin invisible)』, 14쪽

---

34) 원서에 2절이 두 번 반복되고 있어서, 우리는 뒤의 것을 2-1절로 구분해두고자 한다. 이런 문제는 『공기와 꿈』에서도 있었는데, 전쟁 직후의 출판 사정에 기인한 실수인 듯 보인다.
* 빅토르 위고, 『제세기의 전설(La Légende des Siècles)』 제3권, 헤첼, 27쪽.

그러나 문지방에서부터 이 '심연'을 곧바로 겪게 되는 것은 아니니, 동굴들은 중얼거림이나 협박으로, 신탁의 말이나 익살로 대답한다. 모든 것은 동굴에 질문을 던지는 자의 영혼 상태에 달려 있다. 동굴들은 더없이 민감한 메아리들을 전달한다, 겁 많은 메아리의 감도(感度)를. 지리학자들은 동굴 속에 울리는 경이로운 메아리에 따라 동굴들의 목록을 만들어두기까지 했다. 그들은 모든 것을 형태를 통해 설명한다. 폭군 디오니시오스[35]의 귀라는 이름이 붙은 시라쿠스 근처 라토미 동굴[36]은, 사람들이 말하길 마치 이도(耳道)처럼 둘러싸여 있다고 한다 : "동굴 깊은 곳에서 낮은 목소리로 나누는 말들도 동굴 입구에서 아주 분명하게 반복해 울린다. 손에 넣고 구기는 종이는 더할 나위 없이 격렬한 바람 소리를 낸다. 화총 발사 소리는 급기야 이 천장 아래서는 천둥소리에 맞먹는다." 동굴 위쪽으로 달린 도관 덕분에 디오니시오스는 라토미에 갇힌 희생자들의 호소하는 소리며 저주하는 소리를 들었다고 한다. 이처럼 역사학자들과 지리학자들은 동일한 실증적 사고를 보이고 있다. 후자들은 이도(耳道)를 묘사하고 전자들은 보청기 용도에 대해 생각한다. 인생을 현실성 있게 연구한다고 믿으면서 그들은 한 상상적 존재의 화석을 연구하고 있는 것이다.

그런데 어둠의 입은 아직도 말한다. 그리고 라토미의 소리지르는 괴물 없이도 생생한 상상력 속에서의 그 반향을 인지할 수 있다. 하잘것없는 작은 동굴이라도 반향에 대한 몽상의 구비구비를 우리에게 제공하리라. 이런 몽상들 속에서 신탁은 하나의 자연 현상이다라고 말할 수 있으리라. 그것은 동굴에 관한 상상력의 현상이다. 이 현상은 그 미세한 부

---

35) 디오니시오스 1세 Dionysios I(BC 430~367) : 기원전 405년 전쟁의 위기를 이용 전제 군주가 되어 잔인한 군사 독재를 자행했다.
36) Latomie : 기원전 413년에 있었던 시칠리아 원정에 실패한 아테네인들이 갇혀 있었던 시라쿠스의 야외 채석장. 나중에 로마의 시칠리아 지방 총독이 그곳을 감옥으로 썼다.
37) 신화에서만 그러한 것이 아니라.

분에 있어서 오늘날까지도 여전히 살아 있다.[37] 예컨대, 지하에서 들려오는 음성이 권위적이라는 원리나 무서움을 주려는 의지 등은 우리 시골에서의 삶의 전통이 이어오는 바를 심리학자로서 추적해보노라면 이해가 갈 것이다. 자녀와 산책하는 아버지는 동굴 입구에서 마구 음성을 부풀린다. 잠시 겁을 먹었던 아이는 곧 아빠를 따라 그 놀이를 재현한다. 그러면서 아이는 이제 무서움의 힘을 알게 된다. 두려움이라는 것이 그야말로 순간적일지라도 그것은 거의 언제나 어떤 인식의 원천에 자리하고 있다. 이제 아이는 무섭게 하는 힘의 주인이다. 그는 풋내기 친구 앞에서 놀면서 그 힘을 사용하게 될 것이다. 분명 아주 조그만 신탁들이 거기에 있지만 신화학자들은 이 미약하고 덧없는 '심리주의 psychologisme'에 거의 주의를 기울이지 않는다. 그렇지만 이런 일상사에 있어서의 사소한 현상들을 죄다 잊어버린다면, 산과 들에서의 생활에 관련된 이 소박한 이미지들을 다 잊어버린다면, 충족되지 못한 영혼들에 미치는 신화의 영향을 어떻게 가늠할 수 있겠는가?

한편, 작가들은 별로 진솔하지 않으나 필경 무의식적 이유를 가진 공포에 주목하기를 거부하지 않는다. 『여행의 인상, 스위스편(Impression de Voyage, En Suisse)』제1권 78쪽에서 뒤마는 이렇게 쓰고 있다 : "놀란 곰이 소굴 최후의 깊은 곳으로 처박히며 지르는 소리처럼 동굴이 으르렁 울부짖는다. 인간의 목소리가 가닿지 않았을 법한 장소에서 그 목소리가 전하는 큰 반향 속에는 무언가 겁을 주는 것이 있다." 동굴 안에, 폭풍우 속에서처럼, 으르렁거리는 곰의 포효가 있다. 친숙한 것은 아니지만 그것은 더없이 자연스런 자연의 분노로 들린다.

상상하기 좋아하는 이는 지하의 메아리를 향해 말할 것이다. 그는 질문하고 대답하기를 스스로 배울 것이고 차츰 그는 신탁에 있어서의 나 그리고 너의 심리를 이해하게 될 것이다. 어떻게 답변들이 질문에 들어맞듯 화응하게 되는 것일까? 그것은, 말하는 것이 자연의 음성일 때 인식에 의해서보다는 상상력에 의해서 듣게 되기 때문이다. 대자연이 인간을 따라할 때 대자연은 상상된 인간성을 모방하는 법이다.

쿠메[38]의 시빌라[39]는 "황홀경에 빠진 가운데 어떤 개울에서 나는 소리나 지하의 바람 소리를 해석했다"고 노르베르 카스테레[40]는 전한다.[*] 뿐만 아니라 "이 예언들은 책으로 아홉 권에 달하며, 거만한 타르퀴니우스[41] 왕에서부터 알라리크[42]에 의한 로마 포위 때까지 그 도시에서 7세기 동안이나 간직되며 참고되어왔다" 한다. 사람들은 로마 정치의 지속성에 대해 곧잘 말한다. 결국 신탁에 의한 정치적 맥은 적어도 무의식적 연계성을 지속의 담보로 여긴다. 정치에 있어서 이런 지속성은 어떤 위대한 관리들, 인내심 있는 특정 징세관의 지혜를 높이 사는 자에게는 실례가 되겠지만 다른 것만한 가치를 지니고 있다. 이러한 정치적 지속성은 분명한 이유가 결코 결여되지 않은 무의식적 선택에 의해 종종 이루어지는 것이다. 하지만 그것은 또다른 이야기이고, 우리는 개인이 꾸는 몽상으로 제한한 우리 연구의 틀을 벗어나지 말아야겠다. 계곡 아래 홀로 고립되어 위력적 동굴을 향해 말을 건넨 적이 있는 몽상가라면 누구나 신탁의 특정 기능이 지닌 직접성도 깨닫게 되리라. 우리의 지적이 모순으로 보이겠지만 그것은 자연적으로 사는 것이, 자연 속에서 고독하게 꿈꾸는 것이 모순인 세상이 되고 말았기 때문이다. 교육을 통

---

38) 이탈리아의 고도(古都).

39) 그리스·로마 시대에 신들린 상태로 예언을 전했던 여자 예언자들. 특히 쿠메의 시빌라가 유명하다.

40) Norbert Casteret (1897~1987): 프랑스의 동굴 탐험가. 2천 개 이상의 동굴과 심연을 탐험했으며, 지하 모험에 관한 수많은 저작을 남겼다.

* 노르베르 카스테레, 『심연에서 (Au Fond des Gouffres)』, 197쪽.

41) Tarquin le Superbe : 라틴어로는 Lucius Tarquinius Superbus. 기원전 534년부터 기원전 509년까지 로마를 다스렸던 로마의 일곱번째이자 마지막 왕. 의붓아버지 세르비우스 툴리우스를 살해한 후에 왕좌에 올랐던 그는 군사력에 의존해서 로마를 다스릴 수밖에 없었다. 그는 세르비우스의 법을 폐지하긴 했지만, 선왕들이 시작한 큰 공사들을 마무리했고, 라틴 민족들을 정복했다.

42) Alaric : Alaric 1세. 서고트의 왕(395~410)으로 두 차례 로마를 점거했다.

해 오히려 사람들은 어린이들을 우주적 몽상에서 격리시켜버린다. 신탁에 관해서도 교육받은 어린이는 우선 그것의 해석에 대해 알고 있다. 이성적이고 사회적인 것 안에서 드러나는 내용 말이다. 역사적 고고학은 심리적 고고학을 무시한다. 하긴 심리학자 자신들마저도, 위대한 이미지와 사상의 핵이 형성되는 바탕인 몽상의 원초적 모호성[43]에 대해 관심이 없는 계제이기에 놀랄 일도 없는 처지이지만 말이다.

대지의 소리는 자음이다. 모음들은 다른 원소들에 결부된다. 특히 공기라는 원소에, 부드럽게 살짝 열린 행복한 입술에서 숨결과 함께 조성되는 모음이 결부된다. 에네르기 가득한 말, 진노의 말은 대지의 진동, 바위에 의한 메아리, 동굴을 울리는 소리를 필요로 한다. 동굴에서 들려오는 듯한 낮은 목소리는 동굴이 반향시키는 데 따라 체득되고 깊어간다.[44] 의지적 음성의 가치를 체계화할 수 있을 때 우리 인간들은 자연 전체를 모방하기를 원하고 있음을 이해하게 될 것이다. 바위 갈라지는 듯한 소리, 동굴 울리는 듯한 소리, 으르렁거리는 소리들은 대지의 소리다. 미슐레Michelet가 말하듯(『인류의 성서 *La Bible de l'Humanité*』, 383쪽) 예언자를 만드는 것은 힘든 말이다. 심연에서 울려나오는 소리들은 모호한 나머지 예언적이기 때문이다.

하긴, 그런 측면에서도 인공적인 것[45]에 호소하는 경우가 있는 듯하다. 스타엘 부인Mme de Staël은 이렇게 쓰고 있다(『독일론 *De l'Allemagne*』, 제1부, 1장) : "종종 독일 대공(大公)들의 멋진 정원 한가운데 꽃으로 둘러싸인 동굴 근처에 바람에 울리는 자명금[46]이 걸려 있다, 바람이 대기 속으로 음과 향을 모두 함께 퍼뜨릴 수 있도록." 동굴은 여

---

43) la nébuleuse primitive des rêves라는 말로 바슐라르는 여기서 성운의 이미지를 떠올리고 있다. 마치 우주 발생을 가져올 은하계와 우주 발생과의 관계처럼.

44) 산중 동굴에서 동굴의 영향력에 주의하면서 풍부한 성량 조절 훈련을 하는 연기자 소리꾼들을 생각해볼 것.

45) 뒤의 예문에 나올, 입구에 자명금까지 걸려 있는, 인공으로 조성된 정원 안의 인공 동굴.

46) 아이올로스 금(琴).

기서 그저 하나의 울림통 공명기이다. 그러나 소리가 낭랑히 울려퍼지는 진짜 동굴 문턱에서 꿈에 젖어본 적 있기에, 사람들은 바람 소리를 증폭해줄 것을 인공 동굴에 요청하는 것이다.

산에 있는 동굴들에 능동적 역할을 부여하기를 원한 바 있는 현학적인 저 모든 몽상들도 환기해야 할 것이다. 이런 동굴을 허파 삼아 산이 호흡한다. 지하에서 부는 바람은 위대한 대지의 존재가 호흡하고 있음을 말해준다.

3

깊은 동굴 앞에서, 굴 문턱에서 몽상가는 망설인다. 그는 우선 검은 구멍을 바라본다. 그러면 동굴은 눈에는 눈이라는 식으로 제 검은 눈알로 몽상가를 응시한다. 굴은 외눈 거인[47]의 안구다. 빅토르 위고의 작품은 동굴과 굴의 이 시커먼 영상에 대한 무수한 예를 보여준다. 이 시에서 저 시로 시선들은 서로 교차한다.

오 오랫적 동굴이여, 근심 앞에서 그대 찌푸리니……
—위고, 『온 현금(Toute la Lyre)』 1권, 121쪽

나는 꿈꾼다. 나는 동굴의 응시하는 눈알이다.
—위고, 『사티로스(Le Satyre)』,[48] 23쪽*

---

47) 그리스 신화의 외눈 거인 키클로페스.
48) 반은 사람 반은 짐승의 몸을 가진 숲의 신.
* 쥘리앵 그린Julien Green은 『자정(子正, Minuit)』(49쪽)에서 다음과 같이 쓰고 있다 : "열 살 먹은 여행객은…… 동굴 문턱에서 어떤 시선이 번득이고 있음을 알고 있다." 한편 피에르 로티는 "우리가 서로 멀어질수록 지하로 난 검은 구멍이 죽음의 눈길인 양 우리를 따라오는 듯이 느껴졌다"(『이스파한을 향하여 Vers Ispahan』, 128쪽)라고 쓰고 있다.

분명, 이미지의 현실성을 때로는 인간 안에 때로는 우주 안에 위치시키는 이러한 도치의 유희에 사람들은 익숙해져 있다. 그러나 상상력의 역학을 구성하는 것은 바로 이러한 도치의 유희 그 자체임을 사람들은 충분히 주목하지 않는다.

바로 이런 유희에 의해 우리의 심리는 생기를 얻는다. 이 도치의 유희는 주체와 우주라는 철학적 두 항을 전환하기도 하는 일종의 총체적 은유를 이룬다.

바로 이러한 전환을 더없이 세미한 이미지, 그야말로 덧없는 이미지, 최대한 덜 묘사적인 이미지상에서 체험해야만 한다. 그것이 '동굴의 시선'이라는 이미지다. 어떻게 이 단순한 검은 구멍이 깊은 시선이라는 유효한 이미지를 허락할 수 있는가? 그렇게 되기 위해서는 대지에 관한 일군의 몽상이 필요하다. 심연적 암흑에 관한 명상, 질료 없는 흑암, 아니면 적어도 자신의 깊이 외의 질료를 가지지 않은 암흑에 대해 명상해보았어야 한다. 자연의 이미지를 파악하기 위한 노력을 할 때, 피카소Picasso에 대해 말할 때의 기욤 아폴리네르Guillaume Apollinaire를 보다 잘 음미하게 된다(『입체파 화가들 Les Peintres cubistes』) : "…… 동굴 속의 빛인 양 어둡고 낮게 깔린 그의 빛." 눈에는 눈이라고, 바로 그 심연의 영역에서 동굴의 빛은 깊은 눈길을 한 화가를 응시하고 있다는 인상을 받게 된다. 그런데 바로 기욤 아폴리네르는 "피카소는 심연의 거대한 빛에 친숙해졌다"라고도 쓰고 있다.

보려는 모든 욕구는 동굴의 집요한 시선에서 확인된다. 힘이 들어간 안구는 벌써 위협적인 한 심연이다. 『파리의 노트르담(Notre-Dame de Paris)』에서 '절대적 시선'의 시인인 위고는 이렇게 쓰고 있다 : "아주 우묵한 눈썹 궁륭 아래 번쩍이는 그 눈알은 깊은 굴 속에서 번득이는 빛과 같았다."

동굴 안에서는 검음이 '빛을 발하는 것' 같다. 사실적 관점에서는 분

석을 불허할 이미지들이 검은 시선에 관한 상상력에 의해서는 수용된
다. 그러기에 버지니아 울프는 다음과 같이 말하지 않았던가(『파도 *Les
Vagues*』, 불역서, 17쪽) : "새들의 눈이 나뭇잎으로 된 동굴 깊은 곳에서
번들거리고 있다." 검은 대지의 구멍 안에 살아 있는 눈알 하나는 우리
에게 굉장한 감동을 불러일으킨다. 조세핀 존슨[49]은 이렇게 말하고 있
다(『11월 *Novembre*』, 불역서, 75쪽) : "바라보렴…… 그래 나는 줄무늬
올빼미의 차갑게 노려보는 시선을 느낀다. 그것은 새끼들이었다. 그들
의 눈은 돌 같았다. 나는 터질 듯한 감동을 받았다……" 이 올빼미의
눈알 안에는 오래된 담벼락의 검은 구멍이 응시하고 있지 않은가.[50]

4

　공포의 동굴과 경이의 동굴로 상상력에 의해 그 특징이 강조된 동굴
들의 분류는 지하 세계에 관련된 모든 이미지들의 양가성을 확증해주
기에 충분한 변증적 관계를 제공할 것이다. 동굴 문턱에서부터 공포와
경이의 혼합을, 들어가고 싶은 욕망과 들어가자니 두려운 공포를 느끼
지 않는가. 바로 여기서 문턱은 심각한 결정처로서의 가치를 지닌다.
　이 근본적 양가성은 문학 고유의 가치인, 훨씬 더 많고 섬세한 가치
의 유희로 전이된다. 다른 사람들에게는 차가운 알레고리로 남아 있을
작품 여러 페이지가 어떤 영혼에 있어서는 생생하게 느껴지게끔 하는
것은 바로 그러한 가치들이다. 낭만적 동굴이 바로 그러하다. 경멸적 독
서[51]는 이야기에서 바로 그러한 것들을 뽑아내버리고 만다. 그러나 낭

---

49) Joséphine Johnson (1910~) : 미국의 소설가. 그녀는 바슐라르가 방금 말한 작품이기도
　한 소설 『11월(Now in November)』(1934)로 퓰리처 상을 받았을 뿐 아니라, 오 헨리 기념
　단편소설상을 수상하기도 했다.
50) 줄무늬 옷을 입은 올빼미의 황갈색 몸이 오래된 담벼락을 연상시킨다.

만적 풍경에 그 의미와 기능을 부여하는 것이 왕왕 동굴이거늘. 루드비히 티에크[52]에 관해 로버트 민더Robert Minder가 세운 아름다운 논지에서 빌려온 예 하나만 들어보기로 하자. 티에크적 동굴은 풍경이 가지는 낭만적 경이를 고유한 방식으로 구현하고 있음을 보게 된다(250쪽) : "티에크에 있어서 동굴은 가장 빈번하게 한 풍경의 극점, 숲과 산들을 파고들어 깊은 곳에서 만나게 되는 가장 신비한 은신처다. 동굴은 여직 반은 경이롭고 반은 현실적인 티에크적 풍경을 확연히 경이로운 도형 위로 편입시킨다. 이런 신비로운 동굴을 찾아 나서는 일은 언제나 마음속에 잠재하는 향수를 시적으로 표현한다. 어린아이가 벌써 상실하고 아쉬워하는 최초의 낙원에 대한 향수 말이다. 동굴 안으로 파고들면서 주인공들은 자기네들이 아주 오래 전부터 품어왔던 소원이 이루어진 것을 느끼게 된다. 요컨대 티에크에게 시적 세계 전체가 때로 경이의 동굴 하나와 일치하는 것이다." 인간 운명을 엮어내는 우주적 동굴과 경이의 동굴에 관한 모든 신화를 시인은 이처럼 본능적으로 재발견하는 것이다. 그러기에 로버트 민더는 알베르 베갱Albert Béguin이 번역한 티에크의 이 시를 적절히 인용하고 있다(『황금 잔 La Coupe d' Or』).

멀리, 숲 덤불에 감춰진 채,
오랫동안 잊혀진 동굴이 하나 있네
입구를 알아볼 수 있을까 말까 할 정도로
그 굴은 여태 담쟁이 덩굴에 깊이 파묻혀 있네

붉은 야생 패랭이꽃들이 그 위로 덮여 있고
안쪽에는 가볍고 기이하며,

---

51) 섬세한 가치의 유회를 무시하는 책읽기.
52) Ludwig Tieck(1773~1853) : 슐레겔 F. von Schlegel의 영향을 받은 독일 낭만주의 작가. 음악적 서정성과 아이러니의 기교, 중세를 주제로 한 작품들로 유명하다.

때로 격렬해졌다가 가라앉는
소리들이 부드러운 음악처럼……

아니, 갇힌 짐승들이 조심스레 신음한달까,
그곳은 유년 시절의 경이로운 동굴
그 문을 여는 일이 시인에게 허락되기를

　붉은 패랭이꽃들과 경이에 찬 어린 시절의 저 아득한 추억들에 의해
뒤덮여 감추어지고, 리아나와 담쟁이 덩굴 숲 뒤에 숨어 있는, 동굴의
심연에 대한 이 이중의 조망을 잘 가늠해보기 바란다. 그러면 동굴은
진정 심연으로서의 풍경, 낭만적 풍경에 필수 불가결한 우묵한 깊이의
풍경임을 이해할 수 있을 것이다. 로버트 민더는 바로 경이의 동굴로
돌아간다는 것은 어머니로의 회귀, 멀리멀리 떠났다가 과오와 불행을 짊
어진 채 돌아오는 탕아의 귀향임을 샤를 보두앵이 어렵지 않게 증명하
였다는 점도 적절히 환기하고 있다.

5

　이리하여, 동굴의 몽상가에게 동굴은 집보다 더한 존재로서, 목소리
로, 시선으로, 숨결로 우리 존재에 화응해오는 한 존재다. 그것은 또한
하나의 우주이다. 생티브는 "제4기[53]의 동굴은 그 지붕은 하늘을, 바닥
은 지구 전체를 나타내는 전 우주의 압축체"로 볼 수 있지 않을까 하고
자문하고 있다(47쪽). 아울러 어떤 동굴이 "우주의 이미지를 반영할 어
떤 건축 규칙에 따라 굴착되고 또 정지(整地)되었던 점"은 매우 있을

---

53) 지질학에서 최근 약 100만 년 동안을 가리킴.

법한 일로 그는 보고 있다(48쪽). 어쨌든, 새삼스런 논의가 불필요하다
면서 아주 자주 끌어대는 유용성의 동기는 선사시대에 있어서 동굴과
혈거가 가지는 역할을 이해하는 데 충분하지 않다. 동굴은 여전히 경이
로운 장소로 남는다. 그리고 그것이 모든 인간의 무의식 속에서 활동하
는 한 원형으로 늘 자리하고 있다는 사실에 놀라서는 안 된다.

생티브는 또한 동굴이 일종의 우주적 모태였다는 원시 신화의 예들
을 제시한다. 어떤 신화들에 따르면 바로 동굴에서 달과 태양, 모든 생
물체가 나왔다는 것이다. 특히 동굴은 인류 발생의 모태이다. 페루의 한
신화에는 '생산의 집'이라 불리는 동굴이 있다(52쪽). 생티브는 신명기
(申命記)를 인용한다(32장).[54]

> 바위에서 흘러내리는 꿀을 먹이시며
> 돌틈에서 흘러내리는 기름을 마시게 해주셨다.
> (……)
> 너는 너를 살려주신 반석을 우습게 여겼다.

이사야서 한 구절에서는 바위에서 태어나고 조상에서 태어난다는, 이
미지와 현실의 내향 삼투 현상을 볼 수 있기도 하다. "너희들이 나온
바위를 보라. 너희들이 끌어져나온 동굴을 보라. 너희들의 조상 아브라
함을 보라."[55] 위대한 꿈의 산물인 모든 글의 경우가 그러하듯이 이런
텍스트는 그 명백한 상징주의 속에서 소화하거나 혹은 깊은 몽상적 현
실 속에서 재체험해볼 수 있다. 여러 방면에서 동굴은 알에 관한 몽상,
번데기의 고요한 수면 상태에 대한 온갖 몽상을 아울러 허락한다. 동굴
은 일상 존재의 무덤으로서, 그 무덤 안에서 대지적 수면을 취한 덕분
에 생기를 얻고 매일 아침 다시 거기로부터 나오는 것이다.

---

54) 13절과 15절.
55) 이사야 51장 1절.

생티브는 철학자들의 상징 체계에 현실적 구성 요소들을 재도입하려고 애썼다. 그에게 플라톤의 동굴 신화는 단순한 알레고리가 아니다. 동굴은 하나의 우주이다.* 철학자는 지성의 고행을 조언한다. 그런데 바로 이런 고행은 통상 '입문의 우주적 동굴' 안에서 이뤄지는 법이다. 입문은 바로 꿈과 사념의 통과 지역 안에서 일어나는 바, 동굴은 대낮의 햇살이 지하의 어둠과 뒤섞이는 무대이다.

동굴 안에는 꿈으로 가득한 빛이 넘치고, 벽 위로 드리워진 그림자는 꿈에서 본 영상에 쉬 비유된다. 피에르 막심 슐은 플라톤의 **동굴의 신화**에 있어서 보다 감춰져 있고 보다 오랜 무의식적 가치들을 마침 환기하고 있다. 고전적 설명이야 신화를 단순한 알레고리로 해석하는 데 있지만, 그럼 동굴에 갇힌 죄수들이 단순한 그림자 놀이에 걸려드는 데 놀라지 않겠는가. 신화는 다른 깊이를 가진다. 몽상가는 **동굴**의 가치에 연대되어 있다. 그런 가치들은 무의식 속에서 현실성을 가진다. 그러니 문헌들을 단지 알레고리로만 읽는다면, 글의 분명한 부분에만 곧바로 매달린다면, 글을 완전히 연구하는 것이 되지 못한다.

프루지루스키Przyluski에 따르면, 동굴 안에서 "아마도 신비로의 입문 때 올리던 것과 같은 종교적 의식의 일부를 이루는" 광경을 플라톤이 그린 것 같다는 것이다.** 이런 무의식적 공명은 철학적 성찰의 측면에서 보면 무가치하다. 하지만 철학이 만약 자신의 직관을 믿기를 다시 시작한다면 그것은[56] 보다 많은 값어치를 가지게 될 것이다.

그러나 빛의 기하학적 유희는 분명한 사상과 심오한 이미지 사이에서 흔들린다. 그러한 두 가지 심적 역력을 하나로 잇는 것이 바로 문학

---

* 괴테의 『파우스트』 제2편에서 합창대는 포르키아스에게 말한다 : "그대는 마치 이 동굴들 안에 한 세상, 숲과 들판과 개울과 호수의 공간이 있는 듯 행동하는구려."
** 슐, 『플라톤적 상상력의 발동(La Fabulation platonicienne)』, 59~60쪽 참조. 슐은 마레트 R. R. Marrett의 동굴 숭배에 관한 어느 기사를 언급하고 있다.
56) 이런 무의식적 공명성.

적 몽상이다.

때로 노출되어 있다는 사실로 인하여 낮에 동굴 안에 태양이 든다. 그런 때의 동굴은 자연적 해시계[57]가 된다. 정확하게 말해 D. H. 로렌스의 콩트 속에서 달아나는 아마존 여전사의 희생 시간을 지정하는 것이 동굴 안쪽에 진정한 예식인 양 햇볕이 스며드는 시간으로 그려져 있음은 기이한 일이다. 각별한 종교적 잔혹으로 점철되어 있고 상상적 의미로 가득한 콩트인데, 책을 읽어 영향을 받은 것으로는 보이지 않는다. 동굴은 태양을 기다린다.

지하 묘당에 관한 시, 지하 예배소 안에서의 명상과 기도 등은 고전적 고찰의 대상이 될 수 있을 것이다. 우리는 단지 꿈의 한 방향만을, 지하 묘당에서 동굴을 발견하는 그런 방향, 보들레르의 시 「전생(前生, La Vie antérieure)」이 의미하는 바와 같이 무의식 속에 깊이 잠겨드는 그런 방향만을 주목한다. '넓은 주랑'이 있는 신전 안에서 :

그 거대하고 장엄하며 곧바른 기둥들은,
저녁이면 현무암 동굴과 같아지기를

시인은 무의식의 묘당이자 묘당의 무의식, 원초적 꿈, 전생을 재발견한다.

우리는 이 장 앞부분에서 동굴을 방문하는 이들은 누구나 그 동굴을 나름대로 거주 공간으로 삼고 싶어한다는 것[58]을 말한 바 있다. 그런데 우리를 원초적 단순성으로 되돌려주는 반대적 몽상이 있다. 인간에 의해 건축된 건물은 그때 꿈에 의하여 자연으로 돌아간다. 그것[59]은 D. H. 로렌스가 "완벽한 자궁"이라 말하듯 자연적 자궁이 된다. 지나가는

---

57) gnomon : 지시침(指時針). 고대인들이 태양의 고도를 재기 위해 수직으로 세워놓은 기둥 또는 작대기.
58) 원시 자연 동굴을 인간적 처소로 꾸미고 싶어하는 욕구.
59) 인간이 건축한 건물.

하루의 인상을 더없이 멀고 먼 인간의 과거에 결부시키고 있는 이 위대한 몽상가의 글 한 대목을 살펴보기로 하자.

링컨 대성당 앞 광장 위, 소설 『무지개(Arc-en-ciel)』의 한 주인공은 이처럼 무의식의 그늘 자락 입구에 서 있다(불역서, 160쪽) : "그는 현관에, 발견하게 될 드러나지 않은 것들의 가장자리에, 경이에 사로잡힌 채서 있었다. 그는 돌로 된 아름다운 입구를 올려다보았다. 그는 이제 이 완벽한 자궁 안으로 곧 들어가려는 찰나였다."

그늘 자락으로 가득한 성당 내부는 거대한 알처럼 보이며, 몽상가는 그 깊은 영향을 다시 체험하게 될 것이다. '거대한 어두운 공간' 속에서 떨리는 그의 영혼은 '그 둥우리에서 일어서고', "그의 영혼은 어둠 속으로 솟아올라 그 속에 사로잡혔다. 그는 어지러움을 느꼈고 그 위대한 탈출에 정신이 아찔하기까지 했다. 그의 영혼은 자궁 속 그 풍요한 정적과 어둠 속에서 마치 황홀하게 탄생하는 씨앗처럼 전율했다."

이는 우리를 지하의 삶으로, 지하로의 '하강'을 원하는 삶으로 데려가는 기이한 엑스터시가 아닌가.

이 완벽한 자궁 안에서 그림자는 더이상 떨리지 않으니, 생동감 넘치는 빛으로도 동요되지 않는다. 완벽한 자궁은 닫혀 있는 한 세계로서, 어둠의 질료들이 상호 작용하는 우주적 동굴이다. "여기, 지금 이 어스름 빛은 생명의 정수 바로 그것이었고, 채색의 어둠, 모든 빛과 날의 태아였던 것이다. 여기서 첫 새벽이 열렸고 여기서 석양의 마지막 잔영도 기울었다. 삶이 펼쳐졌다가 이윽고 이우는 아득한 어두움이 평화롭고도 심오한 태고의 정적을 메아리치고 있었다."

이러한 몽상의 흐름을 따라가는 독자는 자신이 이제 건설된 세상, 지혜를 다해 세워올린 신전 안에 더이상 있지 않음을 느낀다. 그런 독자는 이제 가장 근본적인 양가성, 삶과 죽음이라는 양가성 속에서 체험되는 그림자라는 물질 속에 있는 것이다. 로렌스가 '발아(發芽)의 어둠'과 '죽음의 어둠'을 일체화(161쪽)한 것도 바로 이 완전한 동굴 그늘 속에서의 일이다. 이처럼 그는 수면(睡眠)의 저 놀라운 통합, 휴식이자 성장인, '살아 있는 죽음'인 잠의 대통합을 발견한다. 로렌스의 작품 속에서 너무나 강렬한, 발아에 대한 신비주의는 여기서 지하에서의 잠에 대한 신비주의이며, 무의식의 서정(抒情)에 의해서만 파악될 수 있는 반(半)생명, 부재적 삶에 관한 신비 사상이다. 왕왕 지성과 좋은 취향의 이름으로 사람들은 몽상가가 누리는 이런 서정적 생명력을 반박한다. 매우 이지적인 사람들이 수면의 진실, 완벽한 동굴 속에서 씨앗처럼 '한 세계의 원소적 비밀'을 빨아들이며 생장하는 무의식의 힘을 표현하는 데 종종 무력하다는 사실은 매우 흥미로운 일이다.

형태에서 멀리 떠나, 차원(次元)의 문제를 멀리 떠나, 어둠 속으로 조금만이라도 향하노라면, 집이며 복부, 동굴, 알, 씨앗의 이미지들은 동일한 깊은 이미지를 향해 필연적으로 수렴해드는 것을 알 수 있게 된다. 우리가 무의식을 파고드노라면, 이 이미지들은 차츰 개체성을 상실하고 완벽한 동굴(穴)로서의 무의식적 가치를 수용하고 있음을 보게 되는 것이다.

우리가 이미 여러 번 주목을 요청한 것처럼, 심연의 이미지들은 언제나 동일한 관심들을 극대화한다. 앙리 드 레니에가 주인공 아메르쾨르 씨를 끌어들이는 기이한 거처, 집이자 동굴이며 미로 같은 다양한 인상을 주는 그 거처지 속에 여인이 군림한다 : "그녀는 지하의 위험한 길 입구에 핀 꽃처럼 보였다. 그녀는 영혼들이 빠져들, 피안을 향해 열린 틈처럼 보였다……" 이처럼 우주의 모든 이미지들은—동굴도 그것의 하나이지만—하나의 심리학을 제시한다. 하여 앙리 드 레니에는 심연 이미지들이 대종합을 이루는 다음과 같은 글을 남기고 있다 : "나는 마법의 소용돌이 동혈을 갈망했다."*

이처럼 다양한 이미지들을 집결하는 데는 적잖이 거북함도 느끼게

---

* 앙리 드 레니에, 『옥 지팡이』, 60쪽.

마련임도 말해두기로 하자. 이같은 곤란함 안에서 혜안을 가진 언어학자들이 지적하게 마련인 심연의 금기를 볼 수 있을 듯하다. J. 방드리에스 J. Vendryès는 심연을 표현하는 단어들이 오랫동안 더할 나위 없이, 폄하적인 표지를 지녔다는 것을 주목한 바 있다. 일종의 언어적 두려움이 우리가 말하는 것을 생각할 때 우리를 멈춰 세우는 것이다. 동굴 입구에서 대지의 '창자' 속으로 들어가고 있노라고 생각할 때 말이다.

이 장 전체를 통하여 우리는 작가들의 붓끝에 자연스레 와닿은 문학적 이미지들에 특히 의지하면서, 자연스런 몽상의 선상에서, 논지 전개를 이어가고자 했다. 그러지 않고 종교의 역사에 관한 것을 들먹였더라면 일은 아마 더 쉬웠을 것이다. 동굴의 신에 관한 자료는 넘쳐나니까.* 하지만 우리는 동굴·구멍·우묵자리·혈거가 인간을 각별한 몽상으로 초대한다는 것을 증명하고자 하는 만큼, 몽상가가 흔히 꿈꾸는 영역에서 완전히 벗어나 있는 전승에 대해 검토하느라고 우리 논증을 지나치게 번잡하게 해서는 안 된다.

게다가 구성적인 무의식에 관한 하나의 이론을 만약 정립할 수 있다고 한다면, 고고학자들에게 이미지들의 특정한 혼효[60]를 지지해주기를 요청할 수 있을 것이다. 동굴은 하나의 거처다. 더없이 분명한 이미지가 아닌가. 그러나 대지적 꿈이 부르고 있다는 사실 바로 그것으로 이 거처는 최초의 거처인 동시에 최후의 거처가 된다. 그리하여 굴이라는 거처는 모성과 죽음의 이미지가 된다. 동굴에 묻힘은 모태를 향한 회귀이다. 동굴은 자연의 묘지, 대지—어머니가 마련해놓은 무덤이다. 이런 모든 꿈들이 우리 안에 깃들여 있으니, 고고학이 이런 점들을 고려하면 좋을 것이다. 그러면 '제우스의 무덤'을 언급하는 것이 좀 덜 역설적으로 보일 것이다.[61] '역설적' 이라는 이 단어는 사람이 종교적 삶의 모든

---

* 예를 들어 로드Rohde, 『프시케 (Psyché)』, A. 레몽에 의한 불역서, 93쪽 이하.

60) 이를테면 이하 예를 들고 있듯이 동굴은 죽음과 생명의 거처가 된다는 고고학적 논증.

61) 이하 로드의 인용문에 나온 '역설적' 이라는 말의 사용을 바슐라르는 꼬집고 있다.

현실에 아주 개방적이라 하더라도 어쨌든 전설을 논리의 빛 아래 놓고 따지고 있음을 증거한다. 로드는 말한다 : "크레타의 제우스 무덤에 대한 전설 속에서, 영원히 살아 있는 신의 영속적 거주지로 그저 동굴을 대신하는 '무덤'은 이 신이 불가결하게도 이 장소에 결부되어 있다는 것을 의미하는 역설적 표현[62]임은 명백하다. 이 점은 델프에 있는 한 신의 무덤과 관련되는, 앞의 예에 못지 않게 역설적인 전승을 자연스레 생각나게 한다. 가장 오래된 무덤을 연상시키는 둥근 지붕 형태의 건축물인 아폴로 신전 안, 대지의 여신 배꼽돌(옴파로스) 아래, 더없이 진지한 증언에 의하면 아폴론의 적(敵)인 피톤[63]일 것이라는 신적 존재가 묻혀 있다……" 어떤 숭배 사상이 어떤 특별한 장소에 이처럼 뿌리박고 있음은 역사가 연구 대상으로 삼음직한 관심거리가 된다. 그런데 이런 뿌리박음이 언제나 한갓 은유로 남는 것은 아니다. 그런 만큼 이미지들의 통합에 왜 각별한 주의를 기울이지 않겠는가? 대지의 여신의 배꼽 아래 누운 피톤은 삶과 죽음의 다가적 종합을 이루고 있지 않은가?[64]

그러니 전설과 숭배 예식, 제식을 자연스런 몽상의 방향에서 연구해야 할 필요성을 인지할 수 있다. 게다가, 전설이 무의식의 즉각적 동의[65]를 얻지 못한다면 과연 실제로 어디에 전해져내려올 수 있겠는가? 무의식에 의해, 겉보기에는 역설 같은 점을 누그러뜨리는 어떤 진실성, 있음직함의 질서가 성립된다. 그런 즈음 삶과 죽음이라는 극단적 변증법은 어떤 통합적 상태를 지향하며 가려진다. 수의에 싸여 매장된 영웅은

---

62) 영원 불멸하기에 무덤이 필요 없을 신의 무덤이라는 역설.

63) Python : 그리스어로 Puthôn. 아폴론이 신탁을 내리려고 파르나스 산에 왔을 때, 그 산 기슭에서 아폴론이 죽인 전설의 뱀. 전설에 따르면, 헤라의 요구대로 대지Gaïa에서 태어난 피톤은 아폴론의 어머니인 레토를 괴롭히는 임무를 맡고 있었다. 아폴론은 그 뱀을 죽여서 어머니의 원수를 갚았다 한다.

64) 묻힌 피톤이 죽음만을 말하고 있는 것이 아니라, 여신의 '배꼽'에 연대되어 새 삶을 향해 열려 있는 것으로 상상된다는 뜻.

65) 전설을 구전하는 사람들의 무의식적 동의.

대지의 복부 속에서 느릿하고도 잠으로 가득한, 그러나 영원한 삶을 살아가는 것이다.[66)]

우리가 뱀에 관한, 이 책의 다른 장에서 정리하고자 하는 다른 대지적 이미지의 계열을 택하여 살펴보더라도, 매장된 영웅을 뱀으로 왕왕 변형시키는 새로운 통합을 새삼 놀라지 않고도 납득하게 될 것이다. 그러기에 로드는 말한다(113쪽) : "이 신전의 지하 깊은 묘실 안에, 대지의 다른 정령들과 마찬가지로, 에렉테우스[67)]는 뱀의 형상으로 영원히 살아 거하고 있다." 이처럼 이미지들이 품고 있는 일종의 운명성이 대지적 존재들에게 영원을 부여한다. 전설 속에서 뱀은 장수하는 특권을 누리는데, 그것은 우로보로스(제 꼬리를 물고 있는 뱀)의 분명한 상징에 의해서 그러할 뿐만 아니라, 물질적 차원에서보다 질료적으로 더욱 그러함을 우리는 나중에 살펴보게 될 것이다.

이처럼 동굴은 한층 대지적으로 깊어가는 꿈을 차곡차곡 수용한다. 동굴 속에 거주함은 대지적 몽상을 시작하는 일이며, 모성적 대지의 바로 그 가슴속에서 대지의 생명력과 함께하는 일이다.

---

66) 삶에 대치된 죽음에 처해 있는 것이라기보다는.
67) 아테네 시의 성립과 관련된 영웅. 가이아와 헤파이스토스의 아들인 에리크토니오스와 동일시되기도 한다

7장
미궁

벽들의 무게가 모든 문을 닫아버린다.
─폴 엘뤼아르, 『중단되지 않은 시(Poésie ininterrompue)』

1

미궁 개념에 대해 완전한 연구를 하자면 아주 다른 문제들을 검토해야 할 것이다. 왜냐하면 이 개념은 깨어 있는 삶뿐만 아니라 밤의 삶에까지 미치는 문제이기 때문이다. 그런데 명료한 삶이 우리에게 가르쳐주는 모든 것은 깊은 몽상적 현실들을 당연하다는 듯이 가려버린다. 여러 갈래 길이 나 있는 시골 들판에서 제 갈 길을 찾지 못하는 여행객의 당혹, 대도시에서 길을 잃은 한 초행길 방문객의 곤경 등은 꿈에서 만나는 미궁이 주는 온갖 공포에 정서적 질료를 제공하고 있는 듯 보인다. 이런 관점에서 보자면 곤란감을 강하게만 해도 불안감이 생겨날 것이다. 조금만 더 그렇게 해도, 쥐의 행동을 연구하기 위해 억지로 격벽을 세워 '미궁'을 만드는 심리학자처럼 우리들이 밤에 겪는 미궁의 설계 도면을 갖게 될 것이다. 그런데 언제나 지성화라는 이상을 따르면서 많은 고고학자들은 자기네들이 다이달로스의 건축물 설계도를 다시 발견한다면, 전설을 이해하는 데 도움을 줄 수 있을 거라고 여전히 생각하고 있다. 그러나 사실에 대한 연구가 아무리 유용하다 하더라도, 심리학적 고고학이 없는 한 좋은 역사학적 고고학은 있을 수 없다. 모든 분명한 작품에는 한 점 그늘 자락[1]이 깃들여 있게 마련인 것이다.

미궁 체험의 원천은 그러므로 감춰져 있으며 이 체험이 안겨주는 감동은 깊고 원초적이다: "길을 가로막고 있는 감동을 뛰어넘는다"(르베르디, 『대부분의 시간 Plupart du Temps』, 323쪽). 여기서도 형태 상상력 이전에, 미궁의 도형학 이전에, 각별히 역동적 상상력과 물질적 상상력을 위치시켜야 한다. 꿈속에서 우리는 때로 미궁적 물질, 늘어남으로써, 제 좁은 길에서 행방을 잃기도 하면서 살아가는 물질이다. 그러니 분명한 의식(意識)이 겪는 곤경 이전에 무의식의 동요를 위치시켜야 한다. 우리가 만약 미궁이 주는 공포를 겪은 적이 없다면, 우리는 갈 길을 못 찾는다 해서 모퉁이 길에서 신경이 마르는 일이 없게 될 것이다. 모든 미궁은 무의식적 차원을 가지는데, 우리는 그 성격을 밝혀야 한다. 모든 당혹은 불안 어린 차원을, 심연을 가진다. 지하와 미궁에 관한 그토록 무수하고 또 그토록 단조로운 이미지들이 우리에게 드러내주어야 하는 것은 바로 이 불안 어린 차원이다.

워낙 특별하기에, 간단히 말하자면 미궁적 잠이라고 부를 수 있는 그런 수면중에 체험된 미궁의 꿈은 깊은 인상들이 어떤 규칙을 가지고 '연결'된 것임을 우선 알아두자. 이 미궁의 꿈은 C. G. 융에 의해 환기된 원형들의 좋은 예를 제공한다. 로베르 드주아유는 바로 이 원형 개념을 분명히 한 바 있다. 그는 원형을 단순하고 유일한 이미지로 생각

---

1) 꿈과 몽상의 자락.

해버리면 원형을 제대로 이해하지 못하게 될 것이라고 말한다. 원형이란 오히려 "특정한 상황, 달리 말해 한 개인에게 각별한 것이 아니라 모든 사람에게 관련될 수 있는 계제 앞에서의 인간의 해묵은 경험을 압축하는……" '일련의' 이미지다. 어두운 숲속이나 컴컴한 동굴 안에서 헤매며 길을 잃어버리는 일, 이런 일들이 바로 특정한 상황으로, 정신이 더없이 명료하게 활동하는 가운데, 무수한 많은 이미지와 은유를 제공한다. 비록 현대 삶 속에서 실제 이런 경험은 매우 희귀하기는 하지만 말이다. 숲을 그리도 사랑하는 나는 그 안에서 길을 잃어본 기억이 없다.[2] 사람들은 결코 길을 잃어버린 적 없으면서도 길을 잃어버릴까 두려워하는 법이다.

그런데 얼마나 신기한 언어의 구체적 표현이 우리로 하여금 너무도 다른 두 가지 경험을 표현하는 데 같은 단어를 사용하게끔 하는지 모른다. 어떤 물건을 잃어버린다고도 하고, 우리 자신이 스스로를 잃어(길을 잃어) 버린다고도 말하지 않는가![3] 어떤 각별한 단어들이 정신적 복합성의 무게를 지니고 있음을 그 어떤 경우에서 더 잘 볼 수 있으랴? 잃어버린 존재의 관점을 우리에게 말해줄 자 누구인가? 그것은 반지인가, 행복인가, 아니면 활력인가? 한데 그것이 반지이고 또 행복이고 또 활력일 때 그 어떤 정신심리적 상황일런가! 마찬가지로 미궁 속의 인간

---

2) 바슐라르 개인적 정서와 경험의 고백 부분.

3) '길을 잃다' 라는 표현은 프랑스어에서 인간 주어가 가진 동사의 목적어로 길이 등장하지 않고 재귀적 대명사로 '자기 자신을 잃어버리다' 로 직역될 수 있는 표현, se perdre로 성립된다.

* 소설 『아메리카(L'Amérique)』 서두에서 카프카는 잃어버린 물건과 길 잃은 방문객의 이러한 상호 얽힘을 보여주고 있다. 방문객은 놓고 온 우산을 찾느라고 트렁크를 잃어버리고 대서양 횡단 여객선의 복부(腹部), '방향이 끊임없이 바뀌는' 복도들 속에서 길을 잃는다. 그리고 또 그 여행객은 아메리카에 내리자마자 그를 사회적으로 점점 더 복잡한 상황으로 몰고가게 될 미궁 같은 삶을 시작한다. 모든 실제적인 고통은 불행의 눈사태가 된다. 폴 자파르Paul Jaffard의 기사, 「카프카의 의미(Signification de Kafka)」, 『코네트르(Connaître)』지 7호 참조.

은 길 잃은 자 안에 응결된 주어이자 목적어다.* 우리가 미궁의 꿈을 통해 다시 체험하는 것은 바로 이 길 잃은 자의 특징적 상황이다. 길을 잃다는 것은 그것이 초래하는 모든 심적 동요와 더불어 볼 때 명약관화하게 고풍스런 상황이다. 구체적이건 추상적이건 조금이라도 일이 복잡해지면 인간 존재는 다시 이러한 상황에 처하게 된다. 조르주 상드는 "어둡고 단조로운 곳을 걷노라면 나는 나 자신에게 질문을 던지고 스스로와 다투곤 한다……"라고 말한다(『라 다니엘라 *La Daniella*』, 제1권, 234쪽). 그와 반대로 어떤 사람들은 유난히 발달한 방향 감각을 지녔다고 으스대기도 한다. 그들은 그것들을 아마도 어떤 양면성을 감추는 유치한 자부심거리로 삼고 있는 듯하다.

요컨대 밤에 꾸는 꿈에서 우리는 무의식적으로 우리의 선조 여행객들의 삶을 거듭 산다. 사람에게 있어서 '모든 것은 길이다'라고들 해왔다. 원형들 중에서 가장 오래된 원형에 의거해 말한다면 사람에게 있어모든 것은 잃어버린 길이다, 라고 덧붙여야 하리라. 무의식적인 모든 행로에 길을 잃은 느낌을 일관성 있게 부여함은 미궁이라는 원형을 다시만나게 되는 일이다. 꿈속에서 어렵사리 걸어가는 일은 길 잃음이며 길잃은 자의 불행을 체험하는 것이다. 이리하여 힘든 길이라는 이런 단순한 요소 위에 온갖 불행의 종합이 이루어진다. 정밀하게 분석해본다면우리는 사소한 구비만 있어도 길을 잃고 또 길이 조금만 좁아져도 가슴이 조여지게 마련이라는 것을 느낄 것이다. 잠의 지하실 안에서 우리는 언제나 기지개를 켠다, 맥없이, 아니면 고통스럽게.

분명한 이미지들을 고려하면 어떤 역동적 종합상을 더욱 잘 이해할수 있을 것이다. 깨어 있는 삶 속에서, 긴 협로를 따라가든가 아니면 여러 교차로에 처하는 일은 어떤 점에서는 상호 보족적인 두 가지 불안을 결정한다. 하나에 의해서 다른 하나의 불안으로부터 벗어날 수 있을정도다. 이 좁은 길로 접어들어보자, 그러면 적어도 망설임은 그만둘 수있을 것이다. 길의 교차로로 돌아와보라, 그러면 적어도 유혹에 이끌리지 않겠는가. 그러나 미궁에 대한 이 두 가지 불안을 전체화하고, 꿈꾸는 이는 기이한 망설임을 겪게 되니 그는 외길 한가운데서 망설이게 되는 것이다.[4] 그는 망설이는 질료, 망설임으로써 존속하는 질료가 된다. 미궁의 꿈이라는 종합은 고통스런 과거의 고뇌와 불행한 미래에 대한 걱정을 종합하는 듯이 보인다. 인간 존재는 닫혀버린 과거와 막혀버린 미래 사이에 갇힌 것이다. 그는 길에서 감금당한 것이다. 급기야 미궁의 꿈이 주는 기이한 숙명성이 닥친다 : 사람들은 그 속에서 때로 같은 지점으로 되돌아오곤 한다. 그러나 방향을 바꾸는 경우는 결코 없다.

그러니 이때의 삶은 끌려다니고 신음하는 삶이다. 이미지들의 역동적 성격을 통해 그런 삶의 이미지들을 밝혀야 한다. 아니 보다 잘 말하자면 힘겨운 운동이 충돌한 이미지들을 어떻게 낳게 되는지를 밝혀야 한다. 우리는 그것들 중 몇 가지를 떼어서 보고자 한다. 그런 다음 트로포니우스[5]의 동굴처럼 동굴들을 둘러싼 신화들에 관해 고찰한 몇 가지를 제시하고자 한다. 그리고 끝으로, 꿈의 경험과 명료한 삶의 체험들이 서로 연결되는 이 중간 지대에 다소간 조명을 밝혀보고자 한다. 바로 그런 곳이야말로 우리에게 각별한 흥미를 주는 문학적 이미지들이 형성되는 곳이다.

2

사람들은 악몽을 흔히 잠자는 사람의 가슴을 짓누르는 무게로 생각해왔다. 꿈꾸는 이는 무게에 짓눌려 자신을 가위누르는 그 무게 밑에서

---

4) 갈래길에서 망설이는 것이 아니라.

5) Trophonius(Trophonios) : 보이오티아의 건축가, 영웅. 전승에 따르면, 그는 델포이에 있는 아폴론의 첫 신전뿐만 아니라 포세이돈 신전과 그 밖의 다른 고대 건축물들도 축조했다고 한다. 그는 지하로 향한 틈 안에 있던 신탁에 마음대로 접근할 수 있었다.

허우적댄다. 물론, 고전적 정신분석은 분명한 체험에 바탕을 둔 자신의 실증주의에 온전히 의거하여 이때 내리누르는 오브제가 무엇인지를 찾으려 한다 : 자는 사람이 덮고 있는 깃털 이불인가 아니면 담요인가? 아니면 채 다 삭이지 못하고 잠든 '무거운' 음식인가? 저녁에 고기를 먹지 말라고 하는 위생학자는 무거운 음식이란 묵직하게 걸리는 소화 장애 증상의 은유일 뿐임을 잊고 있다.[6] 소화해낼 줄 알고 소화하기를 좋아하는 기관은 이런 '무거움'으로 결코 고통받지 않았다 : 무척 다행한 일이지만 가득 찬 채로 곤히 잠드는 위(胃)도 있는 법이다.

그런 만큼 꿈의 유인(誘因)은 거의 중요하지 않다. 인상들을 수용하는 방향에서가 아니라 꿈이 이미지들을 어떻게 생산하는가에 의해 꿈을 고려해야 하는 것이다. 왜냐하면 바로 꿈속에서는 진정 인상의 수용이라 말할 만한 것이 없기 때문이다. 미궁의 꿈은 이 연구에 매우 유리하다. 왜냐하면 꿈의 역학이 그 이미지 생산에 부응하기 때문이다. 그런데 미궁이란 이런 생산의 이야기 바로 그것이다. 그것은 몽상적으로 전형성을 가진다. 미궁은 길어지고 녹아내리고 또 굽어지는 사건들로 이루어진다. 그리하여 몽상 속의 미궁은 각(角)이 없다. 그것은 꿈꾸는 이를 마치 꿈꾸는 질료인 양 이끌어들이는 구부러짐, 깊은 굴절로 되어 있을 뿐이다.*

그러니 다시 한번 더 말하지만 꿈을 이해하고자 하는 심리학자는 주어와 목적어의 역(逆)을 실현해야 한다. 즉 통과하는 길이 좁기 때문에 꿈꾸는 이가 좁은 길에 끼이는 것이 아니라 꿈꾸는 이가 두려움을 갖고 있기에 그는 길이 좁아드는 것으로 느끼는 것이다. 꿈꾸는 이는 정도의 차

---

6) '무거운' 음식이 따로 있는 것이 아니라 답답한 소화 장애 때문에 다른 것과 같은 음식을 무겁다고 여기게 된다는 뜻.

* 여러 가지 특성상, 깊은 지속의 직관, 깊이 속에서 체험된 계속되는 지속에 대한 직관은 미궁적 지속에 대한 해명이다. 내밀성에 의해 가치를 부여받는 이 직관은 보통 기하학적 묘사에 관한 무관심을 동반한다. 내적으로 어떤 지속을 체험한다는 것은 깊은 묵상 속에서 그 지속을 체험한다는 것이다. 눈을 반쯤 감거나 다 감고 위대한 꿈속에 벌써 잠겨드는 것이다.

이는 있지만 어쨌든 분명한 이미지를 모호하면서도 깊은 몽상에 맞추는 것이다. 이리하여 꿈속에서 미궁은 보았던 것도 예견되었던 것도 아니다. 그것은 결코 길에 대한 조망으로는 제시되지 않는다.[7] 그것을 보기 위해서는 그것을 체험해야 한다. 꿈꾸는 이의 몸 비틀기, 꿈의 질료 속에서 뒤틀린 그의 움직임은 미궁이라는 흔적을 남긴다. 그런 꿈을 꾼 다음 잠자던 이가 밝은 식견자들의 땅으로 다시 올라와 이야기로 그 꿈을 전할 때, 분명하고도 또렷한 사물들의 세계 속에서 자신이 겪은 것을 표현할 때, 그는 복잡했던 길과 교차로에 대해 말하게 되리라.[8] 일반적으로 말해, 꿈의 심리학은 꿈의 두 단계 시기를 구별함이 좋으리라 : 실제로 꾼 꿈과 얘기로 말하는 꿈 말이다. 그러면 신화의 어떤 기능들을 보다 잘 이해하게 될 것이다. 그러니 말의 유희가 허락된다면, 아리안의 실은 담화의 실이라고 말할 수 있으리라. 그 실은 얘기로 말하는 꿈의 질서에 속한 것이다. 그것은 귀환의 실인 것이다.

복잡한 동굴의 실제 탐사에서 방문객들은 돌아나오는 길을 찾도록 실을 풀어가며 들어가는 것이 관례이다. 아피아 로(路)[9] 아래에 있는 카타콤을 탐사하려는 보지오Bosio는 지하에서 며칠씩 걸리는 그 여행을 위해 꽤 굵은 실뭉치 하나를 지니고 들어간다. 푼 실을 길잡이 삼아 방문객은 안도감을 느끼고 되돌아나올 수 있다는 것을 확신하는 것이다. 안도의 신뢰를 가진다는 것, 그것은 발견의 반(半)을 차지한다. 아리안의 실이 상징하는 것은 바로 이러한 신뢰이다.

한 손에는 실, 다른 손에는 횃불을 들고

---

7) 가시적인 것이 아니다.

8) 꿈에서는 미궁을 겪었으되 꿈 이야기에서는 현실에 있는 복잡한 길과 교차로를 들게 된다는 뜻.

9) voie Appienne : 라틴어로 via Appia. 카푸Capou를 경유해서 로마에서 브린디시Brindisi 로 가는 로마의 길. 감찰관 아피우스 클라우디우스Appius Claudius가 기원전 312년에 건설하기 시작하여 아우구스투스 재위시 완성함.

> 그는 안심하고 들어서네, 궁륭이 많기도 하지만,
>
> 어두운 길들로 이리저리 얽히지만,
>
> 그는 이 장소를, 그 슬프고도 장엄한 광경을 보기 좋아하네,
>
> 이 밤의 왕궁을, 이 어둠 속 성채를

이라고, 델릴 신부[10]는 카타콤의 미궁에 대해 쓰고 있다.

길을 가로막는 벽에 대한 꿈과 언제나 터진 틈바구니가 있는 미궁에 대한 꿈 사이에는 아주 큰 차이점이 있으므로, 틈바구니는 미궁에 대한 꿈의 시작이다. 틈바구니는 좁다. 그러나 꿈꾸는 이는 그 속으로 미끄러져들게 마련이다. 꿈속에서는 모든 틈바구니는 그 안으로 미끄러져 들고픈 유혹이며, 모든 틈바구니는 미궁의 꿈을 부추긴다고까지 말할 수 있을 정도다. 깨어 있는 꿈을 방법적으로 실천하면서 로베르 드주아유는 꿈꾸는 이에게 종종 좁은 틈바구니 사이로 들어가라고, 현무암으로 된 두 벽 사이의 좁다란 간극으로 들어가라고 권고한다. 그건 기실 능동적 이미지, 몽상적으로 자연스런 이미지다. 꿈은 "문이 하나 열리거나 닫혀야만 한다"라고 말할 수 있는 분명한 변증법을 세우지 못하는 법이다. 왜냐하면 미궁은 요컨대 반쯤 열린 문의 연속이기 때문이다. 조그만 틈새만 있어도 완전히 빠져들어갈 수 있다는 이런 가능성은 사물들의 차원에 변화를 가져올 수 있는 꿈의 법칙이 새롭게 적용된 것이다. 노르베르 카스테레는 동굴 탐험가들이 아주 좁은 구멍으로 들어가고 나오는 방법으로서의 침착함과 인내심에 대해 잘 묘사하고 있다. 그런데 이런 실제적인 훈련중에는 느림이 반드시 요구된다. 카스테레가 권고하는 느림은 미궁에 아주 오래 전부터 결부된 불안에 대한 일종의 정신분석에서 비롯된다. 꿈은 본능적으로 이런 느림을 알고 있다. 신속한 미궁의 꿈은 존재하지 않는다. 미궁은 끈적임의 정신심리적 현상이다. 미궁은

---

10) Delille(Jacques)(1738∼1813) : 교수직을 지낸 그는 베르길리우스를 번역했으며, 자연의 생생한 묘사가 들어 있는 교훈시집 『정원(Les Jardins)』(1780)을 남겼다.

한숨지으면서 늘어나는 고통스러운 반죽에 대한 의식(意識)이다.

하지만 때로 우리 안에서 꿈꾸는 질료가 더 액성이고, 덜 조밀하고, 덜 눌려지는 것일 때, 보다 행복한 것일 때도 있다. 몽상가가 더이상 애쓰는 행위를 보이지 않는 미궁, 몽상가가 몸을 길게 뻗치려는 의지로 설치지 않는 미궁도 있는 것이다. 예를 들어, 몽상가가 지하의 강물에 그냥 실려가는 경우도 있다는 것이다. 이런 강은 미궁의 꿈과 마찬가지로 역동적 모순을 지닌다. 이런 강은 규칙적으로 흐르지 않는다. 이들은 급류를 이루다가 느리게 사행(蛇行)하기도 한다. 이런 강은 격정적이다가는 움츠러드니, 모든 지하의 움직임은 굽이지고 어려운 것이기 때문이다. 그러나 몽상가가 떠내려가려고 의지를 포기한 채 몸을 맡김으로써, 이러한 지하 강의 꿈은 흔적을 덜 남긴다.[11] 그저 빈약한 얘깃거리가 될 뿐. 좁은 협로 속에서 온 밤을 뱅뱅 도는 꿈을 꾸는 이에게 강한 인상을 남기는 원초적 고뇌 체험을 지하 강은 주지 않는 것이다. 이런 지하의 물결, 해저로 흐르는 그것을 보기 위해서는 블레이크 같은 위대한 시인이 필요하다.*

> 우리는 보게 되리, 우리 위로는 한편
> 파도가 울부짖고 소용돌이치는 가운데,
> 호박빛 천장을,
> 진주로 된 바다을

요컨대, 미궁은 원초적 고통, 유년 시절의 고통이다. 그건 출생에 결부된 정신적 외상인가? 아니면 반대로 우리가 믿는 바이지만 정신심리적 태고성(太古性)을 분명히 보여주는 흔적인가? 고통은 언제나 자신을

---

11) 얘깃거리 많은 모험담을 낳는 대신.

* 스윈번Swinburne에 의한 재인용, 『퐁텐』 60호, 233쪽.

괴롭힐 도구를 상상해내는 법이다. 예를 들어 집을 한껏 명랑하고 자유롭고 따뜻하며 환대하는 듯한 분위기로 연출해내도 유년의 어떤 고통은 항상 좁은 문, 약간은 어두운 복도, 좀 지나치게 낮은 천장을 집에서 발견해내게 마련이고, 거기서 어떤 옥죄임의 이미지, 억눌린 신체의 이미지, 지하의 이미지를 만들어내기에 이르고 만다.

압박은 이렇게 온다. 피에르 르베르디의 다음과 같은 시구를 읽노라면 압박감이 가중되는 것을 느끼게 될 것이다(『대부분의 시간』, 135쪽).

> 좁은 복도 모퉁이의 그림자 하나 흔들렸네,
> 침묵은 벽을 타고 흐르고,
> 집은 더없이 어두운 구석에 웅크려들었네

『황금과 침묵의 이야기(Le Conte de l'Or et du Silence)』(214쪽)에서 귀스타브 칸Gustave Kahn은 어스름한 빛을 복도 안에 응축시킨다 : "긴 복도는 두꺼운 벽 사이로 오스스 몸을 소스라치며 떤다. 불그스름히 희미한 빛은 흔들리고 또 흔들리며, 무언가 보이지 않는 어떤 것으로부터 피하려는 양 뒤로 물러선다." 미궁은 언제나 구토와 현기증, 불편함을 미궁에 처한 몽상가에게 안겨다주게 마련인 가벼운 운동성[12]을 가지고 있다.

유년의 불행에 관한 이들 이미지를 우리들은 후일 워낙 강한 향수를 갖고 환기하곤 하기 때문에 그것들은 그만 양가적인 것이 된다. 그 이미지들이 아무리 단순하다 하더라도 그것들은 극적이며 고통스럽게 대지적이다. 예를 들어 뤽 에스탕Luc Estang 같은 이의 글 어떤 대목들은 유년 시절 동안 상상된 고통에 대한 향수 어린 추억으로 넘치는 듯하다. 레옹 가브리엘 그로Léon-Gabriel Gros는 그 점에 잠시 놀란다, 현실적 이유가 워낙 가볍지 않은가 말이다! 그러나 그도 원초적 고뇌의 이

---

12) 위의 예에서는 복도라는 미궁에 갇힌 불그스름한 빛의 흔들림.

* 레옹 가브리엘 그로, 『동시대 시인 일람(Présentation de Poètes contemporains)』, 195쪽.

미지를 깊이로 판단해야 한다는 것을 이해한다* : "특정한 추억에 의거하는 사람들 모두가 그렇듯이 어떤 점에서는 퍽 모순적이지만 또 매우 논리적이게도 뢱 에스탕은 거의 언제나 유년 시절에 대한 생각과, 드러내는 데 정도의 차이는 있지만 여하간 어떤 고통에 대한 생각을 결부시키고 있다. 우리가 이제는 그저 감미로운 추억만 간직하려고 하지만 옛날 어렸을 적에는 우리에게 두려움을 준 낡은 옛 유년의 살림집을 그는 즐겨 환기하곤 한다 : "두려움 : 복도들은 시커먼 손길들로 가득 차 있었다."* 비인간적인 것이 인간적인 것에 연결되어 있고, 어두운 복도가 그 차가운 손길로 우리를 억누르는 그곳에 집결된 온갖 공포감!

　다른 한편으로는 개념이 원초적 이미지를 회복하는 계제도 없지 않다. 파리를 이리저리 돌아다니면서 폴 가덴[13]의 주인공은 낡아빠진 개념으로부터 다감한 이미지로의 회귀를 보여주는 예를 제공한다(『흑풍 Le Vent noir』, 136쪽). 산보객 주인공이 지금 있는 구역의 길들은 "무겁고도 슬픈 이름을 가지고 있었다. 길 자체가 터널이나 동굴의 반향과도 같은 울림을 지니고 있었다." 이처럼 모든 것은 집적된다. 한갓 길 이름까지도 더없이 사소한 미궁의 인상을 강하게 하기 위해 길을 터널로 바꾸고, 교차로는 작은 지하실로 만들려는 것처럼 말이다. 그런 다음 산보객은 무료해진다. 무료해하면서 길을 걷는 것, 그건 바로 몽상 속을 헤매고 또 갈 길을 잃어버리기에 충분하다. "이 길들은 뢱으로서는 언제나 길이라기보다는 통로, 사람들이 살지 않는 복도였다…… 그는 가슴 속에 마치 붉은 심장인 양 교차로의 영상을 지니고 있었다." 길 교차점에서 감동을 느끼고 피는 몰려온다, 마치 불안으로 두근대는 심장으로

-----

* 부수어진 채라도 복도는 더듬는 손길을 떠올리게 한다 : "부서지고 있는 복도의 비참함. 곡괭이 하나만으로, 더듬는 두 손 주위로 둥근 천장을 이루게 배치되어 있던 건축용 돌들을 그리 쉽게 다 치워내리라고 생각할 만큼 천박한 자가 어디 있을 터인가?"(르네 길리, 『역전된 눈 L' Œil inverse』, 『메시지 Messages』, 1944)

13) Paul Gadenne(1907∼1956) : 프랑스의 소설가. 부분적으로 자서전적인 그의 작품에는 결핵을 앓았던 그의 지난 시절과 시골에서의 삶이 환기되어 있다.

피가 몰려오듯이. 이처럼 은유는 하나의 내밀한 현실이 된다. 가덴의 배회하는 몽상가를 따라가노라면 릴케의 '괴로움의 도시의 골목길'(「두이노의 열번째 비가」)을 다시 발견하게 된다.

꿈은 일종의 이미지의 숙명성과 더불어 현실 속에 들어와 자리한다는 증거를 제시하는 동시에, 외부적 감각과 내적 인상을 정확한 끈으로 맺어 연결하는 이런 글을 발견한다는 것은 그 얼마나 위대한 독서의 기쁨인지!

『흑풍』의 다른 대목들도 충실한 몽상의 미궁들처럼 제시되니 "화강암 한 덩어리처럼 은행 벽 사이로 난 음울한 라피트 거리"[14]며, 다른 길(155쪽)은 '좁다란 어귀'이고 그 길가로 늘어선 작은 카페들은 전부 '동굴들'[15]이다. 업소의 이름이면서도 문맥으로 볼 때 해저 현실처럼 느껴지도록 양방향으로 울리는 단어가 아닌가.

앙드레 베이가 들려주는 어떤 꿈 이야기(『아모르 Amor』, 11쪽)에서, 미궁으로 꿈꾸어진 좁은 길이라는 역동적 이미지는 흥미로운 역전(逆轉)을 보여준다. 꿈을 꾸는 당사자는 "미끄러져내리는 집들 한가운데 고정되어 있다." 이러한 역동적 이미지의 상대성은 잘 관찰된 몽상적 진리다. 가동 요소들을 뒤집음으로써 이런 꿈은 우리에게 현기증과 미궁의 결합을 제시한다. 주체와 객체 사이의 혼란이 맞바꾸어진 것이다.

3

이제 우리는 트로포니우스의 굴에 관한 전승과 몽상적 배경들을 관

---

14) la rue Laffitte① : 파리 9구에 있는 길.

 ① Laffitte(Jacques)(1767~1844) : 프랑스의 정치가이자 은행가. 루이 필립에 의해서 무임소 장관으로 임명되었으며, 나중에 재정 장관과 의회 의장직을 지냈다.

15) 동굴들 cavernes이라는 말로 카페의 다른 이름인 tavernes가 연상된다.

련지어보고자 한다. 그에 앞서 너무나도 실증적인 한 동굴학자가 쓴 책 속에 있는 동굴 묘사를 들어보자. 그렇게 해가는 가운데, 지리적이며 역사학적인 묘사가 신화의 몽상적 구조를 따르지 않는다는 것을 보여주는 일은 우리로서는 어려운 일이 아닐 것이다.

아돌프 바댕 Adolphe Badin은 그의 책(『동굴과 동혈 Grottes et Cavernes』, 58~59쪽)에서 이렇게 쓰고 있다 : "울타리를 이루는 벽 안쪽으로 화덕 모양의 열린 틈이 아주 재치 있고 반듯하게 나 있어서 용감한 탐험가로 하여금 굴 안으로 빠져들어가도록 하고 있다." 이런 입구는 그것 하나만으로도 주목을 요한다. 수평으로 열린 틈은 많은 꿈을 야기한다. 사람들이 '화덕 아가리' 운운하는 것이 그냥 하는 얘기가 아니다. 그 안을 더듬는 이가 이 심연에 '삼켜진' 것을 우리는 금방 알게 될 것이다. 오, 죽 이어지다 소실되는, 길게 이어지고 연장되는 공포여! 묘사는 계속된다 : "그곳으로 내려가게 하는 계단은 없었다. 그 용도로 놓여 있던 좁고도 가벼운 사다리로 만족해야 했다." 사다리의 이런 좁음은 분명 화자가 덧붙인 말일 것이다. 종종 있는 일이지만 객관적 이야기는 이제 인상들을 전달하려고 든다. 신비한 그늘 속으로 들어서자마자 위험에 처했다는 인상이 시작되어야만 한다. 그러니 화자는 "사다리는 좁고도 가볍다"라고 말하게 될 것이다. 한 걸음 더 나아간다면 그는 사다리가 떨리고 있다고까지 쓸 것이다. 이런 단순한 덧붙인 이야기를 통해, 담화의 세계가 사물들의 세계에 덧붙는 이야기 지리학과 이제 마주하고 있음을 느낄 수 있다.

"사다리 아래, 땅바닥과 건조물 사이에는 아주 좁다란 구멍이 있는데, 포석 위에 몸을 누이면서 양손에는 꿀로 반죽한 과자를 가지고 그 안에 두 발을 넣곤 했다." 트로포니우스의 굴은 벌을 따라가다가 발견한 것이었는데, 벌은 흔히 대지적 성격을 가진 은신처를 좋아한다는 사실을 기억해야 한다. 꿈의 세계에서 벌통은 종종 지하에 있다.

열린 틈으로 무릎까지 내려가게 되자마자 몸은 "더없이 장대하고 빠

른 큰 강이 형성하는 소용돌이에 의해 어떤 사람이 휘둘려들듯이 그토
록 격렬하고 급격히 이끌려들었다." 여기서 우리는 **몽상적** 체험에 의거
하는 일이 얼마나 더 강력한 것인지를 드러내보이고자 한다. '더없이
장대하고 **빠른**' 큰 강에 이끌려들다니, 한마디로 거의 있을 수 없고 미
처 경험하기 힘든 일이 아닌가!¹⁶⁾ 그러니 우리 대부분의 사람이 잠자
는 동안 체험한 바 있는, 밤에 겪은 그 일, 지하의 큰 강, 밤의 그 대하
(大河)에 떠내려가던 체험에 의거하는 일이 그 얼마나 더 큰 환기력을
가지겠는가! 모든 위대한 몽상가, 모든 시인들, 모든 신비 입문자들은
우리 모두를 실어가는 저 고요한 지하의 물결을 알고 있다. 앙리 미쇼
는 말한다* : "내가 생각하던 것과 달리, 밤은 낮보다 더 다양하며 지하
로 흐르는 강이라는 지표를 가지고 있다." 위대한 몽상가 코울리지¹⁷⁾가
꿈속에서 생겨난 밤의 시정에 관한 체험 속에서 재발견한 것은 바로
이 지하의 큰 강이다.

> 알프,¹⁸⁾ 그 성스러운 강이
> 인간이 깊이를 알 수 없는 동굴을 거쳐
> 태양이 미치지 못하는 해저에 이르기까지 흐르는 그곳
>
> (카자미앙 옮김)

현실의 어떤 요소들을 깊은 꿈에 관련짓기를 수락하는 즉시, 어떤 심

---

16) 실제 현실에서는.
* 앙리 미쇼, 「마법의 나라에서(Au Pays de la Magie)」, 『작품 선집 (Morceaux choisis)』, 273쪽.
17) Samuel Taylor Coleridge(1772~1834) : 영국의 시인, 비평가, 사상가. 박식하지만 가난
한 목사의 열번째 아들이었던 그는 런던에 있는 자선 기숙학교에서 고전을 공부하면서 평
생의 친구 찰스 램 Charles Lamb을 알게 되었다. 1791년 캠브리지에 들어간 코울리지는 고
드윈 Godwin에 열광했으며, 평생 동안 그를 괴롭힌 정신적 고통을 진정시키기 위해서 알코
올과 아편을 과용하기 시작했다. 독일에서 체류하면서, 슐레겔 Schlegel과 셸링 Schelling의
사상을 알게 된 후, 그는 플로티누스적인 예술의 신비적 개념에 관심을 기울이게 된다.
18) 원서에는 Alph로 되어 있으나 펠로포네스의 신성한 강 Alphée를 가리키는 듯하다.

리적 체험들은 심오한 전망을 확보하게 될 것이다. 트로포니우스의 동굴 속에서 사람은 꿈을 실제로 체험한다. 현실[19]은 여기서 그 꿈의 체험을 돕는 것이리라. 여기서 현실은 전적으로 밤의 그것이며, 캄캄한 어둠에 싸여 있다. 굴 속으로 내려간다는 것은 어두운 미궁으로, 시커먼 대하(大河)에 이끌리는 것이다. 이런 모험담을 얘기하는 사람은 아마도 밤과 지하에 관련된 정신심리 세계와 긴밀한 관계를 간직할 것이다. 전적인 이끌림이라는 역동적 범주가 제시되는 것은 보통 꿈속에서다. 이런 점에서, 현실 경험이란 빈약하고 드물고 또 단편적인 것이다. 그러므로 트로포니우스 동굴에서의 시련은 바로 몽상적 측면에서 명백한 비교 대상을 가질 수 있을 것이다. 꿈으로 가득 찬 환자[20]는 심연을 담는 우묵한 그릇[21]이 된다.

게다가 굴 안에서 들을 수 있었던 소리는 꽤나 다양했다. 이런 다양성을 이해하려면 굴을 찾은 이가 얼마나 몽상적으로 준비되었는가를 살피는 것이 우선되는 관건이리라. 바댕은 말한다 : "비밀의 굴 심연에 일단 도달하고 나면, 사람들이 향후를 늘 똑같게 예측하게 되는 것은 아니었다. 과연, 때로는 일어나야 했던 일을 본 적도 있고, 또 때로는 예언을 발하는 심각하고도 무시무시한 소리를 들었는가 하면, 내려가는 데 소용이 되었던 열린 틈으로 다시 올라와서는 두 발을 제일 먼저 거기에서 끄집어내야 했던 적도 있었다."

지하 탐사는, 따라서 고독한 탐사인 듯하다. 빛의 세계로 귀환한 몽상가인 양, 꿈에서 깨어난 몽상가인 양, 탐사가는 지하 신비력이 발한 모호한 메시지를 풀이해달라고 사제에게 청하곤 했다. 그러면 "사제들은 지하 방문객을 비밀의 굴에서 불과 얼마 떨어지지 않은 므네모슈네[22]

---

19) 동굴에 처했다는 현실.
20) 마치 의사를 찾는 환자처럼 트로포니우스 동굴을 찾는 방문자.
21) 신탁을 가능하게 하는 깊은 꿈의 보유자.
22) 고대 그리스의 기억의 여신으로 아홉 뮤즈를 낳았다.

옥좌라고 불리는 곳에 다시 세우고 그가 무엇을 보았는지 질문했다." 사제들이 꿈을, 대지적 상상력에서 나온 엄청난 암흑의 꿈을, 몽환적 미궁 모험을 해석해야 함에 어찌 다른 길이 있겠는가?

이런 악몽에서 '완전히 경악한 채 딴 사람이 되어' 벗어났던 일도 흔했다. 파우자니아스Pausanias[23]는 그래도 그 사람이 나중에는 이성과 웃을 수 있는 능력을 되찾는다는, 반쯤밖에는 안심시키지 못하는 말을 덧붙여놓았다고 바댕은 전한다. 이런 시련은 너무나 무시무시한 것이어서 심각하고 근심 많은 누구를 두고 이런 말도 있어왔다 : "저 사람은 트로포니우스 동굴에서 돌아왔구먼." 어떤 모험이 인간에게 이토록 강한 영향을 남기자면 그것이 무의식상의 자취와 연계성을 가져야 하고 그 모험이 태고성을 지닌 정신심리적 현실을 거듭하는 실제적 악몽에 관련되어 있어야 한다.

아돌프 바댕이 어떻게 탐사를 하는가를 따라가보노라면 실증주의의 입장에서 신화의 현장을 답사하는 것이 부적절하다는 것을 보다 잘 이해할 수 있다. 그는 고대의 굴 곁에 경당이 있다고 말한다. 그 경당에는 "도르래에 달린 끈에 매인 바구니를 타고 그 안에 들어오는 몇몇 그리스도교인의 방문이 이어지고 있다. 그 굴에는 석상과 봉헌물을 안치할 수 있는 벽감이 많이 있다. 그러나 하산용 썰매로 순례객들을 내려보내주곤 하던 출입구를 더이상 찾을 수 없고, 사제들이 그네들의 환상을 집행할 집기들을 들여왔던 비밀의 문도 이제는 찾을 수 없다." 아돌프 바댕은 마법사 사제에 관한 이런 유치한 논지는 논의에 부치지 않는다. 신화의 진정한 의미에 거의 열려 있지 않은 여행객인 드 푸크빌de Pouqueville도 역시 성마른 결론을 내린다. 이 여행객에게는 지형학이 풍경의 의미를 대치할 뿐만 아니라, 특히 그는 역사적인 모든 색조를

---

23) 그리스의 지리학자이자 여행가. 그리스 전역과 이탈리아, 동양을 여행했으며, 174년에 로마에 정착했다. 열 권으로 된 그의 책은 답사했던 각 지역에 전래되는 이야기와 전설도 담고 있다.

제거해버리는 듯하다.

경이를 보듬어안는 작가들이라 해도 합리화의 희생물이 될 수 있다. 예를 들어 엘리파스 레비[24] (『마법의 역사 *Histoire de la Magie*』)는 트로포니우스 굴에서 치러지는 일 속에서 동종요법적 정신병리학의 자취를 읽고 있다. 그에 의하면, 환각으로 고통받는 사람들을 그 동굴로 내려보내곤 했다는 것이다. 그러면 그 심연 속에서 겪게 되는 훨씬 더 강한 환각이 그들을 치유하곤 했다는 것이다 : "발작증 환자들은 전율 없이는 그것을 추억하지 못했고, 초혼(招魂)이나 유령에 대해 감히 입을 떼지 못했다." 이처럼, 오늘날 얘기되는 전기 쇼크와 비슷하게 엘리파스 레비는 유령 쇼크라는 치유 행위를 구상한다. 즉 작은 두려움, 무의식에 박혀 있는 은밀한 두려움은 보다 명백한 두려움으로 치유될 수 있다는 것이다!

비교 의식(秘敎儀式)에서 대다수 입문자에게 겪게 하는 것이 어쩌면 이런 치유적 공포가 아닐까. 우리는 입문자가 4원소에 관련된 네 가지 입문 의식을 치르는 것이 그려진 『향수(鄕愁, Heimweh)』 안에 진술된 스틸링[25]의 논지를 언급한 바 있다.* 그러나 서로 너무나도 다른 이 네가지 입문의 길은 언제나 미궁이다. 조르주 상드는 『뤼돌스타트 백작부인(La Comtesse de Rudolstadt)』이라는 소설(제2권, 194쪽)에서 콘수엘로가 성(城)의 신비를 발견하는 미궁을 다시 언급하고 있다. 여기서는 명백하게 프리메이슨 단(團) 관련 입문이 그려지고 있는데, 조르주 상드의 표현은 이렇다 : "눈물의 지하 저수조 안에 혼자 내려가본

---

24) Eliphas Lévi(1810~1875) : 프랑스 작가. 신학 교수이자 사제였던 그는 신비적인 것에 대한 회구와 혁명적·무정부적 입장 사이에서 분열되어 있었다. 결국 성직을 포기하고, 신비학과 정신주의 연구에 몰두했다. 『비교철학전집(Œuvres de philosophie occulte)』(1860~1865).

25) Stilling(1740~1817) : Johann Heinrich의 필명. 독일의 신비주의자. 경제학 교수로 활동하다가 은퇴 후에 하이델베르크와 칼스루흐에서 거주했다. 신비주의 경향의 다양한 작품을 썼다.

* 『향수』의 주인공은 먼저 악어의 몸 안에 들어간다. 이 몸은 즉각 하나의 단순한 기계로 드러난다. 그러나 여기서 입문의 요나적(的) 성격은 정말 명백하다.

여인은…… 우리 피라미드의 내장 속을 쉽게 통과할 수 있을 것이다.”
모든 입문은 고독의 시련이다. 미궁을 겪는 꿈에서의 고독보다 더 큰
고독은 없다.

　드 푸크빌의 경우와 같이 실체험에 제한되어 있는 실증주의의 입장
에서는, 혹은 엘리파스 레비의 경우처럼 심리적으로 유치한 공리주의의
입장에서는, 무의식적 현상의 실증주의는 잊혀진다. 그러니 지하의 길
고 좁은 낭하와 더불어 바위와 갈라진 균열이 가득한 풍경에 처하는
경험이 우리를 두려움의 상태에 빠뜨리는데, 그것을 어떻게 이해할 수
있겠는가? 두려워한다는 것은 객관적으로 또 주관적으로 해석해낼 줄
알아야 하는 근본 상황이다. 지하 감옥은 악몽이며 악몽은 지하 감옥이
다. 미궁은 길게 이어진 지하 감옥이며 꿈에 나타난 낭하는 미끄러져
드러누운 몽상가이다. 명료한 의식으로 컴컴한 바위 균열 사이로 미끄
러져 파고드는 사람은 꿈을 꾼다는 인상을 받는다. 이런 탐험중에 몽상
적 의식(意識)과 명료한 의식은 서로 근접하여 섞인다. 많은 신화 속에
서 이런 일치를 볼 수 있다. 신화에서 몽상적 성격을 묵살하는 것은, 실
제 많은 똑똑한 이들이 그렇게 하고 있듯이, 해석 가능역을 잘라버리는
일이다.

4

　만일 다음과 같은 상상력의 중요 원칙 중 한 가지를 기억한다면 미
궁과 관련하여 상상된 경험을 보다 잘 이해할 수 있을 것이다(더구나
기하학적 직관에도 유효한 그 원칙이란 바로 이렇다) : “이미지는 정해진
차원을 가지지 않는다. 이미지는 거침없이 큰 것에서 작은 것으로 통과
할 수 있다.” 드주아유의 치료를 받는 한 사람(『심리치료에 있어서 깨어
있는 상태에서 꾸는 꿈 Le Rêve éveillé en Psychothérapie』, 64쪽)은 “머리

카락 두께의 가느다란 관 속으로 올라가며", "이런 이미지에 관해 얘기하고픈 욕구를 느낀다"고 말하면서, 다음과 같이 말을 잇는다 : "거기서 썩 편하다고 느낀 것은 아니다, 왜냐하면 머리카락 굵기의 흉곽을 가진다는 것은 공기의 원활한 순환을 허락하지 않기 때문이다. 그러니 이런 오르기는 숨막히는 일임을 고백해야겠다. 하지만 모든 일은 고통을 수반하지 않는가? 나는 이미 나의 길을 꽃피웠다. 꽃, 바로 꽃이 나의 노력을 보상하며 내 앞에 있다. 오! 꽃은 나를 찌르기도 하며 말라 있다. 그 꽃은 덩굴의 꽃이다. 가시가 있고 향기가 없는. 그러나 어쨌든 꽃이다. 그렇지 않은가?" 직관적 삶과 해석 내린 삶의 혼합이 여기서 상상하는 힘을 해치고 있다. 흉곽이라는 단어 하나만 보아도 재고(再考)된 이야기임을 잘 알 수 있다. 몽상은 어떤 곽 안에 (그것이 흉곽이라 하더라도) 들어가지 않고는 그런 곽을 만나지 않을 것이다. 마찬가지로, 마지막에 있는, 그렇지 않은가라는 말은 어떤 인정(認定)을 요구하고 있는 것으로, 이는 꿈 자체와는 이질적인 것이다. 주체는 얘기 꾸미기와의 공모관계를 원한다. 그러나 작화(作話)가 합법화를 원하는 순간, 그것은 비약을 멈춘다. 우리는 믿거니와 깨어 있는 상태에서 꾸는 꿈이라는 방법[26]은 이미지의 선을 종종 깨뜨리는 설명을 경계해야 한다. 여기서 미궁의 수액은 꽃이 되는 어떤 물방울로 체험되고, 꿈꾸는 이는 좁은 대롱 안에서 그것이 쭈욱 길게 늘어나는 것을 느낀다. 차원상 당치 않은 것인데도 꽤나 보편적인 꿈이 아닌가. 사람이 빠져나오는 미궁은 너부죽이 벌어지면서 아주 종종 꽃으로 피어난다. 드니 소라Denis Saurat는 자신의 책(『두려움의 끝 La Fin de la Peur』, 99쪽)에서 미궁에 관한 몇 가지 꿈을 제시한 바 있다. 그는 산간의 협로에서 벗어나기는 매우 어렵지만 그래도 해내게 마련이고, 아니, 그런 체험을 종종 거듭하고 싶어하기까지 한다는 사람들의 얘기를 적어놓고 있다.

---

26) 드주아유가 제안한 방법.

5

우리가 이상 몇 쪽의 글에서 다만 바라는 것은, 현실의 진귀한 탐사 속에서 체험된 각별한 인상의 가치를 가늠하기 위해서는 몽상의 분위기를 재구성할 필요가 있다는 것에 대한 관심 촉구이다. 이제 우리는 우리의 근본 취지로 돌아가 문학적 이미지가 어떻게 활동하여 미궁에 관한 몽상을 불러일으키는지를 밝혀야겠다.

우리는 두 개의 문학적 미궁을 제시하고자 한다. 그 하나는 위스망스 Huysmans의 작품에서 취한 단단한 미궁이고 다른 하나는 제라르 드 네르발 Gérard de Nerval의 작품에서 찾은 물렁한 미궁이다. 각 작가의 정신심리 상태가 이 근본 이미지에 고유한 성격을 부여한다. 원형들을 생동적으로 만드는 것이 바로 이런 개성적 기여이다. 즉 각각의 몽상가가 오래된 꿈[27]을 개별화된 상황 속에 다시 편입시키는 것이다. 그러니 어떤 하나의 몽상적 상징은 정신분석에서는 하나의 유일 의미만을 부여받음을 잘 납득할 수 있다(아니아 테이야르 Ania Teillard, 『꿈의 상징 Traumsymbolik』, 39쪽 참조). 그러니 상징들을 변증적 관계 안에 위치시키는 일은 상당히 유용하다. 물질적 상상력의 주요 변증관계인 단단함과 물렁함의 관계는 많은 상징들의 변증화 작업에 매우 유효하다. 우리가 제시하고자 하는 두 개의 극단적 이미지들이 미궁에 관한 모든 상징적 가치들을 아우르는 것처럼까지 보인다.

우선, 위스망스에 있어 그의 일반적인 물질적 시학과 일치하는, 경화된 내벽면을 가진 단단한 미궁을 보도록 하자. 이 단단한 미궁은 상처를 입히는 미궁이다. 숨이 답답해지는 물렁한 미궁과 다르다.* "헤무스 산

---

27) 원형으로서의 미궁.

* 위스망스, 『정박지에서 (En Rade)』, 여러 곳.

의 오솔길(헤무스는 한 몽상가가 탐사한 달에 있는 산의 하나다[28])로 요리조리 빠져나가려고 그는 마음먹었다. 그러나 그는 루이즈와 함께, 석화해버린 해면과 하얀 코코스[29]로 된 두 벽 사이로 한걸음 내디딜 때마다 염소가 끓어넘쳐 굳은 용액에 의해 가운데가 불룩해진 우둘두둘한 바닥 위에 걸렸다. 이어 그들은 일종의 터널과 마주하게 되었다. 그들은 팔짱을 풀고 한 사람씩 차례로 크리스탈 도관 비슷한 이 좁은 협곡 속을 걸어가야 했다……" 이 글에서 상충적 이미지를 통합하는 것은 하얀 코코스에서부터 크리스탈 협곡에까지 많다. 이미지들이 꿈속 삶의 세계(도관)와 깨어 있는 삶의 세계(크리스탈)를 연결지음을 보여주기 위해서는, 비유를 하기 위한 문법적 기능을 제거하면서 이미지들을 간략화하는 일, 즉 크리스탈 도관 비슷한 협곡이라고 하는 대신 바로 크리스탈 협곡이라 하는 것만으로 충분하다. 더구나 미궁 속에서 몽상가는 여자친구의 손을 놓아버리고 있다는 사실, 그래서 길 잃은 자의 고독에 처하고 있다는 사실도 특기하기로 하자.

그러나 고통 뒤에는 기쁨이 있는 법, 그래서 너무나도 비인간적인 벽을 한 좁은 협곡이 '고요의 바다로' 이르고 있음을 특기해두는 것도 아마 무의미하지 않을 것이다. "그 바다의 윤곽선은 얀센 산(달에 있는 또다른 산)에 의해 배꼽 인문(印紋)이 찍힌 배[腹]의 하얀 이미지처럼 보이기도 하고, 만의 커다란 V자에 의해 처녀로 여성화되어 있기도 하고, 풍요의 바다와 감로(甘露)의 바다에 의해 안짱다리로 벌어진 두 다리 같기도 하다"(107쪽). 프로이트 이후에 글을 쓸 어떤 저자라면 정신분석학적 검색에 이토록 순진하고 솔직하게 자신을 내맡기게 될지 자문해보게 된다. 프로이트 이후 정신분석에 대해 조금이라도 아는 저자가 이러한 이미지들을 저술했다면 그것은 억압의 해소를 보란 듯이 드러내고자 함일 것이다. 현재로서는 만약 어떤 작가가 자신의 환상들 중 일부

---

28) 헤무스 산 : 월면(月面) 제1사분면(四分面)의 산으로 맑음의 바다의 동남단을 이룬다.

29) 위스망스와 바슐라르는 coke가 아니라 koke로 쓰고 있다.

를 감추고자 한다면 그에게는 어떤 점에서는 다른 급의 억압이 필요하다. 요컨대, 글쓰기의 예술을 집약하는 과시와 은닉의 변증법은 정신분석학의 조명 아래 그 중심이 이동하였고, 보다 예민해지고 더 어려워지고 더 까다로운 것이 되었다.

어쨌든 위스망스의 이러한 대목의 글을 읽노라면 문학비평이 몽상적 잣대를 제공함으로써 그 문학비평을 더욱 풍요롭게 해야 할 필요성을 잘 이해하게 된다. 위스망스적 비전을 그저 진귀하고 피토레스크한 표현만을 추구한 것의 소산이라고 보는 것은 문학의 깊은 심리적 기능을 몰이해하는 일이다. 또한 지리에 관한 언급에서 인간적 면모를 읽는 익히 알려진 경향만을 환기하는 것도 충분하지 않은 일이다. 분명, 나이 어린 꿈쟁이 학동들이 그려내야 할 지도[30]는 벽의 낙서 그림과 비슷하다. 그러나 글로 표현된 몽상은 강조와 부각이 더 필요하고, 깊이 있는 참여를 한층 더 요구한다. 단어들은 그릴 뿐 아니라 조각한다. 그래서 위스망스의 위와 같은 글 대목은 그 무엇보다도 협곡의 경성(硬性)을 말하고 있고, 그것의 형태는 성적(性的) 지리학의 도움을 받을 때에만 이해됨을 알 수 있게 된다.

미궁, 협곡, 좁은 낭하들이 더할 나위 없이 보편적이고 의미로 가득한 몽상적 경험과 더없이 상응한다는 것을 인정하는 즉시 위스망스의 이야기에 있어서 각별한 정신심리태가 직접적 흥미를 확보한다는 것을 이해하게 될 것이다. 위스망스의 글과 더불어 석화한 해면이라는 조금은 진귀한 변주를 보이는 단순한 원초적 텍스트의 의미가 드러난다. 석화한 해면, 굳어진 스펀지는 빅토르 위고의 산문과 시에서 자주 마주칠 수 있다.* 상처를 입히는, 각지게 모가 난 미궁의 기둥처럼 느껴지는 돌 같

---

30) 위의 달 묘사에 근거해 몽상적 아이들이 달의 지도를 그린다면.

* 험한 협곡에서 피에르 로티는 "시커먼 해면 기둥과도 같은 '저 기이한, 구멍 숭숭한 바위들'"(『이스파한②을 향해서』, 47쪽)에 대해 언급하고 있다.

② 이스파한 : 테헤란 남쪽에 위치한 이란의 고도.

은 해면은 각별한 심술, 질료의 배반에 화응한다. 원래 해면은 부드럽고 말랑거려야 하고, 비공격적 질료로서의 성격을 간직해야 한다. 그러나 문득 해면은 유리화되어 온갖 적의를 품는다. 그런 해면은 위스망스적인 **물질적 비관주의**에 기여한다. 해면은 제대로 영양이 되지 못하는 육류나 피에 독성을 퍼뜨리는 포도주처럼* 배반적이다. 느닷없는 그것의 뻣뻣함은 물질 속에 새겨진 악의 의지다. 예기치 못한 물질적 이미지[31]가 언제나 공격적이라는 사실이야말로 물질적 이미지는 통상 지극한 진실성을 지닌다는 것을 반증하지 않는가?

『오렐리아(Aurélia)』의 꿈속에서, 절대 암묵경에서 벗어나 부드럽게 물든 반어스름 속에서 등장하는 완화된 미궁에 대한 언급을 독자는 발견할 수 있다** : "난 지구를 관통하는 심연에 떨어진 줄 알았다. 나는 고통은 겪지 않은 채 녹은 주물의 흐름에, 서로 흡사한 수천의 물줄기의 흐름에 실려가는 듯이 느껴졌다. 그런데 그 물결의 색조는 화학적 상이성을 보여주고 있었고, 마치 배(船)처럼, 두개골의 엽(葉) 사이를 사행하듯 흘러가는 정맥처럼 대지의 가슴을 누볐다. 이처럼 온통 흐르고 순환하고 진동하고 있었다. 나는 이 물줄기가 살아 있는 영혼으로 구성되어 있고, 분자 상태로 되어 있는 것 같은 느낌을 받았지만 내가 워낙 빨리 흘러가고 있어서 구별은 미처 할 수 없었다. 희끄무레한 빛이 차츰 이 터널 안으로 스며들었고, 나는 마침내 새로운 수평선이 거대한 궁륭 지붕처럼, 빛나는 파도로 둘러싸인 섬들을 거느리고 마침내 열리는 것을 보았다. 나는 태양 없는 이날, 빛이 반짝이는 해안에 도착한 것이었다." 위스망스의 경화성 화학과 제라르 드 네르발의 액화성

---

* 우리는 위스망스의 작품에 등장하는 '나쁜 포도주'의 목록을 작성할 수 있었는데, 겨우 오브 지방의 한 포도주 종류(레 리세 Les Riceys)만이 문학적 해코지를 벗어나 좋은 것으로 등장하고 있음을 보았다.

31) 통상 부드러운 해면이 석화하는 것 같은 예기치 못한 이미지.

** 제라르 드 네르발, 『오렐리아』 4권, 코르티 출판사, 19쪽.

화학의 상이성을 여기서 강조해두기로 하자. 색조를 띤 정맥은 자신의 손쉬운 운동성을 의식하는 파충적 추진력에 화응한다. 어떤 면에서는 그 운동이 바로 도관의 내벽을 만들어간다 하겠다. 도관은 그 안을 흐르는 물질의 규모에 정확히 화응하게 마련이다. 언제나 가득 차 있는 이런 미궁[32]은 고통을 주지 않는다. 한편 비어 있는 미궁은 위스망스의 몽상가에게 끊임없이 상처를 입힌다.

다른 관점에서도 위스망스의 미궁과 제라르 드 네르발의 미궁을 대립시켜볼 수 있다. 위스망스는 악몽으로 들어가며, 제라르 드 네르발은 악몽에서 나온다. 제라르 드 네르발은 꿈속 경지를 종식시키는 대뇌의 새벽경을 우리에게 체험시키며, 입구는 너부죽이 벌어진다. 일상생활로 돌아옴을 준비하는 여명이 밝아오는 것이다.

『오렐리아』의 마지막 몇 줄이 미궁의 꿈과 지옥으로의 하강 묘사를 명백히 근접시키고 있음도 매우 강한 인상을 준다. 몽상 심리학에 대한 새로운 지식이 정신분석학자들에게 친숙하게 해준 이 근접은 '지옥으로의 하강'이라는 심리적 사건으로, 원칙적으로 무의식에 결부된 정신심리적 현실임을 잘 증명해준다. 정신심리라는 높은 집 아래 우리 속에는 우리의 지옥으로 인도하는 미궁이 있게 마련이다 : "그래도 나는 내가 획득한 확신에 행복했고, 내가 겪은 이 일련의 시련을 지옥으로의 하강이라는 관념이 옛 사람들에게 의미하던 바와 비교해본다"라고 제라르 드 네르발은 그의 저 아름다운 책 말미에 쓰고 있다.

6

위스망스식의 단단한 미궁과 네르발류의 그저 안락한 미궁 사이에

---

32) 위의 네르발의 예문에서 보는 정맥에 비유된 미궁.

수많은 중간자적 미궁을 쉽게 발견할 수 있다. 예를 들어 미셸 레리스는 그 특유의 살과 돌로 된 많은 미궁들 중에서도 점점 굳어가는 협곡에서 받는 기이한 인상을 우리들에게 말해주고 있다. 예를 들어, 『방위기점(基点, Le Point cardinal)』 속에서 몽상가는 차가워지는 물 속에서 헤엄치고 있다(61쪽). 그러던 중 그는 '기이한 물살'과 '맞닥뜨린다'. 그는 또 '칼처럼 자를 듯한 지느러미'를 가진 물고기와 '부딪치기도 하고', "갑각류는 제 갑주 껍질로 그를 베어놓기도 한다." 처음 따스할 때 행복하던 물은 이처럼 차츰 공격성을 띠어가고 급기야 몽상가는 경화되어가는 미궁 속에 빠진다 : "시간이 흐른 후 물은 더 차가워졌다. 점점 더 끈끈해지는 원소를 헤쳐가야 함에 나는 이겨나가야 할 보다 큰 저항과 마주한 듯이 생각되었다 : 내가 헤엄치고 있는 곳은 큰 강이 아니라 바로 대지, 켜를 이룬 지층으로 된 바로 그 흙 안이었다. 내가 거품이라고 생각한 것은 수정의 순(筍)들일 뿐이었고 나를 덮치는 미역줄기는 석탄 광맥 속의 고사리 화석이었다. 내 손은 길을 열기 위해서 광물의 저 셀 수 없는 두꺼운 층을 밀어젖혀야 했다 : 나는 금을 함유한 모래 사이로 미끄러졌고, 내 양다리는 진흙으로 뒤덮였다. 내 몸은 돌과 식물, 그것들의 세미한 금, 엽맥까지 아로새긴 채 그 형태들로 덮여버릴 지경이었다. 나는 모든 것을 잊어버렸다……"

악몽은 더 고착화되어 꿈꾸는 이에게 돌과 같은 시간 감각을 낳기까지 한다. "느림도 빠름도 나에게는 더이상 의미가 없었다" : "내가 평영으로 팔을 한 번 휘저어 나갈 때마다 아마 여러 해가 흘렀을 것이다." 돌로 된 미궁은 미궁에 갇힌 이를 석화(石化)한다. 미궁 외관이 미궁에 갇힌 이 위로 각인될 뿐 아니라 그것을 이루는 질료에도 영향을 입힌다.[33] 우리는 여기서 이미지들의 물질화 활동, 상상력의 종합화 활동을 다시금 보게 된다. 물질적 상상력에 관해 우리가 조사한 바를 책의 각

---

33) 이하의 6절 마지막 예문을 볼 것.

장 속에 흩어놓아야 했지만 그 각 장들은 그 논지 전개의 마지막 지점에서는 모두 서로 연결될 터이다. 레리스와 더불어 우리는 석화하는 미궁에 들어섰다. 덕분에 석화하는 것과 석화되는 것의 변증법을 더없이 가까운 곳에서 체험하고 있는 것이다.

"그 질료로 이루어진 널빤지들은 내 입을 채광 환기창으로 바꾸어놓으려는 듯이 위협하면서 나의 위로 더욱 죄어들었다……" *

7

요컨대, 위대한 작가들은 주요 이미지들에 개성을 부여한다. 그리하여 『오렐리아』의 광기 안에도 어떤 빛이 잔류하고, 네르발식의 불행 속에서도 청소년기의 행복에 대한 감사, 저 근원적 순수의 행복에 대한 감사지정이 남아 있는 것이다. 피에르 로티 같은 몽상가는 미궁에 또다른 색조를 부여한다. 이집트 신전 지하 묘당 안에서(『필라에의 죽음 La mort de Philae』, 203쪽),[34] 그는 "악몽 속에서 그대를 묻어버리려는 듯

---

* 릴케도 제라르 드 네르발의 이미지와 유사한 하나의 이미지에서 출발하여 경화하는 미궁을 창출하고 있다:
험한 산 가로질러 아마 굳은 줄기로/한 덩이 광석처럼 홀로 떠돌다가/그리도 깊이 박혀 종착지도 거리도/몰랐지만 모든 것이 저기, 가까이 있네,/그리고 가까이 있는 모든 것, 돌이 되었네.
　　　　　　　　　　　　　　　　—『시간의 서 (Livre d'Heures)』,③ 슈츠빌 옮김
③ 시간의 서 : 릴케의 초기 작품으로 이 책의 첫번째 두 부분은 재림할 신에 대한 예감이 지배적으로 나타나 있고, 그 자신만의 음악성을 추구하는 감수성이 지배적이다. 한편 이 연작시를 종결짓는 『가난과 죽음의 서 (Le Livre de la pauvreté et de la mort)』(1902)는 파리에서 겪었던 비참함과 고통에 대한 격정적인 경험에 집중되어 있다.
34) Philae : P-a aleg, 오늘날의 Filah. 나일 강에 있는 길이 400미터, 폭 135미터의 섬. 여신 이시스의 지역인 신성한 섬으로, 이곳 최초의 건축물은 늦게서야 생겨났다. 섬의 동남쪽에 있는 넥타데보 2세의 별장이 가장 오래된 건축물이다. 이시스에게 바쳐진 주요 신전도 그의 작품이었다. 이 기념물은 저부조와 벽에 새겨져 있는 텍스트로 아주 유명하다.

좁혀드는 복도를 연상시키는 길다란 낭하"를 돌아다닌다. 이처럼 꿈을 현실에 관련지어보는 일은 로티의 경우 바로 전형적 꿈을 통해 예외적 인상을 느끼게 할 수 있음을 잘 증명하고 있음도 간단히 지적해두자. 기실 그 좁은 복도의 벽들은 묻혀버리지 않을까 하는 두려움에 더이상 화응하지 않는 다른 층위의 몽상을 화자에게 분명 일깨워주고 있다. 로티에 의하면 그 좁은 낭하는 "무수한 인물들로 아로새겨져 있었다······ 그것들은 양 가슴이 불룩한 아름다운 여신들을 무수히 재현해내고 있어서 지나가면서 거기에 스치지 않을 수 없었다. 그래도 그들은 프톨레마이오스[35] 왕조 때 칠해진 살색 그대로를 간직하고 있었다." 젖가슴을 스칠까 두려워하는 것과 묻혀버리지 않을까 두려워하는 것을 같은 페이지 안에 담아낼 수 있다는 것은 정말 특별하지 않은가!*

이와는 달리, 이를테면 미궁을 폭파함으로써 진노와 격정을 통해 자신을 드러내는 기질도 있을 수 있다. 예컨대, 뤽 드콘Luc Decaunes의 시구를 읽을 때 한편으로는 견고하고 또 한편으로는 폭파된, 바로 그런 미궁에 대한 인상을 받게 된다.

> 지하의 어둠에 감싸인 채
> 암벽 짐승들에 인도되어
> 나는 별들의 지옥불에서 내 가슴을 쥐어뜯네
> 나는 내 오연한 힘으로 길을 내며,
> 내 장부의 헐떡이는 박동 속에서
> 주변이 온통 종처럼 울리네,

---

35) Ptolémées : 기원전 323년부터 기원전 30년까지 이집트를 다스렸던 15명의 마케도니아 왕들의 이름. 바로 이 왕들이 통치했던 기간 동안, 커다란 신전들(Edfou, Philae, Dendérah, Esna, Kom Ombo 소재)이 건축되거나 확장되었다.

* 트리스탕 차라 역시, 그러나 로티처럼 고통은 겪지 않은 채, '젖가슴으로 수놓인 길들'을 체험하고 있다(『앙티테트』, 120쪽).

풍경은 내 피의 흐름과 더불어 조각져 날고.
　　　　　　　　　　　　　　　—『나안(裸眼)으로(A l' Œil nu)』, 7쪽

"암벽 짐승들에 인도되어" 시인은 폭약을 지하호 깊은 곳으로 가져
갈 수 있게 되고, 지하의 그 견고한 세계가 주는 상처를 더이상 느끼지
않게 되는 것처럼 보인다. 그렇다, 미궁은 폭파된 것이다.

또다른 시인은 단어들의 축조를 통해, 또 오므라드는 듯한 구문을 통
해, 바로 시행 안에 일종의 미궁을 아로새겨놓으니, 감각 있는 독자는
가슴 깊이 고통을 겪으며, 장애에 부딪친 사랑을 체감하게 된다. 피에르
장 주브Pierre-Jean Jouve의 시를 읽을 때가 바로 그렇다(45쪽) :

　　깊은 곳, 운하, 그리고 미궁에 자리하오,
　　이 심장의 기둥, 게서 뻗어나온 가지와 지류들

또다른 시에서 피에르장 주브는 찢는 것과 덮어 누르는 것의 종합을
이뤄내고 있는 듯 보인다.

　　바윗길은 음울한 울부짖음으로 수놓이고,
　　대천사들은 협곡들의 무게를 간직하는 듯하네
　　　　　　　　　　　　　　　—『피의 땀(Sueur de Sang)』, 141쪽

문학작품은 때로 독서 추억에 의해 강박을 받기도 한다. 조르주 상드
는 앤 래드클리프[36]의 지하 이야기들을 읽은 것이 분명하다. 상드는 그
것들을 모방하지 않으려 하면서도 『콘수엘로』의 여러 장은 독자들이
산의 창자로, 성(城)의 지하 감옥으로 오래도록 걸어가도록 내몬다(제1
권 345쪽과 제2권 14~15쪽). 조르주 상드는 독서 체험과 꿈꾼 바의 상

---

36) Anne Radcliffe(1764~1823) : 영국의 소설가. 프로테스탄트 부르주아 가정 출신. 루이스
M. G. Lewis와 함께 공포소설 발표.

호 내향 삼투에 대해 섬세함을 다해 언급하기도 한다. 그녀는 어느 주석(제3권, 265쪽)에서 주석 "『인도의 우물들(Les Puits de l'Inde)』이라 불리는 운문극을 다시 읽으십시오. 이 시인과 동조하는 교감의 기능을 그대가 가졌는가 그렇지 않은가에 따라 이 작품은 정말 걸작이자 상상력이 향연이 되거나 혹은 그렇지 않거나 할 것입니다. 나로서는 그 작품을 읽고 심한 충격을 받았음을 고백합니다. 나는 그 혼란과 묘사의 난잡상을 인정할 수 없었습니다. 그런데 내가 책장을 덮었을 때 내 뇌리 속에는 시인이 나를 데리고 갔었던 그 우물들, 그 지하실들과 내려가는 계단들, 심연들밖에는 남아 있지 않았습니다. 나는 그것들을 꿈에서도 보았고 완전히 의식이 있을 때도 다시 보곤 했습니다. 나는 거기에서 빠져나올 수 없었습니다. 그 안에 산 채로 매장된 셈이죠. 나는 완전히 사로잡혔고 위대한 시인이면서 이토록 위대한 화가가 결점 있는 작가라는 사실을 혹여나 발견하게 될까 두려워서 그 작품의 다른 대목을 더이상 다시 읽고 싶지 않았습니다." 이미지들 사이에 성립된 질서에 이토록 민감한 것은 이들 이미지가 단순히 객관적 기원에서만 비롯하지 않는다는 것을 증거한다. 이들 이미지는 깊은 흔적을 가지고 있다, 이미지들이 바로 흔적이다.

8

때로는 이야기꾼의 솜씨가 워낙 능해서 문학 창작 속에서도 기실 몽상에 속해 있는 것을 현실적인 것인 양 만들어내기도 한다. 메리메 Mérimée의 짧은 소설 「주만(Djoumane)」*은 이러한 문학적 능란함의 좋은 예다. 그것을 간략히 살펴보자.

---

* 『근작 단편소설들(Derniéres Nouvelles)』, 225쪽 이하.

작품 앞부분에서는 모든 것이 진짜 알제리 정복인 양, 실제 겪은 모험이며 역사적인 이야기인 것처럼 보이도록 동원되고 있다. 등장하는 용맹한 연대장은 뷔조 장군[37]의 축소판이다. 뱀 부리는 사람이 흥을 돋우는 장교 식당에서 만찬을 끝낸 후 주인공은 손볼 일이 있어 길을 나선다. 산을 만나자마자 그는 후드가 달린 긴 겉옷을 펄럭이는 아랍 족장을 추적한다. 그는 대검으로 상대를 찌른다. 그러나 두 사람 다 깊은 계곡으로 추락하고 만다.

계곡의 고요한 물이 이 프랑스 장교가 떨어질 때 입었을 충격을 완화해준다. 이어 물 위의 '거대한 뿌리'가 그가 급류에 떠내려가지 않도록 도와준다. 그런데 이 뿌리는 '서로 꼬여 있다'. 그것은 형광을 발하는 자취를 남기며 개울에 몸을 담근 채로 있는 '거대한 뱀'이다.

그런데 횃불을 손에 든 한 여인이 계곡의 물이 합류하며 흘러내리는 동굴 입구에 서 있다. '거대한 미궁'이 묘사된 긴 이야기가 시작되며, 이어 "적어도 물이 일 미터 넓이로 펼쳐진 우물이 나온다. 내가 물이라고 했던가? 차라리 그것은 아롱 무늬 껍질로 덮인 이름 모를 끔찍한 액체가 아니었던가? 여기저기 끊어지고 깨어진 형국의 껍질 아래 검고도 추악한 진흙을 내보이는 바로 그런 액체 말이다." "갑자기 우물 바닥으로부터 푸르스름한 진흙이 거대한 솥 속의 국처럼 끓어 솟구치더니 이 진흙에서 창백한 잿빛을 하고 두 눈은 형광으로 빛나는 뱀 한 마리가 그 거대한 대가리를 드러냈다……"

이러한 지하 세계의 장관이 인신 공양의 배경을 이룬다 : 대령의 저녁식사 때 본 적 있는, 뱀 부리는 젊은 여인이 진흙투성이 우물에 뱀의 먹이로 던져진다. 이런 범죄는 복수를 불러오게 마련이다. 동굴에서 나

---

37) Bugeaud(Thomas Robert)(1784~1849) : 프랑스군의 총사령관. 나폴레옹의 백일 통치에 합류하여 사부아 지방에 있던 오스트리아군을 몰아내었다. 7월 왕정 초기에 총사령관으로 임명되었고, 1834년 4월에 있었던 민중봉기를 진압했다. 1836년 알제리 전투를 승리로 이끌었다.

오는 즉시 장교는 이 무당 일당을 뿌리뽑으러 오겠노라 약속한다. 여러 페이지에 걸쳐 바위를 더듬으며, 또 캄캄한 계단을 기어오르며 어둠 속을 걸어가는 그의 모습이 보인다. 그는 빼어나게 아름다운 여인이 거처하는 방에 다다른다.

이 '지하 규방'에서 장교는 깨어난다, 왜냐하면 언제부터인가 모르게 이야기는 꿈의 이야기, 공포와 환희가 변증적으로 교차되는 미궁의 꿈이었기 때문이다. 독자도 문득 깨어난다. 독자가 기실 어떤 꿈꾸는 이를 그간 따라가고 있었던 것이라는 사실이 드러나는 것은 마지막 페이지에 이르러서다. 이야기가 워낙 공교로 진행되고 있어서 현실에서 꿈으로의 이행이 느껴지지 않은 것이다. 몽상적 면모는 현실을 아주 가볍게만 넘어서는 언급으로 가려져 있을 따름이다.

이런 몽상적 면모는 책의 마지막 줄을 읽게 될 때에야 일종의 심리적 회귀에 의해 드러나게 될 것이다. 그러나 이러한 역류로 충분할 것인가? 바로 이런 경우야말로 제2의 독서를 조언해야 할 경우가 아닐까? 이야기에보다는 이미지에 한층 많은 가치를 부여하고 문학적 행위에 모든 의미를 부여하는 그런 독서 말이다. 보다 정확히 말하자면, 몽상적 가치들이 일단 복원되고 나면, 이 이야기는 교묘하게 조합된 언급들이 갖고 있었던 것보다 더 많은 정신적 지속성을 지니고 있음을 깨닫게 된다. 그런 즈음 메리메의 그 짧은 소설은 우리가 문학비평의 방법으로 제시하는 이중적 비평 방법에 의해서만 잘 해명될 수 있는 성질의 것이라는 사실을 납득하게 된다. 이중적 비평 방법이란 사상적 주석과 몽상적 주석의 결합을 의미한다. 미궁의 꿈이 가지는 워낙 특별한 성격을 몽상적으로 이해하도록 훈련한다면 상이한 작품들에 적용될 수 있는 문학 해설 유형 하나를 즉각 갖게 될 것이다. 그런 즈음, 짐짓 사실적이고자 하는 어떤 묘사들은 기실 미궁의 꿈이 가지는 몽상적 흥미 덕분에 이어지고 있는 것임을 깨닫게 될 것이다. 근원적 꿈들은 몇 가지 이념적 우연에서 그것을 벗겨내는 즉시 단순해진다. 미궁의 꿈은 언제나 하나의 역동적 통일성을 지닌다. 뱀으로 화한 나무 뿌리, 거대한 뱀의 움직임, 형광을 뿜는 물줄기 등이 우리가 꿈의 영역에 접어들고 있었다는 것을 우리에게 깨우쳐주어야 했을 것이다.* 그러나 너무 분명한 이런 표징 이전에도, 캄캄한 밤 속의 하얀 버누스[38]에 기민하게 반응할 수도 있었을 것이다. 그래서 심리적 회귀는 우리를 이야기의 문턱 입구까지 다시 데리고 간다. 메리메의 작품은 그러한 이유로 회귀 심리학의 한 예가 된다. 그의 작품은 우리에게, 너무 논리적 추이를 따지고, 빡빡하고 현실적인 지속에 너무 매달린 고전적 문학비평이 거의 음미해 누리지 못한 흥미의 회귀, 심리적 흥미의 회귀를 아주 잘 보여주는 예가 되고 있다. 이 작품의 값어치를 파악하기 위해서는, 최후의 이미지를 다시 솟아오르게 해야 한다. 그것은 이야기의 시작점에서 최초 이미지들의 종국성을 다시 발견하기 위해서다.[39] 의지의 몽상에 대해 쓴 우리 책 속에서[40] 호프만Hoffmann의 콩트 『팔룬의 광산(Les Mines de Falun)』[41]을 연구하면서 우리는 이미지의 회귀가 잘 이루어지지 않아, 종국적 물질의 이미지들의 장점이 이야기 줄거리와 제대로 결부되지 않고 있음을 보인 바 있다. 문학적 기예는 종종 상호 거리가 먼 이미지들을 어떻게 융합하는가에 달려 있다. 경지를 이루는 문학적 기예는 흐르는 지속뿐 아니라 회귀적 시간도 주무해야 하는 것이다.

때로 그 종합이 고작 병치(竝置)에 지나지 않는 경우도 있다. 이를테

---

* 우리가 종종 언급한 대로, 지하 존재들을 그린 모든 훌륭한 이미지들은 상호성을 지향한다. 고대의 여러 이야기 속에서 트로포니우스는 뱀이라는 것을 상기하자. 그러니 손에 꿀과 자를 들고 그를 찾아간 것은 그를 진정시키기 위함인 것이 자명해진다(로드, 『프시케』, 번역서, 100쪽).

38) 아리비아인과 무어인이 쓰는, 모래와 열을 막기 위한 두건 달린 망토.

39) 공간적 독서, 복수로서의 독서, 심리적 회귀의 독서의 필요성을 새삼 확인할 수 있는 대목이다.

40) 『대지 그리고 의지의 몽상』, 9장, 6절.

41) 팔룬 : 스웨덴 스톡홀름의 북서쪽에 위치한 도시로 오래된 철 광산이 있다.

면 같은 이야기가 미궁의 이미지들과 요나 이미지들을 병치할 수 있다. 이런 식으로 프란시스 바르Francis Bar*는 지옥으로의 하강을 묘사하는 독일 전설을 제시하고 있다. 이런 하강은 진정한 미궁을 따라간다. 어느 순간 주인공은 "용이 하나뿐인 다리를 지키고 있는 개울"에 이른다. 우리는 이제 문지방의 수문장과 마주하고 있는 것이다. 이런 인물의 역할에 대해서는 우리의 앞선 저술 마지막 장에서 말한 바 있다.[42] 그러나 여기 새로운 사건이 있다. 용감한 요나인 주인공은 괴물의 아가리에 들어가고 "그의 친구들도 그를 따르고 그들 전부 꿀 개울이 흐르는 들판에서 서로 무사한 모습으로 다시 만난다." 이처럼 돌로 된 미궁에 살덩이 미궁[43]이 잇따른다. 문지방의 지킴이는 그가 가로막았어야 했을 길을 아래위 턱을 벌려 그만 열어버렸던 셈이다. 이런 이야기는 여러 장르를 혼합함은 물론 훌륭한 몽상적 가치들의 자취를 지니고 있다.

기회가 있을 때마다 심연 이미지들의 동형성을 환기해두어야 하듯 미궁의 이미지를 따라잡을 만큼 복잡해지는 요나의 이미지도 우리는 강조해야 할 것이다. 윌리엄 블레이크의 한 판화작품에서 이와 관련된 놀라운 이미지들의 결합을 볼 수 있다(드루앵 화랑이 펴낸 멋진 판화첩의 17면에서 그 복사본을 볼 수 있다). 그 판화는 연인들의 회오리(지옥편, 제5 노래)를 재현하고 있다. 이 회오리는 거대한 뱀으로 표현되고 있는데, 그 안으로 저주받은 연인들이 소화 흡수력을 지닌 지옥에 흡인되어 빨려들어간다. 이처럼 소화력을 가진 지옥에 관한 이미지, 장기(臟器)가 된 지옥의 이미지의 관련 정보들을 신화에서 쉽게 찾을 수 있다.**

---

* 프란시스 바르, 『다른 세상의 길들(Les Routes de l'autre Monde)』, 70쪽.

42) 『대지 그리고 의지의 몽상』, 12장 참조.

43) 용의 창자.

**『퐁텐』지 60호에서 「연인들의 회오리(Tourbillon des Amants)」 리프린트를 볼 수 있다.

그런데 우리가 지금까지 파고든 대부분의 협로들은 형태에 아직 상당한 우월성을 부여하고 있는 것도 사실이다. 그래서 몽상가는 거기서 낭하며 문의 영상을 간직하게 되는 것이다. 그러나 인간 존재가 정말로 납작하게 눌린 물질이 되고 압축된 물질이 되는 더욱 깊은 인상을 체험할 수 있다. 역동적 미궁에 대해 정말 말할 수 있는 그런 특별한 몽상도 있는 법이다. 그럴 때의 인간 존재는 고통스러운 신장(伸長)을 겪지 않을 수 없다. 고문을 연장하고 좁은 감옥을 만들어내는 장본인은 바로 힘겨운 이 운동 자체인 듯 보인다. 능동적인 이런 미궁의 꿈속에서도 뒤틀림과 고문은 동의어 반복을 이룬다. 벨라이의 『코틱 르타이에프(Kotik Letaieff)』 중 저 놀라운 한 대목에서(『1918년에서 1934년 간의 소련 문학 선집 Anthologie de la Littérature soviétique』, 마르크 슬로님 Marc Slonim과 조지 레아리 Georges Rearey 편, 50쪽 참조) 바로 이러한 동의어 반복을 느낄 수 있을 것이다. "첫 '너는……이다'가 괴물스러운 망상 속에서 나를 사로잡는다…… 육체 속에 깃들인 의식의 표현 불가능하고 전대미문인 상태…… 아니, 그 어디에서도 아닌 무에서 솟아나온 일종의 혹……"인 이런 혹을 몽상가는 내부로부터 느낀다. 마치 촉수체가 가지고 있는, 뻗쳐 더듬으려는 의지처럼: "마치 모든 것, 정말 모든 것이 뻗쳐나 부풀고 또 어떤 압착을 행사하는 듯한 긴장의 상태; 뿔을 지닌, 날개 달린 구름이 자체적으로 흔들리듯." 존재는 자신을 뻗치기 위해 도움을 외친다:

"내가 얼마나 긴장하고 있는지!
—도와주세요!
중심부에 불이 붙었다.
—나는 이 무한 속에서 유일자이니라.

―이 안에는 아무것도 없소, 모든 것은 밖에……

그리고선 그는 다시 꺼졌다. 의식은 확대되며 되뇌었다:

―불가능이오, 불가능, 도와주시오!

―나는 길게 뻗는다."

원해서 겪는 고통이며, 지속하고자 하는 고통인 확장이 아닌가. 열정은 멈추면서 장애물, 두꺼운 껍질, 벽을 만들어낸다(52쪽): "내 위로 버캐가 들러붙었다. 나의 생명력은 영상들 속에서 들끓기 시작했다: 일련의 새김 작용이 내 위로 이어졌다: 사물들과 생각……"

"세상과 생각은 위협하는 우주적 이미지들이 상감된 것들일 뿐." 이미지들이 표면에서 알알이 태어나고 세상과 생각은 서로 짓누르는 존재임을 어찌 이보다 더 잘 말할 수 있을까.

이리하여 벨라이에게 원초적 상태에서 포착된 존재의 공간은 낭하이다. 생명은 그 낭하 속에 찾아들어 언제나 성장하고 파고들며 나아간다. 괄목할 만한 몽상적 충실성을 보이며 벨라이는 분명한 인상으로 이렇게 쓰고 있다(54쪽): "후에 우리집 낭하는 나에게 내 피부가 그것을 대신하고 나와 함께 움직이던 시간을 떠올리게 해주었으니, 내가 머리를 돌리면 그 낭하는 내 뒤로 조그만 출구를 만들어주었고 한편 낭하 앞쪽은 빛으로 열려 있었다. 그런 시절을 겪은 후 통로·복도·골목들은 내게 너무 친숙해졌다. 그래서 나는 '내가 여기 있다, 내가 여기 있는 거야……' 라고 혼잣말을 하기까지 했다."

요컨대 협소감은 일종의 원초적 인상이다. 우리 추억 속을 잘 찾아보노라면 우리는 공간이 그저 하나의 길인 아득히 먼 고장을 발견하게 되리라. 오직 공간―길, 공간―힘든 길만이, 우리가 두 눈을 감을 때 우리 맹목적 삶의 위대한 내밀성을 되찾는 저 더없이 깊은 잠 속에서야 체험하게 되는, 저 위대한 역동적 꿈을 허락한다.

이런 원초적인 꿈, 바로 그처럼 원초적이기에, 또 그처럼 깊기에 우리로서는 종종 잃어버리는 그 꿈을 만일 주의 깊게 살펴보기만 한다면, 어떤 실제적인 경험의 신기하고 그윽한 맛을 보다 잘 이해하게 될 것이다. 방해물 가득한 세상 안에 길을 뚫으려는 의지는 물론 깨어 있는 삶에 속한다. 그러나 잠재력에 대한 꿈이 실제적 과업*을 아름답게 드높여주지 않는다면 그런 활력을 과연 가질 수 있을까? 노르베르 가스테레의 책 『나의 동혈들(Mes Cavernes)』 중 「기어가면서 (En rampant)」라는 장을 다시 한번 읽어보기 바란다! "잔혹성을 보이며 교활하고 비열하게 동물에" 접근하는 포복자에게 흔히 부여되는 '비굴함'을 언급하며 동굴 탐험가는 이렇게 쓰고 있다(85쪽) : "그러나 대지와 하나되는 또다른 방법이 있으며, 기어야 할 또다른 이유도 있다 : 지하 세계에 대한 과장된 열정을 부추기거나 역설을 조장할 위험에도 불구하고, 우리는 포복의 유용성 · 감미로움 · 환희를 상찬하고 드높이며 고양하기까지 한다." 그리고서 그는 "창자, 목구멍, 고양이 드나드는 구멍, 절리, 지층, 좁은 틈, 압연기……"를 타고 흘러가는 강력한 생명력을 묘사하고 있다(86쪽). 이 모든 기술 전문 용어들은 힘겨운 포복과 역동적으로 체험된 바 있는 미궁들을 한결같이 추억하고 있음을 느낄 수 있다. 길을 뚫으려는 의지는 이처럼 곧바로 걸맞은 자신의 이미지를 찾아내게 되니, 우리는 노르베르 카스테레가 자기 여행기에 부치기 위한 제사(題詞)로 허드슨Hudson의 아름다운 경구를 찾아낸 것을 잘 이해하게 된다 : "뜻이 있는 곳에 길이 있다."

의지는 즐기기도 하고 고통도 겪는다. 의지는 우리에게 의무와 고통을, 영웅주의의 꿈과 공포의 꿈을 동시에 안겨준다. 그러나 그 충동과 탐사 영역에 있어서는 의지가 아무리 다양하다 하더라도, 그것이 놀라우리만큼 단순하고 또 생생한 이미지들을 통해 활성화됨을 볼 수 있다.

그러나 형태들에서 영감을 얻는 이미지들의 체계, 실제적 경험이나

---

* 방해물 가득한 세상에 길을 뚫으려는 일.

애기하는 그런 이미지들은 우리에게 깊은 꿈의 전능성을 전해주지 못한다. 위대한 몽상가만이 우리에게 지하에 관한 꿈의 가치들을 전해줄 수 있다. 프란츠 카프카의 긴 소설 『굴(Le Terrier)』을 아주 천천히 음미하는 독자라면 미궁에 관한 인상을 여러 번 발견하는 기회를 갖게 될 것이다. 뛰어난 애기꾼이 멋지게 조합하여 증폭해낸 안정감과 두려움이라는 저 신기한 양가성 속에서 독자는 바로 그런 기회를 갖게 될 것이다. 이쪽으로 파고든 이는 반대편에서 파고드는 것을 두려워한다. 지하 존재, 인간 오소리는 대지를 파헤치는 먼 소리를 듣는다. 땅 아래서 듣자면 모든 소리는 대적적이다. 그리고 끊임없이 갇힌 자의 모순이 반복된다. 그는 보호되어 있는 자이면서도 죄수다. 다음과 같은 페이지에서 보듯이 카프카는 얼마나 재치와 고뇌를 잘 배합하고 있는가 : "내가 밖으로 나올 때마다 나는 온몸의 노력을 다해 이 미궁이 주는 어려움을 극복해야만 했다. 그런 일은 내게 성가시면서도 동시에 내 마음을 뭉클하게 했다. 그럴 때면 때로 나는 한순간 내 모습을 잃기도 한다." 굴 안으로 기어드는 자에게 역동적 환희가 있음이 감지된다(158쪽). "내가 낭하에서 즐겨 보내곤 하던 아름다운 시간이 지닌 깊은 의미가 바로 거기 있다. 그때 나는 반은 수면이 주는 이완과 반은 활기참이 주는 기쁨, 그윽한 쾌감에 젖어, 몸을 누이거나 어린애처럼 곤두박질하거나 꿈꾸며 휴식을 즐기거나 행복에 젖어 잠들도록 내 키에 꼭 맞게 만들어진 이 낭하들 안에 있었던 것이다." 미궁은 여기서 유연성에 대한 의식(意識), 어떤 안내자, 제자리에서 뱅그르르 돌아 몸을 말아 감는 환희를 체험하게 하는 그런 조가비로 여겨지지 않는가?*

---

* 동물화된 미궁 안에는 이를테면 신체가 오므라들며 모아져서 자기 몸이 가진 온기, 냄새를 즐길 수 있는 그런 우묵자리가 있는 듯하다. 이때 냄새는 섬세하게 감싸는 물질, 자기 자신에 대한 꿈의 발산물인 듯 느껴진다. 폴 클로델은 굴의 이런 힘을 다음과 같이 표현한 바 있다 : "……오소리나 족제비가 제 굴 깊은 곳에서 잔뜩 폐를 부풀리며 오소리 족제비인 그 어떤 것을 흡입하는 것과 꼭 마찬가지로……"(『미궁 Labyrinthe』, 22호, 5쪽).

다른 곳에서는 보다 모호하게, 저자 자신이 자신의 환상에 무의식적으로 이끌리거나 한 듯이, 분명한 표현 뒤로 온갖 동물적인 **빽빽한 고밀도**, 온갖 생물적인 **빽빽한 고밀도**가 느껴진다(161쪽). 정말이지 미궁은 고깃덩어리들로, 자꾸자꾸 먹고 마심으로써 '밀어넣어야 하는', 입 안의 음식물 덩어리로 가득 차 있는 듯하다 : "이 좁은 식도에 자꾸 쌓이는 음식물 때문에 나는 정말 꼼짝할 수 없어서 나를 위한 음식이건만 너무나 숨이 막힐 정도였다. 그러니 때로 그 상황을 벗어나기 위해 내게 남은 유일한 방법은 먹고 마시는 일이다. 격정에 휩싸여 아주 짧은 시간에 그리 해치우고 나면 미궁은 극복되고, 나는 곧 바른 통로에 도착한 듯 숨을 제대로 고르게 되는 것이다." 이 예문은 두 차원에서 체험해야 마땅할 종합적 상상력을 보여주는 명확한 예가 아닌가. 물론, 분명한 언어로 복잡한 길을 표현해낼 수도 있고, 미궁 속에서 그저 복잡한 길을 보고 말 수도 있다. 그렇게 하는 것은 이미지의 역동적 생명력을 희생하는 일이며, 곤경을 실감하는 일을 잊어버리는 격이다.

카프카의 꿈은 더욱 내밀하다. 동물의 식도 속으로 일종의 히스테리 구(球)[44]가 오르내리다가 카프카로 하여금 여러 번 미궁의 벽은 얇다라고 말하게 한다. 그것은 그 벽이 확장 가능하고 점막처럼 미끈거린다는 것을 말함과 다름없다. 이리하여 삼켜서 꿀꺽한 무언가는 미궁 속 운동의 이미지를 완수한다. 헤르만 드 케이슬링[45]의 매우 충격적인 표현도 바로 이런 이미지류에 속한다. 그에게 벌레는 길을 만들기 위해 흙을 먹는 존재다. "흙 속의 벌레처럼 길을 먹어치우면서, 원초적 공복감은 거의 순수 상태로 드러난다"(『남미 명상 *Méditations sud-*

---

44) 히스테리 발작 시초의 느낌.

45) Hermann de Keyserling(1880~1946) : 발트 출신의 독일 작가이자 철학자. 세계 각지를 여행한 후, 다름슈타트에서 '지혜파école de la Sagesse'를 결성했다. 통합된 인간에 이르는 길이 지적 서구 문명과 동양 문명의 영적 가치를 일치시키는 데 있다고 생각했다. 주요 작품은 『동양과 서양의 문화적 문제의 내적 관계』(1913), 『어느 철학자의 여행일기』(1919).

américaines』, 불역서, 164쪽). 다른 곳에서 저자는 "땅 사이로 제 길을 먹어치우며 기어가는 벌레의 행보에 흡사한 행보"에 대해 말하고 있기도 하다.* 이 이미지를 좀 음미해보면 그것이 일종의 이중화된 미궁과 관련이 있음을 알 수 있다. '삼켜진' 흙은 바로 그 시간에 땅 속으로 행보하는 벌레 안에서 행보한다. 여기서 우리는 거듭, 복잡한 길의 모습은 그저 꿈의 한 도식을 부여할 뿐이고, 바로 그 꿈속에서 내적 인상으로 가득한 온전한 한 세계가 집결된다는 사실을 보게 된다. 실제 형태들, 너무 분명한 현실들은 자동적으로 꿈을 환기하지 않는다. 루이 페르고[46]도 그의 소설 『여우에서 까치까지(De Goupil à Margot)』(1910)에서 굴속에서 꿈적거리는 동물의 활동을 말한 바 있고, 매우 단순하면서도 또 매우 환기력 있는 표현으로 그것을 언급한 바 있다(15쪽). 그러나 지하적 존재는 정말이지 사냥꾼들과 밀렵꾼들이 잘 아는 여우이다. 그 녀석은 간지(奸智)의 동물이다. 너무 돌출된 그 녀석의 개성[47]이 그 녀석에 얽힌 꿈의 의미를 상실케 하고 있다. 그런데 얘기꾼은 이야기를 만들어내야 하니까 저 야생동물 목에 방울을 달아주려 한다. 그래서 그 이야기는 너무나 인간화되어버린다. 그래서 그 이야기는 카프카 시의 꿈이 지닌 저 꿈틀대는 듯한 변신상들을 우리로 하여금 실감하지 못하도록 만든다.

페르고의 또다른 콩트는 보다 광범위한 몽상적 가치를 지니고 있다. 『지하 침범 (Le Viol souterrain)』(77쪽)은 미궁의 꿈과 성적 꿈이 쉽게

---

* 흙을 먹는 달팽이에 관해 프랑시스 퐁주는 "땅이 그들을 관통한다. 그들도 땅을 관통한다"라고 말한다(『사물들의 편견 』, 29쪽).

46) Louis Pergaud(1882~1914) : 프랑스의 작가. 프랑스 중동부 프랑슈 콩데 지방에서 성장했다. 그의 재능은 시골 사람들과 시골 짐승들의 이야기를 재미있고 솔직하게 풀어낸 단편들에서 가장 잘 드러난다. 한편 『단추 전쟁(La Guerre des boutons)』(1912)은 다른 두 도시에서 온 소년들이 두 패로 나뉘어서 벌이는 싸움을 서사적으로 그린 것이다.

47) 프랑스 중세문학 중 서민문학의 압권인 『여우 이야기』 이래 이런 여우의 특성(소위 '여우근성')이 너무 생생하게 강조된 나머지.

상호 응결될 수 있음을 잘 보여주는 예증이다. 지하 낭하 안에서 암두 더지는 수컷을 피해 달아난다. 그때 온 미궁은 성적 추적이 되는데, 몽상적 문체 속에서는 사물들이 행위가 되고, 묘사적 명사가 활동적 동사가 된다는 사실을 다시 증거한다.*

게다가 지나치게 정확한 동물 이미지에 의해 약간 지나치다 싶게 가려진 이 모든 형태들 아래에서, 인간적 인상을 되찾아야 마땅하다. 루이 페르고는 스스로 많은 독자들의 관심을 끌리라 믿었는데 그건 일리가 있는 일이었다. 각각의 독자들이 잘 점검해보면, 그 이야기에 매력을 느끼는 이유가 몽상적 흥미 때문임을 오래잖아 깨닫게 될 것이다. 그때 되찾은 인간적 인상은 인간적 몽상, 인간의 무의식 전면 속에서 활동하는 지하에 관한 몽상인 것이다.

10

이미지의 내밀한 변형이 가지는 정말 흥미로운 특성의 하나는 이런 변형이 차가운 경우가 드물다는 점이다. 미궁에 처한 존재는 자신이 겪는 고통이 아무리 크다 하더라도 열감이 주는 안온함을 체험한다. 몽상가를 길게 뻗게 하는 꿈은 그를 원형질적 행복에 처하게 한다. 그런 예를 보리스 드 슐뢰제Boris de Schloezer가 성격을 잘 밝힌 바 있는 로자노

---

* 신화적 꿈 속에서 앙리 드 레니에는 성적 추구에 있어서의 미궁의 기이한 도치를 보여준다. 그의 꿈에 의하면 미궁이 형성되는 것은 욕망의 망설임 측면에서다. 만약 사람이 행복을 향해 직진만 한다면야 집은 얼마나 밝기만 하리! 『파시파에⑥의 연인 (L' Amant de Pasiphaé)』이 말하는 것을 들어보자: "나는 처녀에게 미친 사랑을 불어넣었지. 그녀는 내 주위를 돌았지, 욕망으로 먹혀든 가슴을 안고. 바로 그런 그녀의 발자국에 따라 후일 사람들은 미궁의 굽잇길들을 만들어내었다네"(『신화적 장면 Scènes mythologiques』, 11쪽).
④ Pasiphaé: 그녀는 다이달로스에게 속이 빈 나무 암송아지를 만들게 해서, 그 속에 들어가 황소를 유혹했고, 이런 비정상적인 관계에서 미노타우로스를 낳았다.

프Rozanov의 우주 발생론에서 대부분 찾아볼 수 있을 것이다. 드 슐뢰제에게 로자노프는 '내적 지하 인간'인데, '척추 없이' '물렁하니 아교질로 된' 자신 안으로 파고드는 사람이라 이해하면 된다. 니체라는 "불타는 듯한 열정의 인물과 비교할 때 로자노프는 얼마나 둔중하고 또 불투명한지! 그는 더운 존재다. 그러나 그것도 동물적이며 습한 열기로 그러하다. 그것은 그가 피부와 내장으로, 보다 정확히 말하자면 성기로 생각하기 때문이다." 그런데 피부란 느리고도 뜨듯한 흐름이 지나가는 도관이 있는 살이 아닌가. 로자노프는 피부란 '생명의 뿌리들 중 하나'라고 말한다. 피부는 생명의 모든 열기를 간직한다. 그러니 로자노프가 꿈에 젖어 이렇게 말하는 것은 놀랄 일이 아니다 : "나는 어머니 뱃속에 들어 있으면서 태어나려는 욕망이 전혀 없는 그런 아이라 할까. 왜냐하면 나는 여기서 충분히 따뜻함을 느끼니까."*

로자노프는 이렇게도 말한다 : "추위는 인체 장기에 무언가 모를 적대적인 것을 가지고 있다"(209쪽). 그가 유기체와 원형질의 생명 체계에 대한 정확한 의식을 가지고 있다고는 생각되지 않는다. "육체는 추위를 무서워한다. 육체는 그것을 피부나 근육으로부터가 아니라 영혼으로부터 두려워한다." 사실, 우리가 주목한 바 있듯이 추위는 사고력(思考力)을 정지시킬 뿐 아니라 몽상마저도 정지시킨다. 추위에 관한 깊은 몽상은 그래서 존재하지 않으며, 미궁이 깊은 몽상인 만큼 차가운 미궁이란 존재하지 않는다.

차가운 미궁, 단단한 미궁은 지적 활동에 의해 어느 정도 단순화되어 버린 몽상적 소산일 따름이다.

---

* 로자노프, 『우리 시대의 묵시록(L' Apocalypse de notre Temps)』, 보리스 드 슐뢰제의 서문.

11

이미지의 가치 부여 작용에 대한 연구는 노동의 가치 부여 작용에서 중요한 역할을 하는 어떤 혐오감을 고려하는 것을 잊어서는 안 된다. 예를 들면, 광산에서의 실제적인 미궁 체험은 더러운 생활로 종종 묘사되고, 그것은 더러울 수 있는 용기처럼 제시된다.*

두 개의 도표, 무산자측의 도표와 유산자측의 도표를 제시해보자.

비키 바움[48]은 말한다(『사형 선고 *Arrêt de Mort*』, 불역서, 129쪽) : "광부는 검고 황량한 헐벗은 사내다. 그는 대지의 창자에 올라앉아……, 발은 물 속에 담그고 있고 등은 굽었으며 양 어깨는 아프고 언제나 땀에 젖어 있다……" 좁은 갱도로 석탄 수레를 미는 "그에게서 인간적인 무언가가 남아 있는 일은 거의 없다…… 그는 워낙 깊이 앞으로 몸을 숙인 나머지 거의 네 발로 기는 형국이랄까. 안구만 하얗고 눈꺼풀은 파랗고 땀으로 번들거리는 채, 동물 같은 이빨을 한 그의 얼굴은 깊이 골이 팬 검은 마스크다. 그의 턱은 구덩이의 무거운 공기를 씹으며, 그는 때로 기침을 하여 거무스레한 점액을 뱉곤 한다."

노동에 관한 이 어두운 사실주의를 환기했으니, 이제는 단순히 그냥 탄광으로 내려가는 것을 상상력이 마치 탐사라도 하는 양 떠벌리는 것을 보기로 하자. 실제적이고 지속적인 위험 대신에 상상적 위험에 관한 상상력이 가동한다. 『청춘의 추억 (Souvenirs de Jeunesse)』(불역서, 79쪽)에서 러스킨Ruskin은 "갱 내로 내려갈 때면 내 기쁨은 한량없었다"라고 쓰고 있다. 책을 빨리 읽어치울 때는 별 중요성을 갖지 못하는 듯이 보이는 이런 단순한 고백은 젊은 러스킨이 받은 교육의 특이한 상

---

* 광부의 아들인 로렌스의 소설들 속에 나오는 대부분의 광부들은 아내가 비누질해서 씻겨주고 있다.

48) Vicki Baum(1888~1960) : 오스트리아 출신의 미국 소설가. 대중적이고 표현이 풍부한 작품들로 유명하다.

황에 그것을 재위치시켜보면 일정한 심리적 울림을 갖는다. 아닌 게 아니라 러스킨은 덧붙인다(79쪽) : "지하 세계에 대한 나의 열정에 내가 이렇게 몸을 맡기노라면 부친과 모친은 당시의 나로선 잘 이해할 수 없었던 큰 호의를 내게 보여주셨다. 실상 내 어머니께선 더러운 모든 것에 대한 혐오감을 가진 분이셨고 매우 과민한 나의 아버지께서는 언제나 사다리가 부러지는 사고에 관한 꿈을 꾸곤 하셨지만, 그럼에도 불구하고 그분들은 내가 가고 싶어하는 곳이면 어디든 나를 따라오셨다. 나의 부친은 나와 함께 캐슬톤[49]에 있는 저 끔찍한 스피드웰 광산에도 가셨다. 내 고백하건대, 거기서 감동 없이 지하로 내려간 적은 한 번도 없었다."

부러진 사다리에 대한 이런 강박관념을 "계단에서 떨어지는 즉시 회초리를 맞았다"라고 러스킨이 우리에게 고백하는 다른 이야기(10쪽)와 연계지어보자. 사다리에서 떨어지고 계단에서 굴러떨어지는 일은 정신적인 금기가 아닌가. 이런 훈련 덕분에 러스킨은—무척 큰 모호성을 간직하면서도! —"생활하고 움직이는 일에 확실하고 특정한 방법"을 획득했노라 말하고 있다. 모친의 '청결'이라는 이상과 부친의 '안전'에 대한 욕구는 광산을 탐험하는 자녀의 대담함에 매우 특별한 심리적 색조를 부여한다. 진정한 장애물은 광산의 위험 안에 있다기보다는 부모의 거부감 안에 있다. 젊은 러스킨이 지하에 대해 가지는 공포감을 분석해보면 때로 사회적 금기의 자취가 발견된다. 젊은 러스킨을 한순간 고무했던 지하에 대한 의지는, 여러 가지 측면에서, 떨어지거나 옷을 더럽히는 짓을 벌하는 꼼꼼한 감시를 피하려는 은밀한 의지였다. 더러울 수 있다는 권리는 다른 권리들의 상징이 될 수 있다. 권력의지(權力意志)에 대한 요구는 수천 가지 형태를 가질 수 있다. 가장 간접적인 형태가 언제나 가장 약한 것은 아니다.

---

49) Castleton : 영국 중부의 피크Peak 지방에 위치한 소읍.

12

지하 관련 이미지들에 작용하는 온갖 양가성, 부정적이고 깨끗하지 못한 가치의 온갖 역학을 이제 이해했으니, 하수구라는 주제에 관한 문학적 전개를 보게 되어도 덜 놀랄 것이다.

빅토르 위고의 작품세계에서 이 주제에 관한 무척 많은 변주들을 볼 수 있다. 그 원초적 형태에 있어서 하수구는 위고의 말에 의하면 (『레 미제라블 *Les Misérables*』 5권, 헤첼 판, 164쪽) "모든 노선에 대적적"이었다. 그는 괴물 같은 도시는 "알아볼 수 없고", 그 도시 아래의 하수구는 "빠져나올 수 없는 미로이며", "언어의 혼란 아래 지하광의 혼란상이 있었으니, 미궁은 바벨탑의 재현이었다"라고 말했다.

빅토르 위고에게 여러 가지 점에서 하수구와 미궁은 근접되게 마련이다(같은 책 5권, 177쪽) : "지하 하수구는 대도시 파리가 성장하면 성장할수록 그 반대 급부를 받는다. 그것은 위에 있는 도시와 동시에 대지 안에서 아래로 자라나는 수천의 가지를 가진 컴컴한 용종(茸腫)과도 같다. 도시에 길이 하나 뚫릴 때마다 하수구도 팔 하나를 늘린다." 이 이미지에 그리도 강한 생명력이 부여되는 이유의 하나는 이 이미지가 물렁거리며 꿈틀거리는 용종의 특성을 잘 보여주고 있기 때문이다. 용종은 위고 상상력의 전형 가운데 하나다. 여기서 용종은 대지적이고 지하적이다. 지하 하수구에 대한 상상력은 위고에게 대지적 징표로 분명히 특징지어져 있다. 상상력은 대지 안에서는 대지의 표면에서처럼 작용하지 않는다. 대지 아래서는 모든 길이 꼬불거린다. 이 점은 지하 행보에 관한 모든 은유에 적용되는 법칙이다.

위고적 상상력의 한 변주를 제시하는, 보다 경직된 미궁에 관한 다른 이미지를 하나 보자(『레 미제라블』 5권, 156쪽) : "파리의 지하는, 지면을 뚫고 들여다볼 수 있는 눈이 있다면, 거대한 한 덩이 녹석의 모습을 보여주리라. 그것은 원지름 24킬로미터의 흙덩이처럼 거의 구멍과 통로가 없는 해면체인데, 그 위로 고대 이래의 거대한 도시가 얹혀 있다.'

스트린드베리의 몽상 속에서 너무나 강력하게 등장하는 배설물 가득한 지옥을 여러 모로 연상시키는, 역병 창궐한 이 지옥은 위고의 작품 세계 속에서 수많은 이미지들을 발견한다 : "몽텔르리 가(街)의 하수도 입구는 거기서 나오는 역병으로 유명했다. 끝이 뾰족한 쇠 철문은 마치 이빨이 늘어서 있는 듯한데, 사람들 위로 지옥의 입김을 불어대는 용 아가리처럼 그 하수도는 치명적인 길에 위치해 있었다." 살아 있는 이 입 뒤로 동물이 길게 누워 있는 것 같지 않은가. 달리 말하면 미궁이 살아 움직이려는 듯하다. 몽상 속 존재들이 하수도 속을 돌아다닌다. 위고의 상상력은 거기서 "길이가 15피트가 되는 지네"를 본다(166쪽).*

이런 위고에게는 하수구와 대장 사이의 비교도 자연스레 등장한다. 보두앵은 이런 계제를 보고 항문 콤플렉스의 발현이라고 강조한다. 그는 『빅토르 위고의 정신분석』이라는 자신의 훌륭한 저작을 특징짓는 모든 역량을 다해 그리 말한다. 이 이미지의 심리학적으로 중요한 역할을 보여주기 위해서는 몇 가지 언급을 다는 것만으로 충분하리라. 이 이미지는 정말이지 '리바이어던의 대장(大腸)', '바빌론의 소화기관 같은 이 배출구 지하 묘당의 끔찍함에 필적할 것은 아무것도 없었다'(『레 미제라블』 5권, 174쪽) 등의 제목을 단 일련의 장(章)들을 사로잡는다. 파리의 한 하수구 안에서 총싸움이 벌어졌다 : "폭음은 그 지하묘당 안으로 이 거대한 창자가 꾸르륵거리는 소리인 양 메아리지며 울려퍼졌다"(『레 미제라블』 5권, 198쪽).**

---

* 그리하여 더없이 이해하기 어려웠던 은유들이 어둠 속 움직임으로서의 의미를 부여받게 된다 : "어둠 사이로, 광채였던 것의 오물 속으로, 그 커다란 눈먼 두더지, 과거가 배회하는 것을 정신은 본 것이었으리라."

** 앙드레 베이가 들려주는 청소년기의 꿈에서, 깊은 꿈이 그러하듯, 무의식의 심적 역역

『웃는 사람』에서는 어두운 미궁이 같은 이미지를 불러오는데, 이런 사실은 우리 견해로는 어떤 원형의 활동을 잘 증거하는 것이다(제2권, 헤첼 판, 127쪽) : "이 장(腸)은 우회하고 있었다 ; 모든 내장은 꼬불거린다 ; 감옥의 내장도 인간의 내장도…… 회랑에 깔려 있는 포석은 대장처럼 끈적거렸다." 어떤 감옥의 복잡한 복도를 보다 더 경멸하게끔 독자들을 유도하기 위해, 누구나 자연스레 느낄 혐오감을 덧칠해놓았다고 천연스레 믿는 화자의 저 기이한 믿음을 잘 가늠해보기 바란다! 문학적 팔레트는 화가의 팔레트와 달리 **직접적 수단**을 가지지 못한다. 그러나 매우 간접적인 이 문학적 **물감**도 확실하게 작용력을 행사할 수 있는 것이다.

소화에 관한 온갖 이미지들을 구사하면서 위고는 다음 어휘들로 '진노에 사로잡힌' 나일 강 하구가 범람하던 시절을 말하고 있다 : "이 문명의 위는 잘 소화해내지 못했다. 하수구는 도시의 식도로 역류했다. 그리하여 파리는 진흙탕이 풍기는 뒷맛을 가졌다. 하수구와 회한의 유사성은 좋은 점이 있었다. 그것은 어떤 경고가 되었던 것이다." 이처럼 은유가 정신적 영역 안에서[50] 발현되는 일은 이미지의 모든 특성과 가치들은 집중 수렴한다는 사실을 모르는 심리학자나 놀라게 할 일이다. 파리의 하수구에 바쳐진 이 여러 장에서 빅토르 위고는 장 발 장의 영웅적 헌신이 '진흙, 그러나 영혼'이라는 제하로 그려질 대목을 준비하고 있는 것이다. 게다가, 『레 미제라블』에서 도시는 그 얼마나 자주 과오를 짊어진 영혼, 그러나 선을 지향하는 동요된 영혼으로 그려지고 있는지!

위고의 우주적 비전은 이미지의 등급을 자연스레 상향시킨다. 그로서는 지옥의 강은 괴물스런 하수구이다.

(心的力域)을 끊임없이 바꾸는 어떤 미궁들의 통합을 볼 수 있다. 하수구가 부풀어 커지다가 고무창 헤르니아를 일으킨다. 이어서 '지하 대로(大路)'로 변하는 대장(大腸) 내 여행에 대한 꿈이 이어진다.
50) 정신적 영역 안으로의 집중 수렴.

영겁의 추악한 신이 울어대는 지옥의 강 하수구에서……

　　　　　　　　　　　　—「독수리(Le Vautour)」, 『신(Dieu)』

홍수로 거대한 진흙이 쌓인 하수구……

　　　　　　—「교수대 아래(Sous le Gibet)」, 『사탄의 최후(La Fin de Satan)』

　때로는 몽상의 심화력이 워낙 커서, 아주 상이한 이미지들이 연관성을 가질 때도 있다. 그럴 때 하수구는 탄광과 대장에 동시에 관련된다. 그럴 때 하수구는 도시 건축가의 조심성의 산물이라 생각하지만 그것은 기실 지구의 모성에 대한 강렬한 꿈이다. 예를 들어 앙토냉 아르토 Antonin Artaud가 에메즈[51]의 신전을 묘사하고 있는 미궁의 꿈을 따라가보자(『엘리오가발 Héliogabale』, 60쪽) : "에메즈의 신전 아래에는 인간의 피가 특정한 동물들의 혈장과 만나는 특별한 하수도 체계가 있다. 집요한 나사 송곳 형태를 통해 땅 깊이 내려갈수록 좁아드는 이 하수도로, 희생자들의 피가 의도된 의식(儀式)과 함께 대지의 축성된 부분에 가닿으니, 혼돈에서 나와 굳어진 전율, 지질학적으로는 원초적인 광맥에 닿는다." 이런 글을 통해 시인은 우리에게 무엇을 묘사하는가? 신전인가? 배(腹)인가? 종교인가? 범죄인가? 전율하는 가슴인가, 도망치듯 흘러내리는 피인가? 베틀북같이 파고드는 나사송곳인가, 굳어버린 광맥인가? 어떤 통합 원리가 많은 상충적인 것들을 하나로 묶고 많은 가치들을 모으기 위해서는, 그 원리가 종국적 통합에 결부되어야 한다. 즉, 여기서는 대지로 하여금 어머니이자 동시에 죽음이기를 허락하는 모성의 그 이원론에 작용해야 한다. 그리하여 피에 젖은 제단의 이 배출관은 모든 심연을 통합하는 몽상적 고고학의 한 예가 될 수 있다.

　더 들 수 있는 이런 예들 속에서, 상상력은 대지 아래로 무시무시한

---

51) Emése : Emesa. 오늘날의 한스Hans. Cælésyrie의 옛 도시. 이 도시에 있는 태양 신전으로 유명하며, 엘리오가발(혹은 엘리가발) Élagabal은 이 신전의 대제사장이었다.

가치 부여 작용을 하고 있음을 보게 된다. 여기서 현실은 아무 소용이 없음을 확실히 알 수 있다. 하수구에 대해 말하기 위해 하수구를 보러 갈 필요는 없다. 시커먼 물살, 지하 진흙탕에 대한 혐오감을 조직화하면 되는 것이다. 문학에서의 하수구는 혐오의 산물이다. 우리가 여기서 강조해야 하는 것은, 추악한 이미지들 역시 상호간의 결합성을 가지고 있으며, 끔찍한 물질에 관한 상상력도 제 나름의 통일성을 가지고 있다는 점이다. "오물의 이 진실성이 우리를 기쁘게 한다"라고 빅토르 위고가 쓰고 있듯이(『레 미제라블』 5권, 161쪽).

13

지하 관련 직업이 어떤 사람들 마음에는 매혹을 불러일으킬 수 있는 사실을 보여주기 위해서 우리는 여기서 샤를마뉴 고등학교 교사인 르노 씨가 우리에게 전해준 한 초등학생의 과제물을 제시하고자 한다. 문맥을 있는 그대로 보여주고자 하는데, 간혹 묘사가 엉뚱한 곳이 있어도 불어 작문은 언제나 나름대로의 통일성을 가지고 있기 때문이다. 학생은 열두 살이다.

"장래 어떤 사람이 되고 싶은가? 그리고 그 이유는?"

"나는 하수구치기가 되고 싶습니다. 어린 시절부터 내 꿈은 하수구치기였습니다. 제게 이 직업은 그저 놀랍게만 여겨집니다. 지하의 창자를 통해 온 지구를 누벼야겠다고 곧잘 상상했어요. 바스티유로 들어가서 지옥까지 연결되겠죠. 중국이나 일본, 아랍으로도 나올 수 있겠죠. 소인국들도 보러 갈 수 있을 거고, 유령들, 지하 요정들도 보러 갈 겁니다. 지구 속을 누비는 여행을 할 거라고 혼잣말을 하곤 했죠. 나는 아직까지도 하수구 속에는 감춰진 보물이 있어서 거기 소풍을 가서 흙을 파내고 금과 보석을 잔뜩 찾아내서 부모님께 돌아가리라 상상한답니다. 그

러면 난 말하겠죠 : '이제 넌 부자야, 큰 정원이 딸린 멋진 성을 사야지.'

그리고 하수구 안에서는 만남도 있을 겁니다. 내가 주인공이 될 드라마가 펼쳐지겠죠. 소녀가 갇혀 있는 감옥이 있고, 나는 그녀의 탄식을 듣고 그녀를 구하러 달려가서 그녀와 결혼하려는 사나운 마법사의 손에서 그녀를 구해낼 겁니다. 나는 손에 등잔과 곡괭이를 들고 나서겠죠.

그리고 끝으로 정말이지 이보다 더 위대하고 좋은 직업은 내 아는 바로는 없습니다.

그러나 내가 하수구치기라는 직업이 과연 무엇인지, 즉 그것이 힘들고 괴롭고 불결한 직업이라는 것을 알았을 때, 난 그것이 쥘 베른의 이야기나 멋진 청소년 도서에나 나오는 일이지 내가 꿈꾸던 그런 직업이 아님을 알았습니다. 이런 발견과 더불어 직업이란 휴가가 아니라 빵을 얻기 위해 고단하게 노력하는 일임을 알게 되었습니다. 그래서 나는 다른 직종을 알아보려고 결심했습니다. 서점 주인이 되는 일이 몹시 내 마음을 끌었습니다. 어린 학생들과 사람들에게 내가 책을 판다면 참 멋진 일이 아닐까요. 나는 책을 정기구독하기도 하고 사람들은 서가의 책을 바꿔 보러 오기도 하겠죠. 새학년이 되면 학생들이 내게서 책, 책가방, 펜도 사가겠죠…… 가끔씩 사탕을 사려고도 오지 않을까요……"

14

이 책 대부분의 장에서 우리는 고립된 이미지들의 연구에 할애된 일련의 모노그라피를 시도해보았다. 하지만 일차적 모습으로 볼 때 동굴·위(胃)·굴·협로 등 워낙 서로 다른 이미지들이지만, 무한한 은유들이 그것들을 서로 작동시키고 있음을 알 수 있었다. 우리는 이 장의 결론으로 각 개별 이미지 연구에서 할 수 있는 것보다 포괄적으로 이

상호적 은유의 힘에 대해 성찰해보고, 심연 이미지들의 **동형성** 법칙을 정립하고자 한다.

개별적 이미지들로부터 어떻게 우리가 심화에 대해 언급할 수 있는지 먼저 환기하도록 하자. 그러기 위해서 우리는 네 가지 출발점들만 고려한다 :

첫째, 동혈
둘째, 집
셋째, 사물들의 내부
넷째, 배〔腹〕

이 네 이미지들 각자에 있어서 먼저 **명백한 심화**가 있음을 고려해야 할 것이다. 대지는 굴·짐승 소굴·동굴 등을 제공하고, 이어 용기 있게 탐험할 우물과 광산이 온다. 즉, 휴식의 몽상 대신에 파내려가는 의지, 대지의 보다 깊숙한 곳으로 내려가려는 의지가 자리잡는다.[52] 고요하건 적극적이건, 이 모든 지하적 삶은 우리에게 깔려 눌리는 악몽이나 좁은 협로에 갇히는 악몽을 남긴다. 우리는 그 악몽 중 몇몇을 미궁에 관한 이 장에서 연구한 바 있다. 몽상이 차츰 악몽이 되는 경우들인 것이다.

집도 스스로 땅으로 파고들며, 땅에 뿌리를 박으니, 집은 우리 인간에게 어떤 하강을 유도한다. 집은 인간에게 비밀과 감춰진 것에 대한 감각을 깨우친다. 그런 다음 극적인 사건이 뒤따른다. 이제 집은 은신처일 뿐 아니라 지하 감옥이 된다. 지하 포도주 저장실에 갇힌 자를 그려 보이는 소설은 드물지 않다. 『검은 고양이』나 『아몬틸라도의 큰 통』 같은 콩트는 일생 내내 산 채 땅에 묻힌 자로서 고통을 겪었다고 하는 에드가 포가 이런 이미지의 공격성 역시 잘 알고 있었음을 보여준다. 에드

---

52) 앞의 동혈·굴·동굴은 휴식의 몽상과 관련되고, 뒤의 우물과 광산은 의지의 몽상과 관련되는데, 전자들에서 후자들로는 명백한 심화가 있다.

가 앨런 포 같은 이의 '지하' 생활은 집과 무덤의* 양가성을 자연스레 보여준다.

사물들 내의 심연도 겉모습과 감춰진 것 사이의 동일한 변증법에서 나온다. 그런데 이 변증법은 비밀을 간직하려는 의지, 강한 비밀과 응축된 질료들뿐만 아니라, 반지의 거미발 속에서도 독과 독액을 끌어 모으는 몽상[53]에 의해 곧 영향받는다. 심연 질료에 대한 꿈은 '지옥에 결부된 가치'에 의해 유혹을 받는다. 분명 질료는 선한 심연을 가지고 있다. 독약이 있는가 하면 향료와 치유액도 있다. 그러나, 양가성이 균형을 이루는 것 같지는 않고, 여기서도 악이 근본적 질료인 듯 보인다. 외양의 세계에 대한 넓은 인식을 획득한 후 질료의 내밀성에 대한 꿈을 깊이 파고드노라면, 위험의 의미를 새삼 발견하게 된다. 모든 내밀성은 그즈음 위험스럽다.

우리는 안이한 내밀성을 드러내주는 이미지로 배(腹)의 이미지를 든 바 있다. 이 낡고 몽상적 힘이 완전히 결여된 상징 주위로 문학 이미지

---

* 무덤에 관한 모노그라피는 이 책에 담지 않았다. 그런 연구는 자연스레 죽음의 이미지에 중점을 두게 될 것이다. 그래서 그것은 우리의 현 연구와 전혀 다른 관점으로 전개될 것이다. 하지만 집·동굴·무덤, 이 세 가지 휴식의 이미지들 사이의 다양한 관련성을 어떤 검토 단계에서 발견할 수 있을 것이다. 많은 민족들이 동굴에 무덤을 판 것을 보라(뤼시앙 오제, 『무덤론 *Les Tombeaux*』, 55쪽). 대다수 민족에게 '마지막 거처'는 진정 거처이다. 시칠리아의 디오도로스[5]는 이렇게 쓰고 있다 : "이집트인들은 산 자의 거처는 일시적 거처라 부른다. 왜냐하면 짧은 시간 거기 머무르기에. 반대로 그들은 무덤을 영원의 집이라 부르는 데 이유는 거기에 영원히 머무르기 때문이다. 그래서 그들은 집을 꾸미는 데 별 정성을 기울이지 않지만 무덤을 찬란하게 하는 데는 무엇 하나 소홀함이 없다." 피라미드에 관한 거대한 문학의 탑은 흥미 있는 심리적 연구 대상이 될 수 있다. 고고학적 심리학을 위한 무수한 자료를 거기서 찾을 수 있을 것이다.

⑤ 시칠리아의 디오도로스(BC 90~BC 20) : 그리스의 역사가. 로마에서 활동하면서 유럽과 다른 나라들을 여행했다. 40권으로 된 그의 『역사서고(Bibliothèque historique)』는 기원에서부터 카이사르가 골 지방을 정복한 시기까지를 기록한 역사서로, 독창성이 없는 편집물이긴 하지만 고대 로마에 관한 귀중한 정보를 알려주는 책이다.

53) 반지의 보석은 그 빛과 아름다움의 긍정적 가치 부여 작용을 말하지만, 바로 반지 밑의 거미발은 거미발이기 때문에 부정적으로 평가되고 있다.

들을 모아볼 때 우리는 이 빈약한 이미지도 '작용'할 수 있음을 차츰 알게 되었다. 조사하는 동안 우리 자신도 그것이 가지는 심화력에 놀라지 않을 수 없었다. 그 이미지를 따라가면서도, 미궁과 골방의 이미지 심화를 통해 벌써 성격 지은 바 있는 같은 선(線)을 우리는 되발견할 수 있었으니, 우리는 우리 육신[54]도 하나의 '숨는 곳'임을 알게 되었던 것이다.

만일 우리가 꾸는 미궁에 관한 악몽에 보다 큰 주의력을 기울인다면, 우리는 미궁 인상을 주는 많은 육신적 현실을 우리 안에서 발견할 수 있을 것이다. 제 모습을 보는 환각이 약간만 지나쳐도 우리는 몸 안에 여러 관(管)이 연결된 것을 볼 수 있게 된다. 우리 안에서 약간 길게 연결된 모든 것이 도선이 된다. 내밀한 수력학이 물질적 이미지 경험을 우리에게 제공하면서 제시된다. 우리는 그때 깊은 곳에 있음을 느끼게 된다.

확신은 어디서 형성되는지 알 수 없다. 그것은 내향적 관점에서, 아니면 외향적 관점에서 형성되는 것일까? 깊이를 잴 수 없는 바다는 어디에 있는가? 깊이를 아주 다 헤아리지 못하는 것, 그것은 깊은 우물인가, 배[腹]인가? 기도하듯 간절히 원하는 무의식에 있어서, 삼키는 무의식에 있어서, 배는 움푹하다. 더 나아가, 장기(臟器)들은 모두 동굴이 된다. 저자가 친필 상태로 우리에게 보여준 소화 정신분석학 시론에서 에르네스트 프랑켈이 말하듯 "모든 장기는 무언가가 거기에 들어갔다가 다시 거기로부터 벗어나는 공간이다." 그러나 이런 나들기는 전혀 상칭적(相稱的)이지 않다. 그것들은 각기 아주 뚜렷하게 구별되는 역동적 가치를 지닌다. 에르네스트 프랑켈이 '위(胃)의 기(氣)'라 부른 것이 성립하는 것은 바로 이런 역동적 가치 위에서다. 프랑켈이 아주 잘 지적하듯이 이 위의 기(氣)는 "본질적으로 순환기질적이다." 가득 찬 위, 빈 위는 밤낮을 이으며 정상적이고도 유익한 순환의 기본을 이룬다.*

---

54) 인간 육신의 복부를 특히 염두에 두고 있다.

포식과 배설의 역동성에 관한 이런 주제 위로 실제적이건 상상된 것이건 진정한 공간 구성이 성립된다. 자연계는 상상하는 가운데 활동한 것일까? 프랑켈로서는 "위강(胃腔) 특성estomacité이 공간의 구성적 조성에 가장 크게 반영된 것은 바로 반추동물에게서이다". 그림Grimm 동화에 나오는 암소는 '자신의 요나'를 반추한다. 구성적 반추에 대해 상상하는 몽상가는 반추동물의 위에는 왜 그리 많은 주머니가 달려 있는지 자기 나름대로 이해할 수 있는 첫 단추를 가진 셈이다.

15

이토록 다양한 이미지들이 상호 가까운 몽상적 의미화를 향해 이토록 규칙적으로 수렴된다는 사실은 우리가 심화라는 진정한 방향으로 이끌리고 있음을 의미하지 않겠는가? 우리는 깊은 존재들이다. 우리는 표면 아래로, 외양 아래로, 가면 아래로 모습을 숨긴다. 그러나 우리는 다른 사람들에게 모습을 숨길 뿐 아니라 우리 자신에게도 모습을 숨긴다. 그런데, 심연은 우리 안에 있다. 장 발Jean Wahal의 문체를 따른다면 초-하강이 말이다.

전설적 영감을 찾던 레미조프[55]가 꿈꾼 바도 그렇다. 그 영감의 숨결은 "바깥에서부터 우리에게 불어오는 것이 아니라 우리 생각 안에 있다. 그것은 더없이 캄캄한 심연의 꿈이다. 그것은 부유(浮游)하는 말로

<hr>

* 알프레드 자리의 작품에 나타난, 소화하는 배의 나르시시즘을 모리스 사이에Maurice Saillet는 분명히 밝힌 바 있다(『퐁텐』 61호, 363쪽) : "흉측한 나르시스, 존재하는 모든 것은 그의 탐식성의 모습을 이룬다"고 그는 말하고 있다. 인생은 이때 '만연된 일종의 소화'로 변모한다.

55) Remizov(1877~1957) : 러시아 출신의 소설가. 모스크바 교외 빈민가에서 보냈던 어린 시절의 영향을 깊이 받은 그의 소설 『늪』(1905)과 『십자가의 자매들』(1910)에는 고통과 연민이 배어 있다. 하찮은 일로 볼로그다Vologda에 유배되었을 때, 그곳에서 그는 환상과 유

서, 거기서부터 명상이 태어나고 그 명상은 나의 의식에 이른다." 우리는 여기서 말을 조금 바꿔 '아래의 나'의 의식에 닿는다고 말하고 싶다. 즉 지하의 코기토에, 우리 안에 있는 지하층, 깊이를 알 수 없는 바닥에 말이다. 우리가 지금껏 모아 살펴본 이미지들이 모두 잠겨드는 심연이 바로 이 심연인 것이다.

우리 자신 안을 침잠한다는 것은 이런 잠수하듯 깊이 내려가는 묵상의 첫 단계일 뿐이다. 우리는 우리 안으로 내려간다는 것은 다른 성찰을, 다른 묵상을 결정짓는다는 것을 느낌으로 안다. 이 성찰을 위해 이미지들이 우리를 도와준다. 우리가 우리 자신의 신비 속으로 내려가는 바로 그 동안, 종종 우리는 이미지들의 한 세계만을 그려내고 있다는 느낌이 든다. 우리는 심연에 관한 위대한 이미지들과 수직적으로 동형이다.

머가 섞인 그의 소설의 토대를 이룰 러시아 민담과 전설을 발견했다. 1923년 파리로 망명한 후, 환상과 꿈을 향한 취향을 마음껏 펼쳐 보였다. 열정적인 애서가인 그는 러시아 언어를 탈라틴화시키면서 옛 러시아어의 근원으로 돌아가려 했고, 러시아 문자언어를 구두언어에 보다 가까운 형태로 만들기 위해 노력했다.

제3부

8장 ● ● 뱀
   Le serpent

9장 ● ● 뿌리
   La racine

10장 ● ● 포도주 그리고 연금술사의 포도나무
   Le vin et la vigne des alchimistes

8장
뱀

1

　문학 이미지로서 뱀을 연구한다는 것은 신화 연구에 대한 우리 입장을 아주 분명히 정해준다. 인도 신화에서 뱀의 역할을 요약하는 일만 우리에게 부과되었다 해도 우리는 책을 한 권 써야 할 것이다. 그러나 이 작업은 이미 수행되었으니, 예를 들어 J. Ph. 보겔의 『인도 뱀 연구(Indian Serpent lore)』를 참고하기 바란다.* 보다 최근 것으로는 샤를 오트랑Charles Autran이 『힌두 무훈시(L'Epopée hindou)』를 통해 힌두

---

* 런던, 1926.

설화에 등장하는 나가라는 뱀[1]을 자세하게 연구한 것이 있는데, 그는 아시아, 이집트, 아메리카 대륙 등 더없이 다양한 지역의 민간 전승을 통해서도 같은 주제를 추적했다. 한편 파울리 비소바Pauly-Wissowa의 『백과사전(L'Encyclopédie)』에서 뱀에 주어진 항목은 고전적 신화에 관한 여러 가지 정보를 제공할 것이다.

이처럼, 이 중요한 신화적 가치에 접근하자마자 자료는 도처에서 찾을 수 있다. 뱀의 이미지는 전통적 이미지가 되었고 동서고금의 시인들이 그것을 흔히 시의 주제로 삼고 있음은 더이상 놀랄 일도 아니다. 하지만 즉자적 상상력, 생생한 상상력을 대상으로 우리가 펼치는 몹시 제한된 영역의 연구로는 이 뱀의 이미지가 전통에 의해서 생겨난 것이 아닌 경우에서만 그 이미지를 다루어보는 것이 유용하리라 생각되었다. 만약 이 일을 제대로 해낸다면 우리는 이미지 생산의 자연적 성격을 증거할 수 있을 것이고, 부분적 신화, 하나의 이미지에 제한된 신화가 성립되는 것을 볼 수 있을 것이다.

게다가 이 자연스런 신화가 더없이 단순한 문학 행위인 은유 속에서 성립되고 있음을 볼 수 있어서 매우 흥미로울 것이다. 이 은유가 진실하기만 하면, 그것이 시인을 깊이 끌어들이기만 한다면, 우리는 즉시 주문(呪文)의 음조를 거기서 발견할 것이니, 은유란 현대적 주문이라고 말할 수 있으리라.

이처럼 해묵은 한 이미지의 단순한 변주들을 가지고, 문학 상상력이 실제로 매우 인간적인 어떤 기능을 계속하고 있음을 우리는 보여줄 수 있을 것이다.

---

1) 인도 신화에서 신체의 반은 사람의 모습이고 나머지 반은 뱀의 모습을 한 물과 비의 요정. 안정과 번영을 가져온다고 하며 용을 가리키기도 한다.

2

　뱀은 인간 영혼에 있어서 더없이 중요한 원형들 중 하나다. 뱀은 동물들 중에서 가장 대지적이다. 그것은 정말이지 동물화된 뿌리이며, 이미지들의 질서 속에서 뱀은 식물계와 동물계를 잇는 연결선이다. 우리는 뿌리에 관한 장[2])에서 이같은 **상상적 진화**, 모든 상상력 속에서 여전히 생명력을 지니고 있는 이런 진화를 증거해줄 예들을 제공하게 된 것이다. 뱀은 땅 밑, 그늘 속, 검은 세계 속에서 잠들어 있다. 그는 아주 조그만 구멍만 있어도 두 돌 틈 사이를 비집고 땅에서 나온다. 그는 놀라운 속도로 다시 땅으로 들어가기도 한다. 샤토브리앙Chateaubriand은 말한다[*] : "여타 모든 동물들의 움직임과 다른 그의 움직임을 보자면 그 이동력의 원리가 어디에 숨어 있는지 말할 수 없는데, 그것은 그가 지느러미도 발도 날개도 없기 때문이다. 그래도 그는 그림자처럼 달아나는가 하면 기적처럼 사라지곤 한다." 플로베르는 바로 이 문장을 우언법 목록집 안에 적어놓았다. 이 목록집에 깃들여 있는 비꼼의 정신은 그가 이동의 원리를 꿈꾸는 것을 방해하고 있지만, 우리가 상상력의 역동성을 좀더 체험하게 되는 이 장 끝에서 우리는 그 원리를 잘 이해하게 될 것이다. 그러나 여기서 벌써, 파충류가 땅 밑으로 사라지는 것을 한 번이라도 본 적이 있다면, 땅 밑으로 사라질 때의 그 놀라운 신속성에 한 번이라도 경탄한 적이 있다면, 느릿한 파행과 대조를 이루는 이 번개 같은 파행에 대해 한결 잘 꿈꿀 수 있는 위치에 있는 셈이다. 꾸불꾸불한 화살인 뱀은 마치 땅에 흡수되는 양 땅 속으로 들어가버린다. 이와 같은 땅으로의 잠입, 격하고도 능란한 이런 역동성은 흥미로운 역동적 원형을 세우기에 족하다. 그런데 뱀은 바로 그 역동적 성격으로 인해 C. G. 융이 제시한 원형 개념을 풍부하게 증명해 보인다. 이 정신

---

　2) 이 책의 제9장.

　[*] 샤토브리앙, 『그리스도교 정수(Le Génie du Christianisme)』, 가르니에 출판사, 138쪽.

분석학자에게 원형은 더없이 먼 무의식 안에 제 뿌리를 가지는 이미지, 우리 개인의 삶이 아닌 어떤 삶에서부터 나온 이미지인데, 일종의 심리적 고고학에 의거할 때에만 그것에 대한 연구가 가능하다는 것이다. 그러나 원형을 상징으로 제시한다는 것은 충분하지 못하다. 원형들은 주동적 상징들des symboles moteurs이라고 덧붙여 말해야 한다. 뱀은 우리들에게 주동적 상징으로 '지느러미도 발도 날개도 없는' 존재이며, 자신의 추진력을 외부적 기관에, 인위적 수단에 귀속시키지 않은 존재, 반대로 제 모든 운동력을 내적 추진력에 둔 그런 존재다. 이런 뱀의 운동이 땅을 찌른다고 덧붙여 말하면 물질적 상상력뿐 아니라 역동적 상상력에 있어서도 뱀은 대지적 원형으로 제시되는 점을 이해하게 된다.

이런 심리적 고고학은 이미지를 일종의 원초적 정동(情動)을 통하여 지시한다. 바로 그런 이유에서 뱀의 이미지가 심리적으로 생생한 것이다. 기실, 유럽인의 생활에서 뱀은 대개 동물원 안에 사는 존재다. 그의 혀와 방문객 사이에는 언제나 유리 보호창이 있다. 하지만 냉정한 관찰자인 다윈Darwin도 뱀에 대해서는 본능적 반응을 고백한다 : 뱀이 다윈 쪽으로 대가리를 물렁하니 내밀 때, 유리 우리 안에 갇힌 뱀이 실제 공격을 할 수 없다는 것이 분명한데도 그는 **본능적으로** 뒷걸음친다. 정동—참 예스런 말투이기도 하다—이 저 더없이 분별력 있는 자[3]를 지배하는 것이다. 뱀 앞에서 두려워하는 우리 영혼 안에 우리의 조상님네들이 함께 공포에 떨며 줄줄이 찾아오는 것이다.

3

이 공포감에는 갖가지 혐오감이 뒤따르곤 하는데, 그 깊이의 순서를

---

3) 다윈.

말하기가 언제나 썩 쉬운 일은 아니다. 정신분석학자들은 분명 어려움 없이 뱀의 이미지에 관해 성기 영역이나 항문 영역의 금기를 파악해낼 것이다. 하지만 가시적 상징이 가장 결정적인 것은 아니어서, 랑크Rank 라는 탁월한 정신분석학자는 뱀의 '음경적 의미'는 일차적인 것이 아니라 이차적인 것임을 앞서 지적한 바 있다.[*] 물질적 상상력은 한층 깊이 잠들어 있는 이미지와 윤곽이 덜 분명하며 필경 더 깊은 이미지들을 각별히 환기할 수 있는 것 같다. 우리는 종종 뱀이 차가움에 대한 혐오감을 상징할 수 없는지 자문하곤 했다. 도댕Daudin은 19세기 초에 이렇게 말하기도 한다(『일반 박물학 및 파충류 박물학 *Histoire naturelle géné-rale et particulière des Reptiles*』, 1권) : "동물 연구에 전념하려면 꾸준한 연구 자세와 더불어 일체의 혐오감을 극복할 줄 하는 용기를 겸해야 하고 두려움과 혐오감 없이 추악하거나 악취를 풍기는 동물을 지켜보고 만질 줄 알아야 한다." 그는 헤르만Herman이 『동물종 목록 (Tabulae affinatum animalium)』에서 양서동물이라는 이름 대신에 저온동물이라고 부르기를 제안한 바를 환기하면서 "후자는 냉기·혐오감·창백함을 뜻한다"라고 말하고 있다. 뱀이 주는 극단에 치닫는 혐오감을 불러일으키는 특성들에 관한 상상적 통합을 여기에서 읽을 수 있다. 그러나 일반론은 경계해야 한다. 생선의 냉기와 파충류의 냉기는 전적으로 똑같은 상상적 기능을 가진 것은 아니다. D. H. 로렌스로서는 (『캥거루 *Kangourou*』, 불역서, 396쪽) 생선은 "추상적이고 차고 고독하다." 그러나 차가운 물에서 건져올린 생선의 냉기는 물질적 상상력에 어떤 문제도 제기하지 않는다. 그것은 혐오감을 주지 않는다. 반대로, 여름날 땅 속에 있는 차가운 뱀은 물질적 기만이다.

하지만 차가움의 심리학을 정립하기 위해서는 더 많은 자료들을 제시해야 할 것이다. 많이 찾아보았음에도 불구하고 우리는 지금까지 차

---

[*] 샤를 보두앵 『영혼과 행위(Ame et Action)』, 57쪽.

가움에 관한 상상 작용을 객관적으로 연구하기에 충분한 자료들을 확보하지 못했다. 남북극 여행에 관한 수많은 이야기를 읽었지만 추위를 그저 하나의 온도계에 관련된 수치적인 것, 완전히 이성적으로 그려낸 것말고는 찾지 못했다. 추위란 우리 생각에 인간의 상상력 가운데 가장 큰 금기 중 하나다. 열기 어떤 점에서는 이미지를 태어나게 하는 것과 달리, 추위는 상상되지 않는다고 할 수 있을 것이다. 시체의 냉기는 상상력을 가로막는다. 상상력으로서는 시체보다 더 차가운 것이 없다. 죽음의 냉기 그 너머란 없다. 독을 퍼뜨리기 전에 뱀은 우리 혈관 안의 피부터 얼려버린다.

제대로 탐사하지 못하면서 우리가 지금 제시하는 이런 영역까지 가지 않고, 그러니 잘 알려진 상징들의 차원에 머무를 때, 정도의 차이는 있겠지만 성적(性的)으로 받아들여진 뱀에 대한 혐오감은 어떤 양가성을 가지지 않고서는 절대로 성립하지 않음을 이해하게 된다. 즉 뱀은 정말 자연스럽게 **복합적 이미지**, 아니 보다 정확히 말하자면 **상상력의 복합성**인 것이다. 뱀은 생명과 죽음을 다 주는 존재로 상상되고, 유연하면서도 단단하고, 꼿꼿하면서도 둥글고, 부동적이면서도 잽싸다. 바로 그런 이유에서 뱀은 문학 상상력에서 그리도 큰 역할을 행사하는 것이다. 그림이나 조각의 형상으로 재현했을 때 너무나 무기력해 보이는 뱀은 순수 문학 이미지의 으뜸이다. 그가 가진 온갖 모순이 생생히 드러나고, 오래된 온갖 상징이 다 현동화하기 위해서는, 뱀을 그린 문학 이미지의 **논증성**이 필요하겠다.[4] 우리는 이제 실제 문헌들을 제시하고자 한다. 그 문헌들은 어떤 무의식적 원형이 얼마나 놀라운 은유들의 창출을 가능케 하는지 보여줄 것이다.

4

뱀이라는 원형은 빅토르 위고의 시세계에서 각별한 활력을 띠는데, 그렇다고 해서 물론 이 강한 이미지의 힘이 하나의 실제 사실에서 비롯된다고는 말할 수 없다.[5] 이런 점에서, 현실 경험의 기억에 우위하는 상상력의 수위성을 보여줄 수 있을 어떤 언급을 할 수 있다 : 빅토르 위고의 이미지 사전은 E. 위게E. Huguet가 만든 바도 있지만 흥미롭고도 유용하다. 그러나 이미지들 색인표 머리에 '은유를 낳은 사물명사들'과 '은유적으로 사용된 명사들'을 구별해달라는 주문을 달아놓은 것을 읽게 되면 매우 당혹스럽다. 그것은 사물에 대한 사실적 묘사에 지나치게 신뢰를 둔 소산이 아닐까. 기실, 위게가 해놓은 구별이 소용없음을 보기 위해서는 위게 자신이 골라놓은 위고의 텍스트들을 살펴보는 것으로 충분하다. 시인[6]에게 사물은 이미 하나의 이미지이며 사물[7]은 상상력의 가치이다. 실제 사물은 그것이 원형에서 부여받는 강한 흥미에 의해서만 시적 힘을 가진다.

『라인 강(Le Rhin)』(2권, 174~175쪽)에서 빅토르 위고 자신도 뱀이라는 원형이 야기하는 이미지들의 용출력에 놀라고 있다 : "그리고 나는 사람들 머릿속에 뱀 이미지가 가득한 이유를 모르겠다. 뱀이 당신 뇌리 속을 기어다닌다고 믿어질 정도다 : 가시덤불이 언덕길 가장자리에서 살무사 무리처럼 획획댄다, 마부의 채찍은 마차 뒤를 따라오면서 창 너머로 당신을 물려 하는 잽싼 독사다.* 멀리서 안개 속으로 언덕들

---

4) 실제 문학작품의 예들을 들어 뱀 이미지의 다가성을 논증해 보이겠다는 뜻.

5) 이를테면 위고의 실제 뱀 체험과는 무관하다.

6) 위고.

7) 상상력과 인식 대상으로서의 객체. 오브제.

이 그리고 있는 선은 소화중인 보아뱀의 배처럼 출렁거리고, 잠의 세계가 허락하는 확대경 속에서 그것은 급기야 온 지평선을 에워싼 신비의 용처럼 보인다." 이 마지막 확대만으로도 이 주제의 몽상적 추진력을 느끼게 하기에 충분할 것이다. 그러나 그 전에 벌써, 어느 것도 현실에는 꼭 들어맞지 않는 이미지들의 복수성(複數性)이 감춰져 있는 중심 이미지의 존재가 드러난다 : 마차를 타고 가면서 그 요동에 온통 몸을 내맡기고 있는 시인은 무슨 꿈을 꿀 수 있을 것인가? 왜 이토록 많은 잠재적 울화의 인상이 있는지? 반감의 온갖 구실을 재현에서 찾으려 드는 도발적 상상력에 대한 새로운 증거를 여기서 어찌 보지 않을 수 있겠는가?

알렉산드르 블록Alexandre Blok의 시학 속에서 뱀은 지하 세계의 악의 징표인 동시에 정신적 악을 상징하며, 죽음을 연상시키는 존재이면서 유혹자다. 소피 보노Sophie Bonneau는 뱀이라는 원형의 다양한 적용상을 보여준 바 있다. 불행을 초래하는 여인에게 모든 것은 뱀이다. "그녀의 곱슬머리, 땋은 머리, 좁은 눈, 감싸는 듯한 매력, 그 미모, 그 불충실성까지도." 여기서 가시적 징표와 추상성의 혼합을 주목해야 할 것이다. 또한 다음과 같이 여러 곳에서 남근적 암시가 반복되고 있음도 주목해야 할 것이다 : "그녀의 좁은 구두 끝에 말 없는 뱀이 졸고 있다"(여러 시편, 특히 34쪽, 블록에 관한 논지와 비교해볼 것).

역동적 인상이 무기력한 사물에 부가된 것일 때, 그것은 각별히 괄목할 만하다. 예를 들어, 자신의 이미지에 역동적으로 의거하는 모든 몽상가들에게서와 마찬가지로 빅토르 위고에게 끈은 뱀이다.** 그것은 꿈틀

---

* 미국 시인 도널드 윅스Donald Weeks는 『개인 동물원(Private Zoo)』에서 방울뱀을 다음과 같이 묘사하고 있다 :
지적(知的)인 말들은/어둠 속에서 번쩍이는 채찍에 뒷발로 서며 반항한다/달빛 한 자락은 은빛과 방울로 된 S자 속에서/이운다
—클로드 루아 번역, 『시세계 47(Poésie 47)』, 36호

거리면서 목조른다. 그것을 보는 것만으로도 공포다. 거기서 자살의 도구를, 모든 죽음의 도구에 결부될 특유의 현기증을 너무 빨리 읽어내지 않길 바란다! 끈은 보다 자연스레 범죄적이다. 오직 독 때문에 위험할 뿐인 파충류에 이같은 교살력을 부여하는, 상상 세계에서의 혼효[8]가 이처럼 생생할 때가 종종 있다. 『얼룩 반점이 있는 띠(La Bande Mouchetée)』라는 코난 도일Conan Doyle의 소설의 저 신비로운 분위기를 형성하는 단어의 묘한 얼개는 바로 매듭 띠와 뱀의 이 혼효에서 태어난 것이다.

그와 마찬가지로 사행(蛇行)하는 큰 강은 단순히 지리적 형상이 아니다 : 칠흑 같은 밤중에도 언제나 한줌 빛은 남아 있어서 개울은 길다란 뱀 특유의 유연성과 능란함을 보이며 풀밭 사이로 미끄러져든다 : "완전히 캄캄한 심야에 어디선가 빛을 자아내 그것을 뱀으로 만드는 힘을 가진 물길."*** 위스망스(『대성당 La Cathédrale』 1권, 크레 출판사, 17쪽)에게는 자갈 깔린 하상(河床) 위로 흐르는 드락 강은 대지적 존재가 본 액체로 된 뱀이다. 급류는 "끓어오르는 납의 아롱 무늬진 거품과 흡사한 얇은 껍질" 비늘 무늬를 이룬다.

때로 개울에 부과된 뱀의 이미지는 그 개울에 무언지 모를 저주의 주술을 건다. 이런 이미지를 부여받은 개울은 고약해진다. 그윽하던 개울은 이제 대위법상으로 그려지는 듯 보인다 : 그리하여 개울을 뱀으로 혹은 강으로 읽게 되는 것이다. 우리에게 이런 이중 독서의 예를 제공하는 브라우닝Browning의 시 한 편을 보자.

정말 문득, 개울 하나가 내 길을 가로질렀네,

** 인도에서 쓰이는, 뱀의 무수한 은유적 명칭 중에서 보젤은 '이빨 달린 로프', '악취 나는 로프'라는 표현을 특기하고 있다(앞의 책, 12쪽).
8) 물질적 상상력(독)과 역동적 상상력(교살력)의 혼효.
*** 빅토르 위고, 『레 미제라블』 5권, 헤첼 출판사, 278쪽.

돌연, 그대를 찾아드는 뱀처럼

(……)

그리도 가늘지만 또 그리 화가 난……

(……)

말 없는 절망의 문으로, 물에 젖은 버드나무는 기울어졌네,

자살자 무리처럼*

이 시를 계속 읽노라면 독에 물든 풍경[9]이라는 인상이 짙어진다.

파충류 이미지가 행렬을 지으며 전개되지만 때로 중심적 존재가 결여되어 있는 듯 보이는 경우가 있다 : 그런데 뱀의 이미지가 생생하게 느껴지는 것은 어떤 세부묘사, 고립적인 어떤 역적(力積)[10]에 의해서다. 앙드레 아르니벨드André Arnyvelde의 『아치(L'Arche)』같은 아름다운 우주적 몽상 속에서 읽게 되는 부분이 바로 그런 예가 되겠다(45쪽) : "안개를 뚫으며 빛살이 와닿는, 사방 끝이 황금 박편으로 아롱진 검은 물결, 그 물결이 가라앉았고 암초 주변으로 똬리를 틀었다." 이미지는 물결과 파충류 사이에서 망설인다. 그러나 언제나처럼 결국 활동하는 것은 가장 동물적인 특성을 지닌 몽상이다.

게다가 상상력이 뱀의 이미지같이 아주 생생한 이미지의 동성(動性)을 부여받고 나면 상상력은 아주 자유롭게, 더없이 명백한 현실까지도 뒤집으며 이 동성을 펼친다. 바로 이런 연유에서 우리는 앙드레 프레노André Frénaud의 시구를 읽으면서 해묵은 이미지가 그 얼마나 새로워지는가를 느끼게 된다.

---

* 루이 까자미앙Louis Cazamian에 의한 인용, 『상징주의와 시(Symbolisme et Poésie)―영국의 경우』, 154~155쪽.

9) 뱀의 독이 퍼진 듯한 풍경.

10) 충동이라고 옮길 수도 있는 impulsion이라는 이 단어를 그것의 과학적 의미를 강조하여 역적, 혹은 운동량으로 파악하는 이유는 이하, 동성(動性), 운동 등의 바슐라르적 개념과 관련지어서이다.

개울을 거슬러오르는 한 마리 뱀처럼……

뱀으로 하여금 개울을 거슬러오르게 함으로써 시인은 이 이미지를 물의 영역과 파충류의 영역에서부터 해방시킨다. 우리는 프레노의 이 시구를 순수한 역동적 이미지의 더없이 명백한 예증의 하나로 기꺼이 제시하고자 한다. 문학 이미지는 그 어떤 그림 데생보다 더 생생하다. 문학 이미지는 형태를 초월한다. 그것은 물질 없는 운동이기까지 하다. 이 경우 문학 이미지는 순수 운동이다.

5

빅토르 위고의 작품 속에서 많은 변주를 보이며 등장하고 있는 어떤 이미지들은 소화 기능에 대해 생각하는 모든 정신분석학자들을 깜짝 놀라게 할 응축과 물질성을 생생하게 보여준다 : "뱀이 인간 안에 있다. 대장이 그것이다. 그것은 유혹하고 배반하고 벌한다."* 이 단 두 줄은 성적인 것이 전부가 아니며 더없이 물질적인 유혹, 그야말로 소화에 관련되는 유혹도 제 고유의 이야기를 가질 수 있음을 증명하기에 충분하다. 프레데릭 슐레겔이 다음과 같이 제시한 저 기이한 질문, 거기서 꼭 환상적 상상력을 보아야 하는 것은 아니고, 오히려 인생 현상에 대한 대지적 명상의 증거인 다음과 같은 질문에 위의 이미지를 근접시켜볼 수 있다 : "뱀들을 병적 산물로, 대지가 속에 지닌 대장균으로 볼 수 있지 않을까?"**

반면, 카르당Cardan에게 뱀이 먹는 것은 내장이 좁아 천천히 소화되

* 빅토르 위고, 『윌리엄 셰익스피어 (William Shakespeare)』, 78쪽.
** 프레데릭 슐레겔, 『생명의 철학 (Philosophie des Lebens)』, 141쪽.

기 때문에 아주 잘 익은 것이 되고 "바로 그런 이유에서 그들의 배설물은 냄새가 좋다"(앞의 책, 191쪽). 너무나도 별것 아닌 듯 보이는 구실만 있어도 선으로든 악으로든 이렇게 가치 부여 작용이 일어나고 있음은, 이런 이미지와 더불어 기실 매우 깊고도 오래된 무의식의 심층을 건드리고 있음을 증거하는 것이다.

6

정말 강한 특징을 부여받은 이런 이미지들 대신, 그저 활자의 엮음 장식을 뱀 무늬 형태로 부풀리기 위한 과장용 이미지도 있다. 아르튀르 랭보의 모음 소네트는 그의 독본서에 있던 채색 글자에서 최초의 질료를 얻지 않았을까 추정된 바 있다. 같은 질문이 빅토르 위고에 관해서도 제기될 수 있는데, 그는 작품 속에서 아주 자주 이니셜에 관해 꿈꾸면서 대문자 사용에 대해 특별한 비전을 투영한다 : "대문자 S는 뱀이다"라고 여행서인 『알프스와 피레네 (Les Alpes et les Pyrénées)』(65~67쪽)에서 그는 말하고 있다. 하기는 파충류가 기어오르는 형상이 장식된 대형 장식 대문자[11]를 볼 수 있는 것은 결코 드문 일이 아니다. 너무 딱딱하게 각진 대문자, 몸을 숨기고픈 이니셜을 좀 구부러뜨리러 뱀이 등장한 것 같지 않은가. 이처럼 동물 이미지를 덧입은 장식 선택에 있어서 때로 그 얼마나 큰 무의식적 고백이 어우러진 것일까!
　꽃줄 장식, 덩굴 장식, 그리고 뱀, 이 모두는 꿈꾸는 펜대 아래 살아 움직인다, 얽히고 꼬이고 친친 감긴 인생도.

---

11) 인쇄 용어로, 장, 절 처음에 사용하는 대형 장식 대문자.

우리가 아직도 많이 제공할 수 있을 아주 다양한 인용구들은, 뱀이라는 문학 이미지가 형태와 운동의 유희를 종종 넘어선다는 것을 잘 드러내 보인다. 알레고리들에 의하면 뱀은 아주 말을 잘 하는 존재, 변화무쌍한 매혹의 존재로 그려지고 있는데, 그것은 아마도 뱀의 이미지만 있어도 말을 하게 만들기 때문일 것이다. 그에 대해 온갖 얘기가 지어졌지만 아직 그 끝이 없다. 이처럼 언어의 저 바닥에 많은 문장을 지휘하는 특별한 단어, 아주 다양한 영역 위로 군림하는 단어들이 있다. 뱀이라는 하나의 용어의 술책 아래 놀라운 뉘앙스들이 무늬진다. 예를 들어 「뱀의 소묘(L'Ebauche d'un Serpent)」에서 시인[12]은 이른바 섬세함의 자연스러움을 발견하면서 놀이하듯 힘 안 들이고 온 우주의 모습을 다 제시할 수 있다. 이 우주, 그것은 거부된 세상, 교묘하게 경멸된 세상이다.

뱀이라는 단어는 다양한 영역 위로 작용한다. 속삭임의 유혹에서부터 비꼬는 유혹까지, 느릿느릿 다가오는 부드러움에서 느닷없는 휘파람 소리까지. 그는 유혹하기를 즐기는 것이다. 그는 말하는 자신을 듣는다.

> 나는 나 자신에게 귀 기울이고 그리고 내 구불거림 속에
> 내 생각한 바를 주절거린다……
> —폴 발레리, 「뱀의 소묘(Ebauche d'un Serpent)」, 『매혹(Charmes)』[13]

덧붙여 원형 이미지에서 원형 단어로의 이행을 말하기 위해 우리는 뱀이라는 단어를 기꺼이 예로 들 용의가 있다. 왜냐하면 여기서는 바로 이 단어가 이미지로서의 모든 무게를 지니고 있기 때문이다. 이미지에

---

12) 폴 발레리. 이하를 볼 것.
13) 『발레리 시 전집』, 박은수 역, 민음사, 116~117쪽 참고.

서 말로의 이러한 이행은 문학비평의 한 길을 열어줄 수 있으리라. 문학에서는 뱀은 자신을 표현함으로써 산다 : 그것은 죽음의 입김 서린 긴 언설이다.

그러나 중심적 원형 주위로 살펴본 이런 주변적 연구 끝에 우리는 이제부터 뱀의 이미지 안에 있는 모든 대지적인 것을 강조하고자 한다.

8

그 가장 좋은 방법은 즉각 우주적 뱀의 예를 드는 것이다. 여러 면에서 온 대지인 뱀의 이미지 말이다. 대지의 존재인 뱀을 D. H. 로렌스보다 더 잘 환기한 예는 아마 없으리라* : "이 대지 중심에, 불 가운데 거대한 뱀이 잠들어 있다. 광산으로 내려가는 자들은 그 뱀의 열기와 땀 냄새를 맡는다. 그들은 그놈이 움직이는 것을 느낀다. 그는 대지의 생명의 불길이다. 왜냐하면 대지는 살아 있기 때문이다. 이 우주의 뱀은 거대하니 바위가 그의 비늘이요, 나무들은 그 비늘들 틈에서 자라난다. 말씀드리거니와 그대들이 곡괭이질하는 대지는 살아 있다. 마치 조는 뱀처럼. 이 거대한 뱀 위로 그대들은 걷는다. 이 호수는 마치 방울뱀 껍질 사이에 남아 있는 비 한 방울처럼 그 똬리 우묵한 곳에 위치하고 있다. 하지만 그 호수도 역시 살아 있다. 온 대지가 살아 있음에."

"만약 뱀이 죽으면 우리도 모두 멸망하게 될 것이다. 오직 그의 생명만이 우리 옥수수를 자라게 하는 토양의 습기를 확보해주니까 말이다. 그 껍질 비늘에서 우리는 은과 금을 추출해내고, 나무들은 그에게 뿌리를 박고 있다, 마치 우리 머리카락의 모근이 우리 두피 아래 뿌리를 두고 있듯이."

---

* D. H. 로렌스, 『날개 달린 뱀』, 불역서, 204~205쪽.

어떤 논리학자, 어떤 사실주의자, 어떤 동물학자, 그리고 고전적 문학 비평가는 한데 어울려 이런 유의 문단이야 쉬 반박할 수 있다며 으스 델 것이다. 상상력이 과잉되었다느니, 이미지 사이에 모순이 있다느니 하면서 말이다 : 뱀은 헐벗은 존재인데 어떻게 그것을 머리카락 수북한 존재로 상상한단 말인가, 냉혈동물인데 어찌 대지 중심부의 불 속에 사는 존재로 상상할 수 있단 말인가 하면서. 그러나 로렌스를 제대로 읽자면 객체의 세상 속으로 그를 따라가서는 안 되고, 몽상의 세상 속, 대지 전체가 근본 뱀의 사리가 되는 그런 힘있는 몽상의 세상 속으로 따라들어가야만 한다. 이 근본 존재는 서로 상충적인 속사(屬詞)들을 집결할 수 있으니, 날개와 비늘, 공기적인 것과 금속적인 것들의 집결 말이다. 살아 있는 존재의 모든 힘이 그 뱀에게는 있다. 그 뱀에게는 인간 같은 힘과 식물적 게으름, 잠자면서 창조하는 힘이 있다. 로렌스에게 대지는 똬리를 틀고 있는 한 마리 뱀이다. 대지가 전율하는 것은 뱀이 꿈을 꾸고 있기 때문이다.

물론 로렌스의 이 대목은 세상의 뱀에 큰 영향을 입은 멕시코 민간 전승에서 출발하여 음미하면 더 설득력이 있을 것이다. 그러나 로렌스의 글은 단순한 주석이 아니다. 그것은 작가의 세상을 보는 직접적인 비전, 파충류의 것이자 대지적인 생명력에 대한 즉각적 동의와 일치하고 있다. 한 원형이 가진 힘을 따르자면, 뱀의 이미지를 확대 증폭한다면, 상상력은 보통 어떤 민속 전승의 색조를 띠게 된다는 것을 앞의 글은 보여준다. 로렌스는 얄팍한 민간 전승에 언제나 담겨 있는 것은 아닌, 생생한 민간 전승, 진지한 민간 전승을 재발견하기까지 한다. 정말이지 작가는 기이한 그 이미지, 객관적으로야 가치가 없는 그 이미지, 너-나 사이의 상상력에서는 비활동적인 것으로 남아 있을 이미지, 이성이나 경험이 조금이라도 개입하면 지워져버리고 말 그런 이미지에 신뢰를 가지고 있는 듯하다. 그는 견고한 무의식의 바탕을 건드리고 있음을 본능적으로 알고 있다. 예기치 않은 이미지들로 가득한 그의 독창적 비전은 저 심연으로부터 오는 빛을 지니고 있는 것이다.

이처럼 이미지들의 원천으로 갈 수만 있다면, 존재 아래에서 물질을 찾아 나설 수 있다면, 기어다니는 존재 아래에서 파충적 물질을 찾아낸다면, 길게 늘어지다가 또 스스로 구부러지는 존재 아래에서 뱀의 질료를 찾게 된다면, 이미지는 자연스레 스스로를 초월한다는 사실을 이해하게 될 것이다. 엘레미르 부르주Elémir Bourges는 자기 작품에 등장하는 많은 괴수들을 이루는 원초적 물질인 '뱀적 원자'에 대해 말한 바 있다. 뱀적 질료는 이리하여 원초적 괴물성이며, 원자처럼 원초적이고, 원자처럼 더 쪼갤 수 없는 그런 질료이다. 이런 뱀적 질료는 무기력한 물질 속에, 죽은 대지 속에 하나의 싹처럼 이식될 수 있다. 이런 질료는 구체(球體)를 길게 늘이고 그것을 기어가게 만든다. 이런 질료는 상상적 비타민인 비타민 S로,[14] 이를테면 빅토르 위고 같은 작가의 워낙 강하게 동물화된 상상 세계로부터 우리는 그것을 추출해낼 수 있었다.

키워주는 존재와 낳아주는 존재 사이에는 언제나 물질적 중복이 있다. 죄로서의 뱀, 내적 대지의 존재이자 번쩍이는 유혹체인 뱀의 몸체를 이루는 흙과, 비늘을 이루는 금속을 말하기 위해 스윈번은 블레이크에 관한 멋진 글에서 이렇게 환기하고 있다 (『퐁텐』지 60호, 231쪽 : "뱀의 저 뱀적 양식(糧食)", "유연하고 힘있는 몸체, 멋있으며, 독을 지니고 형광을 발하며 부푼 빵 껍질처럼 터진 저 피부, 살갗 아래서 갈라지는 문둥병 비늘처럼 차가우면서도 색깔 찬란한 비늘로 오염된 저 존재, 뾰족 내민 아가리의 저 초록빛 감도는 창백함이며, 피처럼 불길 휩싸인 목을 길게 뽑는 존재, 아픔을 고통스레 즐기기에 뒤흔들리는 이빨과 갈퀴, 욕망의 어두운 불길이 찢는 눈꺼풀, 인간의 신성한 영혼의 얼굴과 눈을 향해 매섭게 달려드는 숨결 속에 눈에 보이도록 들어 있는 저 독

---

14) 위의 6절에서 위고가 "대문자 S는 뱀이다"라고 말한 것 참조.

(毒)……"

"흙에서 태어난 이 존재를 먹여 키우는 데에는 흙 그 자체보다 더 나은 먹이가 어디 또 있으랴? 유혹의 뱀이 흙을 먹도록 벌한 구약의 말씀은 온 대지적 상상력 속에서 큰 반향을 얻는다."* 꿈이 도우니 뱀은 온 대지의 흙을 있는 대로 먹을 것이며 그 자신이 진흙물이 되도록 진흙탕을 먹어 소화하리라. 그리하여 그는 만유의 원초적 질료가 된다. 원초적 이미지로서의 반열을 차지하는 하나의 이미지는 상상력의 원초적 물질이 되는 것이다. 이 사실은 원소들 각각의 질서 속에서 그대로 유효하다. 뿐만 아니라 유별난 어떤 이미지의 수준에서 그 세부에 있어서도 진리이다. 뱀적 질료는 로렌스의 상상적 대지에 흠뻑 스며들어 그것을 유별나게 만든다.

필경, 자신의 상상력 속에 대지적 기질을 가지지 못한 독자라면 로렌스의 그런 대목을 읽어도 별로 감응하지 못할 것이다. 그러나 반대로 대지적 영혼[15]은 때로 시인이 명백한 상충성을 넘어 대지적 질료성의 이미지에 충실히 머무를 수 있음을 보고 경탄하게 되리라. 예를 들어 금속적 상상력은 괴물스런 용의 비늘에서 금과 은을 추출해낼 수 있다고 믿는 데 주저하겠는가? 잉어 비늘에서도 자개를 만들어낼 수 있는 법! 그러니 금과 은이 박힌 뱀의 옷자락에서 빛나는 금속을 만들 수 있지 않겠는가?

이 정도면 꿈들은 제 길을 밟아간다…… 꿈들은 무수한 종합을 이뤄간다 ; 꿈들은 종합체로서의 모습을 드러낸다. 이미지들은 상호적 종합 속에서 생기를 띠게 된다. 이미지들은 자신의 종합력을 뒤집기도 한다 : 용이 보물지기라면 그 이유는 그 자신이 바로 석류석과 금속으로 된

---

* 『칼레발라(Kalevala)』에서 뱀에 관한 대목을 읽을 수 있다(398쪽, 상기 인용문에서) :
  "토탄(土炭) 속에 네 대가리를 박고/흙덩이에 그것을 쑤셔넣어라./너의 거처는 토탄 속이며/너 머무를 곳은 흙더미 속이라."
15) 대지적 상상력을 가진 독자.

괴수로서 보물더미이기 때문이다. 용은 대장장이와 금은세공인이 결합한 존재며, 강한 대지와 진귀한 대지를 연결하는 상징이다. 이런 상징성을 내화하고 힘과 가치의 결합을 심화하는 것만으로도 연금술사들의 물질 개념 속에서 용이 가지는 위치를 이해할 수 있다. 연금술사들은 번쩍이는 색채를 심연으로 생각하고 질료의 공격성도 심연으로 사고한다. 그에게 있어서도 탐욕스런 늑대는 탐욕스런 원자에서 태어난다.

작가들은 같은 일을 더 단순하게, 지나치게 단순하게 말한다 : "어떤 고장에서는 뱀이 보물 발견에 능란하다"라고 생틴은 말하고 있다(『제2의 삶 La Seconde Vie』, 1864년, 131쪽). 생틴은 금을 먹어치우는 존재, 『프실라(Psylla)』라는 콩트를 쓰고 있다. 그것은 헤프게 돈을 써대는 여인을 가리키기 위한 은유일까? 아니다, 프실라는 화자가 가지고 있는 금화를 먹는 뱀이다. 이처럼 이미지들은 인간 행동에 대한 간접적 은유에서 때로 그 근거를 찾아온다.[16] 은돈을 먹는다는 것, 그것은 흙을 먹는 존재인 뱀에게는 쉽기만 한 일이다. 아주 추상적인 이미지가 이제 작가의 이야기 속에서 추상적이면서도 구상적이 된다. 이미지는 금속성 뱀에 관한 한 순진하리만큼 물질적인 상상 세계 속에서 그 어느 경우에서보다 구상적이 된다. 은으로 그런 양 번쩍이기 위해서는 은을 먹어야 한다.

이미지와 은유 사이에 위치하는 텍스트들을 여기서 잔뜩 열거할 수 있지만 그중 하나만 예를 들어 인용해보자. 『으제니 그랑데(Eugénie Grandet)』 속에서 발자크 Balzac는 늙은 수전노를 이렇게 그리고 있다 : "금전의 측면에서 말하자면 그랑데 영감은 호랑이나 보아뱀 족속이다 : 그는 전략적으로 몸을 누이고 웅크려 먹잇감을 한동안 노려보다가 그 위로 덤벼드는 데 능란하다. 그런 다음 그는 자기 전대 아귀를 열어 그 안에 돈 한 움큼을 쑤셔넣고 다시 태평스럽고 차갑게 또 정연하게 소

---

16) 프실라가 일차적으로는 금은을 먹는 뱀이지만 간접적으로는 금, 은, 돈을 헤프게 먹어 치우는, 돈을 함부로 써대는 화려한 여자를 가리킨다는 뜻.

화에 들어가는 뱀처럼 잠자리에 드는 것이다." '전대 아귀'를 전혀 가시적 이미지로 볼 수 없다는 사실을 납득하기 위해서는 위 이미지의 여러 층위를 잘 살펴보는 것으로 족하다. 이 이미지는 그보다 더 깊고 더 감춰져 있는 무의식적 어떤 심적 역역(力域)에서 탄생한 것이다. 이 이미지는 재정가 요나로서 알랑디Allendy가 『자본주의와 성(性, Capitalisme et Sexualité)』이라는 책에서 집결해놓은 주제와 더불어 제대로 분석해볼 수 있을 것이다.

이상과 같이 꿈은 구상과 추상의 가역성 문제를 제기한다. 꿈은 이런 치환을 제한하는 규칙에는 아무 관심 없이, 논리학자의 단순치환에 온갖 가능성을 제시한다. 바로 여기에 꿈의 질료 중심론의 결과가 있다. 다시 말해 형태나 색채의 상상력을 뛰어넘는 물질적 상상력의 우위성이 낳는 결과 말이다.

질료와 속사가 이처럼 자유로운 가역성을 보일 수 있음은 인간 해방의 진정한 힘이 되는 문학 상상력 안에서 정점에 달한다. 로렌스의 글로 돌아와볼 때, 모든 것이 읽을거리가 될 수 있다고 말할 수 있다. 더할 나위 없이 기발한 문학 이미지들도 꿈꾸게 할 수 있다, 그 문학이 자연스러운 상상 세계의 바탕을 천착하는 한. 뱀은 바로 이런 바탕을 이루는 한 요소다.

이리하여 문학은 현대적 민간 전승, 살아 움직이는 민간 전승처럼 등장한다. 개성적 가필로써 해묵은 이미지들을 새롭게 변증하는 특별한 민간 전승 아닌가! 이즈음 문학은 그 안에서 이미지가 상상적 종합으로서의 성격을 지니는, 거대한 언어 작업이다. 문학은 실사(實辭)에 고유의 질료[17]를 돌려준다. 모든 단어에 있어서 질료적 어원학, 물질적 어원학이 성립된다고까지 하겠다. 우리는 뱀을 들어 물질적 상상력의 중요성에 관한 새로운 증거를 제시하고자 한다.

---

17) 실사 본연의 질료.

사람들은 상징을 지나치게 형태적 관점에서 파악하곤 한다. 사람들은 제 꼬리를 물고 있는 뱀을 두고 영원성의 상징이라고 얼른 말해버린다. 여기서 분명 뱀은 고리(環)에 관한 몽상이 가진 엄청난 힘에 합류한다. 고리는 너무 많은 이미지들을 갖고 있어서 그것들을 분류하고 거기에 나타난 의식적·무의식적 가치의 역할을 드러내자면 책을 한 권 다시 써야 할 정도다. 진귀한 이미지를 이루며 고리의 동물적 구현이 될 수 있다는 것만으로도 뱀은 모든 고리가 가지는 영원성에 참여할 수 있는 충분한 근거를 가진다. 그러나 철학적으로 주석을 다는 것은 아무것도 더 풍성하게 하지 못한다. 예를 들어 엘레미르 부르주에 의해 해석된 이 이미지의 철학적 무게(『배(舟) *La Nef*』, 254쪽)는 그 상징에 대한 그 어떤 명상도 도와주지 못한다 : "끝없이, 내 가슴 파고들며 제 몸을 굴려 감는 뱀과 같은 무한에서 무한으로의 전개, 시간에서 시간으로의 전개이니, 나 그대의 신이며, 존재들 위의 영원 존재이니라."

꼬리를 무는 뱀의 이미지에서 본래적 원인인 영원, 자신의 물질적 원인인 영원, 살아 있는 영원의 상징을 찾아낸다면, 모든 것은 생명력을 얻게 될 것이다. 그런 즈음 삶과 죽음의 변증법 속에서 생명을 주는 동시에 죽음에 이르게도 하는 물기의 의미를 잘 이해해야 한다.

이 변증법은, 그것을 이루는 양측 항 중 하나가 보다 강하게 역동화하면 더 분명하게 작용할 것이다. 그런데 독은 죽음 그 자체, 곧 물질화한 죽음이다. 기계적으로 무는 일은 아무것도 아니다, 반대로 저 죽음의 독액 방울이 전부다. 그것은 죽음의 독액 방울인 동시에 생명의 원천 아닌가! 적법한 계제에, 꼭 필요한 점성술적 계제에 사용될 때 독은 치유와 청춘을 불러온다. 꼬리를 무는 뱀은 구부린 선도 아니요 단순한 살덩이

고리도 아니다. 그것은 생과 죽음의 **물질적 변증**이니, 생에서 비롯한 죽음과 죽음에서 비롯한 생의 변증이다. 이는 플라톤식 논리의 반대항들이 아니라 죽음의 물질과 생명의 물질 간의 끝없는 가역성을 말한다.

알카에스트 드 반 헬몬트Alkaest de van Helmont의 힘을 찬양하면서 르 펠르티에Le Pelletier는 이렇게 쓰고 있다*(186쪽) : "그는 제 스스로를 물어, 물린 뱀으로서 영원한 자가 되기 위해 자기 자신의 독에서 새 생명을 길어낸 존재다." 이어서 르 펠르티에는 다음과 같이 덧붙이고 있다(187쪽) : "그는 스스로를 위한 효모가 된다." 선사시대 때 효모에 부여된 무의식적 가치를 안다면 **스스로를 위한 효모**가 되는 존재는 온갖 무기력을 극복한 존재임을 이해할 수 있다.

이리하여, 연금술적 직관은 휘어감긴 뱀이라는 영원의 상징에서 일종의 내밀성을 발견한다. 바로 물질 안에서, 뱀의 육신 안에 있는 독의 느릿한 증류에 의해 죽어야 할 것의 죽음과 살아남아야 할 것의 생명이 동시에 준비되는 것이다. 우리 인간들은 증류기를 워낙 이성적으로 생각하고 대한 나머지 그 증류기가 사관(蛇管)으로서 가지는 갖가지 몽상을 얽어매버렸다. 그리하여 우리들에게 사관은 구부러진 튜브, 실린더형 큰 통 속에 교묘히 들어앉아 있는 실험 기구일 뿐으로, 형태의 유추 영역을 넘어섬 없이 그것이 가리키고 있는 형태에서 그 이름이 단순하게 유래하고 있다고 믿고들 있다. 그러나 증류에 관해 진정 꿈꿀 줄 아는 몽상가들에게 사관은 **뱀의 몸체**였다. 브랜디 양조자가 알코올 안에 필요한 만큼의 꿈을 넣지 않을 때 단순한 튜브인 그것은 그저 한 줄기 액체나 흘려내려줄 것이다. 반면 불의 물[18]이 방울방울지며 나올 때면 사관은 고리 모양을 한 동물로서의 기능을 수행하는 것이며, 증류기도 회춘을 약속하는 물질을 내어놓으니, 바로 그것이 선익이 되는 독

---

* 장 르 펠르티에, 『알카에스트 혹은 반 헬몬트의 보편적 용해제 (L'Alkaest ou le Dissolvant universel de Van Helmont)』, 1704년.

18) 불에서 비롯한 물. 증류된 브랜디.

으로서 혈관 속을 흘러갈 증류주—말 그대로 생명수[19]—가 아닌가.[*]

그러니 알카에스트 드 반 헬몬트에게 '위대한 순환자Circulé' 라는 호칭을 부여할 수 있었음을 이제 이해하게 된다. 증류하는 인간—호모 데스틸란스—은 꼬리를 무는 뱀이 자연적으로, 아니 보다 잘 말하면 자연적 필요에 의해서 그렇게하는 것을 인공적으로 만들어낸다. 뱀은 가끔씩 제 꼬리를 물어야 한다. 독의 신비가 완수되기 위하여, 독의 변증법이 성립되기 위해서. 그럴 때 뱀은 그 존재가 정말 깊이 새로워지기에 껍질이 새로워진다. 이런 물기, 이런 회춘을 하기 위해 파충류는 몸을 숨기니 바로 거기에 그의 신비가 있다. "어느 시대, 어느 민족에게나 뱀은 신비한 동물, 경이의 동물, 변신의 동물로 여겨졌다"[**]라고 카스너 Kassner는 말하고 있다(『인간 위대함의 요소들 Les Eléments de la Grandeur humaine』, 불역서, 201쪽).

몸을 둥글게 구부린 뱀이 하나의 고리 형상이라기보다는 순환적 생명체임을 이해하고 나면 어떤 전설들을 보다 잘 음미하게 된다. 랑글루아Langlois에 의해 간행된 『시드락 이야기(Roman de Sidrac)』(3권, 226쪽) 안에 이런 대목이 있다 : "사고로 죽음을 당하지 않은 뱀은 모두 천 년을 살아 용이 된다." 이뿐 아니라 뱀탕이나 뱀 가루를 약제로 응용하는 행위도 보다 잘 이해하게 된다. 뱀 소금에 관한 사라Charas의 책 한 권을 읽는 것만으로도 질료는 제게 고유한 전설을 지니고 있음을 충분히 증언받을 수 있을 것이다. 뱀이라는 질료는 전설적 질료이다.

---

19) 프랑스어로 화주를 l'eau de vie라 하는데, 이는 직역하자면 '생명수' 다.

[*] 에밀 졸라의 『목로주점 (L'Assommoir)』에서 증류기가 동물화되고 있음을 볼 것(10장). 헤르베르트 실베레는 느릿느릿한 증류가 가지는 무의식적 중요성을 잘 지적하고 있다(앞의 책, 313쪽). 그에게 있어서 증류한다는 것은 한 방울 한 방울씩 떨어지는 것을 의미한다 (destillare =herabtropfen).

[**] 알하르나-베다(Alharna-Véda)에 의하면 뱀들이 이 독을 얻는 것은 바로 우위의 힘으로부터다. "이 독이 뱀들에게 존재의 힘을 제공한다" (3권, 빅토르 헨리Victor Henry에 의한 번역, 1894).

10

뱀의 전통적 이미지에 의해 촉발된 역동적 상상력을 이제 따르노라면 뱀은 '옥죄다'와 '미끄러져가다'라는 동사의 동물 주어라고 말할 수 있다. 파충류는 접촉하려 든다. 로렌스가 "그들은 접촉을 좋아한다"라고 말하고 있듯이(『캥거루』, 불역서, 391쪽). 그들은 제 스스로에 접촉하기 위해 몸을 도사리는 것이다. 그들은 제 몸 길이 전체와 접촉하기 위해 스스로 휘감아드는 것이다. 물론 이런 관점을 아주 부분적이고 불완전한 것이라고 생각할 수도 있겠지만 조금만 주의 깊게 보노라면 이때야말로 우리 상상력의 한순간, 일차적 순간, 그보다 승한 흥미들로 금방 지나쳐져버리게 될 그런 순간에 들어 있음을 알게 된다. 뱀의 관점에 거의 서지 않은 채 라오콘[20]에 대해 그리도 많은 글이 쏟아져나왔던 것은 어쨌든 신기한 일이다. 하지만 약간이라도 동물적 감수성을 가진 상상력이라면 상냥하고 탄력 있게 묶는 존재, 옥죄는 존재의 힘을 다시 체험하는 데 어떤 쾌감을 느낄 수 있을 것이다. 그런 상상력이라면 라오콘 콤플렉스의 자취를 느낄 수 있을 것인데, 그 속에서 상상력은 혐오와 매혹 사이에 걸려 있다. 뱀 부리는 사람 앞에서나 파충류 목걸이를 한 여인에게서 이 이중적 모호함을 생생히 느낄 수 있다. 헐벗은 존재인 뱀은 여인을 벗긴다. 고독한 존재인 뱀은 그녀를 고립시킨다. 루돌프 카스너는 그런 인상을 강하게 받았다(『추억의 책 *Le Livre du Souvenir*』, 불역서, 178쪽). 그는 말하기를, 뱀 부리는 이는 알몸 움직임[21]에 대한 일종의 모방을 통해 자기도 차츰 동적 알몸을 보여준다고 했다 : "뱀 부리

---

20) 그리스 신화에 나오는 트로이의 사제. 트로이 전쟁에서 그리스군이 남긴 목마가 간계에 의한 것임을 알아냈기 때문에 신의 노여움을 사서 두 아들과 함께 큰 뱀 두 마리에 물려 죽었다.

는 이 얼굴에 나타난 두드러진 특성, 그의 표정은 뱀의 움직임, 화난 뱀의 공격을 어떻게 받아들여 흡수했나를 보여주었다. 그리하여 그 얼굴은 짐승을 비추는 거울이 되었으니, 그자는 급기야 뱀으로 변신해 뱀으로 화한 모습을 드러내 보여주고 있다. 그의 알몸은 온통 그러했으니 변신하는 자의 나신(裸身)이었다. 그는 사람 같지 않고 그 짐승처럼 알몸이었다." 우리는 『대지 그리고 의지의 몽상』이라는 우리 책의 첫 장에서 견고하고 단단한 물질들이 우리 의지와 관련된 이미지들을 제공하고 있다고 말한 바 있다. 어떤 동물들은—뱀이 그중 하나인데—우리에게 각별한 의지의 교훈도 준다. 그들은 동물적 의지를 닮으라고 우리를 촉구하는 것이다. 매인 라오콘의 뒤틀림은 얽매는 존재의 똬리[22]에 화응하는 것이다.

현대 문학이 이미지에 곧바로 의거하려는 그 새로운 자세와 더불어 그려내게 된 것이 바로 이런 상사관계다. 피에르 드 망디아르그Pieyre de Mandiargues의 『검은 박물관(Le Musée noir)』에는 이런 대목이 있다(94쪽) : "……라오콘이 그의 시선을 끈다. 그 군상[23]의 뒤틀림은 그에게 당장 일어나라는 도전처럼, 대리석재와 맨살갗의 한판에 초대하는 것처럼 느껴졌다……" 이어 몽상가가 뱀과 같은 나체 상태의 악몽에 사로잡힌 것을 보여주는 대목도 있다(95쪽) : "감각의 기이한 환상에 의해, 그 군상은 알몸 인간과 닮음으로써 생명을 부여받은 듯 보인다. 그러나 돌은 돌일 뿐, 몸체 부피를 바꾸지 않는다는 단 하나의 조건 아래, 그가 원하는 모든 존재들 속에 녹아들 수 있도록 그의 원래 조형 틀[24]

---

21) 뱀의 운동.

22) 결국 뱀이라는 동물적 의지의 구현.

23) 구체적으로 「라오콘 군상」을 가리킨다. 이는 기원전 1세기에 제작된 대리석의 조상 조각으로 두 아들과 더불어 두 마리 뱀에 물려 죽는 라오콘의 고통스런 임종 모습을 나타낸 것이다. 르네상스 미술 및 레싱, 괴테 등의 예술관에 많은 영향을 끼쳤고, 현재 바티칸 박물관에 소장되어 있다.

24) 라오콘 군상을 바라보는 작중 몽상가의 원래 몸체.

을 부수고 나오게끔 우리 인물을 부추기는, 약간 기이한 이런 상(像)[25] 외에 다른 기적이 늘상 널려 있는 것은 아니다." 작가도 물질인 동시에 이미지들의 움직임이다. 그는 아주 특화한 파충류의 움직임을 능동적으로 체험하려 한다. 그것은 얽매는 공격성이라는 유형 그 자체인 라오콘의 움직임이다 : "그[26]가 얼마나 길어졌는지 보이는가? 그는 이제 다시 저 고상한 노인[27] 주위로 달려드는 현기증을 일으키는 나선으로 변형되었다. 현혹된 눈에 어떤 순간, 그것은 그저 대리석재 위로, 마치 그 안으로 녹아들려는 듯 흘러내리는, 창백한 금빛을 띤 거대한 소용돌이다. 이어 그것은 회초리 끈이다. 말레이 군도의 나무에 사는 가느다란 파충류같이, 그 조각상의 튀어나온 근육 밑에 매달려 있기도 하고, 두꺼워지면서 일종의 히드라나 오징어가 되기도 한다. 굳힌 모형, 찍어낸 형판이 되어준 인체, 팔·다리·몸통에서 생겨나온 대형 뱀새끼 무리." 이처럼 팔·다리 자체가 파충류적 현실이 된다. 역동적 상상력은 공격당한 자와 공격하는 자의 동화를 잘 드러낸다. 돌마저도 뱀의 꿈틀거림에 화응하는 듯하다. 라오콘이 입을 다물어야 하는지 혹은 외쳐야 하는지를 알기 위해서 쇼펜하우어처럼 논할 일이 아니다. 피에르 드 망디아르그는 뱀의 역동적 입장을 택하였다. 그가 귀를 기울이는 것은 "생동하는 고리[28]가 내는 끊임없는 소리, 가는 가죽끈을 구길 때 나는 소리를 떠올리게 하는 소리"를 더이상 듣지 않기를 원함을 말하려는 것이다. 앞서 인용한 책의 다음 쪽에서 뱀의 매듭 고리가 풀리는 것은 새의 노래에 의해 이 소리가 주술 풀리듯 몰려나갔을 때이다. 라오콘에 관한 강한 악몽이 이완되면서 이제 몽상가로 하여금 새로운 이미지, 새로운 긴장에 몰입할 수 있게 하는 것이다.

---

25) 라오콘 군상.

26) 뱀.

27) 라오콘.

28) 뱀.

피에르 드 망디아르그의 글은 모레노Moreno가 사회극sociodrame[29] 을 운위한 뜻에서의 진정한 야생동물극thériodrame의 주제가 될 수 있다. 상상력은 과연 동물들과 더불어 가늠될 필요가 종종 있다. 우리들의 상상적 공격 방법은 워낙 다양해서 우리는 우리 자신을 역동적 측면에서 잘 이해하기 위해 동물적 공격성의 유형을 수집·연구해볼 필요를 느낄 정도이다. 로트레아몽Lautréamont의 작품은 여러 면에서 야생동물극 모음인 셈이다. 그의 작품은 우리로 하여금 상상적 차원에서 우리 인간이 가진 야수성의 온갖 경지를 실감하도록 도와준다.

뱀을 '미끄러져가다'라는 동사의 동물 주어로 고려할 때 우리는 역동적 상상력에 관한 마찬가지의 가르침을 얻게 된다. 『세 원칙(Les Trois Principes)』(2권, 불역서, 12쪽)에서 뵈메는 이렇게 쓰고 있다 : "악마가…… 뱀 안으로 미끄러져 들어갔다." 미끄러지듯 은밀하게 들어가는 것을 뒤따르지 않고는 미끄러지며 움직이는 이 동물을 볼 수 없다. '귓속말을 흘려넣다'라는 표현이 그러하듯, 더없이 추상적인 의미들도 은유의 여러 층을 넘었음에도 불구하고 여기서 동물에 비유된 어원을 회복한다.

동물적인 미끄러듦이라는 이러한 역학 안에서, 미궁 속 행로에 관한 장에서 우리가 이미 언급한 바 있는 역동적 이미지들을 고스란히 되발견하게 된다.

……때로 한 파충류의 푸르스름한 번개 빛이
그 머무는 동굴의 공포를 문득 밝히나니,

---

29) Jacob Levy Moreno(1892~1974) : 루마니아 출신의 미국 사회심리학자, 정신병학자. 인간을 얽매는 방해물들에서 창조적 자발성을 해방하려는 것이 그의 개인적 사회심리학의 목표였다. 사회극, 심리극을 이용한 집단 요법을 창시했다. 이하 치료를 위한 연극으로서의 동물극 개념을 바슐라르는 추가한다.

라고 로랑 타이아드Laurent Tailhade는 미궁과 뱀이라는 두 이미지를 연결해 말하고 있다(「애가 *Poèmes élégiaques*」, 『작품집 *Œuvres*』 1권, 121쪽).

이 시에서 그저 덧없이 사라지는 한 이미지만을 볼 수도 있다. 그러나 우리는 그것이 전 존재를 자신의 심연에까지 이끌어갈 이미지의 움직임을 지시한다는 것을 증명하고자 한다. 미궁에 관한 장을 벨라이의 글을 인용하면서 맺었던 것과 같이, 뱀에 관한 이 장도 같은 원천[30]에서 결론을 얻어낼 수 있다.

벨라이의 몽상은 과연 미궁에 대한 추억과 동물 촉수의 인상으로 섞여 있다. 그 몽상은 뱀 이야기로 생기를 띤다(앞의 책, 53쪽) : "오직 내 머리로만 존재하는 세상에 나 지금 있다. 왜냐하면 내 두 발은 그것들을 묶어놓는 장(腸) 안에 머물러 있기 때문이다. 나는 내 발들이 뱀처럼 살아 있음을 느끼니 나의 사념은 뱀의 발을 한 신화다 : 나는 이 타이탄적 물체[31]들을 몸으로 겪어 시험해보고 있다……"

"(……) 뱀들이 그 안에 (아이의 몸 바로 그 안에), 그 주위로 배회하며 그의 요람을 가득 채운다." 헤라클레스의 요람 안에 있었다는 뱀 이야기는 신화적 내밀성을 우리에게 불러일으키지 않는다. 외향적 이미지가 넘보고 있는 그 이야기는 내적 신화를 즉각 외부의 적에 대항하는 손과 팔의 투쟁으로 그려낸다. 반대로, 시인의 몽상적 이야기[32]는 바로 자신의 몸 안에서 꿈틀거리는 내부의 적에 대항하면서, 그 내부의 뱀과 싸운다. 벨라이는 이렇게 쓰고 있기도 하다 : "나는 생의 중대한 사건들을 계속 단어들로 에워싼다. 나로서는 감각이란 뱀이다. 그 안에 욕망과 감정 그리고 사념이 뱀의 발을 한 하나의 거대 육신을 이루며 뒤섞인다. 타이탄의 몸체 말이다. 그리고 그 거인은 나의 숨을 막히게 하고,

---

30) 벨라이의 글.
31) 뱀들.
32) 벨라이의 글.

의식은 탈출을 시도한다. 벗어난 의식은 아이온[33] 의 광대무변을 가로
지르듯 던져진 가느다란 점 하나를 제외하고는 존재하지 않는다. 광대
무변을 휘어잡으려 하지만…… 그러나 그리하지 못했으니……"

그렇다, 감각은 덧없으니, 분출하는 에너지 안에서 한순간 뜨겁다가
차가워지고, 미끄러져내리며, 구체적인 모습도 없이 피부 아래로 그저
근육질 안에서 꿈틀거린다, 볼기짝을 커다란 파충류처럼 부풀리면
서…… 당신 육신의 질료, 바로 그 안에서 꿈꾸어보라, 저 원초적 힘을
되찾으려 애쓰면서. 당신의 그 첫 시도가 정말로 거인적인 것일 때 그
대는 요람 안에서 뱀들을 휘젓는 거인의 이미지를 불러오게 되리라. 그
러노라면 그대는 감각은 뱀이다라는 벨라이의 금언이 가지는 공포감과
진리를 이해하게 될 것이다.

그런 다음 감각은 관절로 이어지듯 사지(四肢)가 분명해지고 위치를
잡는다. 그러나 그 첫 꿈속에서—그런데 우리는 우리의 첫 감각에서
우리의 첫 꿈을 분리시키지 못한다—감각은 번져가는 부풀기, 온몸 전
체를 점령하는 부풀기이다.

벨라이는 글의 조금 뒷부분(54쪽)에서 다음과 같이 원초적 감각에 대
한 자신의 추억을 옮겨놓게 될 것이다 : "감각은 마치 칼집처럼 되어버린
피부에서 분리된다. 나는 거기에서 마치 도관 속에서인 양 기고 있었는
데 누가 내 뒤로 미끄러져왔다. 그것이 인생에서의 첫 상승이었다……"

벨라이의 이런 글에서—다른 몇몇 글도 그렇지만—오토 랑크Otto
Rank의 제자라면 출생시의 충격을 서슴없이 진단해내리라. 그러나 정작
벨라이는 기어가는 존재에 관한 인상을 모든 출생에 부여하고 있다. 한
데 모든 위대한 몽상은 우리 안에서 하나의 출생이다. 벨라이로서는 모
든 것은 길어지면서, 천천히 고통스레 몸을 늘리면서 시작되고 있는 듯

---

33) 아이온 : 그노시스 파가 주장한 영구불멸의 힘. 지상 존재에서 나온 이 힘으로 지상 존
재는 세계를 다스린다고 한다. 어원(aiôn)은 시간과 영원을 뜻한다.

하다. 의식(意識)은 어떤 신장(伸長)에서 물질적으로 태어나며 어떤 파동에서 역동적으로 태어난다. 의식은 파충류적 상상력이다. 그것은 지하의 컴컴한 길들을 편력하는 대지적 존재의 상상력이다.

오직 대지적이고 지하의 것에 열린 명상만이 이처럼 극히 기이한 몽상으로 가득한 이야기들을 읽음직한 것으로 수용한다. 물질적이고 역동적인 이미지들에 이처럼 준비되어 있지 않고는 작가가 살려놓은 원초성의 혜택을 상실하게 될 따름이다. 다음과 같은 몽상의 역동적 유도를 달리 누릴 방법이 어디 또 있겠는가(55쪽) : "모든 것 중에서 가장 긴 뱀, 내 아저씨 바시아가 내 등에서 기고 있었다, 뱀의 발과 신사 수염을 하고. 그러다가 그것은 두 덩이로 쪼개졌다 : 그 하나는 우리집에 저녁을 드시러 오곤 했고 다른 하나는 『멸종 괴물들』이라는 유용한 책의 장정에서 후일 볼 수 있었다. 그것은 '공룡'이라고 불렸는데, 사람들은 그들이 다 사라져버렸다고 장담하지만 나는 내 의식의 일차적 상태에서 그것들을 만나곤 했다." 뱀은 요컨대 돋을새김된 지하 세계[34]이며, 미궁의 살아 있는 보어다.[35] 요컨대, 잘 체험될 때 앞선 고통을 면하게 해주는 최종적 남근의 이미지를 잊지 않은 채 비엘리는 미궁 이미지와 뱀 이미지의 통합을 발견한다 : "여기 그러니 인생에서의 내 상승의 이미지가 있다 : 통로, 천궁, 그리고 어둠 ; 나를 쫓아오던 뱀들…… 이 이미지는, 황소 머리를 하고 홀을 손에 쥔 어떤 사나이와 더불어, 신전 회랑에 있던 내 번민의 이미지와 흡사하다……"

11

물론, 상상력에 있어서는 파행하는 모든 존재는 뱀과 짝짓는다. 문학

---

34) 지하 세계를 마치 부조처럼 보여주는 존재다.
35) 지하 미궁을 채우는 살아 있는 존재다.

적 단독 연구의 대상이 될 수 있을 벌레는 (상상력의 영역에서) 아주 종종 파충류의 낮은 단계이다. 뵈메를 읽노라면 벌레의 이미지와 뱀의 이미지가 서로 얽혀드는 많은 예를 볼 수 있다. 예컨대, 불의 상상력 안에서 불길을 독사와 비유하는 것보다 더 평범한 것도 없다. 뵈메는 "오직 불의 섬광 속에서만 아름답게 빛나는 벌레"에 대해서 간단히 말하고 있다(1권, 319쪽).

대지적 징표를 부여받은 동물들 중에서 아에로폴로스의 『황금 당나귀 (L'Ane d'Or)』를 오래 전에 번역한 이가 1648년에 개미들을 '팔딱거리는, 대지의 미물들'이라고 부르고 있음을 언급해두기로 하자. 개미들이 보물지기로 등장하는 전설은 흔하다. 필립 드 타옹 Philippe de Thaon의 『동물지(Bestiaire)』(랑글루아, 3권, 19쪽)에서 따온 예를 하나만 들기로 하자 : "에티오피아에는 개처럼 커다란 개미들이 있다. 그 개미들은 그곳 강에서 사금을 모아들인다. 그러나 물려서 죽을 각오를 하지 않고는 아무도 그들의 보물에 접근하지 못한다. 그래서 그 고장 사람들은 꾀를 하나 냈다. 그들은 이 개미들을 향해 활짝 열린 궤를 등에 진, 막 새끼를 낳은 암말을 보냈다. 개미들이 황금으로 이 궤를 가득 채우고 나면 사람들은 망아지를 힝힝거리게 해서 어미말이 발굽을 울리며 돌아오게 유도했던 것이다."(『헤로도토스 Hérodote』 3권 10장도 볼 것) 개미들이 지닌 헤라클레스적 힘도 주목을 요한다. 위대한 뤼스브로크 Ruysbroeck (『영적 혼인의 장식물 L'Ornement des Noces spirituelles』, 불역서, 1928, 114쪽)로서는 "이 조그만 곤충은······ 힘과 조심성을 부여받았을 뿐만 아니라 매우 강인한 생명력을 지니고 있다."

게다가 개미는 인도 민속학에서는 종종 뱀에 결부되어 있다. 그 일례로 뱀은 개미둑 안에 똬리를 튼다. 많은 글을 통해 보면 개미둑은 보물을 감추고 있는데, 그것을 지키는 것은 바로 뱀이라는 것이다(보겔, 앞의 책, 28쪽 참조).

9장
뿌리

자기 몸이란 대지가 욕망에 이름을 부여하기 위해
만들어낸 식물일는지 그 누구도 모를 일이다.
—뤼시앵 베커

1

근원적 이미지들을 연구하면서 그것들 각자를 들어 상상력의 형이상
학에 결부된 거의 모든 문제들을 개진할 수 있음은 바로 그 주요 이미
지들이 가진 철학적 특권이다. 뿌리의 이미지는 이런 점에서 각별히 유
효하다. 융의 말처럼, 그 이미지는 뱀 이미지들과 마찬가지로 모든 종
족의 무의식 속에 깊이 묻혀 있는 원형에 화응할 뿐만 아니라, 추상적
사고 수준에 이르기까지 정신의 더없이 명료한 부분 속에서도 언제나
단순하고 또 언제나 이해받을 수 있는 다양한 은유의 힘을 지닌다. 더
없이 현실적인 이미지[1] 와 더없이 자유로운 은유들은[2] 이처럼 정신심
리 활동 영역을 그야말로 관통한다. 뿌리에 관한 갖가지 이미지들을 장

시간 실제로 조사하고 연구할 심리학자가 있다면, 그는 인간 영혼의 전모를 탐사해낼 수 있으리라. 우리로서는 그런 뿌리에 대해 별도의 책 한 권을 통째로 쓸 수는 없고, 여기서 이 책의 한 장을 그 연구에 할애하도록 하겠다.

뿌리의 극적인 가치들은 "뿌리는 살아 있는 죽은 존재다"라는 이 단 하나의 모순 속에 일괄 압축된다. 이 지하의 생명력[3]은 내밀하게 느껴진다. 이런 생명력이란 긴 수면(睡眠), 천천히 찾아오는 쇠약한 죽음임을 꿈꾸는 영혼은 안다. 그러면서도 뿌리의 영원불멸성은 욥기(14장 7 ~8절)에서처럼 분명한 증거, 자주 제기되는 명확한 증거를 가진다.

"나무가 잘리더라도 희망은 있다 : 나무는 또 자라는 것이고 싹은 또 틀 것이다. 제 뿌리가 땅 아래로 늙어버리고 등걸은 먼지 속에서 죽은 듯 보여도."

이처럼 모습을 드러내는 이들 은밀한 이미지는 얼마나 위대한가. 상상력은 언제나 꿈꾸는 동시에 이해하려 하니, 보다 잘 이해하기 위해 꿈꾸고 보다 잘 꿈꾸기 위해 이해하려는 것이다.

역동적 이미지로 고려될 때[4] 뿌리도 더없이 다양한 힘을 부여받는다. 뿌리는 지탱하는 힘인 동시에 찌르는 힘이다. 사람들이 대기[5]와 대지라는 두 세계의 경계에서 대지의 자양을 하늘로 향하게 하는 뿌리를 상상하는가, 아니면 죽은 자들의 땅에서 죽은 자들 쪽으로 움직여갈 뿌리를 꿈꾸는가에 따라 뿌리의 이미지는 역설적인 양 방향으로 생기를 띠게 된다. 예를 들어, 물들이는 행위를 눈부신 꽃으로 이동시켜줄 뿌리를 꿈꾸는 것[6]이 더없이 진부한 일이라면, 그윽하게 음미한 꽃에 일종

---

1) 뿌리라는 실제적 이미지.

2) 뿌리의 다양한 은유.

3) 지하로 뻗친 뿌리의 생명력.

4) 형태적이거나 물질적인 이미지로서가 아니라.

5) 원소로서의 공기를 상상해도 되고 그것의 편만함으로서의 대기를 상상해도 되겠다.

의 뿌리내리는 힘을 부여하는, 드물지만 아름다운 이미지들[7]도 찾아낼 수 있다. 레옹 가브리엘 그로Léon-Gabriel Gros가 '격렬한 희망', '뚫고 나가는 희망'의 역동성에 속한다고 본 뤽 드콘Luc Decaunes의 아름다운 이미지가 바로 그러한 것이다.

꽃이 거대한 뿌리를 주었네,
죽음을 불사하고 사랑하는 의지(意志)를*

2

뿌리는 언제나 하나의 발견이다. 뿌리란 못 보는 만큼 더욱 꿈꾸게 되는 법. 실제 발견된 뿌리는 언제나 사람을 놀라게 한다 : 뿌리는 바윗덩어리이자 머릿단이고 자유자재로 구부러지는 필라멘트 같으면서도 단단한 목재가 아닌가? 그런 뿌리에서 사물들에 내재한 상충성의 예증을 보게 되는 법이다. 상상력의 세계에서, 반립의 변증법은 서로 구별되는 질료, 잘 물화(物化)된 질료들의 대치 속에서 오브제를 통해 이루어진다.[8] 서로를 부정하는 오브제들을 체계적으로 찾아간다면 상상력을 얼마나 능동화시킬 수 있는지 모른다![9] 그러노라면 뿌리 이미지 같은 중요한 이미지들은 오브제의 상충성을 산적하고 있음을 보게 될 것이

---

6) 뿌리에서 빨아올린 생명의 수액 덕분에 꽃이 아름다운 색채를 갖게 되었다는 방향으로 상상하는 일.

7) 앞에서 말한 것의 역방향 상상력.

* 레옹 가브리엘 그로, 『뤽 드콘 혹은 희망의 격렬함 (Luc Decaunes ou les Violences de l'Espoir)』 (『카이에 뒤 쉬드 Cabier du Sud』 1944년 겨울호, 202쪽).

8) 이를테면 바슐라르가 막 언급한 대로, 상충적 질료성을 물화한 대상물들인 바윗덩어리와 머릿단 간의 대립적 관계가 동일한 뿌리에서 찾아질 수 있음을 말한다.

9) 반립적 역동성의 오브제들. 그 대립 항목을 작성해보면서 상상력 제고 훈련을 할 수 있다.

다.[10] 부정(否定)은 단순히 한 동사를 작용하게 내버려두는가 혹은 그러지 않는가 하는 것에 있는 것이 아니라, 사물들 간에 이루어진다. 이미지들은 원초적인 정신심리 현실이다. 모든 것은, 실험의 영역에서도, 이미지로부터 시작한다.[11]

뿌리는 신비한 나무인즉, 지하의 나무, 뒤집힌 나무다. 뿌리에게, 더없이 캄캄한 대지란, 연못 같은, 하지만 연못 물은 없는 기이한 불투명 거울로서 지하 이미지에 의해 모든 공기적 현실[12]을 이중화한다. 이러한 몽상에 의해, 이 글을 쓰는 철학자[13]는 뿌리에 대해 꿈꿀 때 모호한 은유의 그 어떤 과장에까지 접어들 수 있는지 충분히 말하고 있다고 여겨진다. 다만 그는 잔가지들은 푸른 하늘 속에 강하게 뿌리박히는 한편, 뿌리는 가벼운 잎새처럼 지하 바람 속에서 흔들리는 거꾸로 자라는 나무의 이미지를 독서중에 자주 발견한 적이 있다는 사실을 해명 삼아 제시하는 바이다.

예컨대, 르켄Lequenne과 같은 대단한 식물애호가는 잔가지가 뿌리가 되고 뿌리는 대기 속에서 싹눈을 틔우도록 일년생 어린 버드나무를 정말로 뒤집어버리는 뒤아멜Duhamel의 실험을 언급한 다음 이렇게 쓰고 있다 : "때로 일을 마친 후 나무 그늘 아래서 쉬면서 나는 땅과 하늘이 뒤바뀐 이런 의식의 반상실 상태로 빠져들곤 한다. 나는 하늘에서 탐욕스레 공기를 마셔대는 나뭇잎—뿌리에 대해, 그리고 지하에서 기쁨으로 몸을 떠는 경이로운 나뭇가지인 뿌리에 대해 생각한다. 나에게 식물이란 줄기 하나에 잎 몇 장을 단 존재가 아니다. 나는 식물을 언제나 감추어진 채 꿈틀거리는 제2의 가지를 가진 것으로 보곤 한다."* 이 얼

---

10) 위에서 본 대로 풍부하게 상상하는 사람에게 있어서는 뿌리에, 한편으로는 바윗덩어리와 머릿단의 대립이 있고, 또 한편으로는 필라멘트와 목재의 대립이 있지 않은가. 이런 상충성의 산적을 말한다.

11) 이를테면 이하 언급될 뒤아멜의 실험.

12) 일차적으로는 하늘로 뻗친 나뭇가지.

13) 바슐라르 자신.

마나 심리적 특성에 충실한 텍스트인가. 왜냐하면 르켄이 얘기하는 꿈은, 뒤아멜에 의해 실행된 실험 안에서의 합리화에 의해 선행되고 있기 때문이다. 관찰자[14]는 동의한다. 뒤아멜이 참이라고 제시한 것에 대해 정말 잘 꿈꿀 수 있다고. 이리하여 꺾꽂이, 휘묻이가지, 휘묻이 구멍에 관한 모든 꿈이 현실에 편입된다. 그런데 이런 기술이 다 어디서 유래하는 것일까? 실증적 정신의 소유자들은 으레 그런 실천적 기술은 '경험'에서 온다고, 어떤 멋진 계제가 있어 그 경험이 원조 경작자에게 꺾꽂이 기술을 가르쳐주었다고 대답할 것이다. 하지만 반대로 한 이미지의 철학자[15]로서는 꿈의 특권성을 제시하는 것이 아마 허락되지 않을까. 그 철학자는 자기의 조그만 정원에 거대한 숲을 조성해보았던 것과 개자리속(屬) 가장자리에 포도나무 그루를 휘묻이해둔, 잘 자리잡아가는 그 고랑들 곁에서 오랫동안 꿈꾸곤 했음을 추억한다.[16] 그렇다, 기술에 앞서는 것으로서의 꿈의 '과학적 가설'을 어찌 거부할 것인가? 최초의 휘묻이는 뒤엎어진 나무가 주는 그리도 빈번하고 강한 몽상에 의해 암시된 것이 아니라고 할 이유가 어디 있을 것인가?

　수많은 상충성의 유희를 즐기는 이 많고 다양한 이미지들 앞에서, 정신분석에서 사용될 때의 뿌리racine는 아주 풍부한 연상을 대동하는 단어라는 사실에 새삼 놀라야 할까? 이 단어는 유도적 단어다, 꿈꾸게 하는 단어, 우리 안에 꿈꾸러 오는 말이다. 이 단어를 부드럽게, 아무런 계제에나 발음해보라.[17] 그 단어는 몽상가를 더없이 깊은 자신의 과거로, 더없이 먼 무의식 안으로, 자기 자신을 이루었던 모든 것 너머로 내려가게 할 것이다. '뿌리'라는 단어는 우리로 하여금 모든 단

---

* 르켄, 『야생식물(Plantes sauvages)』, 97~98쪽.

14) 르켄.

15) 바슐라르 자신.

16) 바슐라르 개인적 경험의 고백.

17) 프랑스어로는 [rasin]으로 발음된다.

어의 '뿌리' 로, 이미지를 표현하려는 근본적 욕구에까지 가게끔 도와
준다.

> 나 한 인간으로 살아오면서 잃어버린 이름들은
> 때 되어 잠든 나무들을 향하여 찾아갔다네.
> ─야네트 들레탕 타르디, 『살아보아야겠다(Tenter de vivre)』, 14쪽

'잃어버린 이름들' 속에서 인간적 항수(恒數)를 찾기 위해서는 나무
들이 온 뿌리를 박고 잠든 땅 속으로 그 나무들을 따라가보는 것으로
족하다. 이런 즈음 나무들은 꿈에 방향성을 부여한다.

> 밖에는 나무가 있다, 나무가 거기 있음은 좋은 일,
> 진흙 속에 발을 담근 존재들의 항구적 징표일지니,[*]

라고, 사물들 안에 있는 주된 징표를 읽어낼 수 있었던 한 탁월한 시인
은 말하고 있다. 그리하여 그는 빅토르 위고처럼 '뿌리들 쪽' 을 되찾을
수 있었던 것이다.

> 창조의 어둠 깊은 이면
> ─위고, 「풍자(Le Satyre)」,
> 『제세기의 전설(La Légende des siècles)』

진정으로 견고한 지상의 것은 역동적 상상력의 입장에서 보면 강하
게 뿌리내리고 있다. 빅토르 위고로서는 "도시는 숲처럼 솟아오른다. 우
리 거처들의 기초는 주춧돌이라기보다는 뿌리, 수액이 도는 살아 있는

---

[*] 기유빅 Guillevic, 『물과 뭍(Terraqué)』, 132쪽.

뿌리라고 할 수 있을 것이다."*

　그와 마찬가지로 버지니아 울프의 주인공에게는 식물의 줄기 한 대를 손에 잡는 것만으로 그 인물은 뿌리가 되고 만다** : "나는 줄기 한 대를 손에 잡는다. 나 자신 온몸이 대가 된다. 내 뿌리는 말라버린 진흙과 축축한 흙, 납과 은이 옆맥처럼 펼쳐져 있는 지대를 지나 대지 깊이 파고든다. 내 몸은 이제 그저 한 가닥 목질. 온갖 동요가 내 안에 반향되고 대지의 무게가 내 양 옆구리를 압박한다. 위쪽의 내 양쪽 안구는 맹목의 초록 잎새들. 나는 그저 회색 플란넬 옷을 입은 한 어린 소년일 뿐인데." 깨어 있는 상태에서 꾸는 꿈[18]을 방법적으로 적용하는 정신분석학자라면 여기서 즉시 하강의 꿈을 알아볼 것이다. 그 꿈은 몽상적으로 놀랍도록 충실하다. 몽상가는 온몸과 온 영으로 오브제의 매혹에 이끌린다 : 그는 줄기였다가 이어 뿌리가 되고, 지하 미궁의 온갖 가혹함을 겪으며, 무겁게 누르는 대지 한가운데로 철로 된 광맥인 양 파고든다. 몽상 가득한 이 아름다운 글 끝에 있는 "나는 그저 회색 플란넬 옷을 입은 한 어린 소년일 뿐인데"라는 문장을 우리는 그냥 두었는데, 그것은 버지니아 울프가 얼마나 자연스레, 마치 손가락으로 한번 퉁겨서인 양 자신의 몽상가들을 현실로 되돌려놓을 줄 아는가를 보여주기 위해서다. 기실 현실에서 꿈으로의 이행에는 지속이 있으나, 걸출한 역설이지만, 꿈에서 현실로는 언제나 단절이 있다. 모든 순수한 깨어남은 순식간의 융기이다.

　버지니아 울프의 소설에서 뿌리에 관한 또다른 꿈들도 발견할 수 있다(92쪽) : "내 뿌리들은 납 광맥층과 은 광맥층을 지나 내려간다. 늪의 냄새가 번져나는 습한 땅을 지나 떡갈나무 섬유질로 된 중심부 매듭덩

---

* 빅토르 위고, 『라인 강』 2권, 134쪽.

** 버지니아 울프, 『파도』, 불역서, 18쪽.

18) 『공기와 꿈』 제4장 「로베르 드주아유의 작업들」의 역주 1) 참조(앞의 역서, 이학사, 203
　～204쪽).

이에까지." 그리고 같은 몽상가는 우리에게 덤불의 무성한 생명을 전해 준다(26쪽) : "내 뿌리들은 지구를 싸안고 서로 꼬인다. 마치 꽃 화분 안에 담긴 식물 뿌리가 흙덩이를 싸안듯이." 은밀한 뿌리들로 온 땅을 다 차지하는 하나의 방법이 아닌가. 르베르디의 시에는 이같은 이미지가 생생하다.

> 지구의 뿌리들
> 지구를 너머
> 드리워져 있다.
> ──피에르 르베르디, 『시간의 대부분』, 353쪽

버지니아 울프의 경우에서처럼 뿌리의 이미지에 의해 작품의 한 페이지가 생기를 얻는 경우가 아니라, 때로 작품 자체가 그런 경우도 있다. 예컨대 미셸 프리슈빈Michel Prichvine의 작품, 『인삼(Ginseng)』을 한번 읽어보기 바란다. 그러면 뿌리에 관한 이 이미지가 가진 강력한 통합력을 인정하게 될 것이다. 꿈의 힘이 하도 커서 인삼이 '식물의 뿌리'인지 '생명의 뿌리'인지 모를 지경이다(불역서, 51쪽) : "나는 때로 이것을 워낙 깊게 또 집요하게 생각한 나머지 이 생명의 뿌리가 나로서는 더없이 신기하게 느껴졌고, 그것은 내 피와 섞여들어서 내 힘 자체가 되었다……" 이야기중에 이미지는 사슴 뿔에서 '인삼'으로 옮겨 간다. 사슴 뿔에도 '생명의 뿌리', 생명의 원리가 있다(65쪽 참조). 명상이, 그리고 과학적 작업이 생명의 뿌리가 되는 대목(74쪽)이 이어진다. 그런 연구를 하는 사람들은 "태고의 침엽수림대에서 선사시대 식물을 찾는 자들[19]보다 목표에 훨씬 더 근접한다." 프리슈빈의 모든 기량은 사물과 꿈 사이에, 현실의 이미지들과 더없이 아득한 몽상의 은유들 사이에 성립하는 이러한 상응을 장장 80여 쪽에 걸쳐 기술하는 데 있다. 뿌리는 '자란다'. 그런 뿌리는 '자라는' 모든 것에 행복한 이미지를 제공한다. 베이컨Bacon(『생과 사의 역사 *Histoire la Vie et de la Mort*』, 불역서, 308쪽)에 의하면, 회춘하기 위해서는 자라는 것을, '곡물·씨앗·뿌리' 등을 먹어야 한다. 자라는 뿌리의 이 역동적인 단순 명백한 가치는 모든 나라 모든 시간대에 걸쳐 인정되는 은유의 엄청난 영역을 준비한다. 이런 유의 이미지는 워낙 일반화되어 있어서, 사람들은 거기에 거의 주의를 기울이지 않을 정도다. 하지만 그것을 현실과 근접시켜보기만 해도, 그리하여 그것의 대지적 가치를 복원시켜주는 것만으로도, 그 이미지는 우리 안에서 근본적 밀착감을 확보하기에 충분하다. 뿌리에 관한 몽상에 무관심한 사람은 아주 드물다. 정신심리적 힘의 첫번째 자리에 상상력을 위치시키려 하지 않는 심리학자들은 이처럼 빈약한 현실에 이토록 큰 특권을 부여하는 일에 상당히 주저할 것이다.

뿌리의 이미지가 거의 모든 대지적 원형과 연대됨을 증거하는 예는 힘들이지 않고도 무수히 댈 수 있을 것이다. 기실, 뿌리의 이미지는 약간만이라도 진실하기만 하면 우리를 친(親)대지적 존재로 만드는 모든 것을 우리의 몽상 속에서 드러내준다. 우리는 지금 모습 그대로 예외 없이 모두 대지의 경작자들을 선조로 모시고 있다. 그런데 경작에 대한 진솔한 꿈이란 에밀 졸라의 묘사에서 때로 그러한 것처럼 그저 갈아서 엎어놓은 밭이나 고랑을 단순히 응시하는 것을 의미하지 않는다. 그건 그저 문필가의 관찰일 뿐이다.[20] 경작은 관찰이 아니다. 경작은 공격적이다. 그래서 정신분석학자라면 어렵지 않게 성적(性的) 공격력의 요소를 거기서 끄집어낼 수 있다. 그런데 객관적 정신분석의 입장에서도 경작 행위는 땅에 대한 것이라기보다는 나무 뿌리에 치열히 대항하는 행위이다. 개간하다,[21] 이 얼마나 열정을 다한 경작, 지목된 적(敵)을 가진 경작인가.

---

19) 실제의 선사 식물에서 생명의 뿌리를 찾는 이들.
20) 졸라에 의한 대지의 묘사가 친대지적 존재에 의한 참 몽상에서 나온 것이 아니라고 보고 있다.
21) '미개간지 땅에 자생하는 식물, 나무 뿌리 등을 걷어내 파쇄하고 경작에 적합한 땅으

완강한 뿌리 때문에 잘 가동된 꿈을 따라가는 모든 몽상가들은 최초의 쟁기도 바로 뿌리였음을, 대지에서 뽑아올린 뿌리, 그래서 운용되고 길들여진 뿌리였음을 인정할 것이다. 야생 뿌리에 대항하는 투쟁에 나선 견고한 쟁기의 단단한 나무[22] 와 보습에 의해 갈라진 뿌리는 뒤엎어진다. 인간이라는 이 위대한 전략가는 대상물을 대상물에 대항시킨다 : 뿌리-쟁기가 뿌리를 뿌리뽑는 것이다.*

뿌리가 느낄 격통(激痛) 앞에서, 자기를 뽑아버린 자를 죽임으로써 제 분노를 복수하려 든 만드라고라,[23] 그 뿌리의 조화를 그 누가 이해하지 못할 것인가? 개를 동원해서 그것을 뽑아버리거나, 한 고서(古書)가 얘기하듯이 "자기를 쑤셔대는 자를 죽음에 이르게 할 뿌리의 비명을 듣게 될까봐 두려워서 양쪽 귀를 밀랍이나 송진으로 메워버리는 것만으로" 충분할까? 벌써 개간자는 사람들 말대로 "지옥에 단단히 매달려 있는" 뿌리를 가진 가시덩굴을 향해 욕을 퍼붓지 않았는가. 일꾼의 이 모든 욕지거리는 전설에 등장하는 모든 저주들의 생생한 요소이다. 심술궂은 세계는 우리의 도발이다. 세계는 우리가 던진 욕과 저주를 되돌려준다. 뿌리뽑는 일은 격렬함과 도발과 비명을 필요로 한다. 그럴 때

로 만들다' 라는 뜻의 이 프랑스어 동사(défricher)의 어원을 염두에 둘 때, 이 동사를 지금 바슐라르처럼 잘 꿈꿀 수 있다.

22) 쟁기의 마루 부분.

* 우리의 연구 방법론을 제한하기 위하여, 긴 개진을 필요로 하는 질문들은 일단 미뤄두기로 한다. 농경은 원초적으로 풍요를 비는 제의에 따랐다. 정신분석학 훨씬 이전에, 고고학은 쟁기가 가진 음경적 성격을 드러낸 바 있다. 이 점에 관해서는 자료가 무수히 많다. 예를 들어 알브레히트 디트리히Albrecht Dietrich의 『어머니-대지(Mutter-Erde)』(제1판, 1905)만을 참조해도 성적 이미지들의 이 차원을 아는 데 족할 것이다. 그 차원이야말로 가장 심오한 차원이다. 그런데 바로 우리는 그것이 유일한 차원은 아니라는 것을 밝히고자 하고, 이미지들은 물질적 자유성을 가지고 있다는 것을 드러내고자 한다. 뿌리라는 대지적 존재를 성적으로 지시하는 것만으로는 충분치 않다. 쟁기라는 행위적 존재에 관해서도 마찬가지다. 『어머니-대지』를 주의 깊게 읽노라면 흙덩어리를 부수는 원초적 행위가 성적 의미를 가지고 있는 게 사실이라 하더라도, 대지에 대한 인간의 작업에 관련된 모든 상상 체계를 거기에서만 추론해낼 수는 없다는 것을 깨닫게 된다.

23) 가지과의 약용 식물.

도, 말과 비명이 동반된 그 노동은 전설이 가진 표현적 가치의 대부분을 설명해준다. 전설의 심연을 다 파헤치지는 못한다 하더라도 말이다. 만드라고라의 경우 고전적 정신분석학은 우리가 이 몇 페이지에 걸쳐 얘기할 수 있는 것보다 더 많은 것을 말해줄 것이다. 그러나 그 오브제, 그 뿌리 자체가 표현에 특성을 부여함을 강조해두자. 바로 이런 특성을 뿌리 이미지들 연구는 고려해야 할 것이다.

3

식물의 이미지를 조사하는 가운데 가지 잘린 나무가 아주 자주 등장하고 있음을 우리는 매우 흥미롭게도 주목할 수 있었다. 기실, 몽상가들의 대부분은 나무의 여러 부분들에 각자 다른 각별한 비중을 부여한다. 어떤 이들은 어린 나뭇잎, 잔가지, 잎새들, 가지에 대해 관심을 갖고, 다른 이들은 등걸, 또 어떤 이들은 뿌리에 관심을 보인다. 사람의 눈이란 것이 워낙 분석적이어서 몽상가에게도 그런 한계를 지우는 것이다. 그러나 그런 부분적 이미지에 너무 성급하게 애착을 가지다보면 상상력은 정신심리적 용출에서 차단되고 만다는 것을 우리는 종종 볼 수 있었다. 이미지들 안에서 덧없는 빛이나 일관되지 못한 색채, 결코 발전되지 못한 채 어설픈 밑그림으로 남고 마는 경우를 거듭 만나게 되는 것도 바로 이런 조각난 기능 수행 속에서다. 형상화된 이미지의 이러한 원자주의[24]에 반대하여 우리는 상상세계에 관한 정신심리 통합에 관한 시론들을 통해 통합의 힘을 재발견하고 이미지들에게 그들의 전체성을 복원해주고자 한 것이다.[25]

---

24) 눈으로 보아서 파악된 형태적 이미지의 부분성. 예를 들면 앞에서 말한 대로 나무의 각기 다른 부분에만 집착하는 상상력의 결과.
25) 바슐라르의 여러 상상력 이론서 전반의 취지.

우리는 정말이지 통합력을 가진 오브제들이, 즉 우리로 하여금 이미지들을 통합하는 데 도움을 주는 오브제들이 존재함을 믿는다. 우리가 보기에 바로 나무야말로 그런 **통합적 오브제**인 셈이다. 나무는 정말이지 예술 작품이다. 우리가 나무에 관한 공기적 정신심리[26]에 그 나무 뿌리에 관한 보충적 배려를 부여할 수 있었을 때,[27] 새로운 삶이 몽상가를 생기 있게 해주었으니, 시 한 행이 시의 한 연을 열어주었고, 시의 한 연은 시 한 편을 허락했다. 그리하여 인간이 가진 상상적 삶의 가장 장려한 수직축 하나가 유도력을 지닌 역동성을 당당히 확보했던 것이다. 상상력은 그러자 식물적 생명력의 온 힘을 장악했다. 나무처럼 살기를! 나무는 그 얼마나 놀랍게 성장하는지! 나무는 그 얼마나 깊은지! 그 얼마나 바른지! 그 얼마나 놀라운 진리인지! 그런 가운데 우리 안에서 뿌리가 스물거리는 것을 느끼고, 과거는 죽지 않았다는 것을 느끼며, 오늘 우리는 우리 어둠에 잠긴 삶, 우리 지하의 삶, 우리 고독의 삶, 그리고 우리 대기적 삶 속에서도 무언가 해야 할 일이 있음을 느낀다. 나무는 동시에 도처에 있다.[28] 오래된 뿌리는—상상력 속에서는 젊은 뿌리는 없다—새로운 꽃을 피울 것이다. 상상력은 나무이다. 상상력은 나무가 가진 통합적 덕목을 가지고 있다. 상상력은 뿌리이자 가지이다. 상상력은 대지와 하늘 사이에서 산다. 상상력은 대지 속에 그리고 바람 속에 산다. 상상된 나무는 알지도 못하는 사이 어느덧 우주의 나무가 된다. 한 우주를 한 몸에 압축하고 또 한 우주를 이루는 그런 나무가 된다.*

많은 몽상가에게 뿌리는 깊이로의 한 축이다. 뿌리는 우리를 먼 과거로, 우리 인류의 저 아득한 과거로 데려간다. 나무 안에서 자신의 운명

---

26) 『공기와 꿈』 제10장, 「공기나무」 참고.

27) 지금 이 책 이 장에서의 작업을 말함.

28) 뿌리로서 지하에 있는 동시에 잎과 꽃으로서 대기중에 있다는 뜻.

* 「공기나무」, 『공기와 꿈』.

을 더듬으며 다눈치오는 말한다 : "이처럼 이 나무를 순결하게 주시한다고 나는 믿게 되었다. 그 뒤엉킨 뿌리가 내 속 깊은 곳에서 내 종족의 기질처럼 떨리고 있다고도……"* 여기서 이미지는 이 이탈리아 시인에게서 종종 그러하듯이 과잉되어 있기는 하다. 그래도 이 이미지는 심연의 몽상축을 따라가고 있음을 보게 되지 않는가. 같은 책(136쪽)에서 다눈치오는 같은 이미지를 따라가면서 또 이렇게도 말하고 있다 : "내 모든 삶은 몇 초 동안 눈먼 바위의 뿌리처럼 땅 속으로 잠겼다."

4

방금 말한, 이미지가 갖는 통합력의 가치를 이해하기 위해서 우선 고통받는 영혼, 총체적 이미지 통합력에 의해 치유해야 할 **고통중인 이미지**에 관한 한 예를 제시하기로 하자. 그것은 나무 몸체를 잃어버린 뿌리에 관한 것이다.

우리는 이 이미지를 장 폴 사르트르의 『구토』에서 차용한다. 우리가 옮겨적을 해당 페이지는 우리가 조금 앞에서 잠깐 환기한 대로[29] 상상적 삶을 '식물적 측면에서 진단하는 일'을 정말 값진 것으로 자리매김하게 해줄 것이다.

"그런데 나는 방금 전까지 공원에 있었다. 마로니에의 뿌리는 내가 앉은 벤치 바로 아래로 땅에 뿌리박고 있었다. 그것이 뿌리였다는 것이 이미 내 기억에서 사라졌다. 어휘는 사라졌고 그것과 함께 사물들의 의의며 그것들의 사용법이며, 또 그 사물들의 표면에 사람들이 그려놓은 가냘픈 기호도 사라졌다. 나는 구부정하니 고개를 숙인 채 혼자서 그

---

* 다눈치오, 『1266년에 기적 은사를 받은 귀먹은 벙어리가 한 말』, 로마, 1936, 30쪽.
29) 앞의 2절, 버지니아 울프의 예와 로베르 드주아유에 대한 간접적 언급 부분 참조.

검고 울퉁불퉁하며 마디가 져서 나에게 공포심을 주는 나무 더미와 마주하고 있었다"(162쪽). 한 세계가 갑자기 사라지는 것을 보여주기 위해 할 일이 그리도 많은 사르트르는, 뿌리가 촉발하는 내밀한 새로움에 몽상가가 기우는 순간의 일종의 현기증 나는 최면 현상에 대해 충분히 자세하게 말하고 있지는 않다. 나무껍질과 섬유질의 매끈하기도 하고 꺼칠하기도 하고 비늘 같은 껍데기 뒤에 어떤 반죽이 순환한다 : "이 뿌리는 존재 속에서 반죽되었던 것이다." 구토의 세계를 특징짓는 것, 구역질을 주는 식물 세계를 지시하는 것, 그것은 견고한 껍질 뒤에, '부풀어 오른 가죽' 같은 가지들의 외양 뒤에, 뿌리의 존재가 "끔찍스럽고도 외설스러운 알몸으로 물컹하고도 혼란스럽게 괴물스레 덩어리져 있는" 존재처럼 살아 있다는 데 있다. 기실, 이 물렁한 속살이 어찌 외설스럽지 않으며 구역질나지 않을 수 있겠는가?

물렁한 내밀성에 대한 마냥 수동적인 이런 참여를 앞에서 본 것과 아울러, 단단한 것에서 물렁한 것으로의, 단단한 뿌리에서 물컹한 반죽으로의 기이한 변모를 계속하는 이미지들, 그리고 특히 은유들이 많이 등장하고 있음을[30] 우리는 계속 살펴보고자 한다. 몽상가는 부조리를 넘어 어떤 고양의 길 위에 있다. 부조리란 통상 지적(知的)인 개념이다. 어떻게 할 때 상상력 영역에서도 부조리를 그려 보일 수 있을까? 사르트르는 우리에게 사물들이 얼마나 관념에 앞서 부조리한지를 보여주게 될 것이다.

"부조리라는 단어가 이제 내 펜끝에서 태어난다 : 조금 전에 공원에 있을 때 나는 그 말을 찾아내지 못했다. 그렇다고 나는 그 말을 찾지도 않았다. 말이 필요 없었던 것이다. 나는 단어 없이 사물을 가지고 사물에 대해서 생각하고 있었다"(164쪽). 몽상가는 이미지의 연속체로 등장하고 있었음을 부연해두자. "부조리란 내 머릿속에서 생겨난 어떤 관념도 아

---

30) 사르트르의 같은 작품 속에서.

니고, 속삭이는 소리도 아니었다. 그것은 내 두 발밑에 죽어 있는 길다란 뱀, 바로 저 나무뱀이었다. 뱀이든 혹은 갈퀴 발톱이든, 뿌리든 혹은 독수리 발톱이든 별로 상관없다." 이 대목을 보다 잘 꿈꾸기 위해 접속사 혹은을 접속사 또한으로 대치해보자. 혹은이라는 접속사는 몽상 세계의 근본법칙에 위배되니 말이다. 무의식 속에는 혹은이라는 접속사는 존재하지 않는다. 게다가 작가가 '별로 상관없다'라고 덧붙인 것은 그의 꿈이 뱀과 독수리의 변증법[31]에 의해 영향받지 않았음을 잘 증거한다. 몽상 세계에서 죽은 뱀이란 존재하지 않는다는 사실도 첨언해두자. 뱀은 차가운 움직임이다. 그것은 끔찍스런 살아 있는 차가움이다.

이처럼 살짝 수정을 가한 후,[32] 사르트르식의 뿌리에 관한 몽상의 통합력과 특별한 생명력 속에서 그 몽상을 따라가보자. 몽상가의 존재와 이미지의 존재를 한 덩어리로 반죽하는 총체적 꿈으로서의 특성 속에서 그것을 살펴보자는 말이다.

마로니에 뿌리는 한 세계에, 먼저 자기와 가장 가까운 현상들과 충돌하여 부조리한 제 스스로를 드러낸다 : "그것은 조약돌에 비교해 누런 풀더미와 관련해, 마른 진흙이나 나무와 비해볼 때 부조리하다……" 나무에게도 대지에게도 부조리하다는 바로 이 점에 사르트르가 그리고 있는 뿌리에 그토록 특별한 의미를 부여하는 이중적 신호가 있는 것이다. 물론 유별난 몽상적 직관에 이처럼 전적으로 집착하는 것을 보면 이 몽상가는 기초 식물학이 가르쳐온 나무의 기능에서 이미 오래 전에 떨어져나온 것이다 : "흡수 펌프와 비슷한 그 뿌리의 기능에서 이쪽으로, 물개 껍질처럼 딱딱하고 올이 촘촘한 껍질로, 기름기 돌고, 딱딱하며 완고한 그런 모습[33]으로 생각을 바꿀 수 없다는 것을 나는 잘 알고 있었다." "그것은 뿌리이다"라고 반복해보았자 소용없다. 은유의 힘이 너

---

31) 지하와 천상의 변증법.
32) 접속사 '혹은'을 '또한'으로 바꾸고 죽어 있는 뱀에 비유된 것을 고쳐서.
33) 이를테면 땅 위에 노출된 겉껍질.

무 강하고 껍질은 벌써 오래 전부터 피부이다. 왜냐하면 나무의 목질이 살이기 때문이며, 피부에는 기름기가 돈다. 왜냐하면 살이 물렁하니까. 구역질이 도처에서 스며나온다. 실제 단어들은 더이상 어떤 방책(防柵)을 만들어주지 못하며,[34] 그들은 이제 기이한 선을 따라 움직이는 이미지들의 최면술, 몽유병을 막을 수 없다. 물질적 상상력의 바로 중심에 혼돈을 부여하면서 이미지들을 그 원천에서 빗나가게 이끌어내었기에 부조리는 이제 편만하다.

구토가 일 때의 실속(失速) 상태를 가장 잘 드러내는 일은 바로 그 뿌리의 느릿한 최면술을 세밀하게 검토하는 과정에서 얻을 수 있으리라. 그 뿌리는 뱀인 동시에 발톱이다. 그러나 그것은 물컹거리며 기어가는 뱀이고, 움켜쥔 것을 늦추는 발톱으로, '움켜잡다' 라는 동사의 주어가 더이상 되지 못하는 발톱이다. 흙덩이를 움켜쥐는 뿌리의 이미지, 똑바로 날아가는 화살보다 그 꿈틀거림에서 더 생동적인, 땅 밑으로 잽싸게 숨어드는 뱀의 이미지, 이런 이미지들을 우리는 그들의 전통적인 역동성 속에서 연구해왔지만, 바로 이 둘은 이제 늘어진 채 여기 있다. 그들의 힘을 '무화하면서' 그들은 자신의 '존재' 를 발견할 것인가? 우리는 이 질문을 그대로 의문에 부친 채 남겨놓는다. 제대로 대답하기 위해서는 그야말로 비교존재론과 비교동력학을 바탕으로 한 길고긴 연구가 필요할 것이다. 힘의 존재는 아마도, 정신심리적 관점에서 보면 의당 존재의 증강, 존재 생성의 가속화일 것이어서, 깊은 상상력 속에서 감소하는 힘을 가진 역동적 이미지들은 없다. 상상적 동력학은 전적으로 적극적인 것이며, 생성하고 증가하는 힘들과 전적으로 행보를 같이한다. 역동적 이미지는 멈춰서 다른 이미지에 자리를 넘겨주기는 해도 자진(自盡)하지는 않는다.[35] 그것은 이미 본 대로 현실에서 꿈으로는 지속

---

34) '뿌리' 를 '쁘리' 로만 보겠다고 복창해보지만 구토를 막지 못한다.
35) 그 힘이 감소하지 않는다는 말.

이 있고 꿈에서 현실로는 단절이 있다는 원칙이 적용된 것이다.[36) 그러나 우리는 여기서 이미지는 그저 정신심리적 변전을 예측하게 하는 힘을 가지고 있음을 언급해두고자 할 뿐이다. 구역질은 따라서 그 질료, 그 점성, 그 반죽, 그 느려진 운동에 의해 성격지어질 것이다. 그러니 그것은 그 어떤 경작자도 본 바 없고, 혹은 결코 보기를 원하지 않은, 물렁한 커다란 뿌리가 될 것이다.

나무에 관한 총체적 상상력 안에서 더없이 정상적인 이미지인 상승의 이미지 거부는 장 폴 사르트르에 의해 분명히 언급되고 있다(170쪽): "원형 탈모증의 반점이 생긴 플라타너스, 반이 썩어들어간 참나무, 사람들은 나로 하여금 그것들을 허공으로 솟아나는 젊고 호된 힘이라 생각하게 하려고 했는지 모른다. 그럼 그 뿌리는? 나는 필경 그것을 탐욕스러운 손톱으로 땅을 긁고 거기에서 자양분을 빼앗는 손톱처럼 그려야만 했을까? 그런 방법으로 그 사물들을 보는 일은 불가능하다. 연약함, 무력함, 그렇다. 나무들은 떠돌고 있었다. 하늘을 향한 용솟음이라고? 차라리 그것은 의기소침이다. 나는 매순간 나무 줄기들이 피로한 음경처럼 주름이 잡혀서, 땅 위로, 검고 물렁하되 주름살진 덩어리가 되면서 오그라들어 쓰러지는 것을 보게 된 것 같았다. 존재하려는 욕망을 그들은 가지고 있지 않았다. 다만 나무들은 존재하지 않을 수가 없었을 따름이었다."

"사람들은 나로 하여금 ……라 생각하게 하려고 했는지 모른다", 바로 이 표현이야말로 정상적 이미지, 그리고 수직화하려는[37) 원형의 억압이 있음을 드러내기에 충분한 것이다. 어쨌든 아울러 볼 수 있는 바이지만, 이미지의 갈등이 있으며, 하나의 동일한 이미지상에서 상상력이 원형을 감추는 바로 그 순간, 상상력은 그 원형을 드러낼 수 있다. 바로 그렇기에 중요한 이미지들은—뿌리도 그중의 하나지만—인간

---

36) 앞의 2절 참조.
37) 직립, 상승적이려는.

영혼의 근본적 갈등들을 표현해낼 수 있는 것이다.

　우리가 막 따로 떼어놓은 이미지[38]에 관해 물질화된 정신분석 시론을 개진하는 것이 허락된다면, 물질의 차원에서 치유하는 정신분석에 대해 논문을 쓸 수 있다면, 그것은 물렁함에 내맡겨진 인간 존재를 다름 아닌 단단함에 대한 훈련에 초대하는 일일 것이다. 『구토』의 주인공 로캉탱에게도, 손에 줄[39]을 잡고 바이스 앞에 서게 해서 쇠에 대해, 매끈한 면의 힘과 바른 모서리의 정확도 등에 대해 그에게 가르쳐줄 수 있게끔 할 만큼의 인간성은 어느 정도 남아 있으리라. 대패로 다듬어야 할 듬직한 목재 한 덩어리만 제시해도, 떡갈나무는 썩지 않으며, 목재는 역동성에 대해 역동성으로 응수한다는 점, 요컨대 우리 정신의 건강은 우리 손 안에 있다는 것을 그에게 즐겁게 가르쳐주기에 충분할 것이다.

　그러나 우리는 이 절에서 그저 뿌리의 이미지 가운데서도 기이하고도 엉뚱한 한 유형만을 제시하고자 했을 뿐이다. 그러니 우리는 하나의 이미지를 고립시킴으로써 장 폴 사르트르의 글에 손상을 입힌 셈이다. 이 이미지는 거대한 직관Anschauung에 관한 하나의 관점일 뿐이다. 『구토』에 나타난 우주는, 특히 나무들 앞에서, '저 이상한 커다란 덩치들' 앞에서, 뿌리가 땅으로 물컹하니 빠져드는 것을 보고 있는 그 공원에서의 장면에 관한 한, 모든 주의 깊은 독자들을 심연으로 열린 세계로 끌어들인다.

5

　여기서는, 병든 이미지에 사로잡힌 사르트르의 주인공이 억압한 그

---

38) 『구토』에 등장한 뿌리의 이미지.

39) 쇠붙이를 깎는 데 쓰이는 막대기 모양의 연장.

힘차고 생기 있는 뿌리 이미지 중에서 뿌리가 가진 대지적 역동성을 보여줄 몇 가지 예를 들어보기로 하자.

우리는 그 첫 예를 총체적 나무의 시인인 모리스 드 게랭에게서 가져오고자 하는데, 그는 우리에게 뿌리 이미지의 통합력을 보여줄 것이다. 우리는 이미 『공기와 꿈』에서 부르타뉴의 숲과 오베르뉴 지방 숲의 몽상가, 르 카일라의 저 고독한 자의 작품에 드러난, 나무 꼭대기에서 마셔진 공기적 가치 부여에 대해 말한 바 있다. 이제 여기서는 그가 나무 뿌리에 대한 대지적 가치 부여를 어떻게 시도하는지 보도록 하자*: "나는 어린 뿌리 속에 들어가 사는 벌레이고 싶소. 나는 뿌리 끝점에 자리 잡고서 생명을 빨아들이는 대롱 구멍의 강한 힘을 느껴보련다오. 나는 그 구멍 안의 풍부한 분자 속으로 생명력이 순환되는 것을 바라보려오. 그 구멍들은 가지들처럼 그윽한 부름으로써 생명력을 깨우고 끌어들이겠죠. 나는 또한 그 생명력이 자신을 부르는 존재를 향해 달려가는 이루 말할 수 없는 사랑과 또 존재함의 환희를 목격하게 되겠죠. 나는 그들이 서로 포옹하는 것을 보게 되겠죠." 사랑하고, 양육하고, 노래하는 뿌리 이미지의 이런 과잉을 볼 때, 모리스 드 게랭이 더없이 섬세한 뿌리의 땅 속 활동에 그 얼마나 밀착되어 있는가를 가늠할 수 있다. 뿌리의 끝점에 이를 때 바로 한 우주의 극점에 있는 듯 느껴진다. 장 발은 이렇게도 말한다.

뿌리들이 생기 있게 기어가는 것이 보인다,
부식토와 물 밑 진흙과 부엽토 냄새를 나는 맡는다
—「시들(Poèmes)」, 『세계(Le Monde)』, 189쪽

미슐레Michelet의 글에서 낙엽송 뿌리는 땅 속으로 반사광을 향해

---

* 모리스 드 게랭, 『초록 공책』 1권, 디방 출판사, 246쪽.

찾아가는 듯이 그려져 있다. 미슐레로서는 낙엽송은 경이의 나무로, 그는 "강한 뿌리로써 자기가 좋아하는 흙 속으로, 거울 조각처럼 빛나며 열기와 광선의 놀라운 반사체인 빛나는 운모 편암이 켜켜로 쌓여 있는 지대로 파고든다"(『산 *La Montagne*』, 337쪽). 바로 이 운모 편암의 광물적 빛 속으로 낙엽송은 저 불과 향기로 된 기적과도 같은 질료인 자신의 수지(樹脂)를 퍼올리러 가지 않는가?

지하를 향한 욕망 안에서 모든 것은 변증법적이다. 볼 수 없어도 도취하는 것과 마찬가지로 볼 수 없음에도 사랑할 수 있다. 그리하여 로렌스는 경령(頸領)을 아주 벗어나 첫발을 내딛는 '맹목적 끝뿌리'를 따라 "뿌리가 가진 저 엄청난 탐욕을 생생히 느낀다."*

한편 모리스 드 게랭은 보다 더 잘 사랑하기 위하여 곤충의 다면체 눈알을 필요로 한다.[40] 그것만이 은밀히 찌르는 뿌리들이 동시에 벌이는 수천의 포옹 행위를 볼 수 있으니까 말이다.

애무하는 뿌리 끝점에 관한 비유에 역시 속하게 될, 피에르 게갱의 유희적 공상을 우리는 찬탄하게 된다.

> 이리하여 나무의 아들이자 공상의 열매인
> 아들 밤이 성숙했도다

이 인간-나무 복합체는 느낀다 :

> 제 새싹 끝으로, 기이한 인간의 욕망을

피에르 게갱에 있어서 나무의 생명이란 가지들이 갈라지면서 번져나

---

* 로렌스, 『무의식의 환상(Fantaisie de l'Inconscient)』, 불역서, 51쪽.
40) 로렌스의 경우는 볼 수 없어도 느끼고 사랑할 수 있었던 나무 뿌리를 언급하고 있음과 달리.

가는 것만큼이나 곁뿌리가 많아지는 일에 있음을 보고 놀라지 말아야한다. 시인은 나무가 대지를 장악하는 것을 도우려는 듯 그 목질 섬유의 한 켜 한 켜에 이르도록 나무에 공을 들인다.

> 내 몸에 편히 들어오렴
> 내 미세한 맥관과
> 수관(髓管)에 이르도록 장악하렴 :
> 내 누워 움쩍도 않는 생명력[41]을 마시렴
> 나 잠든 미라를 그대 살 위해 바치네*

그저 무심한 나무 한 그루를 채워도 채워지지 않는 욕망의 존재, 다함 없는 허기로 역동화된 존재로 전환하는 상상 세계의 힘을 여기서 가늠해볼 수 있다. 다른 한편, 사람들에게 고행자의 덕목을 서슴없이 권고하는 어느 작가는 나무에 대해 이렇게 말한다 : "굵은 뿌리는 입을 연 채 잠자고 있다…… 그것은 세상의 골수를 빨아들일 준비가 되어 있다.……"** 물론 식탐자들은 이런 뿌리의 활동을 병적인 헛헛증으로 상상한다.

> 나무들은 원소들을 갉아대는
> 무수한 아귀 이빨들……
>   ―위고, 「풍자」, 『제세기의 전설』, 베레 출판사, 595쪽

한편 뜯어먹힌 풀은 이미지의 역전에 의하여 그 자신이 탐식적인 것으로 몽상 속에 떠오른다.

---

41) 땅 속 넓게 퍼진 뿌리로 길어 올리는 대지의 생명력.
* 피에르 게갱, 「암사슴 새끼 사냥」, 『나무의 분신(Le Double de l'Arbre)』.
** 마리즈 슈아지Maryse Choisy, 『로마네크 가(家)의 홍차(Le Thé des Romanech)』, 34쪽.

탐식스런 풀이 빽빽한 숲 속에서 풀을 뜯네;
줄곧, 식물들의 치아 아래로
사물들이 씹히고 있는 애매한 소리가 들리네

—같은 책, 595쪽

물질적 상상력이 대지에 각별히 적용될 때 자모(慈母)와 같은 대지라는 전통적 생각은 즉각 새로워진다. 빅토르 위고에게 대지는 모래와 진흙 그리고 사암을 주는 존재다.

그것들은 유향나무에도 필요하고 떡갈나무에도 필요하고
덤불에도 필요하기에, 그래서 환희에 찬 대지는
대단한 숲이 그것들을 먹어치우는 것을 본다.

한편 기유빅은 명향성(鳴響性) 주위로 침묵의 효과를 교묘히 조성한 단 한 줄의 시구 속에서 다음과 같은 원초적 이미지를 제공한다.

저녁나절 숲들은 먹느라 소리를 낸다.

이 모든 이미지들은 물질화하는 상상력의 작용 아래 뿌리 이미지의 통합력을 잘 드러내 보인다. 무의식의 입장에서 보면 나무는 아무것도 상실하지 않으며 뿌리는 모든 것을 충실히 간직한다. 이런 통합의 이미지가 실제 어떤 농사법에 영향을 끼치고 있음을 쉽게 목격할 수 있다. 그중 17세기 문헌에서 찾은 예를 하나만 인용해보기로 하자 : "송곳을 가지고 주뿌리에 구멍을 하나 내고 설사를 일으키는 어떤 액을 흘려넣으면 그 나무의 열매는 항상 설사를 일으킬 것이다."[42] 이와 달리 포도

---

42) 이는 하제(下劑)용 나무 열매 유도법이 될 것이다.

송이가 향기와 경이로웠던 한 해의 양양한 천기(天氣)를 듬뿍 간직하도록 사람들은 얼마나 많은 포도 덩굴에 좋은 포도주를 뿌려주었던가!

6

사상을 낳을 수 있게끔 이미지를 잘 운위할 줄 아는 어느 훌륭한 시인은 나무에 바치는 사랑과 지혜를 우리에게 보여주기 위해 대화문을 운용하고 있다. 폴 발레리에게 나무는 수많은 원천을 지닌 존재의 이미지이며, 멋진 작품으로서의 통일성을 발견하는 존재이다. 대지 속에 흩어져 있는 나무는[43] 땅으로부터 솟아나기 위해, 가지와 벌들과 새들의 경이로운 생명력을 누리기 위해 하나로 연대된다.[44] 그러나 나무의 지하 세계를 보면 어떤가 : 나무는 지하에서는 다음에서 보듯이 강(江)이다(『나무의 대화 *Dialogue de l' Arbre*』, 189쪽) : "대지의 컴컴한 자락에서 신비로운 그들의 갈증을 적실 길을 찾아 샘들이 내리뻗어가는 살아 있는 강. 그것은 히드라. 오, 바위와 마주한 티티루스[45]여, 그것을 껴안기 위해 자라고 또 분열 증식하니,[46] 점점 더 섬세하게 습기를 찾아 움직여, 살아 있던 모든 것이 해체되는 거대한 밤을 적시는 수분 한 자락이라도 마시기 위해 머리를 헝클어뜨리네. 심연과 대지의 액즙을 향해 맹목적 확신으로 더듬어가는 이 얽혀 있는 뿌리 다발보다 더 탐욕스럽고 더 복잡하며 흉물스런 해저 동물은 존재하지 않으리." 심연을 향한 열정, 스며드는 물로 살아가는 존재에 대한 열정은, 시인의 꿈속에서는 곧 사

---

43) 나무의 갈라진 뿌리들 때문에.

44) 나무 둥치 하나의 용기를 말한다.

45) 프랑스어 표기는 Tytyre : 테오크리토스의 『전원시(Idylles)』와 베르길리우스의 『목가 (Les Bucoliques)』에 나오는 양치기의 이름.

46) 뿌리의 증식.

랑하기 위한 열정이다(190쪽):"그대 은밀한 나무는 어둠 속에서 수천 수만의 필라멘트 가닥 같은 가지로 생명의 질료를 빨아올리네. 그 나무는, 잠든 대지의 단맛을 자아올리는 그 모습은 내게 기억나게 한다오, ―말해 보오, 무엇인지를―그건 내게 사랑을 떠올리게 한다오." 식물은 존재 속에 아로새겨진 사랑의 거대한 표징이다. 우리의 온갖 생각을 지지하는 섬세한 충실성인 사랑, 뿌리가 죽지 않는 생생한 식물처럼* 우리의 온 힘을 빨아들이는 사랑. 이러한 통합 덕분에 발레리가, 나무를 묵상하는 인간은 동물적 생명력은 온전히 그대로 둔 채, 자기 자신을 '생각하는 식물'(208쪽)로 새삼 발견하게 된다고 말할 수 있었음을 이해하게 된다. 나무는 두 번 생각하지 않는가? 한 번은 무수한 뿌리로부터 받아들인 것을 집결하면서, 또 한 번은 나뭇가지들의 변증법을 거듭하면서.[47] 교목성(喬木性), 이 얼마나 멋진 노출[48] 방법인가! 경령(頸領)에 응집된 존재, 이 얼마나 놀라운 포옹[49]인가! 나무는 힘이라고 쇼펜하우어는 말한다. 나무는 또한 사상이라고 발레리는 말한다. 사상을 꿈꾸게 함으로써 사념의 시인[50]은 우리에게 지성의 쇼펜하우어적 철학, 지성의 의지를 제시한다. 뿌리는 장애물을 피해 돌아감으로써 그것을 정복한다. 뿌리는 자신의 진실을 암시하니, 그것은 복수성에 의해 존재의 안정화를 이룬다. 무수한 뿌리 다발의 이미지는 발레리의 말처럼 "통일성의 거점이자 바로 그곳으로부터 우리 속으로, 같은 한 생각으로 우주를 비추며, 유사성[51]의 모든 비

---

* 빅토르 위고, 『풍자』 II, 베레 출판사, 594쪽 참조 발레리의 대화편을 빅토르 위고의 시구와 대조해보면 사상의 생성태인 이미지들을 우리에게 보여주는 발레리식 명상의 가치를 잘 이해하게 된다. 발레리의 이미지-사상은 긴 연구를 요한다.

47) 뿌리들에서 둥치로의 집결과, 둥치에서 가지들로의 확산, 이 양자를 염두에 둔 것.

48) 자기 현시. 가지들을 거느린 나무의 모습.

49) 교목성을 통한 나무의 외적 자기 현시와 대극점에 있는, 나무의 또다른 내적 경이.

50) 발레리.

51) 이하 문단 참조.

밀스런 보석이 빛나는 존재의 첨예점, 이 깊은 접합점을 건드렸던 것이다……"(190쪽).

　　물론 식물적 존재의 열정과 응축력 사이의 이 내밀한 유사성은 총체적 나무의 이미지 안에서만, 즉 나무의 플라톤적 이데아의 이미지 안에서만 완전하다. 폴 발레리의 대화도 '무한 나무의 경이로운 내력'(204쪽)을 말하고 있지 않은가. 이 내력을 내 것으로 생생히 체험할 수 있을 때 우주적 나무와 정신적 나무의 통합이 준비된다. 뿌리 쪽에서 보면 대지 전체를 조만간 꿈꾸게 된다. 마치 대지가 뿌리들의 한 뭉치인 양, 마치 오직 뿌리들만이 대지의 종합을 확보해줄 수 있는 듯이. 그리고선 솟구쳐야 한다. 온 생명력과 온 의지는 우선 한 그루 나무였거늘. 나무는 원초적 성장이었거늘. "그는 오직 성장함으로써 살았으니", "무한과 교목성에의 광기로"라고 발레리는 말하고 있다(207쪽). 그러니 우리 야심[52]이 그 첫 역동적 이미지를 원할 때, 역동적 이미지이기를 수용할 플라톤적 신기한 이미지를 가지기 위해 그것이 의거해야 할 것은 바로 이 원초적 성장의 꿈이다. 폴 발레리는 이리하여 정신적 생명력을 끌어들이는 **플라톤적 야심**이라고 부를 수 있는 것을 발견하며, 이 대화의 철학자는 '무한 나무'를 다음과 같이 온전히 그려낸다(207쪽): "그것으로 인해 이 나무는 일종의 정신이었다. 가장 드높은 정신은 오직 성장으로써만 생명을 얻는다." *

---

52) 인간들의 열망, 정신적 생명력에 대한 열망, 야심을 이하 바슐라르는 '**플라톤적 야심**' 이라 부른다.

* 근본적 이미지들은 반전되려는 경향이 있다. 나무-큰강이라는 원초적 이미지에 큰강-나무의 이미지를 접근시킬 수 있다. 이런 경우를 빅토르 위고에게서 볼 수 있는데(『라인 강』 II, 25~26쪽), 거기서 시인은 지류(支流)들이 온 고장의 물을 끌어들이는 놀라운 뿌리인 큰강에 대해 말하고 있다.

뿌리의 이미지를 따르는 심연의 꿈은 지옥의 음부에 이르기까지 신비하게 그 터를 연장한다. 거대한 떡갈나무는 '망자들의 왕국'에 가닿는다. 이처럼 매우 자주, 삶과 죽음의 어떤 활발한 종합이 뿌리에 대한 상상력 속에서 드러난다. 뿌리는 수동적으로 땅에 묻혀 있는 것이 아니라 스스로 파고드는 인부가 되어 제 몸을 파묻으며 끝도 없이 자신을 땅에 묻는다. 묘지들 중에서 가장 낭만적인 공동묘지를 이루는 것은 바로 숲이다. 죽음의 문턱에서 협심증 발작중에 스파켄브로크는 나무를 생각한다* :"그는 뿌리에 대해 말했다. 그는 땅 밑으로 뻗어 있는 뿌리들의 거리(距離)에 대해, 장애물도 부숴버리는 그들의 힘과 능력에 대해 두려워했다." 수난과 삶의 드라마 와중에서 지극한 슬픔에 잠긴 한 영혼 속으로 스며드는 우주적 이미지에 부여된 이런 관심은 철학자의 관심을 끌어 마땅하리라. 필경 그건 그저 글로 된 이미지, 멀쩡하게 살아 있는 작가[53]의 붓끝에서 나온 죽음의 이미지에 불과하다고 반박하는 사람들이 있을 것이다. 그러나 이러한 반론은 표현의 욕구가 지닌 정신 심리적 일차적 중요성을 과소평가하는 일이다. 죽음은 우선 하나의 이미지이며 이미지로 남아 있다. 죽음은 그것이 표현될 때에만 우리 속에 의식될 뿐이며, 죽음은 오직 은유들로만 표현될 따름이다. 예견되는 모든 죽음은 이야기화된다. 정확히 말하자면, 찰스 모간 소설 전체에서 작용하고 있는 죽음에 관한 문학적 이미지는 원초적 이미지로서의 활기를 가지고 있다. 모간이 쓰기를 그저 일개 하인인 비셋은 나무의 지하 생명력에 관한 이 모든 질문들이 "(스파켄브로크의 모친의) 무덤과 관계

---

* 찰스 모간[①], 『스파켄브로크(Sparkenbroke)』 1936, 불역서, 502쪽.
① Charles Morgan(1894~1958) : 영국의 소설가. 『스파켄브로크』에서 자신을 절대(絶對)를 향한 향수에 사로잡힌 인간 영혼의 화가로 자처했다.
53) 찰스 모간.

되거나 스파켄브로크 경(卿)의 머릿속에 그 무덤을 떠올리게 할 수 있는 것과 관련된다는 것을 알고 있었다. 그것이 얼마나 깊은지는 아무도 상상할 수 없었다. 나무들, 특히 느릅나무들이 무덤을 둘러싸고 있었다……" 그렇다, 나무 뿌리 같은 하나의 원형이 한 영혼 속에 얼마나 깊이 내려갈 수 있는지, 그리고 하나의 원형 안에는 얼마나 큰 통합력과 부름, 호소력이 있는지 아무도 쉬 상상하지 못한다. 특히 조상 전래의 이 이미지[54]가 청춘의 격랑 속에서 감동적인 이미지를 발견했을 경우에. 모친의 무덤 곁에서 음울한 몇 시간을 보낸 후 기절한 젊은 스파켄브로크를 데려다놓았던 곳은 바로 묘지의 느릅나무 아래이다. 이 장면은 정말이지 죽음의 이미지로 그의 삶에 영향을 미쳤다. 긴 뿌리를 가진 묘지의 나무가 인간 몽상의 한 원형을 부추긴 것이다. 우리는 민간 전승과 신화 속에서 생명나무와 죽음나무의 통합을 쉽게 만날 수 있다. 우리가 『물과 꿈』에서 언급한 **죽음나무**[55]는 생명과 죽음 안에서의 인간 존재를 상징하는 나무가 아니던가.

나무를 이토록 폭넓은 상상적 통합 속에서 꿈꾸기 위해서는, 자기 자신에게 헌정된 나무, 한 아버지가 장수를 기원하며 아들이 태어난 바로 그 계절에 심곤 하는 그런 나무가 한 인간에게 어떤 의미가 있는지를 우리는 보다 잘 이해해야 한다. 그러나 아들의 삶을 조상들의 땅에 뿌리내리게 해주는 아버지[56]는 정작 너무나 드물다. 아버지가 하지 않은 것을 몽상가 아들은 때로 친숙한 가족 관련 꿈속에서 실현한다. 그는 과수원이나 숲에서 나무 한 그루를 택해 자기 나무로 애지중지하는 것이다. 나도 책을 읽으려고 나의 호두나무 뿌리에 기대거나 또 역시 책을 읽으려고 호두나무 위로 올라가곤 하던 어린 시절의 내 모습을 다

---

54) 나무 뿌리가 한 기계의 삶과 죽음의 역사를 표상하며 인류의 삶과 죽음과 관계된다는 뜻에서.

55) 제 3장 1절 참조.

56) 득남 기념 식수를 하는 아버지.

시 보게 된다…… 우리가 양자(養子)로 맞아들인 나무는 우리에게 그의 고독을 전해준다. 황무지의 모든 할미새들이 팔락거리며 찾아드는 버드나무 둥지나 움푹한 나무에 기대어 오랜 시간을 보내곤 했던 샤토브리앙이 전해주는 속내 이야기를 나는 그 얼마나 큰 감동으로 읽고 또 읽곤 했던가……

기이하게 구불구불한 뿌리를 체험하며 산다는 것은 "어떤 인도 무화과나무 뿌리 사이에서 은자의 삶을 영위하는" 브라만적 이상의 본능적 회복이다(미슐레,『인류의 성서 *La Bible de l' Humanité*』, 46쪽).

8

뿌리와 상관 있는 가장 평속한 이미지의 하나는 뱀의 이미지다.

> 끔찍하고 뱀과 흡사한 뿌리는
> 어둠 속으로 은밀히 매복하고 있네.
> —빅토르 위고,『신(神, Dieu)』, 넬슨 출판사, 86쪽

"커다란 바위를 감싼 채 나선형으로 꼬인 저 태고의 솔송나무의 강인한 뿌리들은 빛에 놀라 달아나면서 몸을 뒤트는 가운데 자기네들의 깊은 구멍을 찾아드는 놀라운 뱀처럼 보인다"(조아킨 곤잘레스,『나의 산(山)들』, 불역서, 165쪽).

『파르살로스』[57] 를 통해 루카누스[58] 는 독자를 "떡갈나무 둥지 위로 휘감긴 용들이 길게 꿈틀 주름을 접으면서 미끄러져간" 신성한 숲으로 안내한다.

---

57) 카이사르와 폼페이우스의 전투를 다룬 10곡으로 이루어진 역사적 서사시.

58) Marcus Annaeus Lucanus : 고대 로마의 시인. 세네카의 조카. 프랑스어로는 Lucain.

때로 꿈틀거리는 형태만으로도 움직임을 상상하는 데 충분한 경우가 있는 듯하다. J. 카우퍼 포비스는 이렇게 쓰고 있다(『늑대 솔렌트』 제1권, 204쪽): "그의 시선은 물가 진흙 위로 기어가는 오리나무의 강한 뿌리에 가서 멈췄다. 이 식물적 파충류의 고집스런 유연성에서 그는 자기 삶의 은밀한 영상을 보는 듯했다……" 모든 상투적인 것으로부터 무조건적이리만큼 멀어지는 데에 문학적 표현 추구에 주안점을 둔 위스망스 같은 작가가 뿌리-뱀이라는 이러한 상상적 원형에 경도하는 것을 보게 되는 것은 놀라운 일이다. '화강암 덩어리로 찢겨진' 언덕 지표면에서 그는 "뿌리가 거대한 뱀의 화들짝 들춰진 집처럼 보이는 무시무시한[59] 떡갈나무"를 본다. 누가 두려워하는가, 누가 두려움을 주고 있는가? 거대한 뱀은 땅 밑으로 사라지는가? 떡갈나무는 '무시무시 formidable한가'? 위스망스가 부르주아들의 일상언어에서 '멋진'이라는 뜻으로 쓰이는 그런 의미로 이 단어(formidable)를 썼다고는 생각하기 힘들다. 이 이미지를 설명하고 그것의 음조를 전달하기 위해서는 두려움을 찾아야 한다. 그것 없이, 진귀하고 미지인 이미지에 의거한다는 것은 얼마나 이상한 은유의 원리이랴? 누가 뱀 집을 본 적 있는가? 그러나 만일 독자가 그 글의 일차적 강력함에 민감해진다면, 화강암 덩어리로 찢겨진 이 땅을 진정 느낄 수 있다면, 그는 아마도 원형의 온갖 이미지들을 끌어올, 고통에 찬 채 미끄러져드는 어떤 움직임을 자신의 무의식 속에서 일깨워낼 수 있으리라. 뱀, 뿌리-뱀, 뱀의 집, 뿌리 뭉치, 이 형태들은 약간 변화만 있다뿐이지 전부 하나의 몽상적 이미지에서 비롯하는 것들이다. 이 문학적 이미지가 작가에서 독자로 이어지는 의사 소통을 허락하는 것은 바로 그 몽상성에 의해서이다. 위스망스의 예에서 이런 의사 소통은 미약하다. 그것은 작가가 뿌리 이미지와 뱀 이미

---

59) 위스망스는 여기서 보통 부르주아의 일상 생활에서는 '멋진, 굉장한'이라는 뜻으로 쓰이는 형용사 'formidable'의 '무시무시한'이라는 다른 뜻을 동시에 생각하고 있다. 이하 참조.

지의 상호 침투에 충분히 신경 쓰지 않았기 때문이다. 그는 그 계제에 마땅히 주었어야 했을 충분한 배려를 물질적 이미지에 기울이지 않은 것이다. 너도밤나무 뿌리가 "바위 틈새로 파고들어 그것을 들어올리고 뱀의 사촌인 양 표면으로 기어간다"(『피레네 지방 여행 *Voyage aux Pyrénées*』, 235쪽)라고 쓰고 있을 때의 텐느Taine의 비유도 마찬가지로 빈약하다. 소나무들이 '간신히 살아 있다'고 생각하고 그저 형태에만 관심이 가서 소나무란 "전부 민머리바늘로 끝마무리된 원추뿔이다" (236쪽)라고 쓰고 있는 이 작가의 묘사가 지닌 냉랭함이 놀랄 일도 아니다. 침엽수의 세계에서는 모든 것이 원추형이고 또 뾰족해지게 마련인 것이다.

통합을 실현하고 현동화하는 데에는 그저 한 번 더 이미지를 다듬는 것으로 충분하다.[60] 예컨대, 물질적 상상력의 세계에서는 뱀이 흙을 먹는다는 것을 한번 상기해보기 바란다.* 그러면 곧바로 떡갈나무의 탐욕성은 이미지들을 수용하게 된다. 정말 흙을 먹는 존재, 모든 뱀들 중에서 가장 대지적인 뱀은 바로 나무 뿌리이다. 물질화하는 힘을 지닌 몽상은 뿌리에서 대지로, 대지에서 뿌리로의 동화를 끝도 없이 실현한다. 뿌리는 흙을 먹고, 흙·대지는 뿌리를 삼킨다. 장 폴 사르트르는 우연하게도 이렇게 쓰고 있다** : "뿌리는 벌써 자기 자신을 먹여 키우는 대지와 반쯤 동화되어 있다. 뿌리는 대지의 살아 있는 응괴이다. 뿌리는 스스로 대지가 됨으로써 오직 대지를 써먹을 수 있다. 다시 말해 어떤 의미에서는 오직 자기가 써먹고자 하는 물질에 복종함으로써 말이다." 이 언급 속에는 그 얼마나 큰 몽상적 진실이 자리하고 있는지. 의심할 나위 없이, 깨어 있는 삶과 잡식성 식사[61] 는 우리에게 '먹여 키우다'라

---

60) 방금 든 빈약한 이미지들과 달리.

* 니체는 『즐거운 지식 (Le Gai Savoir)』(알베르Albert에 의한 불역서, 19쪽)에서 "뱀의 양식은 바로 흙이다!"라고 쓰고 있다.

** 장 폴 사르트르, 『존재와 무 (L'Etre et le Néant)』, 673쪽.

61) 인간의 통상적인 식사.

는 단어를 일반적인 의미로 파악하게 한다.[62] 그러나 무의식 속에서 그 동사는 모든 동사들 중에서 가장 직접적인 동사로, 무의식의 논리의 첫 계사(繫辭)이다. 의심할 나위 없이 또한, 과학적 사고는 뿌리가 토양에서 뽑아내는 화학적 질료들의 내역을 자세하게 일러줄 수 있을 것이고, 뿌리 단면은 순무의 눈부시게 새하얀 빛과 당근의 부드러운 산호빛, 선모(仙茅)의 완벽한 상아빛을 보여줄 수 있을 것이다.[63] 이 모든 과학적 정확성, 기꺼운 순수성에 대한 이 모든 분명한 몽상은, 언제나 두 눈을 감은 채 먹고 있는 깊은 무의식으로서는 죽은 활자에 불과하다. 영양을 공급받고 있는 존재에 관한 이 깊은 꿈, 흙을 먹으려는 뿌리−뱀의 이미지는 역동적이고 물질적인 즉각적 덕목을 가진다. 여기서 늦둥이처럼 억지스럽고 어렵사리 이루어진 이미지를 보게 된다.[64] 더이상 그것을 글로 쓰지 않아도 뿌리를 꿈꾸는 몽상가라면 누구나 그것을 재발견한다. 『대지의 양식(Nourritures terrestres)』[65]을 흙도 먹지 않은 채, 뿌리도 뱀도 아니면서 쓴다는 일, 그것은 상상세계 삶의 깊은 필연성을 무상적 유희로써 속여버리는 일이다. 뿌리의 내면적 삶 속에서 흙을 먹는다는 행위는 하나의 전형이다. 그 행위는 우리가 인간이면서 동시에 식물이기를 원하는 때의 우리의 식물적 존재를 지휘한다. 뿌리의 이미지에 경도하고 원초적 음식물들의 유혹[66]을 기억한다면, 문득 무의식은 많은 경험과 이미지를 펼친다. 그때 우리는 폴 클로델의 다음 시구를 보다 깊이 이해하게 된다.

대지를 깨문 자는 그 맛을 이빨 사이에 간직한다.*

---

62) 그러나 무의식으로서는 뿌리는 유일하게 흙만 먹는다는 뜻이 이하 개진된다.
63) 무서움을 주지 않을 뿐더러 인간의 양식이 되고 아름답기까지 한 뿌리들.
64) 이를테면, 곧 예를 들 『대지의 양식』이라는 작품 제목의 이미지.
65) '지상의 양식'이라 흔히 번역되는 앙드레 지드의 소설 제목.
66) 흙 맛은 그중 대표적인 것이다.
* 101~180 폴 클로델, 『다섯 편의 위대한 송가(Cinq Grandes Odes)』, 147쪽.

뿌리박고 살고 또 마치 뿌리 뽑힌 존재인 듯 사는 것, 이런 이미지들은 신속히 떠오르고 언제나 쉽게 이해되는 이미지임이 틀림없다. 그러나 이런 이미지들은 작가가 거기에 활발한 역동성을 부여하지 않는다면 상당히 빈약한 이미지들로 남고 만다. 그것들에 활력을 불어넣는 길은 여러 가지가 있다. 폴 클로델 같은 위대한 시인은 이런 무기력한 이미지에 숫자 하나를 운용하여 생명력을 부여한다(『다섯 편의 위대한 송가』, 147쪽): "여든둘 뿌리로 포옹하고 조이러 바위와 응회암을 찾아나서는 거목처럼……" 여든둘이라는 단어의 소리[67] 마저도 바위와 응회암이라는 단단한 음[68] 사이로 회전나사를 박아넣는 듯이 보인다. 깨어져 오르는 것은 아무것도 없고 삐익 소리를 내는 가운데 나무가 대지를 휘어잡을 때 정신적 은유는 준비 완료되어 있다. 이미지로 그려진 식물 이야기에 훈유(訓喩)를 새삼 덧붙이는 것은 거의 불필요하다.

기실, 흘러내리는 모래언덕을 고정시키기 위해 나무를 심는 것이 랑드 지방에서만의 일은 아니다. 클로드 드 생 마르탱은 곧장 이렇게 쓰고 있다: "나는 생명의 들판에 이 힘찬 나무들의 싹을 심으리, 그들은 아슬아슬한 인간 거처를 휩싸는 허위의 대하(大河), 그 강둑에서 자라나리. 강이 물을 쏟아 침해하는 땅을 지탱하러 그들은 뿌리를 서로 얽으리. 나무들은 땅이 무너져내리지 않고 물에 휩쓸려 떠내려가지 않도록 막아내리." 나무는 안정화를 도모하는 존재, 직립과 견강의 모범이다. 은유의 생명력에는 행위와 반응의 법칙과도 같은 것이 있는데, 안정에 대

---

67) 프랑스어 발음으로 [katrəvɛ̃dø]로 강하고 회전력을 연상시키는 음이 계속된다.
68) 각기 [rɔk], [tyf]로 강한 음가를 가지고 있다.

한 커다란 욕구와 더불어 안정된 땅을 추구한다는 것은 유실되기 쉬운 땅을 안정되게 만드는 일이다. 마냥 덧없이 떠도는 존재는 뿌리내리기를 원한다. 노발리스Novalis는 이렇게 외친다(스팡레Spenlé의 논문에서 재인용, 216쪽) : "환희로 울음 터뜨리리, 속계(俗界)에서 멀리, 땅에다 손발을 묻으리, 거기서 뿌리가 자라나도록."

이 안정성은 견고와 강인의 이미지들을 자연스레 요청한다. 우리가 앞선 저술의 앞부분 한 장에서 이미 밝힌 바대로,[69] 버지니아 울프의 소설 『올랜도(Orlando)』의 배면에서 줄곧 움직이고 있는 이미지를 볼 수 있는데, 그것은 바로 떡갈나무의 이미지다. 주인공 올랜도는 떡갈나무처럼 4세기를 산다. 소설 끝부분에서, 소설 첫 부분에서는 남자였다가 끝에 가서는 여자로 등장하는 그는 ― 이런 사실은 거의 존재하지 않겠지만 양면 감정이 결여된 독자들[70]을 그저 거북하게 할 뿐인 작위스러움이겠다 ― 떡갈나무의 굵은 뿌리 위에 말 타듯 걸터앉는다(불역서, 257쪽) : "올랜도는 땅에 엎드려 자기 아래로, 척추에서 갈라져나온 양쪽 갈빗대처럼 나무의 뼈대가 갈라지는 것을 느꼈다. 그녀는 이 세상의 등 위에 말 탄 듯하여 기뻤다. 이러한 단단함에 밀착되어 있음이 기뻤다."

보다시피, 정말 제각각인 이미지들을 결연시켜주는 것은 언제나처럼 견고성·강인성·안정성이라는 물질적 통일성이다. 그러니 한 형이상학자가 뿌리에 근원적 견고성을 부여한다 해서 놀라지 말기 바란다. 아닌 게 아니라 헤겔은 뿌리란 말하자면 절대적 목질임을 발견한 바 있다. 그에게 있어 뿌리는 "껍질도 목수(木髓)도 없는[71] 목재"다(『자연철학 La Philosophie le la Nature』 3권, 불역서, 131쪽). 목재의 모든 성격들은 뿌리 안에서 근본 의미를 가진다. '가연성(可燃性)'과 관련하여, 헤겔은

---

69) 『대지 그리고 의지의 몽상』 1부 3장.
70) 인간 영혼의 아니무스와 아니마적 공존을 갈파한 바슐라르는 성의 모호성, 혹은 양면성을 보편적인 것으로 생각하고 있다.
71) 절대적인.

이 가연성이 '유황성 질료를 산출하기까지' 하며 이런 가능성이 특히 발달되어 있을 부분은 자연히 뿌리라고 보고 있다 : "진짜 유황 성분이 형성되는 뿌리들이 있다"라고 이 철학자는 언급하고 있다.

가장 굵은 나무 뿌리 마디에서 성탄절용 장작을 잘 골라낼 줄 알았던 사람은 화력에 대해 이처럼 풍부한 상상력을 발휘한 점을 잘 받아들일 것이다. 헤겔에게 나무 뿌리는 '마디진 연속체의 단단한 질료'이고, "그것은 완전히 무기물로 되기 직전에 있다." 식물 섬유질에서 신경을 읽어낸 오켄[72]과 달리 헤겔은 이렇게 쓰고 있다(제3권, 132쪽) : "목질 섬유는 신경이 아니라 뼈다."

사상이 섬세한 이미지들을 따르고자 할 때 한 사상가의 사상적 구조 안에는 얼마나 큰 자유로운 불이 지펴지는가! 몽상하는 철학자는 나이테 각각에 '테를 둘러주려는' 의지를 결부하지 않고는 신선하게 톱질해둔 나무 절단부에 드러난 그 나이테를 바라볼 수 없다. 헤겔이 인용한 한 식물학자(링크Link)는 "내 생각에 매년 생기는 나이테는 나무의 느닷없는 수축 때문인 것 같다. 그 수축은 성 요한 축일 즈음이나 직후에 생기는 듯하며 나무의 일 년 성장치와는 전혀 관련이 없다"(헤겔, 제3권, 136쪽)라고 말하고 있다.

이쯤에서 큰 포도주 나무통을 두를 테를 생각하며 기쁨을 누리는 헤겔과는 작별하기로 하자. 통상 철학자들은 우리에게 자기네들의 사상을 넘겨주는 걸로 만족한다. 그런데 그들이 마침내 우리에게 그네들의 이미지를 얘기하기에 이른다면 우리로서는 이성(理性)에서 나온 무의식 관련 자료들을 연구하는 일에만도 끝을 볼 수 없을 것이다.[73]

---

72) Oken(1779~1851) : 독일의 자연주의자. 두개골 뼈 묘사로 인종 비교 체계를 세우려고 애썼다. 『해부학과 생리학 체계의 개요(Esquisse du système d'anatomie et de physiologie)』 (1821), 『자연사 개론(Histoire naturelle générale)』(1833~1841) 등의 저서를 남겼다.

　상상력 연구에 바친 다른 모든 저서와 마찬가지로, 이 책에서도 우리
는 단지 문학적 상상력 이론 정립을 준비할 수 있기를 바랄 뿐이다. 그
런 만큼 우리는 무의식적 삶의 충동에서 솟구치는 있는 그대로의 이미
지, 다듬어지지 않은 상징이 지니는 성적 특성은 강조하지 않는다. 문학
이미지는 제아무리 즉자적이라고 자처하더라도 실은 숙고된 이미지, 감
찰된 이미지, 어떤 검열을 통과한 다음에야 자유를 찾은 이미지이다. 기
실 글로 씌어진 이미지의 성적 특성은 왕왕 감춰져 있다. 쓴다는 것, 그
것은 자신을 숨기는 일이다. 작가는 한 이미지의 유일무이한 아름다움
을 통해 새로운 삶에 접근한다고 믿어 마지않는다. 그런 그에게 정신분
석학자들이 잘 알고 있는 몽상을 '승화'하고 있을 뿐이라고 일러준다
면, 그는 깜짝 놀라며 눈살을 찌푸릴 것이다. 나무와 뿌리에 관련해 남
근의 이미지에 관한 자료를 보고자 한다면 책 한 권을 따로 쓰더라도
부족하리라. 왜냐하면 그것은 신화, 원시인의 사고, 신경증 사고 등의
방대한 영역을 답사해야 하는 일이기 때문이다. 그러니 우리의 연구를
각별히 뿌리에 관련되는 몇몇 문학적 예에 제한하기로 하자.
　위스망스의 『저기(Là-Bas)』는 뒤르탈과 질 드 레[74] 라는 두 중심 인
물의 변증법 속에서 온갖 환상을 펼쳐 보이고 있는데(제1권, 크레스 출

---

73) 앞에서 언급한 헤겔의 경우가 그 한 예가 되겠다.

74) Gilles de Rais(1404~1440) : 프랑스의 총사령관. 잔 다르크의 군대에 참여했다가 1435
년에 은퇴하고 재산을 탕진해버린 후 연금술과 마법을 통해 재력을 되찾으려고 했다. 그는
어린이들을 납치하여 변태성욕을 만족시킨 후에 그 아이들을 살해했다. 이렇게 희생당한
아이들만 해도 백여 명에 달했다. 그의 사디즘과 악마주의는 무수한 의심의 표적이 되었지
만, 교회를 모독하기 전까지는 아무런 위협도 받지 않고 있다가 교회 모독 사건이 있은 후
종교 법정에 회부되어 처형당했다. 후대인에 의해 그는 전설과 민담에 나오는 살육을 즐기
는 인물들(특히, 푸른 수염)과 동일시되었으며, 위스망스는 음울한 방식으로 그를 환기시켰
고, 조르주 바타이유도 그를 연구했다. 특히, 바타이유는 질 드 레에게서 실권(失權) 후에도
무제한적 권위를 유지하고 있었던 중세 귀족의 타락상을 보았다.

판사, 19쪽), 질 드 레는 "숲의 저 집요한 음탕을 이해하고 크게 자란 나무 숲의 외설스런 노래를 발견한다"라고 말하고 있다.

그도 거꾸로 선 나무라는 그 생생한 이미지, 나무 모양을 하면서도 쇠스랑 갈퀴처럼 양 가랑이진 저 통속적 이미지, 그러면서도 참으로 성적인 이미지를 들고 있다! 나뭇가지들은 여기서는 더이상 팔이 아니고 다리이다. "여기서 나무는 그에게 살아 있는 존재, 머리를 아래로 하여 뿌리의 머릿단을 땅 속에 박고, 다리는 공중에 들어올려 벌려서 자꾸자꾸 새 엉덩짝들로 갈라지는 존재로 보였다. 그 엉덩짝들은 둥치에서 멀어질수록 점점 작게, 계속 그렇게 갈라지고 있었다. 거기에도 다시 다리 사이로 다른 가지가 처박혀 있으며, 반복되는 그 밀통(密通)을 통해 나무 꼭대기에 이를수록 점차 가늘어지는 잔가지들을 만들어내고 있었다. 거기에서도 나무줄기는 솟아오르는 음경처럼 보였고, 나뭇잎 치마 아래로 사라지는가 했더니 푸른 덮개에서 다시 솟아오르고 대지의 비단결 같은 복부 속으로 또 빠져드는 것이었다."

원시 상징 세계에서 무척 빈도 높은, 보란 듯이 발기한 남근 대신, 이처럼 위스망스는 전통 상징주의의 일종의 근친상간에 의해, 모성적 대지의 젖가슴을 파고드는 남근으로 나무를 상상하고 있다.[75] 죄인들에게 지독하기 짝이 없는 학대음란증적 환각을 그는 그려내야 하지 않았는가? 그래서 굉장한 음란성이 더없이 순수한 관조를 뒤흔들고 있는 것이다. 푸른 하늘로 꽃가루를 흩날리는 나무의 모습을 묘사하면서 모리스 드 게랭이 환기한 우주적 사랑과 달리, 위스망스는 우주적 간음의 장면을 그려내는 것이다. 그에게 나무는 그윽하고 완만한 확장의 존재도, 대기(大氣)에 대한 열망으로 사는 힘도, 꽃을 피우고 향기를 뿜는 사랑도 아니고, 다만 지옥의 힘이다. 위스망스에게 뿌리는 대지를 겁탈하는 존재인 것이다.*

---

75) 원본의 image는 동사 imaginer의 활용형인 imagine의 오식이다.

땅에서 뿌리 뽑힌 단순한 뿌리가 가지는 남근적 의미에 관한 자료는 무수히 많다. 이런 의미 맥락에서 만드라고라 신화를 해석할 수 있다 : 그 뿌리는 보기만 해도 죽음을 불러온다지 않는가. 아무 화를 입지 않고 그것을 뽑아내기 위해서는 그 줄기에 개를 한 마리 매어 끌어당겨야 한다. 그것이 뿌리 뽑히는 순간 개는 죽는다. 끝부분이 갈라지는 긴 뿌리는 사람의 형상을 하고 있다. 그것은 하나의 소인체형(小人體形)이다. 그리고 모든 소인체형이 그러하듯 그 뿌리는 남근적 상징으로서의 온갖 가치를 담고 있다. 그저 당근 한 뿌리를 만드라고라 형상으로 조각해 팔려는 사기꾼 약장수도 많았다. 그런데 왜 이 모든 허위의 법석들일까? 그저 단순한 뿌리인데도 동일한[76] 혐오와 동일한 욕망을 동시에 불러일으키는 뿌리가 많이 있기 때문이다. 정숙한 사람은 그것을 쳐다보지 않으면서 그것을 보고 싶어할 것이다. 들판의 온갖 생명체들은 식물의 경우에서도 성애적 상상세계와 관련이 있다.

하지만 정원을 가꾸는 삶이란 어쨌든 너무나도 온유하다. 맏물 햇야채들은 너무나 약한 신출 뿌리들을 갖고 있기에 그 햇야채 뿌리들은 앞서 본 경우들 같은 찌를 듯한 몽상을 불러일으키지 않는다. 색마의 꿈속에서나 봄 당근이 엉뚱하게 음경으로 보일까. 기억하건대 아마도 라 브뤼에르La Bruyère가 "정원사는 수녀의 눈에만 사내로 보일 뿐이다"라고 말했던가.[77]

---

* 허공으로 다리를 들고 있는 나무 등치의 이미지는 라블레Rabelais의 『종소리 울리는 섬 L'Ile Sonnante』[②]에서도 발견된다. 그러나 그 허식적 어투는 열정에서 나온 것이 아니어서 무의식으로부터의 울림을 전해주지 못하고 있다. 정신분석학자라면 농담조의 상상력이 억압과 타협을 본 경우라고 지적할 것이다.

② 『종소리 울리는 섬』 : 1562년에 출판된 16장에 걸친 작품으로, 라블레의 사후 출간작 『제5서』(1564)의 상이한 판본 3편 중 하나를 이룬다.

76) 여러 사람들이 공통적으로 느끼는.

77) '너무나도 온유하다'라고 막 얘기한, 정원을 가꾸는 삶은 정원사의 남성성마저도 유화시킨다는 뜻으로도 읽을 것.

10장
포도주 그리고 연금술사의 포도나무[1]

가스통 루프넬이 내게 말한 바 있듯이
포도나무는 모든 것을, 제게 적합한 토양까지도 창조해낸다.
"바로 포도나무 스스로가 제 잔해와 찌꺼기를
계속 내려놓음으로써 적합한 토양을 스스로 만들어냈으니,
거기서 포도나무가 제 결실을 숙성시키는 고상하고도
감미로운 정수(精髓)가 빚어진 것이다."
— 가스통 루프넬, 『프랑스 시골의 역사(Histoire de la Campagne française)』, 248쪽

1

끝없는 연구의 세미한 부분에 있어서까지 연금술은 언제나 세계를
보는 위대한 안목을 갈망한다. 연금술은 아주 사소한 질료에서도 깊은
심연을 이루며 활동하는 하나의 우주를 본다. 연금술은 더없이 느리게
진척되는 실험에서도 다양하고 멀리까지 미치는 힘의 영향력을 파악한
다. 이런 심연이 종내 하나의 착란이건, 아니면 이런 우주적 조망이 현
대 과학의 일반 원칙과 비교되어 그저 하나의 몽상적인 관점으로 보이

---

1) la vigne는 포도나무를 집합적으로 가리키기도 하고 포도밭을 가리키기도 한다. 그러므
로 같은 단어가 대지적 의미를 보다 많이 가지고 있다고 판단되는 경우에는 포도밭으로 옮
기기로 하겠다.

건 간에, 입증된 무수한 몽상들과 그토록 영광스레 지속적 확신의 대상이 되어온 주요 이미지들이 가지고 있는 심리적 위력에 손상을 입히지 않는 존재들이 있으니 참 멋진 물질들 아닌가 : 황금과 수은, 꿀과 빵, 기름과 포도주는 너무나 자연스레 서로 어울리는 몽상들을 연결하는 나머지 거기서 꿈의 법칙, 몽상적 생명력의 원리를 드러낼 수 있을 정도다. 아름다운 물질과 잘 익은 과일은 시적 통합성들 중 가장 견실한 것인 꿈의 통합성을 우리에게 종종 가르쳐준다. 물질에 대해 꿈꾸는 사람에게 잘 익은 포도송이는 이미 아름다운 포도나무의 꿈이 아니던가? 그것은 식물의 몽상적 힘에 의해 영글지 않았던가? 자연은 그 모든 오브제들 속에서 꿈꾼다.

그런 즈음, 선택된 질료, 언제나 자연 안에서 **취택된 질료**에 관한 연금술적 명상을 충실히 따라가노라면, 시적으로 유효한 이러한 이미지의 확신에 이르게 된다. 그것은 우리에게 시는 그저 하나의 유희가 아니라 바로 자연의 힘임을 증거한다. 그러한 확신은 사물들의 꿈을 밝혀준다. 그런 즈음, 거듭, 이중으로 진실인 은유, 즉 실험상 그럴 뿐 아니라 제 몽상적 열정에 있어서도 그러한 진실한 은유가 무엇인지 이해하게 된다. 식물의 경험으로도, 동시에 광물 세계의 몽상으로도 해석될 수 있는 연**금술적 포도나무**에서 그 증거를 찾아낼 수 있다. 포도나무는 진실로 포도송이를 결실하기도 하고 루비를 결실하기도 하며, 황금빛 사향포도, 혹은 '녹옥수(綠玉水)의 백포도'(위스망스)를 열매 맺기도 한다.

실험과 꿈의 이러한 전이성(轉移性)을 보여주기 전에, 책의 도움을 입어서가 아니라 연금술사에게는 친숙한 이미지들의 이러한 응축력[2]에 최대한 순진하게 의거하면서 자연스런 연금술 시론[3]을 펼쳐 보이기로 하자.

---

2) 포도나무가 식물로서의 포도송이와 광물로서의 보석을 응축한다는 위의 예 참고.
3) 현학적 고서상의 연금술과 달리.

2

　명백한 사랑으로 선택되어 사랑을 받는 질료 속에 응축된 이런 몽상의 입장에서 볼 때 포도주란 무엇이던가? 그것은 더없이 다양한 '정신', 경쾌한 정신, 절도 있는 정신이 균형을 이루는 살아 있는 물체이며, 하늘과 대지[4]의 결합이다. 다른 그 어떤 식물보다 포도나무는 대지의 수은을 조화시켜 포도주에 그 적정한 무게 비중을 부여한다. 포도나무는 황도대의 12궁을 거치면서 태양의 운행을 따라 일 년 내내 일한다. 포도주는 지하 저장고 저 깊은 곳에서 하늘 '12궁'에서의 태양의 운행을 재개하기를 잊지 않는다. 포도주가 예술의 가장 높은 경지를 획득하는 것은 이처럼 계절과 박자를 맞추기 때문이다. 그것은 바로 만성(晚成)의 예술이다. 전적으로 질료적인 방법으로, 포도나무는 달과 태양, 별에게서 살아 있는 것들[5]의 모든 화기(火氣)에 필요 '원소를 보충'할 정도로만 오직 순수한 유황을 약간 취한다. 이리하여 제대로 된 참포도주를 빚는 데는 더없이 섬세한 점성 예측이 요구된다.

　하늘에 어떤 혜성이 지나가면 포도 수확은 아예 달라진다! 개념 속에 건조해버린 우리의 포도주 성분 표기법은 그럴 때에도 그저 유명 포도주의 생산 날짜를 돋보이게 하기 위한 딱지밖에는 만들어내지 못한다. 저 적정한 태양이 조성한 한 해가 가지는 섬세한 개성을 잊어버린, 시간에 대한 그 옹색한 기억술. 그러나 일 년 내내 포도주의 기색을 주도면밀하게 살피는 열성 깊은 포도주 생산자는 새로운 혜성이 아주 드물게 하늘에서 땅으로 어떤 질료를 내려보내 포도주에 부여해준다는

─────────────

4) 특히 포도 산지의 포도밭으로서의 땅.
5) 포도주는 이런 생체, 생명체의 한 대표적 예다.

것을 결코 잊지 않을 것이다. 혜성은 천체라기보다는 발산물이다. 하늘 높은 곳으로 흘러 지나가는 저 부드러운 긴 꼬리는 근본적으로 습지다, 그리고 액성의 감미로운 화기(火氣)와, 천궁에서 오래오래 증류된, 근본적이면서도 감미로운 수기(水氣)로 가득하다. 포도나무는 지배자적인 하늘에서 온 이 물기운을—포도나무가 용인하는 유일한 이 수기[6]를—받아들인다. 혜성과 함께 익은 포도주는 술의 강도를 흩뜨려버리지 않는 독특한 부드러움을 그로부터 받은 것이다.*

태양과 천체들의 활동 양상과 같이 한 해의 천기가 끼친 모든 내력과 더불어 자연 안에서 포도주를 꿈꾸는 사람에게 비(雨)는 현실적인 환경병이다. 포도밭 산등성이를 어둡게 하면서 비는 빛의 몫을 상실한 포도주의 색깔을 침침하게 만들어버린다. 포도밭에 애정을 가진 모든 몽상가는 포도나무 그루가 지하수나 하천수에 모두 기민하게 저항한다는 것을 잘 알고 있다. 나무 밑동은 그 어떤 물이라도 포도송이로 올라오는 것을 막는 강력한 힘을 행사한다. 그루터기는 뿌리에서부터 벌써 감미롭게 걸러진 수액을 짠다. 그리고 질료를 이루는 모든 섬유질이 건조상태를 잘 유지하는 포도나무 덩굴은 축축한 존재가 포도송이를 오손(汚損)하는 것을 막는다. 데카르트 시절 어떤 의사는 이렇게 썼다 : "포도나무의 수액이 올라오는 도관은 워낙 좁아서 대지에서 자아올려진 가장 순수하고 가장 감미로운 수액만을 통과시킨다. 반면 사과나무나 배나무가 수액을 퍼올리는 도관은 워낙 넓어서 불순한 것과 감미로운 것을 상관없이 통과시켜 올라오게 한다." 이처럼 좋으신 어머니, 현모(賢母)이신 대자연은 포도덩굴로 하여금 상반되는 액의 결합, 즉 물과

---

6) 포도나무는 실제로 지하의 수기를 피하여 배수가 잘 되는 땅에 심어야 한다.
* 포도나무는 천둥을 두려워한다고들 한다(바르니에르 신부, 앞의 책, 제2권, 163쪽 참조) : "천둥이 으르렁댈 때 포도나무는 자신의 진액이 담겨 있는 포도주통에 이르기까지 미칠 천둥의 영향력을 끔찍해하며 깊이 느낀다. 그런 나머지 그 두려움은 포도액의 색깔마저도 바꿔놓는다."

포도주의 결합, 늪과 언덕[7]의 결합을 잘 막도록 조처하고 있는 것이다.

근대 화학은 분명 이처럼 허황한 몽상일랑 웃어넘기라고 우리에게 엄명한다. 근대 화학은 쉬운 분석을 통하여 포도는 수분을 가진 과일임을 증명하는가 하면, 농학은 포도 수확을 더 늘리기 위해서 평지 포도밭에 물을 주는 경우도 있다고 조언한다. 하지만 그런 고장은 포도주의 꿈이 찾아 깃들이지 못하는 곳이다. 질료를 그 속 깊은 활동성과 더불어 꿈꾸는 이에게 있어서 물과 포도주는 서로 대적적인 액체다. 그것들을 섞는 것은 고약한 일이다. 희석한 포도주, 물로 묽게 한 포도주[8], ─ 민감한 프랑스어는 어김없이 그 뜻을 전달해낸다─그것은 거세된 포도주이다.

3

세상 이야기를 본질의 핵심을 꿰뚫으며 들려주는 몇몇 고서를 이제 뒤적이노라면[9] 식물의 연금술을 만나는 행운을 때로 누릴 수 있다. 이런 중간자적 영역의 연금술은 현자의 휴식적 무위(無爲)이다. 금속의 힘은 거기서 이완되고 전환은 부드러움에 의해서 이루어진다. 연금술적 생명의 세 영역인 금속계·식물계·동물계는 각자 왕을 가진다. 이 짧은 장에서는 이 주된 존재들만 생각하기로 하자. 금은 금속의 왕이고 사자는 동물계의 왕이다. 그리고 그 중간계의 여왕은 바로 포도나무이다. 식물계에 대한 참으로 위계적인 관점을 확보하려는 자는 이처럼 연금술적 생명의 위대한 진리를 알고 있어야 할 것이다. 하지만 이같은 왕족다운

---

7) 포도밭은 배수가 잘 되는 산등성이에 조성된다.

8) 프랑스어 표현을 직역하자면 물로 잘라버린 포도주라는 뜻이다.

9) 위 1절 끝에서 책의 도움을 입지 않고 자연적 연금술 시론을 펼쳐보이겠다는 입장에서 이제 바슐라르는 짐짓 벗어나고 있다.

포도나무에 대한 식물학을 제대로 펼쳐 보이고 연금술사들이 왜 풀은 무시하는가를 이해시키기 위해서는 책을 따로 한 권 써야 할 것이다.

여기서는 다만 세 가지 근본 액체의 친화력을 살펴보기로 하자.

금속계에서는 모든 액성의 원리인 수은이 작용한다. 그것은 물에 언제나 조금 무겁고 민감함을 부여하는 원칙이다. 철학자들의 수은은 샘물이 어찌하지 못하는 것을 용해하는 능란한 물이다.

동물적 생명 역시 고귀한 액체를 가지고 있는데, 그것은 바로 생명원소인 피이다. 피는 동물의 힘과 존속의 원리로서 한 종의 법칙이다. 생리학이 우리를 신경계 개념에 익숙하게 만들어버린 이래, 우리는 피가 지닌 특권성을 거의 이해하지 못하게 되었다. 질료에 대한 꿈의 특권성에 이처럼 불충실하게 되자, 가브리엘 오디지오가 보여준 바대로* 시인들[10]은 피의 이미지를 때로 왜곡시켜 사용하게 되었다. 연금술적 이미지들은 다른 척도를 가지는 법!

물의 원리가 크게 작용하여 너무나 왕왕 쇠진하고 늘어져버리는, 거의 언제나 힘이 없고 반사력도 없고 공격력도 없는 식물의 생명력에 관해 말하자면, 그래도 그것은 그 식물계의 여왕인 포도나무에서만큼은 창조적 액성을 계시받는다.

얼마나 많은 시인이 그저 은유의 세계 속에서라고 생각하면서 포도주를 식물성 피라고 노래했던가! 연금술은 다른 어조로 말한다. 진실한 은유가 화해의 모든 덕목을 보여주는 것이 바로 여기서이다. 그래서 이렇게 양자로 다 말할 수 있겠다 : 포도주는 포도나무의 피이고 또 달리 말하면 피는 동물성 포도주라고. 그런데 극단의 영역 사이에서, 극도의 고귀함을 가진 액체 사이에서, 마실 수 있는 황금과 피 사이에서, 중간자적 자연이 되어주는 것은 바로 포도주이다. 한 고서는 이렇게 말한

---

* Gabriel Audisio 「피의 맛(Le Goût du Sang……)」, 『카이에 뒤 쉬드』, 1943년 2월호.
10) 질료적 꿈의 원초성에 불충실한 시인들.

다*: "하나의 정수는 다른 하나의 정수와 기꺼이 결합한다. 식물의 생명수와 결합하기 위해서는 금속계의 정수인 황금을 전달해줄 수 있는 매개자가 필요하고, 또 그 생명수가 인간에게 전달될 때도 그러하다. 왜냐하면 황금과 포도주 사이에 먼 거리가 있다면 황금과 인간 사이에는 그보다 더 먼 거리가 있기 때문이다. 반면 포도주와 인간 사이의 거리는 가깝다. 왜냐하면 그것이 그의 생명을 이루기 때문이다. 따라서 자신을 우주적으로 변모시키는 철학적 경로 및 포도주의 정(精)에 의해 황금은 동물적 본성과 가까워져야 한다…… 왜냐하면, 더없이 밀도 높은 물체(황금)가 이 지상계 피조물 중에서 가장 연약한 것의 회복과 보존에 도움이 될 수 있으려면, 과연 그와 달리[11] 어떤 모습으로 가능할 것인지를 묻지 않을 수 없기 때문이다."[12]

포도주의 저 탁월한 보편성, 포도주의 우주적 힘과 우주적 기능에 의거하면서 식물의 여왕의 길을 통해 회춘을 추구하는 연금술 대가들의 기술은 그러므로 황금과 포도주를 연결하는 일일 것이다. 그런데 연금술사에게 태양이란 바로 그 단어의 강한 의미에서 천궁의 황금임을 우리가 어찌 잊을 수 있겠는가? 대지의 황금[13]보다 더 섬세하게 '원소화된' 이 태양의 황금은 익어가는 포도송이 안으로 물결쳐 들어오지 않는가! 포도나무는 자석이다. 포도나무는 태양의 황금을 끌어당기고 연금술적 혼인을 위해 천계의 황금을 유혹한다. 이런 포도나무는 연금술사에게 포도주로 대지의 황금을 끌어당길 자석을 만들 수 있는 기술을 가르쳐주지 않겠는가? 우리는 여기서 은유의 모든 꿀벌들을 끌어당기는

---

* 르 크롬Le Crom, 『과학의 자녀를 위한 철학 편람(Vade-mecum philosophique…… en faveur des Enfants de la Science)』, 1718, 88쪽.

11) 포도주를 매개하지 않는다면.

12) 황금이 인간의 약한 신체를 치유하고 건강에 도움이 되게 개입하는 데에는 포도주라는 매개물 외에는 다른 길이 없지 않겠느냐는 뜻.

13) 사금이나 금광에서 채굴되는 금.

물질적 이미지 바로 한가운데 있다.

그러나 연금술사들의 포도주 주위로는 아직도 그 얼마나 많은 신비가 남아 있는가! 가장 크고 깊이를 알 수 없는 신비는 우선 이것이다 : 포도주는 어떻게 해서 그토록 많은 색깔을 띠는 것일까? 포도주는 어떻게 해서 붉거나 황금색일까?[14] 포도주는 어떻게 해서 정말이지 황금의 표징 아니면 피의 표징을 지니게 되는 것일까? 포도주는 변환중에서도 정녕 가장 큰 변환, 묵은 황금에서 인체의 젊음으로의 변환, 그 양극에 있다.

4

이처럼, 연금술 시대에 은유는 변환에 연대되어 있었다. 심리적 경험이 연금술적 실험을 배가(倍加)하여 연장한다. 연금술적 사고(思考)는 은유들의 가역성을 우리에게 증거해준다. 백포도주는 마실 수 있는 황금이다. 붉은 포도주는 피이다. 이렇게 얘기할 때 그것은 더이상 이미지가 아니라 우주적 경험이다. 한 연금술사가 미네랄의 정수를 찾고 있을 때, 그는 포도주와 더불어 우리 인간에게 식물계의 정수를 주었던 자연의 가르침을 청종(聽從)하고 있는 것이다. 그 점을 잘 납득하기 위하여 르크롬의 『과학의 자녀를 위한 철학 편람』한 대목(23쪽)을 읽어보자.

티마게누스 : 청하오니 식물 중 어느 것이 가장 순순한 정수를 제공하는지 말씀해주십시오.

아리스티포스[15] : 약초의 여왕 포도나무는 포도주를 통해 바로 그런

---

14) 소위 백포도주의 실제 색. 연금술적 황금을 머금었기에 포도주는 이런 색을 띤다고 바슐라르는 말한다.

15) 그리스의 철학자로 소크라테스의 제자.

정수를 우리에게 제공하오. 그것은 모든 술 중에서 가장 뛰어난 것으로, 다른 식물의 정수보다 우리 인간 기질에 더 잘 맞는다오. 왜냐하면 우선 그것이 우리의 자연적인 체온과 잘 맞기 때문이오. 또 토양에서 영향을 덜 입기 때문이오. 바로 이런 특성 덕분에 잘 빚어진 그것은 사람의 모든 질병을 고칠 수 있는 덕목을 가지며 체열을 높여준다오. 포도나무의 정수는 만병통치약처럼 습하고 차가운 기질은 데우고, 덥고 건조한 기질의 열은 내려준다오.

이 대화의 후속 부분에서 아리스티포스는 포도주가 가져다주는 활력을 암시한 후 자기도 모르는 새 연금술적[16] 만병통치 음용약을 생각한다. 이는 질료 이미지들이 가지는 연속성을 보여주는 멋진 증거가 아닌가! 포도주가 덥혀주고 또 해갈시켜준다는 것, 그가 온갖 상반된 특성을 지녔다는 것, 그것은 **적절한 열기**가 건강을 알려주는 가장 확실한 지표가 되던 시대에 포도주로 하여금 만병통치 음용약의 원형 대열에 위치하게 했던 것이다. 그러나 보다 섬세한 상반성들, 보다 다양한 변증법을 불러일으킬 상반성들, 서로의 가치를 끊임없이 교환할 그런 변증법들을 불러일으킬 상반성들이 있을 수 있다. 우리로서는 우리가 마시는 포도주 잔 속에서 **정묘함과 강장성의 변증법**을 발견한다는 것만으로도 그저 경이롭다. 이러한 대립을 마주하노라면 대지의 위대한 자산, 자연스럽고도 그윽하게 깊은 질료, 물질계의 원형을 부여잡고 있다는 확신이 드는 것이다!

---

16) 여기서 쓰인 형용사 'spagirique'는 파라켈수스가 연금술의 추출 결합을 특히 생각하여 만든 단어이다.

그렇다, 질료들은 형태들이 그러하듯 원초적 유형을 가지고 있다. 포도주는 물질계의 질료적 원형이다. 그것은 고급이나 하급일 수 있고, 거칠거나 섬세할 수 있고, 강하거나 가벼울 수 있으되, 그것은 언제나 순수하다. 한 연금술사가 말하듯 포도나무는 '저주받은 찌꺼기 때'는 대지에 버려둔다. 격정적으로 이는 거품 속에서 포도주가 '발효 전의 많은 포도즙'[17]을 이끌어갔다면, 그는 제 질료 안에 자기 스스로의 정화 원칙을 지니고 있는 것이다. 술이 익어가는 통 속에서, 그는 정맥[18]으로부터 맑고 강하고 잘 흐르며 인간의 가슴을 새롭게 할 수 있는 동맥[19]이 되어간다. 그것은 정녕 자신이 가져다줄 선익을 스스로 잘 아는 고등화한 질료이다.

이러한 질료적 이미지들, 질료에 관한 전적으로 물질적인 이 이미지들은 우리의 언어 활동과 얼마나 긴밀히 연결되어 있는지! 말하고 노래하고 서로 이해하고 또 서로 사이에 연대되기 위해서 우리는 그 얼마나 이러한 원초적 질료성을 필요로 하고 있는지! '근본적인 어떤 단어들'에 대해 묵상하면서 밀로슈 같은 이가 꿈꾸는 것은 바로 이런 물질의 원형들이다.

빵, 소금, 피, 태양, 대지, 물, 빛처럼
모든 금속의 이름처럼, 어둠이여
왜냐하면 이 이름들은 형제나 아들이 아니라,
감지할 수 있는 사물들의 바로 그 아비들이니
—『지혜의 노래 (Cantique de la Connaissance)』

17) 바슐라르는 'moult'라고 쓰고 있으나 이는 'moût'의 오식이겠다.
18) 정맥 속의 탁한 피를 염두에 든 언급.
19) 동맥 속의 맑은 피를 스스로 정화된 포도주와 연결짓고 있다.

물질적 원형들을 열거하는 이런 목록에, 그 어미된 질료들에, 이 리투아니아 시인의 시에, 바로 포도주가 빠져 있다. 그러나 대지는 다양한 언어의 단어들을 위한 여러 다른 거처들을 가지고 있는 법. 눈이 많이 내리는 나라에서 포도주는 근원적 단어가 될 수 없다. 포도주들의 이름이나 포도주들의 실체보다 더 지역적이고 지방적인 특성을 띤 것은 없다. 포도가 무겁게 익어가는 프랑스 남부지방에서는 붉은 포도주는 정말이지 디오니소스적 세계의 위대한 중심 제국, 지중해와 인접한다. 고전주의 문화에 압도되어[20] 우리는 경쾌함의 디오니시즘, 백포도주의 디오니시즘을 잊어버려서, 보다 세역으로 나뉜 여러 포도주들, 각 산지 언덕의 개성을 지닌 포도주들 앞에서 꿈꾸지 못하는 것이다.

하지만 연금술적 의학은 우주적인 것과 개별적인 것을 연결지을 줄 알았으니 개별 특산지 포도주 속에서 우주적 포도주를 알아보았던 것이다. 연금술적 의학은 종종 한 가지 포도주를 하나의 장기(臟器)에 상응시키고자 기도했다. 즉 정확한 반응들을 보여주는 어떤 특정 포도주의 색깔이 질료를 결정짓곤 했던 것이다. 백포도주의 다양함은 신체 장기의 섬세한 다양성을 얼마나 잘 깨우쳐주었던가!

그리고 예를 들어 방위의 포도주[21]를 우리에게 누가 노래해줄 것인가? 부드럽기도 하고 짓궂으며, 사랑하면서도 깔짝거리는 포도주여, 오! 내 고향의 포도주 아닐런가! 여러 시골을 연결시키는 포도주, 감미로운 지리적 도취경 속에서 오브 강과 루아르 강의 합류점을 만드는 그대. "바르 쉬브 오브[22]"의 포도주들은 색과 맛과 그 좋은 덕성에 있어서 앙

---

20) 통상 가장 프랑스적인 문화로 17세기의 '엄숙하고' '보편성을 지향하는' 고전주의 문화를 드는데, 이는 베르사유와 파리를 중심으로 한 중앙집권적 절대왕정의 문화이기도 하다. 이하 문단에서 이른바 '시골 사람' 바슐라르의 「향리 포도주 I」에 나오는 '각별성' 찬가는 다시 '보편성'과 연대되면서 이 책의 대미를 장식한다.
21) 각 지리적 고장, 명산지별 포도주들 중에서 이하 바슐라르는 자신의 고향 포도주를 예로 들어 노래하고 있다.

주[23]의 포도주들과 아주 가까이 근접한다.[24] ……그들은 빛이 연하게 맑고, 야성적이기도 하고, 섬세하고 신묘하며 진미 깊은가 하면 입천장에 감미롭게 강하기도 하니 나무딸기술과 근접한다."* 약초의 여왕인 포도나무여, 이처럼 그대는 그 얼마나 자주 그대 휘하의 부드러운 시녀(侍女), 나무딸기의 향을 취했으며, 그대 강한 여종, 부싯돌의 향기를 머금었던가![25] 포도주란 하지만[26] 그것을 제대로 음미하며 마시는 철학자를 만나게 될 때 정녕 각별해지는 보편적인 것이로다.

디종, 1947년 10월

---

22) 오브 강을 면한 바르라는 뜻. 바로 바슐라르의 향리.

23) 루아르 강변의 소읍.

24) 실제 지리상으로 바르 쉬르 오브는 루아르 강변의 앙주 지방과 멀리 떨어져 있지만.

* 니콜라 아브라함, 『드 라 프랑부아지에르 씨, 각자의 건강 장수 비결(Monsieur de la Framboisière, Le Gouvernement nécessaire à chacun pour vivre longuement en santé)』, 파리, 1608년.

25) 포도주 향의 감별에 있어서 대표적인 목향과 광물향에 대한 언급.

26) 단순히 색과 향, 미각상의 감별까지도 넘어서.

역자 후기

　『대지 그리고 휴식의 몽상』은 다양하기 그지없는 문헌들 특히 방대한 문학 작품들을 읽으며 인간의 상상력 연구에 몰두한 상상력의 철학자 바슐라르의 중요 저술들 중의 하나이다. 물질적 상상력 연구로서의 이른바 이미지의 4원소론에 있어서 바슐라르는 물, 불, 공기 원소들에 대하여 각기 한 권의 저작들을 바친 후 마지막으로 흙이라는 원소, 혹은 그것에 바탕한 대지에 관하여서는 두 권의 책을 일 년을 격하여 차례로 내어놓음으로써 각별히 비중을 둔 연구를 펼쳐 보이고 있다. 즉 바슐라르는 이미『대지 그리고 의지의 몽상』(1947)에 붙인 길고도 조직적인 서문의 4절과 6절에서 연구를 이원화하여야 할 필요성을 말하면서 곧 이어질 연구서, 즉『대지 그리고 휴식의 몽상』(1948)에 대한 종합적 전망을 벌써 제공하고 있다.

　"우리 연구를 두 권의 책으로 나누기로 결심한 이유는, 정신분석학에 의해 외향과 내향으로 단호히 구별된 두 운동이 상당히 뚜렷하게 고유의 궤적을 가진다는 점을 연구 과정중에 인정하게 되었기 때문이다. 그 결과, 첫 책에서는 상상력이 보다 외향적으로, 두번째 책에서는 보다 내향적으로 파악되고 있다. 첫 책에서는 물질에 대응 작용하도록 우리를 이끄는 능동적 몽상이 중점 추적되었다. 두번째 책에서 몽상은 보다 보편적인 경향을 따라, 원초의 피난처로 우리를 이끌고 내밀성에 관련된 온갖 이미지에 가치를 부여하는 '내선(內旋) 궤도'를 따를 것이다. 그러니 두 책을 총괄하면 일과 휴식이라는 양쪽의 균형이 이루어진다.

하지만 이같이 뚜렷한 구별을 짓자마자, 내향적 몽상과 외향적 몽상은 기실 거의 상호 분리되어 있지 않다는 것을 바로 상기해야 할 것이다. 즉, 모든 이미지는 양극 사이에서 전개되며, 우주의 유혹*과 내밀성의 안정을 변증적으로 살기 때문이다. 따라서 만일 이미지에 내향과 외향이라는 이중의 운동성을 부여하지 않거나, 또 이미지들에서 양면성을 파악해내지 못한다면 연구를 해보았자 자연에 반하는 것이 되어버릴 것이다. 따라서 각각의 이미지는 그것이 이 통괄 연구의 어느 부분에서 다뤄지든 간에 그것이 가지는 전적 가치를 부여받아야 할 것이다. 가장 아름다운 이미지들은 종종 양면 가치를 담고 있는 원천이기 때문이다."

—『대지 그리고 의지의 몽상』, 서론 4절

"대지의 상상력에 대한 우리 연구의 완성이 될 제2권은『대지 그리고 휴식의 몽상』이라는 제목 아래 부제는 '내밀성의 이미지 시론'이라 붙이고자 한다.

제1장에서는 우리가 사물의 내면에 대해 그려보는, 거듭 새로워지는 이미지들을 모아서 분류해두었다. 이러한 이미지들에 있어서 **상상력은**

---

* 외부에서의, 외향적 유혹.

초월이라는 사명을 온전히 수행한다. 상상력은 보이지 않는 것을 보거나 실체적 속 알갱이에 가닿고 싶어한다. 그것은 정수 추출물이나 염료에 가치를 부여한다. 그것은 마치 하나의 궁극 이미지 속에서 상상하기의 휴식 혹은 정지를 찾으려는 듯 사물의 '근저' 를 향한다.

그 다음, 우리는 '분란된 내면' 에 관해서도 살펴볼 필요가 있다고 생각했다. 그래서 제2장은 제1장과 변증적 관계에 놓이게 된다. 사람들은 고요한 표면 아래 동요하는 물질을 발견하고 곧잘 놀라곤 한다. 그처럼 휴식과 동요는 아주 자주 병치되는 독자적 이미지들을 갖는다.

앞서와 비슷한 변증적 관계 속에서 우리는 물질적 특질에 관한 상상력에 대해 제3장을 진척시켰다. 여러 가지 특질에 결부된 이 상상력은 상상 주체의 참된 조성화(調性化)와 불가분의 것으로 여겨진다. 의지에 관련된 몽상을 연구하면서 이미 접한 많은 테마가 여기 되합류하게 된다. 간략히 말하면, 특질에 결부된 상상력 속에 감식 전문가적 자부심을 갖는 주체는 실체적 근저까지 파악하려 들면서 동시에 갖가지 뉘앙스의 변증법을 경험하기도 하는 것이다.

제2부에서는 석 장에 걸쳐 도피처에 관련된 중요 이미지들, 즉 집·배(腹)·동굴을 연구했다. 우리는 여기서 심연 이미지들 간의 동형 법칙을 간명하게 제시할 수 있는 기회를 얻었다. 정신분석가라면 이 동형성이 무의식의 동일 경향, 모태회귀에서 유래함을 쉽게 증명할 것이다. 그러나 이런 진단은 이미지들이 지니는 본래 가치를 손상한다. 그런 만큼 모태회귀에 있어서 세 가지 궤적을 별도로 연구할 필요가 있다고 생각되었다. 끊임없이 쇄신되며 무수히 넘치도록 다양한 이미지들을 통해 심리현상이 전개되는 것을 설명하는 것은 그것을 심층의 경향으로 환원함으로써 가능한 것이 아니다.

동굴이라는 문학적 이미지들을 논한 뒤 곧바로, 보다 깊지만 보다 덜 상상되는 무의식의 층을 우리는 검토했다. '미궁' 이라는 제목으로, 보다 고통스럽고 보다 꾸불거리며 보다 덜 고요한 꿈, 그보다 한결 넓은 공간을 지닌 도피처의 꿈과 변증법적으로 대립하는 그런 꿈들을 검토했다. 여러 가지 점에서 동굴의 꿈과 미궁의 꿈은 대립적이다. 동굴은 휴식이다. 그런데 미궁은 몽상가에게 다시 운동을 개시시킨다.

제3부를 이루는 최종부에서는 이를테면 이미지 전문사전을 구성함직한 세 개의 실제 예가 될 세 편의 소론을 모았다. '뱀'과 '뿌리'에 대한 앞부분의 두 소론은 미궁 속에서 꾸는 악몽의 역학성과 연결되기도 한다. 동물적 미궁이라 할 뱀과 식물적 미궁이라 할 뿌리와 더불어 우리는 비틀어진 운동을 보이는 역동적 이미지들을 모두 되만날 수 있었다. 이 두 '대지적' 존재에 대한 연구가『대지 그리고 의지의 몽상』에서 전개한 연구와 연결될 수 있음은 여기서 명백해진다.

'포도주 그리고 연금술사의 포도나무'라는 마지막 장은 구체적 몽상이란 어떤 것인가, 더없이 다양한 가치를 구체화하는 몽상이란 무엇인가를 보여주고자 한다. 정수(精髓)들*에 관한 몽상은 의당 여러 편의 전공논문감이 될 만하다. 그러한 개별 논문들의 밑그림을 제시하는 셈으로, 상상력은 무작정한 변덕스러운 활동이 아니고 반대로 어떤 특권적 이미지에 집중할 때 그 지닌 힘을 온전히 발휘하게 된다는 것을 우리는 증명하고자 하였다."

— 같은 책, 서론 6절

『대지 그리고 휴식의 몽상』번역 제의를 처음 받은 것은 1993년 여름이었지만 그야말로 오랜 시간 끝에『공기와 꿈』(민음사)을 막 내어놓느라 탈진한 터여서 그 제안을 물리치지 않을 수 없었다. 그러나 어쩐 일일까, 5년 후인 1998년 다시 같은 부탁이 부메랑처럼 기어이 되

---

* 포도주를 비롯한 정수들.

안겨왔으니. 그것도 코르티 출판사와의 번역권 계약 기간이 일 년밖에 남지 않았다는 얘기와 함께. 몸담고 있는 학교의 업무를 생각해보면 만용에 가까운 수락이었기에 촉박한 마감 시간에 대기 위해 공역을 시도해보았으나 여의치 않아 홀로 지난한 작업을 이어갈 수밖에 없었다. 시간, 시간, 시간……

지금 책상 위에는 여덟 번 고친 원고 더미들이 켜켜이 쌓여 있다. 여덟 번 벗은 허물처럼 혹은 전리품처럼.

파리와 번역권 협약을 어렵사리 연장해가면서까지 4년여를 기다려주신 문학동네에 깊이 감사드린다. 그간, 『공기와 꿈』을 새로 번역 출간(이학사, 2000)하는 일까지 겹쳐 치러야 했으니 바슐라르, 그 거대한 숲속에 자의든 타의든 참으로 오래 여기저기 서성거렸다. 여전히 짙고 깊은 숲. 너무 무성한 나머지 때로 숨막히도록 어두운 이 숲에 첫발 들일 이들에게 이 묘연한 숲 제대로 둘러볼 오솔길과 밝은 공터, 필요에 닿게 낸다면서 이 숲 제 모습 잘 살려두었는지. 생명에 기여하는 숲 지킴이 제대로 하였는지. 이제 그저 모두 이 숲, 대지에 와서 휴식과 영감을 얻어 누리기를 삼가 바랄 뿐. 천천히 거닐며 찬찬한 눈길 주는 이들에게 이 꿈의 숲은 그 얼마나 많은 말을 건넬 것인가.

2002년 늦가을
정영란

지은이 **가스통 바슐라르**
'시인 가운데 가장 훌륭한 철학자, 철학자 가운데 가장 훌륭한 시인'으로 일컬어지는 프랑스
현대 사상사의 독보적 존재. 1884년 프랑스 샹파뉴 지방에서 태어났다. 1927년에 문학박사 학
위를 받고 디종 대학을 거쳐 소르본 대학의 철학교수가 되었다. 1951년과 1959년에 레지옹
도뇌르 훈장을, 1961년에는 국가문학대상을 받았다. 저서로 『불의 시학의 단편들』 『불의 정신
분석』 『물과 꿈』 『공기와 꿈』 『공간의 시학』 『촛불의 미학』 등이 있다.

옮긴이 **정영란**
서울대학교 불어불문학과와 동대학원을 졸업했다. 파리 10대학에서 문학박사 학위를 받았으
며 현재 한국방송통신대학교 교수로 재직중이다. 『어느 시골 신부의 일기』 『공기와 꿈』 『반바
지 당나귀』 등을 우리말로 옮겼다.

대지 그리고 휴식의 몽상

1판 1쇄 2002년 12월 30일 | 1판 7쇄 2024년 7월 29일

지은이 가스통 바슐라르 | 옮긴이 정영란

펴낸곳 (주)문학동네 | 펴낸이 김소영
출판등록 1993년 10월 22일 제2003-000045호
주소 10881 경기도 파주시 회동길 210
전자우편 editor@munhak.com | 대표전화 031)955-8888 | 팩스 031)955-8855
문의전화 031)955-3576(마케팅), 031)955-3572(편집)
문학동네카페 http://cafe.naver.com/mhdn
인스타그램 @munhakdongne | 트위터 @munhakdongne
북클럽문학동네 http://bookclubmunhak.com

ISBN 89-8281-588-0 03860

www.munhak.com